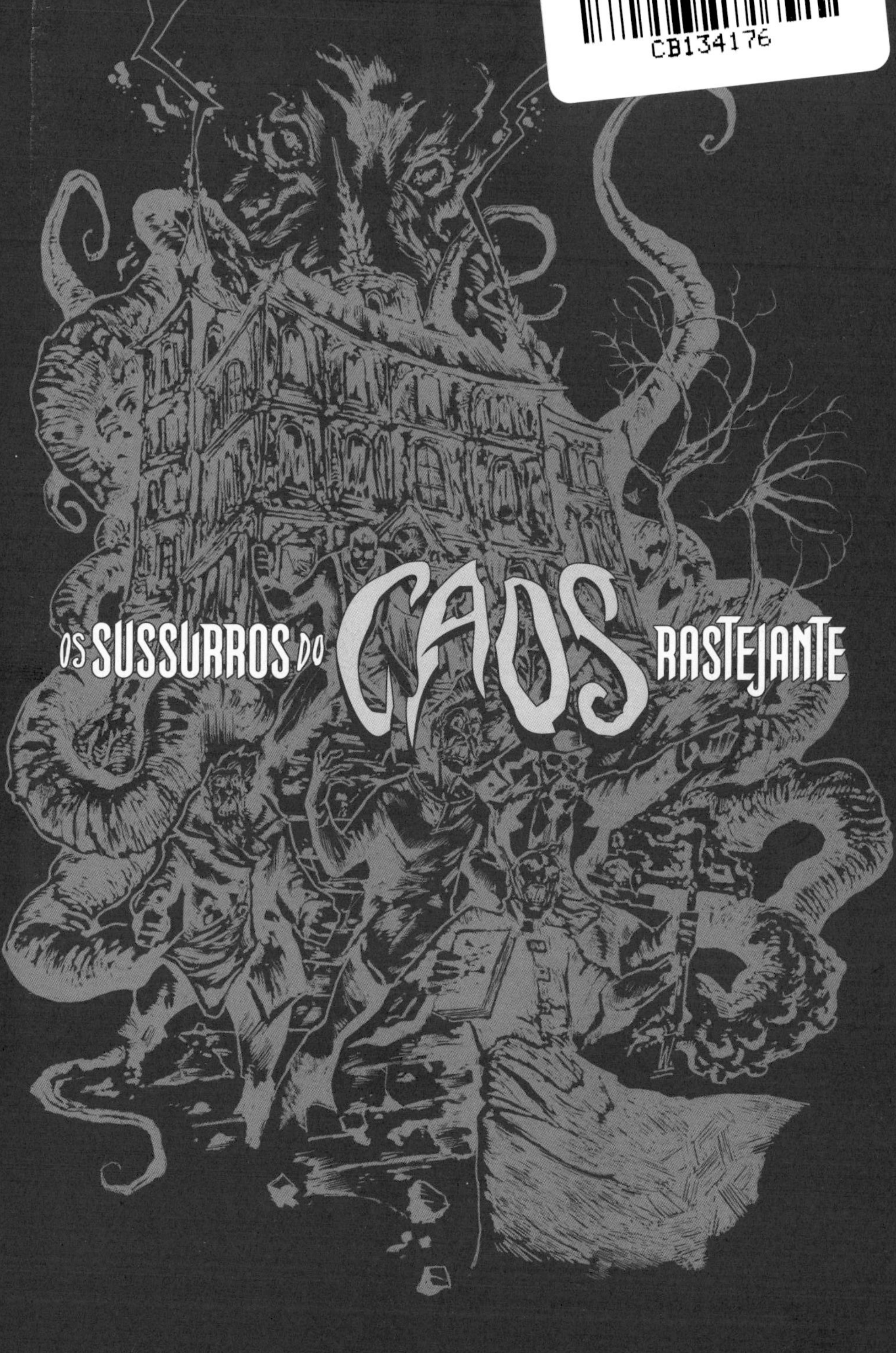
OS SUSSURROS DO CAOS RASTEJANTE

Os Sussurros do Caos Rastejante

CRÉDITOS

ROTEIRO, BALÕES & LETTERING *Fábio Yabu*

ARTE *Fred Rubim, Vilmar Rossi Jr., Alice Monstrinho, Eduardo Medeiros, Jeff Costa, Pedro Cobiaco, Walter Pax, Zé Carlos*

CAPA *Marco Teixeira*

DESIGN *André Carvalho e Dan Ramos*

REVISÃO *Elisa Guimarães*

EDIÇÃO *Deive Pazos e Guilherme Dei Svaldi*

BASEADO NO NERDCAST RPG: *Cthulhu, por Alexandre Ottoni, Deive Pazos, Leonel Caldela , Carlos Voltor, Fernando "Tucano" Russell e Tiago "Rex" De La Marca. NerdcastRPG: Cthulhu é Copyright © 2016-2021 Pazos & Ottoni Ltda. Todos os direitos reservados.*

NERD BOOKS

PRODUÇÃO EDITORIAL

JAMBÔ

Rua Coronel Genuíno, 209 • Porto Alegre, RS
contato@jamboeditora.com.br
www.jamboeditora.com.br
@jamboeditora

1ª EDIÇÃO: JANEIRO DE 2022 | ISBN: 9786588634165

Y11s Yabu, Fábio
Os sussurros do caos rastejante / Fábio Yabu. Ilustrações por Fred Rubim [et al]. Edição por Guilherme Dei Svaldi. Porto Alegre: Jambô, 2022.
416p. il.

1. Literatura brasileira - Ficção científica. I. Rubim, Fred. II. Svaldi, Guilherme Dei. III. Título.

CDU 794:681.31

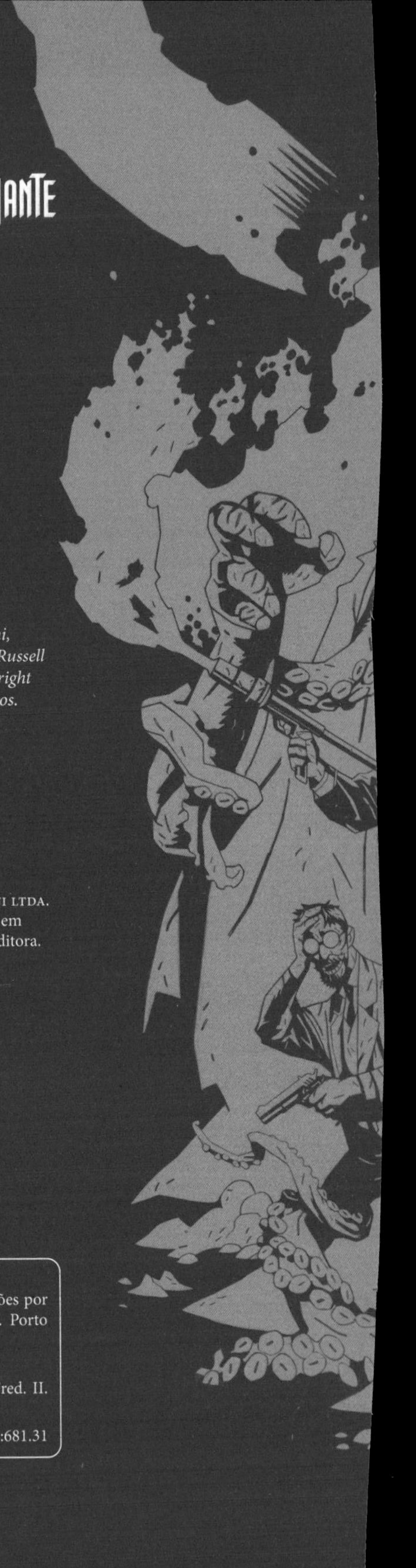

SUMÁRIO

HISTÓRIAS EXTRAS

1936.

O ANO QUE ENTRARÁ PARA A HISTÓRIA.

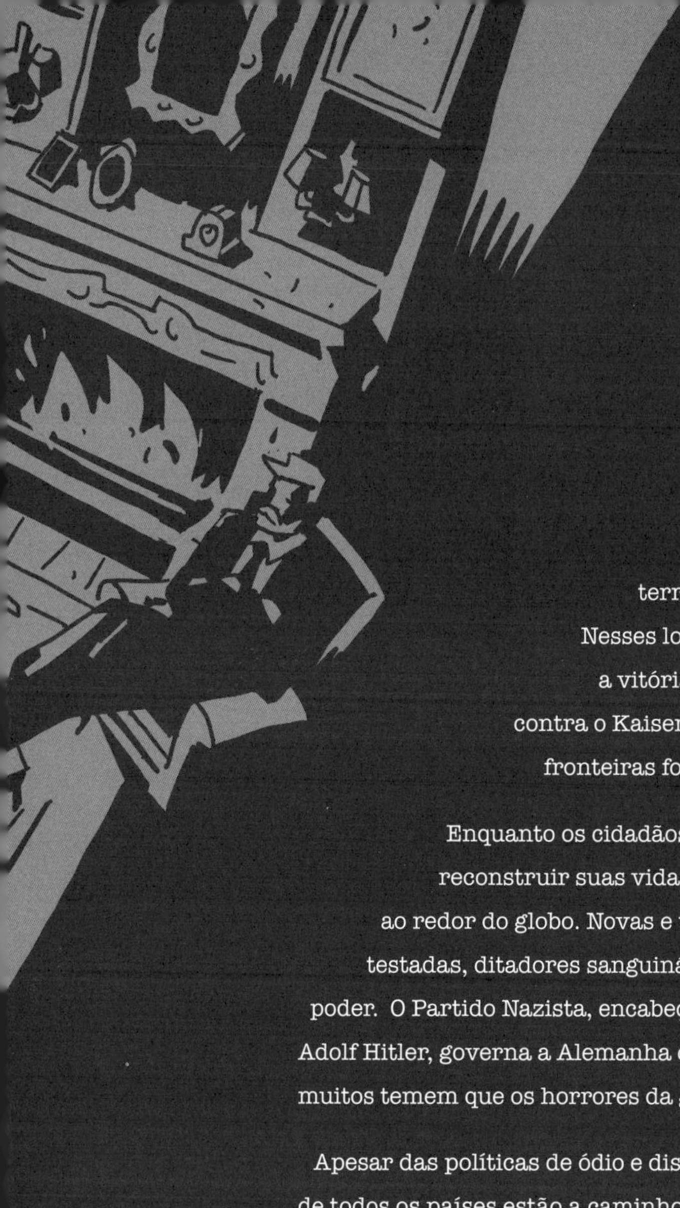

O mundo ainda
vive os efeitos da
terrível grande guerra.
Nesses longos 18 anos desde
a vitória das forças aliadas
contra o Kaiser, impérios caíram e
fronteiras foram redesenhadas.

Enquanto os cidadãos da Europa tentam reconstruir suas vidas, conflitos eclodem ao redor do globo. Novas e terríveis armas são testadas, ditadores sanguinários são alçados ao poder. O Partido Nazista, encabeçado pelo chanceler Adolf Hitler, governa a Alemanha com mão de ferro, e muitos temem que os horrores da guerra recomecem.

Apesar das políticas de ódio e discriminação, atletas de todos os países estão a caminho da Alemanha para celebrar aquele que pode ser o último momento de união entre os povos: os Jogos Olímpicos de Berlim.

Em Londres, uma confraria de distintos cavalheiros se reúne anualmente para dividir experiências e honrar seus companheiros caídos. Transformados pela vida nas trincheiras, eles sabem que ninguém mais consegue enxergar o mundo como eles...

1

O MISTÉRIO DE WILLIAM FARADAY

Londres.
Mansão Faraday.
Thomas Edmund Faraday.
55 anos.
Físico teórico.
Billy.
11 anos.
Único herdeiro.
BILLY!
PEGA!
BOM MENINO!
SENHOR FARADAY?
SOU EU MESMO, MEU JOVEM.
COMO POSSO AJUDÁ-LO?
TENHO UMA CARTA PARA O SENHOR.
É DO MANICÔMIO NEWCASTLE.
POR ISAAC NEWTON...

Horas mais tarde.
ELE ESTÁ ATRASADO.
ELE SEMPRE ESTÁ ATRASADO, FARADAY.
EU NÃO SEI POR QUE VOCÊ AINDA SE PREOCUPA COM PONTUALIDADE. TODO ANO É A MESMA COISA.
EU MESMO NÃO TENHO MOTIVO PRA CONTINUAR FREQUENTANDO SEU CLUBINHO.
NÃO SE FAÇA DE ROGADO.
VOCÊ VEM, ANO APÓS ANO, POIS SABE QUE HOMENS COMO NÓS, QUE VIVERAM OS HORRORES DA GUERRA, NÃO CONSEGUEM MAIS VER O MUNDO DA MESMA FORMA...

JIMMY O'FLANAGAN.
James Quigley O'Flanagan.
62 anos.
Ateu. Ex-cozinheiro. Ex-padre.
EU SÓ VENHO MESMO PELOS COMES E BEBES.
Odeia ingleses.
POIS PODE ENCHER SEU CANTIL COM JAMESON.
SE PREFERIR, TENHO GARRAFAS DE BRANDYS E CHARUTOS. POR FAVOR, APROVEITE MINHA HOSPITALIDADE --
-- ENQUANTO AGUARDAMOS NOSSOS COMPANHEIROS.
"COMPANHEIROS."
NÃO SEI POR QUE INSISTE EM NOS CHAMAR ASSIM.
FLANAGAN, NOTE QUE USEI A PALAVRA "COMPANHEIROS" E NÃO "AMIGOS", CUJO USO É RESTRITO E, CERTAMENTE, NÃO INCLUI PESSOAS COMO...
DING DONG
Stephen Howard Phillips Venkman.
50 anos.
Descendente de holandeses. Família simples.
Pesquisador da Universidade de Oxford.
PROFESSOR FARADAY.
DOUT...DIGO, PROFESSOR VENKMAN.

Viu coisas estranhas.
ATRASADO, COMO SEMPRE.
NÃO POSSO DIZER O MESMO SOBRE O MEU *TENURE*, FARADAY. E VOCÊ?
SOUBE QUE TEM ESTUDADO SOBRE O **FOLCLORE.**
SIM, É INCRÍVEL O QUE SE APRENDE AO SAIR DA PRÓPRIA **CASA.**
FARADAY, VENKMAN!
Giacomo di Monti, o Búfalo.
Lutador de boxe profissional.
Trabalhou como apoio humanitário na Guerra.
BÚFALO! VOCÊ VEIO SOZINHO?
FARADAY, EU ESTOU COM DEUS, ENTÃO NUNCA ESTOU **SOZINHO!**
EU AO MENOS ESPERAVA ALGUÉM COM DOUTORADO.
Deve favores à Igreja.
EU FALEI COM ALGUNS DOS NOSSOS COLEGAS, MAS TODOS ESTAVAM UM POUCO TENSOS POR CAUSA DA **ALEMANHA**.
A INVASÃO À RENÂNIA TRARÁ CONSEQUÊNCIAS **DRAMÁTICAS**, PODEM TER CERTEZA.
NÃO TENHO DÚVIDAS DISSO. POR FAVOR, ME ACOMPANHEM. FAZ FRIO.
VOCÊ AINDA VIVE SÓ, FARADAY?
É EVIDENTE QUE NÃO, EU VIVO COM--

--BILLY?
ORA, ORA. VENKMAN E BÚFALO, MENTE E CORAÇÃO!
AINDA ESTÁ EM BUSCA DE SEUS CONTOS DE FADAS?
ESTÁ PERGUNTANDO PARA QUEM?
MAS NÃO É ÓBVIO?
PARA OS DOIS.
CREIO QUE NOSSO AMIGO PRECISE DE UMA LIÇÃO SOBRE RESPEITO, NÃO CONCORDA, VENKMAN?
O MUNDO ESTÁ MUDANDO, MEU CARO!
NOSSA MERA COMPREENSÃO DO QUE É REAL--
SABE O QUE É REAL? GUERRA, MORTE, DOR.
TUDO ISSO É REAL!
E COM A MORTE DO REI GEORGE E A INVASÃO DA RENÂNIA, PODE TER CERTEZA. VAI COMEÇAR TUDO DE NOVO.
SENHORES, O TEMPO URGE!
SENTEM-SE, POR FAVOR. VOCÊS VÃO QUERER OUVIR O QUE TENHO A DIZER!

POR MAIS AGRADÁVEL QUE SEJA NOSSO ENCONTRO, TEMO QUE O DESTE ANO NÃO SEJA AUSPICIOSO.
É EVIDENTE QUE A SITUAÇÃO DA EUROPA É PREOCUPANTE E ME DEIXA CONSTERNADO COM OS EVENTOS RECENTES E O RISCO DE UMA **NOVA GUERRA.**
NO ENTANTO, NESTA NOITE NÃO DISCUTIREMOS **GEOPOLÍTICA**! PEÇO QUE DESVIEM A ATENÇÃO PARA UMA NOVA PAUTA--
VOCÊ VAI TRAZER **MULHERES** DESSA VEZ?
POR FAVOR, BÚFALO, CONTENHA SEUS... INSTINTOS.
EU SÓ ESTAVA BRINCANDO, FARADAY. O QUE FOI? VOCÊ PARECE PREOCUPADO.
EU NÃO O VIA COM ESSA CARA DESDE A ÉPOCA DAS PROVAS EM OXFORD.
EU PRECISO ENCHER MEU CANTIL. PARECE QUE ALGUÉM O ESVAZIOU.
SENHORES, NA MANHÃ DE HOJE, ENQUANTO TOMAVA MEU CHÁ E BILLY FAZIA SEUS EXERCÍCIOS MATINAIS--
--RECEBI ESTA CARTA SOBRE UM PARENTE MEU, UM PRIMO DISTANTE.
VOCÊ DEVERIA SE DAR POR SATISFEITO POR AINDA TER ALGUM PARENTE **VIVO.**
NA VERDADE, CARO O'FLANAGAN--
--A CARTA DIZ QUE ELE ESTÁ **MORRENDO.**

Ilustríssimo Sr.
Thomas Faraday,
(...), chegou ao meu conhecimento que o senhor é o único parente vivo de nosso paciente William Faraday, que se encontra internado nesta instituição desde dezembro de 1926.
(...) relato aqui o infeliz estado de vosso parente, que ao longo dos últimos 10 anos desenvolveu uma moléstia que permanece incógnita aos nossos melhores médicos (...) apresenta, entre outros sintomas, úlceras espalhadas por todo o corpo, glossolalia (falando numa língua desconhecida ou imaginária) e agitação extrema, além de uma força que não parece condizer com sua atual esqualidez.
(...)
A condição do paciente vem se deteriorando com grande rapidez e o prognóstico é nefasto. Solicito sua presença para oferecer algum conforto a essa pobre alma.
(...)
Dr. Johann Von Strauss
Diretor do Manicômio Newcastle
ISSO É CASO DE POSSESSÃO.
O SENHOR NÃO VAI FALAR DE POSSESSÃO NA MINHA CASA.
VEJO QUE TEM MEDO DE UM BOM ARGUMENTO.
CALMA, SENHORES! THOMAS, POR QUE NOS CONTOU ISSO?
EU TENHO A INTENÇÃO DE VISITAR ESSE PARENTE DOENTE--
--PARA DESCOBRIR QUE MISTÉRIOS PERCORREM OS CORREDORES DAQUELE LUGAR.
ENTÃO VOCÊ VAI PRECISAR DE AJUDA.
EU CONHEÇO VON STRAUSS.
O QUÊ?

SIM. VON STRAUSS SE DESTACOU NA COMUNIDADE DA PSICOLOGIA E DA PSIQUIATRIA, MAS NÃO DE UMA FORMA POSITIVA.
ELE REALIZOU EXPERIMENTOS EM PACIENTES. MAS MESMO COM A REPUTAÇÃO ABALADA, ELE PARECE TER INFLUÊNCIA SOB AS PESSOAS CERTAS.
NÃO SABIA QUE ELE ESTAVA NA INGLATERRA, QUANTO MAIS, EM UM HOSPITAL PSIQUIÁTRICO DE POUCO PRESTÍGIO!
DOUTOR, DIGO PROFESSOR VENKMAN, UMA VEZ QUE O SENHOR O CONHECE, SUA PRESENÇA NESSA VISITA SERIA DEVERAS OPORTUNA.
ESTÁ PEDINDO A MINHA AJUDA, FARADAY?
ESCUTE BEM, NÃO ESTOU PEDINDO PARA O SENHOR FAZER NADA POR MIM!
ESTOU LHE OFERECENDO UMA OPORTUNIDADE PARA CONTINUAR SEU... TRABALHO SOBRE O FOLCLORE.
NÃO PRECISA SE HUMILHAR. EU IREI COM VOCÊ, FARADAY.
SR. O'FLANAGAN, EU GOSTARIA MUITO DE TER A SUA COMPETÊNCIA DE EX-PADRE PARA ENTENDER O QUE ACONTECE COM MEU PRIMO!
EMBORA EU NÃO GOSTE DE INGLESES...
...VOCÊS ESTIVERAM AO MEU LADO QUANDO PERDI MINHA SOBRINHA, ANOS ATRÁS.
EU SEI COMO É PERDER UM PARENTE, ENTÃO, EU IREI COM VOCÊ, FARADAY.
OBRIGADO, FLANAGAN. MUITO OBRIGADO.
BÚFALO, COMO VOCÊ SABE, EU SOU UM HOMEM DE POSSES E NÃO ME SINTO À VONTADE EM VIAJAR PARA UM LUGAR TÃO DISTANTE E--
EU ACREDITO QUE EU SEJA SEU AMIGO, NÃO SEU SEGURANÇA PARTICULAR.
CLARO, VEJA BEM, VOCÊ NÃO SERÁ MEU SEGURANÇA. SERÁ...
...MEU AMIGO SUPER FORTE.
SENDO, ASSIM, EU IREI COM VOCÊS.

LÍNGUAS ESTRANGEIRAS, VOZES DIFERENTES, MACHUCADOS SEM EXPLICAÇÃO...
TUDO ISSO ME SOA COMO UM CLÁSSICO CASO DE **POSSESSÃO!**
ISSO NÓS VEREMOS AO CHEGAR LÁ!
CAVALHEIROS, AGRADEÇO HUMILDEMENTE A AJUDA DE TODOS VOCÊS...
MAS NÃO É UM CASO DE POSSESSÃO!
VOCÊ NÃO TEM COMO SABER ISSO, FARADAY!
EU CONHEÇO ALGUÉM QUE PODE AJUDAR!
É UM AMIGO QUE TEM UM PROFUNDO CONHECIMENTO SOBRE **O OCULTO!**
NÃO.
COMO "NÃO"? SE O AMIGO DE BÚFALO TEM EXPERIÊNCIA NO ASSUNTO --
JÁ TEMOS ALGUÉM COM EXPERIÊNCIA NO ASSUNTO.
OU SEU *TENURE* NÃO LHE SERVE DE NADA?
SENHORES--
--VOCÊS NÃO CONHECEM DON--
"DON"? VOCÊ QUER TRAZER UM **PADRE?!**
EU ESTOU LHES **AVISANDO**, SENHORES, NÃO SUBESTIMEM ESTE FENÔMENO!

TODAS AS COISAS QUE VI E VIVI DURANTE A GUERRA, TODOS OS FENÔMENOS QUE ESTUDEI NOS ÚLTIMOS 18 ANOS, SÃO **HORRORES** QUE A MENTE HUMANA SEQUER É CAPAZ DE **CONTEMPLAR**.
PADRE OU NÃO, SE O AMIGO DE BÚFALO TEM EXPERIÊNCIA NA OBSERVAÇÃO DESSES **FENÔMENOS**, ELE PODE SER DE GRANDE AJUDA.
DAREI A BÚFALO O BENEFÍCIO DA DÚVIDA! ALÉM DO MAIS--
--QUALQUER AJUDA PARA DARMOS FENECIMENTO A ESTE EPISÓDIO SERÁ ACEITA DE BOM GRADO.
ACHO QUE É A MELHOR DECISÃO, THOMAS.
DEVO AVISAR QUE ELE É UM TANTO QUANTO EXÓTICO.
ELE IRÁ COM O PROFESSOR VENKMAN.
PELO VISTO, ELES TÊM MUITO EM COMUM!
CERTO. ENTÃO, SE ME AUTORIZAR, EU LEVAREI ESSA CARTA E PARTIREI IMEDIATAMENTE.
EU DISPONHO DE UM **TELEFONE**.
ELE É UM POUCO **RECLUSO**.
E ENTÃO...
...ALGUÉM QUER UMA BEBIDA?

EXTRA, EXTRA! A REPRESA HOOVER ACABA DE SER CONSTRUÍDA! LEIA NO EVENING NEWS!
EXTRA, EXTRA! A ALEMANHA INVADE A RENÂNIA!

AQUELE QUE PRATICA O PECADO PROCEDE DO DIABO.
PORQUE O DIABO VIVE PECANDO DESDE O PRINCÍPIO.
PARA ISTO, SE MANIFESTOU O FILHO DE DEUS...

...PARA DESTRUIR AS OBRAS DO DIABO!
SE A TUA MÃO TE FAZ TROPEÇAR, CORTA-A, POIS É MELHOR ENTRARES MANETA NA VIDA DO QUE TENDO AS DUAS MÃOS E IRES PARA O INFERNO.
SE TEU PÉ TE FAZ TROPEÇAR, CORTA-O, É MELHOR ENTRARES NA VIDA ALEIJADO DO QUE TENDO OS DOIS PÉS E SERES NO INFERNO.
D. Javier Francisco Azaghal.
76 anos.
Espanhol. Não é fácil de se lidar.
E SE UM DE TEUS OLHOS TE FAZ TROPEÇAR, ARRANCA-O, É MELHOR ENTRARES NO REINO DE DEUS COM UM SÓ DOS TEUS OLHOS DO QUE TENDO OS DOIS...
...E SERES LANÇADO NO INFERNO PARA O FOGO INEXTINGUÍVEL ONDE NÃO LHES MORRE O VERME E NEM O FOGO SE APAGA!
AMÉM.

GAROTO, **LIMPA TUDO.**
SIM SENHOR, D. AZAGHAL!
DESCULPE, VOCÊ É GIACOMO DI MONTI?
SIM, RAPAZ, SOU EU MESMO!
NOSSA, EU SOU SEU FÃ! ACOMPANHEI TODAS AS SUAS LUTAS, VOCÊ É MUITO CORAJOSO.
CORAJOSO É VOCÊ, QUE CONVIVE COM ESSE VELHO CHATO.
D. AZAGHAL? ELE É UMA INSPIRAÇÃO PARA MIM.
UM DIA ESPERO SER EXORCISTA, COMO ELE.
GAROTO, EU ESPERO QUE VOCÊ NEM CHEGUE PERTO DAS COISAS QUE ESSE HOMEM VIU.
FIQUE COM MINHA BOINA.
PUXA, MUITO OBRIGADO--
GAROTO, AQUI NÃO É A CASA DA SUA TIA, É A **CASA DE DEUS!**
SIM SENHOR, D. AZAGHAL!

D. AZAGHAL, SURGIU ALGO ESTRANHO QUE...
EU NÃO SEI COM **QUEM** VOCÊ ESTÁ FALANDO.
VOCÊ VEM À **CASA DE DEUS** E NÃO PEDE A BÊNÇÃO AO PADRE?!
PERDÃO, EU...
...BÊNÇÃO, D. AZAGHAL.
DEUS TE ABENÇOE, MEU FILHO.
MAS EU SEI QUE VOCÊ NÃO VEIO AQUI PARA SE CONFESSAR.
DIGA LOGO O QUE QUER.
D. AZAGHAL, UM AMIGO MEU ESTÁ COM UM PROBLEMA DE FAMÍLIA.
ACREDITO QUE ESSA CARTA POSSA EXPLICAR MELHOR.

EU NÃO POSSO FAZER UM EXORCISMO SEM AUTORIZAÇÃO DA DIOCESE.
EU POSSO AJUDAR COM ISSO.
HÁ ALGUM PRESENTE QUE EU POSSA CONCEDER À IGREJA...?
PAF
VÁ BUSCAR SEU AMIGO.
DIGA-LHE QUE POSSO VISITAR SEU PARENTE E VER SE ELE ESTÁ REALMENTE SOFRENDO COM OS MALES DA ALMA, E SE ASSIM FOR--

"--EU PEÇO A AUTORIZAÇÃO DA DIOCESE--
--E DO BISPO--
--E EXPULSO MAIS UM DEMÔNIO--
--MAIS UM DIA.
VENHA ME BUSCAR AMANHÃ, DEPOIS DA MISSA MATUTINA."
POR QUE EU PRECISO IR APERTADO AQUI ATRÁS?
REGRAS DA CASA, FLANAGAN! CACHORROS NA FRENTE, IRLANDESES ATRÁS.
EU AINDA NÃO SEI NO QUE UM PADRE PODERIA NOS AJUDAR.
PODERIA AJUDAR MAIS DO QUE UM ATEU, JIMMY O'FLANAGAN!
VOCÊ?!

ATEU EXCOMUNGADO, ACHOU A FÉ NO FUNDO DE UMA GARRAFA!
ESTÁ POSSUÍDO, APENAS NÃO SABE!
MAS NÃO SE PREOCUPE, EU VOU TIRAR O DEMÔNIO DE DENTRO DE VOCÊ TAMBÉM.
EU ESTOU UM PASSO À SUA FRENTE, D. AZAGHAL.
VOCÊ DEDICOU SUA VIDA A UM TEATRO SEM SENTIDO, MAS UM DIA--
--TAMBÉM VAI DESCOBRIR QUE NEM TODO SACRIFÍCIO VALE A PENA!
EU OUÇO ISSO DE DEMÔNIOS TODOS OS DIAS.
QUE COINCIDÊNCIA FELIZ, NÃO SABIA QUE ERAM AMIGOS!
ISSO VAI TORNAR A VIAGEM MUITO MAIS AGRADÁVEL!
D. AZAGHAL, SOU THOMAS FARADAY!
OBRIGADO POR SE UNIR A NOSSA COMPANHIA.
NÃO ME AGRADEÇA AINDA, NÃO SABEMOS O QUE VAMOS ENCONTRAR.
VOCÊ! PARA O BANCO DE TRÁS, AGORA.
O EGO DESSE SUJEITO NÃO VAI CABER DENTRO DO CARRO.

Então...
EU FICO IMPRESSIONADO COM O TIPO DE GENTE COM QUE VOCÊ ANDA, GIACOMO.
VOCÊ NÃO ME PEDE MAIS A BÊNÇÃO, NÃO SE CONFESSA MAIS--
--VOCÊ É UM PÉSSIMO CRISTÃO.
SÃO AS MULHERES, D. AZAGHAL!
ELAS TÊM UM GANCHO DE ESQUERDA COMIGO QUE--
BÚFALO ME DISSE QUE VOCÊ REALIZA EXORCISMOS.
SIM.
ACONTECE.
DURANTE A GUERRA, EU VI COISAS INOMINÁVEIS.
CRIATURAS INUMANAS, SERES SOBRENATURAIS QUE CAMINHAM ENTRE NÓS.
NADA DISSO EXISTE! SÃO CRIATURAS DO INFERNO, AGINDO NOS CORPOS DOS HOMENS, MAS QUE PODEM SER DESTRUÍDAS PELO PODER DO ALTÍSSIMO!
MAS EU NÃO SEI DIZER SE...
EU SEI DIZER. E É ISSO QUE IMPORTA.
26

ESSA VIAGEM VAI DURAR QUANTAS HORAS?
CALCULO QUE CERCA DE DOZE.
DOZE HORAS? ESTAMOS INDO ATÉ A ESCÓCIA?
"O TEMPO TUDO REPARA!"
COMO É?
NADA, FLANAGAN. DEVANEIOS DE UM VELHO CIENTISTA.
BOM, AO MENOS EU TROUXE A MINHA COMPANHIA...
...E ELA NÃO OCUPA UM ASSENTO.
ESPERO QUE NÃO SE INCOMODE. BILLY SEMPRE VAI NA FRENTE.
VOCÊ TRATA ESSE CACHORRO COMO SE FOSSE DA FAMÍLIA.
BILLY É A MINHA FAMÍLIA.
ENGRAÇADO. FAMÍLIA PRA MIM ERA OUTRA COISA.
ERAM AS PESSOAS COM QUEM VOCÊ VAI À IGREJA NO ST. STEPHEN'S OU AO BAR NO ST. PATRICK'S.
O'FLANAGAN, A TUBERCULOSE LEVOU MINHA ESPOSA, E A GUERRA, MEUS DOIS FILHOS.
MAS MESMO SENTINDO UMA SAUDADE LANCINANTE DELES, HOJE SEI QUE FAMÍLIA NÃO SÃO SÓ AS PESSOAS.
FAMÍLIA SÃO OS LAÇOS, E ESSES JAMAIS SE ROMPEM.
BOLLOCKS.

GIACOMO, TEM FEITO SUA AUTO-PENITÊNCIA?
O BOXE É MINHA AUTO-PENITÊNCIA, D. AZAGHAL.
VOCÊ NÃO SE COMPROMETE COM A CAUSA DE DEUS.
SE CONTINUAR ASSIM, SUA ALMA SERÁ CONDENADA AO INFERNO!
D. AZAGHAL, EU VOU ENTRAR NA LINHA, EU PROMETO!
RECENTE-MENTE, EU CONHECI UMA ENFERMEIRA QUE--
A LUXÚRIA VAI LEVAR VOCÊ PARA A PERDIÇÃO!
É TUDO O QUE NOS RESTA FAZER, FLANAGAN.
SEGUIR EM FRENTE PELOS QUE SE FORAM!
É POR ELES... POR ESSES LAÇOS QUE EU VIVO!
QUERIA PARTILHAR DO SEU OTIMISMO!
MAS NÃO ACHO QUE OS LAÇOS SEJAM ETERNOS.
SE O TEMPO TUDO REPARA...
...O FOGO TUDO QUEIMA.

COMPANHEIROS, EU CREIO QUE CHEGAMOS.

KA-BOOM
SEJAM BEM-VINDOS A NEWCASTLE!

BILLY, VOLTE AQUI!
D. AZAGHAL, QUE HORAS DEVO VIR BUSCÁ-LO?
ME BUSCAR?!
VOCÊ VEM COMIGO PARA APRENDER A SER UM **BOM CRISTÃO!**
EU NUNCA VI BILLY NERVOSO DESSE JEITO.
ELE TAMBÉM PODE SENTIR.
O QUÊ?!
ESTE LUGAR É DIFERENTE **DE TUDO** O QUE EU JÁ VI.
O DEMÔNIO ESTÁ AQUI.
EU NÃO SEI QUANTO A VOCÊS, MAS EU QUERO RESOLVER ISSO E IR PARA UM PUB.
VAMOS ENTRAR.
PROFESSOR VENKMAN?
SÓ UM MINUTO, FARADAY.

TAC TAC
HÃ, BOA NOITE, CAVALHEIRO, MEU NOME É THOMAS FARADAY E EU--
SAI DA FRENTE!
ONDE ESTÁ O POBRE DIABO?
POR FAVOR, QUEIRA PERDOAR OS MODOS DE MEUS COMPANHEIROS, SENHOR...?
ESSE LUGAR FEDE A UM PACOTE DE MARLBORO, QUATRO SHOTS DE ÁLCOOL DE LIMPEZA E ARREPENDIMENTO!
BOA NOITE, SENHORES!
GUTEN TAG.

GUTEN ABEND, HERR KÄMPFER.
Abigail Frosch.
36 anos.
Enfermeira.
Se preocupa com alimentação.
NÓS VIEMOS POR CAUSA DA CARTA DO DR. VON STRAUSS, FALANDO SOBRE WILLIAM--
EU SEI POR QUE ESTÃO AQUI.
COMO?
HERR FARADAY, COMO ÚNICO PARENTE DE WILLIAM, JÁ ESTAVA SENDO AGUARDADO.
CASO TIVESSEM CHEGADO MAIS TARDE, TALVEZ NÃO O ENCONTRASSEM VIVO.
ESSE LUGAR ME PARECE A CASA DE DEUS, MAS PROFANADA!
O QUE HOUVE AQUI?
ESTE EDIFÍCIO SECULAR JÁ ABRIGOU ALGUMAS IGREJAS.
PRIMEIRO CATÓLICA, DEPOIS, ANGLICANA. HOJE É UMA CASA DE CURA.
PELO MENOS AGORA É UM LUGAR ÚTIL PARA A SOCIEDADE.
COM CERTEZA É MAIS ÚTIL DO QUE VOCÊ, O'FLANAGAN!
E UM LUGAR DESSES NÃO É PERIGOSO PARA UMA MULHER?
EU SOU PRIMEIRO UMA PROFISSIONAL DA SAÚDE.
DEPOIS, UMA MULHER.
VOCÊ ME ENTENDEU MAL, EU SÓ ESTAVA PREOCUPADO E--
PREOCUPE-SE EM MANTER SUAS CALÇAS NA ALTURA DA CINTURA.
A PROPÓSITO, HERR FARADAY...

...NÃO ADMITIMOS ANIMAIS NO MANICÔMIO.
ELE PODE FICAR NO CANIL, COM OS OUTROS CÃES.
NADA FEITO!
O IRLANDÊS VEM CONOSCO.
VOCÊ SE ACHA ENGRAÇADO?
TUMP
A DOR NÃO ME AFETA, SEM-FÉ.
A DOR PURIFICA A MINHA ALMA!
ISSO NÓS VAMOS VER.
VEJA, FRÄULEIN, BILLY É UM MEMBRO DOCUMENTADO DA MINHA FAMÍLIA, CONFORME ATESTA ESSA CARTA DO PRIMEIRO MINISTRO.
COMO TAL, ELE TEM ACESSO A TODAS AS INSTITUIÇÕES PÚBLICAS E PRIVADAS DO REINO UNIDO!
O SENHOR PARECE SER UMA PESSOA MUITO INFLUENTE, HERR FARADAY!

MUITO BEM, HERR FARADAY. MAS MANTENHA SEU ANIMAL À SUA VISTA.
ALGUNS PACIENTES --
--NÃO SABEM DIFERENCIAR O QUE É COMIDA DO QUE NÃO É.
ELE É UM PACIENTE?
Edmond.
SIM, EDMOND NASCEU AQUI.
Mentira.
UM PACIENTE QUE NASCEU AQUI?!
ISSO NÃO ME PARECE MUITO SAUDÁVEL.
A CONDIÇÃO DE EDMOND FOI HERDADA DE SEUS PAIS, QUE TAMBÉM ERAM INTERNOS.
POR PRECAUÇÃO, OS MÉDICOS ACHARAM MELHOR MANTÊ-LO AQUI, O QUE SE MOSTROU UMA DECISÃO SÁBIA.
POR FAVOR, NÃO SAIAM DE PERTO DE MIM.
É FÁCIL SE PERDER AQUI.

NEWCASTLE SOFREU VÁRIAS REFORMAS AO LONGO DOS ANOS, POR ISSO OS SENHORES VÃO NOTAR AS DIFERENÇAS NA ARQUITETURA.
ESSA É A ÁREA EXTERNA, ONDE OS PACIENTES TOMAM BANHO DE SOL.
ESTA É A ALA DOS PACIENTES CONSIDERADOS PERIGOSOS.
E ONDE FICAM OS PACIENTES NÃO PERIGOSOS?
EM OUTRAS INSTITUIÇÕES.
MINHA NOSSA...
O EGÍPICIO... O EGÍPCIO ESTÁ AQUI.
ESSAS INSTALAÇÕES SÃO MEDIEVAIS!
O QUE O DR. VON STRAUSS ACHA DISSO?
O DR. VON STRAUSS ESCOLHE CADA DETALHE PESSOALMENTE.
TOC TOC

DR. VON STRAUSS--
--ESTE É O SR. THOMAS FARADAY E SEUS COMPANHEIROS!
Johann Von Strauss.
56 anos.
Destaque na comunidade psiquiátrica.
SEJAM MUITO BEM-VINDOS.
Não de uma forma positiva.
DOUTOR, SUA CARTA ME TROUXE MUITA PREOCUPAÇÃO E--
A PROPÓSITO, SOBRE AS CONDIÇÕES DE SEUS PACIENTES--
EU ME LEMBRO DO SENHOR, HERR VENKMAN--
--E JÁ SEI O QUE VAI DIZER.
É IMPORTANTE NOTAR QUE UMA INSTITUIÇÃO COMO A NOSSA CONTA COM RECURSOS LIMITADOS.
DENTRO DA NOSSA CAPACIDADE, EU DIRIA QUE FAZEMOS UM MILAGRE AQUI.
SÓ DEUS OPERA MILAGRES.
ONDE ESTÁ O PACIENTE?
UM... PADRE? BEM, É FORTUITO QUE ESTEJA AQUI.
RELIGIÃO OU MEDICINA, NÓS PRECISAMOS DAR ALGUM ALENTO A ESTA POBRE ALMA.
NÃO PERCAMOS TEMPO.
QUEIRAM ME ACOMPANHAR!
DOUTOR, COMO MEU PRIMO VEIO PARAR AQUI?

A ADMISSÃO DE WILLIAM FARADAY FOI MUITO PECULIAR.
ELE SE INTERNOU POR VONTADE PRÓPRIA EM 1926, SEM APRESENTAR NENHUMA PATOLOGIA--
ELE ESTAVA FUGINDO DE ALGUÉM?
ELE APENAS DISSE QUE SUA CONDIÇÃO IRIA PIORAR, E NÃO QUERIA SER UM PERIGO PARA SI MESMO OU PARA OS OUTROS.
MAS QUE "CONDIÇÃO" ERA ESSA?
ELE PASSOU OS PRIMEIROS MESES COMO UM HÓSPEDE EM UM HOTEL, NÃO FOI MEDICADO NEM CONTIDO.
ENTÃO, PASSOU A TER ALUCINAÇÕES, A SE MUTILAR, A FALAR EM UMA LÍNGUA DESCONHECIDA!
COM LICENÇA, DOUTOR, MAS VEJO PELA JANELA QUE SEU PACIENTE ESTÁ MEXENDO NO MEU CARRO.
ABIGAIL, DISCIPLINE EDMOND.
CALMA, NÃO HÁ RAZÃO PARA VIOLÊNCIA.
GIACOMO, ATENÇÃO! O DEMÔNIO ESTÁ AQUI!
HELGA DISSE--
MEU NOME É ABIGAIL!
ABIGAIL DISSE QUE ELE MORA AQUI DESDE QUE NASCEU.
SIM, ESTA É A CASA DE EDMOND, ELE NÃO NECESSITA DE SUPERVISÃO.
SUPERVISÃO? AQUELE HOMEM PRECISA DE--
SIM. E FOI ENTÃO QUE COMEÇOU O MISTÉRIO DE WILLIAM FARADAY.
QUANDO A AUTO-MUTILAÇÃO COMEÇOU, VOCÊ O PÔS SOB VIGILÂNCIA?
OS GRITOS DO ÚLTIMO QUARTO DEIXAVAM OS OUTROS PACIENTES AGITADOS.
ESTE CORREDOR INTEIRO ESTÁ VAZIO?
PROF. VENKMAN, NÃO VAMOS NOS ATER A ASSUNTOS LATERAIS.

ESTEJAM PREPARADOS...
...O PACIENTE É DIFERENTE DE **TUDO** O QUE EU JÁ VI.
MAS QUE DIABOS--
POR ISAAC NEWTON--
CABBROOM!!

FATGUN
MEU DEUS, SEDE ESTE HOMEM!
ELE ESTÁ SEDADO.
AU AU AU AU
DOUTOR VON STRAUSS, MAS QUE ABSURDO É ESSE?!
WA HG
THOTH
ELE ESTÁ ACORRENTADO EM MEIO AO PRÓPRIO EXCREMENTO, ISSO É DESUMANO!
ESSAS PALAVRAS PARECEM EGÍPCIO...
ELE DISSE THOTH?!
ISSO NÃO É EGÍPCIO, É A LÍNGUA DO DEMÔNIO!
QUEM NÃO TIVER FÉ EM NOSSO SENHOR JESUS CRISTO, SAIA DESSE RECINTO AGORA!
HAHAHAHAHAHA
VIERAM ATRÁS DE WILLIAM FARADAY?
POIS ELE NÃO ESTÁ MAIS AQUI.

TALVEZ VOCÊ ENCONTRE WILLIAM FARADAY APODRECENDO NUM CEMITÉRIO...
...FAZENDO COMPANHIA AOS FILHOS DE UM PAI QUE FALHOU EM PROTEGÊ-LOS!
DEVE HAVER ALGUMA EXPLICAÇÃO PARA ISSO!
OU NOS LIVROS INÚTEIS DE UM PROFESSOR QUE PROCURA SOMBRAS ONDE NÃO EXISTEM.
TALVEZ NO FUNDO DE UMA GARRAFA...
...NO MEIO DAS PERNAS DE UMA PROSTITUTA PUSTULENTA.
OK, ESSA FOI PRA MIM.
...OU ENTÃO NA MENTE DE UM LOUCO QUE DÁ O PRÓPRIO SANGUE A UM DEUS QUE NÃO EXISTE!
OFENSAS DE DEMÔNIOS JÁ NÃO ME IMPRESSIONAM HÁ ALGUNS ANOS.
AH AH AH AH AHAHAHA
SENHOR FARADAY, TALVEZ AS PALAVRAS DE UM PARENTE POSSAM ACALMÁ-LO!
COF, COF! EU VOU TENTAR!
WILLIAM! SOU EU, SEU PRIMO, THOMAS!
THOMAS? É VOCÊ?
SIM, WILLIAM. SOU EU. FIQUE CALMO.

WWRRAAGHHH
THOMAS, CUIDADO!
MAS QUE PALHAÇADA--
QUEM É VOCÊ, CRIATURA?!
MEU NOME... É NYARLATHOTEP!
O QUE VOCÊ QUER?!
EU JÁ TENHO O QUE EU QUERO, DOUTOR VENKMAN!
COMO SABE O MEU NOME?!
JUNTE-SE A MIM, E TERÁ TODAS AS RESPOSTAS QUE PROCURA!
EU NUNCA VOU ME ALIAR A TIPOS COMO--
BOLLOCKS.
EU NÃO TENHO ESTÔMAGO PARA ESSE TEATRINHO.
VÁ PARA ONDE QUISER, O'FLANAGAN. NO FIM, VOCÊ TAMBÉM VAI QUEIMAR!
EU NÃO VOU ESPERAR AUTORIZAÇÃO DE BISPO OU DIOCESE!
EU VOU COMEÇAR A TRABALHAR **AGORA!**

ALGUÉM MAIS PRETENDE SE JUNTAR AO SEM-FÉ?
EU NÃO SEI SE EU DEVO--
COMO FAMILIAR, VOCÊ TEM QUE FICAR!
--MAS EU--
ISSO NÃO É UM TEATRO, ISSO É UM RITUAL DE EXORCISMO!
TABEF
VENKMAN, ONDE ESTÁ A SUA FÉ, EM DEUS OU NOS DEMÔNIOS QUE VOCÊ ESTUDA?!
EU TENHO FÉ EM DEUS.
GIACOMO, VOCÊ VAI EXERCITAR SUA FÉ OU VAI SE ACOVARDAR?
EU FICAREI AO SEU LADO, D. AZAGHAL.
DOUTOR?
EU SEI NO QUE ACREDITO, D. AZAGHAL.
FAÇA O POSSÍVEL PARA TRAZER ALÍVIO A ESTA POBRE ALMA.
TRANQUE A PORTA!
O RITUAL VAI COMEÇAR.

É HORA DE TESTAR SUA FÉ, THOMAS FARADAY!
SE HOUVER DÚVIDA EM SEU ÂMAGO, O DEMÔNIO VAI POSSUIR A SUA ALMA--
--PORQUE AINDA NÃO SABEMOS QUANTOS DEMÔNIOS ESTÃO DENTRO DO CORPO DESSE HOMEM!
EU JÁ PRESENCIEI CASOS DE CORPOS POSSUÍDOS POR MAIS DE SETE DEMÔNIOS, E BASTA UM SEGUNDO DE FRAQUEZA--
--PARA QUALQUER UM DELES POSSUIR O SEU CORPO E VOCÊ COMEÇAR A COMER SUAS PRÓPRIAS FEZES!
EU ESTOU BEM AQUI ONDE ESTOU.
FAÇA O QUE PRECISA FAZER!
DOS SEIS ESTÁGIOS DO EXORCISMO, NÓS JÁ PASSAMOS POR QUATRO!
O RITUAL CONSISTE NA PRESENÇA, ONDE DETERMINAMOS QUE EXISTE O DEMÔNIO, OU ESPÍRITO POSSESSOR--
--TEMOS A PRESUNÇÃO, QUE É A TENTATIVA DO ESPÍRITO MALIGNO SE PASSAR PELA VÍTIMA--
--TEMOS A RUPTURA, EM QUE O DEMÔNIO SE REVELA--
--TEMOS A MUDANÇA DE VOZ, EM QUE O TOM DO DEMÔNIO SE TORNA CALMO E APAZIGUADOR--
--E AGORA ENTRAREMOS NA FASE DO CONFLITO, EM QUE VAMOS LUTAR PELA EXPULSÃO DO DEMÔNIO E PELA ALMA DO SEU PARENTE!

EXORCIZAMUS TE, OMNIS IMMUNDUS SPIRITUS, OMNIS SATANICA POTESTAS, OMNIS INCURSIO INFERNALIS ADVERSARII, OMNIS LEGIO, OMNIS CONGREGATIO ET SECTA DIABOLICA ERGO, DRACO MALEDICTE ET OMNIS LEGIO DIABOLICA
VADE, SATANA!
RETIRA-TE DESTA IMAGEM DE DEUS, VELHO INIMIGO DO HOMEM!
ISTO EU TE ORDENO!
NOSSO SENHOR JESUS CRISTO, PELA SUA HUMILDADE, VENCEU TUA SOBERBA!
PELA SUA GENEROSIDADE, ABATEU TUA INVEJA, PELA SUA MANSIDÃO, DERRUBOU TEU FUROR!
EMUDECE, PAI DA MENTIRA, E NÃO IMPEÇAS ESTE SERVO DE DEUS DE BENDIZER E LOUVAR AO SENHOR!
TENTE FALAR COM SEU PARENTE--
--E DESCOBRIR ALGUMA COISA!
WILLIAM?!
VOCÊ ESTÁ AÍ, WILLIAM?
...THOMAS?

ACHE OS MEUS DIÁRIOS-- GRRRR!
DESCUBRA... ONDE ESTÁ PATRICK.
PEGUE O LIVRO COM ELE.
EU... NÃO ENTENDO! QUEM É PATRICK?!
VOCÊ PRECISA ENCONTRÁ-LO, THOMAS!
ANTES QUE OS...
CUIDADO!
O QUE ELE DISSE?!
ALGUMA COISA SOBRE... PATRICK E--
TODOS QUE SOUBEREM REZAR, REZEM COMIGO!
PAI NOSSO QUE ESTAIS NO CÉU--
סִימְשַׁבְּשׁ רָמְשׁ שַׁדַּקְתִּי:
--ADVENIAT REGNUM TUUM--
--ASSIM NA TERRA COMO NO--
--CÉU...?

MEU DEUS...!
GIACOMO, CONCENTRE-SE NA ORAÇÃO!
--PERDOAI AS NOSSSAS OFENSAS--
--ASSIM COMO NÓS PERDOAMOS--
EXORCIZAMUS TE, OMNIS IMMUNDUS SPIRITUS, OMNIS SATANICA POTESTAS, OMNIS INCURSIO INFERNALIS ADVERSARII--

VADE SATANA EU TE
EXORCIZO!
BENJAMIN FRANKLIN, O QUE É ISSO?!
EU NUNCA VI NADA PARECIDO!
PRECISO FAZER ANOTAÇÕES, PRECISO--
VENKMAN, FICOU LOUCO?! FECHE OS OLHOS!
--ENTENDER!

ACABOU MESMO? ELE ESTÁ SALVO?
FIQUEM ALERTA! AINDA PODE HAVER ALGUM DEMÔNIO DENTRO DELE!
WILLIAM, FALE COMIGO, HOMEM!
THOMAS, EU FUI UM TOLO...!
ACHEI QUE PODERIA CONTROLAR O LIVRO--
LIVRO?! MAS QUE LIVRO, WILLIAM?!
--ACHEI QUE PODERIA ENTENDER--
...PROCURE PATRICK MCNAMARA!
WILLIAM!

TEMOS QUE CHAMAR OS ENFERMEIROS!
ISTO TEM UMA EXPLICAÇÃO **RACIONAL**.
O QUE NÓS VIMOS AQUI FOI UMA **ALUCINAÇÃO**.
EM PSIQUIATRIA, CHAMA-SE *FOLIE A DEUX*--
ESCUTE AQUI!
O QUE NÓS VIMOS AQUI FOI A **FALÊNCIA** DO SEU SISTEMA PRIVADO DE SANATÓRIO.
É BOM VOCÊ CHAMAR OS SEUS **ADVOGADOS**, PORQUE OS MEUS VÃO VIR AQUI E VOU DENUNCIAR O TRATAMENTO ABSURDO QUE VOCÊ DÁ A SEUS PACIENTES!
ESTE LUGAR SERÁ **FECHADO!**
HERR FARADAY, ESTE LUGAR EXISTE HÁ MUITO TEMPO.
TRAGA SEUS ADVOGADOS SE QUISER. EU TENHO **CONFIANÇA** EM MEU TRABALHO AQUI.
EU PRECISO ENCONTRAR UMA DAQUELAS MOSCAS!
SABER SE O QUE VIMOS FOI MESMO REAL!
VENKMAN, **ESPERE!**
VOLTE JÁ AQUI!
EU PRECISO ENCONTRA ALGUMA DAQUELAS--
--SENHOR? POR FAVOR!

D. AZAGHAL, NÃO DEVEMOS IR ATRÁS DE FARADAY E VENKMAN?!
NÃO. EU PRECISO EXAMINAR **O CORPO.**
D. AZAGHAL, CREIO QUE SEU TRABALHO AQUI TENHA TERMINADO.
MEU TRABALHO MAL COMEÇOU, DOUTOR!
GIACOMO, FIQUE DE OLHO--
--O **DEMÔNIO** AINDA ESTÁ AQUI--
--E EU NÃO QUERO MAIS **SURPRESAS!**
EM NOME DE JESUS, **O QUE É ISSO?**
A BOCA ESTÁ TOMADA POR ESSE LÍQUIDO **PRETO...?**
DR. VON STRAUSS, ELE JÁ HAVIA APRESENTADO ESSE--
--DOUTOR?
COMO NÃO HÁ SANGUE...?
ELE ESTAVA BEM AQUI! ISSO NÃO FAZ SENTIDO!
"O **TEMPO** NÃO FAZ SENTIDO AQUI..."

...JÁ SÃO OITO ANOS VIVENDO NESSE **INFERNO**--
--PORQUE MINHA FAMÍLIA NÃO CONSEGUE SUPORTAR A **VERGONHA** QUE SENTE DE MIM!
QUALÉ, VOCÊ MATOU ALGUÉM?
EU **AMEI** ALGUÉM.
E QUAL O NOME DELA--
O NOME DELE ERA **JOHN!**
NÃO SE ENVERGONHE, AMAR NÃO É VERGONHA PRA NINGUÉM.
TOME UM TRAGO, VAI TE FAZER BEM!
OBRIGADO! EU ESTAVA PRECISANDO, FAZ ANOS QUE NÃO BEB--
MAS QUE DIABOS?!
WHAT THE--

CAVALHEIRO?! VOCÊ PODE NOS OUVIR?
ELE DEVE SER UM PACIENTE AQUI!
TALVEZ ELE SAIBA O QUE ACONTECEU COM MEU PRIMO!
CAVALHEIRO?!
ELE NÃO ME PARECE APTO A RESPONDER...
CAVALHEIRO?!
CALMA, BILLY, CALMA!
AU AU!
BILLY, VOLTE AQUI!

O'FLANAGAN?!
O QUE VOCÊ ESTÁ FAZENDO AQUI?!
FARADAY, VOCÊ NÃO VAI ACREDITAR!
ACABOU DE PASSAR UMA NUVEM BIZARRA DE MOSCAS AQUI POR MIM E PELO--
--PRA ONDE ELE FOI!?
ONDE ESTÁ O PACIENTE?! DA MOSCA NO OLHO?!
EU ESTAVA FALANDO COM UM PACIENTE, MAS--
ENTÃO VOCÊ VIU AS MOSCAS, NÃO VIU?
E TINHA COMO NÃO VER? ERAM MILHARES!
ALI, FINALMENTE ALGUÉM PARA NOS AJUDAR!
"ALI" AONDE, FARADAY? NÃO HÁ NINGUÉM--
ENFERMEIRO, POR FAVOR!
EU PRECISO QUE VOCÊ CHAME AS AUTORIDADES, POIS O MEU PRIMO--

FARADAY!
FARADAY!
ACORDE, HOMEM
O QUÊ...?
VOCÊ VAI QUERER VER ISSO!
EU NÃO ENTENDO...!
O ROSTO DELE...?
DEPOIS SOU EU QUE BEBO!
AQUELE BRUTAMONTES AINDA ESTÁ MEXENDO NO SEU CARRO!
"QUE DIABOS ESTÁ ACONTECENDO NESTE LUGAR?!"

MEIN HERR--
--DAS RITUAL IST ABGESCHLOSSEN!
EI! O QUE VOCÊ ESTÁ FAZENDO?
ESSE CARRO É MEU!
MINHA NOSSA, O QUE VOCÊ FEZ COM O MOTOR?!
HMM, HMM!
SAIA DA FRENTE, SEU BRUTAMONTES, ANTES QUE EU--
POR ALEXANDER GRAHAM BELL--
--O QUE É ISSO?!

EU SÓ VOU PERGUNTAR UMA VEZ!
DE QUEM É ESTE MEMBRO NO CÂMBIO DO MEU CARRO?!
HMMM HMMMM
BILLY! ONDE VOCÊ VAI?!
VOLTE AQUI, BILLY!
ESSE CACHORRO AINDA VAI NOS MATAR.
BILLY...?
GRANDE ESCÓCIA--

BILLY, SOLTE ESTA PORCARIA!
VAMOS EMBORA DESSE LUGAR!
VENKMAN! COMO ESTAMOS?!
NADA BEM! NENHUM DOS CARROS FUNCIONA!
OS MOTORES FORAM INUTILIZADOS!
BLOODY HELL!
O QUE VOCÊ FEZ, SUA ABERRA--
O QUÊ...?
UM GALPÃO! DEVE TER ALGUM VEÍCULO ALI!
E QUANTO AO BÚFALO E AQUELE PADRE MALUCO?
VAMOS ACHAR UM VEÍCULO PRIMEIRO, DEPOIS OS BUSCAMOS.

DEVE HAVER ALGUM CARRO AÍ DENTRO.
VAMOS, ME AJUDEM AQUI!
QUE DIABOS--
O'FLANAGAN, VOCÊ TEM UM ISQUEIRO, NÃO TEM?
TENHO, MAS--
--ALGO ME DIZ QUE NÃO VAMOS PRECISAR.

QUE BARULHO FOI ESSE?!
CHARLES DARWIN, O QUE É ISSO!?
NOSSA SITUAÇÃO É NEFASTA!
ESTAMOS SOFRENDO DE ALUCINAÇÕES COLETIVAS!
ELES NOS DROGARAM, NÃO É POSSÍVEL!
MEU DEUS!
ISSO É IGUAL AO QUE FIZERAM COM A MINHA SOBRINHA!
O'FLANAGAN, NÃO!

ALUCINAÇÃO OU NÃO--
SOC
--EU NÃO VOU FICAR PARADO ENQUANTO ESSES **CULTISTAS** TIRAM UMA VIDA!
CRAK
CHAK
ARGH!
JIMMY!
BANG

SMAK
WANKERS.
TÁ TUDO BEM...
AMIGO... **AMIGO!**

NÓS... NUNCA SAÍMOS DAQUI!
EU ODEIO ESSE LUGAR...
VEJAM, CARROS! ALGUM DEVE FUNCIONAR!
O'FLANAGAN, CHEQUE O CALHAMBEQUE!
NÃO PRECISA PEDIR DUAS VEZES!

O QUE FAREMOS AGORA, D. AZAGHAL?
ESTE CASO ULTRAPASSA AS MINHAS ATRIBUIÇÕES, GIACOMO.
PRECISO COMUNICÁ-LO AO MEU SUPERIOR--
--E AGUARDAR SUAS ORIENTAÇÕES.
VOCÊ ACHA MESMO QUE ELES VALEM O ESFORÇO, JAVIER?
EU NÃO LHE DEVO SATISFAÇÕES, DEMÔNIO.
QUAL É O SEU NOME?
HAHAHA.
EU TENHO 999 NOMES.
999 ROSTOS.
ALGUNS FORAM DADOS PELA SUA ESPÉCIE.
ALGUNS FORAM DADOS PELOS MEUS IRMÃOS.
CAOS RASTEJANTE, LÍNGUA SANGRENTA OU DEMÔNIO SOMBRIO.
MAS SE QUISER UM NOME BONITO PARA CONSTAR EM SEUS AUTOS ...

...PODE ME CHAMAR DE
NYARLATHOTEP
O QUE VOCÊ QUER COM ESSA ALMA, DEMÔNIO?!
ALMA?! O QUE VOCÊ CONHECE COMO "ALMA" É APENAS A LEMBRANÇA DE UMA PIADA QUE HÁ MUITO TEMPO FOI ESQUECIDA POR QUEM A CONTOU!
O QUE VOCÊ CONHECE COMO ALMA É MENOS DO QUE A LEMBRANÇA DE UM SONHO RUIM. EU JÁ TENHO O QUE EU QUERO!
ENTÃO VÁ EMBORA, DEMÔNIO!
VÁ EMBORA DESSE LUGAR E DEIXE ESSA ALMA EM PAZ!
NÃO... EU ESTOU BEM ONDE EU QUERO ESTAR, JAVIER!
O QUÊ?!
QUE BRUXARIA É ESSA?!

FECHE SEUS OLHOS, GIACOMO!
NADA DISSO É REAL!
SÃO APENAS ILUSÕES CRIADAS PELO DEMÔNIO PARA--
OLÁ, RAPAZES!
GOSTARIAM DE UM POUCO DE DIVERSÃO?
EU POSSO CHAMAR UMAS AMIGAS E--
CALMA, D. AZAGHAL, TAMBÉM NÃO PRECISA--
SEU ANIMAL!
PAF
VOCÊ ESTÁ BEM, BONITÃO?
JÁ TÔ ACOSTUMADO!
VENHA ATRÁS DE MIM E ESQUEÇA SEUS SENTIDOS, GIACOMO!
DEUS VAI NOS MOSTRAR A SAÍDA... UGH!
NA DOR!
GIACOMO...

O QUE FOI, D. AZAGHAL? ATÉ QUE ESSE LUGAR--
--NÃO É TÃO RUIM ASSIM.
EM NOME DE CRISTO, EU VOU--
NÃO HÁ CRISTO AQUI, D. AZAGHAL!
SOMENTE MERCÚRIO, O DEUS MENSAGEIRO!
OUTRA BLASFÊMIA PARA ENGANAR NOSSA MENTE!
VENHA, GIACOMO!

ESTAMOS... DE VOLTA?!
EU LHE DISSE QUE O DEMÔNIO ERA TRAIÇOEIRO!
AGORA, VAMOS--
QUE **TRUQUE BARATO** É ESSE, AGORA?!
O CAOS RASTEJANTE CHEGOU.
EU NÃO TENHO TEMPO PARA ISSO E--
ER, D. AZAGHAL, ESTÁ OUVINDO ISSO?
TEM GENTE GRITANDO LÁ FORA!
"PELO SANGUE DE JESUS!"
"EU SEI O QUE ESTÁ ACONTECENDO!"

LUGH.
O DEUS MENSAGEIRO DOS CELTAS, ASSIM COMO O ARCANJO GABRIEL E MERCÚRIO.
TODOS MENSAGEIROS.
NYARLA-THOTEP! QUAL É A MENSAGEM QUE VOCÊ QUER PASSAR?!
A MENSAGEM É SÓ UMA!
NYARLATHOTEP ESTAVA CONTIDO, MAS AGORA ESTÁ VINDO AO MUNDO!
ESQUEÇA SEUS DEUSES FALSOS!
ESQUEÇA SUA VIDA SEM SENTIDO!
APROVEITE O QUE LHE RESTA DE VIDA!
RIA CONOSCO NOS ÚLTIMOS INSTANTES DA TERRA!
O MENSAGEIRO VEIO E ELE TRAZ A MENSAGEM DOS GRANDES ANTIGOS!
O FIM DO MUNDO SE APROXIMA!
PH'NGLUI MGLW' NAFH--
--CTHULHU R'LYEH WGAH'NAGL FHTAGN
O DEMÔNIO VAI CONTINUAR BRINCANDO CONOSCO ENQUANTO NÃO SAIRMOS DAQUI!

D. AZAGHAL, FICOU MALUCO?!
NUNCA ESTIVE TÃO **LÚCIDO**!
VENHA, ME SIGA!
MAS A QUEDA É--
DEUS VAI NOS PROTEGER, GIACOMO!
D. AZAGHAL, VOLTE!
ME DÊ SUA MÃO, VAMOS!
NÃO!

OBRIGADO, SENHOR! OBRIGADO, MEU FILHO.
SEU NOME É EDMOND, NÃO É?
VOCÊ ESTÁ... CHORANDO?!
HONK HONK
D. AZAGHAL, ENTRE LOGO NO CARRO!
NÃO PODEMOS IR SEM--
RÁPIDO, NÃO TEMOS TEMPO A PERDER!
TUP!
ESTOU BEM AQUI, D. AZAGHAL!
AINDA HÁ BOAS ALMAS NESSE LUGAR QUE PRECISAM SER SALVAS!
EU PROMETO QUE VOLTAREI POR ELAS! AGORA, VAMOS!

EU TE ABENÇOO, EDMOND!
QUE A PAZ DO SENHOR ESTEJA CONTIGO.
D. AZAGHAL, NÓS TEMOS QUE IR--
--ENQUANTO AINDA TEMOS ALGUMA SANIDADE!
O DEMÔNIO TOMOU CONTA DESSE LUGAR!
ELE QUER DESTRUIR O MUNDO!
É O APOCALIPSE!
NÃO TEM DEMÔNIO NENHUM, CARA.
EU ACABEI DE VER COISAS QUE NUNCA VI NA VIDA!
NÓS FOMOS TRANSPORTADOS PARA UM TIPO DE BACANAL ROMANO EM HOMENAGEM AO DEUS MERCÚRIO--
--E EU SÓ PUDE OLHAR!
NÓS VIMOS UM RITUAL DE SACRIFÍCIO POR NEANDERTAIS SANGUINÁRIOS!
UM DELES INCLUSIVE ARREBENTOU MEU OMBRO!
EXISTEM TANTAS EXPLICAÇÕES POSSÍVEIS! DROGAS, HIPNOSE...
HIPNOSE? VOCÊ ESTÁ VENDO ALGUM RELÓGIO DE BOLSO AQUI?!
ESSE LOCAL SERVIU DE TEMPLO PARA VÁRIAS RELIGIÕES, VÁRIOS--
--DEUSES.

POR COPÉRNICO!
NÃO, **NÃO!**
NÓS VAMOS--
HA **HA**

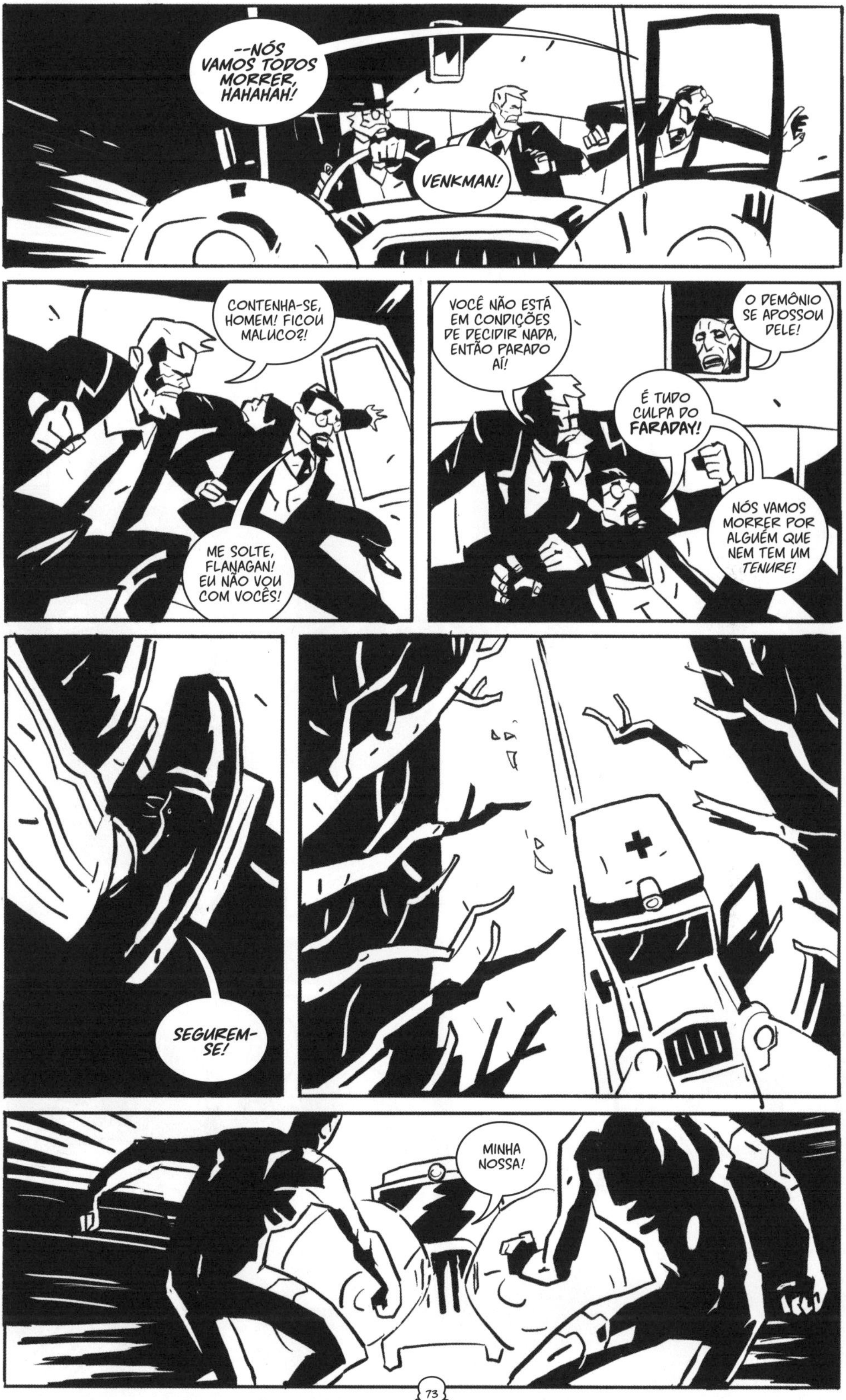
--NÓS VAMOS TODOS MORRER, HAHAHAH!
VENKMAN!
CONTENHA-SE, HOMEM! FICOU MALUCO?!
ME SOLTE, FLANAGAN! EU NÃO VOU COM VOCÊS!
VOCÊ NÃO ESTÁ EM CONDIÇÕES DE DECIDIR NADA, ENTÃO PARADO AÍ!
O DEMÔNIO SE APOSSOU DELE!
É TUDO CULPA DO FARADAY!
NÓS VAMOS MORRER POR ALGUÉM QUE NEM TEM UM TENURE!
SEGUREM-SE!
MINHA NOSSA!

NÓS VAMOS MORRER, NÓS VAMOS MORR--
D. AZAGHAL!
GIACOMO!
SEGURE FIRME!
ACHAM QUE PODEM ESCAPAR?!

OUÇA MINHA MENSAGEM, D. AZAGHAL!
O CAOS RASTEJANTE CHEGOU!
VOCÊ NÃO TEM NADA PARA MIM, JAVIER!
MAS EU POSSO LHE MOSTRAR A VERDADE!
O QUE VOCÊ QUER, DEMÔNIO?!
APENAS DEUS É A VERDADE!
SEU DEUS TE ABANDONOU, D. AZAGHAL, E EU--
VOCÊ VAI RESPEITÁ-LO!
AH, GIACOMO, ATÉ QUANDO ACHA QUE PODE SE ESCONDER?
ACHA MESMO QUE TANTAS DOAÇÕES--
CALE A BOCA!
--VÃO COMPENSAR A DOR QUE CAUSOU?!
MEUS ATOS SERÃO JULGADOS PELO MEU SENHOR--
SOC!
--E NÃO POR UM VERME COMO VOCÊ!
HA HA HA

TUMP
CRASH
BLAM

ESTÃO TODOS BEM?!
FLANAGAN! VENKMAN!
AH, QUE ÓTIMO, AMBOS ESTÃO DESACORDADOS!
BÚFALO, D. AZAGHAL--
THUMP!
SEGUREM-SE!
ESTÁ TUDO BEM AÍ ATRÁS?!
VAMOS VIVER, E É ISSO O QUE IMPORTA!
COMO ESTÃO OS OUTROS?!
NÃO SEI DIZER! TEMOS QUE--
--BENJAMIN FRANKLIN!

O QUE ELES ESTÃO FAZENDO AGORA?!
"AQUILO... É UMA PESSOA?!"
EU NÃO SEI MAIS O QUE É REAL OU NÃO--
--MAS NÃO QUERO FICAR AQUI PARA DESCOBRIR A DIFERENÇA!
THOMAS, ME DÊ ESSA ARMA!
O QUÊ?!

O QUE VAI FAZER, BÚFALO?
EU VOU PROVAR--
WHAM!
--QUE EU SOU UM BOM CRISTÃO!
BANG

PADRE, ME PERDOE...
...EU PEQUEI.
EU SEI, MEU FILHO. EU SEI.
Finalmente começou.
Você pode sentir, não pode?
Os sinais estão por toda parte.
A chuva que cai mais escura que a noite.
Mães sem rosto de bebês com três pernas.
O fim da esperança, o amadurecer de um mundo jovem cuja única vocação é o desespero.
Qual é o nosso papel nisso tudo?
Qual é o papel de cada um?
Como lutar ou escapar das forças profanas que veem nosso mundo como um breve delírio?
Eu não tenho as respostas para essas perguntas, Patrick.

Longe dali.
Meus caminhos já estavam **traçados** por forças poderosas muito antes de eu nascer!
Se aprendi algo com você, é que nem toda pergunta tem uma única **resposta.**
Esse **livro** é nossa prisão, mas, ironicamente, também é a chave para nossa liberdade!
Só nos resta esperar, meu querido Patrick.
...POIS ELES ESTÃO VINDO!

2

O HORROR DO NECRONOMICON

Cinco meses depois.
"NADA É MARAVILHOSO DEMAIS PARA SER VERDADE SE FOR CONSISTENTE COM AS LEIS DA NATUREZA."
ENTÃO, FARADAY, VOCÊ ESTÁ DIZENDO--
--QUE AGORA ACREDITA EM CULTISTAS, HOMENS SEM ROSTO E RITUAIS SATÂNICOS.
VENKMAN, EU ESTOU DIZENDO QUE O QUE VIMOS EM NEWCASTLE HÁ CINCO MESES PRECISA TER UMA EXPLICAÇÃO CIENTÍFICA!
DEPOIS DE ACIONAR MEUS CONTATOS NO GOVERNO, RETORNEI AO MANICÔMIO COM A POLÍCIA--
--E LÁ ENCONTRAMOS DEZENAS DE INDÍCIOS DE FRAUDES E ILEGALIDADES!
SENTA!
VON STRAUSS REALIZAVA EXPERIMENTOS ILEGAIS EM SEUS PACIENTES, SEM CONSENTIMENTO DAS FAMÍLIAS OU MESMO EVIDÊNCIAS CIENTÍFICAS!
O POBRE EDMOND, QUE PROVOU SEU VALOR AO SALVAR D. AZAGHAL, FOI UMA DE SUAS VÍTIMAS!
EU SIMPLESMENTE NÃO PUDE DEIXÁ-LO ALI...
A EXPLICAÇÃO É MUITO MAIS SIMPLES: ESTÃO TENTANDO APAGAR O PODER DE DEUS!
QUAL É A DIFERENÇA ENTRE VON STRAUSS E VOCÊS?!
VENKMAN, UM CULTISTA, FARADAY, UM CÍNICO FALASTRÃO--
--E JIMMY O'FLANAGAN, UM DEPRAVADO QUE RENEGOU A PRÓPRIA FÉ!
ACHEI QUE ESTIVESSE FALANDO DE MIM.
E VOU ENCHER MEU CANTIL.

VOCÊ TAMBÉM, ANIMAL!
VISTA-SE! ESTÁ DESPERTANDO A LUXÚRIA!
PLEF
D. AZAGHAL, EU NÃO SOU UM CULTISTA, MAS É INEGÁVEL QUE ELES EXISTEM E QUEREM DAR UM FIM A ESTE MUNDO!
BLASFÊMIA! SOMENTE DEUS SABE O DIA DO JUÍZO FINAL!
THOMAS, POR QUE NOS CHAMOU AQUI? ACHEI QUE A SITUAÇÃO COM SEU PRIMO ESTIVESSE RESOLVIDA.
MEU CARO BÚFALO, SE VOCÊ SE RECORDA DAS ÚLTIMAS PALAVRAS DE WILLIAM--
--ELE ME PEDIU QUE ENCONTRASSE TRÊS COISAS: SEU DIÁRIO, UM HOMEM CHAMADO PATRICK MCNAMARA E UM LIVRO.
APÓS UMA DILIGENTE BUSCA, LOCALIZEI O REGISTRO DE UMA PROPRIEDADE EM SEU NOME, NO INTERIOR DO PAÍS, E LÁ ENCONTREI O DIÁRIO, QUE AGORA TENHO EM MINHAS MÃOS.
PARA MEU HORROR, OS RELATOS DE WILLIAM SÃO CONDIZENTES COM TUDO O QUE TESTEMUNHAMOS EM NEWCASTLE.
NESSAS PÁGINAS, ELE DIZ TER ENCONTRADO NAS RUAS DO CAIRO, UM ESTRANHO LIVRO COM UMA CAPA DE PELE HUMANA...
...CHAMADO NECRONOMICON!
SEU PRIMO ESTAVA DE POSSE DO NECRONOMICON?!
SIM! VOCÊ CONHECE ESSE LIVRO?

O NECRONOMICON É UM COMPÊNDIO DE RITUAIS E FEITIÇOS COLETADOS POR **ABDUL AL-HAZRED**, O ÁRABE LOUCO, HÁ MAIS DE **MIL ANOS!**
EU SEMPRE ACHEI QUE O LIVRO FOSSE UMA **LENDA**. SE SEU PRIMO O ENCONTROU, ELE ESTEVE DE POSSE DE UM ITEM MUITO PODEROSO!
O QUE MAIS O DIÁRIO DIZ?
PERMITAM QUE EU LEIA ESTE TRECHO:
"COMETI UM GRANDE ERRO AO COMPRAR ESTE LIVRO, MAS NÃO HÁ MAIS VOLTA...
O NECRONOMICON NÃO É UM TOMO COMUM NEM MESMO UM MANUAL OCULTISTA. ELE EXPLICA A VERDADE SOBRE NOSSO UNIVERSO E SEUS SENHORES.
Hotel
A HUMANIDADE É UM ACASO CÓSMICO, UMA PIADA DE MAU GOSTO DE DEUSES ONIPOTENTE E MALIGNOS--
--QUE MAL NOTAM NOSSA EXISTÊNCIA E, QUANDO PERCEBEM QUE ESTAMOS AQUI, DESEJAM NOS ESCRAVIZAR OU NOS DESTRUIR.
CTHULHU É O SUMO SACERDOTE DESSES GRANDES ANTIGOS, UM DEUS ADORMECIDO NAS PROFUNDEZAS DO OCEANO. **NYARLATHOTEP** É O MENSAGEIRO, O MAIS ATIVO DESSES DEUSES, O ELO ENTRE SEUS REINOS INIMAGINÁVEIS E O NOSSO MUNDO!
EU SEI QUE DEVERIA PARAR DE LER, MAS NÃO CONSIGO. PRECISO SABER MAIS SOBRE A ALMA DE TODOS OS DEUSES, E SOBRE OS 999 NOMES E 999 ROSTOS DE NYARLATHOTEP!

SINTO SEU PODER ENTRANDO EM MIM ATRAVÉS DO NECRONOMICON, MAS NÃO CONSIGO PARAR.
MINHA VIDA ACABOU. O PODER DE NYARLATHOTEP JÁ ESTÁ ME CONSUMINDO POR DENTRO. PELO MENOS ELE ESTÁ CONTIDO EM MEU CORPO.
ENQUANTO ELE NÃO FOR LIBERTADO TEREMOS ALGUMA ESPERANÇA. NAS PÁGINAS DESTE LIVRO ESTÁ O RITUAL QUE PODERÁ TRAZER NYARLATHOTEP À TERRA EM SUA **FORMA FÍSICA--**
--E ENTÃO ELE NÃO PRECISARÁ MAIS DE CULTISTAS HUMANOS E ABRIRÁ PASSAGEM PARA TODOS OS DEUSES. SERÁ O **FIM DO MUNDO.**
NÃO POSSO MAIS TER ACESSO AO NECRONOMICON. O PODER DE NYARLATHOTEP ESTÁ EM MIM. SE NINGUÉM ME DETIVER, EU MESMO FAREI O **ÚLTIMO RITUAL.**
DECIDI ME INTERNAR NO MANICÔMIO **NEWCASTLE**, ONDE NÃO PODEREI FAZER MAL A NINGUÉM.
A INSTITUIÇÃO FOI BEM RECOMENDADA PARA MIM. PATRICK MCNAMARA FICARÁ COM O LIVRO. ELE PROMETEU JAMAIS LÊ-LO E LEVÁ-LO PARA UM LUGAR ONDE NINGUÉM POSSA ENCONTRÁ-LO. NÃO SEI O QUE ACONTECERÁ QUANDO EU MORRER, MAS PELO MENOS POR ENQUANTO, MEU CORPO É UMA PRISÃO PARA O DEUS PROFANO.
"QUE NINGUÉM **NUNCA** O LIBERTE."
E ESTE É O FIM DOS RELATOS.

ENTÃO, EM VEZ DE **DERROTAR** O DEMÔNIO, NÓS O **LIBERTAMOS?!**
BELO TRABALHO, D. AZAGHAL.
O QUE VOCÊ DESCOBRIU SOBRE PATRICK MCNAMARA, FARADAY?
EU SEI QUE ELES LUTARAM JUNTOS NA GRANDE GUERRA.
ALÉM DISSO, ENCONTREI DEZENAS DE RECIBOS DE CHEQUES MENSAIS PARA MCNAMARA, INDICANDO QUE ERA SEU FUNCIONÁRIO.
UM IRLANDÊS SUBORDINADO A UM INGLÊS?
MUITOS SOLDADOS IRLANDESES FORAM DESIGNADOS PARA SERVIR A SUPERIORES DA BURGUESIA INGLESA.
ALGUNS OPTARAM POR SEGUIR COM A **HUMILHAÇÃO** DEPOIS DA GUERRA, O QUE DEVE TER SIDO O CASO DESSE TAL MCNAMARA.
ACHA QUE PODE LOCALIZÁ-LO?
TODO IRLANDÊS DEIXA UM RASTRO, MAS EU PRECISO DE UM **CHEIRO.**
O QUE ACHA DISSO?
ESTAVA NO DIÁRIO, NA PÁGINA DE QUANDO ELE DISSE QUE IRIA ATRÁS DE PATRICK. A DATA TAMBÉM CONFERE.
BERLIM
ENTÃO, FOI A ÚLTIMA VIAGEM DE WILLIAM FARADAY. **BERLIM.**
SE ESTIVER PENSANDO EM **RECUPERAR** O LIVRO...
EU PRECISO ESTUDÁ-LO! DESCOBRIR O QUE ACONTECEU COM MEU PRIMO!
THOMAS FARADAY, SEU **HEREGE!**

O **ÚNICO LIVRO** QUE TEM ALGUM PODER É A BÍBLIA! QUALQUER OUTRO QUE DIGA O CONTRÁRIO DEVE SER **DESTRUÍDO!**
FINALMENTE CONCORDAMOS EM ALGUMA COISA.
SENHORES, EU SÓ QUERO TESTAR ALGUNS APARELHOS COMO ESSE OSCILOS-CÓPIO--
O ÚNICO APARELHO QUE VAI FUNCIONAR COM ESTE LIVRO CHAMA-SE **FOGO!**
EU NÃO TENHO PACIÊNCIA PARA ESSA LADAINHA. ME ENCONTREM NO **PUB** QUANDO DECIDIREM O QUE FAZER.
SENHORES, ESTAMOS DISCUTINDO SOBRE ALGO **HIPOTÉTICO!**
O MAIS SENSATO SERIA IRMOS ATÉ BERLIM DETERMINAR A **EXISTÊNCIA** DO LIVRO. DE POSSE DO MESMO, DECIDIREMOS O QUE FAZER COM ELE.
O QUE ME DIZEM?
CONTANTO QUE O LIVRO SEJA DESTRUÍDO NO FINAL, EU CONCORDO.
E COMO VAMOS ATÉ BERLIM?
NÃO SE PREOCUPE, D. AZAGHAL.
EU MESMO PROVIDENCIAREI NOSSAS PASSAGENS DE AVIÃO.
AVIÃO!? NÃO EXISTE A MÍNIMA POSSIBILIDADE--

Aeroporto Heathrow.
ORA, QUER DIZER QUE O PADRE VALENTÃO QUE ENFRENTA DEMÔNIOS--
--TEM MEDO DE ENTRAR EM UM AVIÃOZINHO?!
--DE EU ENTRAR NESTA MÁQUINA DO DEMÔNIO.
EU ESTOU COM UMA MÁ IMPRESSÃO.
EU ACHO QUE O AVIÃO VAI CAIR.
SE CAIR, EU SUBO E VOCÊ DESCE.
OLHA PRA MIM, D. AZAGHAL!
EM NOME DE JESUS, O QUE É--
FLASH

VAI COMEÇAR DE NOVO, NÃO VAI, FARADAY?
EU NÃO ACHO QUE SEQUER TENHA ACABADO, FLANAGAN--
--OS SINAIS ESTÃO EM TODA A PARTE. A GUERRA CIVIL NA ESPANHA. O FASCISMO NA ITÁLIA. A PERSEGUIÇÃO AOS JUDEUS NA ALEMANHA, QUE, POR TRÁS DESSA FACHADA DE BELEZA E PROSPERIDADE, ESCONDE ALGO SINISTRO.
INCAPAZES DE COMPREENDER A COMPLEXIDADE DO MUNDO, AS PESSOAS CAEM EM DISCURSOS SIMPLISTAS DE OPORTUNISTAS INSANOS. NÓS VIMOS ISSO ACONTECER E, NÃO SE ENGANE, AS FUTURAS GERAÇÕES TAMBÉM VERÃO.
UMA ONDA DE ESCURIDÃO ESTÁ VARRENDO O MUNDO, FLANAGAN. MAIS UMA VEZ, A HISTÓRIA SERÁ ESCRITA COM SANGUE."
Aeroporto Tempelhof, Berlim.
O QUE O TRAZ A BERLIM, HERR FARADAY?
EU E MEUS COMPANHEIROS VIEMOS FAZER NEGÓCIOS NA CIDADE E PRESTIGIAR OS JOGOS OLÍMPICOS--
--QUE PROMETEM SER OS MAIS BELOS DA ERA MODERNA!
SEJAM BEM-VINDOS A BERLIM, HERR FARADAY.
DANKE, MEIN HERR!
FARADAY, VOCÊ QUE É UM CARA CULTO, PODE ME FALAR SE ESSE TAL DE NAZISMO É DE ESQUERDA OU DE DIREITA?
HERR... VENKMAN?

DIREITA!
PERDÃO?
UM PASSO À DIREITA, POR FAVOR.
VENKMAN... QUAL É A ORIGEM DESSE NOME?
VEIO POR PARTE DE MINHA MÃE, DA HOLANDA.
ALGUM PROBLEMA, OFICIAL?
NÃO PRECISA SE PREOCUPAR COM ISSO, HERR FARADAY.
SÓ FAREMOS ALGUMAS PERGUNTAS!
MEIN HERR--
--COMO SABE, SOU DONO DE MUITAS TERRAS E INVESTIMENTOS NA INGLATERRA.
ESTE SENHOR FAZ PARTE DA MINHA COMITIVA, LECIONAMOS NA UNIVERSIDADE DE OXFORD.
JUDEUS FORAM PROIBIDOS DE LECIONAR AQUI.
ISSO É UM MAL ENTENDIDO! VEJA!
EU TENHO UMA CARTA ASSINADA PELO PRIMEIRO MINISTRO INGLÊS!
HERR FARADAY, EU ENTENDO QUE TENHA UMA AUTORIZAÇÃO DO GOVERNO INGLÊS PARA VIAJAR COM ANIMAIS...

...MAS ISSO NÃO INCLUI JUDEUS.
RASG
OFICIAL, ISSO É UM **ABSURDO**! EU CONHEÇO SUAS LEIS!
JUDEUS **AINDA** TÊM PERMISSÃO PARA ENTRAR EM SEU PAÍS!
NÃO SE PREOCUPEM, EU IREI COM ELES!
HERR FARADAY... O SENHOR DISSE A PALAVRA **CERTA**.
TUMP
JUDEUS **AINDA** PODEM ENTRAR NA ALEMANHA...
...SÓ NÃO SE SABE ATÉ QUANDO PODERÃO **SAIR**.
BEM-VINDO À ALEMANHA... **JUDEU**.
HOWARD PHILIPS VENKMAN
J

BERLIN TEMPLEHOF
OBRIGADO, FARADAY
NÃO HÁ DE QUÊ, VENKMAN.
PODEMOS SER RIVAIS NA ACADEMIA--
--MAS DEPOIS DE TUDO O QUE VIMOS AQUI FORA, ONDE SÓ PODEMOS CONTAR UNS COM OS OUTROS--
--NÓS SOMOS ALIADOS.
E MAIS DO QUE ISSO--
--SOMOS AMIGOS.
É UMA HONRA, PROFESSOR.
A HONRA É MINHA, DOUTOR.
BOLLOCKS! EU VOU SAIR DAQUI ANTES QUE VOCÊS COMECEM A CANTAR! TÁXI!
ONDE VOCÊ VAI?
EU NÃO DISSE QUE TODO IRLANDÊS DEIXA UM RASTRO?

"POIS EU VOU ATRÁS DE UM CHEIRO!"
Shamrock
SENTIMOS SUA FALTA, O'FLANAGAN!
ESTOU VENDO!
SEU PRATO CHEGOU, ALIÁS!
SÓ UM MINUTO, MOLLY, QUERIDA!
POR QUE ESTÁ TÃO INTERESSADO EM PATRICK MCNAMARA?
NÓS COSTUMÁVAMOS COZINHAR JUNTOS!
SEI.
VOCÊ NÃO É O PRIMEIRO A PROCURÁ-LO!
TENHO CERTEZA DISSO!
PINT?
CLARO!
VALEU!
OK, O'FLANAGAN, PELOS VELHOS TEMPOS DO PARTIDO!
ELE ESTÁ EM UM BAR CHAMADO FROSCH-HOF!
(SAÚDE!)
AO CHEGAR LÁ, NÃO DEIXE QUE O ENROLEM --
--ELE ESTÁ ESCONDIDO!
OBRIGADO, MOLLY.
PODE ME TRAZER MAIS UM PINT, POR FAVOR?
E QUANTO À CONTA PELO ESTRAGO?
MANDE PRO HOTEL KAISERHOF...

...AOS CUIDADOS DE THOMAS FARADAY.
O'FLANAGAN, TEM CERTEZA DE QUE SUA **INFORMANTE** ESTAVA CERTA?
ESTAMOS QUASE **SAINDO** DE BERLIM!
NA VERDADE, É BEM MAIS **LONGE.**
HERR FARADAY, SE ME PERMITE UMA INTROMIS-SÃO--
--DEVO ALERTÁ-LO DE QUE O SUBÚRBIO DE BERLIM NÃO É PARA PESSOAS DE SEU **GABARITO!**
HOJE EM DIA, SOMENTE AS PESSOAS **INDESEJADAS** MORAM AQUI!
POR "INDESEJADAS" O SENHOR QUER DIZER, **"JUDEUS"?**
EXATO!
MEU SENHOR, NEM EU NEM MEUS COMPANHEIROS COMPARTILHAMOS DE SUAS **CRENÇAS!**
POR FAVOR, DEIXE-NOS O MAIS PRÓXIMO QUE ESSA GORJETA PODE NOS LEVAR E GUARDE SUAS OPINIÕES PARA SI.
SIM, HERR FARADAY!
Veja, Patrick, o *livro*--

--ele quer **se libertar!**
Eles estão **chegando**--
AGORA, SIM. CHEGAMOS.
FROSCHHOF
MUITO BEM. VAMOS SER DISCRETOS.
CLARO!
--nosso **martírio** vai ter fim!
MUITO BEM, **WANKERS!**
BLAM
QUAL DE VOCÊS SABE ONDE ESTÁ **PATRICK MCNAMARA?!**

MC NAMARA?
DE ONDE CONHECER ESSE NOME?
MEIN HERR, PERDOE OS MODOS DO MEU AMIGO, ESTAMOS TODOS MUITO... TOCADOS!
PATRICK MCNAMARA FOI ASSISTENTE DE MEU PRIMO POR MUITOS ANOS.
EU VIM PROCURÁ-LO PARA COMUNICAR O FALECIMENTO DE SEU ANTIGO EMPREGADOR.
EU VOU PROCURAR UM BANHEIRO.
SENTIR MUITO POR SUA PERDA!
POIS NÃO. EU LEVAR ATÉ PATRICK.
SÉRIO?
ME ACOMPANHAR ATÉ O PORÃO.

MEIN HERR, NÃO SERIA MAIS CONVENIENTE QUE PATRICK VIESSE ATÉ NÓS?
NEIN. PARA FALAR COM PATRICK--
--FALAR COM FRAU EISENKIEME--
--E FRAU EISENKIEME NÃO SAIR DO PORÃO.
EU É QUE NÃO VOU ENTRAR AÍ.
MEU OSCILOSCÓPIO PARECE ESTAR COM ALGUM PROBLEMA...
SER SEGURO. PODER VIR.
PATRICK...

...ESTES CAVALHEIROS QUERER FALAR SOBRE SEU ANTIGO EMPREGADOR.
PATRICK MCNAMARA?
MEU NOME É THOMAS FARADAY E EU--
FARADAY?
Shiu, Patrick.

Então, vieram por causa de William Faraday.
Ele está morto--
POR MARCONI!
--ou algo pior?
ESSAS MEDIÇÕES NÃO FAZEM SENTIDO!
O que é esse aparelho?
É APENAS UM MEDIDOR DE FREQUÊNCIAS ELETROMAGNÉTICAS, NÃO LHE OFEREÇO NENHUM MAL!
ESSE DESENHO NO CHÃO ...
PARECE... PROFANO!
MAS NÃO É. TRATA-SE DE UM SÍMBOLO ANCESTRAL. REPRESENTA PROTEÇÃO.
HA, QUERIA VER A CARA DO VELHO QUANDO ELE VIR ISSO.
MAS PROTEÇÃO CONTRA O QUÊ?
Não contra o quê, mas contra quem.

Vocês não são os únicos que querem o **Necronomicon**.
COMO SABE POR QUÊ ESTAMOS AQUI?
Ora, eu não acho que um rapaz bonito como você viria até um lugar como esse atrás de uma **noiva**.
NÃO PODEMOS PERDER TEMPO! SE NÓS CHEGAMOS AQUI, OS CULTISTAS TAMBÉM CHEGARÃO!
Não se preocupe, o **símbolo** no chão protege o livro de qualquer **detecção**.
ENTÃO VOCÊ ESTÁ MESMO COM O LIVRO? ENTREGUE-NOS, OU ENTÃO--
CALMA, VENKMAN. LEMBRE-SE DE NOSSA MISSÃO.
Digam-me, senhores, o que pretendem fazer com o livro?
NÃO É ÓBVIO? QUEREMOS DESTRUÍ-LO!
Se fosse tão fácil, não acha que **eu mesma** o teria feito, anos atrás?
O Necronomicon existe há 1300 anos, e não pode ser facilmente destruído.
Além do mais, ele ainda pode impedir uma **tragédia maior**.
COMO ASSIM? O LIVRO PODE SER USADO PARA O BEM?!
Bem e mal são abstrações meramente humanas, mecanismos de defesa criados pela sua mente na tentativa de protegê-la da **loucura** da existência.
Acredite, eu sei o que estou falando.
Quando eu era jovem, eu sabia que havia algo **estranho** com a minha família...
...eu só não imaginava o **quanto**.

Arranjaram um casamento com um marido que vi pela primeira vez no dia da cerimônia, dentro da igreja.
Toda minha família estava lá. Todos eles com seus olhos saltados, sua pele verruguenta.
Eu achei que a minha vida acabaria ali.
Que o resto dos meus dias seria uma tediosa espera pela morte... a minha, ou a dele.
Na noite de núpcias, ele foi até o meu quarto, mas eu não me entregaria sem luta. Para o meu mais absoluto horror--
--no lugar do rosto, ele tinha um buraco negro, que derrubava vermes espasmódicos em cima de mim.
TCHAC
Mas eu não cederia facilmente àquele... **monstro!**
Sem poder contar com minha família, que havia me arranjado aquele casamento de aparências, eu segui para as ruas de Berlim, onde vivi como uma sem-teto por anos.

Com o passar do tempo, minhas **feições** foram mudando lentamente--
--meus olhos se distanciaram, minha boca alargou, até que virei algo que não era mais humano. Foi então que finalmente descobri minhas **origens.**
Eu pertenço a uma linhagem de cultistas sobrenaturais adoradores de **Cthulhu**, o Sumo Sacerdote dos **Grandes Antigos!**
Meu casamento era um ritual que uniria nossa linhagem com a de outro ser profano, Nyarlathotep, o Deus Mensageiro, criando assim a **Raça Suprema**--
--que herdará a Terra depois que Cthulhu despertar de seu sono e os **Grandes Antigos** retornarem.
EU CONHEÇO ESSA HISTÓRIA DE **"RAÇA SUPREMA"**.
QUEM ME DERA! ISSO É DESCULPA PARA PERSEGUIR MEU **POVO!**
VOCÊ ESTUDOU SOBRE ISSO EM SEUS LIVROS?
Os nazistas são apenas agentes de um plano bem mais sinistro.
Quando a raça suprema se erguer, os Grandes Antigos despertarão, e seu mundo irá findar.
POR FAVOR, NOS DÊ ESSE LIVRO AGORA!
E por que eu faria isso? Como eu disse, muitos já tentaram destruí-lo, não é mesmo, Patrick?
O LIVRO... ELE NUNCA PARA DE FALAR.
VEJA, **DONA S--** DIGO, **FRAU EISENKIEME.** EU SEI QUE TEM UM BOM CORAÇÃO. EU ACREDITO QUE VIEMOS ATÉ AQUI POR UM MOTIVO, E ESSE MOTIVO É--
DEMÔNIO!
ESTAVA TUDO INDO TÃO BEM...

EU PARO PARA IR AO BANHEIRO POR CINCO MINUTOS E VOCÊS JÁ ESTÃO FAZENDO UM PACTO COM O DEMÔNIO?!
D. AZAGHAL, ACALME-SE!
NÃO É NADA DISSO QUE ESTÁ PENSANDO, FRAU EISENKIEME É--
TUDO O QUE VEJO É UMA MULHER COM CARA DE SAPO, DE UM RÉPTIL DAS ENTRANHAS DA TERRA--
--E EU VOU ACABAR COM ISSO AGORA!
Padres, cientistas ou o que quer que sejam --
--se temem a aparência de uma noiva, como esperam sobreviver à mera presença do Necronomicon?
Como esperam vencer uma luta que é travada há séculos e que vai continuar acontecendo, quer vocês queiram ou não?
NÓS VENCEREMOS A LUTA INDO ATÉ ELA, PORQUE DO NOSSO LADO TEMOS O ÚNICO LIVRO QUE IMPORTA!
HEHEHE
Se tem tanta confiança assim... Patrick, pode trazer livro.
S-SIM, FRAU EISENKIEME.

Longe dali...
LOCALIZARAM O LIVRO?
AINDA NÃO, MEIN HERR, MAS ESTAMOS TRABALHANDO NISSO.
TEMOS MONITORADO THOMAS FARADAY E SEUS AMIGOS DESDE QUE POUSARAM NA ALEMANHA.
VOCÊS DEVEM SER CAUTELOSOS. FARADAY TEM RELAÇÕES ESTREITAS COM O PRIMEIRO MINISTRO INGLÊS.
NOSSA OLIMPÍADA SERÁ A PRIMEIRA TELEVISIONADA --
--E O FÜHRER NÃO QUER NENHUM INCIDENTE INTERNACIONAL MACULANDO NOSSA IMAGEM!
TUDO ESTÁ SENDO FEITO COM DISCRIÇÃO.
SÓ AGIREMOS QUANDO TIVERMOS CERTEZA DE QUE ESTÃO COM O LIVRO...
...HERR HIMMLER.
Heinrich Himmler.
36 anos.
Ocultista, líder da SS e arquiteto do Holocausto.
OBRIGADO, ABIGAIL E VON STRAUSS.
CONTINUEM PRESTANDO SEUS BONS SERVIÇOS, E ASSIM TERÃO UM LUGAR À MESA DE NOSSOS MESTRES.
É MUITO GENEROSO DE SUA PARTE, MEIN HERR.
HÁ MAIS UMA COISA.
SIM, MEIN HERR?
O diabo na Terra.
GUARDEM O JUDEU PARA MIM.

O NECRO-
NOMICON
É REAL!
Não era isso o que vocês queriam?
EU NÃO ACREDITO!
ELE EXISTE MESMO! HA HA NÓS VAMOS TODOS MORRER! HA HA HA!
AFASTEM-SE! EU CUIDO DISSO!
GALILEU... ESSAS LEITURAS?!
NÓS VAMOS MORRER!
PASSE ESSE LIVRO DO DEMÔNIO PARA CÁ, ANTES QUE EU...

SENHOR, NÃO SOU DIGNO DE QUE ENTREIS EM MINHA MORADA--
--MAS DIZEI UMA PALAVRA E SEREI SALVO--
--AMÉM.
OLÁ, JAVIER.
VOCÊ ESTEVE PROCURANDO POR MIM POR TODA A VIDA. AQUI ESTOU.
BEBA DO MEU SANGUE, COMA DA MINHA CARNE E SEJA ABENÇOADO.
A **PALAVRA**, MEU FILHO, É O VERDADEIRO NOME DO NOSSO SENHOR.
FALE A PALAVRA, FALE O NOME, E SERÁ SALVO PARA **SEMPRE:**
CTHULHU

DEMÔNIO, COMO OUSAS **VILIPENDIAR** A IMAGEM DO NOSSO SENHOR?!
VOCÊ TEM CERTEZA DE QUE FAZENDEIROS DE MAIS DE 2000 ANOS ATRÁS NÃO ERRARAM?
DE QUE A FACE QUE RECEBEU A COROA DE ESPINHOS NÃO É UM DOS MEUS 999 ROSTOS?!
DE QUE JEOVÁ NÃO É UM DOS MEUS 999 NOMES?
EU TENHO CERTEZA DE QUE DEUS MANDOU SEU FILHO EM SACRIFÍCIO PARA NOS SALVAR!
DE QUE ELE OPERA MILAGRES E MUDA VIDAS!
MILAGRES SÃO APENAS HORRORES MAL LEMBRADOS!
EU TENHO CERTEZA DE QUE ELE FALOU COMIGO E DISSE QUAL ERA MINHA MISSÃO!
VÁ, D. AZAGHAL! ESFREGUE SEU LIVRO DE HISTÓRIAS NA FACE DESSE POBRE COITADO!
POIS QUANDO MORRER, VOCÊ VERÁ A FACE DOS **VERDADEIROS DEUSES!**
QUANDO EU MORRER, **DEUS** VAI DECIDIR PARA ONDE MINHA ALMA DEVE IR!

SENHORAS E SENHORES, SEJAM MUITO BEM-VINDOS À LUTA DO SÉCULO!
DE UM LADO, O FENÔMENO MUNDIAL, ADORADO PELAS CRIANÇAS, INVEJADO PELOS HOMENS E DESEJADO PELAS MULHERES!
O CAMPEÃO INVICTO, GIACOMO DI MONTI!
E DO OUTRO, O HERÓI DA GRANDE GUERRA, O HOMEM, QUE COM SUA BRAVURA E CORAGEM, INSPIROU MILHARES DE VOLUNTÁRIOS E SALVOU INCONTÁVEIS VIDAS--
--O BÚFALO--
--QUE RESOLVEU LUTAR ESSA REVANCHE PARA RECUPERAR O TÍTULO E O PRÓPRIO NOME!
O QUÊ?!
MEU HERÓI! VIVA O BÚFALO!
DEVOLVA O TÍTULO!
DEVOLVA O NOME!
DEVOLVA O TÍTULO!

VOCÊ ROUBOU O NOME DELE!
O QUE ESTÁ HAVENDO?!
DEVOLVA O NOME PARA ELE!
LUTEM!
UFFF!
NÃO PODE SER! VOCÊ NÃO DEVERIA ESTAR AQUI!
VOCÊ ROUBOU MEU NOME!
DEVOLVA O NOME!
LADRÃO DE NOMES!
EU NUNCA VOU PODER DESCANSAR PORQUE EU NÃO TENHO MAIS NOME!
EU NUNCA TIVE A INTENÇÃO! POR FAVOR, PARE!
SENÃO O QUÊ, GIACOMO?
VAI ATIRAR EM MIM DE NOVO?

O QUÊ?
ONDE... ESTOU?
EI, VOCÊ!
QUE LUGAR É ESSE? ONDE ESTÃO OS OUTROS?
"OUTROS"? NÃO HÁ OUTROS, STEPHEN.
VOCÊ PODE RESPIRAR ALIVIADO, POIS NÃO HÁ MAIS NINGUÉM NO MUNDO.
NÃO HÁ MAIS RAZÃO PARA VOCÊ VIVER COM MEDO.
POR QUE VOCÊ TEM O MEU ROSTO?!
ORA, NÃO É ÓBVIO?!
PORQUE VOCÊ NÃO PRECISA MAIS DELE, STEPHEN.
NEM VIVER NAS SOMBRAS OU SE ESCONDER.
ESSA É A BÊNÇÃO DOS GRANDES ANTIGOS.
NÃO!
VOCÊ MENTE!
TEM CERTEZA? ENTÃO ATIRE E DESCUBRA!

EU NÃO ENTENDO--
--QUE FENÔMENO É ESSE, BILLY?!
QUE CÃOZINHO FOFO!
ELE PODE BRINCAR CONOSCO?
NÓS AMAMOS CACHORROS!
AU! AU!
MALDITAS ALUCINAÇÕES, VOCÊS ACHAM QUE SOU UM LEIGO?!
MEU NOME É THOMAS FARADAY E EU SOU UM CIENTISTA!
EU NÃO ACREDITO APENAS NO QUE POSSO VER, MAS NO QUE POSSO MENSURAR--
--COMO VIBRAÇÕES, FREQUÊNCIA--
--E ENERGIA!
VENHAM ENCARAR A CIÊNCIA, MALDITAS!

NÃO!
BILLY, VOLTE AQUI!
GRRR!
PAI?!
NÃO PODE SER...!
BENJAMIN?
EU SABIA QUE VOCÊ IRIA VOLTAR PARA NÓS, PAI.
VOCÊ COMETEU UM ERRO--
BENJAMIN, ME PERDOE.
--MAS EU SABIA QUE VOCÊ NÃO IRIA NOS ABANDONAR.
EU ESTOU AQUI AGORA.
EU AINDA ESTOU DANDO CORDA NO RELÓGIO, BENJAMIN.
EU AINDA ESTOU DANDO CORDA.
SOBREVIVER FOI UM ERRO, PAI!
NÃO FOI ISSO QUE VOCÊ ME FALOU, BENJAMIN.
NÃO FOI ISSO QUE VOCÊ ME FALOU, BENJAMIN!

EU SINTO FALTA DA SUA **MÚSICA**, TIO JIMMY.
POR FAVOR--
--ESCOLHA OUTRA IMAGEM PARA ME **TORTURAR**. MINHA SOBRINHA, NÃO.
ELEANOR ESTÁ MORTA E EU NÃO ESTOU TÃO BÊBADO.
SOU EU, TIO JIMMY. **ELEANOR**.
TODOS TEMOS UM PAPEL A DESEMPENHAR NESSA HISTÓRIA, TIO JIMMY.
ATÉ MESMO O QUE ACONTECEU COMIGO TEVE O SEU PROPÓSITO.
AH, ENTÃO VAI ME DIZER QUE FOI DEUS QUEM TE MANDOU FALAR COMIGO?
EU ESTOU AQUI PORQUE EU **QUERO**.
AINDA HÁ TEMPO, TIO JIMMY.
TEMPO DE QUÊ?
DE VOCÊ SER A **CHAMA!**
SER A CHAMA?! EU SOU SÓ UM BÊBADO SEM FÉ!
EU PRECISO QUE VOCÊ ACREDITE, TIO JIMMY.
EU ESTOU **FARTO** DE DEUS!
EU NUNCA DISSE "DEUS", TIO JIMMY!
VÁ! E SALVE O CACHORRO.

CACHORRO ...?!
EU VIVO POR VOCÊS, BENJAMIN!
ESTÁ LOUCO, FARADAY?! VAI MATAR O CACHORRINHO!
BLAF
BILLY?! O'FLANAGAN? O QUE HOUVE?! FORAM ALUCINAÇÕES?!
ALUCINAÇÕES OU NÃO--
--ELAS AINDA PODEM FAZER MUITO ESTRAGO!
HAHAHA VAMOS TODOS MORRER!
PAF

ISSO ACABA AGORA!
TIRE ESSAS MÃOS PECADORAS DE CIMA DE MIM!
PEF
EU NÃO ACREDITO, AS VOZES PARARAM!
D. AZAGHAL, ME PERDOE, EU--
VOCÊS VIRAM O QUE O LIVRO FAZ! PRECISAMOS APROVEITAR PARA DESTRUÍ-LO!
LARGUE A ARMA, VENKMAN! ESTÁ TUDO BEM!
VOCÊ NÃO ENTENDE, BÚFALO! NÓS TEMOS QUE...
NÓS VAMOS FAZER ISSO, VENKMAN, MAS VOCÊ PRECISA SE ACALMAR!
SAIA DA MINHA FRENTE!
BANG
VOCÊ ESTÁ LOUCO?!
SOC
SANGUE DE JESUS...!
D. AZAGHAL ?!

O SR. ESTÁ BEM?!
SIM, DEUS ME **PROTEGEU**, COMO SEMPRE!
TENHO DÚVIDAS DE QUE TENHA SIDO **ELE!**
Como viram, o Necronomicon não pode ser facilmente **destruído.**
AS VOZES, ELAS FINALMENTE CESSARAM! EU CONSIGO OUVIR MEUS PRÓPRIOS PENSAMENTOS!
No entanto, seu aparelho parece funcionar como o **símbolo** no chão...
É UM **ARCO VOLTAICO!** ELE É CAPAZ DE INTERFERIR EM ONDAS ELETROMAGNÉTICAS, QUE ACREDITO SEREM MANIPULADAS DE ALGUMA FORMA PELO NECRONOMICON!
Então cuide bem dele, assim conseguirá ocultar o livro dos nazistas... **por um tempo.**
NÓS NÃO PRECISAMOS OCULTÁ-LO, NÓS PRECISAMOS DESTRUÍ-LO!
POR FAVOR, NOS DIGA COMO FAZÊ-LO.
Um poder milenar desses só pode ser destruído em um local **sagrado**...

LOCAL SAGRADO? ONDE FICA ESSA IGREJA?
Não é uma igreja, velho obtuso.
É um ESTÁDIO.
OH, BOY.
O Estádio de Berlim foi construído em cima de uma arquitetura sagrada. É um lugar de poder onde o livro pode ser destruído!
Devido à sua localização, também é lá que será realizado o ritual para criar a Raça Suprema!
NÃO SE PUDERMOS... HA HA... IMPEDIR!
SENHORES, JÁ COLETAMOS DADOS SUFICIENTES! PRECISAMOS PLANEJAR NOSSOS PRÓXIMOS PASSOS--
--MAS PRIMEIRO TEMOS QUE SAIR DAQUI!
VÃO NA FRENTE, EU ENCONTRO COM VOCÊS NO HOTEL AMANHÃ.
O'FLANAGAN, COMO ASSIM?! ESTAMOS NO MEIO DO NADA!
EU PRECISO ENCONTRAR ALGUÉM.

Filarmônica de Berlim, horas depois..
VOCÊ SE LEMBRA DE COMO EU A COLOCAVA PARA DORMIR, ELEANOR?
BASTAVA EU PEGAR MEU VIOLINO E COMEÇAR A TOCAR--
--QUE VOCÊ FECHAVA OS OLHOS E DORMIA. E EU FICAVA ALI, TE VIGIANDO, NOTANDO QUE VOCÊ ERA AINDA MENOR E MAIS DELICADA QUE MEU VIOLINO.
EU PROMETI QUE TE PROTEGERIA E QUE UM DIA EU TE TRARIA PARA ASSISTIR À ORQUESTRA FILARMÔNICA DE BERLIM--
--E EU FALHEI COM AS DUAS COISAS!
VOCÊ ME DISSE QUE QUER QUE EU ACREDITE, MAS EU SOU UM HOMEM SEM NADA E EU PRECISO DE ALGUMA COISA!
SE VOCÊ ESTIVER AÍ, ELEANOR... POR FAVOR, ME DÊ UM SINAL.
J.O.?
ME DISSERAM PARA ENCONTRÁ-LO AQUI.
VOCÊ?!

Hotel Kaiserhof, dia seguinte.
QUE ABSURDO É ESSE?
VOCÊ VIROU CARCEREIRO DE LIVRO, FARADAY?!
D. AZAGHAL, A GAIOLA SERVE PARA ISOLAR AS ONDAS ELETROMAGNÉTICAS DO LIVRO E IMPEDIR QUE ELE EXERÇA SUA INFLUÊNCIA SOBRE NÓS.
VOCÊ QUER EXPLICAR O INEXPLICÁVEL COM CIÊNCIA? QUAL É O PRÓXIMO PASSO, PROVAR QUE DEUS NÃO EXISTE?
NÃO É ESSE O OBJETIVO DA CIÊNCIA, D. AZAGHAL.
DESDE NOSSA VISITA A NEWCASTLE, TRABALHO EM UMA TEORIA CONCILIATÓRIA ENTRE OS FENÔMENOS QUE VIMOS E A REALIDADE OBJETIVA QUE NOS CERCA!
E SE ALÉM DO ÁTOMO DA MATÉRIA, TUDO FOSSE BASEADO EM ONDAS VIBRATÓRIAS?
UM AMIGO DE CAMBRIDGE TEM UM ESTUDO SEME--
(ACABARAM OS OVOS?)
HEREGES, É ISSO QUE VOCÊS SÃO!
NESTA MANHÃ, EU OUVIA NO RÁDIO A BELA VOZ DE MARLENE DIETRICH--
--MAS AO GIRAR O BOTÃO DO DIAL E MUDAR A FREQUÊNCIA DA ONDA--
--A MÚSICA DESAPARECEU E PASSEI A OUVIR O DISCURSO MITÔMANO DE UM IDIOTA ODIOSO!
COMO SE CADA FREQUÊNCIA MOSTRASSE UMA VERSÃO DA REALIDADE!
EXATO! E SE EXISTISSE UMA FORMA DE CRIARMOS UMA PONTE ENTRE DUAS VIBRAÇÕES DA MATÉRIA?
ISSO EXPLICARIA OS FENÔMENOS QUE A HISTÓRIA TRADUZ DE FORMAS RELIGIOSAS, PAGÃS OU MESMO INEXPLICÁVEIS.

ENTÃO, VOCÊ QUER FAZER MARLENE DIETRICH CANTAR JUNTO COM HITLER?
NÃO, BÚFALO, NÃO SOU EU QUEM QUER FAZER MARLENE DIETRICH CANTAR COM HITLER--
--SÃO ELES.
O ESTÁDIO DE BERLIM É UM LOCAL DE EXCESSIVA ATIVIDADE ELETROMAGNÉTICA, O QUE DE, ACORDO COM A MINHA TESE--
--É UMA FONTE DE VIBRAÇÕES DIFERENTES DA MATÉRIA!
MINHAS DESCOBERTAS CORROBORAM O QUE NOS DISSE FRAU EISENKIEME!
NÓS PRECISAMOS IR ATÉ LÁ E DAR CABO DESSE MISTÉRIO!
E COMO VAMOS ENTRAR NUM ESTÁDIO LOTADO DE SOLDADOS NAZISTAS?
PODEMOS TENTAR INVADI-LO À NOITE, QUANDO...
NÃO, SENHORES! NÓS PRECISAMOS IR HOJE!
A GESTAPO, A SS, TODOS ESTARÃO PRESENTES PARA GARANTIR A SEGURANÇA DO FÜHRER!
ISSO NOS DÁ A CHANCE DE NOS ESCONDERMOS EM PLENA LUZ DO DIA.
MAS AINDA ASSIM, OS INGRESSOS PARA OS JOGOS ESTÃO ESGOTADOS HÁ MESES!
COMO VAMOS ENTRAR LÁ?!
ACHO QUE POSSO AJUDAR COM ISSO.
JIMMY?! ONDE ESTEVE ONTEM À NOITE?
NÃO IMPORTA.

E O QUE TEM NESSE SACO?
ROUPAS.
CERTO, ESPERTINHO, COMO PODEMOS ENTRAR NO ESTÁDIO?
EU CONHEÇO ALGUÉM! SE APRESENTE --
--CIGANO IGOR!
E AÍ, CARAS! DESCULPEM A FALTA DE MODOS!
UM CIGANO?! ERA SÓ O QUE FALTAVA NESSE GRUPO.
COM TODO O RESPEITO, PADRE--
DON!
DE ONDE VOCÊ CONHECE ESSE PAGÃO, O'FLANAGAN?!
- O CIGANO IGOR É UM CONHECIDO DO PASSADO E ME DEVE ALGUNS FAVORES.
CIGANOS SÃO PERSEGUIDOS PELO REGIME! COMO ELE VAI NOS AJUDAR?
NÃO SE PREOCUPEM, EU TENHO UMA AMIGA LÁ DENTRO.
- NA VERDADE, É UMA FRÄULEIN QUE CONHECI TEMPOS ATRÁS QUE, APESAR DE NÃO SER MUITO BONITA, ELA--
- IGOR, FOCO.
- AH, SIM. DESCULPA, J.O.!
- PARE DE ME CHAMAR ASSIM!
- ENTÃO, J.O, ESSA FRÄULEIN, ELA--
- ELA PODE LEVAR MINHAS ROUPAS?
- SIM, NÃO SE PREOCUPE, VOU ENTREGAR TUDO PESSOALMENTE NA MUDANÇA DE TURNO!

PRECISAMOS SER DISCRETOS, SE OS NAZISTAS SOUBEREM DE NOSSA INTENÇÃO...
NÃO SE PREOCUPE, DISCRIÇÃO É MEU SOBRENOME!
COMO VAMOS SER DISCRETOS SE TEMOS UMA CELEBRIDADE NO GRUPO?!
(E UM CACHORRO!)
EI, EU PRECISO DOS MEUS FÃS.
BILLY FAZ PARTE DA MISSÃO.
E AINDA TEMOS O PROBLEMA DO LIVRO.
COMO VAMOS LEVÁ-LO DENTRO DESSA GAIOLA ENORME?!
VOCÊ TEM POUCA FÉ, GIACOMO. EU VOU LEVÁ-LO EM MINHAS PRÓPRIAS MÃOS.
D. AZAGHAL, TEM CERTEZA DISSO?!
NÃO SEJA INSOLENTE, FARADAY.
NENHUM LIVRO DO DEMÔNIO VAI ABALAR A MINHA FÉ.
ME ESCUTE, CIGANO IGOR!
VOCÊ PODE TER RIQUEZAS INIMAGINÁVEIS. MUITO OURO!
BASTA EMPURRAR O VELHO. MATE-O.
- O ESTÁDIO É ENORME, COMO VAMOS SABER ONDE O RITUAL SERÁ FEITO E COMO PASSAREMOS PELOS GUARDAS?
- IGOR, VOCÊ DISSE QUE TEM CONEXÕES, ACHA QUE ALGUM CONHECIDO SEU PODE TER VISTO ALGO ESTRANHO?
- OLHA, UMA VEZ EU PERGUNTEI PRUM AMIGO QUE TRABALHOU NA REFORMA DO ESTÁDIO EM 1926 SE HAVIA ALGUM LUGAR ONDE EU PODERIA LEVAR A FRÄULEIN, SABE COMO É, EU ESTAVA PRECISANDO DAR UMA...
- IGOR.
- AH, DESCULPA. ENTÃO, AO CONTRÁRIO DO VISUAL MINIMALISTA TÍPICO DO FASCISMO, EU DIRIA QUE ESSE CORREDOR TEM UM ESTILO MAIS ANTIGO, NÃO É NEM GÓTICO, E SIM UM POUCO PRÉ-ROMÂNICO E...
- IGOR!!
- ENFIM, NO FINAL DESSE CORREDOR, HÁ UMA PORTA, ONDE TEM SEMPRE UNS GUARDAS VIGIANDO.
ESSA PORTA SIM, É SINISTRA. NÃO SEI APONTAR A ÉPOCA, NÃO CHEGA A SER GÓTICO, MAS TAMBÉM NÃO É BARROCO... ELA TEM UMAS FORMAS MEIO ORGÂNICAS, COMO SE FOSSE TALHADA NA RAIZ DE UMA ÁRVORE EM AGONIA.

COMO SABEMOS QUE PODEMOS CONFIAR EM VOCÊ?
OLHA, PADRE, SE EU FOSSE VOCÊ, EU ME PREOCUPARIA COM O SEU AMIGO ALI--
--ELE NÃO ME PARECE MUITO BEM.
VAMOS, CIGANO, EU POSSO TE TRANSFORMAR NO QUE VOCÊ QUISER!
ATÉ MESMO EM UM GRANDE ATOR!
VENKMAN, O QUE VOCÊ TEM?
GIACOMO--
--POR FAVOR, VAMOS ACABAR LOGO COM ISSO.
NÃO PERCA A FÉ. NÓS VAMOS VENCER.
SENHORES, LEMBREM-SE DO QUE APRENDERAM COM ESTE CIGANO...

...NÃO É PRECISO SER **INVISÍVEL** QUANDO SE É NATURAL!
ANDEM DE CABEÇA ERGUIDA. SE PEDIREM PARA PARAR, **PAREM.**
SE PEDIREM DOCUMENTOS --
-MOSTREM. E SE A SITUAÇÃO PIORAR, **IMPROVISEM!**
PASSAPORTE, POR FAVOR.
(FRÄULEIN!)
GIACOMO?! GIACOMO DI MONTI, **O BÚFALO?!**
VOCÊS ESTÃO **LOUCOS?!**
ESTÃO PEDINDO DOCUMENTOS PARA A COMITIVA DE UMA **CELEBRIDADE** DO ESPORTE?!
VEJA, EU E MEUS **ASSESSORES** NÃO ACEITAMOS NENHUM TIPO DE TRATAMENTO DIFERENCIADO, MAS...
TOME, UMA FOTO AUTOGRAFADA.
ER... DANKE?
SENHORAS E SENHORES, POR FAVOR, SAÚDEM O NOSSO FÜHRER...
...ADOLF HITLER!
HEIL HITLER!
HEIL HITLER!
HEIL HITLER!

VAMOS, DEPRESSA!
OBRIGADO PELA SUA AJUDA...
IGOR...? PRA ONDE ELE FOI?!
O'FLANAGAN, PRECISAMOS IR, OS GUARDAS ESTÃO DISTRAÍDOS!
EU DIRIA HIPNOTIZADOS!
...EU CHAMO A JUVENTUDE DO MUNDO, E DECLARO ABERTA A DÉCIMA PRIMEIRA OLIMPÍADA DA ERA MODERNA!
ALEMANHA ACIMA DE TUDO!
ALEMANHA ACIMA DE TUDO!
HEIL HITLER!
ALEMANHA ACIMA DE TUDO!
ESTAMOS PERTO DA TRIBUNA DE HONRA.
SE IGOR ESTIVER CERTO, SÓ PRECISAMOS IR AONDE O SINAL ELETROMAGNÉTICO É MAIS FORTE PARA--
--DROGA!

VOCÊ CONHECE ESSE SUJEITO?
SE EU CONHEÇO? É CLARO!
É GIACOMO DI MONTI, O BÚFALO.
UAU, ESTÁ AUTOGRAFADA, DEVE VALER ALGUNS TROCADOS.
POIS O CHEFE PEDIU PARA FICARMOS DE OLHO. ELE ENTROU ACOMPANHADO DE ALGUNS PALHAÇOS--
-E ELE QUER FAZER ALGUMAS PERGUNTAS!
VOCÊ DEU UMA FOTO PARA ELES!?
SE EU NÃO TIVER FÃS, QUEM VAI ASSISTIR MINHAS LUTAS?!
O LIVRO HAHAHA O LIVRO VAI MATAR TODOS NÓS!
HAHAHA!
VENKMAN, CALE ESSA BOCA!
OUVIU ALGUMA COISA?
SHIU!
SR. JIMMY?
E ESSA AGORA?!

CREIO QUE ISSO SEJA DO SENHOR!
YES!
O'FLANAGAN, NÃO FAÇA BARULHO!
"BARULHO" ...?
EU VOU TE MOSTRAR O QUE É BARULHO!
FWHOOOSH!
HO, HO, HO!

E ESSA É MINHA AMIGA, A **FAMOSA** ...
AAAHHHHH!
POUPE SEU COMBUSTÍVEL, O'FLANAGAN--
--ESSE ROUND É MEU!
PARA ONDE VAMOS AGORA?
SÓ TEMOS UM CAMINHO POSSÍVEL--
--PARA A **FRENTE!**

VOCÊS VÃO PRECISAR **DISSO**, ESPERO QUE LEMBREM COMO SE USA!
CLÉC!
É COMO ANDAR DE BICICLETA!
CLÉC!
EU ROGUEI PARA NUNCA MAIS EMPUNHAR UMA DESSAS!
EU TENHO TUDO O QUE PRECISO BEM AQUI.
NENHUM DE NÓS ESCOLHEU ESSE CAMINHO, SENHORES--
--MAS EU FICO HONRADO EM TRILHÁ-LO AO VOSSO LADO!
NÓS SÓ PRECISAMOS ESCOLHER O CAMINHO DE **DEUS!**
QUANDO TUDO ISSO ACABAR, ME LEMBREM DE MANDAR UM BOM PRESENTE PARA O **CIGANO IGOR!**

--ELE CERTAMENTE MERECE!
VEM, MEU CIGANO, VEM FAZER SEU MELHOR PAPEL!
VEM, MINHA FRÄULEIN, QUE EU VOU EXPLODIR SEU CORAÇÃO--
OUVIU ALGUMA COISA?
PARECEM... PASSOS!
POR SÃO DIMAS!
ELES VÃO MATAR O J.O.!
SE ELE MORRER NÃO VOU SER PAGO!
MAS COMO VAI CHEGAR ANTES DOS SOLDADOS?!
EU CONHEÇO UM ATALHO!
NÃO DÁ PRA ENXERGAR NADA AQUI--

EU NÃO CONSIGO ENXERGAR NADA, ALGUÉM TROUXE LANTERNA?
FARADAY, COMO PÔDE ESQUECER DE TRAZER UMA LANTERNA?!
DESCULPE, VENKMAN, EU NÃO TENHO UM *TENURE* EM INVASÃO DE ESTÁDIOS NAZISTAS!
EU ACHO QUE TENHO ALGO AQUI!
EU TROUXE MINHA MÁQUINA FOTOGRÁFICA, LEMBRAM?
FLASH
NÃO É GRANDE COISA, MAS AJUDA!
MEU DEUS.
BÚFALO, TIRE OUTRA FOTO.
NYARLATHOTEP!
OUTRA!
NOSSA, AINDA BEM QUE NÃO GASTEI TODA MINHA PÓLVORA COM O LIVRO!
YOG-SOTHOTH.
GIAÇOMO, VOCÊ TIROU FOTOS DO LIVRO DO DEMÔNIO?!
SIM, D. AZAGHAL, EU--AI, MINHA CARA!
SLAP!
SEU HEREGE!
CTHULHU!
ALGUÉM ESTÁ VINDO!
O QUE VAMOS FAZER?!
TAP TAP
AINDA NÃO APRENDEU, VENKMAN?

FOGO NA BABILÔNIA!
AAARRRGGH!!
J... O...
O'FLANAGAN, O QUE VOCÊ FEZ?!
MEU DEUS...!
SÃO...
...DIMAS!
TEMOS QUE IR, O'FLANAGAN!
EU ACABEI DE MATAR DOIS INOCENTES, FARADAY.

SÓ TEM UM LUGAR PARA ONDE EU POSSA IR.
PODE TER CERTEZA DE QUE NÃO IRÁ SOZINHO, O'FLANAGAN.
FOI UMA HONRA, SENHORES.
BU-DA-BU-DA-BU-DA-BU-DA-B
WANKER!

CUIDADO COM O LIVRO **À PROVA DE BALAS,** VELHO!
NÃO É O LIVRO, É A MINHA **FÉ** EM DEUS QUE É À PROVA DE BALAS!
COMO VOCÊ PODE FALAR DE **DEUS** NUM MOMENTO DESSES?!
COMO VOCÊ **NÃO PODE?!**
O **SEU DEUS** DEIXOU MINHA SOBRINHA MORRER!
ELE A RECEBEU DE **BRAÇOS ABERTOS,** E VOCÊ--
MORRAM!
POW
FWOOOSSH
POSSO?
POR FAVOR.
TATATATATATATATA
LIXO NAZISTA.
SENHORES, PRECISAMOS SEGUIR!

MY STORY IS MUCH TOO SAD TO BE TOLD--
--BUT PRACTICALLY EVERYTHING(*) --
(*) Cole Porter, "I get a kick out of you" (1936).
VENKMAN, ESTÁ MALUCO?!
ISSO LÁ É HORA DE CANTAR?!
NÃO GOSTA DE COLE PORTER, FARADAY?
THOMAS, DEIXE-O.
--LEAVES ME TOTALLY COLD, THE ONLY EXCEPTION I KNOW IS THE CASE--
ELE PRECISA.
--WHEN I'M OUT ON A QUIET SPREE--
--FIGHTING VAINLY THE OLD ENNUI--
--AND I SUDDENLY TURN AND SEE...
--YOUR FABULOUS FACE!
I GET NO KICK FROM CHAMPAGNE--
--MERE ALCOHOL DOESN'T THRILL ME AT ALL!
SO TELL ME WHY SHOULDN'T IT BE TRUE?
AND I GET A KICK OUT OF YOU!
SOME THEY MAY GO FOR COCAINE--
--I'M SURE THAT IF I TOOK EVEN ONE SNIFF--
--IT WOULD BORE ME TERRIFICALLY TOO!
VOCÊS ESTÃO TODOS LOUCOS.
YET I GET A KICK OUT OF YOU!
DAS RITUAL MUSS BALD BEGINNEN!
OUVIRAM ISSO?! É ALEMÃO!
DESDE QUANDO VOCÊ FALA ALEMÃO?

PELO ALTÍSSIMO --
--QUE PROFANAÇÃO É ESSA?!
POR GALILEU, NÓS CONHECEMOS ESSAS PESSOAS--
--AQUELE É O DR. VON STRAUSS--
--E ABIGAIL?!
O QUE HOUVE COM O ROSTO DELA?
HAHAHA EU SABIA! ELES ESTAVAM POR TRÁS DE TUDO!
E NÃO ESTÃO SOZINHOS!
AQUELE É HEINRICH HIMMLER, COMANDANTE DA SS.
140

ELES QUERIAM O LIVRO O TEMPO TODO, HAHAHAHA. E NÓS O TROUXEMOS DE MÃO BEIJADA, HAHAHA!!
VENKMAN, CALE-SE!
O LIVRO ESTÁ SE AGITANDO! PARECE ESTAR MAIS FORTE AQUI!
ESSE LUGAR TEM INTENSA ATIVIDADE ELETRO-MAGNÉTICA!
MEU OSCILOSCÓPIO DEVE CONTÊ-LO POR ALGUM TEMPO!
AGORA, PRECISAMOS DESCOBRIR O QUE OS NAZISTAS ESTÃO TRAMANDO!
NÃO É ÓBVIO, FARADAY? ESSE É O RITUAL QUE VAI CRIAR A RAÇA SUPREMA!
FOI ISSO QUE FRAU EISENKIEME DISSE. ESSES ATLETAS DEVEM SER COMO ELA, DESCENDENTES DOS GRANDES ANTIGOS!
ATLETAS OU NÃO, NÃO TEMOS BALAS O SUFICIENTE PARA TODOS.
NA VERDADE, NÓS SÓ PRECISAMOS DE UMA BALA!
VOCÊ QUER EXPLODIR O SEU TANQUE?!
EXCELENTE IDEIA, O'FLANAGAN!
EU ATIRO.
VENKMAN, VOCÊ NÃO ESTÁ EM CONDIÇÕES DE--
SÃO 30 TIROS E EU SÓ PRECISO ACERTAR UM!
EU ATIRO!
NYARLATHOTEP, O DEUS MENSAGEIRO RETORNOU, E SUA MENSAGEM É APENAS UMA--

--POR MILÊNIOS A HUMANIDADE CLAMOU POR DEUSES FALSOS, POR NOMES VAZIOS E PROMESSAS NÃO CUMPRIDAS!
MAS ESSE TEMPO, EM BREVE, FINDARÁ!
SUAS LEMBRANÇAS SERÃO SUBSTITUÍDAS, SEUS SONHOS SERÃO ESQUECIDOS!
ESTUDO, ORGULHO, FAMÍLIA, RELIGIÃO, MEDO, NADA MAIS IMPORTARÁ E SOMENTE UM NOME OCUPARÁ SUA MENTE!
É POR ISSO QUE EU NUNCA ME CASEI.
O QUÊ?!
COMAM FOGO, NAZISTAS.
BONC
MANDA VER!
COM PRAZER!
ABAKAKAKAKA
PENG

NEIN!
BOOOMMM
ELES ESTÃO LÁ EM CIMA!
SENHORES, PROTEJAM-SE!
O RITUAL NÃO PODE SER INTERROMPIDO! ACABE COM ISSO AGORA!
S-SIM, HERR STRAUSS!

BILLY--
--PEGA!

NEIN!

O LIVRO!
MEU OSCILOSCÓPIO! NÃO!
SEM ELE, NÃO TEMOS COMO CONTER O--
FECHEM OS OLHOS! ACONTEÇA O QUE ACONTECER
NÃO
OLHEM PARA O
NECRO-NOMICON!
CRASH

TANTOS ANOS DEDICADOS A UM DEUS QUE NÃO EXISTE!
A BUSCA DE UMA VIDA INTEIRA, QUE O TROUXE ATÉ ESSE MOMENTO.
EU POSSO TRAZER BILLY DE VOLTA, FARADAY.
EU POSSO TRAZER TUDO DE VOLTA! NATHAN... BENJAMIN.
VOCÊ AINDA PODE TRAZÊ-LA À FILARMÔNICA, O'FLANAGAN.
PODE TOCAR VIOLINO PARA ELA DE NOVO!
TODAS AS RESPOSTAS QUE VOCÊ BUSCA SERÃO DADAS, VENKMAN. PARA ISSO--
VENKMAN, NÃO DÊ OUVIDOS A ESSE LIVRO MALDITO!
TODOS OS SEUS PECADOS SERÃO PERDOADOS--
POR QUE DIZ ISSO, GIACOMO? ELE PODE FAZER SUA VERGONHA IR EMBORA!

--BASTA PEGAR A MINHA MÃO.
O RELÓGIO PAROU!
ACEITE MINHA DÁDIVA, GIACOMO!
VENHA PARA O NOSSO LADO, O'FLANAGAN!
NUNCA!
VENKMAN...?
ELE LEU O LIVRO! ELE LEU O MALDITO LIVRO!
HA HA HA!

--VOCÊ ESTÁ BEM?!
NÃO É **IRÔNICO**, GIACOMO?
EU PESQUISEI O **OCULTO** A MINHA VIDA INTEIRA--
HEIN...?!
--E AGORA, O OCULTO ME **ENCONTROU!**
ELE FOI POSSUÍDO!
MAS NÃO SE PREOCUPEM--
--VOCÊS SERÃO OS PRÓXIMOS!
VADE SATANA!
SUA ÁGUA COM AÇÚCAR É **INÚTIL** AQUI, D. AZAGHAL!

EM BREVE VOCÊS TAMBÉM SERÃO LIBERTOS PELA VERDADE!
A VERDADE QUE É CTHULHU!
EU SINTO MUITO, VENKMAN!
QUE DEUS ME PERDOE.

VOCÊ SABE O QUE ACONTECEU, NÃO SABE, JAVIER?
ME PERDOE...!
O QUE VOCÊ FEZ, BÚFALO?
O QUE VOCÊ FEZ?!
BILLY... VENKMAN! TUDO ISSO ESTÁ ACONTECENDO PORQUE O RELÓGIO **PAROU!**
LARGUE ESSE RELÓGIO MALDITO OU EU--
EU PRECISO CONSERTAR O RELÓGIO!
EU PRECISO CONSERTAR O RELÓGIO!
COMPONHA-SE, O'FLANAGAN! EU PRECISO DE SUA AJUDA!
VOCÊ PERDEU OUTRA BATALHA SEM SEQUER TER COMEÇADO!
QUANTOS INOCENTES VOCÊ ESTÁ DISPOSTO A SACRIFICAR?!

UMA SIMPLES OLHADA EM UMA PÁGINA FOI CAPAZ DE MOSTRAR A VERDADE PARA VENKMAN!
E ELE NÃO FOI O ÚNICO! NENHUM DE VOCÊS SERÁ O MESMO DEPOIS DO QUE VIRAM AQUI!
O QUANTO SERÁ QUE O'FLANAGAN LEU?
E FARADAY? SERÁ QUE ELE VAI SEGUIR OS PASSOS DE SEU PRIMO?
O RELÓGIO PAROU!
EU PRECISO CONSERTAR O RELÓGIO!
E VOCÊ, JAVIER?
O QUE VOCÊ DESCOBRIU SOBRE O RITUAL?
SAIA DA MINHA CABEÇA, DEMÔ--
D. AZAGHAL!
O QUE FOI, GIACOMO?
SÃO OS PERTENCES DE VENKMAN!
UMA ESTRELA DE DAVI, UM CADERNO DE ANOTAÇÕES E UMA ARMA!

VOCÊ NÃO VAI ENCONTRAR AS RESPOSTAS NESSES GARRANCHOS, JAVIER!
SE ESTIVER CURIOSO SOBRE O QUE VENKMAN DESCOBRIU--
FAÇA COMO ELE E LEIA O LIVRO! VAMOS, UMA PÁGINA SÓ!
O DEMÔNIO ESTÁ AQUI, NÃO ESTÁ?
SIM, GIACOMO, MAS DEUS TAMBÉM ESTÁ--
--E ELE NOS DEU UMA MISSÃO!
RASG
GIACOMO, ENCONTRE FARADAY. PRECISAMOS DELE PARA SAIR DAQUI. O'FLANAGAN, VENHA ORAR COMIGO --
O'FLANAGAN, VOCÊ SE LEMBRA DOS SACRAMENTOS, NÃO?
NEM COMECE!
BONC!
ORAR?!

O'FLANAGAN, VOCÊ FICOU MALUCO?!
EU NÃO AGUENTO MAIS ESSE VELHO MALDITO!
GIACOMO, DEIXE ELE.
EU NÃO CONHECI STEPHEN VENKMAN COMO VOCÊS.
NÃO POSSO DIZER QUE ELE ERA MEU AMIGO, MAS ELE LUTOU AO NOSSO LADO E MERECE TER SUA ALMA ENCOMENDADA!
MEU BRAÇO ESTÁ QUEBRADO E EU PRECISO DA ALGUÉM COM EXPERIÊNCIA EM SACERDÓCIO.
O'FLANAGAN!
JAMES.
POR FAVOR.
OU EU ESTOU LOUCO OU VOCÊ ESTÁ DESESPERADO MESMO, PORQUE NUNCA TE OUVI DIZER--
--POR FAVOR...?
MAS HEIN?

"PARA ONDE ELE FOI?!"
BILLY!
VENKMAN!
TUDO ISSO ESTÁ ACONTECENDO PORQUE O RELÓGIO PAROU!
EU POSSO TRAZER TUDO DE VOLTA, THOMAS!
PAI...?
BENJAMIN?
BENJAMIN?!
BENJAMIN!, VOCÊ ESTÁ AÍ?! FALE COMIGO!
ESTOU INDO, BENJAMIN!
ME AJUDE, PAI..

BENJAMIN!
EU VOU BUSCAR AJUDA, FIQUE CALMO!
VAI FICAR TUDO BEM, PAI...
...O TEMPO...
...TUDO REPARA!
HA HA HA! VOCÊ NÃO PODE CUMPRIR ESSA PROMESSA, FARADAY. MAS EU POSSO.
BENJAMIN, POR FAVOR, FIQUE COMIGO!
EU VOU ENCONTRAR NATHAN, EU JURO!
BASTA ACEITAR MINHA OFERTA PARA TER UM DE SEUS FILHOS, OU ATÉ MESMO BILLY DE VOLTA.
FILHO, É VOCÊ?
INFELIZMENTE NÃO, THOMAS!
FIQUE CALMO. SOU EU.
DESCULPE, BÚFALO, EU ESTAVA EM OUTRO LUGAR!
A BATALHA DO SOMME! VOCÊ ERA SÓ UM GAROTO, MAS VOCÊ SE LEMBRA!
TODOS OS DIAS, THOMAS.
A GUERRA ACABOU, BÚFALO--
--MAS NÓS NÃO ENCONTRAMOS A PAZ!

PRO **INFERNO** COM ESSE RELÓGIO!
O MUNDO NÃO VAI SE CONSERTAR COM O SIMPLES FLUIR DO TEMPO, NÓS PRECISAMOS FAZER ALGUMA COISA!
EU PRECISO CONSERTAR O OSCILOSCÓPIO!
BÚFALO, EU PRECISO DE FIOS, ARAMES, QUALQUER COISA QUE POSSA SER ESTICADA E CONDUZIR ELETRICIDADE!
CERTO! DEIXE-ME VER...
ESSE PEDAÇO DE MOLA SERVE?
ÓTIMO! OUTRA COISA, VOCÊ TEM ALGUMAS MOEDAS AÍ?
THOMAS FARADAY PEDINDO DINHEIRO EMPRESTADO?!
MEU AMIGO, EU TROCARIA O ORQUIDÁRIO DE MINHA AVÓ POR UM POUCO DE COBRE OU QUALQUER COISA CAPAZ DE ABSORVER **ELÉTRONS!**
NESSE CASO...
...ACHO QUE ESSE RELÓGIO VAI VIR BEM A CALHAR!

ISSO VAI ME AJUDAR A CONSERTAR A RESISTÊNCIA, O COBRE VAI AGITAR OS ELÉTRONS ENQUANTO...
MALDIÇÃO! O ÁCIDO DA BATERIA ESTÁ VAZANDO!
ASSIM NÃO TENHO COMO GERAR ENERGIA!
ENTÃO TRANSFIRA O QUE SOBROU PARA OUTRO COMPARTIMENTO METÁLICO E IMPROVISE UMA BATERIA.
O'FLANAGAN, AINDA QUE EU TIVESSE UM, MUITO ÁCIDO JÁ VAZOU.
VOCÊ NÃO CONSEGUE VEDÁ-LA?
NÃO! EU PRECISO ARRANJAR OUTRO--
EU VOU QUERER UM NOVO DEPOIS.
OBRIGADO, O'FLANAGAN.

COMO ESTÃO SUAS BALAS, BÚFALO?
AINDA TENHO ALGUMAS GUARDADAS COMIGO.
O ÁCIDO É O BASTANTE PARA TRÊS, NO MÁXIMO QUATRO USOS. MAS DEVE FUNCIONAR.
E VOCÊ?
...EU...
O'FLANAGAN, VOCÊ ESTÁ BEM?
EU ESSTOU ÓTIMO!
EU SÓ QUERO ENCONTRAR AQUELE VELHO E ACABAR LOGO COM ISSO!
SIM! VIVA A CIÊNCIA! VAMOS EM FRENTE, SENHORES!
EM FRENTE PARA ONDE?
RUMO AO DESCONHECIDO!
TUDO É DESCONHECIDO!

QUANTAS VEZES VOCÊ VAI TENTAR ME LEVAR PARA O CAMINHO DO DEMÔNIO?
E SE EU DISSER QUE QUEM VOCÊ ESTEVE CULTUANDO TODOS ESSES ANOS NÃO É NINGUÉM ALÉM DE MIM MESMO?
VENHA COMIGO, D. AZAGHAL. VENHA CONHECER O VERDADEIRO PODER QUE HABITA O MEU TEMPLO!
EU NÃO VOU VISITAR A CASA DO DEMÔNIO, NÃO TENHO NADA PARA FAZER LÁ. EU VOU PARA A CASA DE DEUS, QUE É ONDE A MINHA ALMA QUER ESTAR!
VENHA, DESGRAÇADO!
VOCÊ NÃO PODE ME CHAMAR DE DESGRAÇADO, EU TENHO TODA A GRAÇA DE DEUS!
ISSO NÓS VAMOS VER.
ME SOLTA!
QUÊ?!

SOCORRO!
FIQUE CALMO, HERR FRIEDRICH!
EU NÃO DISSE QUE VOCÊ ERA **ESPECIAL!?**
POIS AGORA VOCÊ FARÁ PARTE DA **RAÇA SUPERIOR!**
PELO ALTÍSSIMO --
(AS SUAS PERNAS, PELO MENOS!)
POR FAVOR, NÃO...!
LOGO VOCÊ VAI SE SENTIR MELHOR!
EZEKIEL, 25:17. ME VENGARÉ CON PODER CONTRA ELLOS--
--LOS CASTIGARÉ CON MI IRA, Y ASÍ APRENDERÁN--
--QUE YO SOY EL SEÑOR!
BLAM BLAM BLAM

ORA, VEJAM SÓ!
TEMOS UM NOVO PACIENTE!
VOCÊ DEVERIA TER APRENDIDO A ATIRAR QUANDO TEVE A CHANCE, JAVIER!
VEJO QUE SEU BRAÇO ESTÁ QUEBRADO!
VAMOS TER QUE AMPUTAR!
VOCÊ AINDA TEM UMA BALA, PODE SER POUPADO DO DESTINO DE VENKMAN!
MAS NÃO SE PREOCUPE, LOGO VOCÊ VAI SE SENTIR MELHOR, NÃO É, RAPAZES?!
POR FAVOR, ME MATA!
ATIRA EM MIM!
VAMOS, COLOQUE A ARMA NA TÊMPORA E ATIRE!

COMAM CHUMBO, **WANKERS!**
D. AZAGHAL, LARGUE ISSO!
O QUÊ? GIACOMO?
DESCANSE, MEU MENTOR!
NÓS CUIDAMOS DO RESTO!
O'FLANAGAN, **CUIDADO!**
SEM TEMPO PARA SUTILEZAS, FARADAY!
TEM RAZÃO! AGORA É HORA--
--DA **CIÊNCIA!**

SANTO ISAAC NEWTON!
VOCÊ ESTÁ BEM, O'FLANAGAN?
NÃO! EU SÓ VOU FICAR--
--QUANDO TODOS ESSES *WANKERS* FOREM PARA O **INFERNO!**
D. AZAGHAL, FIQUE ABAIXADO!
ESSE IDIOTA VAI MATAR TODOS NÓS!
BA-KABA-KA-K
AK-A
PFF!
O'FLANAGAN, JÁ CHEGA, VOCÊ ESTÁ SEM BALAS!
NÃO ME INTERESSA!

EU SÓ SINTO ÓDIO!
MORRE, SUA DESGRAÇADA!
O QUÊ...?!
ME SOLTA, ENFERMEIRA DO INFERNO!
ARGH! MINHA MÃO!
MEU DEUS, O'FLANAGAN!
CALMA, EU TE AJUDO!

BOM, PELO MENOS AGORA SÃO CINCO UNHAS A MENOS PARA CORTAR.
SINTO MUITO, MEU AMIGO!
TENEMOS QUE SALIR DAQUI.
COMO ASSIM?! NÓS NÃO PODEMOS DESISTIR AGORA, SEM TER DESTRUÍDO O LIVRO!
NÓS JÁ VIMOS QUE ESSE LIVRO NÃO PODE SER DESTRUÍDO, AO CONTRÁRIO DA MÃO DO--
ESPERE!
A CABEÇA **CONSUMIU** A MÃO DO SEM-FÉ!
E SE A USÁSSEMOS PARA **DESTRUIR** O LIVRO?!
EU NÃO ACHO QUE SEJA SIMPLES ASSIM, D. AZAGHAL.
QUANDO COLOQUEI O OSCILOSCÓPIO EM UMA DESSAS COISAS, ELE PARECE TER SIDO PUXADO POR UMA FORÇA INVISÍVEL, MAS NÃO EXATAMENTE CONSUMIDO--
NÃO DEIXA DE SER UMA BOA NOTÍCIA... PARA A MINHA MÃO!
--E EU NÃO QUERO SABER O QUE PODERIA ACONTECER SE O LIVRO ATRAVESSASSE UM PORTAL--
PARA O INFERNO?!

SE A CABEÇA É UM PORTAL, NÓS SÓ PRECISAMOS JOGAR UMA BOMBA LÁ DENTRO PARA DESTRUIR O INFERNO!
D. AZAGHAL, NÃO EXISTEM EVIDÊNCIAS CIENTÍFICAS QUE--
EVIDÊNCIAS CIENTÍFICAS?! VOCÊ ACHA MESMO QUE A SUA CIÊNCIA EXPLICA O QUE VIMOS AQUI HOJE?
A ESSA ALTURA DO CAMPEONATO A MÃO DO O'FLANAGAN ESTÁ--
MAIS RESPEITO COM A FALECIDA.
E MESMO QUE FOSSE POSSÍVEL JOGAR UMA BOMBA DENTRO DA CABEÇA...
...NÓS PRECISARÍAMOS DE ALGO MUITO MAIOR DO QUE UMA GRANADA DE MÃO PARA DESTRUIR O INFERNO!
ALGO COMO UM OSCILOSCÓPIO GIGANTE?!
É UMA BOA HIPÓTESE, MAS EU NÃO TENHO COMO TRAZER UM OSCILOSCÓPIO PARA--
ENTÃO, VAMOS LEVAR A CABEÇA CONOSCO!
MAS COMO VAMOS SAIR DO ESTÁDIO CARREGANDO UM CORPO?!
EU NUNCA DISSE CORPO.
EU DISSE CABEÇA.
FIQUEM DE OLHO NO LIVRO.
DOUTOR, VOCÊ ACHA QUE ISSO FAZ SENTIDO?
SE O OSCILOSCÓPIO É MESMO CAPAZ DE INTERFERIR NAS VIBRAÇÕES DIMENSIONAIS --
--PODE SER PARCIALMENTE VIÁVEL!
(EU DISSE (PARCIALMENTE!)

OLHEM PARA NÓS, SENHORES! ESSE É O PONTO MAIS BAIXO DE NOSSAS VIDAS!
NÃO, FARADAY, ESSE É O PONTO MAIS ALTO, POIS AQUI A ACABA A GUERRA!
O PORTAL AINDA FUNCIONA! NÓS VAMOS DERROTAR O DEMÔNIO COM ESSA CABEÇA!
MAS COMO VAMOS LUTAR ASSIM, D. AZAGHAL?
NÃO SABEMOS O QUE HÁ DEPOIS DAQUELA PORTA!
NÃO PODEMOS MAIS SEGUIR EM FRENTE, ESTAMOS EM FRANGALHOS, QUEBRADOS, AMPUTADOS!
TEMOS QUE LEMBRAR DO NOSSO TEMPO NAS TRINCHEIRAS--
--E SABER O MOMENTO DE RECUAR!
O'FLANAGAN, MESMO COMO CAPELÃO, VOCÊ ESTEVE LÁ COMIGO!
BÚFALO, VOCÊ ERA SÓ UM GAROTO, MAS SE LEMBRA DOS SACRIFÍCIOS, DE SEU MENTOR!
TEMOS QUE RETORNAR À BASE, RECUPERAR NOSSA MENTE E NOSSO CORPO, PARA PODER LUTAR COM ESTRATÉGIA E--
SIM?
PERGUNTA.
SE EU CONCORDAR EM IR EMBORA, VOCÊ PARA DE FALAR?

ENTÃO PRECISAMOS DE UM PLANO PARA SAIR DO ESTÁDIO.
ENSANGUENTADOS.
MANETA.
COM UM BRAÇO QUEBRADO, UM LIVRO DO INFERNO E UMA CABEÇA DECEPADA.
PRECISAMOS SER FURTIVOS. COM CERTEZA HÁ OUTROS GUARDAS À NOSSA PROCURA.
EU SEI SER FURTIVO.
- VAMOS PEGAR AS ROUPAS DELES--
--E DIZER QUE D. AZAGHAL SE FERIU NA ESCADA!
ESSE PLANO É PATÉTICO!
PRECISAMOS DE UMA AMBULÂNCIA, AGORA!
ME AJUDEM...!
"MINHA" AVÔ CAIU DA "ESCADEM!"
- E COMO VAMOS SAIR DO PAÍS?
- DEIXEM ISSO COMIGO.

ESTOU DE VOLTA, WANKERS!
Shamrock
SENTIRAM MINHA FALTA?
ESSE LUGAR NÃO É O MESMO SEM VOCÊ, O'FLANAGAN.
OBRIGADO, MOLLY!
O QUE VOCÊ VAI QUERER?
PRECISO DE UMA MÃOZINHA, MAS ANTES, QUERO UM PINT DESSES!
É PRA JÁ!
E DEPOIS, KIT DE PRIMEIROS SOCORROS, PASSAPORTES FALSOS E UM AVIÃO.
DEVO MANDAR A CONTA PARA O HOTEL KAISERHOF DE NOVO?
"NÃO, QUERIDA."
"DESSA VEZ, MANDE PARA LONDRES."

3

O DESPERTAR DOS PROFUNDOS

Mansão Faraday, dias depois.
E AGORA, COMPANHEIROS?
ACHÁVAMOS QUE JÁ HAVÍAMOS VISTO O LIMITE DO HORROR HUMANO DURANTE A GUERRA--
--MAS DEPOIS DE TUDO O QUE PRESENCIAMOS NAQUELE ESTÁDIO--
--QUAL SERÁ NOSSO PRÓXIMO PASSO?
EU CONFESSO QUE NÃO SEI.
NÃO SABEM O QUE FAZER PORQUE NÃO TÊM **DEUS** NO CORAÇÃO!
EU SEI **EXATAMENTE** O QUE DEVO FAZER!
EU VOU ME REPORTAR AOS MEUS SUPERIORES--
...VAI SER MAIS DIFÍCIL ABRIR O CANTIL AGORA.
--E ESSA CABEÇA E ESSE LIVRO MALDITO VÃO **COMIGO!**
D. AZAGHAL, EU ACHO ARRISCADO, TALVEZ FOSSE MELHOR SE CHAMÁSSEMOS A IGREJA AQUI.
VOCÊ ESTÁ ME QUESTIONANDO, GIACOMO?!
NÃO É ISSO, D. AZAGHAL, É QUE EU--
FAÇAM O QUE QUISEREM. EU VOU DAR UMA SAÍDA.
O LIVRO E A CABEÇA NÃO DEVEM SAIR DAQUI.

QUEM COLOCOU VOCÊ NO COMANDO?
A MANSÃO FARADAY É O LUGAR MAIS SEGURO PARA ESSES ARTEFATOS, D. AZAGHAL.
SEGURA? QUALQUER UM ENTRA AQUI! PROMÍSCUOS, CULTISTAS --
GOSTARIA DE BEBER ALGUMA COISA, SR. O'FLANAGAN?
--BÊBADOS!
--NÃO, OBRIGADO.
ESTÁ DE SAÍDA? DEVO CHAMAR UM CARRO?
EU PREFIRO CAMINHAR!
D. AZAGHAL, NÃO PODEMOS ARRISCAR QUE O LIVRO CAIA EM MÃOS ERRADAS!
PRECISAMOS ENCONTRAR UM MEIO-TERMO!
TALVEZ EU POSSA REPRESENTÁ-LO JUNTO AO VATICANO!
SE ME ENTREGAR UMA CARTA, UM SELO OU ALGO QUE ME CHANCELE, EU POSSO IR ATÉ LÁ, VOLTAR COM AJUDA--
--ENQUANTO THOMAS SE ASSEGURA DE QUE O LIVRO ESTEJA EM SEGURANÇA.
EU NÃO ME IMPORTO EM RECEBER AJUDA, AINDA QUE SEJA DA IGREJA. QUANTO MAIS, MELHOR.
MUITO BEM, GIACOMO.
EU VOU FAZER A SUA CARTA--
MAS VOCÊ NÃO VAI PARA O VATICANO.

D. AZAGHAL, POR FAVOR, FIQUE À VONTADE. PEDIREI QUE PROVIDENCIEM UM QUARTO PARA O SENHOR.
EU VOU DORMIR NO CHÃO.
COMO QUISER! AVISE SE PRECISAR DE ALGUMA COISA!
ESTAREI EM MEU LABORATÓRIO CONDUZINDO EXPERIMENTOS!
"FAÇA O EXPERIMENTO QUE QUISER, FARADAY. BUSQUE AS RESPOSTAS NOS SEUS LIVROS, NA SUA CIÊNCIA--
--OU ONDE QUER QUE SUA FÉ HABITE, MAS NO FINAL, VOCÊ VAI SE AJOELHAR--
--AO PERCEBER QUE, POR TORTUOSOS QUE SEJAM--
Madrid
--TODOS OS CAMINHOS LEVAM AO SENHOR!"
POR ISAAC NEWTON! AS FOTOS!

Madrid.
Academia DYA - Derecho Y Architectura/Dios Y Audacia.`
Sede da **Opus Dei.**
GIACOMO DI MONTI, O BÚFALO. É UM PRAZER RECEBÊ-LO AQUI EM NOSSA JOVEM ORDEM.
Josemaria Escrivá de Balaguer.
34 anos.
Fundador.
SAIBA QUE ACOMPANHO SUAS LUTAS, É UM DOS POUCOS PRAZERES QUE AINDA ME PERMITO. COMO POSSO AJUDÁ-LO?
EU VENHO EM NOME DE D. AZAGHAL.
AH, D. AZAGHAL, UM DOS NOSSOS MELHORES PÁROCOS, UM HOMEM SANTO DESTINADO A COMBATER O DEMÔNIO.
SIM, EU SOU MUITO GRATO A D. AZAGHAL. ELE ESTÁ AO MEU LADO DESDE OS TEMPOS DA GUERRA.
Cidadão de bem da família tradicional espanhola.
NO ENTANTO, SE ELE O MANDOU ATÉ AQUI, NÃO FOI APENAS PARA TROCAR AMENIDADES.
TEMO QUE NÃO, SENHOR!
CHEGOU EM NOSSAS MÃOS ALGO DE EXTREMO VALOR E DE EXTREMO **TERROR!**
UM LIVRO ESCRITO PELO PRÓPRIO DEMÔNIO, CUJAS PÁGINAS FORAM PREENCHIDAS COM SANGUE, EXCREMENTOS E TUDO QUE EXISTE DE MAIS **VIL.**
ENTENDO. E ONDE ACHA QUE ESSE ITEM TÃO TENEBROSO DEVERIA FICAR, BÚFALO?
D. AZAGHAL ACREDITA SER CAPAZ DE **CONTER** O LIVRO.
"CONTER O LIVRO"? AH, D. AZAGHAL, SEMPRE PECANDO PELA SOBERBA!

EIS O QUE VOCÊ VAI FAZER, MEU FILHO.
PRIMEIRO, QUERO QUE FAÇA UMA PENITÊNCIA--
--POR NÃO TER TIDO A INICIATIVA DE TRAZER O NECRONOMICON PARA MIM.
DEPOIS, VOCÊ E D. AZAGHAL SE AFASTARÃO DOS MUNDANOS E TRARÃO O LIVRO ATÉ AQUI.
POR FIM, VOCÊ RETOMARÁ SUAS LUTAS. SERIA UMA LÁSTIMA SE SUA CARREIRA TÃO BRILHANTE FOSSE INTERROMPIDA POR CONTA DAQUELE DESLIZE EM BERLIM, NÃO É MESMO?
COMO O SENHOR...?
GIACOMO, POR FAVOR.
NÃO COMENTE ESSE ASSUNTO COM MAIS NINGUÉM, NEM MESMO DA IGREJA.
S-SIM, SENHOR BALAGUER.
E MAIS UMA COISA--
--DEVIDO À SUA IMPRUDÊNCIA EM BERLIM, EU ESCREVI UMA CARTA PARA SEU EMPRESÁRIO, RECOMENDANDO QUE NÃO HAJA NENHUM TIPO DE PUNIÇÃO A VOCÊ.
MUITO OBRIGADO, SENHOR!
AGORA, VÁ, MEU FILHO, DEIXE-ME ORGULHOSO!

"VOLTE COM O NECRONOMICON, E TUDO FICARÁ BEM!"
GOSTARIA DE MAIS UM DRINK, SR. DI MONTI?
NÃO, OBRIGADO, QUERIDA!
SHANANIGANS
HERMANN GÖRING ERA UM BUNDA-MOLE, O PIOR PILOTO QUE JÁ VI NA VIDA!
E VOCÊ, O'FLANAGAN, É UM CUZÃO!
AH, DEU PRA DEFENDER NAZISTAS AGORA, VON BASF?!
Von Basf.
Alemão, 56 anos.
Piloto.
UMA COISA É FALAR MAL DO NAZISMO, A OUTRA É FALAR MAL DO PILOTO!
O FÜHRER É UM ESCROTO? CLARO QUE É! GÖRING TAMBÉM? NÃO SEI!
MAS DIZER QUE ELE PILOTAVA MAL!?
VOCÊ É O ÚNICO PILOTO ALEMÃO EM QUE EU CONFIO, MEU AMIGO.
WUNDERBAR!
Cardíaco.
O'FLANAGAN?

MEU DEUS, O QUE FIZERAM COM VOCÊ?
QUEM É ESSE "GARROTA BONITINHA"?
VON BASF, ESSE É MEU AMIGO GIACOMO DI MONTI, O BÚFALO!
MUITO PRAZER, HERR BÚFALO!
VON BASF FOI PILOTO NA GRANDE GUERRA!
"TUDA" BEM?
E DOS BONS!
COMO ME ACHOU AQUI, BÚFALO?
EU VOU AO "BANHEIRRA!"
COMO VOCÊ DISSE, TODO IRLANDÊS DEIXA UM RASTRO--
--EU SÓ NÃO ESPERAVA ENCONTRÁ-LO NESSAS CONDIÇÕES.
EU ESTOU ÓTIMO. ME DIGA, COMO FOI NO VATICANO?
NÃO SE PREOCUPE, VON BASF É DE CONFIANÇA.
POIS BEM. ANTES QUE EU LHE CONTE DA MINHA VIAGEM, PRECISO QUE ME RESPONDA UMA COISA--
--VOCÊ ACHA QUE D. AZAGHAL TRAIRIA A IGREJA?

POR QUE DIABOS ESTOU OLHANDO PARA ISSO, FARADAY?
ESSAS FOTOS ESTAVAM NA CÂMERA DE BÚFALO, D. AZAGHAL.
POIS EU REPITO A MINHA PERGUNTA: POR QUE ESTOU OLHANDO PARA ISSO!?
POR FAVOR, CONTINUE OLHANDO AS FOTOS.
PELO AMOR DE DEUS, FARADAY, O QUE VOCÊ QUER QUE EU...
HEIN?
ISSO NÃO FICA EM BERLIM!
EU MANDEI REVELAR AS FOTOS QUE BÚFALO FEZ NO ESTÁDIO, A ÚNICA EVIDÊNCIA QUE TÍNHAMOS DO QUE VIVENCIAMOS!
PARA MINHA SURPRESA--
ISSO A IGREJA CONDENA!
--APARENTEMENTE O NECRONOMICON GERA ALGUM TIPO DE INTERFERÊNCIA VIBRACIONAL.
SE CONSIDERARMOS QUE A REALIDADE PODE SER DESCRITA POR DIFERENTES VIBRAÇÕES DA MATÉRIA--
VOCÊ ESTÁ ME DIZENDO QUE TIROU UMA FOTO DO INFERNO?!
UMA NÃO, D. AZAGHAL.

--VÁRIAS. AO PERCEBER O FENÔMENO, TIREI FOTOS DE OUTROS ÂNGULOS E O ESTRANHO RESULTADO SE REPETIU:
AS FOTOS TRAZIAM UMA IMAGEM DE FUNDO MUITO DIFERENTE DE MEU LABORATÓRIO, FRAGMENTOS DE UM LUGAR QUE ME É ESTRANHAMENTE FAMILIAR.
QUE LUGAR?!
UM LUGAR, D. AZAGHAL, DESCRITO POR TÁCITO COMO "AS COLUNAS DE HÉRCULES".
UMA ILHA TAMBÉM USADA COMO BASE PARA O KAISER DURANTE A GUERRA, E O MAIS SURPREENDENTE--
--É QUE WERNER HEISENBERG FORMULOU NESTE MESMO LUGAR, HÁ 10 ANOS, A REPRESENTAÇÃO DA MECÂNICA QUÂNTICA, UMA EQUAÇÃO QUE VISA DESCREVER A PRÓPRIA REALIDADE.
VOCÊ SABE QUE SUAS TEORIAS NÃO DIZEM NADA PARA MIM. ISSO É UMA QUESTÃO DE OPINIÃO, E NÃO--
D. AZAGHAL, A CIÊNCIA NÃO SE IMPORTA COM OPINIÕES!
VEJA AS FOTOS. NÃO ACHA MUITA COINCIDÊNCIA ESTE MESMO LUGAR JÁ TER SIDO PALCO DE TANTOS EVENTOS IMPORTANTES DISTINTOS?
E, COMO SE NÃO BASTASSE, ESSE LUGAR É CHAMADO PELOS SEUS NATIVOS, OS FRÍSIOS DE HEILIGES LAND, OU--
"TERRA SAGRADA."

BÚFALO E... O'FLANAGAN?!
O QUE FIZERAM COM VOCÊ?!
SAI DAQUI, SEU VELHO SEBOSO!
E ENTÃO, O QUE HÁ EM HELIGOLAND?
SEGUNDO AS ANOTAÇÕES DE VENKMAN E O RELATO DE FRAU EISENKIEME, O LIVRO DEVERIA SER LEVADO PARA UM LOCAL SAGRADO--
--MAS E SE OS CULTISTAS ESTIVESSEM FALANDO DESSA ILHA E NÃO DO ESTÁDIO DE BERLIM?
ENTREGOU MINHA CARTA?
ELE ESTÁ BEM!
ER, D. AZAGHAL, QUANTO A ISSO, EU..
VOCÊ TINHA UM TRABALHO!
EU SEI, D. AZAGHAL, MAS...

EU NÃO SEI SE É SÓ A SUA CABEÇA OCA OU A QUANTIDADE DE **PANCADAS** QUE VOCÊ RECEBEU!
D. AZAGHAL, NÓS PODEMOS CONVERSAR EM PARTICULAR?
NÃO, FALE **AGORA!**
EU PENSEI QUE--
VOCÊ E O VERBO "PENSAR" NÃO COMBINAM!
DIGA LOGO, O QUE SAN ESCRIVÁ **DISSE?!**
D. AZAGHAL, EU ACHO QUE ELES ESTÃO LIGADOS.
QUEM ESTÁ LIGADO COM O QUÊ?!
SAN ESCRIVÁ E OS NAZISTAS.
ISSO NÃO É POSSÍVEL!
LEIA ISSO. ELE ESCREVEU DE PRÓPRIO PUNHO.
"...PORTANTO, GIACOMO DI MONTI, O BÚFALO, ESTÁ ALINHADO COM OS VALORES DO **REICH** ALEMÃO, E NÃO DEVE SER PUNIDO."
E TEM MAIS UMA COISA, D. AZAGHAL--
--ELE JÁ SABIA SOBRE O NECRONOMICON.
O QUE QUER DIZER COM ISSO, BÚFALO?!
ENQUANTO CONVERSÁVAMOS, ELE DEIXOU ESCAPAR QUE SABIA SOBRE O LIVRO.
A **OPUS DEI** SABE SOBRE O LIVRO?!

ONDE FICA ESSA ILHA, MESMO?
NA COSTA NORTE DA ALEMANHA.
E O QUE ESTAMOS ESPERANDO?
D. AZAGHAL, NÃO PODEMOS IR ATÉ ESSA ILHA SEM UM **PLANO!**
TUDO O QUE SABEMOS É QUE OS CULTISTAS QUERIAM FAZER UM RITUAL NO ESTÁDIO, MAS SEQUER SABEMOS SE ELE FOI REALIZADO!
E SE ESSAS IMAGENS NAS FOTOS FOREM RECENTES, A ILHA ESTÁ MILITARIZADA DE NOVO.
E NÃO TEMOS COMO CHEGAR LÁ SEM UM PILOTO.
NA VERDADE, EU CONHEÇO ALGUÉM.
AINDA ASSIM, ELES DEVEM TER SOLDADOS, EQUIPAMENTO E SEI LÁ MAIS O QUÊ!
NÓS PRECISARÍAMOS DE ARMAS E SUPRIMENTOS O BASTANTE PARA--
DEPOIS DE TUDO O QUE VIMOS, VOCÊS NÃO APRENDERAM **NADA?!**
FARADAY, VOCÊ VIU QUE HÁ MISTÉRIOS QUE SUA CIÊNCIA É INCAPAZ DE CONCEBER!
O'FLANAGAN, VOCÊ ACHA QUE PERDEU TUDO, MAS NO MEIO DA ESCURIDÃO, DEUS TE MOSTROU A LUZ, E **GIACOMO--**

--VOCÊ OLHOU NO **VAZIO** DO ROSTO DO DEMÔNIO E NÃO SE ACOVARDOU!
VOCÊ É UM SERVO DE DEUS, UM **GUERREIRO CELESTE!** EU CONHEÇO ESSE INIMIGO, EU LUTEI CONTRA ELE A MINHA **VIDA INTEIRA!**
NÃO PRECISAMOS TEMER O DIABO PORQUE DEUS ESTÁ AO NOSSO LADO! NÓS SÓ TEMOS QUE **COMBATÊ -LO!**
TEMOS QUE SER O **VEÍCULO**, A LANÇA DO SENHOR NO CORAÇÃO DO **MALIGNO!**
"VOFÊ" TEM "RAFÃO", D. AZAGHAL. VOU COMEÇAR OS PREPARATIVOS PARA A "VIAFEM".
EU PRECISO CONDUZIR MAIS EXPERIMENTOS, LEVANTAR MAIS DADOS SOBRE ESSA ILHA.
EU FICAREI COM O LIVRO!
COMO ASSIM, D. AZAGHAL? O LIVRO É PERIGOSO!
E É EXATAMENTE POR ISSO QUE ELE PRECISA FICAR NA CASA DE DEUS!
"SE OS CULTISTAS ESTÃO LIGADOS A SAN ESCRIVÁ E A OPUS DEI, NÃO PODEMOS CONFIAR EM NINGUÉM--
NÃO SE LEMBRAM DO QUE HOUVE COM VENKMAN?! BASTA UMA PÁGINA, UM PARÁGRAFO, PARA TER SEU ROSTO CONSUMIDO PELO INFERNO!
SOMENTE UMA PESSOA COM A FÉ ILIBADA PODE FICAR PERTO DESSE LIVRO!"

MUITO BEM, D. AZAGHAL.
MAS NÃO TIRE O LIVRO DA GAIOLA, SOB HIPÓTESE ALGUMA. EU IREI À SUA IGREJA CASO PRECISE DE MAIS DADOS!
NÃO VEJO PROBLEMA. VOCÊ PODE INCLUSIVE SE CONFESSAR.
NÃO, OBRIGADO.
QUANTO A MIM, EU VOU ATRÁS DE UM PILOTO.
"ACHO QUE CONHEÇO ALGUÉM LOUCO O BASTANTE PARA SE INTERESSAR!"
WUNDERBAR!
- DE QUALQUER FORMA, D. AZAGHAL, EU REFORÇAREI A SEGURANÇA DE SUA IGREJA.
- FAÇA COMO QUISER, FARADAY!
- MAS SAIBA QUE DEUS VAI PROTEGER O LIVRO MELHOR DO QUE QUALQUER SEGURANÇA SEU.
- ASSIM ESPERO, D. AZAGHAL. ASSIM ESPERO.

"AGORA, SE ME DÃO LICENÇA, EU TENHO MUITOS ESTUDOS A FAZER. PRECISO DESCOBRIR O TAMANHO DE NOSSO DESAFIO, COMO ESSES CULTISTAS PENSAM, O QUE ELES ESPERAM TRAZER PARA ESSE MUNDO E QUAL É A VERDADEIRA AMEAÇA--
--E ACHO QUE NOSSO AMIGO STEPHEN VENKMAN PODE NOS AJUDAR COM ISSO."
"Por que tantas religiões concentram seus rituais nas mesmas datas, como os solstícios e equinócios?
Seria mera coincidência, ou estariam os movimentos do Sol, da Terra e a interação entre seus campos eletromagnéticos...
...relacionados a fenômenos interpretados como religiões ou... deuses?
Isso vai de encontro à teoria de múltiplas realidades de Faraday.
(Hah, mesmo sem um tenure, ele sempre me surpreende.)
Existiria uma correlação entre o espaço-tempo e as frequências vibratórias, não como uma linha reta, mas como uma espécie de campo vibracional em que determinados eventos demarcariam vibrações mais tênues ou mais acentuadas?
Essa hipótese explicaria a intersecção de tantos rituais religiosos nas mesmas datas. Durante esses eventos, as ondas vibratórias seriam mais intensas, ao passo que, durante outras épocas...
...as mesmas vibrações estariam mais tênues, causando a ilusão que chamamos de normalidade.
Preciso colher mais dados. Observar as próximas datas que concentrem eventos religiosos, como...
--O EQUINÓCIO DE INVERNO!"

Igreja de D. Azaghal, semanas depois.
FARADAY, VOCÊ ESTÁ ME DIZENDO QUE O DEMÔNIO VEM PARA A TERRA NO NATAL?!
É IRÔNICO, NÃO É?
BLASFÊMIA.
QUE SEJA. É ASSIM QUE ELES PENSAM.
EU CRUZEI AS ANOTAÇÕES DE VENKMAN COM MINHAS TEORIAS SOBRE O CAMPO VIBRATÓRIO--
--E CHEGUEI À CONCLUSÃO DE QUE OS NAZISTAS TENTARÃO ALGO GRANDE DURANTE O EQUINÓCIO DE INVERNO.
E O QUE NOS IMPEDE DE IR ATÉ A MALDITA ILHA E ACABAR COM ISSO AGORA MESMO?
POR QUE ESPERAR ATÉ O FINAL DO ANO!?
PRIMEIRO, PORQUE O PILOTO DE FLANAGAN RECEBEU A INFORMAÇÃO DE QUE A ILHA SERÁ EVACUADA EM DEZEMBRO.
SEGUNDO, PORQUE SEM UM PLANO, ESTAMOS FADADOS A REPETIR O QUE OCORREU EM BERLIM.
NÓS NÃO PRECISAMOS DE UM PLANO, DEUS TEM UM PLANO E... ESPERE!
VOCÊ PODERIA TER MANDADO UM RECADO --
--MAS PREFERIU VIR ATÉ AQUI.
ESSE É O SEU PLANO, FARADAY?
EU PRECISO OBTER MAIS INFORMAÇÕES DO LIVRO.
VOCÊ QUER LER O LIVRO? QUER ACABAR COMO COMO VENKMAN?!
SE O LIVRO FICAR DENTRO DA GAIOLA, NÓS PODEMOS--
"NÓS"? EU NÃO VOU LER LIVRO ALGUM!

"EU NÃO QUERO QUE LEIA O LIVRO, D. AZAGHAL."
EU QUERO QUE LIDE COMIGO CASO ALGO DÊ ERRADO.
VOCÊ NÃO PRECISA FAZER ISSO, FARADAY.
COMO?
O DEMÔNIO NÃO TEM INFLUÊNCIA SOBRE MIM. LEMBRE-SE DE QUE EU O AFUGENTEI DO CORPO DE SEU PRIMO.
ACREDITO QUE EU POSSA LER O LIVRO E POUPAR SUA SANIDADE, SE VOCÊ SE CONFESSAR --
--E FIZER AS PAZES COM DEUS.
NÃO, OBRIGADO.
EU JÁ DISSE TUDO O QUE TINHA A DIZER PARA ELE.

POR EDISON, D. AZAGHAL! ESTÁ **TUDO** AQUI!
CTHULHU É O SUMO SACERDOTE, SOBERANO ENTRE OS GRANDES ANTIGOS, E UM DOS MAIS PRÓXIMOS AO MUNDO FÍSICO, UM DEUS LIGADO À ÁGUA E AOS MARES.
BLASFÊMIA! SÓ HÁ UM DEUS!
CTHULHU PLANEJA DESPERTAR DE SEU SONO NOS MARES, E RETOMAR SEU CONTROLE ABSOLUTO SOBRE O MUNDO FÍSICO.
SE ISSO ACONTECER, NÃO HAVERÁ VOLTA, POIS NÃO EXISTE QUALQUER FORÇA QUE SEJA CAPAZ DE FAZER FRENTE AO SEU PODER.
JÁ POSSO TOMAR SUA **CONFISSÃO**, FARADAY?
EU NÃO TENHO **NADA** PARA CONFESSAR!
ENQUANTO CTHULHU É O DEUS MAIS PRÓXIMO DO MUNDO FÍSICO, NYARLATHOTEP É O DEUS **MENSAGEIRO** --
--O MAIS PRÓXIMO DA ALMA HUMANA, CAPAZ DE TRANSITAR ENTRE OS MUNDOS E INTERAGIR COM ELES, SE TIVER UM CONDUÍTE... O **NECRONOMICON!**
WILLIAM FARADAY FOI USADO PARA TRAZER NYARLATHOTEP PARA NOSSO MUNDO, MAS O PLANO FINAL É TRAZER **CTHULHU!**
VOCÊ NÃO ME PARECE MUITO BEM, FARADAY.
ENTÃO VOCÊ PREFERE PERDER A SANIDADE--
--DO QUE ABRIR SEU **CORAÇÃO** PARA DEUS?
PADRE... **EU PEQUEI!**
EU SEI, MEU FILHO.

EU NEGLIGENCIEI MINHA FAMÍLIA, SEMPRE ACHANDO QUE O QUE EU BUSCAVA ERA MAIS IMPORTANTE.
FUI PARA AS TRINCHEIRAS PORQUE, COMO ALGUÉM DE POSSES, DE PATENTE MILITAR, EU ACHAVA QUE TERIA UMA PARTICIPAÇÃO INTELECTUAL NO ESFORÇO DE GUERRA.
DEIXEI MINHA ESPOSA DOENTE, ACHANDO QUE MEUS FILHOS CUIDARIAM DELA. AFINAL, JÁ TINHAM SEUS 15 E 16 ANOS, E TERIAM TODO O SUPORTE FINANCEIRO... MAS ELA NÃO RESISTIU.
QUANDO RECEBI A CARTA DE SUA MORTE, DESCOBRI QUE, PELO VAZIO CRIADO PELA AUSÊNCIA DO PAI NESTE MOMENTO CRÍTICO, MEUS FILHOS MENTIRAM A IDADE E SE ALISTARAM NO EXÉRCITO POR CONTA PRÓPRIA.
PROCUREI-OS PELO FRONT, POR TODAS AS TRINCHEIRAS, MANDEI CARTAS, COBREI E DEVI FAVORES A MUITOS...
MAS EU SÓ ENCONTREI BENJAMIN, MORIBUNDO DEPOIS DA BATALHA DO SOMME, SEM FORÇAS PARA FAZER NADA ALÉM DE ME DAR UM RELÓGIO DE BOLSO E SUSSURRAR EM MEU OUVIDO:
O TEMPO TUDO REPARA.

COMO PODERIA AQUELE JOVEM, EM MEIO AO INFERNO E À MORTE, OFERECER UMA VISÃO OTIMISTA DO MUNDO?
O TEMPO SERIA CAPAZ DE REPARAR MEUS **ERROS**, DE ME TRAZER NATHAN?
EU MANTIVE O RELÓGIO FUNCIONANDO COMO UM **LEMBRETE**. DEPOIS DA GUERRA, TENTEI RECONSTRUIR MINHA VIDA NO MUNDO ACADÊMICO, MANTENDO CONTATO COM VELHOS AMIGOS E NUTRINDO NOVAS AMIZADES.
MAS ISSO TUDO ACONTECEU. EU TROUXE MEUS AMIGOS PARA A MORTE.
BILLY. VENKMAN.
EU MANDEI SOLDADOS PARA BATALHAS PERDIDAS ANTES, COM O OBJETIVO DE SALVAR VIDAS, MAS **BILLY** NÃO ERA UM SOLDADO, E EU O TRATEI COMO UM.
MAIS UMA VEZ, **NEGLIGENCIANDO** MINHA FAMÍLIA.
O QUE O TEMPO REPARA, D. AZAGHAL, SE MEUS **PECADOS SE REPETEM?!**
SE É ISSO QUE QUER DE MIM, EU NÃO SOU UM **HOMEM DE DEUS.**
MAS DEUS ESTÁ PELOS HOMENS, FARADAY. E ELE TE PERDOA. NÓS ESTAMOS AQUI PARA APRENDER A MELHORAR, PARA EVOLUIR.
O FARADAY DE HOJE, POR MAIS QUE SEJA ESSE FALASTRÃO CIENTÍFICO, SE PREOCUPA COM OS OUTROS, TENTA CORRIGIR SEUS ERROS, E DEUS ESTÁ PERCEBENDO.
REZE QUALQUER ORAÇÃO QUE VOCÊ SOUBER. ABRA SEU CORAÇÃO PARA DEUS. VOCÊ VAI VER COMO A SUA VIDA VAI MELHORAR.
E DEPOIS DISSO --

--VAMOS VER O QUE O DEMÔNIO RESERVOU PARA NÓS.
OS **PROFUNDOS** SÃO UMA RAÇA DE SERVOS DE CTHULHU, QUE HABITAM NOSSO MUNDO HÁ MILÊNIOS!
MUITOS CHEGARAM A PROCRIAR COM HUMANOS, GERANDO **HÍBRIDOS** QUE CAMINHAM INSUSPEITOS ENTRE NÓS.
ESSES HÍBRIDOS NASCEM COM A APARÊNCIA HUMANA, MAS AOS POUCOS --
--VÃO ADQUIRINDO TRAÇOS ABISSAIS, ATÉ QUE PASSAM POR UMA **METAMORFOSE**--
--E SE SENTEM COMPELIDOS A VOLTAR PARA O MAR, EM BUSCA DA CIDADE SAGRADA DE **R'LYEH.**
PORÉM, ALGUNS DESSES HÍBRIDOS CONSEGUEM RESISTIR AO **CHAMADO DE CTHULHU** E SE APEGAM À SUA NATUREZA HUMANA EM VEZ DA DEMONÍACA.
ISSO EXPLICA A APARÊNCIA DE FRAU EISENKIEME...
QUE FIGURA TRÁGICA.
EXISTE UM RITUAL PARA CRIAR A **RAÇA SUPREMA** QUE UNIRÁ OS SERVOS DE NYARLATHOTEP COM OS DE CTHULHU, UM RITUAL QUE PRECEDERÁ **O FIM DO MUNDO!**
ERA **ISSO** QUE OS NAZISTAS ESTAVAM TENTANDO FAZER NO ESTÁDIO DE BERLIM?!
SIM! TUDO O QUE ACONTECEU ESSE ANO FOI UM GRANDE RITUAL DE **PREPARAÇÃO!**
A LIBERTAÇÃO DE NYARLATHOTEP, A CRIAÇÃO DA RAÇA SUPREMA EM BERLIM--
--TUDO ISSO PRECEDE O EQUINÓCIO DE INVERNO--
--QUANDO SERÁ REALIZADO O RITUAL PARA TRAZER CTHULHU AO NOSSO MUNDO!
MAS A INFORMAÇÃO MAIS IMPORTANTE É QUE O MESMO RITUAL UTILIZADO PARA CRIAR A RAÇA SUPREMA TAMBÉM SERVE PARA MANDÁ-LO DE VOLTA PARA --**ARGH!**
D. AZAGHAL, **DEVOLVA O LIVRO!**
ME PEGA, ME USA!

D. AZAGHAL!
O QUÊ?!
NÃO DÊ OUVIDOS A ELE, D. AZAGHAL!
VAMOS NOS DIVERTIR JUNTOS!
VOCÊ TIROU O LIVRO, D. AZAGHAL!
COLOQUE-O NA GAIOLA!
CRISTO SANTO!
LIVRO MALDITO, ACHOU QUE PODERIA BRINCAR COM A MINHA MENTE?!
ATÉ MESMO SUA FÉ TEM LIMITE, D. AZAGHAL!
FECHE!
CLIC
CONSEGUI!
POR GALILEU, EU NÃO IMAGINAVA QUE O PODER DO LIVRO FOSSE TÃO--
NÃO IMPORTA QUANTO PODER O LIVRO TENHA, FARADAY.
EXISTE ALGO MAIOR NOS PROTEGENDO.

Então...
TEM CERTEZA DE QUE VAI FICAR BEM, D. AZAGHAL?
VOCÊ AINDA NÃO APRENDEU, FARADAY?!
NÃO HÁ LUGAR MAIS SEGURO QUE A CASA DE DEUS!
DE QUALQUER FORMA, MEUS SEGURANÇAS ESTARÃO A POSTOS!
VAMOS PARA A MANSÃO, SR. FARADAY?
NÃO, NIGEL. EU PRECISO IR AO BANCO DA INGLATERRA.
NATURALMENTE, SR. FARADAY.

Banco da Inglaterra.
MAS SR. FARADAY, O SR. TEM CERTEZA?!
OS CARROS, AS OBRAS DE ARTE, A MANSÃO, O ORQUIDÁRIO DE SUA AVÓ--
TUDO ISSO PERTENCERÁ AO SEU BANCO SE EU NÃO HONRAR MEU COMPROMISSO.
O SENHOR E O SEU BANCO SÓ TÊM A GANHAR, ENTÃO EU SUGIRO QUE ME CONCEDA O EMPRÉSTIMO ANTES QUE EU PERCEBA O ERRO QUE ESTOU COMETENDO.
S-SIM, SR. FARADAY. VOU PROVIDENCIAR OS PAPÉIS.
DE QUE ADIANTA UM PALÁCIO VAZIO?
QUAL É A RAZÃO DE UMA VIDA SEM PROPÓSITO?
DE QUE VALE A FELICIDADE QUE NÃO PODE SER COMPARTILHADA?
DE QUE VALEM AS IDEIAS SEM AQUELES QUEM POSSAM PÔ-LAS EM PRÁTICA?
EDMOND, EU PRECISO DA SUA AJUDA!
TEMOS UM TRABALHO GRANDE A FAZER--
--E SÓ TEMOS ATÉ DEZEMBRO.

AGORA QUE O MUNDO SE ARRASTA PARA O FIM, TUDO O QUE EU POSSO FAZER É **TESTEMUNHAR?!**
NÃO!
EU ME **RECUSO** A SER UMA MERA TESTEMUNHA!
O TEMPO TUDO REPARA, MAS NÃO SE NÃO AGIRMOS.
O TEMPO SIMPLESMENTE **É**.
A **NÓS** PERTENCE A AÇÃO.
ASSIM COMO O TEMPO, O MUNDO É MUITAS COISAS. MAS, DENTRE TODAS ELAS, ELE NÃO É **JUSTO**.
HÁ AQUELES QUE ESCOLHEM FARDOS MAIS **PESADOS**--
--HÁ AQUELES QUE NASCEM PRESOS A **GRILHÕES**--
--E HÁ AQUELES QUE QUEREM VER O MUNDO **EM CHAMAS!**
ASSIM, CABE AOS PORTADORES DOS DONS E DOS PRIVILÉGIOS UTILIZÁ-LOS PARA O **BEM DA HUMANIDADE.**

BOOOM
INVASORES!
GGRRAAR!
ENCONTREM O LIVRO.
O QUE HÁ COM ESSES MALUCOS?!
POUCO IMPORTA! PROTEJA O PADRE!
PELO ALTÍSSIMO, O QUE ESTÁ ACONTECENDO?!
GRAAR!
D. AZAGHAL, ESCONDA-SE!
SAIAM DA MINHA IGREJA!
LIVRAI-ME, DEUS, DOS MEUS INIMIGOS--
NÓS PODEMOS FAZER ISSO DO JEITO DIFÍCIL, OU DO JEITO DOLOROSO.
--DEFENDA-ME DOS QUE SE LEVANTAM CONTRA MIM!
ONDE ESTÁ O LIVRO?
LIVRA-ME DAQUELES QUE PRATICAM A INIQUIDADE E SALVAI-ME--
POIS BEM.
BANG
--DOS HOMENS SANGUINÁRIOS --

ARGH!
SENHOR, AFASTE-SE DO PADRE!
CTHULHU VIVE!
DESGRAÇADO, EU VOU--
GKKK!
VAI, NADA!
SANTO DEUS...!
EU DEI DUAS OPÇÕES, PADRE--

--AGORA VAI SER DO JEITO DOLOROSO!
ME SOLTE, MALDITO!
O LIVRO CHAMA. ENCONTRE-O.
VOCÊ AINDA PODE SOFRER MENOS, PADRE.
UFF!
ONDE ESTÁ O LIVRO?!
NO VOY A DECIR...
TANTO MELHOR!
SOC
DISSERAM QUE VOCÊ ERA DURÃO, PADRE.
SÓ NÃO DISSERAM QUE ERA TÃO...
SSS O LIVRO!
... QUEBRADIÇO!
URGH!
FINALMENTE!

EXCELENTE TRABALHO, EDMOND!
AQUELAS ABERRAÇÕES NÃO SERÃO PÁREO PARA MINHA NOVA INVENÇÃO!
ESTOU MUITO ORGULHOSO DE VOCÊ. AGORA, QUERO QUE DESCANSE UM POUCO, POIS O VERDADEIRO TRABALHO COMEÇA--
SR. FARADAY! ABRA A PORTA, POR FAVOR!
toc! toc!
SR. FARADAY! É URGENTE!
NIGEL?
SR. FARADAY, SEU CONTATO NOS BOMBEIROS ACABOU DE LIGAR!
A IGREJA PEGOU FOGO!
SANTO ISAAC NEWTON!

GALILEU, POR FAVOR, NÃO PERMITA QUE--
NÃO!
D. AZAGHAL!
POR FAVOR, SENHOR, AFASTE-SE!
FARADAY
?!
FARADAY
ONDE ESTÁ GIACOMO...?
D. AZAGHAL, QUE BOM QUE ESTÁ VIVO!
EU CHAMEI POR ELE...
EU CHAMEI POR ELE...

Dezembro.
Aeroporto de Croydon.
NOSSA.
SE VOCÊ ESTÁ ASSIM, EU NÃO QUERO NEM VER O OUTRO CARA!
O "OUTRO CARA" ESTÁ COM O NECRONOMICON.
ONDE VOCÊ ESTAVA, GIACOMO?! INCENDIARAM A MINHA **IGREJA!**
POR QUE DIABOS O LIVRO ESTAVA NA SUA IGREJA E NÃO EM UM LUGAR SEGURO?! OH, ESPERE!
HAHAHA! EU IMAGINEI O ARCANJO GABRIEL SE SENTINDO HUMILHADO PORQUE FALHOU EM DEFENDER A SUA IGREJA!

HUMPF!
EI!
NÃO FICA ASSIM, CAMPEÃO. NÓS PERDEMOS O ROUND, MAS VAMOS VENCER A LUTA!
SENHORES, MAIS UMA VEZ A NOSSA MISSÃO SE TORNA VITAL!
QUANDO ESTÁVAMOS EM BERLIM, NÃO CONSEGUIMOS IMPEDIR O RITUAL DOS NAZISTAS, E AGORA, DE POSSE DO LIVRO, O PODER DESTRUIDOR DELES SE TORNA **INIMAGINÁVEL**.
MAIS UMA VEZ, A HISTÓRIA NOS UNE COMO PROTAGONISTAS IMPROVÁVEIS, MAS AGORA SERÁ DIFERENTE, POIS VIEMOS PREPARADOS! EU INVESTI TODA A FORTUNA DE MINHA FAMÍLIA PARA--
VENHAM, VENHAM, "MENINAS"!
HELGA TEM PRESSA!
ISSO NÃO É UM AVIÃO.

"ISSO É UMA MÁQUINA DE SUICÍDIO!"
(HELGA ESTÁ UM POUQUINHO PESADA, ALGUÉM QUER DESCER?!)
FLANAGAN, VOCÊ NÃO DISSE QUE SEU AMIGO ERA UM BOM PILOTO?!
NÃO, QUEM DISSE ISSO FOI ELE!
AH, NÃO SE PREOCUPEM, MENINAS!
VON BASF CONHECE HELIGOLAND MUITO BEM!
NÃO É LONGE, SÃO APENAS 46 QUILÔMETROS DA COSTA!
HMMM, HELGA ESTÁ MESMO PESADA!
É CULPA DESSA MALDITA MOCHILA DO FARADAY!
E QUEM ESTÁ LEVANDO UM SACO DE ARMAS?!
BÚFALO, VOCÊ ESTÁ LEVANDO HALTERES?!
NÓS VAMOS MORRER!
VEJAM!

ESTAMOS CHEGANDO! HAAAA!
POR ISAAC NEWTON!
QUE HORA PARA PARAR DE BEBER.
PAI NOSSO QUE ESTAIS NO CÉU...
POR FAVOR, NÃO VOMITEM EM HELGA E--
--ER, MENINAS--
EU NÃO QUERO ASSUSTAR NINGUÉM, MAS--
KABOOOM
--TEMOS UM MÉDICO A BORDO...?

MEU DEUS! EU ACHO QUE VON BASF TEVE UMA **PARADA CARDÍACA!** TEMOS QUE AJUDÁ-LO!
ELE ESTÁ MORTO, E SE NÃO FIZERMOS NADA, NÓS TAMBÉM VAMOS ESTAR! PEGUE O MANCHE!
EU NÃO SEI PILOTAR!
ENTÃO É HORA DE APRENDER!
SEGUREM FIRME, SENHORES!
NÃO ESTAMOS SUBINDO, ESTAMOS CAIN--
DESORI-ENTAÇÃO ESPACIAL!
AO MENOS ESTABILIZOU.
UFA!

4

O ÚLTIMO RITUAL

OLHE SÓ PARA VOCÊ, GIACOMO!
TÃO PEQUENO E INSIGNIFICANTE, DRAGADO PELA SEGUNDA VEZ PARA UMA GUERRA QUE NÃO É SUA!
DESDE NEWCASTLE VOCÊ SENTE A MINHA PRESENÇA, NÃO? NAS SOMBRAS, NO SILÊNCIO, NA PAUSA ENTRE AS PALAVRAS.

EU ESTOU AQUI, GIACOMO!
EU ESTOU TE ESPERANDO, E, AO CONTRÁRIO DO SEU DEUS...
...EU SOU PACIENTE!
AO CONTRÁRIO DO SEU DEUS, EU NÃO CENSURO SEUS ATOS, POIS SEI QUE ENTRE SEUS COMPANHEIROS...
...VOCÊ É O ÚNICO QUE ESTÁ FUGINDO!
BÚFALO!

BÚFALO! SE ESTIVER VIVO, É MELHOR ACORDAR!
GASP!
O QUE ACONTECEU?!
"O QUE ACONTECEU?", GENINHO?!
O AVIÃO CAIU, O QUE ACHA QUE ACONTECEU?!
AGORA, TIRE A GENTE DAQUI!
D. AZAGHAL ESTÁ--
NÃO SABEMOS, O VELHO NÃO RESPONDE.
TOME CUIDADO, O MAR ESTÁ--
--AGITADO!
FIQUE CALMO, D. AZAGHAL!

POR FAVOR, ESTEJA VIVO!
AGORA QUE TAL UMA AJUDINHA AQUI?! MEU CINTO ESTÁ PRESO!
AJUDE O FLANAGAN, THOMAS!
MAS COMO?!
USE ISTO!
MAS BÚFALO, EU--
QUAL É O PROBLEMA, FARADAY? VOCÊ ESTEVE NA GUERRA, NÃO SABE USAR UMA FACA?!
MAS NUNCA ESTIVE EM UM AVIÃO AFUNDANDO NO MAR!
APENAS CORTE O MALDITO CINTO!
C-CERTO! ENTÃO, POR FAVOR, NÃO SE MEX--
ARGH!!! MEU OMBRO!!

WANKER!
ME DESCULPE, FLANAGAN!
DEIXA QUE EU MESMO FAÇO ISSO!
ALGUÉM VIU MINHA MOCHILA?!
MOCHILA?!
SENHORES, SE NÃO ESTIVEREM OCUPADOS DEMAIS, TEMOS QUE SAIR DAQUI!
QUEM SE IMPORTA COM SUA MOCHILA? VOCÊ PODE COMPRAR TODAS AS MOCHILAS DO MUNDO!
NÃO MAIS, O'FLANAGAN, EU--
--ISAAC NEWTON, NÃO!
SENHORES!
VOCÊ NÃO ENTENDE, O'FLANAGAN! É A FORTUNA DA MINHA FAMÍLIA QUE--
ESQUECE ESSA MOCHILA!
NÃO É A MOCHILA, É ISSO!
GALILEU, PERMITA QUE ELE AINDA FUNCIONE...
SENHORES!

BÚFALO, É INÚTIL! A ÁGUA ESTÁ FAZENDO **PRESSÃO** DO LADO DE FORA, TEMOS QUE IGUALAR A PRESSÃO **INTERNA** SE QUISERMOS ABRIR A PORTA!
E O QUE VOCÊ SUGERE?
AS JANELAS! PRECISAMOS QUE MAIS ÁGUA ENTRE AQUI PARA --
BANG
ESTÁ BOM PRA VOCÊ?
AGORA ME AJUDEM AQUI!
EMPURREM!

D-D-DON AZAGHAL...
--POR FAVOR, AGUENTE FIRME!
GRAÇAS A DEUS!
COF!
GIACOMO, O QUE ACONTECEU?
O SR. NÃO VAI QUERER SABER, D. AZAGHAL!
TUDO O QUE IMPORTA É QUE ESTAMOS --
--VIVOS.
BANG! BANG!
ISSO SÃO TIROS?

PRECISAMOS NOS ESCONDER, ESTAMOS MUITO... FARADAY!? O QUE ESTÁ FAZENDO?!
ESTE SINALIZADOR É **TUDO** O QUE ME RESTA!
BEM-VINDO À CLASSE TRABALHA-DORA.
PRIMEIRA LIÇÃO: ABRIGOS NÃO CAEM DO CÉU!
NA VERDADE...
O QUÊ...?
AQUILO É UM **BUNKER?**
DEVEM TER ARMAS GUARDADAS ALI!
E QUEM SABE, ROUPAS SECAS!
SE NÓS ENCONTRARMOS UNIFORMES, PODEMOS NOS PASSAR PELOS NAZISTAS!
AH, É?! E SE ALGUM DELES NOS CUMPRIMENTAR, O QUE NÓS RESPONDEMOS?!
EI, EU JÁ DISSE QUE SEI FALAR ALEMÃO.
É **CLARO** QUE SABE.

NÃO PARECE TER NINGUÉM GUARDANDO.
ME DEEM COBERTURA!
COBERTURA?! COM O QUÊ?!
GIACOMO! NÃO--
--EU POSSO SENTIR! ESSE LUGAR É MALDITO!
NÃO SE PREOCUPE, D. AZAGHAL --
--EU VIM PREPARADO!
MACH DAS LICHT NICHT AN...MACH DAS LICHT NICHT AN...

MACH DAS LICHT NICHT AN...MACH DAS LICHT NICHT AN...
E AGORA, COMO ESTÁ SEU ALEMÃO?
ELE ESTÁ REPETINDO "NÃO ACENDA A LUZ!"
MACH DAS LICHT NICHT AN...
EU NÃO ENTENDO, A LUZ ESTÁ ACESA...
ELE NÃO SE REFERE A ESSA LUZ. VEJAM.
HÁ ALGO ATRÁS DELE.
ELE PROVAVELMENTE JÁ ESTAVA AQUI ANTES DOS CULTISTAS CHEGAREM...
E O QUE ELE ESTÁ GUARDANDO --
...É PROFANO!

O QUE TEM ATRÁS DESSA PORTA?
MACH DAS LICHT NICHT AN...
COM LICENÇA, EU FICO COM ISSO.
DUVIDO QUE ESSE POBRE COITADO VÁ SER DE ALGUMA AJUDA...
...ESSE É UM ASSUNTO PARA OS **HOMENS DE DEUS.**
POR FAVOR, ME DEIXA IR EMBORA!
لن أخبر أحدا
S'IL VOUS PLÂIT...
WARUM HABE ICH NICHTS GESAGT?
MEU BEBÊ.
Это неправда. они лгут.
NO, NO, NO EM FACIS FER AIXÒ.
O CADERNO...
...EU PRECISO ENCONTRAR MEU **CADERNO!**
PELO CRISTO RESSUSCITADO... **VENKMAN?!**

VENKMAN ESTÁ ATRÁS DESSA PORTA. ELE E TALVEZ DEZENAS DE OUTRAS ALMAS PERDIDAS.
D. AZAGHAL, MAS ISSO É IMPOSSÍVEL!
O QUE VOCÊ ESTÁ "GUARDANDA"?
MACH DAS LICHT NICHT AN...
IMPOSSÍVEL, FARADAY? DEPOIS DE TUDO O QUE VIMOS!?
ESSE É O MEU CHAMADO! ESTOU AQUI PARA GUIAR ESSAS ALMAS.
EU VOU ENTRAR.
MACH DAS LICHT NICHT AN MACH DAS LICHT NICHT AN MACH DAS LICHT NICHT AN MACH DAS LICHT NICHT AN MACH DAS LICHT LICHT NICHT DAS NICHT
GIACOMO, FIQUE DE GUARDA NA PORTA!
ACONTEÇA O QUE ACONTECER, NÃO ABRA.
EU TENHO FÉ EM TI, D. AZAGHAL.
TENHA FÉ EM DEUS, GIACOMO, NÃO NOS HOMENS.
SERÁ QUE VOCÊ NÃO APRENDEU NADA?!
SLAM

VENKMAN, VOCÊ CONSEGUE ME OUVIR?!
POR QUE VOCÊ VEIO ATÉ AQUI, D. AZAGHAL? VOCÊ NÃO SABE QUE ESTAMOS TODOS PERDIDOS?
ISSO NÃO É VERDADE! EU VIM PARA LIBERTÁ-LOS!
VOCÊ NÃO ENTENDE, D. AZAGHAL.
NÃO EXISTE LIBERTAÇÃO. SÓ HÁ O HORROR AQUI.
E DEPOIS, SÓ MAIS HORROR.
TUDO FICA PIOR.
VENKMAN, DURANTE TODA A MINHA VIDA EU OUVI PESSOAS DIZEREM ISSO, FALAREM DESSE VAZIO, MAS ESSE VAZIO TEM CURA!

ARREPENDA-SE DE SEUS PECADOS, DEUS TEM UM LUGAR ESPECIAL PARA VOCÊ, PARA TODOS VOCÊS!
POR FAVOR, NÃO ACENDA A LUZ, D. AZAGHAL. EU ESTOU LHE PEDINDO.
DEUS É A LUZ, VENKMAN! ACEITE-O EM SEU CORAÇÃO, E VOCÊ NUNCA MAIS ESTARÁ **SOZINHO!**
CLIC
O PROBLEMA É ESSE, D. AZAGHAL.
EU NÃO ESTOU SOZINHO.

EU ESTOU
COM DEUS.

VENKMAN?!

POR FAVOR, ME DEIXE AQUI.
TUDO O QUE EU QUERO É O ESQUECIMENTO.
DEUS NUNCA SE ESQUECE, MEU FILHO.
DÓI, PADRE.
EU SEI, MEU FILHO. EU SEI.
PELO PODER INVESTIDO EM MIM--
--EU AQUI LIBERTO A ALMA DE STEPHEN HOWARD PHILIPS VENKMAN DE TODO O SOFRIMENTO E MALDIÇÃO--
--QUEBRO TODO O PODER DE SATANÁS PARA QUE SUA ALEGRIA SEJA PERFEITA E O SANGUE PRECIOSO DO SENHOR JESUS PRODUZA NESSE TEU FILHO TODOS OS FRUTOS DO ESPÍRITO SANTO--
AMÉM!
D. AZAGHAL...?

D. AZAGHAL, POR FAVOR, ME ESCUTE! ESQUEÇA A MINHA ALMA!
VENKMAN, EU NÃO VOU DESISTIR DE VOCÊ--
NÃO, VOCÊ NÃO ENTENDE, D. AZAGHAL.
É A **SUA** ALMA QUE IMPORTA!
O QUÊ...?
SÓ VOCÊ PODE IMPEDIR QUE OUTRAS PESSOAS TENHAM O MESMO DESTINO QUE EU. SE FIZER ISSO, EU VOU ESTAR EM PAZ.
IMPEÇA O RITUAL, D. AZAGHAL. POR FAVOR.
POR FAVOR!
3

GIACOMO! ABRA ESSA PORTA!
NÃO, D. AZAGHAL, VOCÊ TEM QUE SER FORTE!
SEU IDIOTA, ISSO TUDO VAI EXPLODIR! ABRA A PORTA!
FUJAM!
BADOOOMM

O QUÊ?
VEJAM, FUMAÇA!
VEM DO DEPÓSITO DE UNTERLAND!
AQUELE IDIOTA DEVE TER DEIXADO UMA GRANADA CAIR DE NOVO! VOCÊS DOIS, COMIGO!
MAS SARGENTO --
AGORA ERA A MINHA VEZ DE ATIRAR...!

ICH BIETE IHNEN DIESES OPFER AN!
PH'NGLUI MGLW'NAFH CTHULHU R'LYEH WGAH'NAGL FHTAGN
OS VERMES DESCENDEM A SUA TUMBA DE ÁGUAS, MEU SENHOR, E NELA SONHARÃO PARA SEMPRE SEUS SONHOS DE MORTE!
QUE A REALIDADE SE ABRA PARA TRAGAR NOSSO MUNDO FALSO, QUE A VONTADE DOS GRANDES ANTIGOS SEJA MAIS UMA VEZ TORNADA LEI.
QUE ESTA TERRA SEJA DEVOLVIDA A SEUS VERDADEIROS MESTRES, QUE HOMENS E ANIMAIS SE JUNTEM NO REGOZIJO DE SEU ÓDIO.
NÓS VOS SERVIMOS, MEU SENHOR, POR SEU DESPREZO E INDIFERENÇA ESTAMOS VIVOS.
NÓS SOMOS SEUS ESCRAVOS, MEU SENHOR, POR SUA FÚRIA E CRUELDADE AGRADECEMOS.
NÓS OUVIMOS VOSSO CHAMADO, MEU SENHOR, E AGORA VOS CHAMAMOS.
RATATATAH
QUE COMECE A ESTRANHA ERA, QUE SE ERGA **CTHULHU!**
IA, YOG-SOTOTH! IA, NYARLATHOTEP! **IA, CTHULHU!**

Perto dali...
ALGUÉM PRECISA PARAR ESSE VELHO!
ELE É UMA MÁQUINA DE FAZER MERDA!
TOME AQUI.
O QUE É--
UM PRESENTE DE D. AZAGHAL.
TEM PARA TODOS VOCÊS.
ACHEI QUE SUAS ORAÇÕES IRIAM NOS SALVAR.
ORAÇÕES SALVAM NOSSAS ALMAS--
--MAS CONTRA O DEMÔNIO QUE VAMOS ENFRENTAR, QUALQUER REFORÇO É BEM-VINDO!
D. AZAGHAL ...
ERA MESMO... ELE?
SIM. VENKMAN ESTAVA LÁ.

--ASSIM COMO TODOS AQUELES QUE TIVERAM SEU ROSTO ENGOLIDO PELO DEMÔNIO.
POBRE VENKMAN. ELE NÃO MERECIA ISSO.
ELE DISSE MAIS ALGUMA COISA?
...
NÃO.
COMO VAI USAR UMA PISTOLA E UM LANÇA-CHAMAS AO MESMO TEMPO, TENDO SÓ UMA MÃO?
EU NÃO FARIA ISSO NEM SE EU TIVESSE TRÊS MÃOS. ALIÁS, PEGUE ISTO!
UM HOMEM DE DEUS NÃO USA ARMAS. MINHA ARMA É--
VOCÊ, AÍ. VOCÊ TEM UMA BÍBLIA?
EU VOU USAR ESSA BÍBLIA PARA DERROTAR O DEMÔNIO!

EI, VOCÊ! NÃO ESTÁ VENDO QUE O VELHO ESTÁ COM FRIO?!
DEUS LHE PAGUE, MEU FILHO.
O QUÊ?
EU NÃO PRECISO DISSO.
KABOOMMMM
GUARDE.
EINDRINGLINGE!
TEMOS COMPANHIA.

WER SEID IHR?
KOMMUNISTEN!
TEMOS QUE NOS DIVIDIR! BÚFALO, VÁ PELO FLANCO DIREITO, LEVE D. AZAGHAL CONTIGO!
O'FLANAGAN!
BANG
TWACK!
CONTINUE FAZENDO ISSO!
D. AZAGHAL, ABAIXE-SE!
FWIP!
BOOOOMMMM
STERBT!

D. AZAGHAL, CUIDAD...!
GIACOMO!
NAZISTAS MALDITOS!
WANKERS!
MEIN GOTT!
TEMOS QUE IR, LOGO VIRÃO MAIS, GRAÇAS À GRANADA DO...
GIACOMO! FARADAY! O'FLANAGAN! AJUDEM AQUI!
GIACOMO ESTÁ FERIDO!
FOI SÓ UM ARRANHÃO!
PRESSIONE A FERIDA, D. AZAGHAL!

BÚFALO PRECISA DE CUIDADOS MÉDICOS!
VAMOS DAR O FORA DAQUI ANTES QUE OS NAZISTAS CHEGUEM!
NÃO, ESTÁ TUDO BEM!
ESSA ILHA É ENORME, COMO VAMOS SABER ONDE SERÁ O RITUAL?
NÓS OUVIMOS TIROS! PODEMOS IR NA DIREÇÃO DELES.
OUTRA GRANDE IDEIA, BÚFALO!
UNTERLAND.
O QUÊ?
UNTERLAND.
OBERLAND.
"TERRA DE BAIXO" E "TERRA DE CIMA", EM ALEMÃO.
NÃO DIGA.
ONDE SERÁ FEITO O RITUAL?
OBERLAND.
E O QUE VOCÊ VAI FAZER, MEU FILHO?
UNTERLAND.
VÃO.

EU É QUE NÃO VOU DISCORDAR!
VAMOS, SENHORES!
DEUS TE ABENÇOE, MEU FILHO!
SEU IDIOTA, O QUE ESTÁ FAZENDO?!
RA-TA-TA-TA
TA-TA-
ATA
TUP
TUP
POR QUE É QUE VOCÊ SE ESFORÇA TANTO, JAVIER?

VOCÊ VIU DO QUE ELES SÃO CAPAZES.
PROCUREM COBERTURA NAS PEDRAS! NÃO SEJAM VISTOS!
MELHOR DO QUE NINGUÉM!
PARECE UMA ALUCINAÇÃO, JAVIER, MAS É A REALIDADE.
VOCÊ ESTAVA LÁ, EM OUTRA TERRA, OUTRA VIDA, MUITO DISTANTE DAQUI, TOMADA POR FORAS DA LEI, PIONEIROS E SELVAGENS.
EU SEI O QUE VOCÊ PENSOU NAQUELE DIA, JAVIER.
EU SEI QUE NAQUELE MOMENTO, DIANTE DA FOME E DO FRIO, VOCÊ SE CULPOU POR NÃO TER FEITO MAIS, E SE PERGUNTOU:
"COMO DEUS PODERIA PERMITIR UMA ATROCIDADE DAQUELAS?"
EU VOU LHE RESPONDER, JAVIER, PORQUE EU SEI COMO OS DEUSES PENSAM.
ELES NÃO SE IMPORTAM.
SENHORES, ABAIXEM-SE!

CHEGAMOS!
ELES ESTÃO EXECUTANDO ESSAS PESSOAS?!
EXECUTANDO NÃO, O'FLANAGAN.
"SACRIFICANDO! PRECISAMOS ACABAR COM ISSO, THOMAS!"
--NÓS TE OFERECEMOS ESSE SACRIFÍCIO, Ó SENHOR CTHULHU--
--LADRILHANDO COM A MORTE HUMANA O CAMINHO PARA TEU GLORIOSO DESPERTAR!
NÓS VAMOS, MAS ESTAMOS EM MENOR NÚMERO, ENTÃO PRECISAMOS NOS SEPARAR!
APENAS ME DÊ ALGO PARA QUEIMAR.
OS NAZISTAS LÁ EMBAIXO SERÃO UM PROBLEMA!
DEIXA COMIGO!
D. AZAGHAL, SÓ VOCÊ PODE MANEJAR O LIVRO!
MAS PARA ISSO EU PRECISO ME APROXIMAR DELE!
EU LHE DOU COBERTURA!
SÓ COBERTURA NÃO SERÁ O BASTANTE--

-- VOCÊS VÃO PRECISAR DE UMA DISTRAÇÃO!
VEJO VOCÊS DO OUTRO LADO DA GUERRA, SENHORES!
ESPERE, EU CONHEÇO ESSE SUJEITO!
VON STRAUSS?
ESSA É POR VOCÊ, BILLY!
BANG!
SNI...PER!
COMO É VIVER SOB OS OLHARES DE QUEM ACHA QUE VOCÊ TEM TUDO, THOMAS--
--QUANDO NÓS DOIS SABEMOS QUE VOCÊ NÃO TEM NADA?

ESSA É A SUA ÚLTIMA CHANCE DE FAZER A COISA CERTA, THOMAS. E DE TER DE VOLTA TUDO O QUE VOCÊ QUER!
NATHAN?!
NATHAAAN!!
ABIGAIL, TERMINE O RITUAL!
SIM, HERR HIMMLER!
SOLTE O LIVRO, MULHER-SAPO!
E O QUE VAI FAZER PARA ME OBRIGAR, PADRE?
VAI ME ESFAQUEAR?
NÃO.

VOU USAR A PALAVRA DE DEUS!
TUMP
MALDITO!
ISSO ACABA AGORA!
CUIDADO PARA NÃO ATIRAR EM OUTRO INOCENTE, GIACOMO.
O QUÊ?!
ONDE--
--EU ESTOU?!
NÃO IMPORTA O QUE VOCÊ FAÇA OU QUANTAS VIDAS VOCÊ VIVA, SUA ALMA JÁ ME PERTENCE--
--PORQUE O QUE VOCÊ FEZ JAMAIS SERÁ PERDOADO!
E QUANTO A VOCÊ, JAMES, SE AFUNDANDO NA BEBIDA, ARRUMANDO BRIGAS E ATRAVESSANDO TIROTEIOS COM UM TANQUE DE COMBUSTÍVEL NAS COSTAS--
NÃO ME ENCHA O SACO, WANKER!
VOCÊ ACHA QUE EU NÃO SEI O QUE QUER?! VOCÊ QUER SE JUNTAR A MIM...

--E A TODOS ELES!
O QUÊ?!
ESTÃO TODOS AQUI, JAMES!
SUA SOBRINHA, ELEANOR!
O CIGANO IGOR!
A GAROTA CUJO ÚNICO ERRO FOI AJUDAR VOCÊS!
VOCÊ PODE REENCONTRAR A SUA FÉ!
APENAS ACEITE QUE...
...O ÚNICO E VERDADEIRO SALVADOR ESTÁ VINDO!
CTHULHU ESTÁ VINDO!
CTHULHU ESTÁ VINDO!
CTHULHU!
CTHULHU ESTÁ VINDO, D. AZAGHAL, E NÃO HÁ NADA QUE VOCÊ POSSA FAZER!
QUANTAS MORTES VOCÊ AINDA QUER VER EM SUA VIDA, JAVIER?
NATHAN!
O SALVADOR ESTÁ VINDO!
ONDE EU ESTOU?
OLHE PARA SEUS AMIGOS.
NENHUM DELES VAI SOBREVIVER A ESTA NOITE, MAS EU POSSO LHES DAR MAIS ALGUNS ANOS DE VIDA...
...SE VOCÊ FINALMENTE OUVIR O SEU VERDADEIRO CHAMADO.
EU JÁ FIZ ISSO HÁ MUITOS ANOS, DEMÔNIO.
SERÁ MESMO?

MAIS UMA DE SUAS ILUSÕES?
NÃO. ESTAMOS NO FUTURO.
VÊ?! ISSO SÃO APENAS VOCÊS! NÓS NÃO TEMOS NADA A VER COM ISSO!
TESTEMUNHE O HORROR DOS HOMENS, JAVIER, A DOR E A MALDADE QUE NÃO FORAM ESCRITOS EM NENHUM TOMO MALDITO--
--POIS SÓ PODERIAM SER CRIADOS PELA MENTE HUMANA!
NÓS DOIS TEMOS MUITO EM COMUM, JAVIER.
AMBOS SOMOS SERVOS, AMBOS SOMOS MENSAGEIROS E AMBOS SABEMOS QUE NÃO PERTENCEMOS A ESTE LUGAR!
VOCÊ TEM O LIVRO NAS MÃOS... E A CHANCE DE SE LIVRAR DE TUDO ISSO.
EU NÃO POSSO--
MAS É CLARO QUE PODE! OLHE DE NOVO, JAVIER! VOCÊ ACHA QUE QUEM CRIOU TODO ESSE HORROR MERECE SUA DEVOÇÃO?!
QUANDO NOS ENCONTRAMOS PELA PRIMEIRA VEZ, EU FIZ UMA PERGUNTA, QUE AGORA REPITO:

ELES VALEM O ESFORÇO?
VOCÊ ESTÁ CERTO.
ELES NÃO VALEM--
ENTÃO JUNTE-SE A NÓS, JAVIER! PROVE SEU VALOR E REALIZE O RITUAL--
--MAS DEUS VALE!
NÃO!

É PRECISO MUITO MAIS DO QUE UM LIVRO DO DEMÔNIO PARA ABALAR A MINHA FÉ!
E O QUE VAI FAZER, D. AZAGHAL?
É UM LIVRO, O QUE ESPERA QUE EU FAÇA?
NÃO! VOCÊ NÃO VAI ESTRAGAR TUDO!
QUANTOS RITUAIS PROFANOS ESSE LIVRO DO INFERNO CONTÉM?!
MALDITO! VOCÊ NÃO SABE O QUE ESTÁ FAZENDO!
SIM, EU SEI. QUE DEUS TENHA PIEDADE DA MINHA ALMA.

VOCÊ NÃO DEVERIA ESTAR AQUI, PADRE.
COMO ASSIM?
NÓS VENCEMOS A GUERRA, MAS OSNABRÜCK É LITERALMENTE UM BARRIL DE PÓLVORA!
POR FAVOR, VOLTE PARA ONDE VOCÊ VEIO.
VOLTAR ...?
VOCÊ É SURDO, PADRE?!
GIACOMO!
NATHAN, POR FAVOR, DE NOVO, NÃO.
PAI... O TEMPO...
FARADAY! ACORDE! NÓS VAMOS TODOS MORRER!
...TUDO DEVORA.
VOCÊ NÃO VAI ME PRENDER NESSA ILUSÃO, MALDITO!
EU VOU ACABAR LOGO COM ISSO!
O'FLANAGAN, SEU EXCOMUNGADO! ME AJUDA AQUI!

VOCÊS TRÊS, ME AJUDEM AQUI!
O QUÊ... D. AZAGHAL?!
O QUE ELE ESTÁ FAZENDO!?
POSSO VOLTAR PARA O INFERNO?
MAIS UM PASSO E O LIVRO VAI PARAR NO MAR!
MUITO IMPRESSIONANTE, HERR AZAGHAL!
POUCOS SÃO CAPAZES DE LER O NECRONOMICON E NÃO ENLOUQUECER IMEDIATAMENTE.
MAS AO CONTRÁRIO DO LIVRO...
...VOCÊ NÃO É À PROVA DE BALAS.
BANG

EU NÃO VOU ERRAR O PRÓXIMO, MALDITA!
MINHA MÃO!
O SNIPER. CUIDEM DELE--
--OU ACABARÃO COMO VON STRAUSS.
VOCÊ, PROTEJA HERR HIMMLER. VOCÊS DOIS, ENCONTREM O SNIPER E--
GUTEN TAG!
ESSA VOZ...!
EU JÁ DISSE, É GUTEN ABEND, SEU IDIOTA!
MEU ALEMÃO É O MENOR DOS SEUS PROBLEMAS AGORA--
--FRÄULEIN!
BOOM
IMBECIL, ISSO NÃO VAI NOS IMPEDIR!

BÚFALO, O QUE ESTÁ FAZENDO?!
PARE QUIETO, OU EU NÃO...
PAI?
PAI. POR FAVOR.
VÁ EMBORA. EU SEI QUE NÃO ESTÁ AQUI, NATHAN!
NÃO ESTOU MESMO, PAI.
EU ESTOU ONDE PRECISO ESTAR.
CHEGOU A HORA, PAI.
NATHAN.

O QUE ESTÁ ACONTECENDO LÁ EM CIMA?
NÃO INTERESSA, TEMOS ORDENS PARA NÃO INTERROMPER O RITUAL!
POR QUE A CARA TRISTE, WANKERS?
HEIN?
FELIZ NATAL! HO, HO, HO!
BÖSER WEIHNACHTSMANN(*)!
(*) Papai Noel do mal.
O QUÊ? FARADAY, PARA ONDE ESTÁ INDO?
AJUDE O BÚFALO!
"AJUDE O BÚFALO"?
AH.
BOM.
LÁ VAMOS NÓS DE NOVO.
SNAP!

VOCÊ NÃO SE ENQUADRA EM PESO PESADO. DEVE PESAR O QUÊ, 150, 200 QUILOS?
ASSIM PELO MENOS TEREMOS UMA LUTA JUS--
SEU IMBECIL!
VOCÊ FAZ IDEIA DE COM O QUE ESTÁ LIDANDO?!
--UUUF!
DUAS LINHAGENS UNIDAS, CTHULHU, O GRANDE SONHADOR E NYARLATHOTEP, O CAOS RASTEJANTE!
ACHA QUE UM PRIMATA COMO VOCÊ PODE FAZER FRENTE A NÓS?!
VOCÊ SEMPRE ME SURPREENDE, ELEANOR.
"SEJA A CHAMA". HÁ.
VOCÊS HUMANOS SÃO PATÉTICOS!
NOSSA.
MAS VOCÊ É MUITO FEIO.
QUEM É VOCÊ, VERME?
EU? EU NÃO SOU NINGUÉM.

SOU SÓ UMA CHAMA.
O QUÊ...?
VOCÊ SABE O QUE É ISSO, NÃO SABE?
É UM TRUQUE QUE APRENDI COM UM AMIGO!
É UM SÍMBOLO DE PROTEÇÃO.
NÃO!
VOU DEIXAR O BICHÃO PRA VOCÊ E VOU AJUDAR O VELHO.
VAI FUNDO.
¡IDIOTAS! NÃO IMPORTA O QUE FAÇAM, CTHULHU ESTÁ VINDO!
ESSA É A DIFERENÇA ENTRE O SEU DEUS E O MEU:
O MEU JÁ ESTÁ AQUI--
--E ESSE É O SEU PUNHO!

VOCÊ PODE SENTIR, NÃO PODE?
O QUE ESTÁ FAZENDO É **PROFANO.**
NÃO É ALGO PARA UM HOMEM DE FÉ.
VAMOS, ME DÊ O LIVRO.
NUNCA!
POIS BEM.
MINHA PACIÊNCIA ACABOU.
NÃO!
ARGH!
ATÉ MESMO A SUA FÉ TEM LIMITES, *HERR* AZAGHAL!
MESMO COM ESSE CONTRA-TEMPO, O RITUAL NÃO SERÁ--
--INTERROMPIDO?

NATHAN, EU ESTOU INDO, MEU FILHO!
ABIGAIL, CUIDE DO NAVIO.
EU NÃO QUERO MAIS SURPRESAS.
VOU ENVIAR OS AVIÕES, HERR HIMMLER!
NATHAN... É VOCÊ MESMO?!
OS PONTEIROS ESTÃO ALINHADOS, PAI.
"CHEGOU A HORA!"

IA, CTHULHU!
NÃO ESTÁ MORTO O QUE PODE ETERNAMENTE JAZER, E EM ERAS ESTRANHAS, MESMO A MORTE PODE MORRER!
EU TE INVOCO, SENHOR DOS SONHOS, MESTRE DO ABISMO! PERMITE QUE EU VIVENCIE TUAS MEMÓRIAS, QUE EU ESCUTE TUA VOZ NA ESCURIDÃO!
GUIA-ME PELAS RUAS ESQUECIDAS DE R'LYEH! DESPERTA DE TEU SONO ANTIGO--
VENHA, VELHO. ACABOU. VOCÊ FEZ O QUE PÔDE.
NÃO, O'FLANAGAN! EU PRECISO VOLTAR!
--E RESPONDA AO MEU CHAMADO!
POR NEWTON...!
AQUILO É UMA CABEÇA?!

NÃO INTERESSA QUANTA FÉ, CONFIANÇA OU RACIONALIDADE VOCÊS TENHAM! NÃO INTERESSA SE VOCÊS QUEIRAM VIVER OU MORRER!
AQUI ESTÁ A PROVA CONCRETA DE QUE TUDO ISSO É PEQUENO E INSIGNIFICANTE!
DE QUE AS VIDAS DE VOCÊS NÃO SÃO **NADA!**

O QUE ESTÁ SAINDO DO MAR JÁ EXISTIA MUITO ANTES DO PRIMEIRO SER HUMANO RESPIRAR, E VAI EXISTIR MUITO DEPOIS, NÃO INTERESSA O QUE FAÇAM!
ESTE MUNDO ESTÁ SENDO PISADO MAIS UMA VEZ POR ALGO QUE SÓ PODE SER DESCRITO COMO UM **DEUS!**
VOCÊS PODEM SENTIR, NÃO PODEM? O DESESPERO, A TRISTEZA, O VAZIO AO PERCEBER QUE A HUMANIDADE NÃO É **NADA** PERTO DISTO.
SEUS OLHOS NÃO CONSEGUEM MAIS NEGAR, PORQUE ISSO É A **ETERNIDADE** E O **MAL ENCARNADOS!**
VOCÊS NÃO QUEREM, MAS ENTENDEM QUE O DESESPERO NÃO É UMA EMOÇÃO, ELE É A **REALIDADE!**
SÓ O QUE EXISTE É O VAZIO, CUJO SENHOR CTHULHU ESTÁ NA FRENTE DE VOCÊS!

POR TODAS AS FORÇAS DO COSMO, ELE É GIGANTESCO...!
ESQUECE ISSO, VELHO! NÓS PERDEMOS!
NUNCA!
E O QUE VAI FAZER?!
NATHAN, BENJAMIN...
O QUE EU FAÇO DE MELHOR!
PLEF
NEIN!
FICA QUIETINHO AÍ, ARRIMO DE DITADOR!
ACABE COM ESSES VERMES!
...ESSA É POR VOCÊS!

FWWOOOSSHH
NÃO DÊ MAIS UM PASSO, OU EU QUEBRO O PESCOÇO DELE!
NÃO SEJA TOLO, HERR KÄMPFER, FOMOS TREINADOS PARA ESSA --
-- SITUAÇÃO?!
ACABE COM ELES, EDMOND!
BZZDD-DT
BZT

HÁ! ESSE DESGRAÇADO DO FARADAY CONSTRUIU UM **ARCO VOLTAICO** EM UM NAVIO?!
ESSE VELHO É DANADO, NÃO É MESMO...
NEIN!
RRWAAAARRRR
... D. AZAGHAL?
MAS ISSO NÃO BASTA, O'FLANAGAN.
PRECISAMOS ACABAR COM ISSO DE UMA VEZ POR TODAS--
--CUSTE O QUE CUSTAR!
MATEM ESSE DESGRAÇADO, NÃO SE IMPORTEM COMIGO, EXPLODAM A ILHA SE FOR PRECISO!
S-SIM, HERR HIMMLER.
DEUS, ME DÊ FORÇAS...

...E ME PERDOE PELO QUE ESTOU PRESTES A FAZER!
ACABE COM ELE!
"MIL CAIRÃO AO TEU LADO!"
...?
"DEZ MIL À TUA DIREITA!"
GRRRR...
NÃO! EU SOU UMA DE VOCÊS!
"MAS TU NÃO SERÁS ATINGIDO!"
EU SOU UMA DE VOCÊEEES...!
POSSO ME LIVRAR DESSE LIXO NAZISTA?
O RITUAL REQUER UM SACRIFÍCIO.

EU INVOCO A CHAVE E O PORTAL!
EU CONCLAMO O MENSAGEIRO PARA ANUNCIAR MINHAS PALAVRAS!
EU DESPERTO O SUMO SACERDOTE DE SEUS SONHOS DE MORTE EM R'LYEH!
IA! NYARLATHOTEP! IA! YOG-SOTHOTH! IA! CTHULHU!
OUVI, SENHOR, A INTERSEÇÃO DE NYARLATHOTEP E DE TODOS OS ESCRAVOS QUE INCESSANTEMENTE VOS SERVEM!
DEUS DA LOUCURA E DA DESGRAÇA, AFASTAI A NOSSA SOBERBA!
DEUS DA ESCURIDÃO E DO NADA, DESLIGAI OS LAÇOS COM A HUMANIDADE!
EU TE ESCONJURO, CTHULHU, POIS DE TI NÃO SOU DIGNO! RECONHECE A INSIGNIFICÂNCIA DESSE MUNDO QUE TEME E REJEITA TUA DÁDIVA!
AFASTA-TE DESSE VERME QUE OS DEUSES NOTARAM EM SEU ÓDIO, E ROGA POR UM MOMENTO A MAIS DA MENTIRA QUE O CEGA!
D. AZAGHAL, O QUE ESTÁ FAZENDO?
EU LHE DOU **UMA VIDA**, MEU SENHOR CTHULHU, PARA QUE POUPE TODAS AS OUTRAS!
HAHAHA! SEU IDIOTA!
ACHA QUE A MINHA ALMA VALE ALGUMA COISA? **HAHAHA.**
NÃO VAI FUNCIONAR! MINHA ALMA JÁ ESTÁ **CONDENADA!**

ENTÃO TOME A **MINHA!**
MINHA VIDA TEM QUE VALER ALGUMA COISA!
O'FLANAGAN.
DEUS ESTÁ TE ESPERANDO DE BRAÇOS ABERTOS!
NEIN! **O QUE VOCÊ FEZ?!**
NÃO!

AH, QUEM DIRIA...
ELE TAMBÉM É CONDIZENTE COM AS LEIS DA--

-- NATUREZA.
KABOOMMM
"SEU VELHO DESGRAÇADO!"

POR QUE FEZ ISSO?! EU DISSE PRA VOCÊ ME LEVAR!
EU DISSE PARA VOCÊ ME--
BANG
ISSO NÃO SERÁ UM... PROBLEMA...
...HERR FLANAGAN!
MALEDETTO NAZISTA!

KRAC
POU
POR CRISTO ...!
O'FLANAGAN!
D. AZAGHAL...!
VOCÊ CONSEGUIU, MEU MENTOR. VOCÊ SALVOU A TODOS NÓS.

"OBRIGADO POR TER SIDO MEU AMIGO E MEU MESTRE.
QUE DEUS ABENÇOE O TEU CAMINHO E TE RECEBA COM TODA SUA GLÓRIA EM SEU REINO!
MEUS AMIGOS, O SACRIFÍCIO DE VOCÊS NÃO SERÁ EM VÃO.
CADA PARTE DE MIM, CADA GOTA DO MEU SANGUE--
--SERÁ DEDICADA A PROTEGER O MUNDO DESSE LIVRO PROFANO."

ROTEIRO

FÁBIO YABU

ARTE

FRED RUBIM

&

VILMAR ROSSI JR.

BASEADO NA HISTÓRIA DE

LEONEL CALDELA

Thomas Faraday

ALEXANDRE OTTONI

Don Azaghal

DEIVE PAZOS

Giacomo di Monti

TIAGO "REX" DE LA MARCA

Stephen Venkman

CARLOS VOLTOR

Jimmy O'Flanagan

FERNANDO "TUCANO" RUSSELL

Von Bast

FREDERICO CARSTENS

&

AFONSO 3D

como Cigano Igor

Dedicado a

HARALD "ANDROID" STRICKER

&

MATTEO SANTOS

D. AZAGHAL NÃO VAI VOLTAR, NÃO É MESMO?
VOCÊ SABE QUE NÃO. A PERGUNTA É:
VOCÊ VAI?
EU NÃO SEI.
EU CONHECI UMA GAROTA. SABE, ELA TEM UM GANCHO DE DIREITA COMIGO QUE--
NÃO PRECISA SE EXPLICAR, RAPAZ.
VOCÊ ACHA QUE EU--
VOCÊ É JOVEM, COMO EU JÁ FUI. E SE TEM UMA COISA QUE APRENDI --
--É QUE DEUS SE MANIFESTA NOS CAMINHOS MAIS INESPERADOS.
VÁ, VIVA SEU AMOR. DEUS É AMOR TAMBÉM.
E QUANDO ESTIVER PREPARADO, ELE VAI ESTAR TE ESPERANDO ...
...KAROL.
OBRIGADO. ER, VOCÊ QUER ISSO DE VOLTA?
NÃO, EU TE DEI DE PRESENTE.

ESSA É MINHA ROUPA AGORA.

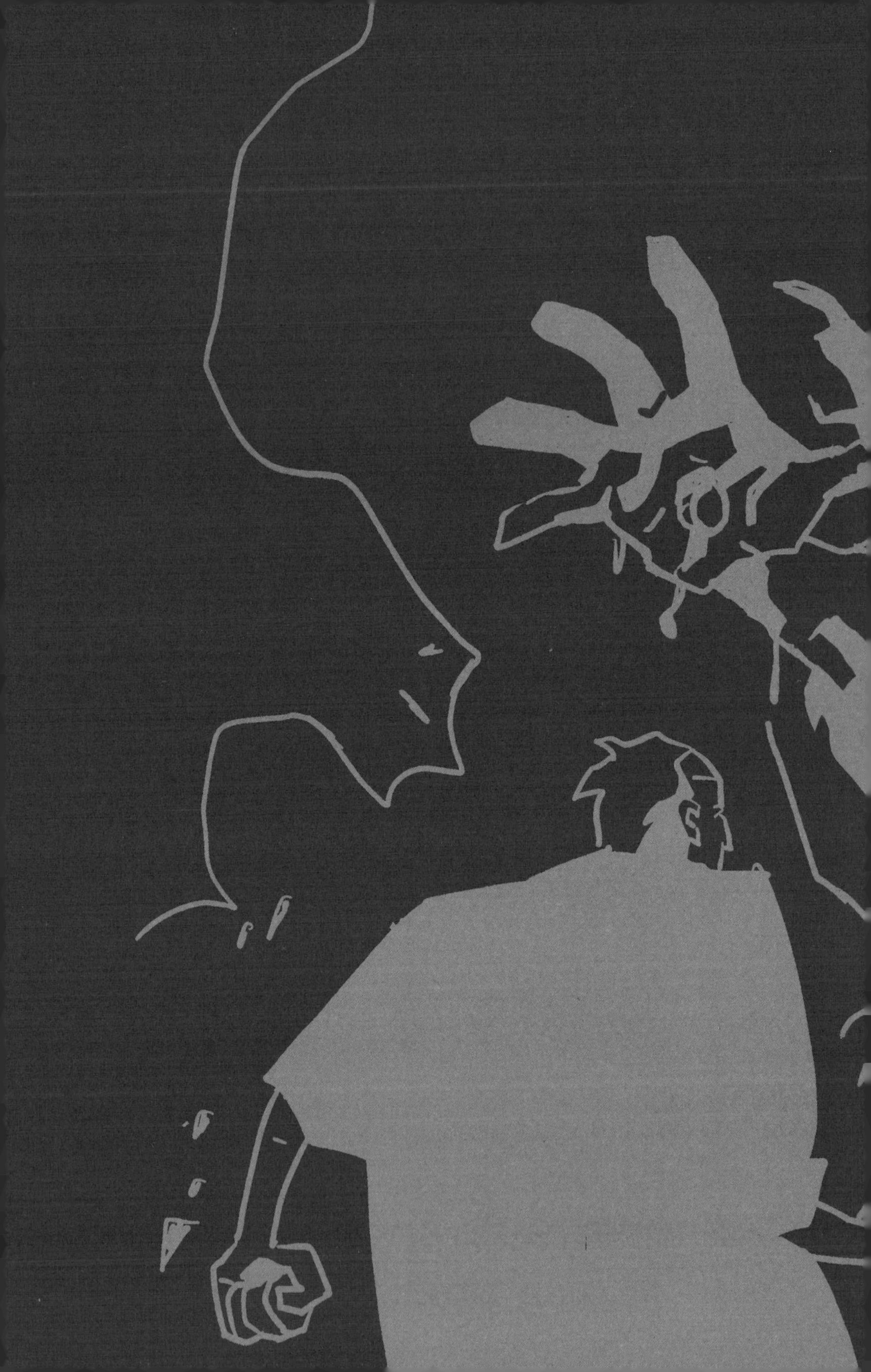

999

ROTEIRO

FÁBIO YABU

ARTE

WALTER PAX

999
William Faraday sempre fora incapaz de se lembrar de seus sonhos.
Uma bênção que ele nunca pôde **mensurar.**
O quê ...?
Você não consegue relaxar mesmo, não é?
Me descupe, Elizabeth, eu—
William, depois de tudo o que passou, é normal que esteja inquieto!
A Guerra ficou para trás! Tente curtir um pouco a vida, afinal...
...estamos no Egito!
Não é sua primeira vez no Cairo–
–tampouco será sua última vez no inferno.

Como um bom Faraday, William sempre foi fascinado pelo conhecimento. Enquanto um lado da família se voltou para a física, seu interesse se inclinou para a linguística.
Depois da Grande Guerra, ele aprendeu uma nova expressão, cunhada por Charles Samuel Meyers: **shellshock.**
Uma condição psiquiátrica que abarca sintomas como psicose, insônia, agitação e paralisia, comum a veteranos como ele e...
Patrick McNamara!
Prontos para mais uma exploração pelas ruas do Cairo?
Para muitos irlandeses, ter um inglês como seu superior poderia ser motivo de vergonha, mas não para Patrick McNamara.
Não era desonra alguma servir ao homem que levou um tiro por ele durante a guerra...
...mesmo que às vezes o inglês **mentisse.**
O que estamos buscando hoje?
Minha querida Elizabeth gostaria de comprar algumas *antiguidades* —
— enquanto eu vou buscar algumas *relíquias* para meu escritório!
Então creio que devemos ir até a rua *Al-Shafaq.*
William Faraday nunca se considerou um herói.

Ninguém atravessa o pântano da miséria humana e sai a mesma pessoa do outro lado.
Depois de ver a morte em todas as suas faces, William entendeu que a única riqueza real é o conhecimento.
Olá! Meu nome é William Faraday, e eu procuro um livro—
Eu sei quem você é, Sr. Faraday.
Recebi suas cartas e acredito ter aquilo que deseja, mas eu devo lhe perguntar:
O senhor sabe o que este livro *significa?*
Não, e é justamente por isso que o quero.
Pois bem!
Há um ditado turco que diz que os livros escolhem seus leitores—
—e não o contrário. Pode levar o *Necronomicon!*
Livros são perigosos... os homens sabem disso, e os Deuses, também.

O infernal e aberrante livro fora escrito por Abdul al-Hazred, o árabe louco, por volta do ano 700 d.C.
Suas páginas trazem os aviltantes registros de uma raça mais antiga que a humanidade, a localização de cidades perdidas e rituais vivamente descritos capazes de trazer a Realidade ao mundo físico..
O fato de estar escrito em caracteres simples, traduzidos do árabe para o grego em 950 d.C. pelo bizantino Theodorus Piletas, pode dar a entender que a mente humana seria capaz de abrigar suas descobertas.
Mas o Necronomicon não foi escrito para olhos humanos. Na verdade, a raça humana é meramente citada. Pouco mais que uma anotação insignificante entre parágrafos sangrentos de rituais hediondos, a humanidade é descrita como um acaso cósmico capaz de sentir apenas duas emoções: **negação** e **desespero**.

Em negação, William Faraday se recusou a acreditar que seu mundo estava condenado a desaparecer como um grito sem eco.
Em seu desespero, ele continuou lendo mais e mais. Cada palavra abria rasgos em sua alma, rasgos que viraram chagas. Chagas que abriram um caminho...

...para **Nyarlathotep!**
O caos rastejante de 999 nomes e 999 rostos. O Deus Mensageiro, o Horror Flutuante e Pai de Todos os Morcegos.
Dentre os chamados Grandes Antigos, Nyarlathotep é o mais próximo do mundo dos humanos. Descrito em incontáveis culturas e religiões, é demônio para algumas e redentor para outras. Seu objetivo era amealhar servos para a chegada do sumo sacerdote, Cthulhu.
Tudo o que era preciso era um ritual, como tantos descritos naquelas páginas que jamais deveriam ter sido escritas.

A cada trecho lido, um pedaço de sua mente se despedaçava, a cada palavra, uma tenra memória se desfazia.
William Faraday não se considerava um herói, mas se recusou a se entregar sem luta.

Através dos tempos, muitos tentaram impedir a vinda dos Grandes Antigos, com diferentes graus de êxito, graças a rituais contidos no próprio Necronomicon.
Se Nyarlathotep era a mensagem e o mensageiro, caberia a William Faraday ser seu cárcere e carcereiro.
Seu fiel escudeiro, Patrick McNamara, presenciou tudo horrorizado, e se tornou guardião da verdade e do livro maldito.
McNamara jurou escondê-lo em um local onde ele jamais seria encontrado, deixando para trás seu mestre e amigo, engolfado para o resto da vida num mundo de trevas e moscas.
Com o corpo tornado em prisão para o deus profano, William Faraday foi até o lugar mais remoto que pôde encontrar...

–o Manicômio Newcastle.
Ali, William achou que, longe do livro e com o tratamento adequado, ele poderia ter alguma chance de controlar Nyarlathotep e assim, sobreviver por mais alguns anos.
Mas o demônio é traiçoeiro. De todos os fantasmas que William Faraday poderia ter encontrado em sua descida ao inferno, o pior deles foi sem dúvida...
...a familiaridade.
Herr Faraday—
Fosse por influência de Nyarlathotep ou pelos devaneios de sua mente fragmentada...
—que surpresa vê-lo aqui.
...num dèja vu pesadelar, William sentiu que já estava sendo esperado.
Em Newcastle, ele passaria a década seguinte, vivenciando cada tipo de tortura física e psicológica–
–com o intuito de libertar o horror ancestral de seu corpo.
William Faraday resistiu.
Pois, assim como seus captores...

...ele não estava
sozinho.
Durante as noites de sofrimento infinito em que seu corpo e sua alma foram vilipendiados–
–William Faraday chamou pelo seu Deus e implorou por clemência...
...mas não foi Deus quem ele viu...
...e sim um de seus filhos mais gentis.
Num mundo de loucura infinita, um único gesto de bondade é capaz de mudar uma história.

Se para os profanos a raça humana era apenas negação e desespero, o visitante misterioso mostrou a William que a bondade e a esperança poderiam mantê-lo vivo.
As palavras têm poder, e William Faraday sabia disso como ninguém.
Porém, havia outros que também conheciam o poder das palavras.
Para Thomas Faraday
Enviada por Deus, pelo demônio, ou por ambos, o fato é que a ajuda veio.
Um ritual foi realizado para libertar William da influência de Nyarlathotep, deixando o demônio livre no mundo dos humanos.
Depois de uma década de tortura, em meio à dor e ao fim iminente, William Faraday implorou pelo olvívio misericordioso.
Mas os deuses são rancorosos.
Vingativos.
Ao deixar seu corpo, o andarilho da escuridão lhe disse algo que não precisa de tradução em idioma algum: um **número.**

Um número que traduz com precisão a dimensão do castigo por tê-lo aprisionado:
– o número de rostos do caos rastejante...
998
...o número de vezes que ele reviveria os piores anos de sua vida.
William Faraday sempre fora incapaz de se lembrar de seus sonhos.
Uma bênção que ele nunca pôde **mensurar.**
O quê ...?
Você não consegue relaxar mesmo, não é?
Me descupe, Elizabeth, eu—
William, depois de tudo o que passou, é normal que esteja inquieto!
A Guerra ficou para trás! Tente curtir um pouco a vida, afinal...
...estamos no Egito!
Não é sua primeira vez no Cairo–
–tampouco é sua última vez no inferno.

O CHAMADO

ROTEIRO
FÁBIO YABU

ARTE
ALICE MONSTRINHO

Padre, me perdoe...
...eu pequei.
OXFORD
Dezembro de 1926.
Meu filho, eu já estava de saída, mas—
—como vejo que esteve na guerra, posso esperar um pouco.
Como sabe, padre?
Pessoas como você carregam um peso pelo resto da vida, meu filho.
BUFALO
8-519-412
Na voz, nos ombros...
...no peito.
Eu nunca achei que algo tão leve pudesse ser tão pesado, padre.
Sei como se sente, meu filho.
Por que não me conta por quê está aqui?
Essa é uma pergunta, padre—

–que me fiz muitas vezes.
NEWTON CAMP
Janeiro de 1916.
A verdade é que quase ninguém ali sabia direito o que estava fazendo. Enquanto uns poucos eram soldados experientes da **Força Expedicionária Britânica**–
Um *italiano*? Então, seu país resolveu abandonar a *neutralidade?*
O *povo de Deus* nunca fica neutro diante das iniquidades, meu amigo!
Humpf! Você vai desejar ter ficado *em casa!*
–a maior parte era de voluntários que achavam o parco soldo militar uma compensação melhor do que o salário que recebiam em casa.
Vai, acaba com ele!
Você é rápido, sem dúvidas!
Engraçado como seis semanas de treinamento intenso não transformam ninguém em soldado, mas alguns dias no front bastam para mudar qualquer homem.
Mas no boxe, não basta ser rápido para vencer!
É preciso ser *forte* e *justo*–
Cada um precisava se virar com os recursos que tinha, aprender o que podia.
Aquela sequer era minha luta, mas naquele momento, eu vi que queria ser como **ele**.

Giuseppe, um italiano boa pinta e bem humorado que todos chamavam de Búfalo.
Entusiasta do boxe, ele ensinava golpes aos novatos como forma de treiná-los e distraí-los ao mesmo tempo.
As primeiras semanas no acampamento pareciam justamente isso: uma distração. Ninguém questionava e nem pensava muito no que viria a seguir.
—como o PUNHO DE DEUS!
Eu fazia parte de uma missão da Igreja que prestava apoio espiritual aos soldados.
Achei que veria ali homens desesperados, mas o que vi foi quase um acampamento de férias.
Até aquele momento, tudo o que eu mais amava era louvar e servir a Deus.
Mas eu me perguntei se aquele realmente era o plano Dele para mim.
Sr. Búfalo, Isso foi demais!
Obrigado, rapaz! Como você se chama?
Giacomo, senhor! Giacomo di Monti!
E se Ele quisesse que eu fizesse algo maior?
Eu não fazia ideia do fardo que Ele colocaria nas minhas mãos.
Será que o senhor poderia me ensinar alguns golpes uma hora dessas?
Mas é claro, eu...
Ao levar a dúvida ao meu mentor, ele me mostrou, qual era o desígnio de Deus.
SCHLÉP!
Garoto! Não estamos aqui para isso!

Ali eu entendi que deveria ser forte, encarar as adversidades e resistir aos constantes **golpes da vida.**
Não foi difícil arrumar um uniforme e me juntar à **Batalha do Somme**.
Com o efetivo baixo, estávamos prestes a executar a ofensiva **definitiva** contra a Alemanha.
Uma série de ataques ao longo de todo o front ocidental, com mais de 750 mil homens divididos em 27 divisões, para expulsar os alemães das trincheiras que ocupavam há mais de um ano e meio.
A Batalha do Somme encerraria de vez a guerra, e logo passaríamos o Natal com nossas famílias.
Pelo menos, foi isso que nos disseram.
Era um plano **simples.**
Os canhões destruiriam as barreiras de arame farpado–
–soterrando nossos inimigos e deixando o caminho livre até a segunda trincheira.
Depois dos disparos, nós teríamos que correr pela **Terra de Ninguém** até a primeira trincheira alemã, expulsar os sobreviventes e matar quem não colaborasse.
Mesmo sem o apoio dos franceses, que se concentraram na retomada da região de Verdun, estávamos confiantes.
Às 6h30 da manhã, os canhões começaram a disparar, e uma chuva de ferro e fogo caiu sobre as trincheiras alemãs por mais de uma hora.
Não sabemos se foi erro de cálculo ou se o plano foi descoberto...
...mas ao chegarmos perto da trincheira, vimos que a cerca estava intacta.
Não vimos sinal dos alemães–
–até que resolvemos olhar as **crateras** deixadas pelos canhões.

SBLERSH!
Os malditos haviam se escondido **dentro** delas!
Saíram como baratas de um bueiro, nos pegando de surpresa, atirando e gritando feito loucos.
Mantenham o plano, rapazes!
Sem retroceder um só passo, Búfalo se pôs a atirar.
Lembrem-se de que todos vamos passar o Natal em—
?!
E eu fiz o mesmo, com a certeza de que Deus estaria ao meu lado.
Por anos eu ouvi que eu deveria amar meu inimigo.
Sr. Búfalo!
Não é irônico que eu só tenha aprendido isso durante a guerra?
CUIDADO!
A cada crânio perfurado ou intestino derramado ao meu redor-
Obrigado, Giacomo!
-eu não sentia por meus inimigos o **ódio** que imaginei que sentiria.
Em ambos os lados da **Terra de Ninguém**, éramos um pouco mais do que crianças, jovens cheios de sonhos-
-lutando uma guerra que sequer era nossa.

Fui o único sobrevivente em ambos os lados do conflito.
BUFALO 8-519-412
Eu não podia levar o corpo de meu amigo, então tirei uma das **dogtags**–
–e a levei comigo, para que seu **nome** nunca fosse esquecido.
E, de certa forma–
–ele também se tornaria o meu.
O senhor me perdoa, padre?
Todos temos nossa cruz para carregar, meu filho.
E não sou eu quem tem deve perdoá-lo.

Não vou te passar uma penitência. Apenas dois *conselhos*.
O *primeiro*, acho que você não deveria se sentir tão culpado por fazer o que qualquer pessoa *decente* faria!
E o segundo?
Você deveria conversar com alguém. Sempre funciona comigo—
—minha *amiga* que o diga!
Enfim, procure esse seu antigo mentor da Igreja, ele pode ajudar mais do que eu.
Mas *padre*...
Eu disse que estava de *saída*. Depois do que vou fazer *essa noite*—
—não servirei mais para *esse trabalho*!
E por favor, me chame de *Jimmy*.
FIM.

A REPRESA

ROTEIRO

FÁBIO YABU

ARTE

ZÉ CARLOS

1936.
Sete anos se passaram desde a quebra da Bolsa de Valores de Nova York.
Numa tentativa de gerar empregos e recuperar a auto-estima do povo americano, o Presidente Roosevelt autorizou a construção da Represa Hoover.
Um monolito de concreto no leito do Rio Colorado que seria conhecido décadas depois como uma das grandes maravilhas da engenharia moderna.
Os livros de História se lembrarão dos nomes de gênios da engenharia como Frank Crowe e John L. Savage...
...mas para cada engenheiro que trabalhou nessa obra, mais de cinco mil operários viveram em condições precárias, trabalhando em temperaturas que variavam de −10° a 48,8°.
Centenas de trabalhadores morreram na construção da represa, alguns por pneumonia, muitos por intoxicação por gás carbônico.
Outros foram mortos nos sete túneis construídos para desviar o curso do Rio Colorado e tornar aquela maravilha possível.
Mortos por explosões de dinamite.
E o problema da dinamite...

...é que ela é muito **instável.**
MAS QUE **DIABOS?!**
E AÍ, BILL!
PARADO AÍ! O QUE VOCÊ ESTÁ FAZENDO AQUI E... EI.
EU CONHEÇO VOCÊ... ED... **ED NOBLE!** TRABALHOU AQUI, NÃO?
PODE-SE DIZER QUE CONSTRUÍ ESSA REPRESA COM MINHAS PRÓPRIAS MÃOS.
E O QUE VOCÊ VEIO FAZER AQUI?
EXPLODI-LA.

POR FAVOR, **AFASTE-SE!**
VOCÊ NÃO QUER ATIRAR, BILLY-BOY. SE FIZER ISSO--
--TODA ESSA **DINAMITE** VAI CAIR, NÓS DOIS VAMOS MORRER E A REPRESA VAI PELOS ARES DO MESMO JEITO.
DINAMITE?!
O-O QUE VOCÊ QUER?!
O QUE EU NÃO QUERO É TE MACHUCAR. ENTÃO, SE QUER UM CONSELHO, ATIRE OU **FUJA!**
EU NÃO VOU FALAR OUTRA VEZ!

John "Jack Dam" Savage.
MUITO BEM, TIME! POR FAVOR, RELATÓRIOS!
COMPORTAS PRINCIPAIS, OK.
MANUTENÇÕES PREVENTIVAS NO HORÁRIO.
TUDO ESTÁ FUNCIONANDO PERFEITAMENTE BEM, DIRETOR SAVAGE!
Engenheiro civil, projetou mais de 60 represas ao redor do mundo.
Ao menos, assim ele pensa.
TUDO CERTO, GRAÇAS AO BOM DEUS!
SUA DEDICAÇÃO A ESTA REPRESA É INSPIRADORA, DIRETOR.
DEPOIS DE TUDO O QUE FEZ PARA COLOCÁ-LA DE PÉ, DEPOIS DE SER CONGRATULADO PELO PRÓPRIO PRESIDENTE ROOSEVELT--
--AINDA É CAPAZ DE TRABALHAR COM TAMANHA DEVOÇÃO!
NÃO HÁ DESCANSO NESSE TRABALHO, MINHA CARA GAIL.
A REPRESA HOOVER NÃO APENAS FORNECE ÁGUA E ENERGIA PARA MILHÕES DE AMERICANOS --
--MAS TAMBÉM SEPARA UMA CATASTRÓFICA QUANTIDADE DE ÁGUA DO LAGO MEAD DE MILHARES DE CASAS --
--EM BOULDER CITY, NEVADA, E ATÉ MESMO NO NOVO --
HA HA HA.
SERIA TERRÍVEL SE ALGO ACONTECESSE À ELA, NÃO É?

UAU.
NÃO É A PRIMEIRA VEZ QUE ENTRO AQUI, JÁ QUE EU MESMO LEVANTEI ESSAS PAREDES, MAS AINDA ASSIM--
O QUÊ?!
--É NOTÁVEL!
QUEM É VOCÊ?!
PODE ME CHAMAR DE ED.
EU VOU CHAMAR O VIGIA.
NÃO SE PREOCUPE, ELE JÁ FOI. OLHA, QUERIDA, ESTAMOS EM 1936.
VOCÊS DEVERIAM INVESTIR NA SEGURANÇA DESSE LOCAL --
-- NUNCA SE SABE QUANDO UM LOUCO VAI ENTRAR AQUI.
LOUCO OU NÃO, EU NÃO VOU PERMITIR QUE VOCÊ--
HÃ-HÃ. NUNCA AMEACE UM HOMEM COM UM SACO DE DINAMITE NAS COSTAS!
MEU DEUS...!
NÃO O DEUS QUE VOCÊ IMAGINA, DIRETOR.

VOCÊ SE LEMBRA DE MIM, NÃO É, **JACK?**
SEM OFENSAS, AMIGO, MAS EU CHEFIEI MAIS DE **VINTE MIL** OPERÁRIOS!
AH, MAS VOCÊ **VAI** SE LEMBRAR!
Assim como você, eu dediquei anos da minha vida à construção dessa represa!
Mas enquanto você ficava olhando mapas e fazendo contas...
*...cada túnel, cada solda, cada quilo de aço e concreto desse lugar passou pelas minhas mãos e ficou marcado com meu **sangue e suor!***
Por anos eu me perguntei por quê as coisas eram assim.
*Operários morando em tendas, em **Ragtown**, enquanto os engenheiros e militares viviam em casas com quintal e cerca branca do outro lado da rua!*
*Eu tive pensamentos muito **sombrios** nessa época.*
*Eu passei a roubar dinamite dos túneis e a guardar naquele chiqueiro que vocês chamaram de casa durante meses, enquanto a **escuridão** se apossava de mim.*
*Uma noite, eu tive um sonho, uma **revelação.***

Nesse sonho eu vi cidades **ciclópicas** e criaturas **pesadelares** que vinham do mar, cuja simples descrição poderia levar um homem à **loucura!**
Diante de tais criaturas, o mundo e a própria existência humana são eventos recentes, transitórios! Em seus túmulos secretos escondidos debaixo das ondas, essas criaturas sonham com uma nova era de caos e **devassidão cósmica!**
E o pior de tudo, Diretor Savage, é que alguns de nós já servem e cultuam esses deuses profanos,na esperança de um dia terem lugar à sua mesa de horrores ancestrais e sofrimentos **inenarráveis!**
Lugares como Arkham, Newcastle e Berlim estão tomados por esses cultistas, alguns deles, descendentes das próprias bestas imemoriais, escondidos em plena luz do dia sob rostos **pavorosamente humanos.**
Eles controlam tudo, Diretor Savage. Influenciam cada decisão humana, alimentando-se de nosso sofrimento e nossa miséria.
Ao me deparar com tais visões, eu finalmente entendi o meu lugar neste mundo... **e também o seu!**

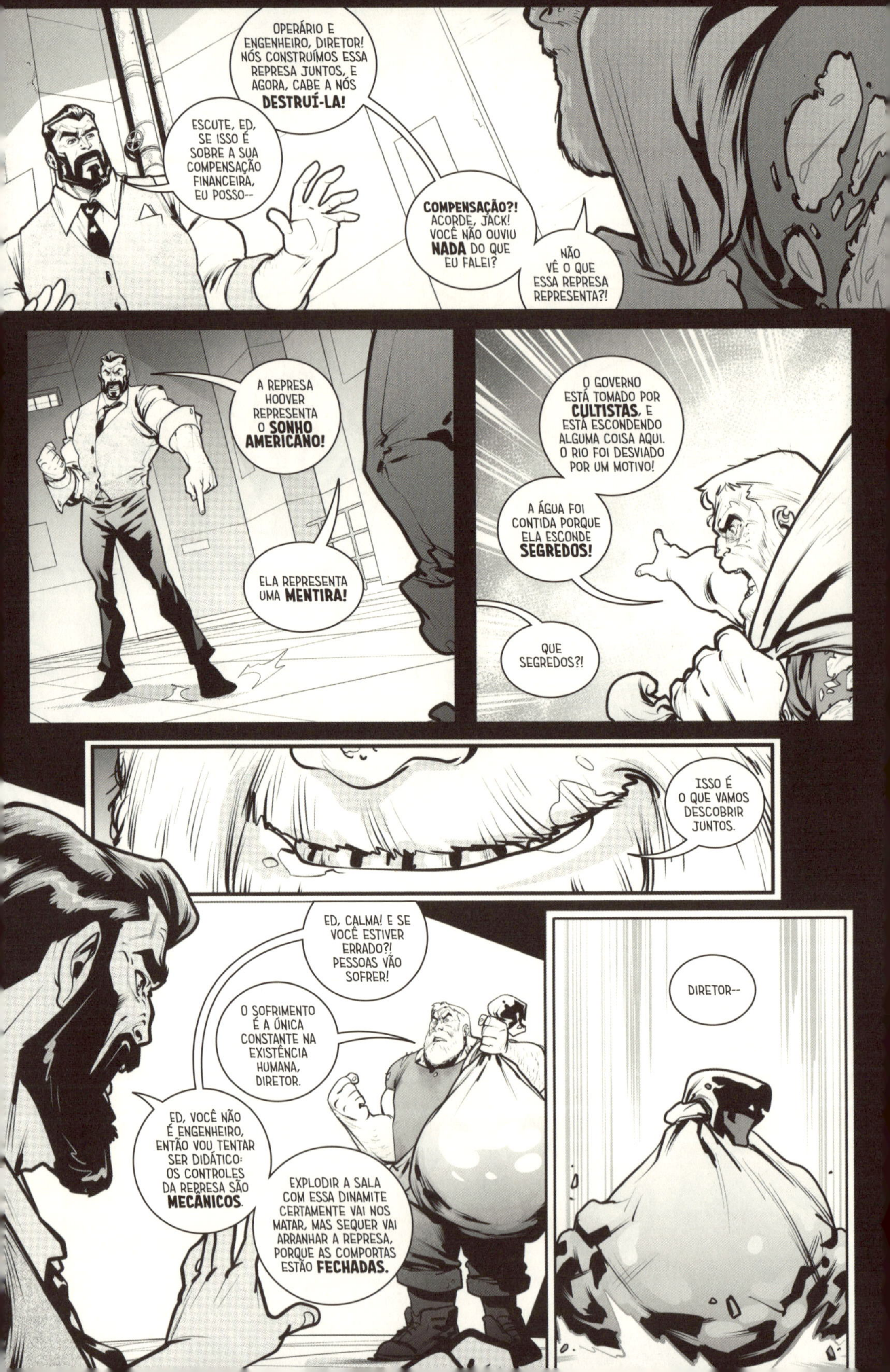
OPERÁRIO E ENGENHEIRO, DIRETOR! NÓS CONSTRUÍMOS ESSA REPRESA JUNTOS, E AGORA, CABE A NÓS DESTRUÍ-LA!
ESCUTE, ED, SE ISSO É SOBRE A SUA COMPENSAÇÃO FINANCEIRA, EU POSSO--
COMPENSAÇÃO?! ACORDE, JACK! VOCÊ NÃO OUVIU NADA DO QUE EU FALEI?
NÃO VÊ O QUE ESSA REPRESA REPRESENTA?!
A REPRESA HOOVER REPRESENTA O SONHO AMERICANO!
ELA REPRESENTA UMA MENTIRA!
O GOVERNO ESTÁ TOMADO POR CULTISTAS, E ESTÁ ESCONDENDO ALGUMA COISA AQUI. O RIO FOI DESVIADO POR UM MOTIVO!
A ÁGUA FOI CONTIDA PORQUE ELA ESCONDE SEGREDOS!
QUE SEGREDOS?!
ISSO É O QUE VAMOS DESCOBRIR JUNTOS.
ED, CALMA! E SE VOCÊ ESTIVER ERRADO?! PESSOAS VÃO SOFRER!
O SOFRIMENTO É A ÚNICA CONSTANTE NA EXISTÊNCIA HUMANA, DIRETOR.
ED, VOCÊ NÃO É ENGENHEIRO, ENTÃO VOU TENTAR SER DIDÁTICO: OS CONTROLES DA REPRESA SÃO MECÂNICOS.
EXPLODIR A SALA COM ESSA DINAMITE CERTAMENTE VAI NOS MATAR, MAS SEQUER VAI ARRANHAR A REPRESA, PORQUE AS COMPORTAS ESTÃO FECHADAS.
DIRETOR--

--EU MENTI. ISSO NÃO É DINAMITE. SÃO APENAS SEIXOS QUE TIREI DO LEITO DO RIO DURANTE A CONSTRUÇÃO.
A VERDADEIRA DINAMITE VAI EXPLODIR A COMPORTA PRINCIPAL..
...AGORA!
BA-DOOM!
!!!!!!
A VERDADE ESTÁ SE REVELANDO! EU POSSO SENTIR, DIRETOR!
SOCORRO!
ENQUANTO A ÁGUA FLUI, EU SINTO QUE MINHA MENTE--

SINTA **ISSO!**
WHAM!
ATENÇÃO! *ISSO NÃO É UM TREINAMENTO! TODOS OS FUNCIONÁRIOS DEVEM EVACUAR A REPRESA IMEDIATAMENTE!*
DIRETOR SAVAGE, PRECISAMOS CONTER O VAZAMENTO!
NÃO, GAIL! A PRIORIDADE É ABRIR AS COMPORTAS, ESCOAR A ÁGUA E REDUZIR O IMPACTO NAS CIDADES VIZINHAS!
MAS DIRETOR, MILHÕES DE AMERICANOS FICARÃO SEM ENERGIA!
GAIL, O SONHO AMERICANO NÃO PODE CUSTAR A VIDA DE INOCENTES, ISSO SERIA **TERRÍVEL!**
MILHARES DE PESSOAS VÃO MORRER! EU POSSO SALVÁ-LAS!
EU POSSO SALVAR **TODO MUNDO!**
TALVEZ VOCÊ DEVESSE SALVAR SÓ *UMA PESSOA*, **EDMOND!**

O QUÊ?!
SALVE O **PADRE,** EDMOND!
SEJA UM BOM MENINO ENQUANTO EU TIRO O **LIXO--**
--E CUIDO DO RESTO!
SOLTE! EU VOU SALVÁ-LO!
HMMMM **HMMMM!**

RESOLVIDO, AO MENOS POR ENQUANTO!
ACHO QUE JÁ É HORA DE AUMENTAR A MEDICAÇÃO...!
SANTO DEUS...!
VOCÊ CONSEGUIU, DIRETOR SAVAGE! SALVOU ESTE POBRE HOMEM!
EU FIZ O QUE QUALQUER AMERICANO FARIA, GAIL. MAS COMO FOI QUE VOCÊ--
INSPIRADA PELA SUA CORAGEM **INDOMÁVEL** E PELAS SUAS PALAVRAS **PATRIÓTICAS** --

--EU ATIVEI UMA VÁLVULA DE EMERGÊNCIA, QUE DESVIOU A ÁGUA PARA O RIO COLORADO E DE VOLTA PARA A REPRESA!
BOM TRABALHO, GAIL! HOJE, VOCÊ FOI A HEROÍNA.
É SEMPRE UMA HONRA SERVIR ESSE GRANDE PAÍS AO SEU LADO, SENHOR!
NO QUE DEPENDER DE MIM, ESSA REPRESA **JAMAIS** SE ROMPERÁ NOVAMENTE!
OBRIGADO, MEU FILHO... QUE DEUS TE ABENÇOE!
FIM.

ALGO MAIOR

ROTEIRO
FÁBIO YABU

ARTE
EDUARDO MEDEIROS

BERLIM, 1922.
DESDE CRIANÇA, **KURT FRIEDRICH** SEMPRE QUIS SER PARTE DE ***ALGO MAIOR.***
SEU PAI, **GEORG FRIEDRICH,** HAVIA DESAPARECIDO DURANTE A GUERRA.
SEM NOTÍCIAS, INDENIZAÇÃO OU MESMO CONDOLÊNCIAS, A SITUAÇÃO DE KURT, DA MÃE E DO IRMÃO SE COMPLICOU DEMAIS.
HOUVE UM TEMPO EM QUE A MESA DA FAMÍLIA ERA FARTA.
HAVIA LEITE, MINGAU, MANTEIGA E ATÉ MESMO LARANJAS.
MAS ESSE TEMPO PERTENCIA AOS DIAS BONS.
SEGUNDO A MÃE, TODA A RIQUEZA DA FAMÍLIA FORA ROUBADA PELOS **JUDEUS.**
TUDO O QUE KURT E A FAMÍLIA TINHAM CABIA NAQUELA MESA.
E ELES PASSARIAM A TER MENOS AINDA.

SEM ALTERNATIVAS, SUA MÃE O LEVOU A UM DOS VÁRIOS ABRIGOS MANTIDOS PELA *LEBENSBORN*--
--UMA INICIATIVA DO GOVERNO ALEMÃO PARA DAR SUPORTE E TREINAMENTO A CRIANÇAS **RACIALMENTE PURAS.**
ELA PROMETEU QUE VOLTARIA PARA BUSCÁ-LO...
...E **QUEBRAR PROMESSAS** É UM DOS JEITOS MAIS FÁCEIS DE SE QUEBRAR UMA CRIANÇA.
O **OUTRO,** BEM...
...O OUTRO TODOS CONHECEM.
LONGE DA FAMÍLIA, A VIDA DE KURT ERA MUITO DIFERENTE.
A MESA ERA MAIOR E TINHA MAIS DO QUE PÃO PARA COMER, GRAÇAS À GENEROSIDADE DO GOVERNO, QUE CUIDAVA BEM DE JOVENS COMO ELE.
NÃO DEMOROU ATÉ KURT FAZER **AMIGOS.**
ELE ERA REALMENTE ESPECIAL.

SEMPRE SOB SUPERVISÃO DE SEUS TUTORES, KURT TEVE A FORMAÇÃO QUE TODO PEQUENO NAZISTA NECESSITAVA.
KURT TAMBÉM BRINCAVA--
--APRENDIA OS VALORES DA GRANDE ALEMANHA E A SUPERIORIDADE CIENTÍFICA, MORAL E RELIGIOSA DA RAÇA ARIANA--
--E LOGO ESTAVA ATÉ MESMO ENSINANDO SEUS COLEGAS A IDENTIFICAR INIMIGOS, COMO CIGANOS, HOMOSSEXUAIS, NEGROS E, É CLARO, JUDEUS.
MESMO SENDO UM ALUNO ACIMA DA MÉDIA, ERA NOS ESPORTES QUE KURT REALMENTE BRILHAVA.
EM 1932, ELE CONHECEU O PRÓPRIO FÜHRER, QUE ACABARA DE ANUNCIAR QUE A ALEMANHA COMO SEDE DAS OLIMPÍADAS DE 1936, E QUE ELE CONTAVA COM KURT PARA REPRESENTAR O PAÍS NOS JOGOS.

O FÜHRER PROMETERA FAZER A ALEMANHA GRANDE DE NOVO, SOB O LEMA "DEUTSCHLAND ÜBER ALLES"--
-- "ALEMANHA ACIMA DE TUDO".
DIANTE DAQUELE FORTE IMPULSO NACIONALISTA, KURT SE SENTIU PARTE DA HISTÓRIA.
SOC!
A ALEMANHA PODERIA SER LIMPA E OS DIAS FELIZES PODERIAM VOLTAR.
DURANTE QUATRO ANOS, KURT TREINOU E TREINOU.
E TREINOU MAIS AINDA QUANDO, EM 1935, OUVIU FALAR QUE O AMERICANO JESSE OWENS VIRIA ATÉ SEU PAÍS REPRESENTAR A AMÉRICA NOS JOGOS OLÍMPICOS.
JESSE OWENS, QUE EM 25 DE MAIO DAQUELE ANO, QUEBRARA QUATRO RECORDES MUNDIAIS: 100 JARDAS, SALTO EM DISTÂNCIA, 220 JARDAS COM OBSTÁCULOS E REVEZAMENTO 4 POR 100.
JESSE OWENS.
UM NEGRO...
...QUE SEQUER PODIA FREQUENTAR RESTAURANTES EM SEU PAÍS, ESTAVA VINDO PARA A ALEMANHA DESAFIAR A SUPREMACIA ARIANA.

KURT SE INSCREVEU NAS PROVAS REGIONAIS--
--E LOGO ESTAVA DISPUTANDO AS NACIONAIS, CONTRA O ENTÃO CAMPEÃO **MANFRED KERSCH.**
MAS NÃO ERA KERSCH QUE KURT QUERIA VENCER.
ERA ***OWENS.***
A COMPETIÇÃO SERIA ACOMPANHADA POR ***HANS VON TSCHAMMER***, O ***REICHSSPORTFÜHRER***, QUE BUSCAVA OS MAIORES NOMES PARA REPRESENTAR A ALEMANHA.
BANG!
A CORRIDA TEVE INÍCIO--

--E MANFRED E KURT SAÍRAM NA FRENTE, DEIXANDO TODOS OS OUTROS CORREDORES COMENDO POEIRA.
SÓ QUE MANFRED KERSCH NÃO ERA COMO KURT FRIEDRICH.
ELE NÃO TINHA EM SEU CORAÇÃO O COMBUSTÍVEL PARA VENCER E LUTAR PELO REICH!
KURT CONSEGUIU O MELHOR TEMPO EM 100 METROS RASOS DA ALEMANHA, BATENDO MANFRED KERSCH E SE APROXIMANDO DO RECORDE DE OWENS, COM 9 SEGUNDOS E 8 DÉCIMOS!
IMPRESSIONADO COM A HABILIDADE DE KURT, HANS VON TSCHAMMER, O SAUDOU--
--MAS NÃO DISSE AQUILO QUE O JOVEM CORREDOR ESPERAVA.
MESMO NÃO TENDO O MELHOR TEMPO, MANFRED KERSCH ACABOU SENDO ESCOLHIDO PARA REPRESENTAR SEU PAÍS NAS OLIMPÍADAS DE BERLIM.
OS JOGOS HAVIAM FICADO PEQUENOS DEMAIS PARA KURT FRIEDRICH--

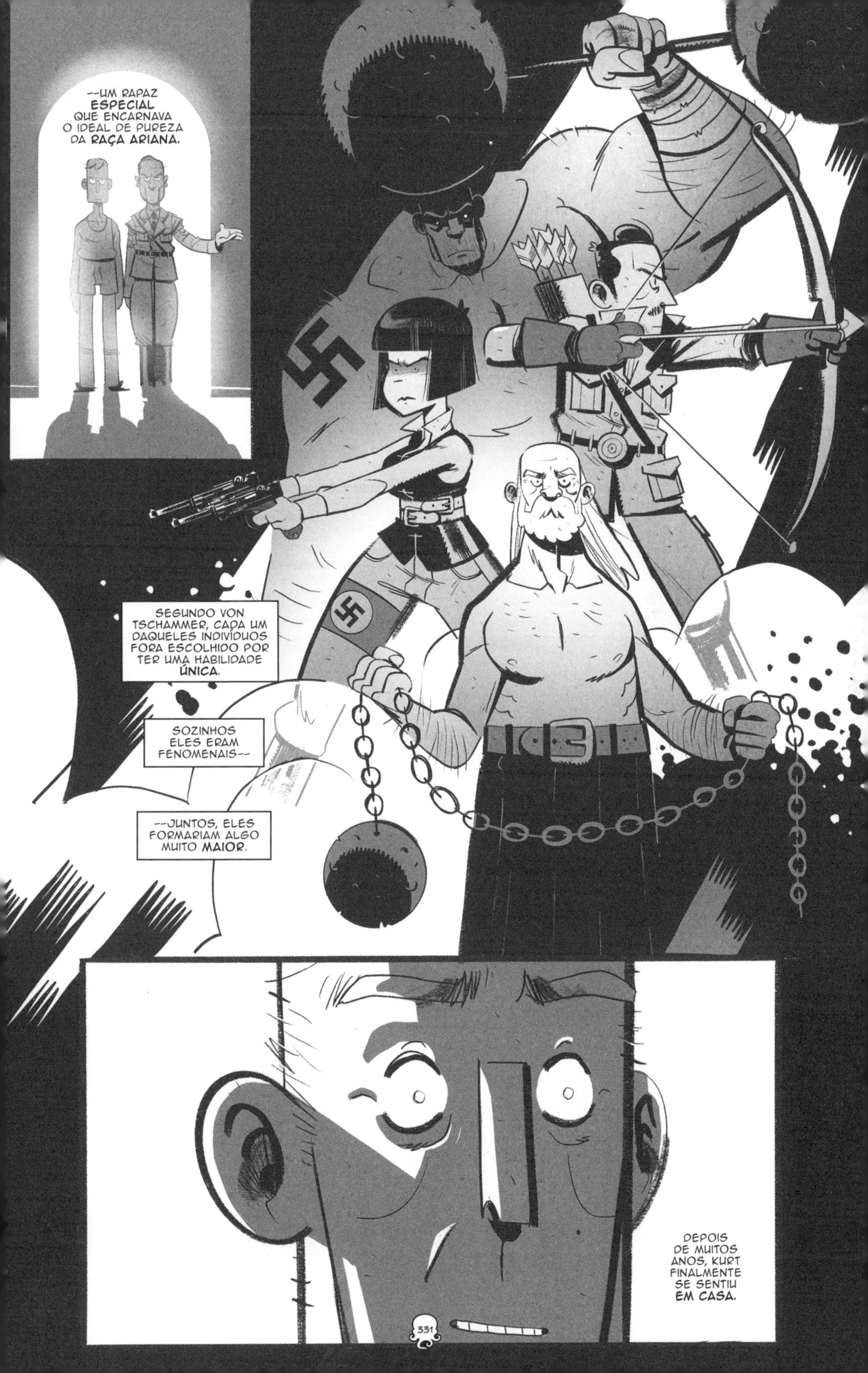
--UM RAPAZ ESPECIAL QUE ENCARNAVA O IDEAL DE PUREZA DA RAÇA ARIANA.
SEGUNDO VON TSCHAMMER, CADA UM DAQUELES INDIVÍDUOS FORA ESCOLHIDO POR TER UMA HABILIDADE ÚNICA.
SOZINHOS ELES ERAM FENOMENAIS--
--JUNTOS, ELES FORMARIAM ALGO MUITO MAIOR.
DEPOIS DE MUITOS ANOS, KURT FINALMENTE SE SENTIU EM CASA.

KURT TREINARIA ATÉ CHEGAR AO ÁPICE DA FORMA FÍSICA HUMANA.
CRASH!
NEM ELE NEM SEUS NOVOS AMIGOS COMPREENDIAM O QUE ESTAVAM FAZENDO ALI.
TALVEZ FOSSEM OS SEGURANÇAS DO PRÓPRIO FÜHRER--
--OU ENTÃO UMA FORÇA SECRETA A SERVIÇO DO REICH--
--PRONTA PARA ELIMINAR COMUNISTAS E OUTROS INDESEJÁVEIS COMO OWENS.
THUMP!
SECRETA OU NÃO, PARA KURT, AQUELES NÃO ERAM SOLDADOS, NEM AMIGOS.
ERAM FAMÍLIA.
E QUANDO O AMOR FINALMENTE O ENCONTROU--
--JÁ ERA TARDE DEMAIS.

NO DIA DA ABERTURA DOS JOGOS OLÍMPICOS...
O QUÊ...?
ONDE ESTOU?
QUE BOM QUE ACORDOU, HERR FRIEDRICH!
SE ESTIVESSE DORMINDO, VOCÊ PERDERIA O RITUAL!

Naquele ano, Jesse Owens ganhou 4 medalhas de ouro: nos 100m rasos (onde Manfred Kersch ficou em 4º lugar), 200m rasos, salto em distância e revezamento 4x100m. De volta à America, Owens dedicou o resto da vida ao esporte, à caridade e ao combate ao racismo. Morreu aos 66 anos, em 31/03/1980.

O RELATO

ROTEIRO

FÁBIO YABU

ARTE

VILMAR ROSSI JR.

"SENHORES, QUERO UM RELATÓRIO COMPLETO!"
"SIM, MEIN HERR."
"COMECEM FALANDO SOBRE O RITUAL DA RAÇA MESTRA DURANTE OS JOGOS OLÍMPICOS!"
"ER, POIS NÃO!"
"CONFORME O PLANEJADO, NÓS LEVAMOS PARA O ESTÁDIO OS MEMBROS MAIS PUROS E APTOS DA RAÇA GERMÂNICA!"
"CADA UM DEU SUA CONTRIBUIÇÃO COMO MEMBROS DA RAÇA SUPERIOR...
...BEM, LITERALMENTE...
...DE FORMA A NUTRIR O VENTRE PROFANO DA NOSSA PROGENITORA, SHUB-NIGGURATH!"

"SEU VENTRE INFERNAL FORA FECUNDADO NÃO COM UMA, MAS DUAS SEMENTES: *CTHULHU* E *NYARLATHOTEP!*"
"SEU IDIOTA, EU JÁ SEI DE TUDO ISSO. QUERO SABER SE MEU EXÉRCITO ESTÁ PRONTO!"
"MEIN HERR... HOUVE UMA... INTERCORRÊNCIA."
QUE TIPO DE INTERCORRÊNCIA?
"CONFORME O PREVISTO, O LIVRO FOI LEVADO PARA O ESTÁDIO POR FARADAY E SEUS AMIGOS...
...AS ORDENS FORAM PARA QUE ELES FOSSEM CAPTURADOS, MAS DE ALGUMA FORMA ELES CONSEGUIRAM PASSAR PELA NOSSA SEGURANÇA."
"MAS A SS CONSEGUIU CONTÊ-LOS, IMAGINO."
"QUANTO A ISSO, ACREDITAMOS QUE OS INVASORES FORAM AJUDADOS POR ALGUÉM DE DENTRO...
...POIS ESTAVAM FORTEMENTE ARMADOS E SERIA IMPOSSÍVEL PASSAR COM TANTAS ARMAS PELA NOSSA SEGURANÇA!"

"DEVIDO AO ATAQUE, PERDEMOS BOA PARTE DOS SACRIFÍCIOS NECESSÁRIOS PARA A NUTRIÇÃO DA PROGENITORA...
...E O LOCAL DO RITUAL FOI PROFANADO POR MORTES QUE OCORRERAM ANTES DO ALINHAMENTO NECESSÁRIO."
"ASSIM, SOMENTE DOIS ESPÉCIMES SE MOSTRARAM VIÁVEIS, MAS EU GARANTO, MEIN HERR, ELES SÃO *INVENCÍVEIS!*"
ENTÃO, FECUNDEM A PROGENITORA DE NOVO, QUANTAS VEZES FOR NECESSÁRIO, MAS CRIEM O MEU MALDITO EXÉRCITO!
"ER, A HOSPEDEIRA DE SHUB-NIGGURATH MORREU DEVIDO AO ESFORÇO."
"MORREU?! BEM, PELO MENOS AGORA TEMOS O LIVRO, CERTO?"
"QUANTO A ISSO... BEM, HOUVE *OUTRA* INTERCORRÊNCIA."
"COMO ASSIM!? ONDE ESTÁ O NECRONOMICON?!"
"AINDA ESTÁ COM O GRUPO DE FARADAY..."
...MAS ELES NÃO DEVEM ESTAR LONGE, *MEIN FÜHRER!*
AFINAL, ESTAVAM FERIDOS E ENSANGUENTADOS...
...UM ESTAVA MANETA, O OUTRO COM O BRAÇO QUEBRADO...
...ALÉM DE ESTAREM CARREGANDO UM LIVRO DO DEMÔNIO E UMA CABEÇA DECEPADA!
POR FAVOR.
TODOS QUE NÃO SÃO VON STRAUSS, ABIGAIL E HIMMLER, QUEIRAM SE RETIRAR.

COMO PUDERAM SER TÃO INCOMPE-TENTES!?
TUDO O QUE PRECISAVAM FAZER ERA EMPRENHAR A PROGENITORA DO INFERNO COM AS SEMENTES DO CAOS...
...REALIZAR UM RITUAL DEMONÍACO E CRIAR A RAÇA MESTRA!
ABIGAIL E VON STRAUSS, VOCÊS TIVERAM ANOS PARA LOCALIZAR O MALDITO LIVRO!
HIMMLER, VOCÊ TEM A SS À SUA TOTAL DISPOSIÇÃO!
E AGORA ESTÃO ME DIZENDO QUE NOSSO PLANO FOI ARRUINADO POR UM GRUPO FORMADO POR UM PADRE MALUCO, UM CIENTISTA ALMOFADINHA, UM BÊBADO, UM BOXEADOR NARCISISTA E UM PROFESSOR JUDEU?!
E-ELES TINHAM UM CACHORRO TAMBÉM, MEIN FÜHRER.
ARGH! IDIOTAS! CRETINOS! IMBECIS! ENERGÚMENOS! EU DEVERIA EXECUTÁ-LOS, COMO STALIN FARIA!
FIM.

LOOP INFINITO

ROTEIRO
FÁBIO YABU

ARTE
JEFF COSTA

1936
LONDRES
ELE NÃO SE APEQUENOU DIANTE DO **PERIGO.**
COMO UM FAROL, ILUMINOU O CAMINHO EM NOSSA NOITE MAIS **DENSA!**
SENHORES, UM **BRINDE** AOS NOSSOS COMPANHEIROS CAÍDOS, QUE COM CORAGEM E DEVOÇÃO SALVARAM NOSSAS VIDAS.
AO BILLY!
E ÀQUELE CUJA PESQUISA NOS COLOCOU NO RASTRO DESSES ***VERMES NAZISTAS!***
AO VENKMAN!
BÚFALO?
EU AINDA TENHO **PESADELOS** COM ELE.

VOCÊ DEMONSTROU MISERICÓRDIA, GIACOMO. AQUELA COISA NÃO ERA MAIS VENKMAN.
E AGORA A ALMA DELE ESTÁ COM DEUS.
OBRIGADO PELAS PALAVRAS, D. AZAGHAL.
EU PRECISO IR. TENHO QUE ME PREPARAR PARA A MISSA MATINAL.
ESPERO VOCÊ AMANHÃ PARA SUA CONFISSÃO, GIACOMO.
EU TAMBÉM VOU! AINDA BEM QUE MINHA CASA NÃO É LONGE--
--BASTA SUBIR AS ESCADAS.
VOCÊ DEIXOU A CASA DE DEUS PARA VIVER EM UM BAR?!
NÃO, EM UM PUB!
MEU MOTORISTA PODE LEVÁ-LO, D. AZAGHAL.
HUMPF! DEUS ME DEU PERNAS PARA CAMINHAR!
COMO QUISER.
VOCÊ É UM BOM AMIGO, BÚFALO.
SE UM DIA AQUELE LIVRO MALDITO FIZER COMIGO O MESMO QUE FEZ COM VENKMAN--
--O MÍNIMO QUE ESPERO DE VOCÊ É QUE ME DÊ O MESMO TRATAMENTO!
AO VENKMAN.
AO DOUTOR STEPHEN HOWARD PHILIPS VENKMAN.

VOCÊ NÃO CONSEGUIU LOCALIZAR OS PARENTES DELE?
DESCULPE, VOCÊ É...
SIM, SOU EU.
AQUI ESTÁ UMA FOTO AUTOGRAFADA.
(SE QUISER MAIS, MANDE UMA CARTA PARA O ENDEREÇO NO VERSO!)
OBRIGADA, SENHOR DIMONTI!
NÃO, NÃO LOCALIZEI SEUS PARENTES! VENKMAN SEMPRE FOI MUITO RESERVADO.
NOSSA RELAÇÃO ERA RESTRITA À ACADEMIA, MESMO DURANTE A GUERRA.
"VOCÊS LUTARAM LADO A LADO NO FRONT, NÃO?"
"SIM, SERVIMOS NA QUARTA BRIGADA DE INFANTARIA DA FORÇA EXPEDICIONÁRIA BRITÂNICA--
--CHEGAMOS À FRENTE OCIDENTAL EM AGOSTO DE 1914, ONDE FICAMOS ENTRINCHEIRADOS ATÉ SETEMBRO DE 1915, ONDE NOS UNIMOS AOS FRANCESES NA BATALHA DE LOOS."
"MAS ELE RARAMENTE FALAVA DE SUA VIDA PESSOAL--
--ÀS VEZES, EU O VIA ESCREVENDO CARTAS, ACHEI QUE FOSSE PARA ALGUM INTERESSE ROMÂNTICO, MAS O FATO É QUE ELE NUNCA SE CASOU."
"MAS THOMAS, DEVE HAVER ALGUMA COISA! VOCÊ FOI ATÉ A CASA DELE, NÃO FOI?"
"NA VERDADE, VENKMAN NÃO TINHA CASA."

"ELE MORAVA EM UM DORMITÓRIO PARA DOCENTES EM OXFORD. UMA VIDA DEDICADA AOS ESTUDOS.
CONVERSEI COM ALGUNS COLEGAS DE LÁ, INVENTEI UMA DESCULPA, ME SENTI PÉSSIMO POR TER QUE MENTIR DAQUELA MANEIRA, MAS NÃO TIVE ESCOLHA... E CONSEGUI UMA CÓPIA DA CHAVE.
NO DORMITÓRIO, NÃO VI NENHUMA FOTOGRAFIA DE PARENTES. CADA ESPAÇO DO CÔMODO ERA DEDICADO AO ACÚMULO DE CONHECIMENTO.
ENCONTREI DEZENAS DE CADERNOS COM NOTAS E DESENHOS, PAISAGENS TERRÍVEIS DA REALIDADE, CONTEÚDOS PICTÓRICOS E SUAS RESPECTIVAS TRADUÇÕES.
NOSSO AMIGO ERA UM GÊNIO, E SUPONHO QUE ESTAVA PRESTES A DESVENDAR UMA ESPÉCIE DE IDIOMA **ANCESTRAL.**
TUDO DATADO, COMENTADO E DESCRITO DE MANEIRA MINUCIOSA, COMO SE ELE SOUBESSE QUE UM DIA O FARDO DE SUAS DESCOBERTAS RECAIRIA SOBRE TERCEIROS.
DENTRE TANTAS REVELAÇÕES, NENHUMA ME CHAMOU TANTO A ATENÇÃO QUANTO UMA **CARTA** QUE ENCONTREI SOBRE SUA MESA.
AO CONTRÁRIO DO DETALHADO ACERVO, SEMPRE REDIGIDO EM INGLÊS--"

--A CARTA FORA ESCRITA DE MANEIRA BASTANTE **PECULIAR!**
SÃO SÍMBOLOS OU CARACTERES DESENHADOS EM AGRUPAMENTOS QUE NUNCA VI NA VIDA.
QUE LÍNGUA É ESSA?!
NÃO É UMA LÍNGUA. É UM **CÓDIGO.**
SE ESTÁ EM CÓDIGO, É PORQUE ELE NÃO QUERIA QUE OUTROS A LESSEM, NÃO?
EU SEI. EM RESPEITO À MEMÓRIA DE NOSSO AMIGO, NÃO TENHO A INTENÇÃO DE LER SEU CONTEÚDO.
QUERO APENAS FAZER COM QUE ELA CHEGUE ÀS **MÃOS CERTAS**, E VOCÊ PODE ME ACOMPANHAR, SE ASSIM DESEJAR.
MÃOS CERTAS...?
O NOME CONSTAVA NO ENVELOPE--
--E EU SEI **ONDE** ENCONTRÁ-LO.
BOM *PACE!*
UNIVERSIDADE DE CAMBRIDGE.

BÚFALO, BEM-VINDO A CAMBRIDGE.
MINHA NOSSA!
É ELE?!
SÓ UM MINUTO, THOMAS, EU PRECISO ATENDER AOS MEUS FÃS--
NÃO SE ENGANE, BÚFALO.
VOCÊ É UMA CELEBRIDADE NO RINGUE, MAS NA ACADEMIA--
--EU SOU IMBATÍVEL!
THOMAS FARADAY! EU LI SEU ARTIGO SOBRE AS CORRENTES ELÉTRICAS.
ACHA MESMO QUE O EFEITO TERMIÔNICO PODE SER USADO PARA DETECTAR ONDAS DE RÁDIO?
MEUS JOVENS, SE VI MAIS LONGE, "É PORQUE ME APOIO SOBRE OS OMBROS DE GIGANTES"!
AGORA, QUANTO ÀS VIBRAÇÕES--
--SE PUDERMOS ADEQUAR A EMISSÃO DE CALOR COM A LIBERAÇÃO DOS ELÉTRONS...
...SERIA POSSÍVEL SINTONIZAR FREQUÊNCIAS DE DIMENSÕES PARALELAS?!
ESSES GAROTOS NÃO SÃO INCRÍVEIS, BÚFALO?
AHAM! NÃO FOI PARA ISSO QUE VIEMOS AQUI, THOMAS.
TEM RAZÃO! MEUS JOVENS, ESTAMOS PROCURANDO POR UM ESTUDANTE QUE PARECE SER BOM COM CÓDIGOS...
...E TEM DUAS MEDALHAS DE HONRA EM MATEMÁTICA.
AH. O ESQUISITO?
VOCÊ VAI ENCONTRÁ-LO CORRENDO.
CORRENDO DE UMA AULA PARA OUTRA, VOCÊ QUER DIZER?

"NÃO, ELE ESTÁ LITERALMENTE CORRENDO."
SR. TURING?
ALAN TURING!
POIS NÃO?
EU SOU THOMAS FARADAY--
FÍSICO TEÓRICO PELA UNIVERSIDADE DE OXFORD.
SUA FAMA O PRECEDE, SR. FARADAY--
--MAS EU NÃO ESTOU INTERESSADO EM OUTRA BOLSA.
SE O SENHOR E SEU SEGURANÇA PUDEREM ME DAR LICENÇA--
--ESTOU NO MEIO DE UMA EQUAÇÃO MUITO COMPLICADA.
EQUAÇÃO?! ACHEI QUE ESTIVESSE CORRENDO!
E O SENHOR SE DIZ FÍSICO TEÓRICO?!
MEU JOVEM, A NÃO SER QUE ESTEJA CONTANDO SEUS PASSOS, NÃO VEJO COMO...
SR. FARADAY, O SENHOR ESTÁ FAMILIARIZADO COM O PROBLEMA DA DECISÃO DE HILBERT?
OH, POR FAVOR! PARA RESPONDER UM PROBLEMA DE VARIÁVEIS INFINITAS, SERIA NECESSÁRIO UMA MÁQUINA OU UM LOOP--

AH!
VOCÊ NÃO ESTÁ CORRENDO, ESTÁ... COMPUTANDO!
FOI A MANEIRA QUE ENCONTREI DE VISUALIZAR AS POSSÍVEIS RESPOSTAS PARA O PROBLEMA!
MEU DORMITÓRIO É PEQUENO DEMAIS PARA UMA FITA INFINITA!
FÍSICOS TEÓRICOS, COMO O SENHOR, TENDEM A VER PROBLEMAS COMO EQUAÇÕES ABSTRATAS.
EU PREFIRO VÊ-LAS COMO SISTEMAS NOS QUAIS EU POSSA TOCAR E INTERAGIR.
COMO MÁQUINAS!
EU REALMENTE NÃO ESTOU ENTENDENDO NADA.
MEU JOVEM, SE PRECISAR DE ALGUMA COISA PARA DESENVOLVER SUA PESQUISA, PROCURE MEU GERENTE NO BANCO DA INGLATERRA.
OBRIGADO, SR. FARADAY --
--MAS ALGO ME DIZ QUE O SENHOR NÃO VEIO ATÉ AQUI PARA ME OFERECER UM EMPRÉSTIMO.
NÃO. EU VIM LHE TRAZER UM ENIGMA...
...ESCRITO POR STEPHEN VENKMAN.

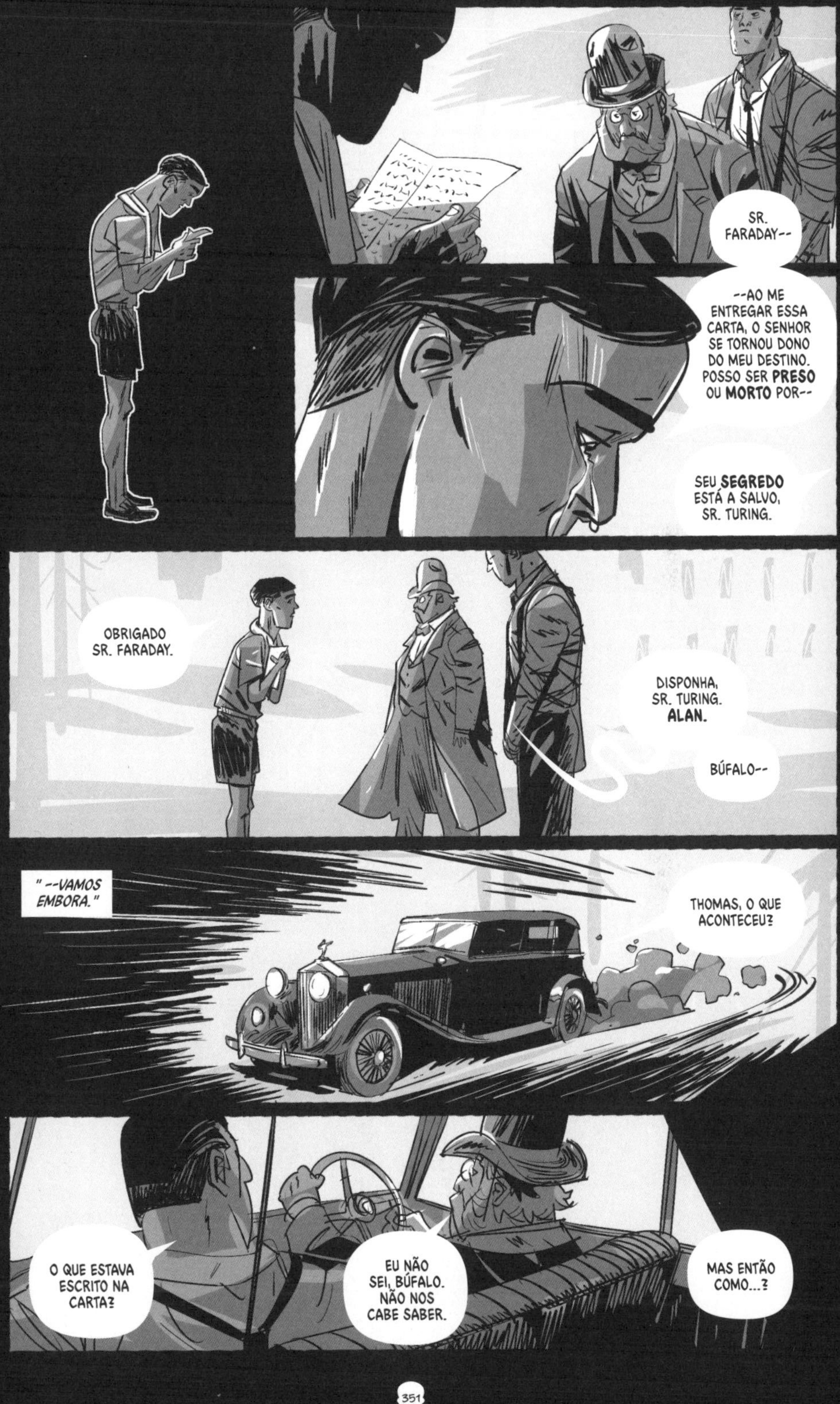
SR. FARADAY--
--AO ME ENTREGAR ESSA CARTA, O SENHOR SE TORNOU DONO DO MEU DESTINO. POSSO SER **PRESO** OU **MORTO** POR--
SEU **SEGREDO** ESTÁ A SALVO, SR. TURING.
OBRIGADO SR. FARADAY.
DISPONHA, SR. TURING. **ALAN.**
BÚFALO--
"--VAMOS EMBORA."
THOMAS, O QUE ACONTECEU?
O QUE ESTAVA ESCRITO NA CARTA?
EU NÃO SEI, BÚFALO. NÃO NOS CABE SABER.
MAS ENTÃO COMO...?

EU FUI CASADO COM O AMOR DA MINHA VIDA POR **25 ANOS!**
SEI RECONHECER UMA **CARTA DE AMOR** QUANDO VEJO UMA!

Querido Alan,

Se você está lendo essa carta, é porque estou morto. Rogo para que agora eu esteja junto à Graça de Nosso Senhor.

Contei-lhe sobre Berlim. Embora firme em meu propósito, as histórias sobre os destinos de irmãos judeus me soam ainda mais assustadores do que os horrores que vivenciei na Grande Guerra.

Queria reviver nossos momentos em Gloucestershire. Quando canto Cole Porter, consigo sentir o cheiro da grama coberta pelo sereno, lembro-me de sentir meu coração aquecido e o mundo em seu lugar.

Nada finda de verdade. A natureza do universo é a transformação, contínua e incessante.

Um "loop infinito", como você demonstrou.

É por isso que sei que nos veremos novamente. Aqui ou em outros planos vibracionais. Deixo-o junto a um abraço, minha devoção ardente e incondicional, bem como as economias que amealhei ao longo da vida, com as quais quero que empreenda aquela viagem à América e banque suas despesas enquanto estuda na Princeton University. Sei que mudará este mundo e, onde quer que eu esteja, viva ou renasça, você continuará sendo o meu.

Para sempre,

Stephen

O ADEUS

ROTEIRO

FÁBIO YABU

ARTE

FRED RUBIM

Todos temos consciência da morte, mas poucos param para pensar nela.

Poucos fazem planos ou os discutem com a família e os amigos.

Não importa o quanto nos preparemos para ele.
HOSPITAL
Onde ele está...?
Onde está Patrick...?
ESTOU BEM AQUI, MINHA SENHORA.

Depois de todos esses anos você continua aqui, não é?
E QUE ESCOLHA EU TIVE?
QUANDO A VI PELA PRIMEIRA VEZ NO BAR EM BERLIM, HÁ MAIS DE TRÊS DÉCADAS, JAMAIS IMAGINEI QUE NOSSAS VIDAS SERIAM LIGADAS DESSA FORMA.
Nós passamos por tanta coisa, não é, Patrick?
Cultistas. Nazistas. Pessoas-sapo.
SEM FALAR EM CIENTISTAS E PADRES MALUCOS!
Há. Eu ainda me lembro do padre maluco...
E AGORA, QUE NOSSO ADEUS SE APROXIMA DEPOIS DE TANTOS ANOS...
...ANTES QUE VOCÊ SE VÁ EU TENHO ALGO A LHE PEDIR...
Se estiver ao meu alcance...
EU POSSO IR AGORA?

VOCÊS ME MANTIVERAM NESSE PORÃO POR MAIS DE 30 ANOS!
EU PROMETI A WILLIAM FARADAY QUE LEVARIA O NECRONOMICON PARA UM LUGAR SEGURO...
...MAS NÃO IMAGINEI QUE FICARIA PRESO NO PORÃO DE UM BAR PELO RESTO DA MINHA VIDA!
O LIVRO FOI LEVADO DE VOLTA, O MUNDO FOI SALVO, MAS AINDA ASSIM VOCÊ NÃO ME DEIXOU IR!
CLARO QUE NÃO! EU TENHO FAMÍLIA NA IRLANDA. MEUS IRMÃOS AINDA PODEM ESTAR VIVOS, TALVEZ MEUS PAIS TAMBÉM!
NÃO ME RESTAM MUITOS ANOS DE VIDA PELA FRENTE, ENTÃO, POR FAVOR, FRAU EISENKIEME...
Você não é feliz aqui, Patrick...?
...ME DEIXE IR EMBORA.

Claro, meu querido.
Você pode ir.
EU... POSSO?!
GRAÇAS AOS CÉUS!
ESTOU LIVRE!
ESTOU...
...O QUÊ?!

Froschof
O QUE ACONTECEU AQUI?!
QUE MURO É ESSE?!
NÃO PODE SER...!
NÃÃOOOO!
Fim.

O PROFESSOR

ROTEIRO
FÁBIO YABU

ARTE
PEDRO COBIACO

UNIVERSIDADE DE OXFORD
PORTANTO, PARA EINSTEIN...
...GRAVIDADE, ESPAÇO E TEMPO SÃO INDISSOCIÁVEIS.
O ESPAÇO-TEMPO DIZ À MATÉRIA COMO SE MOVER–
–ENQUANTO A MATÉRIA DIZ AO ESPAÇO-TEMPO COMO SE CURVAR.
ALGUMA DÚVIDA?
SIM?
PROFESSOR, SE O ESPAÇO É TRIDIMENSIONAL E O TEMPO SE COMPORTA DE MANEIRA DIFERENTE DE ACORDO COM A GRAVIDADE, NÃO SERIA O CASO DE CONSIDERARMOS QUE O TEMPO TAMBÉM SE APRESENTA EM MAIS DE UMA DIMENSÃO?

EXCELENTE PERGUNTA. COMO SABEMOS, O ESPAÇO DIMENSIONAL POSSUI TRÊS DIMENSÕES CONHECIDAS: ALTURA, PROFUNDIDADE E LARGURA.
PORÉM, TAIS DIMENSÕES SÃO INSUFICIENTES PARA, POR EXEMPLO, DETERMINAR A POSIÇÃO DO MEU CARRO, SENDO NECESSÁRIA A PRESENÇA DE UMA OUTRA DIMENSÃO–
–O TEMPO.
EXATO.
SE O UNIVERSO ESTÁ EM CONTÍNUO MOVIMENTO DE EXPANSÃO DESDE O BIG BANG, COMO PODEMOS AFIRMAR COM CERTEZA A POSIÇÃO DO MEU CARRO, AGORA?
ALIÁS, O QUE É O AGORA, SE NÃO UM MOMENTO QUE SE FOI?
SERIA NECESSÁRIA UMA QUINTA – OU SEXTA DIMENSÃO. UMA EQUAÇÃO QUE PODERIA EXPLICAR O FUNCIONAMENTO DO UNIVERSO, BEM COMO–
–O DESLOCAMENTO DE PARTÍCULAS SEM MASSA QUE NÃO SÃO AFETADAS PELO TEMPO!
EU AMO ESSE MENINO.
BÉÉÉÉÉÉÉ
IMAGINO QUE NÃO ESTEJA ESPERANDO PARA FALAR DE SUAS NOTAS.
AGUARDO SEUS TRABALHOS AMANHÃ PELA MANHÃ.
NÃO, PROFESSOR–

EU SÓ QUERIA LHE AGRADECER.
AGRADECER PELO QUÊ?
POR ABRIR MINHA MENTE E EXPANDIR MEU UNIVERSO.
É INCRÍVEL SABER QUE O TEMPO É CAPAZ DE TANTAS COISAS... COMPRIMIR, DILATAR...
E NÃO É SÓ ISSO. UM GRANDE HOMEM ME ENSINOU QUE "O TEMPO TUDO REPARA".
É UMA PENA QUE NÃO SEJA O MEU CASO.
COMO ASSIM?
ISSO NÃO É IMPORTANTE AGORA.
EU NÃO TENHO MEDO DA MORTE. TAMPOUCO TENHO PRESSA EM MORRER–
–HÁ TANTO QUE EU QUERIA FAZER PRIMEIRO...
DEIXE-ME CONTAR UMA HISTÓRIA, MEU JOVEM.
CERTA VEZ...

...A VIDA ME COLOCOU EM UMA ENCRUZILHADA.
VVÓÓÓO
POLÍCIA
MANICÔMIO DE NEWCASTLE
MANICÔMIO
QUANDO ISSO ACONTECE, A TENDÊNCIA É QUE BUSQUEMOS O CAMINHO MAIS FÁCIL, OU O DE MENOR RESISTÊNCIA, COMO DIRIA NEWTON.
MAS EINSTEIN ENSINOU QUE A LUZ É CAPAZ DE FAZER CURVAS–
–E ASSIM, CHEGAR A LUGARES–
–QUE JAMAIS IMAGINAMOS.

SABEMOS QUE O TEMPO NÃO É UMA LINHA RETA, E SIM UM ESPECTRO DE POSSIBILIDADES INDEFINIDAS.
POR ISSO, EU NUNCA DUVIDO DE UM ALUNO.
NUNCA TEMO QUE ELE VÁ LONGE DEMAIS EM SEUS SONHOS, NEM QUE CHEGARÁ PERTO DEMAIS DA VERDADE:
A DE QUE DENTRO DE TODO SER HUMANO, EXISTE O POTENCIAL PARA A MUDANÇA.
NÃO FOSSE POR ISSO, EU JAMAIS TERIA ME TORNADO PROFESSOR.
TESLA
E JAMAIS TERIA VISTO AS COISAS QUE VI.

PARA ALGUNS, A HUMANIDADE É UM ACASO INFELIZ, UM ACIDENTE DE PERCURSO CÓSMICO.
HONESTAMENTE, NÃO FALTAM A ESSAS PESSOAS MOTIVOS PARA TAL.
DEPOIS DE TUDO O QUE VI, GUERRAS, MORTE, DESTRUIÇÃO E LOUCURA, EU LAMENTO NÃO TERMOS NENHUM DEUS PROFANO PARA CULPAR, SENÃO A NÓS MESMOS.
NO ENTANTO, COMO EU SEI QUE VOCÊ JÁ COMPREENDE MELHOR DO QUE EU, HÁ OUTRAS FORÇAS FUNDAMENTAIS NO UNIVERSO ALÉM DAS QUATRO CONHECIDAS.
FORÇAS QUE PODEM DESTRUIR TUDO O QUE CONHECEMOS A QUALQUER MOMENTO.
EU PODERIA TER DESISTIDO HÁ MUITO TEMPO. MAS FOI EM UM MANICÔMIO, NO INTERIOR DA INGLATERRA, QUE DESCOBRI QUE HÁ ALGO DENTRO DE CADA SER HUMANO PELO QUAL VALE A PENA LUTAR.

HELIGOLAND.
NÃO IMPORTA O QUÃO PEQUENOS SEJAMOS DIANTE DA TORMENTA.
OU QUÃO GRANDES PAREÇAM AS ONDAS.
SEMPRE HÁ ALGO A SER FEITO.
EU APRENDI ISSO COM MEU ANTIGO PROFESSOR.
QUANDO A SOCIEDADE SEQUER SABIA DA MINHA EXISTÊNCIA, ELE ME ACOLHEU E ME DEU UMA SEGUNDA CHANCE–
–O NOME DELE ERA THOMAS FARADAY.

MARIE LOVELACE FARADAY
THOMAS EDMUND FARADAY
BENJAMIN EDISON FARADAY
NATHAN ISAAC FARADAY
ELE FOI A ÚNICA FAMÍLIA QUE TIVE.
SOZINHO NOVAMENTE, EU VI O QUÃO FERIDO E INCOMPLETO EU ESTAVA, E O QUANTO PRECISAVA ESTUDAR E APRENDER PARA HONRAR AQUELE GRANDE HOMEM.
OS ANOS SE PASSARAM–
–E EU NUNCA ME ESQUECI DE ALGO QUE ELE SEMPRE ME DIZIA–
"O TEMPO TUDO REPARA".

UAU
VEJA, EU NÃO IGNORO AS DIFICULDADES QUE A VIDA LHE IMPÔS.
AO CONTRÁRIO DO QUE ESTABELECEU NEWTON, A GRAVIDADE NÃO É IGUAL PARA TODOS.
ALGUNS FARDOS SÃO MAIS PESADOS, ALGUMAS PELEJAS SÃO MAIS DIFÍCEIS.
O QUE SEI É QUE TODOS POSSUÍMOS A CAPACIDADE DE APRENDER, EVO-LUIR E FAZER PERGUNTAS!
AINDA QUE SEU CAMINHO TENHA PERCALÇOS, EU ACREDITO EM VOCÊ, ASSIM COMO MEU PROFESSOR ACREDITOU EM MIM.
INDEPENDENTE DA SUA CONDIÇÃO, LEMBRE-SE DE OLHAR PARA AS ESTRELAS-
-E NÃO PARA OS SEUS PÉS.
ENFIM. EU ESPERO SEU TRABALHO AMANHÃ, NA MINHA MESA.
OBRIGADO, PROFESSOR!
ME CHAME DE EDMOND, SR. HAWKING.
FIM.

Lista de Apoiadores

Os livros da Coleção Cthulhu se tornaram realidade graças ao esforço de todo o Nerdpower, que mostrou sua força e fez da campanha #NerdcastRPG o maior financiamento coletivo da América Latina de todos os tempos.

Nível 2 – Esclarecido

!Makiharakio, @Arthurcs9, @Capivaraz, @Dilalves - Adilson Aparecido Alves, @Marcelbmarcos, @Melkyfb, @Paulom.07, @ Railtonfigueiredo, @Roger.Eumesmo, _Guvhbr, A. Colzi, Abhner Londero Rossini, Abilio Tavares de Lira Neto, Abner A. Athayde, Abner D. de Souza, Abraão Cesar dos Santos Francisco, Acácio das Chagas, Adalberto Marques, Adam Martins, Adan Augusto, Adan Scheurer, Adassa Nisânia, Adelaide Donini Ramos, Ademar Izu Gomes, Ademir Baségio Junior, Adenilson Batista, Adenilson.Xx, Adéstenes Matos, Adib Gabriel A. M. Liberato, Adilson P. Cardoso Júnior, Adler Gomes Franco de Sá, Adolfo Correa, Adriana Shimabukuro, Adriano Assunção Tranqueira, Adriano Batista Ribeiro Costa Junior, Adriano de Medeiros da Silva, Adriano de Oliveira Augusto, Adriano Gomes de Moraes, Adriano M. Dagrosa, Adriano Magno Gomes da Silva Fernandes de Moura, Adriano Martins de Pontes, Adriano Menezes, Adriano Rodrigues, Adriano Rodrigues Sampieri, Adriano Ted de Souza Filho, Afonso Nunes, Agnaldo Brito Junior, Agostinho Junior, Ailton P. Oliveira, Ailton Zacarias da Silva, Airton Raphael Ferreira Prezoto, Airton Silva Monteiro, Akio Walter Yamakawa, Akira Miyake, Alain Cardoso dos Santos, Alain Pierre Lins Alcântara, Alan Jefferson Silva de Oliveira, Alan K Perufo, Alan Porto Bontempo, Alan Victor da Costa Silva, Alan Victor dos Santos Silva, Alan Zantty, Alana Régia Dantas, Alanna Júlia, Albert Kliemke, Alberto Andrade, Alberto Cézar, Alberto Duranti, Alberto Maia Canen, Alberto S M Cardoso, Alberto Vitoriano, Álef Silva Santos, Alefapm, Alessandro S Barros, Alex Cesar de Oliveira Carboni, Alex Gomes, Alex L. Oliveira, Alex M, Alex Mansour Soares, Alex Novais Freitas, Alex Pessoa Vieira, Alex R Ferreira, Alex Ramalho de Oliveira, Alex Severo Amaro, Alex Tavares, Alexandre Alves Maeda, Alexandre da Silva Fornel, Alexandre Denófrio, Alexandre Duarte Nunes, Alexandre Esperidião, Alexandre F, Alexandre Gonzaga, Alexandre Jonker, Alexandre Jordão, Alexandre Landskron, Alexandre Leite de Paula, Alexandre Lins Staudinger, Alexandre Lopes, Alexandre Marçal, Alexandre Marciano S Junior, Alexandre Meanda Neves., Alexandre Miranda da Silva, Alexandre Moure de Ataide Junior, Alexandre Ogata, Alexandre Oliveira Arrais, Alexandre P Chaves., Alexandre Portugal, Alexandre Ramirez, Alexandre Santos e Alves, Alexandre Simplicio Costa Rocha, Alexandre Siqueira, Alexandre Soares Ponte, Alexandre Vilela, Alexandre Zanatta, Alexandro Rossatto, Alexey "Valarin" Flores, Alexsandro Santos Araujo Junior, Alexsandro Veras Santos, Alexzitoooo Alves, Ali Chamas, Aline Maki Igari, Alison Francisco L Ferreira, Alison José da Silva, Alison Martins, Alisson Machado, Álisson Pinheiro Dalla Palma, Alisson R S Prestes, Alisson R. Perez, Alisson Renan Burda, Alisson Rodrigues, Alisson Santos, Allan Abreu, Allan Bispo Malta, Allan dos Santos Polidoro, Allan S. M. Dias, Allan Santana Ferreira, Allkaru, Alssds, Altemar Gavião, Altino Corrêa Pantoja Júnior, Alvaro G J Santos, Alvaro Modesto Neto, Alvaro Naddeo, Álvaro Souza, Amamiya Laianna, Amanda Abdias, Amanda Caroline de Barros, Amanda Marques Peregrino Garcia, Amanda Paiva, Amaro Peixoto Neto, Ana Capela, Ana Carolina W. Binsfeld, Ana Clara Fáy, Ana Cristina Castro, Ana de Oliveira-Lenz, Ana Elisa e Leonardo de Paula e Silva, Ana Karina Mesquita Bastos, Ana Luisa Souza do Nascimento, Ana Luiza Coutinho Ferreira, Ana Luiza de Mesquita Sampaio, Ana Macedo Roque, Ana Mendes, Ana Pimenta, Ana Sobrinho, Ana Thainá Ramos Veiga, Ananda Oliveira, Ananda Yumi Shimizu, Anão, Anderson Barbosa da Silva, Anderson Bellotti, Anderson Celestino, Anderson da Silva (Australia - Brisbane), Anderson Gonçalves Gomes, Anderson Nagliatti Mastropietro, Anderson Pereira, Anderson Silveira, Anderson Tadeu de Oliveira, André "Broa" Almeida, André Antonio Andrade Paiva, André Arruda Laskos, André Battistuta Caetano, Andre Bertoni Ferraz, André Bomfim Gurgel do Carmo, André Bueno, André Caetano, André Canário de Mello, André Carneiro, André Cazzoli Vieira, André Cordeiro, André Dantas, André de Campos Luciano, André de Moraes, André de Souza Landi, Andre de Souza Mucciolo, Andre Diaz, André Erik, André Ferrari de Oliveira, André Gomes, André Gonçalves Costa, André Lucas de Oliveira Andrade Silveira, André Lucas Schade, André Luiz Barros de M. Bentes Matta, André Luiz Frizon Faust, Andre Macedo Matos, André Mangucci Hermann, André Melo, André Moeller, André Monteiro Dovalski, Andre Naka, André Oliveira, Andre Piantino, André Rebouças Decodredd, Andre Rocha, André Rocha, André Serenato Leal, André Shoji Higa, André Silva, Andre Veroneze, André Wastowski, Andrei Corrêa, Andrei de Martin, Andréia Brenner dos Santos, Andreia Souza e Marcos Lopes, Andressa Meneguelo, Andrew Silva, Andrey Santos Basco, Angelo Moreno Bastos, Angelo Moreno Bastos, Aniball Arthur de Souza Motta, Anie Moutinho Silveira, Anna Beatriz Cosomano Moreira, Anna Karoline Silveira Franco, Anne C. S. Messias, Antoni Alcântara, Antônio Donizete, Antônio Garcia, Antonio Luis Ramos, António Pedro Bagulho Mataloto, Antonio Ubiratan Alencar, Antônio Ugalde, Antony Braga Faria, Arcelino Neto, Ariadne Tuckmantel Bido Wohnrath, Ariadnner Samarittani Gonçalves Pinto, Ariane Oliveira de Mello, Ariel Alves Dutra, Ariel Franco, Aristóteles de Oliveira Marques, Arkdesh, Armando Neto, Arthur Alves, Arthur Calheiros dos Santos, Arthur Capello, Arthur da Silva Fialho, Arthur de Brito Alves, Arthur Endres Balbao, Arthur Harduim, Arthur Henrique da Rocha, Arthur Henriques Gameiro, Arthur Iperoyg, Arthur Jun, Arthur Kieffer, Arthur Lage de Oliveira, Arthur Medeiros, Arthur Moraes da Conceição, Arthur Oliveira Arruda, Arthur Pardini, Arthur Pickert, Arthur Pitol Gomes, Arthur Soave, Arthus de Paula, Artur Capelatto Freire, Artur de Lima, Artur Fellipe de Albuquerque Ugiette, Artur2F, Atalaia Jurubeba, Atila Paes, Augusto [Kelvis] Guimarães, Augusto Almeda Correia,

Augusto Baptista, Augusto César Lima França, Augusto Chaves, Augusto Jiraya, Augusto Lira, Augusto Mendonça Ferratti, Augusto Mesquita França, Austin, Ayanami X, Ayrton Batista Rocha, Ayslan Airon, Ayslan Alves, Azathote, Balghain, Bao, Beatriz de Lucas Butian Sanchez Guimarães dos Anjos, Ben Lima, Bernardo L Barbosa, Bernardo Martins Pina, Bernardo Rower, Bernardo S. Scaldaferri, Bernardo Torquato, Bianca Lima Gomes, Bianca Rocha, Bianca Sader, Bode Zidaric, Bolachanerd, Borgemel, Boto do Lago Ness, Bran Sodre, Brayan Silva, Brenda Cardoso de Melo, Brenda Cordeiro, Brendon Correia, Brenno Guimarães, Breno Assis Nascimento, Breno Cortez, Breno Nessrala, Breno Nunes de Sena Keller, Breno Roberto, Breno Roberto Ferreira de Abreu, Breno Torres, Breno Valle, Brenuvida, Brian Falcão, Bruna Camarini Vieira Nunes, Bruna Lipovscek, Bruna Moss, Bruna Ragoni, Bruner Eduardo Augusto Albrecht, Brunilson Teles Naum, Brunna Arrais, Brunno "Deadman" Ferrari Perez, Brunno Amoroso, Brunno Cartaxo, Brunno Elias Ferreira, Brunno Rett, Brunno Turini, Bruno Almeida, Bruno Alves dos Santos, Bruno Augusto de Souza Fim, Bruno Augusto dos Santos, Bruno Barreto do Nascimento, Bruno Bazinga, Bruno Bernard Behmer, Bruno Bigu Rodrigues, Bruno Bugrino Carias Fogaça, Bruno C. Bourbon, Bruno Corrêa da Cunha, Bruno da Cunha Vieira, Bruno da Silva Assis, Bruno Daniel Pignolati, Bruno de Melo Costa, Bruno de Souza Lima Morani, Bruno Dechen, Bruno Delmiro, Bruno Diego F. Vidal, Bruno Duarte Pereira Santos, Bruno F de Campos, Bruno Gabrielli, Bruno Gallina, Bruno Garofalo, Bruno Gouvêa, Bruno Guetter, Bruno Gusmão Oliveira, Bruno J. Souza, Bruno Jaccoud, Bruno Lima da Silva Santos, Bruno Lopes, Bruno Machado Trajano, Bruno Manoel Bueno Flores, Bruno Marini, Bruno Martino Riscado, Bruno Martins, Bruno Mateus, Bruno Matos, Bruno Minamioka de Mattos, Bruno Moraes, Bruno Mourão de Araújo, Bruno Nappo Fernandes, Bruno Nery, Bruno Nocera Zanette, Bruno Oliveira de Paula Salerno Ribeiro, Bruno Paganini, Bruno Paschoal, Bruno Pauka, Bruno Pelegrini, Bruno Pereira, Bruno Pereira Candido da Silva, Bruno Piorotti, Bruno Póvoa Leal, Bruno Quesada, Bruno Ramos Pereira, Bruno Roberto Miranda, Bruno Rocha A. da Silva, Bruno Rodolfo de Oliveira Floriano, Bruno Rodrigo Martins de Macatuba, Bruno Sidinei Santana Porto, Bruno Simões, Bruno Soares Pereira, Bruno Souza Silverloord, Bruno Talhate, Bruno Teodoro Guedes, Bruno V. de Goes, Bruno Viana de Andrade, Bruno Zaché, Bruno Zachi de Toledo, Bruno Zanelatti Borin, Bruno Zapateiro, Bruno, Ana & Rafael Russo, Brunobrss, Bulima, C. Honda, Caio Abreu, Caio Araujo, Caio Augusto Reis Macedo, Caio Bianchini, Caio Cardoso, Caio Carneiro, Caio Cesar Coelho, Caio de Carvalho, Caio de Melo Cisneiros Costa, Caio Filipe, Caio Francisco da Paixão de Siqueira, Caio Franco Barreiro, Caio Gil Oliveira Ferreira, Caio Henrique Cresencio, Caio Lacruz, Caio Miguez, Caio Pimentel, Caio Stéfano Veronese, Caio Sterpherson M Oliveira, Caio Toledo, Caique Antonio Russo, Caíque Cabral, Caique Ribeiro, Calebe C. Campos, Calebe F. L. Pinheiro, Calebe Loures Sampaio Eler de Souza, Calebegois, Cami Ortega, Camila Carla da Fonseca, Camila Lopes e Santo, Camila Luiza Silva Guimarães de Lima, Camila Martins, Camila Midori Ivata, Camila Pitondo Balat, Camilaq, Camilla Lourenço, Camilla Silva Bastos de Araujo, Camilo André Pereira Contreras Sánchez, Capitão Condom, Carcara, Carla Alessandra Demantova, Carla Alves, Carla Todt, Carlos Alberto da Motta Bacellar Neto, Carlos Alberto Moresca Filho, Carlos Alberto V S Júnior, Carlos Alexandre Peixoto Costa, Carlos Augusto Reis Santa Anna, Carlos Diogo de Oliveira, Carlos E A Filho, Carlos Eduardo, Carlos Eduardo da Silva Louvize, Carlos Eduardo Rührwiem, Carlos Estefan, Carlos Felipe Cordeiro Sylla, Carlos Frederico Baumgratz Figueiroa, Carlos Gabriel de Castro Heyn, Carlos Gabriel de Paiva Lacerda, Carlos Henrique de Souza Júnior, Carlos Henrique Lima Maciel, Carlos Henrique Santos Kurovski, Carlos Henrique Zago de Almeida, Carlos Huangley Conceição, Carlos Jose Khouri de Campos, Carlos Roberto Nascimento Junior, Carlos Roberto Passos Júnior, Carlos Roberto Rabelo Machado, Carlos Spoljarick, Caroline da Silva Gonçalves, Caroline Ferreira, Caroline Taveira, Carolinne de Carvalho Barros Soares (Foxyplier), Cassiano Macedo Taira, Cassio Bueno, Cassio dos Santos Lessa, Cassio Rosa, Catarina Oliveira Deodoro, Cauê Bongiovanni, Cauê Domingos, Cauê Isaias Pereira, Cauê Moraes, Cayo Silva, Celserson, Cesar Akira, César Augusto Sampaio de Mello, Cesar Bradock Grassano de Macedo, Cezar Augusto da Silva, Cezar Carneiro, Cezar Cunha, Chacha, Chalita, Charles Aran Bezerra Souza, Cho Anna, Christian Saddock, Christian Sampaio Lacerda, Christian Toledo, Christian Xavier da Silva, Christiane Sardinha, Christiano de Andrade Bovo, Christine Bubeck, Christopher Generoso, Chrystian Sereia, Cícero André de O. Santos, Ciro Bertho Pinheiro da Costa, Clara Borges, Clara D'Ávila Fonseca Paiva de Paula Freitas, Claro Ribeiro Pires, Claudio Alves, Claudio Antunes Junior, Claudio Cardoso Barbosa Filho, Claudio Cavalcante, Claudio Miranda, Cláudio Picoli, Claudiomiro Fernandes Messias, Claudionei Carvalho de Oliveira, Claudionor Pereira da Costa, Claudson Barros, Cleber Ferreira, Cleber Souza Alves, Cleidson Costa, Cleiton Pinto, Clemente Maciel, Cleverson Martins Biora, Cleverson Zanon, Cliff Bernaldo, Clinsmann Silva, Clone do Alex, Conrrado Kantoviz Francisco Camacho, Costinha, Cris Silveira Melo, Cristiane Funke, Cristiano Clemente, Cristiano de Lima Moraes, Cristiano Elfame, Cristiano Moraes Bilacchi Azarias, Cristiano Motta Antunes, Cristina Freitas, Cynthia Belleza, Cynthia da Guia Segundo, Dad Dyy, Dagobert Strey, Daiana Takara, Dalton R. V. Nin, Dalvan Vasconcelos, Daniel "Anand" Salles de Araujo, Daniel Alves, Daniel Araujo Batista, Daniel Augusto Bonaldo, Daniel Bock, Daniel Borgatto, Daniel Contri de Jesus, Daniel D., Daniel Figueredo Maia, Daniel Guerra, Daniel Higa Souza Brito, Daniel Jardim, Daniel Jaulino, Daniel João da Silva, Daniel Moreira Damasceno Coelho, Daniel Nivea Sabino, Daniel Racca, Daniel Regis, Daniel Reis de Medeiros Guimarães, Daniel Ricardi, Daniel Rodrigues "Jedi" Glass, Daniel Santos, Daniel Simões Martinez, Daniel Toscano V. Aliandro, Daniel Vinícius, Daniela da Silva Pascuas, Daniela Morence, Daniela Moura, Daniela S. Almeida, Danieldc, Daniele Urbano, Daniella Faria, Danielle Hosoya, Danielle S. França, Daniellimadf, Danilão Santos, Danilo Bressan Rolin, Danilo Confessor, Danilo Costa, Danilo da Silva Barão, Danilo Fanes, Danilo Gomes Curcio, Danilo Henrique, Danilo Mauricio da Silva, Danilo Nobre Silva, Danilo Nochi, Danilo Ribeiro, Danilo Souza de Oliveira, Danilo Torres, Danilo Uranov, Dante Rafael Alves Silva, Dante Takao Honda, Danton Lima, Danyel "Reznor" Mello, Dario Dias Rosa Jr., Dario Guilherme Toginho, Darlan Lira, Dartagnan Scalon, Davi Brasil Gentil, Davi de Lima Cecilio, Davi e Mariana Moraes, Davi Elias Mello da Rocha, Davi Fernandes, Davi Fernandes, Davi Lemos, Davi López, Davi Renan Campos, Davi Schmitz, Davi Sena, Davi Vieira Santos, Davi W. B. Matos, David Arrowsmith Cook, David Ayrolla, David Franco, David Matos de Oliveira, David Teles Freitas, Davide Di Benedetto, Dawson Israel, Dayan Magno, Dayane Stephane Rodrigues da Silva, Dean "Deadshot" Farias, Deivison Sagrillo, Dekeiro Goc, Dell Pianissola, Delon Vilela, Denão de Luca, Dener Generoso, Denis Jean Martins, Denis Maeda, Dennis Paulino Irineu, Deyse Nayara Sousa Viana, Dfelizetti, Dhydre, Diego "Espson" Braga, Diego Alves Moreira, Diego Arruda, Diego Augusto Vidal, Diego Brocanelli, Diego Carvalho Barreto, Diego Cherobino Brunette, Diego Cordero, Diego Cristo, Diego de Almeida Munhoz, Diego Deres, Diego Elisson da Silva, Diego Fernando Machado, Diego G. Matos, Diego Gonçalves Ribeiro, Diego Henrique Colombo, Diego Henrique Mafra Terra, Diego Luiz Ornelas Rampim, Diego Martins Favelageek, Diego Mendes Moreno, Diego Messalle Ribeiro, Diego Michelon de Carli, Diego Perly, Diego Rafael de Alencar, Diego Rigoletto, Diego Rodrigues de Carvalho, Diego Tacon, Diego Urenia, Diego Vinicius da Silva, Diogo Brasil, Diogo David Pereira Santos, Diogo de Jesus Pereira, Diogo de Jesus Rodrigues Parreira, Diogo do Souza e Silva, Diogo Duarte Pires de Mendonça, Diogo Faustino Medeiros, Diogo Ferreira, Diogo Kakida, Diogo Motta Igrejas Luz, Diogo Queiroz, Diogo Rebouças Farias, Diogo Toldo, Dirceu Machado Junior - Maximvspanda, Dirceu Melo, Djair Ferreira de Lima Junior, Dom Henrique Mendez, Domingos Coelho, Dominique Jank, Douglas "Elohim" D. Lira, Douglas Asato Darriva, Douglas Charga, Douglas de Souza, Douglas Emanuel Futerko Monteiro, Douglas Emanuel Varela Lima, Douglas Miranda da Silva, Douglas Morais da Silva, Douglas Pereira Cavalcante de Souza, Douglas Reis de Morais, Douglas Zanon, Dr. Iago Azevedo Cruz, Dr. Murilo Barbosa, Drakanj, Drika Outi, Duan Agricio, Dudu Barba, Dyego de Araújo, Dyego Medeiros, Édelyn, Edenilson de Lima, Ederson Peka, Edgar José Dias, Edgar Kaizawa, Edgar Lucas Ferreira, Edgar Silveira Campos, Edi Staskoviak, Edimilson dos Santos Gonçalves, Edmara, Edmilson Sena Jr, Ednei da Silva Rosa, Edson Amorina Jr, Edson Borges Filho, Edson Cizeski, Edson de Assis Dalécio, Edson de Mello, Edson de Oliveira Junior, Edson Delatorre, Edson Medeiros Tentoni, Edson Moreira Chapine Filho, Edson P. Vidinha, Edson Toshio Tanioka, Edson Zanotto, Edu Morcillo, Eduarda Hantzis, Eduarda Zonta, Eduardo, Eduardo "Dudaskank" M Oliveira, Eduardo Aguiar Siqueira, Eduardo Alves Pereira, Eduardo Amante, Eduardo Araujo, Eduardo Araújo, Eduardo Bahls de Almeida, Eduardo Batista, Eduardo Borges, Eduardo de Oliveira

Santos, Eduardo Dênis de Lacerda, Eduardo E. Batista, Eduardo Fukamachi, Eduardo Heering Bartoloni, Eduardo Luiz da Cas Silva, Eduardo Mamede, Eduardo Meirelles, Eduardo Mercadante, Eduardo Michels, Eduardo Otubo, Eduardo Pereira Martini, Eduardo Pereira Ribeiro, Eduardo Ramos Santos, Eduardo Ratki Krautchuk, Eduardo Satiro da Cruz, Eduardo Siemann, Eduardo Silva Lopes de Castro, Eduardo Simões, Eduardo Sipp, Eduardo Ss, Eduardoecsf, Einsiedel, Elaine Armouds, Eliabe Gai, Eliaquim Araújo, Elias Ribeiro Lima, Elio Moratori Teixeira, Elionai Licodiedoff Ferreira, Elmer Costa, Eloá Goulart, Elton R. Vieira, Eltonsilva1, Elvis Mattje, Emanoel Correa Coutinho, Emanuel Braga Ferreira, Emanuel Gobi Luzia, Emanuel José, Emerson Moizes, Emílio de Carvalho Leite, Emilly Moss, Emmerich Käfer, Encatador de Capiais, Enzo Ciolfi Pereira de Lima, Enzo Zanatta, Eric Andrade F. de Jesus, Eric da Silva França, Eric Fratantonio, Eric Germano, Eric Kenji Yoshikawa, Eric Mochiutti, Éric Prado, Eric Silva, Eric Tuffi, Eric Xavier Rezende da Silva, Erica Soares Velozo, Erick (Koguma) Rezende, Erick Bruno, Erick Gonçalves Teles, Erick Leandro, Erick Lima, Erick Ravane, Erick Santos de Lima, Erico Gabriel Veit Ferreira, Ericssom Wallace Laboissiere, Erik Augusto, Erik de Carvalho Lobo Vianna, Erika Hamada, Erival Junior, Ernane Carreira, Espada e Magia Podcast, Estela Takahachi, Eugenio Carlos dos Santos Junior, Evandro Fernandes Ledema, Evaristo Matias Leite Neto, Evelling Castro, Evelyn Cristina Gonçalves dos Santos, Everaldo Júnior, Everon Delacroix, Éverton Bonfim Gomes, F. Bilhiere, Fabiano Gama, Fabiano Rodrigo Emiliano, Fabio Araujo Montenegro, Fábio Bezerra, Fábio Cardoso Dellazzari, Fabio Ciurvis, Fabio de Paula Carvalho, Fabio Diniz, Fabio dos Reis Martins, Fabio Gabriel Alves da Costa, Fábio Hisashi Onoue, Fábio Lira, Fabio Massato Hori, Fabio Melo, Fabio Rodrigues dos Santos, Fabio S. Barcellos, Fabio Salgado, Fabio Uehara, Fábio Yabu, Fabio Yazbeck Delalibera, Fabioapp, Fabiomarcelrs, Fabricio Belgrano, Fabrício Cavalcante Costa de Souza, Fabricio Michel Denes, Fabricio Moura, Fabrício Pinto Barbosa, Fabrício Veiga de Queiroz, Fadhil Firyaguna, Fagner Valente, Fausto Filipe Teixeira de Toledo (Fasuto), Fedrick Rodrigues, Felipe Alkaim, Felipe Almeida, Felipe Alves Cardozo, Felipe Alves da Silva, Felipe Andrade da Silva, Felipe Arimatéia Terra Souza, Felipe Augusto Levin Pereira, Felipe Augusto Medeiros, Felipe Avelino dos Santos, Felipe Barreto Almansa (Foimal), Felipe Beiragrande da Costa, Felipe Cabessa, Felipe Canton de Oliveira Públio, Felipe Cardoso Barbosa, Felipe Cedismondi, Felipe Cortês, Felipe Costacurta Paruce, Felipe Cristiano Balter, Felipe Cunha e Jennifer Xaiany, Felipe D. Augusto, Felipe D'Avila, Felipe de Alcântara Queiroz, Felipe de Jesus, Felipe de Souza Machado, Felipe Diego Barbosa Silva, Felipe Diniz, Felipe Dorado, Felipe Dullius, Felipe Farias Pereira Bovolente, Felipe Ferreira, Felipe Franco Rodrigues, Felipe G. Sacoda, Felipe Gomes Ribeiro, Felipe Graffa, Felipe Grivol, Felipe Horn (Arroiz), Felipe José Souto Galvão Barros, Felipe Leonardo Schug, Felipe Lopes Franklin, Felipe Loureiro, Felipe Lussim, Felipe Mendes, Felipe Mendonça, Felipe Menezes, Felipe Menezes, Felipe Menino Carlos, Felipe Moraes de Souza, Felipe Moreira, Felipe Moreno, Felipe Mota, Felipe Neves Crizostimo, Felipe Nicoletti Mario, Felipe Passos, Felipe Peregrino Guedes, Felipe Peres Sozio, Felipe Pinheiro Cavalcanti, Felipe Rafael Novaes, Felipe Rodrigues Rangel dos Santos, Felipe Santana, Felipe Schuler, Felipe Sergio da Silva, Felipe Sette, Felipe Simões, Felipe Sousa dos Santos, Felipe Stéffano, Felipe Telo Vismara, Felipe Tomaz, Felipe Vargas Rigo, Felipe Veiga Ramos, Felipe Yamashiro Souza, Felippe Texeira Grecco, Fellipe Rodrigues Piza, Fernanda Estolano, Fernanda Formiga, Fernanda Mildemberger, Fernanda Rodrigues Paulo, Fernando Alves, Fernando Araujo, Fernando Augusto Alves, Fernando Augusto de Oliveira Couto, Fernando Augusto do Vale Guzzo, Fernando Baracho, Fernando Bianchini de Oliveira, Fernando Boreta, Fernando Borges Costa Filho, Fernando Buck, Fernando Carletti, Fernando César "Coruja" Domingues da Silva, Fernando Costa Campos, Fernando Cunha, Fernando da Silva Lodi Junior, Fernando Dutra, Fernando Fonseca, Fernando Forin, Fernando Gallo, Fernando Gomes Favacho, Fernando Henrique Calheiros Lopes, Fernando Igarashi Farias de Souza, Fernando Júnior, Fernando Loiola, Fernando Lopes, Fernando Luiz Kamitani, Fernando Martins Lima Silva, Fernando Rawicz, Fernando Sales de Souza, Fernando Sara e Lilian, Fernando Scalabrini, Filipe "T.Balrog" Rodrigues, Filipe Antonio de Lima Nogueira, Filipe Contreras, Filipe Diniz, Filipe Ferreira Rodrigues, Filipe Furtado, Filipe Leite, Filipe Magalhães Borges, Filipe Oliveira, Filipe Oliveira Barreto, Filipe Peduzzi, Filipe Silva, Filipe Souza Luchi, Fillipe Veríssimo, Flávia Benik Bertolin, Flávia F Martinez, Flavia Ogushi, Flávia Porfírio, Flávio Correia, Flávio D. Romão, Flavio Gabriel Silva Oliveira, Flavio L Silva, Flávio Monteiro, Flavio Rinaldi Vidal, Flavio Silva, Francisco Fábio Feitoza Dantas, Francisco Junior Macedo, Francisco Pedro Soares Brandão Filho, Francisco Robson Lopes de Sousa, Francisco Sousa, Francisco Thálysson Tavares Cavalcante, Francivaldo Silva Neves, Franco Salvoni, Franz Sales, Fred Delgado, Fred Feio, Frederico T. Magalhães, Fudinando, Gabi Marques, Gabriel "Dme" Costa, Gabriel "Gaba" Alves de Souza, Gabriel "Nogs" Holland, Gabriel "O Insano" Godoy, Gabriel Alexander, The Galaxander, Gabriel Alves, Gabriel Araujo dos Santos, Gabriel Azevedo Sales, Gabriel Barreto Calixto, Gabriel Beirigo, Gabriel Belarmino, Gabriel Benevenuto Mattos de Andrade, Gabriel Bernardes Lobato, Gabriel Bianchin de Oliveira, Gabriel Bissoli, Gabriel Boigues, Gabriel Brandão, Gabriel Brunetti, Gabriel C. Ullmann, Gabriel Cabral, Gabriel Carlin, Gabriel Carminatti Polidoro, Gabriel Carnaúba Santos, Gabriel Casamaximo, Gabriel Cavalcante, Gabriel Cholodovskis Machado, Gabriel Cunha, Gabriel Cutrim, Gabriel Dal Ponte, Gabriel de Luca Galdino, Gabriel de Paula Paraiso Alves, Gabriel de Souza, Gabriel Delgado, Gabriel Dias Henz, Gabriel Dolabela, Gabriel dos Santos Barbosa Martins, Gabriel e Gustavo Teixeira, Gabriel Ferraz Alves de Carvalho, Gabriel Fialho Rodrigues Borges, Gabriel Flausino, Gabriel Fontoura Valente, Gabriel Furtado, Gabriel Gaál, Gabriel Grazziani, Gabriel Guarisa, Gabriel Irigogin Masquetti, Gabriel Isac de Souza, Gabriel L Bozzon, Gabriel Lemes, Gabriel Lima, Gabriel Lucas Girardi, Gabriel M Guarnieri, Gabriel M. Freire, Gabriel M. Jacobsen, Gabriel Maciel, Gabriel Maracaipe Saldanha de Sousa, Gabriel Martines, Gabriel Martinho Jara, Gabriel Martins Moraes, Gabriel Marusak, Gabriel Meurer, Gabriel Mezzena Lopes, Gabriel Miranda de Freitas, Gabriel Modesto Beghelli, Gabriel Moraes, Gabriel Moraes Magalhães, Gabriel Moreira de Aragão, Gabriel Mota, Gabriel Moura, O Manchado., Gabriel Müller, Gabriel Mutz, Gabriel Nascimento Guimarães, Gabriel Nogueira, Gabriel Oliveira Caires, Gabriel Oliveira Gomes, Gabriel Otto Holz, Gabriel Paim Grell, Gabriel Pinheiro, Gabriel Pittelkow da Costa, Gabriel Prado, Gabriel Queiroz Rf, Gabriel Ragasine Galvão, Gabriel Rodrigues Martins, Gabriel Rodrigues Pereira Gravina de Oliveira, Gabriel S. Bonifácio Chagas, Gabriel Scm, Gabriel Silva Azevedo, Gabriel Sola Rocha, Gabriel Teixeira, Gabriel Tuller, Gabriel Ulson Michalski, Gabriel Valido, Gabriel Virote, Gabriela Fornari, Gabriela Pinheiro Mendes, Gabriela Stefen, Gabrielferreira, Gabrielrm006, Gabryela Nagazawa Hayashi, Gabryelle Costa, Gacha Hell, Gb Azevêdo, Gbrioschi, Gean Carvalho Gonçalves, Geissilane P. Romão, Genival Junior, George Antônio Ferreira de Araújo, George Vinícius Ferreira da Silva, Gerônimo Dias Santos, Ghoppe, Gia Matusiak, Giancarlo Negro, Gilmar Pelegrini Júnior, Gilson Dutra (Kbide), Gilson Trajano Soares Costa, Giovana Bertoncini, Giovana Collombaro Cardoso, Giovani Antônio Armelini, Giovani Martins Trevizolo, Giovanna Silvério Moda, Giovanna Valdez, Giovanni Fadiga, Giovanni Grecco Pavanelli, Gisele Nascimento Silva, Giulia Aranha, Giulia Mutton, Giulliano Santos, Giuseppe Origa Moreira, Gladson Souza de Araújo, Glauco, O Mago, Glauton V, Gledson Santana, Gonçalo Afonso, Gonçalo Cheidafome, Gordojacques, Gralha06, Gregório Bm, Guardião Rigel, Guetorodrigues, Gui Bernardo, Gui da Zuka, Guido, Guifhox, Guilherme Akira Ishimori Omiya, Guilherme Almada, Guilherme Alvim Hilario, Guilherme Aparecido, Guilherme B. Christofoletti, Guilherme Barros (Betonesio), Guilherme C, Guilherme Carvalho, Guilherme de Oliveira Santos, Guilherme Fernando de Almeida Moraes, Guilherme Ferreira Lemos Pereira, Guilherme Freitas Coelho, Guilherme Guedes, Guilherme 'Guigo' Souza, Guilherme H. L. Godoy, Guilherme Henrique, Guilherme Henrique Alcantara, Guilherme Henrique Lavezzo, Guilherme Herzog, Guilherme Heuert, Guilherme Kratka, Guilherme Luizão Marques, Guilherme Marchi Quental, Guilherme Martins, Guilherme Martins, Guilherme Martins Lopes Ferreira, Guilherme Miari, Guilherme Monteiro, Guilherme Nessy, Guilherme Netto, Guilherme Oss, Guilherme Passos, Guilherme Pontes, Guilherme Preiss Tarabauca, Guilherme R. Mecelis, Guilherme Rezende, Guilherme Ribeiro (Zenhashi), Guilherme S Silva, Guilherme Servi, Guilherme Soares dos Santos, Guilherme Soria, Guilherme Taboza, Guilherme Tero, Guilherme Vieira Rodrigues, Guilherme Vigneron de Oliveira, Gustav Klein, Gustavo "Chimbagho" de Oliveira, Gustavo Accorsi, Gustavo Alberto de Carvalho Maciel, Gustavo Alberto Schiavinatto, Gustavo Araujo Cardozo, Gustavo Augusto Mendonça dos Santos, Gustavo B. Carvalho, Gustavo Bim, Gustavo Buçard Camilo, Gustavo Cavalcanti, Gustavo Corrêa Cerqueira, Gustavo da Costa Costelletti, Gustavo de Freitas Munis, Gustavo Dionisio, Gustavo Donato Bacharel, Gustavo Emmanuel, Gustavo Gaieski Lehmann,

Gustavo Gomes Santiago, Gustavo Guaripuna, Gustavo Hayashi do Nascimento, Gustavo Henrique Ferreira Chagas, Gustavo Krubeck Vargas, Gustavo Lambert, Gustavo Lameirão, Gustavo Lombardi, Gustavo M Fischer, Gustavo Maciel, Gustavo Martinez, Gustavo Meskauckas, Gustavo Miranda, Gustavo Moreno, Gustavo Navarro Silva, Gustavo R. Grohnert, Gustavo S Martins, Gustavo Schonarth, Gustavo Seize, Gustavo Soares Braga, Gustavo Valadares, Gustavo Y. Hayashida, Guto Jardim, Hael Caleffi, Hannah Montovani, Hans Ditters Hudson Braga, Havi Garcia, Hebert Bortolini, Heberth Nunes, Heitor de Araujo, Heitor Farias, Heitor Manuel Paiva do Amaral, Heitor Vieira Freire, Helder Lima, Helio Augusto Neto, Helio Desu, Helio Neto, Henderson Clayton Lima, Hendrick Matheus, Henrico de Azevedo, Henrique Alves, Henrique Alvim, Henrique Barbosa Ferreira, Henrique Caldeira de Pinho Tavares, Henrique Cardoso, Henrique de Andrade França, Henrique de Paula Ito, Henrique Delfiol, Henrique Demkiv de Lima, Henrique Dias, Henrique dos Santos, Henrique Estevam de Matos, Henrique Lucindo, Henrique M. Fernandez, Henrique Martins, Henrique Martins, Henrique Martins Medina, Henrique Minari Zanetti, Henrique Moda, Henrique Morato, Henrique Motta Biancardine, Henrique Orçati, Henrique Pena, Henrique Pereira, Henrique Poyatos, Henrique Pradella, Henrique Quadros, Henrique Rios Mendes, Henrique Santana, Henrique Westphal, Henrique Woods, Henry Hiroiti Enya, Herber Rafael da Cruz, Heribert Vicente Bastos, Hermano Lustosa, Hernan Hermes, Herryson Neubaner, Heverton Natanael de S. Sousa, Heyder Araujo, Higor Coser, Higor Moreira Remigio, Higor Oliveira, Higor Tadeu Bsc, Higoru, Hirian Corrêa de Souza, Hroviller, Hudinho O Hud, Hudson "Acimérick" Doria, Hudson Rubert Roza, Hugo C. Moreno, Hugo Fróes, Hugo Leonardo Leite Silva, Hugo Pascoal, Hugo Pimenta, Hugo Públio Barbosa, Hugumberto, Humberto A. de Paula, Humberto Anjos, Humberto dos Santos Mello, Humberto Hirochi Nomoto, Humberto Luis da Silva, Humberto Meale, Humberto Souza, Hygor Caetano (Nerd Forever Pelo Meio Ambiente), Iael Weissberg, Iago de Ávila Campista, Iago Dutra, Iago Lopes Camargo, Iago Mendes Leite, Ialis Cavalcante, Ian Carlos de Azevedo Brito, Ian Guimarães Grijó Dias, Ian Ribeiro Miranda Caires, Ian Rodrigues dos Reis Paixão, Ian Ruviaro, Ian Sant'Anna, Ícaro Strauss Vieira Vilhena dos Santos, Ícaro Torres, Ignacio Melito, Igor Amendoeira, Igor Bastos Bittencourt, Igor Brandão Feitosa de Carvalho, Igor Brites, Igor Carneiro, Igor Cavalcante Guedes, Igor de Andrade Ferreira, Ígor Dourado de Faria, Igor Garcia, Igor Grosskopf, Igor Leroy, Igor Lobato Vasques, Igor Lopes Cordeiro, Igor Maciel Braga Costa, Igor Mattei Soccoloski, Igor Telles Barbosa, Igor V R Bueno, Ikaro Soares de Campos, Imalangodoy, In Memorian de Alan Caio Rodrigues Marques, Ingo Passos, Irina Ramos, Irisf, Isa Imay, Isaac Matos, Isabella Cantagesso de Lima, Isabella Garcia, Isabella Kinoshita, Isabella Queiroz dos Santos, Isabelle Batista, Isabelle Zirbes, Isis Brito, Islan Victhor Bomfim da Silva, Ismael Alcântara da Silva, Israel Leví Rissi Tomazini Custódio, Italo Lucas Simião Ramalho, Itamar Silva de Andrade, Iúri Reis, Iuri Ullmann Nascimento, Iury Nogueira Palozi Faria, Ivan de Souza Rehder, Ivens Girão Braga de Oliveira., Ivens Travagli, J. Hugo Aragão Guinho, Jailton Cansanção de Andrade, Jair Lipi Neto, Janaina Delboni, Janaina Gonçalves da Silva, Jandré Val Pinheiro, Jane Kelly Jk_Bei, Jaqui Taveira, Jauma Duch de Lima, Jean Arruda, Jean César Vasconcelos, Jean Costa Silva, Jean Davino Rios, Jean Jorge Vieira, Jean Nogués, Jean Rodrigo Ferreira, Jean Sergio Cambruzzi, Jebeson A.P Santos, Jef Oliveira, Jefaniks, Jeff Mazi, Jefferson Bene Gomes, Jefferson Brito, Jefferson Cassiano, Jéfferson Citadin Magalhães, Jefferson da Silva Pires dos Santos, Jefferson Lima, Jefferson Martins de Sá, Jefferson Motta Padilha Filho, Jeinne Prado, Jenner Chrystian Veríssimo de Azevedo, Jesiel Araujo, Jessé Mignac, Jéssica Abreu, Jéssica dos Santos da Silva, Jhonatan Caldeira, Jhonatan Pimentel, Jhonatan Zanardi, Jhonny Rosa, Jianluca Sgoda Niquele, Jilseph Lopes, Jo Rauen, Joab Luis, João Alexandre D'Oliveira, João Augusto Pizzato, João Casalecchi, João Centurion, João Cuoco, João da Cunha, João de Deus Passos de Aragão Neto, João Dias, João Durão Beraldi, João Eduardo Guimarães de Oliveira, João Eiji Watabe, João Felipe Rego Teixeira, João Felipe Reichenbach, João Felipe Silva Ouriques, João Felipe Ziemmer de Sousa, João Fernando Alves de Lucena, João Flávio Viana, João Franzotti e Elias Paiva, João Gabriel Camacho Presotto, João Gabriel Gonçalves Borsodi, João Gilberto Sakai, João Gorgulho, João Guedes, João Gueiros, João Guilherme Lima Bento, João H. S. Moreira, João Henric Mezzomo, João Henrique Cordeiro Pires, João Henrique Faggi dos Santos, João Ítalo Cerqueira, João Lucas Miclos de Negreiros, João Lucas Sauma Alvares, João Luis Hartmann Cury Barboza, João Luiz de Oliveira Silva Borges, João Luiz Fernandes Borghezan, João Marcos Cardoso, João Marcus, João Monassa, João Neto, João Neto, João Pácifer, João Paulo Alves, João Paulo Assis (Ballantines12), João Paulo Bachega, Joao Paulo Costa, João Paulo da Silva (Neojps), João Paulo R Lago, João Paulo Santos Moreno, João Paulo Vinicios Rodrigues, João Pedro de Aquino Moraes, João Pedro de Oliveira, João Pedro de Oliveira Emídio, João Pedro Félix, Joao Pedro Fernandes Resende, João Pedro Ferrão e Ferreira, João Pedro Medina, João Pedro Modulo, João Ricardo Marques, João Ricardo S Santos, João Roberto Melo da Silva, João Rodrigo Asfora, Joao Teixeira, João V. Poubel, João Victor Barbosa de Andrade, João Victor Coelho Drummond, João Victor Dalpícolo, João Victor de Oliveira (Whitiney), João Victor Martins Luzio, João Victor Martins Soares, João Victor Pavan, João Victor Takahashi Amstaldem, João Victor Tozatti Risso, João Vinicius Rattacaso, João Vital Ferreira Neto, João Vithor Reis Tedim, João Vitor Corrêa Matthiesen Monteiro, João Vitor da Silveira Silva, João Vitor Dantas Veriato da Câmara, João Vitor Fermiano Pinto, João Vitor Juliare Oliveira, Joao Vitor Monteiro Carvalho, João Vitor Oliveira, João Vítor Vieira Barros, Joaofpr, Joaquim Augusto M. G. da Silva, Joaquim R. Vieira, Joás Lucas Roddrigues, Jobel P. Dato Junior, Joe Alcantara, Joel Cruz de Freitas, Joel Gomes, Joel Victor N. Silva, Johabe Jorge Guimarães da Silva, John Artmann Junior, John Estivalet, Jonas Bortolon, Jonas Melo, Jonas Picholaro, Jonas Sprocatti, Jonas Von Dollinger Ribeiro, Jonatan Herater, Jonatha H. Vieira, Jonatha Oliveira (Pikeno), Jonathan David, Jonathan Duarte da Silva, Jonathan Felipe Nascimento, Jonathan Freitas, Jonathan Santana, Jonathan.S.S, Jonathas Henrique de Moraes, Jonathas Mendes Alves, Jonhx, Jonnatan Tavares, Jordan Silva, Jordhan C Teixeira, Jorge Avelar, Jorge Ishioka, Jorge Lucas Machado Vicaroni Lima, Jorge Lucas Silva de Brito, Jorge Rafael de Souza Cabral, Jorge Vacarini Junior, Jorge Viani, Jorge Washington Bispo Santos Junior, José Alberto, Jose Aleixo Araujo Porpino Filho, José Alexandre, José Almir Leão de Aquino Junior, José Antônio Lopes da Silva, Jose Cambeiro, José Cavalcante, Jose Felipe Blum de Araujo, José Félix Ladeia Rodrigues, José Guilherme Martins, José Henrique Arruda Sampaio do Carmo, José M. dos S. Rodrigues Neto, José Nélio B. M. Júnior, Jose Neto Silva, José Pena, José Rafael Nunes Neto, José Rodolfo de Lima Farias, José Rui Viana, José Teixeira da Rocha Neto, José Telmo, José Victor M. Farias, Josimar Camargo, Jovem Careca, Jow Coutinho, Jp Torralvo, Ju Corrêa, Juan Lima, Juan Lucas, Juan Lucca Camargo Soares, Juan Melo, Juan Vital Zorrilla, Juarez Bachmann, Judah "The Jasc" Carvalho, Julia Alcalde, Júlia C M B Cavalcanti, Julia Garuzzi, Juliana Lino, Juliana Louzada, Juliana Sonja Nogueira Simão Ribeiro, Juliana Sonoda, Juliane Machado, Juliano Alves, Juliano de Proença Soares, Juliano Nowak, Juliano Pena, Juliano Sehnem, Juliano Zachias, Juliet Pasta, Juline Seibt, Julio César Alves, Julio Cesar Cassé, Júlio César Rodrigues (Jc), Julio Cesar Samuel, Júlio de Almeida Airoso, Julio Dias, Júlio Gasiglia Serradas, Júlio Hopper, Julio Julião, Julio Nishida, Július Cerqueira, Julius Vieira, Juner Alves de Loreto, Junio Lopes, Juraci Vieira Novaes Neto Pedro Guinsk, Jurenje, K4X Lucas, Kae Fialho Coura, Kahrzinn, Kainã de Melo Ramos, Kaio Brandão de Moura, Kaique Falabella, Kaique Rodrigues da Silva, Kaito Alves de Carvalho, Kali B., Kalil Lucas da Silva Corrêa, Karen Dunkl, Karen Martins, Karina Cabral, Karla Procopio, Kassio Machado, Kauhemafalda, Kawafune, Kawe Felipe de Brito, Kell Alves, Kennedy Candido, Kevin M. B. Diniz, Kewen Leite, Kim S. Marinho, Kim Schneider, Kiqbs, Kitsuru, Klaus Victor, Kleber Calandrim, Kleiby de Paiva Miranda, Kleverson S. Carvalho, Klezer Antonio Tenorio Paiva Junior, Klysman e Angel, Knekomata, Kupka, Kuruvar Egas, L Leonor, L.J.Sanches, Lacaio Krjorn, Laís Carvalho, Lane Melo, Lara Lee Figueiredo, Lara Tricarico de Lavor, Larissa Leal, Larissa Moraes, Larissa Rodrigues Peixoto, Lauren Carvalho da Costa, Layla Sampaio Leite, Lays da Silva Peres, Leandro "Drango" Moraes, Leandro Andrade Rocha, Leandro Carlos Oliveira Castro, Leandro Cavalcanti, Leandro Cruz, Leandro Duarte Sanchez, Leandro Durazzo, Leandro e Prisca Barral, Leandro Freire, Leandro Gaspar Scanavini, Leandro Iamada, Leandro Lambertini, Leandro Marcondes de Abreu, Leandro Mariano, Leandro Peixoto Mattos, Leandro Pereira, Leandro Pinto, Leandro Pöpperl, Leandro Santos Costa, Leandro Souza, Ledo, Léia Crissil, Leno Mateus do Nascimento, Leo Botinelly, Leo D. Ash, Léo O' Dust, Leo O Nardo, Leo Raul, Leomonation The Greatest, Leon Lorenzon Umpierre, Leonardo, Leonardo "Maccrow" Kume, Leonardo Abreu Garcia, Leonardo Águas Bastos, Leonardo Albuquerque, Leonardo Alexandre, Leonardo Aparecido Batista dos Santos, Leonardo Braga, Leonardo Brito, Leonardo Campos Martins Junior,

Leonardo Correia Santos Galvão, Leonardo de Jesus, Leonardo de Lima Cruz, Leonardo de Sousa Pinto, Leonardo do Amaral Silva, Leonardo do Nascimento Silva Martins, Leonardo dos Reis Oliveira, Leonardo dos Santos Andrade, Leonardo dos Santos Costa, Leonardo Evangelista Reis, Leonardo F. Silva, Leonardo Falcão, Leonardo Ferreira da Fonseca, Leonardo Ferreira de Almeida, Leonardo Fonseca de Godoy, Leonardo Franceschi Jardim, Leonardo Galli, Leonardo Gasparini Romão, Leonardo Germano Jr., Leonardo Gomes dos Santos, Leonardo Grando Folador, Leonardo Guerra Robinson, Leonardo Jacó Voltz, Leonardo Jun Natsumeda, Leonardo Kamogawa, Leonardo L Grillo, Leonardo Lahoz Melli, Leonardo M. Ritzel, Leonardo Mansur, Leonardo Melgarejo, Leonardo Nascimento Jardim, Leonardo Nascimento Pañella, Leonardo Neves, Leonardo Nicanor Alves, Leonardo P. Conde Raposo, Leonardo Palinkas, Leonardo Pereira Lima, Leonardo Perrucci, Leonardo Pousa, Leonardo Pradera, Leonardo Rubens Gonçalves Pinto, Leonardo Rufino, Leonardo S Menegazzo, Leonardo Santos, Leonardo Soares, Leonardo Spirlandeli Batista, Leonardo Toledo, Leonardo Tomiaki Fujimoto Dias, Leonel Caldela, Leonel Vaz, Leopoldo Doray, Lereno Siniscalchi, Lériton Brito, Letícia Grein, Letícia Magalhães Cardi, Letícia Takahashi Hokari, Letícia Tonon, Levi Mota da Silva, Liândulo, Lillian Sibila Dala Costa, Lina Strack, Lincoln ' Açagof ' Fogaça, Livia Jurkowitsch, Lofeudo, Lohan Soares Nogueira Cozendey, Lohran Costa Fagundes, Lord Panpan, Lorde P., Lordkoalla, Lorenzo Bueno, Lorenzo Schwanz, Lores Siqueira, Lorhan Ferreira, Luan Aquino Rodrigues de Lira, Luan Eiji Arima, Luan Filgueira Silva, Luan Francisco Tavares da Silva, Luan Lustosa, Luan Silva, Luana Chen, Luana Folda, Luana Fonsêca, Luana Seidel de Oliveira, Luanna Falcão, Luca Misael de Freitas, Lucas "Chavoser" Chaves, Lucas Adriano de Oliveira, Lucas Alves de Sousa, Lucas Amaral, Lucas Amauri A do Carmo, Lucas Amorim, Lucas Augusto Martins, Lucas Badaró, Lucas Borne, Lucas Breno Valadares de Oliveira, Lucas Buss, Lucas C., Lucas Carias Borges, Lucas Coelho Satriano, Lucas Cora Silveira, Lucas da Silva Biava, Lucas da Silva Cezar Reis, Lucas Dalgé Rossini, Lucas de Marques Vilella, Lucas de Souza Garcia, Lucas Desiderá Szcypula, Lucas Dg, Lucas Di Concilio Campos, Lucas Dias da Cunha, Lucas dos Anjos Carvalho, Lucas Duarte, Lucas Eduardo Heiss, Lucas Eiji Hara, Lucas Fantinati, Lucas Faria, Lucas Ferreira Novaes, Lucas Fiori da Silva, Lucas Flávio de Oliveira Prado, Lucas Franco, Lucas Freitas Nogueira Souza, Lucas Gabriel Barbosa de Oliveira, Lucas Galvão de Azevedo, Lucas Gomes, Lucas Gomes Monteiro, Lucas Gomes Ribeiro Freitas, Lucas Grizotto, Lucas Guimarães, Lucas Henrique Baioni Gomes, Lucas Herbeth de Menezes, Lucas Imbimbo Gonçalves, Lucas Keller, Lucas L. de Freitas, Lucas Lage, Lucas Lazamé, Lucas Lima, Lucas Lima Diniz, Lucas Loezer (Ruk), Lucas Loiola Remigio, Lucas Lucas Thompson, Lucas M. de Almeida, Lucas Malhado de Melo, Lucas Marra, Lucas Martinez Machado Santos, Lucas Martins, Lucas Martins Domingues, Lucas Miliani, Lucas Mota, Lucas Nascimento, Lucas Nicolau da Costa Bentes, Lucas Oliveira, Lucas Pereira do Nascimento, Lucas Pereira Moreira, Lucas Pereira Wanderley de Oliveira, Lucas Perruchi Chamma, Lucas Polo, Lucas Pousa de Andrade, Lucas Quintino da Silva, Lucas Rehem de Azevedo, Lucas Rios, Lucas Sais Santiago, Lucas Santos de Oliveira, Lucas Sassá Diogo, Lucas Senra Moreira da Costa, Lucas Serpeloni Cardoso, Lucas Shernnin, Lucas Soares Freitas, Lucas Souto Barros Monteiro Matsumoto, Lucas Tesche, Lucas Truffi A, Chahin, Lucas Uzucha, Lucas Vido R. D' S, Lucas Vieira de Lima Barros, Lucas Vinícius Ferreira Melo e Silva, Lucas Zacnaba Figueiredo, Lucas. F. V. Bonetti, Lucasbarceloscc, Lucca Camargo Ferreira Souza, Lucca Zennaro, Luccas Martelotte, Luccas Monte, Luciana Andreza Matos da Rosa, Luciana Carneiro Aguera, Luciana Villafranca, Luciane Morais, Luciano "Cyclonebr" Gouveia, Luciano "Junga" Nóbrega, Luciano Luca Alves, Luciano Nunes, Luigi D. C. Soares, Luigi Enrico, Luigi Lopes do Vale, Luís Alberto Weber, Luis Alfredo Filho, Luis André Rios, Luis Antonio Borges Andrade da Silva, Luís Bento de Santana, Luís Eduardo da Silva Ribeiro, Luís Eduardo Deffanti, Luis Felipe Kretzmann Raimundini, Luis Felipe Lopes Lorenzon, Luis Felipe Mendes de Almeida, Luis G. Odara, Luís Guilherme Ferraresi, Luis Gustavo Klein, Luis Gustavo Teles, Luis Gustavo Zago, Luís Henrique Rossignolli Almeida Prado de Oliveira, Luis Rubio Faria, Luisa C S Leiroz, Luisa Lubie, Luiz Antônio Balduíno Junior, Luiz Carlos, Luiz Carlos O. de Morais, Luiz Cezer, Luiz Dias, Luiz Faitn, Luiz Felipe Cabral Felix, Luiz Felipe Marcião, Luiz Felipe Muassab, Luiz Felipe Rawoa, Luiz Felipe Tavares das Neves, Luiz Fernando de Bastos Junior, Luiz Fernando Dias Benjamim Pereira, Luiz Fernando Sales, Luiz Filipe S, Luiz Filipe Souza, Luiz Flávio Costa de Lima, Luiz Gustavo de Moraes, Luiz Gustavo de Souza Morais, Luiz H. K. D., Luiz Henrique Gobi, Luiz Jose da Silva, Luiz Nase, Luiz Paulo de Oliveira Barbosa, Luiz Paulo Sales de Oliveira, Luiz Ramon Barral Evangelista, Luiz Santos Junior, Luiz Silva, Luiz Torres Junior, Luiza Leal, Luiza Pessatti Allage, Luíza Vieira Macedo, Luka Mendonça, Lukas Fortes de Albuquerque, Lukas Torres, Luna Reis Medrado Santos, Luvizotto, Luyza Trindade, Lydia Garcia, Ma Marshall Teixeira, Macleod, Madu Flautinha, Maicon Ferreira Koteleski, Maicon Matté Conte, Maicon Roselio dos Santos Camargo, Mailon Bido, Maisson Tomé, Makarioszen, Manda & Jesuizão, Mannel, Manoel Cavalcanti de A Filho, Manoel E F Netto, Manoel Pinto Bandeira Neto, Manoela Sitko, Manuela Magalhães, Marcel Donga, Marcel Emerson, Marcela Ragonezi, Marcela Versiani, Marcelino Cruz, Marcello Muniz, Marcelo Almeida Hirota, Marcelo Barreto da Silva Nen, Marcelo Campos, Marcelo Campos da Paixão, Marcelo Carvalho Rodrigues, Marcelo Castanho Teixeira, Marcelo Castro, Marcelo Cervantes Petry, Marcelo da Cruz, Marcelo Diniz, Marcelo Elyas, Marcelo Francisco, Marcelo H R Nobre, Marcelo Henrique dos Santos, Marcelo Henrique dos Santos Cantalice, Marcelo Junqueira Ferreira, Marcelo Kobata, Marcelo Lopes, Marcelo M Paroni, Marcelo Marcos Siqueira Carramanhos, Marcelo Martinez, Marcelo Moreira Quintarelli, Marcelo Pimentel, Marcelo R. E. Freire, Marcelo S Tawata, Marcelopgc, Marcilio Junior, Marcilio Santos Corcino, Marcio Belmonte, Marcio Carvalho Lobato, Márcio F Gonçalves, Marcio Formiga, Márcio Homem, Marcio Knevitz, Marcio Lima Inácio, Marcio Ribeiro Cardoso (Montreal), Marcio S. Suganuma, Marck Grechi, Marco Antonio, Marco Antônio Damasceno Faustino, Marco Antonio Paiva, Marco Bastos, Marco Gomes (Consigliere), Marco Kalfeld, Marco Menegon, Marco Oliveira Gonzales, Marco Scheid, Marcos "Lemoel" Vieira, Marcos Belo, Marcos Gabriel de Freitas (Bizão), Marcos Gennari, Marcos L. L. Soares, Marcos Lago, Marcos Lazansky, Marcos Moraes, Marcos 'Pardal' Vinicius, Marcos Paulo Ribeiro, Marcos Rangel, Marcos Rene da Silva, Marcos Rossi, Marcos Tesolin Munhoz, Marcos V. Andrade, Marcos Viní Souza de Oliveira, Marcos Vinicius, Marcos Vinicius Oliveira Camargo, Marcos Vinicius Soares Gonçalves, Marcus Bento Vinícius Moreira, Marcus Mesquita, Marcus Sitonio, Marcus Vinícius Benedicto, Marcus Vinícius Gonçalves Antunes, Marcus Vinicius Magdaleno Vieira, Marcus Vinícius Marques de Lima, Mari Borges, Maria Daniele da Silva Carvalho, Maria Júlia Doles Godoy, Maria Marcia Vieira da Silva, Mariana Beatriz Rocha, Mariana Delfino, Mariana Fasanaro, Mariana Martins, Mariana Medeiros Ferrari, Mariana Miranda, Mariana Paula de Oliveira, Marianna Beatriz Ferreira Henrique, Marianna Palmeira Fontes, Marilia Biazetti, Marilia El Kadre, Marina Castagnoli, Marina Prass Santos, Marina Serrano, Marina Val, Mario Alexandre Teixeira dos Santos, Mario Ary Brum Heinzen, Mário César de Freitas Costa, Mario Fernandes de Ascenção Neto, Mario Henrique Held, Mário Loki Augusto P. Gois, Mário Segundo, Mário Sérgio Cavalcante, Markus Runk, Marlon Schwarzbold Garcia, Marlos Marques, Martin P. Forte, Martin Schwellberger Barbosa, Marvin Castro Grossi, Massami Taira, Mateus Alves Medeiros, Mateus Carvalho, Mateus Diomario de Oliveira, Mateus do Nascimento Rocha, Mateus Guida, Mateus Leite, Mateus Lima, Mateus Mascarenhas Soares, Mateus Mendes, Mateus Miranda, Mateus Queiroz Correia, Mateus Teles Souza, Mateus Valente, Matheus Amorim, Matheus Araujo Valansuela Ramos, Matheus Augusto Severino, Matheus Azem, Matheus Beserra de Lima, Matheus Bürgel, Matheus Carvalho Correia, Matheus Chagas, Matheus Correia de Melo, Matheus Couto Silva, Matheus da Silva Barbosa, Matheus da Silva Oliveira Bonfim, Matheus Dantas Souza, Matheus de Oliveira, Matheus de Oliveira Lopes, Matheus Ferreira Pimenta, Matheus Fortunato, Matheus Freitas, Matheus Germano, Matheus Gonçalves, Matheus Guzzoni, Matheus Henrique, Matheus J. de Araújo, Matheus J. T. Vargas, Matheus João de Brito Andrade, Matheus Kich Soares, Matheus Kojiro, Matheus Lianda, Matheus Maciel, Matheus Maia de Carvalho, Matheus Mayron, Matheus Mendes Lorenzeto, Matheus Miyake, Matheus Monteiro, O Brabo, Matheus Morais Silva, Matheus Morato, Matheus Morroni, Matheus Oliveira, Matheus Peregrina Hernandes, Matheus Pereira, Matheus Quessada, Matheus Ricieri Moreti, Matheus Righes, Matheus Sampaio Araujo, Matheus Schittini Corrêa, Matheus Siqueira Cesar Queiroga, Matheus Siqueira Dias, Matheus Svobonas de Souza Calio Munhoz, Matheus Tavares Souza Moura, Matheus Vasconcellos, Matheus Vicente Trocatti Bugmann, Matheus Villanueva, Matheus Y S Hori, Matheus Zonta, Matheusdinos, Mathias Dutra Nichele, Mathlionn, Mauricio Barcelo Gonçales, Maurício Bitencourth Soares, Mauricio Boff,

Mauricio Codesso, Mauricio Farina, Mauricio Felipe Cirino, Maurício Gardini, Mauricio Henrique de Souza Bomfim, Mauricio Scaglione, Mauricio Ulisses Trida, Mauro Euclides Samuel da Silva, Mauro Guedes Macêdo, Mauro Tardivo, Mauro Tavares, Max Ruper Fowler, Max Valarezo, Maxwell Rocha Santos, May Miriuk, Mayara de Lima Marcellino, Mayara Assunção Lopes, Maychon Monteiro de Paula, Mayck Coelho, Maycon Arthuso de Carvalho, Maycon de Souza, Mayk Ferreira Santana, Maykon Felix Farias Rodrigues, Maykon Hopka, Mel Morales, Meowrele, Meri Carvalho e Pedro Marinho, Michael Pereira Brandão, Michel Irineu, Michel Tesch Simon, Michell Victor Souza de Azevedo, Miguel Allan D. Gonçalves, Miguel Corti, Miguel de Oliveira Lima, Miguel de Souza Charbel, Miguel Laurentino Barros, Miguel Machado, Miguel Miranda Costa Mmc, Miguel Souza, Mikhail Einstein Pinheiro Rathge, Miller S Lima Tavares, Millosh Fey, Miloca, Miltinho Stanczyk, Milton Eduardo Sousa Gomes, Milton Soares Filho, Mislley Souza, Mklismann, Moacir Ambrozio Jr, Moacirstimo, Moises Estevão de Carvalho, Moisés Pabst, Moisés Roberto de Araújo Mota, Mônica Ferreira Rosa, Monzito, Möria, Moroni Hilamatu, Mufasa/Vitola, Murilo Almeida, Murilo Alves, Murilo Antônio "Ridermu", Murilo Bazan da Silva, Murilo Bedani Rogério, Murilo Brognara, Murilo Martins, Murilo Sanchez Pinto, N1Ch0L4S.M, Nadinael Silva Teixeira, Nadir Alves, Natã Felipe Nunes, Natali Felari Félix Arinos, Natalia Araujo Braz, Natália Camilo, Natália Uozumi, Natalia Vargas, Natan Moraes, Natan Rabelo de Oliveira, Natanael Lopes, Natanael Macedo, Natascha Kryvoruchka, Natasha Jorge Freitas, Nath Rocha, Nathália Pizzolato, Nathan Alves, Nathan Silva Santos, Nathanael Junior, Nathanael Papi, Neivan Fernandes, Nelson Junior Vargas do Amaral, Nelson Lima Amorim, Nelson Martins, Nelson Pitanga Lachini, Neo Yasuke, Neoconker, Nereu Oliveira, Nicholas Baracy, Nicktesla, Nícolas Almeida, Nicolas Antonio, Nícolas Bastos Emerich, Nícolas de Abreu Evangelista, Nicolas de Souza, Nicolas Guedes Lone, Nicolas Teixeira, Nicollas Santos, Nikolas Raposo Martins Vieira, Nilson Vinicius Gonçalves Bezerra, Nilton Santos de Andrade, Nivaldo Junior, Nivaldo Neto, Noan Santana (Noansg), Nogall, O Obscuro Eric Machado, Odnanref, Olavo Bevilaqua, Olga Pereira Bragança, Oliver Gerlinger, Oliver Wolff, Oluap Miranda de Medeiros, Omar Geraldo Lopes Diniz, Órihs Kéu, Osmair J., Osmar Petry, Oswaldo Carmo Neto, Otávio Emílio da Silva Pinto, Otavio Frederico, Otávio Mokarzel Lhamas, Otavio Muradi, Otávio Pereira-Barbosa, Otavio Pontes, Otoniel Alonso de Lucena Junior, Otto Hebeda, Pablo Alves, Pablo Amaral, Pablo Coitinho, Pablo Damis, Pablo Davi Canterac, Pablo Domingos Cavalcanti de Lemos, Pablo Ferreira, Pablo Franco, Pablo Linitch dos Santos, Pablo Sica, Pablo Ytalo Felix Meneses, Pablo Zuniga, Paco Tucandeira, Paloma Oliveira, Paola de Lara da Costa, Paolla G. C. de Souza, Pastora Janna, Patricia Daer Ortolan, Patrícia Limirio Gonçalves, Patricia Yamaguti, Patrick A. S. de Godoy, Patrick de Oliveira da Luz Costa, Patrick Estrabom, Patrick Laurentino, Patrick Lorran Rodrigues Dias, Patrick Menin, Patrik G J Gastalho, Paula de Souza Silva, Paula Gascón, Paula Macedo, Paula Victoria Alves Santos, Paulo "Koalla__" Oliveira, Paulo Almeida Junior, Paulo Bruno Contopoulos, Paulo Carvalheira, Paulo Carvalho da Silva Junior, Paulo Cesar Corsi, Paulo Cezar Lopes Oliveira, Paulo Eduardo Pramiu, Paulo Farias da Silva Rêgo, Paulo Florencio Ribeiro, Paulo Gustavo Farelli, Paulo Henrique Almeida de Andrade, Paulo Henrique de Sousa Moraes Santana, Paulo Henrique Gomes, Paulo Henry04, Paulo Honorato Lisboa, Paulo Kanawati, Paulo Marinaska, Paulo Renato Shoker, Paulo Ricardo Nascimento Lins, Paulo Roberto Lobo, Paulo Roberto Nogueira de Carvalho, Paulo Sampaio, Paulo Victor Basílio Jeronymo, Paulo Vinicius Ribeiro e Silva, Paulo Vitor Coelho Costa, Paulo Vitor Costa de Oliveira, Paulo, O Indeciso., Pedrecal, Pedro A A Andrade, Pedro Andrade Pinheiro, Pedro Araújo Silva, Pedro Augusto Coelho Nunes, Pedro Borges, Pedro Davi da Silva Ferreira, Pedro David Figueiredo, Pedro de Macedo Carrozze, Pedro de Oliveira Cardoso, Pedro Dellazzari, Pedro Duarte Rodrigues Guimarães, Pedro Dylan Freires Fernandes, Pedro Elias, Pedro Emanuel Mateus Silva, Pedro Enrique B. G, Pedro Foppa, Pedro Geada, Pedro Gomes de Oliveira, Pedro H. Alves Pinto, Pedro Henrique de Mattos Draeger, Pedro Henrique Fernandes Antunes, Pedro Henrique Ferreira de Lima, Pedro Henrique Godoy Sanches, Pedro Henrique Hernandes Job, Pedro Henrique Nunes, Pedro Henrique Rego Mota, Pedro Henrique Vieira da Rocha, Pedro Igor França Freire, Pedro Ivo, Pedro Lamkowski, Pedro Lourenço Galvão de Moura, Pedro Lucas Lopes Balliana, Pedro Lucas Lopes Balliana, Pedro Luís Negrão de Assis, Pedro Luiz, Pedro Luna, Pedro Lyra, Pedro Marcos Paulo Cardoso Rizzo, Pedro Mateus Silva Schawirin, Pedro Melo, Pedro Neris de Sousa, Pedro Otávio Lopes da Silva, Pedro Paes Morais, Pedro Paulo, Pedro Pazini, Pedro Peluffo, Pedro Pereira Gama, Pedro Renato Tavares Avila, Pedro Roberto de Souza Miranda, Pedro Rosario, Pedro Scolari, Pedro Siraque Garcez, Pedro Sousa, Pedro Szydlonski Santos, Pedro Teles, Pedro Thiago Guimarães, Pedro Tokarski, Pedro Trigueiro, Pedro V R Trogo, Pedro Valori, Pedro Victor de Medeiros Felipe, Pedro Vieira, Pedro Villanova Gomes de Almeida, Pedro Villari, Pedrofilosofal, Pepas, Perônio, Peter R Pantoja, Petite Mari, Phelipe Medeiros Silva, Pierre Kazanowski Pereira, Pietra Dhein, Pietro de Marchi, Pingarilho, Plácido Vitale Neto, Plínio Yukiyoshi Hashioka Mitsuyasu, Polyana Barbosa Gouvêa, Porquinho, Priscila Ad Guerrero, Psgura, Psydog, Pzago, Rafa Selau, Rafa Soli, Rafa Zart, Rafael Alves da Fonseca, Rafael Aquino, Rafael Araujo Figueiredo, Rafael Augusto Soares de Souza, Rafael Barbosa Rosado, Rafael Batista Porto, Adorador do Don Azaghal, Rafael C. Gomes, Rafael Cabral, Rafael Camisão, Rafael Cardoso Stella, Rafael Carraro, Rafael Cavalaro, Rafael Chanoski, Rafael Costa Fortes, Rafael da Silva Nunes, Rafael da Silva Pilon, Rafael Dalacorte Erdmann, Rafael Dantas, Rafael Daumas, Rafael de Godoy Gonçalves, Rafael dos Passos Alencar, Rafael Eiji Saito, Rafael Fernandes, Rafael Fernandez Gomes, Rafael Fernando Storckmann, Rafael Fialho, Rafael Fontes Sumitani, Rafael Garcia, Rafael Gomes da Silva, Rafael Iga, Rafael Ismael de Oliveira, Rafael José de Castro Costa., Rafael Jun Abe, Rafael Junckes Ventura, Rafael Justino, Rafael Lins Fernandes, Rafael Lopes Santos da Silva, Rafael Macedo de Vasconcelos Azevedo, Rafael Mateus Dallabrida, Rafael Matheus Ramirez Amaral, Rafael Mathias Antonioli, Rafael Matos Ataide, Rafael Mendonça, Rafael Montano Rossi, Rafael O dos Santos, Rafael Priviero D'Abruzzo, Rafael Reis, Rafael Reis, Rafael Ribeiro, Rafael Ribeiro Reis, Rafael Rossignol Felipe, Rafael Sampaio Peres, Rafael Sfair, Rafael Silveira, Rafael Silveira, Rafael Soares Minelli, Rafael Soares Padilha, Rafael Somolinos de Oliveira Weber Gomes, Rafael Taques de Sousa, Rafael Teixeira, Rafael Tibério Caldeira, Rafael Toledo da Silveira, Rafael Vargas, Rafael Xavier, Rafaela Alves de Souza Mendes, Rafaela E. B. Rangel, Rafaela Lúcia dos Santos, Rafaela Menezes, Rafaell, Rafaella Elisa Francis Denari, Rafha Freitas, Rafsilva, Raggynm, Raí Boeira, Raillkerson Romeu Lopes, Ramiro Fernando Araujo Junior, Ramon Lima Araújo, Ramon Piologo, Ramon Rios, Ramon Spindola Casagrande, Ranger, Raoni Paiva Alves da Silva, Raoni Valadares, Raphael Corrêa (Tiba), Raphael da Silva Cruz, Raphael dos Santos Jesus, Raphael Duarte de Albuquerque, Raphael Eduardo M. Ramalho, Raphael Falcão Trew Pereira, Raphael Henrique Barbosa, Raphael Iaquiri, Raphael Junqueira V. Amparo, Raphael Mendes Moreira, Raphael Ratuczne, Raphael Rossi, Raphael Rostaizer, Raphael Sant'Ana, Raquel Tolomeotti, Ratto, Raul Ferreira, Raul Henrique de Lima, Raul Melo, Raul V S Lopes, Ravi Passos Vianna, Rayan Wu, Rayane Sisido Mesquita, Rcarraro, Rebeca Trabuco, Reggie Alvs, Régis Oliveira, Reh Martins, Reinaldo Cintra, Reinaldo Dilly, Reinaldo Scapelle, Renan Alves Viana, Renan Baratto de Souza, Renan Bento, Renan Cezar Altoé Machado, Renan Clementino, Renan de França Souza, Renan Ferreira Renzo, Renan José Scarpinelli, Renan Martins, Renan Melo Pires do Nascimento, Renan Philipe, Renan Ramos, Renan Ribeiro de Carvalho, Renan Skull, Renan Teixeira Nogueira, Renarte Dantas, Renata Freitas Paulino, Renata Gomes, Renata Moebus da Veiga, Renata Moss, Renato Borella, Renato Bruno - Nathalia Morgana, Renato de Lima Carvalho, Renato Domingos Laserra, Renato M. Avelino, Renato Martins Bastos, Renato Moraes Moura Costa Neto, Renato Nodari de Freitas Capello, Renato Pinheiro de Souza, Renato Rattes, Renato Ribeiro, Renato Silva Milhazes, Renato Soares, Renato Vieira Nishimori, Renislei, Renne M. Oliveira de Freitas, Renny, Rhafael Faria, Rhenzo Boazegevski, Rhuan Contardi Reis, Rhuan Prado, Riala Silva, Rian Nunes da Silva, Ricardo André Ferreira de Oliveira Santos, Ricardo Augusto Marques, Ricardo Bannwart Amorim, Ricardo Barbin, Ricardo Barbosa de Avelar, Ricardo de Oliveira Souza, Ricardo Del Negro, Ricardo G. Costa, Ricardo Geremias, Ricardo Lopes, Ricardo Luhm Silva, Ricardo Marcílio de Britto, Ricardo Massao Guskuma, Ricardo Nakakubo, Ricardo Padua Crispim, Ricardo Parreiras, Ricardo Santos, Ricardo Saraiva, Ricardo Silva, Ricardo Silva Rodrigues de Sousa, Ricardo Soares, Ricardo Thiago Paniza Ambrosio, Ricardo Ueno, Ricardo Weinlich, Ricardo Yamamoto, Ricardo Zornoff, Richard Castilhos, Richard da Silva Duques, Richard Munhoz, Richard Vargas, Rickson Rodrigues, Ricky Aranha, Rico Bacelar, Rivaldo Rodrigues, Rivia, Roberta Rosa Bueno, Roberta Tirloni, Roberto "Pena" Spinelli, Roberto Chiaratti, Roberto Ferracini, Roberto Freitas - Batboy, Roberto Mamud Guedes da Silva, Roberto Weege Jr, Roberto Yudi Moreira Arai, Robinson Mattos Neto,

Robson Alexandre de Oliveira, Robson Carlos Tonello, Robson Cezar Florêncio, Robson F. Ribeiro, Robson Meller Lemos - Aeq, Robson Pereira Helmer, Robson Silveira, Rod Hudson, Rodolfo A Araújo Neto, Rodolfo Arruda Filho, Rodolfo Favaretto Nunes, Rodolfo Miranda, Rodolfo Silva Farias, Rodolfo Stefani, Rodrigo Arruda, Rodrigo Barfknecht, Rodrigo Barretos, Rodrigo Bertolini, Rodrigo Cardin, Rodrigo Caro, Rodrigo Cunha, Rodrigo da Rocha Santos, Rodrigo Danelon da Cruz, Rodrigo de Matos Alves, Rodrigo de Oliveira Soriano, Rodrigo Dias, Rodrigo Feltes, Rodrigo Furlan de Assis, Rodrigo Gomes, Rodrigo Goulart Silva, Rodrigo Heitor, Rodrigo Ieto, Rodrigo Infante, Rodrigo Kendji Shimada, Rodrigo Leite, Rodrigo Machado, Rodrigo Marques, Rodrigo Matheus da Silva, Rodrigo Monteiro B F Costa, Rodrigo Moreira Araújo, Rodrigo Moreira Neves, Rodrigo Motta, Rodrigo Mynssen, Rodrigo New, Rodrigo Nogueira Knop, Rodrigo Octávio de Oliveira Moraes Lima, Rodrigo Oliveira, Rodrigo Oliveira Santos, Rodrigo Pereira Soares, Rodrigo Rodrigues Vaz, Rodrigo S. Almeida, Rodrigo S. Lopes, Rodrigo S.F.Silva, Rodrigo Silva Soares, Rodrigo Soares da Silva (Digão), Rodrigo Soares Vieira Santos, Rodrigo Vedovato, Rodrigo Wesley da Silva, Rodrigo.F.Q, Rods Azevedo, Roger Galvão, Roger Gian Weber, Rogério Anderson Pereira de Souza - Madr0Ga, Rogério Antunes Matos, Rogério Buzelli de Souza, Rogério F. Meireles, Rogério Lara Russo, Rogério Murilo Grossi, Rogério Murilo Mesquita, Rogério Stray Bini, Romildo Lino, Rômulo Bortolan, Rômulo Cortez Gomes Ferreira, Rômulo Ferreira Maia Vieira, Rômulo Leonardo de Azevedo, Rômulo Silva Ramos, Ronald do Nascimento Costa, Ronaldo F. M. Marques, Ronaldo Israel, Ronan Lutiane, Ronan Victor Rodrigues Vieira, Ronnie Junior, Rony Aurora, Roosevelt Suna, Rosqk, Ruan Carlos Carvalho, Ruan Marcos Balbino de Alcântara Pereira, Rubens "Rupert" Junior, Rubens [Rj] Júnior, Rubens Abranches Filho, Rubens Alonso Filho, Ruggiero Stello, Ruhan Pieniz Brandão, Rui Licinio Filho, Rui Mocuna, Rutra Semog, Ryan Campos, Sakul Zurc, Salen Nascimento, Salomão Freire Rodrigues e Silva, Salsicho, Sam Davis Leite Sousa, Samuel "Ori" Araujo, Samuel Dalbosco Finatto, Samuel de Oliveira Lima, Samuel Gomes Cardoso, Samuel Lisboa Gomes, Samuel M. Bertoco, Samuel O. Cersosimo, Samuel Santos Madeira, Samuel Soares Santos, Samuel Vergilio, Sanderson Silva Mariano de Almeida, Sandro A. Trevisan, Sandro Bezerra de Araújo Azevedo, Sandro D'Annunciação, Sandro Freitas, Sara Menezes Laranjeira, Sarah Orsoni, Sascha Borges, Saulo Bruno de Freitas, Saulo Daniel Ferreira Pontes, Saulo Godoy Proetti, Savio Lima Morais, Sávio Pimenta, Sávio Vivas, Schuaizer, Sérgio Anchieta, Sergio Augusto Muniz, Sérgio Couto de Santana, Sergio Euclides M G Junior, Sergio Forte Ramos Filho, Sergio Grossi, Sérgio Henrique Delduque Silva, Sérgio Martins, Sérgio Paixão, Sérgio Pastori Guimarães, Sergio R. Z. Masson, Sergio Ribeiro Barbutti, Sérgio Schüler, Séverson Arias, Shigeo Yamada, Shotgun, Sidnei Matos, Sidney Roberto Ferreira Vasconcelos, Silas Mendes, Silton Júnior, Silvio Onil, Sim, Sim, Sim, Sim, Sim, Sim, Sim, Sim, Simone Zuccari, Sônia Prestes Vieira, Sophia Restiffe Favoretto, Squall Macthorio, Sr.Sudo, Sslogia, Stefan Plínio da Costa, Stéfani Costa, Stefania Gualtieri Bartoli, Stefano Avilla, Stefano Pascucci Serra, Stênelo Junior, Stephan Infanti Konstantinov, Stephanie Machado Cordeiro Pereira Medeiros, Stephano Dagher, Stephany Leme, Suelen Furlan, Suellen, Tadeu Aguiar, Tadeu Linces, Tadeu Moraes, Tadeu Morina Fernandes, Tadeu Patelo Barbosa, Tainah Ireno, Takaite Takehara, Tales Augusto Wallauer de Leão, Tales Seixas de Carvalho, Talitha, Talitha Bustamante, Talitha Felix, Talys Costa, Tamine Garcia Klein e Rafael Baltazar Justo, Tamires Bononomi, Tamiris Ferreira de Andrade, Tarcila Gesteira da Silva, Tarso Souza Martins, Tassiana "Usui Uzumaki" Farias, Tati Almeida, Tatiana Cared Tavares, Tatiane Abrantes da Silva, Táto, Tato (Renato Cota), Tavs Batavs, Taynara Cruvinel Maruyama, Taz Assunção, Tdslacerda, Teamo Daniela, Teolfeu "Teozica" Moraes, Tetres, Thaelis Holz, Thainá Nogueira Vivas Therezo, Thaíres Sato, Thaisy da Silva Ferreira, Thaiuane Theis, Thales Carvalho, Thales Jaison, Thales Pinto, Thales Prestes, Thales Teodoro Batista, Thalia, Thalita Lefer, Thalita Suzuki Fassinger, Thalles A. M. Gomes, Thallisphp, Thamyres de Assis, Thatiana Laranjeira, Tháygoro Minuzzi Leopoldino, Thayse Alves do Nascimento Santos, Thiago "Shariban" Nunes, Thiago Abad, Thiago Baldim, Thiago Beccalli, Thiago Borges da Motta, Thiago Brazileiro, Thiago Carrascosa, Thiago Cavalcante, Thiago Cesar Moraes, Thiago Curvelo dos Anjos, Thiago da Rosa Cardoso, Thiago de Oliveira Leite, Thiago de Oliveira Monteiro, Thiago de Paula Carvalho, Thiago de Souza Beleza, Thiago Delgado, Thiago Ferraz Gomes, Thiago Fonteles, Thiago G Barroso, Thiago Henrique Carvalho, Thiago Henrique de Morais, Thiago Henrique de Souza, Thiago Lopes Garcia Silva, Thiago Luz, Thiago Matsumoto Siqui, Thiago Melo, Thiago Mizutani, Thiago Morano Gerding, Thiago Moreira, Thiago Motta, Thiago Nascimento, Thiago Oberdan, Thiago Pena Kinoshita, Thiago Pinho Bertolino, Thiago R P Vivaldi Jacob, Thiago Ramos, Thiago Rente, Thiago Ribeiro Sant'Anna Chaves, Thiago Rocha Guimarães, Thiago Rodrigo dos Santos, Thiago S. Teixeira, Thiago Santos Cesar Leal, Thiago Souza Araujo, Thiago Steckelberg, Thiago Tavares da Costa, Thiago Texeira de Carvalho, Thiago Torres, Thierre, Thom Morais, Thomas Nascimento, Thyago Araujo, Tiago Alexandre Frozza, Tiago Araujo Kalile, Tiago Caridade, Tiago Carmo Compiller, Tiago Corrêa de Araújo Pereira, Tiago Crespi, Tiago da Silva Sobrinho, Tiago Fonseca, Tiago Freire, Tiago José França de Souza, Tiago Lima, Tiago Melo Faria, Tiago Oliveira, Tiago Oliveira Pereira, Tiago Passarela, Tiago Paulinha Alves, Tiago Rodrigues Cunha, Tiago Rodrigues Santana Silva, Tiago Saad, Tiago Spengler de Macedo, Tiago Weiss, Ticiano Rocha, Titowisk Ribeiro, Tomás Marques Pereira, Tomás Miranda, Tomio, Tomp!, Ton Yamane, Tonipolino, Tony Junior Pires de Freitas, Tordekzz, Túlio A. Toscano, Tulio Guirado Geraldo, Tulio M Ribeiro, Túlio Maia Guimarães, Tutu, Tyrone S. Rocha, U. & M. Figueiredo, Ugo Mourão, Uira O Brenelli, Ulysses Kosmaliski, Urias Alves, Vagalgamer, Vagner da Silva Andrade, Vagner da Silva Pimentel, Vagner Nei Xavier, Vagner Rangel Soares, Valdecio Camilo de Santana Junior, Valdi Ferreira do Nascimento Júnior, Valter Nabhan, Vanderson Silva Oliveira, Vanessa Elisa, Vanessa Louise Boehringer, Vanessa Maike, Vanessa Pederiva, Veríssimo Souza Cocacolaman, Veronica Bonczynski, Vgsantana, Vicente Neves, Victor, Victor Alves Magalhães, Victor Assumpção, Victor Campos Moreira, Victor Chiéa Andrade, Victor Cotrim de Lima, Victor da Silveira Campos, Victor Dal Mas Eulálio, Victor de Paula, Victor Eduardo Lopes Shimizu, Victor Fernandes, Victor Fuzeti, Victor H. Schmidt, Victor Hugo Cavalcanti do Rosário, Victor Leite de Andrade, Victor Lennon Firmino Borges, Victor Manuel Alves Araújo, Victor Marciano de Souza, Victor Matheus Abreu dos Santos, Victor Matheus de Sousa Silva, Victor Matias, Victor Maurício Silva Lopes, Victor Medeiros, Victor Moura Vidal Costa, Victor Nemoto, Victor Pogan, Victor Queiroz, Victor Raposo, Victor Rodrigues Cavalcanti, Victor Romano Trindade de Almeida, Victor Taborda, Victor Tiezzi Henriques, Victor Urayama, Victor Valar, Victor Valêncio, Victor Vida, Victor Wanderkoke, Victoria Handrey, Victoria Onishi, Vinão Sutero, Vini Bustamante, Vinição Giarola, Vinicios do Amaral Valentim, Vinicius Antunes da Cunha Lamberti, Vinicius Araújo Aragão Madeira, Vinícius Araújo Lopes Campos, Vinicius Aurélio, Vinícius Bervian, Vinicius Campanha Sartori, Vinicius Carvalho Pires, Vinícius Castro Santos, Vinícius Clemente, Vinícius Costa Affonso, Vinícius Cunha Bonani, Vinicius da Rosa Pereira, Vinicius Dames de Almeida, Vinícius de Armas, Vinicius de Castro, Vinícius de Morais, Vinicius de Morais Mussato, Vinícius de Souza Naves Barcellos, Vinicius Domingues, Vinicius dos S. da Costa, Vinicius Ears, Vinícius Elias de Souza, Vinícius Erwin da Silva Hoyer, Vinicius Ferrari, Vinicius Franco, Vinicius Gomes Barbosa, Vinícius J. S. Gama, Vinicius Maclters Zinga, Vinicius Maricatto de Barros, Vinícius Marzall Lippel, Vinicius Medeiros, Vinicius Milok, Vinicius Moletta, Vinicius Moreira de Souza, Vinicius Nolasco de Brito, Vinícius Nunes Guerra, Vinicius Paes de Mello, Vinicius Patente, Vinicius Pazian, Vinícius Piccini, Vinicius R Cardoso, Vinicius Roberto Nascimento Vargas, Vinícius Rock, Vinicius Rodrigues Martiniano, Vinicius Rosa, Vinícius Salazar, Vinícius Salzbron Correia, Vinicius Segantine, Vinícius Silvestre, Vinicius Soares Lima, Vinícius Sousa Fazio, Vinicius Tabosa dos Santos, Vinícius Teruel, Vinícius Thadeu Oliveira Nunes, Vinicius Valdemar Morais Almeida, Vinicius Volpe, Vinicius Watzl, Vinx, Virgínia Sarmento, Vitão Affini, Vitor Arruda, Vítor Beltrão de Carvalho Moura Marques, Vitor Cruz Ramos, Vitor Galvão, Vitor Hugo Alpin, Vitor Hugo de Castro da Silva, Vitor Liros dos Santos, Vitor Marinho dos Santos, Vitor Mascena Barbosa, Vitor Medeiros, Vitor Miranda O Ti-Ti, Vitor Mota Leite Diniz, Vitor Oliveira Santos, Vitor Santana Martinez Moya, Vitor Serafim, Vitor Serafim de Faria, Vitor Spadacio Pisani, Vitor Tavares, Vitor Van Basten, Vivian Cappai da Silva, Vivianne Cristina Ferreira, Wagner A Horta, Wagner Araújo, Wagner Britto Lorenzini, Walcker da Silva Gomes, Waleska Juracy, Walisson Fernandes, Wallace Costa Diniz, Wallace Luan, Walmer Ronconi dos Santos, Walmer Victor, Walner Reyner Macedo Barros, Washington Kuipers de Moraes, Weberson Ramos Vieira, Welintom Flôr, Wellbatiston, Wellington C. M. A. Botelho, Wellington de Alcantara, Wellington Pedroso, Wender Rocha, Wender Silva, Wendler Yab, Wesley Alves (@Wyalvess), Wesley Correa, Wesley F. A. Serrano, Wesley

Fernandes de Lima, Wesley Soares Alves da Silva, Wesley Vinicius Carvalho da Silva, Weverton Ferreira Alves Barbosa, Wilber Antonio, Wilian, Wilian do Vale Paulino, Wilker Matos Felisberto, Will Domingues, Will Parlow, Wille Alexandre, William Clausell Medici, William de Oliveira, William de Souza Rodrigues, William Gottsch Lopes, William Guna Dias, William Henrique de Santana Silva, William Mendes da Costa, William Miranda, William Sobreira Takayama, William Teruo Onaka, William Veronesi Rocha, Willian Botini, Willian Comar Sanches, Willian de Souza, Willian Grande, Willian Hirakawa, Willian Moya, Willian Pyxé, Willian Sanchez, Willy Antonio Smarsi Batistão, Wolfsilverv, Wyllyan Soares, Yan de Souza Beu, Yan Fonseca, Yan Kirk Franthesco Ventura Bernardino, Yan Resende, Yasmin Lima, Yasmin Santana Marques da Silva, Yeltsin Monteiro de Moraes, Yeves Pereira Betiol, Ygor Pontelo, Younnes Laftimi, Youtu.Be Diário do Aero, Ysaac Serafim Di Florentino, Yuri de Lima Chana Machado, Yuri Florentino Kosfeld, Yuri Gagarin de Sousa Monteiro, Yuri Karasiak Barbosa da Silva, Yuri Machado, Yuri Pedro dos Santos, Yuri Peres Ponti, Yuri Vasconcellos Salina, Yuri Vieitas, Zander Martins, Ziury Nogueira.

Nível 3 – Investigador

!! Bruno Pugioli !!, "Ajudou um Pouquinho e se Deu Bem", @Caiodomarketing, @Filipcs, @Jader.Davila, @Jeealvin, @Luan.Matheus.X, @Luceliamoradei e @Onandoaugusto, @Negrerick, @Ofilipemartinez, @Rafitopoli_, @Ssamuelcp, [Green Dragon] Vinin, A. Farina & G. Frameschi, Abe Wacobaco, Abner Constantino Gonçalves, Abner Rocha dos Santos, Abner Silveira de Freitas, Abraão da Silva Rodrigues, Acir Bustamante, Acostatob, Adailton de Jesus Cerqueira Junior, Adalto Alexandre Pereira Sobrinho, Adam Henrique Novaes, Adan Samuel Prüss, Adauto Alves de Amorim Neto, Adegilson Marcelino, Adhonay E. A. de Jesus., Adilio Jurubeba, Admir P. Ermelindo, Adônis Netzel, Adriana & Douglas Gioielli, Adriana Amancio & Gustavo Duda, Adriana Francisca de Oliveira Silva, Adriano da Conceição de Matos, Adriano Lopes, Adriano Lückmann, Adriano Marin, Adriano Ponte, Adriano Resende, Adriano Ribeiro de Matos Macena, Adriano Santos, Adriel Filipe, Adriel Vinícius de Oliveira Nunes, Aerdor, Affonso Duarte, Afonso França de Oliveira, Afonso Henrique Andrade Tavares, Afranio Ferreira Simoes, Águida Lucena, Aimée Marquetti, Airton Bernardineli, Airton Munhoz, Aislan A. P. Júnior, Aives, Ajag, Akemyvel, Akira Marques, Akvan, Alaércio Ramos da Silva Filho, Alan Brandt, Alan D. Sic, Alan David Chaves, Alan e Lucas Ferreira, Alan F. Marangoni, Alan Fávero Montes, A Sombra, Alan Magalhães Lira, Alan Possamai, Alana Fraga, Alanna Serpa, Alberto Baffini, Alberto Dias de Souza, Alberto Guerra Valadares, Alberto José de Morais Barros Neto, Alberto Mohamad Neto, Aldelan Martins., Alef Janguas da Costa, Álef Nunes, Alef Sousa, Alessandra Contrucci, Alessandra Giacomoni Binder, Alessandro Feitosa, Alessandro Jean, Alessandro Morais Santos, Alessandro Ripardo da Silva, Alessandro Rodrigo Santos, Alessandro Zelada, Alex "Allidan" Prado, Alex Almeida Cordeiro, Alex Assiso, Alex Carneiro Martins, Alex Corsini, Alex Frey, Alex Henrique Santos da Silva, Alex P A Parra, Alex Pngtr, Alex Schmitt, Alex Vieira, Alexander Akan, Alexander Ischaber Xavier, Alexander Terenzi, Alexandre, Alexandre "Axel" Junior, Alexandre Arnoni Nieri de Freitas, Alexandre Bittencourt de Sá, Alexandre Bomfim, Alexandre Cabral, Alexandre Campos Mendes Ferreira, Alexandre da Silveira Junior, Alexandre Farias, Alexandre Fausto, Alexandre Graciani, Alexandre Karim Bueno, Alexandre Lele Lopes, Alexandre Miola Gonçalves, Alexandre Negretti, Alexandre Pereira de Oliveira, Alexandre Petry, Alexandre Presuntinho, Alexandre Rocha, Alexandre S.Thiago, Alexandre Santana, Alexandre Santos Michiles Filho, Alexandre Silva, Alexandre Silveira de Oliveira, Alexandre Souza Machado Santana, Alexandre Szymanski, Alexandre Valente, Alexandre Valls Atz, Alexandre Vieira dos Santos, Alexandre Witkowski, Alexandre Zeferino Lima, Alexandreubi, Alexandro Cunha, Alexis F.S., Alexsandro Dalbianchi Madureira, Alexssander Felipe dos Santos, Alexys Lazarou, Alfa Marine, Alfredo Ackermann, Alfredo Alves Cunha, Alice Monstrinho, Aline A. de Souza, Aline Barbosa de Cordeiro, Aline Dutra / Renato Leôncio, Aline Goulart Silveira, Aline Joia, Aline Lopes, Alinechanl Ferreira, Aliny Patricia e Victor Monteiro, Álison Freire, Alison Melo, Alisson de Lima Santos, Alisson Reinaldo, Alisson Smolii, Allan "Don" Chaves, Allan Jr. Gonçalves Afonso, Allan Maurício de Souza, Allan Maycon dos Santos Silva, Allan Ribeiro Domingues, Allan Rodrigues, Allan Santos da Silva, Allison Martins, Alliston Carlos, Almir de Quadros Junior, Alonso Marinho Horta, Alvaro Henrique Dias, Álvaro M. S. Chícharo, Alvaro Tadim da Costa, Alyce Lira, Alycy, Alyson Dourado Matias, Amanda "Aliot" Magalhães, Amanda Chaves de Sousa e Thales Campos Batista, Amanda Cotas, Amanda Dassié, Amanda Gedra, Amanda Gudrum Nitoli, Amanda Irina Maier, Amanda Lumi Sugimoto, Amanda Nudys, Amanda Oliveira da Costa, Amanda Prado, Amauri Alegre Junior Xvx, Ami Aram, Amigonoob, Ana Carla Lucena, Ana Carolina da Silva Maciel, Ana Carolina Eng Trovo, Ana Carolina Espanhol, Ana Carolina Evangelista Andrade, Ana Carolina Ferracini, Ana Carolina Moreno de Almeida, Ana Carolina Sales, Ana Caroline Atanabe Manoel, Ana Catarina César de Carvalho & Souza, Ana Clara Tamarozi Rizzo, Ana Elisa Cordeiro, Ana Laura A. Martins, Ana Laura Oliveira de Paula, Ana Luiza Mendes Pessoa, Ana Maria G. Amorim, Ana Paula Corrêa, Ana Paula Lamb, Ana Paula Rodrigues Lance, Ana Poersch, Ana Teodora, Ana Vitória Batista Mesiara Costa (Lótus), Anaïs Tinôco Beaugrand, Anakinvr, Ananda Donini, Anauã Costa Mota, Anderley Guimarães, Anderson "Mighty" de Souza, Anderson Alves, Anderson Barboza, Anderson Buy G Jr, Anderson Candido Alves, Anderson de Medio, Anderson de Souza, Anderson F. S. Oliveira (Som), Anderson Felipe Rossini, Anderson Filipe Soares Pereira, Anderson 'Garou' Oliveira, Anderson Manzoni, Anderson Marinho de Souza, Anderson Marques Ribeiro, Anderson Nunes Machado, Anderson Philip de Almeida Castro, Anderson Prado, Anderson Rossatto, Anderson Salles, Anderson Schmidt, Anderson Souza, Anderson Vieira - Devieirart, Anderson, O Vice Primeiro, Andin Dar Nega, Andrade e Sinayra, André "Russo" Moreira, André Abrantes, André Alves Pereira de Melo, André Aragão Tenório, André Armiliato Albuquerque, André B. Cunha, André Baptista, André Basalo Prado, André Bonfá, André Braga Gonçalves, André Carvalho, André Castiglia, André Cerqueira Crespo, André Cunha, André D. Dias, André de Oliveira Ruz, André de Souza, André Dorte, Andre e Gabriel Assuncao, André Estevan, André F. Girelli, André F. Romanzini, Andre F. Santiago, André Felipe Andrade dos Santos, André Felipe Vianna de Brito Júnior, André Franco, Andre Giunti, André Hosken Ferraz, André Ikedo, André Kazuo Yasui, André Luis Quiosi, Andre Luiz de Campos, André Luiz Lucatto dos Santos, André Luiz Pimentel Nunes da Silva, André Luiz Pompeo Kaipper, André Luiz Prieto, André Luiz Tertulino de Oliveira, Andre Macedo, André Magalhães Perez & Carolina Lara Moricz, André Maia, André Mansur Guindani, André Marçal Silveira, André Marossi Belo Mendes, André Martins da Silva, André Meirelles, André Moreira, André Nazareth de Almeida, André Neiva Tavares, André Oliveira Recamonde, André Parachen, Andre Patricio, Andre Paxiega, André Pereira, André R. Gomes, André Rabelo Girardi Martins, André Rabelo Peixoto Bertocco, André Raull e Pedro Lucas, André Resende, André Ribeiro, André Rocha Dias, André Rodrigo de Souza, André Rodrigues Melgaço dos Santos, André Rosa, André Rosa, Andre Rosa do Nascimento, André Sanches de Mauro, André Schwab, André Soares do Amaral, André Surnin, André Tank Cavalheiro, André Teófilo Morais, André Vazzios, André Victor Couto, André Victor da Cunha Barbosa, André Vilcarromero, Andre Yano dos Anjos, André Zago, Andrefokarg, Andrei Cavalcanti, Andrei Damian da Silva, Andrei Guinancio, Andrei Ivanov da Costa, Andrei Matheus Costa dos Santos, Andreishujokinparente, Andres Pereira, Andressa Amaral, Andressa Busetti Martins, Andressa de Lima, Andressa de Oliveira Ferreira, Andressa Lopes Ribeiro, Andressa Sofia, Andreuara Milbratz de Oliveira, Andrey, Andrey de Sousa Sanches, Andrey Floriano Silva, Andrey Kenji Takaki, Andrey Rafael Silva, Andrey Vaneski, Andy Willowbotton, Angelo Muniz, Angelo Piazzon Tridapalli, Angelo Ton, Angelorox7, Aninhaalves, Anna Beatriz Bento, Anna Carina Sobral, Annamaria Papariello Marzo, Anne C., Anselmo da Silva Pilet de Oliveira, Antenor Ferreira da Silva Neto, Antonelly Machado, Antonilson Lucas Bispo dos Santos, Antônio Aldísio, Antonio Apoena, Antonio

Augusto da Silva Vieira, Antonio Augusto Galbin, Antonio Baia, Antônio Brigido Jr, Antônio Bruno Andrade Medeiros, Antonio Carlos Faccin Junior, Antonio Carlos Neto, Antonio Coutinho Gouvea, Antonio Cunha, Antônio Dorneles Müller, Antonio F. S. Neto, Antonio Henrique de Oliveira, Antonio Irineudo Magalhães Júnior, Antonio Julio de Oliveira da Costa, Antonio Luiz Baldo, Antônio Marcos (Am) Machado Bernardes, Antonio Marcos Fernandes Silva, Antonio Navarro, Antônio Pacheco Santos Costa, Antonio Rocha Neto, Antonio Sette, Antônio Tadeu Berardinelli Filho, Antonio Terto da Silva Junior, Antonystone, Aquele Elfo Renan, Aquiles Aguiar, Arcendriel, Ardu The Reaper, Argemiro Conceição Junior, Ariane Nascimento Silva, Aricélio de Souza Fernandes, Ariel Caê, Ariel Cardozo, Ariel Parahiba, Ariel Vieira Lima Serafim, Arion Schnorr, Aristides Bentes Craveiro, Arlovas, Armando Dutra, Armando Teles Dauer, Arnaldo Ferreira Leite Burle Neto, Arnold, Arnold Alexandre M Bandeira, Arnon Albuquerque, Arqui, Árthemys, Arthur Artiles Rangel de Sá Gomes, Arthur Ataíde Pinheiro, Arthur Barreto, Arthur Bernardon Zanella, Arthur Caputo Esteves, Arthur Citta Aguiar, Arthur D'Alessandro, Arthur de Lima Borge Souza, Arthur de Souza Spironello, Arthur D'Leon Cardoso Ferreira, Arthur Duarte Braga, Arthur Electo de Moura Lima, Arthur Endres, Arthur Felicio Tiburcio, Arthur Guimarães Yamashita, Arthur Gusmão, Arthur Hamdan Jardim, Arthur Henrique Guimarães, Arthur Jonck Hammes, Arthur Jorge Dias de Morais Coelho, Arthur Keppner, Arthur L. S. Marinho, Arthur Leal, Arthur Lemos de Oliveira Silva, Arthur Lima, Arthur Machado Dutra, Arthur Moreira, Arthur Neumann Tavares, Arthur Nogueira da Silva, Arthur Nunes, Arthur Reis, Arthur Ribeiro Marin, Arthur Rodrigo Maneira, Arthur Rogel, Arthur Santana de Mendonça, Arthur Silles, Arthur Simeão Faria, Arthur Simone, Arthur Thierry Cabral, Arthur Valvezon, Arthur Vinicius Sl, Arthur Zimmer Dias, Arthur&Lordv, Artur Amaral Barreto, Artur de Oliveira Schusler de Souza, Artur F. Andrezo, Artur Lulai Ferreira, Artur Neto Fidelis Duarte, Artur Paiva Theodoro, Artur Santos A. da Silva, Artur Sarlo, Arylton Gomes, Ash Jose, Assisneto Damasceno, Athos Beuren, Audair Zoneti Silva, Augusto "Tinho Legal" Carrão, Augusto Amaral, Augusto Azevedo, Augusto Cardone, Augusto Cesar, Augusto César Castro, Augusto César de Oliveira Araújo, Augusto Cesar Jeannine Rocha Junior, Augusto Correa, Augusto Henrique Rodrigues, Augusto M, Augusto Scarabelot Trichês, Aurélio Pereira Grison, Autor Wallace Oliveira Conceição - Wallverso, Ayrton Fischer, Ayrton Melo, B. Ayumi Slendon, Babi e Law, Badaró, Cauã, Bafana, Bambiando, Banilo Dorges, Barão Hendrig, Barão Lutiero, Barbadino, Bárbara Benamor, Bárbara Bortoletto Mascarenhas, Barbara Costa, Barbara Delgado Azevedo, Barbara Franchin de Bonilha, Bárbara Lopes, Bárbara Molina, Bárbara Regina Kapp, Bárbara Rossalli, Bárbara Vetorazzo, Barbosão, O Piedoso, Bardinho, Bart Verder, Be Andrade Puyol, Beatrice Vicente Ono, Beatriz Ambrosio, Beatriz Carvalho Clímaco, Beatriz Macedo Mollica, Beatriz Mercuri Alvarenga, Beatriz Rodrigues Ribeiro, Beatriz Sales Dias, Beatriz Silva Arruda, Beatriz Zacchi da Cunha, Becker, Bel Anyma Mazzucatto, Bellezord, Bene Alexandre, Ben-Hur Buscarons "Bh", Ben-Hur e Diva, Ben-Hur, Filho de Eliones Pereira, Bernadovisk, Bernardo, Bernardo & Thaís Wenzel, Bernardo Bezerra, Bernardo Brasil, Bernardo Carneiro, Bernardo Carvalho do Amaral, Bernardo Corrêa, Bernardo D'Andréa, Bernardo Guerra, Bernardo Herculano Nesello, Bernardo J. C. Nunes, Bernardo Moysés Martins, Bernardo Mucelini, Bernardo Opires, Bernardo Pinheiro, Bernardo Scofano, Bernardo Torquato de Sales Magalhães, Bernardo Vincenzo, Besouro Anêmico, Bethânia Ferreira Nascimento, Beto Medea, Bia Campos e Bruno Diniz, Bia Messias, Bianca Kamia, Bianca Lima, Bianca M. Farias, Bianca Mendes, Bianco Gimenez Ferrari, Bieloctavio, Bina Pinduca, Blckheart91, Bobatinho, Boiern, Boris Gers Dimitrov, Borraxxa e Bebelly, Bragatte, Braiam Gualberto, Braian Thomaz Takahira, Braulino Lucas Carvalho da Costa Furtado, Bráulio "Maximus" Santos I, Braz Dias, Brenda <3 Gabriel, Brenda Morel Bueno Ferreira, Brendon Braz, Brenno Lima Paixão, Brenno Nelson, Breno Agrela, Breno Atti, Breno Cavalcanti, Breno D B Ferreira, Breno Guse dos Santos, Breno Marra, Breno Moreira Bastos, Breno Pejon Rodrigues, Breno Rodigheri Maia, Breno Silva Teixeira, Breno Sobreira Gonçalves, Brian Torres, Brnvsantos, Brooizer, Bru Fernández, Bruce Diego Gomes da Luz, Bruna Bello, Bruna Brigatti Golineli, Bruna Charabe, Bruna Chiarione, Bruna de Paula Silva, Bruna Eline Frois Ketzer Benedito, Bruna Hills, Bruna Longoni de Stefani, Bruna Rodrigues, Bruna Toyama Sartorato, Bruna Wegner Mesquita, Brunamatheus, Brunno Barbosa, Brunno Costa, Brunno Del Puppo Martins, Brunno Grillo, Brunno Longo Bomfim, Bruno H Godoi, Bruno "Kimibad" Souza, Bruno Abbate, Bruno Alban Moscozo, Bruno Alves, Bruno Alves da Silva, Bruno Amorim Jaime, Bruno Andrade de Assis Moraes, Bruno Antunes, Bruno Aparecido da Silva, Bruno Arruda, Bruno Baccarin, Bruno Barbosa de Medeiros, Bruno Bellesi, Bruno Bertolino, Bruno Berton, Bruno Bezerra, Bruno Biajio, Bruno Birth, Bruno Bitencourt Oliveira, Bruno Brum, Bruno Busnardo, Bruno Cabral Bertelli, Bruno Camboim Rochelle Rocha, Bruno Castro Gomes dos Santos, Bruno Cesar Bomfim, Bruno César Correa da Silva Rodrigues, Bruno César Lopes da Silva, Bruno Cesar Lopes de Azevedo, Bruno Cesar Meretika Poncio, Bruno Chicon Gonsalves, Bruno Cilento Oliani, Bruno Cugola Coelho, Bruno Curuja, Bruno da Silva Bertolani, Bruno de Almeida Silva, Bruno de Carvalho Belmonte, Bruno de Lima Barbosa, Bruno de Oliveira, Bruno de Sales, Bruno de Santana Ferreira, Bruno de Souza Torlai, Bruno de Vasconcelos Vasconcelos, Bruno Demetrius, Bruno Esperança Pereira, Bruno Esteves, Bruno F. de Godoy, Bruno Felipe de A. Andrade, Bruno Fenrir, Bruno Ferreira, Bruno Flegma, Bruno Galvão, Bruno Gatiboni Carpes, Bruno Gaya, Bruno Gomes, Bruno Gonçalves Victor, Bruno Gonçalves Vieira, Bruno Grangeiro, Bruno Guimarães Leivas, Bruno Gustavo da Silva Ferreira, Bruno H. Galvão, Bruno H. M. da Silva, Bruno Henrique Choma, Bruno Henrique Pontes Jares, Bruno Humphreys Prado, Bruno Ishihara Marques, Bruno Kaique Dantas Santos, Bruno Lauriano Doyle, Bruno Lee da S Rodrigues, Bruno Lemos, Bruno Lenzi, Bruno Loch de França, Bruno Ludovico Dihl Horn, Bruno M Ribas, Bruno Maeda, Bruno Maia, Bruno Maia Cherubini (Big Maia), Bruno Maior, Bruno Marques Manso, Bruno Mateus da Cunha, Bruno Mateus Santos, Bruno Mendonça da Silva, Bruno Meneghetti, Bruno Müller, Bruno N. Melo, Bruno Noriller, Bruno Obuti, Bruno Oliveira, Bruno Pereira, Bruno Pereira Borges, Bruno Petelin, Bruno Prieto, Bruno Rezende de Abreu, Bruno Robert G. E., Bruno Rocha A. da Silva, Bruno Rocha Nascimento dos Santos, Bruno Romiti, Bruno Sabino, Bruno Sancar, Bruno Santana Alves, Bruno Santos, Bruno Santos, Bruno Scucuglia, Bruno Serpeloni "Serpa", Bruno Soeiro Franzoe, Bruno Suzuki, Bruno Tamburro, Bruno Tardin Costa Vieira Gomes Coelho, Bruno Tavares de Santana, Bruno Teixeira Guimarães, Bruno Thiago Trindade dos Santos, Bruno Tiago da Silva, Bruno Totti, Bruno Verro, Bruno Villas Boas Boscoli, Bruno Vox, Bruno Zeulli, Bruno Zuccheratte, Brunoogarruda, Brunovaske, Brutus Roots, Bryan N. S. Pinto, Bryan N.C. Farias, Bryan Proença Ferreira, Bryan Raia, Bryan Terry Casanova, Bryan Tiete Tanoue, Bueno Camargo Felipe, Bueno Hugo, Buesso, C. A. Scalassara Prando, Cabralossaurus Rex, Cacá Rocha, Caco de Melo Neto, Cadu Matutino, Caetano Carvalho, Cahenu, Caian Egidio, Cainã Bonfiglioli, Cainã El Barto dos Santos, Caio, Caio A L Motta, Caio A. Silva, Caio Augusto Fraxino, Caio B. Martinelli, Caio B. Martinelli, Caio Bayerl, Caio Brito Santos, Caio César Bezerra, Caio César Pereira de Brito, Caio César Sodré Rocha, Caio Corrêa, Caio Cosme, Caio Crisóstomo Pereira, Caio da Silva Guimarães, Caio Eduardo Ferreira Lima, Caio Falocci, Caio Feitosa de Almeida Cruz, Caio Felipe Evangelista, Caio Felix de Sousa, Caio Goes, Caio Henrique de Oliveira, Caio Johannes Prix Pio (Carneirinh0), Caio L. J., Caio Lourencio, Caio Lúcio Nascimento, Caio Luiz Rodrigues de Souza, Caio Luques, Caio Marcondes, Caio Matta, Caio Mognatti, Caio Nogueira Marques, Caio Nunes Cardoso Rocha, Caio Philipi dos Santos Gomes, Caio Poschardt Antunes Mello, Caio Prado, Caio Prando & Lucas Prando, Caio Rocha Pereira, Caio Savioli Zuanella, Caio Silveira de Lima, Caio Túlio Cruvinel Carvalho, Caio Uehara Martins, Caio V. B. Carneiro, Caio Vincenzo Reis Dima, Caio Vinícius Corrêa, Caio Vinicius Martins, Caio Zitelli, Caioz Ferreira, Caique Ferraz, Caique Rondina, Cajapuan, Calebe Ferreira Albertino, Calebe Helpa, Calebe Mattos Garcia da Rosa, Caleo Pires Bittencourt, Calista Jubilee, Camila Amazonas de Azevedo, Camila Atan Morgado Dias, Camila Carbonera da Silva de Almeida, Camila Colodette Maganin Moura, Camila de Aquino e Catarina Assunção, Camila dos Santos Mendes, Camila Gaggini, Camila Luna, Camila Mayumi Aono, Camila Polese e Lucas Polese, Camila Ribeiro Silva, Camile Ferreira, Camilla Clarkson, Camilla Mota, Camille Freitas, Camilo Alves Carvalho, Carina Kleinschmitt, Carine Kihara, Carla Cristina Gomes, Carla e Fellipe Pereira, Carla Machado, Carla Minniti, Carlo Mariano, Carlos "Caduzera" Gonçalves, Carlos A. M. Melo, Carlos A.C.J., Carlos Abreu, Carlos Alberto Correa Filho, Carlos Anibale, Carlos Augusto Bicoch, Carlos Augusto Garcia, Carlos Barreto, Carlos C. B. Paixão, Carlos Costa Jr., Carlos Diogo Dias da Silva, Carlos Eduardo, Carlos Eduardo Abade, Carlos Eduardo Abreu de Oliveira, Carlos Eduardo Alves de Oliveira, Carlos Eduardo Braatz,

Carlos Eduardo Candido e Luiz Fernando Candido, Carlos Eduardo Castro, Carlos Eduardo do Espírito Santo, Carlos Eduardo Garrido, Carlos Eduardo Gattermann, Carlos Eduardo Gomes, Carlos Eduardo Kania, Carlos Eduardo Pereira Mota Pedrosa, Carlos Eduardo Pontes de Santana, Carlos Emilio de Andrade Cacho, Carlos Enrique Lima de Araújo, Carlos Geovanni Gonçalves Soares, Carlos Henrique Campos, Carlos Henrique Martins de Menezes, Carlos Henrique Mendes Torres, Carlos Henrique Moitinho Monteiro, Carlos Henrique R. Cardoso, Carlos Henrique Storari, Carlos Henrique Tedesco, Carlos Krambeck, Carlos Lazaretto, Carlos Ledur Jr, Carlos Mousinho, Carlos Nunes, Carlos Papa, Carlos Pokeboy, Carlos Rodrigo Signorelli, Carlos Rupp, Carlos Sergio Dias Costa Júnior, Carlos V. S. Lima, Carlos Vinícius Gatto, Carol Colella, Carol Costa, Carol Gobbo, Carolina Abril, Carolina Emy Ono Leal, Carolina Fernandes Barbosa, Carolina M M Oliveira, Carolina Mantovani Kozikoski, Carolina Mariano Mazzocco, Caroline Moresi, Caroline R Silva, Cartier, Casal Gotinha, Cássia Bellmann, Cassia Cristina, Cassiano Almeida, Cassiano Antonio Bortolozo, Cassiano Domingos, Cassiano Geraldo, Cássio Augusto Matos da Silva, Cássio Rhein Félix, Cassio Takeshi Izumi, Castrinho, Cauã Cesar, Cauã S Nunes, Cauê e Gil, Cauê Muriano, Cauê Silva Muria, Cauê Venancio, Cayano Cougo, Cayo Leandro Marcos, Cecília Onohara da Silva, Celina Miranda, Célio Teixeira Paiva Junior, Celso de Almeida Junior, Ceme Marum, Cepeda, Cesar Alexandre Rodrigues Caparroz, Cesar Augusto Guerreiro Martins, Cesar Baiocchi, Cesar Barizon, César Cavion, César Estevam Crepaldi, César Georgiles da Silva, Cesar H., César Lloret, Cesar Rodrigues Marçal, Ch1C0H, Chagas Lima, Charles Cirino, Charles do Pillar, Charles G Caetano, Charles Ma, Charles Nogueira Lima, Charles Zimmermann, Cheldon Andrade e Fabiana Queiroz, Chirumpolo, Christian Alexandre Investigador Paranormal, Christian do Podcast Fale Amigo e Entre, Christian H. Mendes, Christian Nunes, Christian Souza Viana, Christofer Basílio, Christoffer, Christopher Koya, Chrystiam Monteiro Andrade, Chuckman, Cícero Sampaio, Ciel, Cigerza, Cincer, Cintia Luiz, Cíntia Rocha, Clara Langoski Bortolotto, Clarissa Lazzari, Clarisse Alvarenga, Claudenildo Oliveira, Cláudia Braga, Claudia Cecília Fontes Serrano, Cláudia N L Ventura, Claudio Adriano Aparecido Santos, Cláudio Alexandre, Claudio Brighenti, Cláudio Chill Lacerda, Cláudio José Lauria Ribeiro Salles, Claudio Ramos de Oliveira Junior, Claudio Renato Trindade de Melo Junior, Claudio Ricardo dos Santos Cruz Azevedo, Claudiosafo, Claudomiro Carvalho Neto, Clayton Henrique de Melo Silva, Clayton Menezes dos Santos, Cleber Pegoraro, Cleidionaldo Silva Furquim Filho, Cleison Silfer, Cleitin, Cleiton Côco Domiciano, Cleiton Xavier, Cleivisson Allan, Cléo Pires, Cleomar Vasily, Cleriston Coelho dos Reis Filho, Clesca, Henrique, Cleusa Silva, Cleyton Vidal de Oliveira, Clinton Barreto, Clovis Jr, Clovis Picanço Jr, Codorna3193, Conbneto, Concílio Silva, Cris Schneider, Criskelmi Arruda de Macena, Cristian, Cristian Crispim, Cristian dos Santos, Cristian Drovas, Cristian Luís Pereira, Cristian Pimenta de Jesus, Cristiana Sbardella Tamamoto, Cristiane Ayumi Taniguti, Cristiane Chapeta Mattoso Franco, Cristiane P. Santos Azazel, Cristiane Saponara, Cristiano Bozzetto, Cristiano Leite, Cristiano M da Silva, Cristiano Marques, Cristiano Matos, Cristyan Morais, Croud, Crystall, D. Dutra Monteiro, D. R. Laucsen, D.M Souza, Dag O Dagolas, Daielyn Cris Bertelli, Dailson Julio de Lima Santos, Dalaran Games, Dani "Gwyn" Moreira, Dani Delsoquio, Daniel Abreu, Daniel Araújo Siqueira, Daniel Augusto Pereira Couto, Daniel Baz dos Santos, Daniel Brambila Antonio, Daniel Cardoso de Morais, Daniel Churros, Daniel Cintra, Daniel Coradini, Daniel Coser, Daniel da Silva Guimarães, Daniel da Silva Loureiro, Daniel Daher, Daniel de Almeida Filho, Daniel de Mello Zabot, Daniel Deda, Daniel Dobrochinski Maia, Daniel dos Santos, Daniel Eugenio da Silva, Daniel Faé, Daniel Ferreira Pires, Daniel Freitas, Daniel Graminho, Daniel Honório dos Santos, Daniel J S Marinho, Daniel Leme Antunes Ohta, Daniel Levis, Daniel Lucas N. Alencar A., Daniel Lucena Cavalcanti, Daniel Luis Junckes, Daniel Martins Coutinho, Daniel Medina, Daniel Milan Matsumoto, Daniel Mois, Daniel Muniz, Daniel Nahum Bruno Bijani, Daniel Neto, Daniel Neves Ielpo, Daniel Peregrino, Daniel Pilati, Daniel Pone Duarte, Daniel Portilho Loureiro, Daniel Prieto, Daniel Rangel Barrocas, Daniel Remonato, Daniel Rodrigo Batista, Daniel Rodrigues Marques, Daniel Rost, Daniel Sales dos Santos, Daniel San, Daniel Sas, Daniel Scaravonatto, Daniel Segalla, Daniel Sesterheim, Daniel Sodre, Daniel Souto, Daniel Teclas, Daniel Torres, Daniel Victor Simões Fernandes, Daniel Weiler da Silva, Daniela C. Ivantes, Daniela Munhoz, Danillo Cezar Buhrer, Danillo Tonieti de Castro, Danilo "Roos" Rossi, Danilo "Sr_Aranha" do Prado, Danilo Aaron Botelho, Danilo Almeida Tigre, Danilo Augusto Santos Bigão, Danilo Augusto Vieira de Andrade, Danilo Bastos de Albuquerque, Danilo Costa, Danilo de Oliveira Carvalho, Danilo de Oliveira Cassimiro, Danilo Domingues Quirino, Danilo dos Santos Gomes, Danilo Gaioso, Danilo Gouveia de Castro, Danilo Henrique (Thesliver), Danilo Jobim Passos, Danilo Leite Barbosa, Danilo Lemos Batista, Danilo Mattos, Danilo P.A. Silva, Danilo Pacheco Victor, Danilo Rp Sampaio, Danilosq dos Santos Ferreira, Dankun_Paogratz, Dannilo Costa, Dante Dark, Dante Henryco de Carlo Di Fiori, Dante Rosan, Danyel "Thablo" Pablo, Danyel Hirose, Dariel Santos, Dark Geek Dg, Davi Aguilar, Davi Alencar, Davi Alexandre de Souza, Davi Alexandre P.S., Davi Braga e Igor Paes, Davi Brilhante, Davi Couto de Magalhães Santos, Davi da Silveira Alves, Davi Felipe Silva de Oliveira, Davi Hassum, Davi José de Souza, Davi Matarazzo, Davi Messias Ramos, Davi Moura da Costa Macedo, Davi Paes, Davi Pasetto, Davi Pinheiro, Davi Rana, Davi Rodrigues Carvalho, Davi.R., David Alves, David Amorelli, David Aprigio dos Santos, David D Nogueira, David Lucena, David Marques de Oliveira Leal, David Moratório, David Penof Jr, David Ribeiro Lacerda, David Santos, Davis Von Randow, Dayane Feltrin, Dayse Richffer, Débora Cristina Machado Torres, Débora Debu Araújo, Débora Naihane Alves Sodré, Dedézin, Deilson Magalhães de Almeida Neto, Deividson Oliveira dos Santos, Demys Alves Brito, Denian Lopes Pereira, Denir Tomio, Denis Douglas Leal de Souza, Denis Kim Sugiyama, Denis Ochiuto Mendez Houdoom, Denise Silva e Pablo Peil, Denison Guizelini, Dennys Morganti Martins, Derek Santos, Derick L Luz, Dérick Zanini Ferreira, Dericky Henrique, Derik Cardoso Girão Mota, Derso, Desmó, Dhiego Alexandre Pereira, Dhiogo Hermes, Diana Cruz, Diana Molinari, Diego A. de Souza Lopes, Diego Adão, Diego Argôlo, Diego Bandeira Borré, Diego Baptista, Diego Barbaruiva, Diego Berçacula, Diego Bittencourt, Diego Cassadori, Diego Costa, Diego Costa Chaves, Diego Costa Rocha, Diego Custódio Rangel, Diego de Luna Fraga, Diego de Paula, Diego Dias Mechereffe, Diego dos Santos Gonçalves Pacheco, Diego Elias Damasceno Costa, Diego Ferreira Santana, Diego Fleck, Diego Fonseca Lima, Diego Franco Miguel, Diego González, Diego Hermes, Diego Horta, Diêgo J. Diniz Silva, Diego José Busarello, Diego Lucas Ferreira, Diego Lutz Simão, Diego Martinello de Oliveira, Diego Matos Moura, Diego Medeiros, Diego Minuncio Pessoa, Diego Monutti de Souza, Diego Moro, Diego Moura, Diego Niles, Diego Pepe Raful, Diego Piovesan, Diego Rafael - Dego, Diego Rangel Sobral, Diego Santos, Diego Vieira, Diego Wolff, Dieter Gutterres Soares, Digão Santos, Dihh Cassio, Diiaraujo, Dinastia Geek, Dio Franco, Diogando, Diógenes Oliveira, Diógenes Riguer, Diogenes Vieira, Diogo "Gravetola" Cintra, Diogo Akyra, Diogo Cabral, Diogo Capris, Diogo Coelho Crispim, Diogo Dall Agnol, Diogo de Almeida Camelo, Diogo de Araújo Clementino, Diogo dos Santos, Diogo Fernando S. Pytlowanciv, Diogo Gêda, Diogo J. Messeder, Diogo Luis Andrade Silva, Diogo Marques Vermelho, Diogo Matheus Dias, Diogo Melo, Diogo Peixer, Diogo Ribeiro de Jesus, Diogo Vieira Costa, Diogo Vituriano de Lima, Dirlei Baccili Filho e Diego Machado Baccili, Djalmir de Barros Mendonça, Djan de Arcanjo Fefim, Djeefther Souza, Donizetti Peixoto Balta, Donz, Dorotéia Gomes, Doug, Doug Batista, Douglas Bedin, Douglas C Carvalho, Douglas Camilo, Douglas Cezario, Douglas de Médio, Douglas Estigarribia, Douglas Fertonani, Douglas Figueiredo, Douglas Gielo Quinellato, Douglas Goulart, Douglas Kadoch, Douglas Luz, Douglas Lycaon, Douglas M. Aguilar, Douglas Máximo, Douglas Monteiro de Castro, Douglas N.S., Douglas Patrick Ribeiro Utiyama, Douglas Perticarrari, Douglas Segalla Caragelasco, Douglas Souza, Douglas Tcthutchucão, Douglas Tuff, Douglas Xavier Silva, Douglas Zanotta, Dreyzin, Drika Zimmermann, Duda Ferreira, Dudu Biladeiro, Dudu Kandongas, Dudu Montezuma, Dudugrazziotin, Duduhqp, Duk Gabriel, Dyego de Freitas Sappio, Ed William Ferreira Júnior, Edbielas, Edd J., Eddie Souza, Ede Demari, Éder da Silveira de Almeida, Eder de Almeida Chiquito, Éder de Luca, Éder Gil, Eder Murari, Eder Venturi, Éderson "Feio" Rodrigues, Ederson Beck, Ederson Falcão Freitas, Edézio Souza da Silva Júnior, Edgar "Ogre" Souza, Edgar Ferreira de Andrade, Ediko Dominike, Edilson Barini Tizolin, Edilson Belo Filho, Edinário Júnior, Édipo Égas Marques, Editora Kalima, Edmilson Gemelli Dantas Neto, Edson Batista, Edson Mokiti Fukuti "Edo", Edson Ramos C. Junior, Edson Santos, Edson Sguizzato, Edu Costa, Eduarda Capetini, Eduarda Lourenço, Eduardo "Grifthy" Ferreira, Eduardo "Salsichão" Kuhn, Eduardo "Vycer" Guert, Eduardo Amadeo de Carli Nardi, Eduardo Augusto Furlaneti, Eduardo B. Costa, Eduardo Bezerra Dg, Eduardo

Bibiano, Eduardo Bisewski, Eduardo C Alves, Eduardo C S M Borges, Eduardo Carosi, Eduardo Cordova, Eduardo Corneau Schneider, Eduardo da Silveira de Meneses, Eduardo Dantas, Eduardo de Oliveira, Eduardo Dick, Eduardo dos Santos Sardinha, Eduardo Dragovich, Eduardo Eiiti Fujikawa (Kapivara), Eduardo Esteves, Eduardo F. Mizobuchi, Eduardo Ferreira dos Santos, Eduardo Figueiro, Eduardo Fonseca, Eduardo Franco, Eduardo G. Favaretto, Eduardo Gastal, Eduardo H.S., Eduardo Hippertt, Eduardo Honorato Chagas, Eduardo Issamu Nakamura, Eduardo Izidoro, Eduardo Jansen, Eduardo Kunioshi, Eduardo Luzzi, Eduardo M Batista, Eduardo Magalhães, Eduardo Marques Ferreira, Eduardo Martins, Eduardo Martins Nogueira, Eduardo Medeiros de França, Eduardo Mesquita, Eduardo Molina de Oliveira, Eduardo Munaro, Eduardo Oliveira, Eduardo Patrício Melo, Eduardo Patruni, Eduardo Pereira de Castro, Eduardo Pereira de Souza, Eduardo Peres, Eduardo Pina Rezende, Eduardo Pires Rosa, Eduardo Rafael Kommers Franke, Eduardo Ramone, Eduardo Ribeiro Bueno Netto, Eduardo Rodrigues Morais, Eduardo S. Andrade, Eduardo Santana, Eduardo Satoshi Shiraishi, Eduardo Sorice Correa, Eduardo Teixeira Santos, Eduardo Velozo Menegatti, Eduardo Wiethorn Filho, Edubolive, Edvaldo Silva, Edvaldo Siqueira, Edvan Alves, Edzy Jully, Egleidson Frederik, Egon Kersten Júnior, Eladio Cesar, Elcio Rodrigues Gomes, Elder Alexandre de O. Mancini, Elder Vicario, Eldner, Elena Correa dos Reis, Eliakim Rocha, Elian Roehrs, Eliane F. C. de Oliveira, Elias A. P. Lobo | Guilherme V. M. dos Santos, Elias Assunção, Elias Clementino, Elias dos Santos Silva, Elias Leite Freitas, Elias Maciel Pereira, Elias Roma Neto, Eliezer Nepomuceno Trindade Martins, Eliézer Oliveira dos Santos, Eliton Guerhard, Eloísa Vasconcelos, Eloy Alves, Elton Antunes Firmino Batista Nicolau, Elton Apolinario, Elvis Dadas, Elvis Diego, Emanoel Braga, Emanuel Amaral, Emanuel Angelo Piccinini, Emanuel Costa Inácio da Silva, Emanuel Cunha de Lima Oliveira, Emanuel Lima (Nekosama), Emanuel Silva Carneiro, Emanuel Torres de Oliveira, Emanuel Victor Barroso Leite, Emerson, Emerson Eu_Num, Emerson Luiz Xavier, Emerson Mayrido, Emerson O Silva, Emerson Ranieri, Emerson Rocha Santos, Emilio Eiji Yamane, Emilio Padilha, Emille Yoshie Sasaki, Emilson Brasil Barbosa, Emmanuel Antunes, Emmanuel Cruzichi, Endi Ganem, Enelir Volk, Engels Marx, Engomadinho, Enzão, Enzo Carillo Ramos, Enzo Domenico Razente Almeida Ramos de Oliveira, Enzo Gabriel Andrade Santos, Enzo Guerrero, Enzo Nuti, Enzo Santos, Enzo Tos, Enzo Zilio, Erbert Rotondano, Éric Almeida Carvalho, Eric Coelho. Lorde de Haedric, Eric Fontinele Gaspari, Eric Jones, Eric Maia, Eric Moraes, Eric Pena, Eric Rosa, Erick A. da Silva, Erick Cavalcanti, Erick Fernandes, Erick Ferreira do Amor Divino, Erick Ienke, Erick Natan Silveira Lima, Erick Piva, Erick Rg, Erick Thiago de Medeiros Lima, Erick Vinícius, Erickson Nascimento, Erico Ermenegildo, Érico Ferreira, Erico Munhoz, Érico Reis, Érico Robert - O Professor, Erik de Souza Scheffer, Erik M. Araujo, Erik Soares de Carvalho, Erika Ns, Eriqueta, Erisson dos Anjos Oliveira, Erivelto Pereira, Ernane Diniz, Eros Kerouak Cordeiro Pereira, Erueviando, Estevan Gonçalves de Sousa, Estevão J. E. da Silva, Estevão M. de Andrade, Esvaber, Ettore Martone Gambini, Ettore O Rossatto, Eugênio Barros, Eurico Antonio, Evandro Faria, Evandro G Quintino, Evandro Luiz Maciel de Sa, Evandro Metz Flores, Evandromon (Evandro Oliveira), Eveline Ferreira Macedo, Everson Daniel S. Dacosta, Everton G Silva, Everton Nascimento de Oliveira, Everton Rodrigues Gomes Ramos de Souza, Everton Santos, Evo Moraes, Ewerton M. de Mendonça, F Penninck, Fabãohh, Fabi Costa e Gabi Alencar, Fabian Marcel Menezes, Fabiana Cruz de Araújo, Fabiana F. de Souza, Fabiana Prieto G. da Silva, Fabiana Santos Ferreira, Fabiano Clementino Alves de Souza, Fabiano Lammerhirt, Fabiano Pereira, Fabiano Raiser Dias Bexiga, Fabien Lebouche, Fábio A. Silva, Fabio Alves Silveira, Fábio Antônio Neira Bessa, Fabio Ap. Alves da Silva Junior, Fábio Aparecido Gregório, Fábio B. Auffinger, Fábio Ballmann, Fabio Baraldi, Fábio Brendolin, Fabio Carvalho, Fabio Carvalho dos Santos, Fábio Casanova, Fabio Correia de Jesus, Fábio Daneze, Fábio de Andrade Lima Filho, Fabio de Carvalho Almeida, Fabio Elizeire da Cunha, Fabio Fatureto, Fábio Ferreira, Fábio Ferreira Escaleira, Fábio Fortkamp, Fabio Frederico Goulart, Fábio Gomes de Souza, Fabio H. S. Rocha, Fábio Hoffman, Fábio Iba, Fabio John Lian Luo, Fabio Kigiro, Fabio Lapetina Marceniuk, Fábio Luciano, Fábio Magno, Fábio Malta, Fábio Mastelari M. L., Fabio Mathias, Fábio Nariz, Fabio Noremberg, Fabio P C A Montez, Fabio Pompeo, Fábio Rodrigues Pelagaggi Nunes, Fabio Sartorato (@Sartorum), Fábio Seiti Yamada Yoshikawa, Fábio Takeo S. Tsuyama, Fabio Zanela, Fabíola Monteiro (Cifaela), Fabrício Bohrer, Fabricio Gomes Filho, Fabricio Rinaldi, Fabricio Rocha, Fabrício Silva das Virgens, Fabricio Souza de Lima, Fagner Godoy, Família Zambon, Fausto Bradna Junior, Fazac, Feack C-137, Febre Amarela, Felipe, Felipe "O Supremo" Pevidor Diniz, Felipe Alexandre da Cunha Bispo, Felipe Alferes, Felipe Almeida da Silva, Felipe Almeida Lopes Montenegro, Felipe Alves de Araújo (Beck), Felipe Augusto Rodrigues, Felipe Azevedo, Felipe Azevedo Rampazo, Felipe Barrella Netto, Felipe Basilio Barbosa, Felipe Bastos, Felipe Bazani, Felipe Benavides Serabion, Felipe Bohrer, Felipe Bonifácio, Felipe Boschetti, Felipe Botelho, Felipe Branco Venancio, Felipe Bulek, Felipe C F Alves, Felipe Cané, Felipe Capuzo Corrêa, Felipe Carneiro Meirelles, Felipe Cavalcante (Scar), Felipe Cit, Felipe Colussi Karasiak, Felipe Costa Coelho, Felipe Costa da Silva, Felipe de Abreu, Felipe de Lima Moreira, Felipe Dias Alekrin, Felipe Diesel, Felipe E. Caetano, Felipe Erick Santos, Felipe Feitosa, Felipe Fernandes Oliveira, Felipe Figueiredo dos Santos, Felipe França, Felipe Franco, Felipe G Avelino, Felipe G. Drumond, Felipe Galdino, Felipe Gomes Inácio, Felipe Güntensperger, Felipe Henrique Perillo de Sousa, Felipe J. Turcato, Felipe Kamei, Felipe L Brisola, Felipe L. Pinheiro, Felipe Laufey, Felipe Lopes Meneguine D'Oliveira, Felipe Maciel, Felipe Marques, Felipe Marques da Costa Silva, Felipe Martins Moreira, Felipe Medina Coelho, Felipe Mendes, Felipe Morais Carvalho, Felipe Moreira Reis Lapenda, Felipe Murakami Caldas Tourinho, Felipe Nunes Pereira, Felipe Oestreich, Felipe Panzarin M. Fernandes, Felipe 'Perud0' Saraiva, Felipe Pires de Oliveira, Felipe Pires Palomaro, Felipe Polesi, Felipe Polon, Felipe Polovanick, Felipe Portuense Lima, Felipe Rigotti Rocha, Felipe Rocha, Felipe Rodrigues Câmara, Felipe Rodrigues de Lima, Felipe Rodrigues Fernandes Coelho, Felipe Rodrigues Magalhães, Felipe Rodrigues Medeiros, Felipe Sant'Anna Dias, Felipe Santos Mesquita, Felipe Silva Nascimento, Felipe Simm, Felipe Takashi Rios Hokama, Felipe Tavares, Felipe Thomaz, Felipe Todeschini, Felipe Toledo Duarte, Felipe Viana Alves, Felipe Xavier, Felipe Xavier Gonzaga (Swrpg), Felipe Ximenes Cabral Martins, Felipe Zaia, Felipinho Costa, Felippe Aguiar, Fell0S, Fellipe Biazi, Fellipe M. Wojciechowski, Fellipe Pupo, Fellipe Souza Pires, Fellype Silva de Souza, Felp.S.O.L., Feportes, Fer.Nando.Uryel, Fergus Dutra, Fernanda Bento Sales, Fernanda Dias, Fernanda dos Reis V, Fernanda dos Santos, Fernanda Moura Lauria Godoy, Fernanda Muniz Ponce, Fernanda Schmidt Gimenez, Fernanda Sena-Paul, Fernanda Vieira, Fernando "Caos" Bernardelli, Fernando "Frena" Oliveira, Fernando A S Dizioli, Fernando B Santos, Fernando Barbosa da Luz, Fernando Bordin, Fernando Boxhoorn Goulart, Fernando Cândido dos Santos, Fernando Casavechia, Fernando Cassiano da Silva, Fernando Claceale Silva, Fernando de Araújo Alves, Fernando de Souza Carlos, Fernando Diomar do Amaral, Fernando Eduardo da Silva, Fernando Fabriz Sodré, Fernando Garcia Rollo Ferreira, Fernando Gom da Silva, Fernando Gomes de Carvalho, Fernando Gonçalves Sousa Netto, Fernando Guarda, Fernando Henrique Argentoni, Fernando Henrique Fernandes, Fernando Jardel Jardim dos Santos, Fernando Junior Almeida Farias, Fernando Lanferdini, Fernando Leal de Lucca, Fernando Luccas Cruvinel, Fernando Medeiros, Fernando Novais, Fernando Novais Barbosa, Fernando O Goblyn, Fernando Pereira Rebechi, Fernando Philippi, Fernando Pinheiro, Fernando Pp Leal, Fernando Ramos Franco, Fernando Ramos Wolff, Fernando Ribeiro, Fernando Rodella, Fernando Sena, Fernando Silva, Fernando Silva, Fernando Silva Nectoux, Fernando Tanese Mascara, Fernando Vella, Fernando Villela, Fernando-Vini Nascimento, Fiama de Capua, Fidélis Silva, Filipe "Pocasunga" Sampaio, Filipe Denin, Filipe do Valle Cury, Filipe Faria, Filipe Gabriel M Mauricio, Filipe Gomes Duarte, Filipe La Ruina, Filipe Leal Ferreira, Filipe Marinho, Filipe Martins, Filipe Matzembacher, Filipe Otero Prado, Filipe Pereira, Filipe Pessoa de Andrade, Filipe Poiato, Filipe Sales, Filipe Sampaio Santos, Filipe Sant'Ana, Filipovisky de La Fuente Teixeira, Filippe Rogerio, Flamínio Nunes, Flávia Cavalcante Monteiro Melo, Flavia Montero Marques dos Santos, Flávia Pires dos Santos, Flavio B. de Paula, Flávio Botter Marini, Flávio G Coutinho, Flavio Giovane, Flavio Justino Rosa, Flavio Lopes, Flavio Luciano da Silva, Flavio Monteiro, Flavio Rodrigo dos Santos Tavares, Flavio Sadler, Flopencio, Fofoleti, Fragnaf, Franciele Espilato, Francielly Monteiro Veiga de Lima, Francine Tomaselli, Francis Araújo, Francisco das Chagas Bonfim Fernandes Gui Bonfim, Francisco de Assis e Jéssica Cavalcante, Francisco Fortes, Francisco Henrique R. de Oliveira, Francisco Jorge Oliveira da Silva, Francisco Michell Oliveira Paulino, Francisco Moraes, Francisco Peres Júnior, Francisco Prezoto, Francisco Rauli, Francisco Thiago da Silva, Frank Engelbert, Frank Vagner da Silva Menacho, Franthesco R. O. Fioravanço, Frantz, Fred, Fred Genzani, Frederick Gomes Alves, Frederico de Alcântara Pereira, Frederico

Detofano, Frederico Lacis, Frederico Monteiro Couto, Frederico Schlickmann Rottgers Marcineiro, Friedrich Ebert Miki, Fuinha Akopian, Fuzil Corolin, G. A. Caetano, Gabê & Match, Gabi Sanfins, Gabisdörr, Gabriel, Gabriel Abarca, Gabriel Alexandre Marassi Sitta, Gabriel Aller Vaz, Gabriel Almeida, Gabriel Almeidinha Gonçalves, Gabriel Amorim, Gabriel Antônio de Melo Sousa, Gabriel Araujo, Gabriel Araújo, Gabriel Araujo Barrado, Gabriel Armando Freitas da Silva, Gabriel Arruda dos Santos, Gabriel Arruda Paim, Gabriel Augusto Pavan de Castilho, Gabriel Augusto Rebouças, Gabriel Avila, Gabriel Balog, Gabriel Beckner, Gabriel Berwanger Silveira, Gabriel Besbati, Gabriel Bittencourt, Gabriel Bonilha, Gabriel Borges Gonçalves, Gabriel Botelho Abrantes, Gabriel Brandão Araújo, Gabriel Breda, Gabriel Brugnetti, Gabriel C. Fernandes, Gabriel Cabral Homem, Gabriel Candido Silva, Gabriel Capato Alencar, Gabriel Carlos Teixeira dos Santos, Gabriel Cássio Moreira Freitas, Gabriel Cesário Gomes, Gabriel Cestari, Gabriel Constantino Camilli, Gabriel Costa, Gabriel Costa Nunes, Gabriel da Fonseca Pina Nogueira, Gabriel David "Delta", Gabriel de Carvalho Araújo, Gabriel de Carvalho Dantas, Gabriel de Carvalho Ferreira Silva, Gabriel de Castro Lima, Gabriel de França Medeiros, Gabriel de Sá, Gabriel de Souza Saraiva, Gabriel Denofrio, Gabriel Dentello Bonassa, Gabriel Dietrich, Gabriel do Nascimento Martins, Gabriel 'Dread' Siqueira, Gabriel F Pagin, Gabriel F. D. Sedrez, Gabriel Faciole, Gabriel Fávaro, Gabriel Felipe da Rosa, Gabriel Ferreira, Gabriel Franco Rodrigues, Gabriel Frei, Gabriel Freitas, Gabriel Galdino, Gabriel Galeano, Gabriel Garcia Amaral Castelo, Gabriel Gazzoni, Gabriel Góes Ferreira, Gabriel Gonçalves Motta, Gabriel Goulart, Gabriel Guandalini, Gabriel Gutierrez, Gabriel H C Ferreira, Gabriel H Pulcena, Gabriel Hasse Stein, Gabriel Heidrich, Gabriel Henrique, Gabriel Holycordeiro, Gabriel Isaac Gonçalves Haydar, Gabriel Isrrarel Martins, Gabriel Jooji, Gabriel Jose Carqueijeiro Ferreira Teixeira, Gabriel José Pereira de Souza, Gabriel Klippel Andrade Gomes, Gabriel Klostalis, Gabriel L. C. Valente, Gabriel La Luna, Gabriel Lacerda, Gabriel Lenharo da Cunha, Gabriel Lisboa, Gabriel Lucas da Luz, Gabriel Luviza, Gabriel M Gonçalves, Gabriel M Zanin, Gabriel Maimone, Gabriel Mapa, Gabriel Marinheiro Lima, Gabriel Martins Fitness, Gabriel Martins Sojo, Gabriel Medeiros Machado Galdino, Gabriel Medeiros Munhoz, Gabriel Meireles de Sousa, Gabriel Melo Maciel, Gabriel Miranda, Gabriel Miranda Alcantara, Gabriel Moon, Gabriel Morais, Gabriel Motta da Silva, Gabriel Moutinho da Silva, Gabriel Nardes Giampietro, Gabriel Negreiros Monteiro de Castro, Gabriel Newm' Santos, Gabriel Olímpio Timóteo, Gabriel P de Aquino, Gabriel P. D. S. Rodrigues, Gabriel Paes Orenstein, Gabriel Peixoto Cordeiro, Gabriel Perecim, Gabriel Pereira de Souza, Gabriel Pereira Martins, Gabriel Perrone, Gabriel Pim, Gabriel Prestes, Gabriel R. Broch, Gabriel R. M. Corrêa, Gabriel Raduenz "Herr Z.", Gabriel Ramos Pratti e Emanuelle Santos Camargo Pratti, Gabriel Rech, Gabriel Rezende, Gabriel Ribeiro Batista, Gabriel Rocha de Souza, Gabriel Rodrigues, Gabriel Rodrigues Abreu, Gabriel Rodrigues da Cruz, Gabriel Rodrigues Teixeira, Gabriel S Martins, Gabriel Sab, Gabriel Saliba, Gabriel Salustino, Gabriel Sampaio, Gabriel Santana Paganini Martins, Gabriel Seiji, Gabriel Silva, Gabriel Siqueira Dias, Gabriel Souza Assunção, Gabriel Takeo, Gabriel Tamiasso, Gabriel Tem Pass, Gabriel Thomaselli Fuck, Gabriel Tiecher, Gabriel Vaz, Gabriel Vicente Rosario, Gabriel Victor Raymundo, Gabriel Vidarte Bittencourt, Gabriel Vilaça, Gabriel Vilarinho, Gabriel Vilela Firmo, Gabriel Vinicius da Silva, Gabriel Vitor Dürrewald, Gabriel Yoshiharu Kondo, Gabriel Zanotti, Gabriel Zaquel, Gabriela A Matias, Gabriela Andrade Nonato, Gabriela Bon Lemes, Gabriela Chaigneau Montenegro, Gabriela Dias Marques Cardoso Soares, Gabriela Fonseca, Gabriela Galdino Fazoli, Gabriela Gonçalves, Gabriela Hosth Guerro, Gabriela Laís Vieira, Gabriela Machado, Gabriela Manfrim, Gabriela Maria, Gabriela Sayuri Yoshikawa, Gabriele Albuquerque Silva e Fernando Teixeira de Pelegrini, Gabriella Regis Marques de Abreu, Gabrielle Carvalho, Gabs Mota, Gaby Butierres, Gardinar Campera-, Gashioru, Gean Carlos da Silva Custodio, Gean Lucca Milioli, Geandro Costa do Vale, Geane Lopes, Geebz, Geison Sommer, Genaro A S Neto, Genival Neto, George F C Brite, George Maicon, Georgia A V Ferraz, Geovane Lopes da Silva, Geovani Alex Nieswald, Geraldo J S Neto, Germano E. S. Staggemeier, Germano Loos, Gerocarlos, Gerson Orrico, Getúlio Ribeiro Peixoto, Ghylherme Patriota Nunes da Rocha, Giácomo Cestari, Gian Carlo Fortmuller Filho, Giancarlo da Silva, Giancarlo Filho, Giancarlo Stracquadanio, Gianfranco Ceni, Gianna Cantanhede, Gil Silva, Gilberto B P Sousa, Gilberto Feijó, Gilberto Luiz Maschio Junior, Gilberto S. Santos, Gilberto Simões, Gileade Dutra e Jessica Micheli, Gilmar Arcanjo Pejome, Gilmar Lima de Souza, Gilson de Azevedo, Gilson Vinícius, O Bonito, Giovani Araujo, Giovani da Silva Braz, Giovani Dal Pian, Giovani M Nóbrega, Giovanna Jangarelli Santini, Giovanne Bittar da Costa, Giovanne Discacciati, Giovanne Lopes Biscaia, Giovanni Araujo Mosena, Giovanni Bordignon, Giovanni Cuchiaro, Giovanni e Samuel, Giovanni Grosso, Giovanni Oliveira, Giovanni Ostemberg de Oliveira, Giovanni R. Branco, Giovanni Saibel, Giovanni Silva Rizzi, Gisellacs, Giu Rodrigus, Giulia Batiston - Henrique Batiston, Giulia Oliveira de Souza, Giuliana Alves Alberti, Giuliano Biasioli, Giuliano Mendonça, Giuliano Peratelli, Giuliano Stravini, Giulio Sá, Giuseppe Cesar Calzavara de Araujo, Gladson Caldas, Glauber Isaias Pinheiro Dantas, Glauber Lopes Mariano, Glaykson, Gledison Silva, Gleyson Moraes Silva, Glmarantes, Godvit, Gomes_Fsg, Goriok, Gregory Ferreira de Almeida, Gregory Oliveira Pina, Guadalupe Costa, Gualter Abreu, Guerreiro, Guga Lobato, Gugalmachado, Gui Brancalhone, Gui Cabral, Gui Kelevra, Gui O Gangrel, Guih Leme, Guilherme (A_Gralha), Guilherme A. L. Linhares, Guilherme A. S. Ribeiro, Guilherme Afonso Halal, Guilherme Albino, Guilherme Alexandre Quint, Guilherme Alves, Guilherme Amato Marinho, Guilherme Augusto Figueiredo Garcia de Moura, Guilherme Augusto Pangratz, Guilherme Barbara, Guilherme Barbosa, Guilherme Barroca Cruz, Guilherme Biazzi Gonçalves, Guilherme Borges Chedid, Guilherme Borges Ribeiro, Guilherme Branco, Guilherme C. Luccas, Guilherme C. M. Freitas, Guilherme Cajueiro, Guilherme Carrara, Guilherme Carvalho (Dalai), Guilherme Carvalho Rodrigues, Guilherme Cavalcante da Costa, Guilherme Ceolin, Guilherme Cordeiro de Lima, Guilherme Corrêa da Silva, Guilherme Cuba, Guilherme Cunha Collini, Guilherme da Silva, Guilherme da Silva Borges, Guilherme Dalonso e Jessica Lopes, Guilherme das Neves Teixeira, Guilherme de Azevedo Riscado, Guilherme de Oliveira Borges, Guilherme Endler, Guilherme Fadel, Guilherme Falconi Antoniazi, Guilherme Fernandes Monteiro, Guilherme Fernandes Rocha, Guilherme Ferraz Dondoni, Guilherme Fiorini, Guilherme Fraidemberge Andriani, Guilherme Fretin Veçoso, Guilherme Gama Granito, Guilherme Garcia Telles dos Santos, Guilherme Gomes, Guilherme Gomes Zambelli, Guilherme Guimarães, Guilherme Gustavo Luciano, Guilherme Henrique da Silva, Guilherme Henrique Schiefelbein Arruda, Guilherme Henrique Schwab Antunes, Guilherme Hoppmann, Guilherme Lengruber Carneiro, Guilherme Leocadio, Guilherme Lopes de Andrade, Guilherme Lucindo, Guilherme M. Tutia, Guilherme Manueles, Guilherme Marcolino da Silva, Guilherme Martins Agostini, Guilherme Massoni, Guilherme Medina (Nanuque - Mg), Guilherme Menezes Sipoloni, Guilherme Mingorance, Guilherme Munhoz Lima, Guilherme Nascimento, Guilherme Nascimento de Oliveira, Guilherme Nepomuceno de Carvalho, Guilherme Nunes Thejoker, Guilherme Nunes Tolotti, Guilherme Olimpio Fagundes, Guilherme Origo Fulop, Guilherme Ortiz, Guilherme Parrado, Guilherme Pedroza Silva, Guilherme Peretti, Guilherme Peron, Guilherme Picolotto, Guilherme Pissaia, Guilherme Prado, Guilherme Prebianca de Araujo, Guilherme R. Schön, Guilherme Ribeiro Telli Manoel, Guilherme Romano, Guilherme Rosendal, Guilherme Sant'Clair Alves dos Santos, Guilherme Santos Souza, Guilherme 'Senhor dos Resets' Capelaço, Guilherme Sumariva, Guilherme Tavares Raposo, Guilherme Tito, Guilherme Veloso, Guilherme Yudi Hirakawa, Guilherme Yukio Goto, Guilherme Zandoná, Guilherme Zechetto Pedroso, Guillermo Potiê, Guma, Gusphael Maiaredo Ribeiranha, Gustavo Albino da Costa, Gustavo Almeida, Gustavo Almeida Silva, Gustavo Arapiraca, Gustavo Azevedo Silva Kaiser Cabral, Gustavo Binni, Gustavo Bruno Kuhlmann, Gustavo Caldini Lourençon, Gustavo Cavalcante, Gustavo Cestari, Gustavo Chagas, Gustavo Corso Ribeiro, Gustavo Costa, Gustavo D' Oliveira Mendes, Gustavo Dawson, Gustavo Dias, Gustavo Dutz, Gustavo e Guilherme Fernandes, Gustavo Érick, Gustavo Ezequiel Melo, Gustavo Fabiane, Gustavo Felipe Lessa Luz, Gustavo Felipe Scheneider, Gustavo Fernandez da Costa, Gustavo Ferreira de Sousa, Gustavo Glazar, Gustavo Goes e Clara Scaldelai, Gustavo H P Pintor, Gustavo H. A. Valenzuela, Gustavo H. Gonçalves, Gustavo Hamester Meurer, Gustavo Henrique Martin, Gustavo Henrique Rabelo do Carmo, Gustavo Huziy, Gustavo José dos Santos, Gustavo Klaus Cunha Pickart, Gustavo Krug, Gustavo Lacerda de Souza Gomes, Gustavo Laurenti Ignácio, Gustavo Lourenço S. Silva, Gustavo Luz Jorge, Gustavo M. Vita, Gustavo Machado de Freitas, Gustavo Maradei Tuma Martins, Gustavo Matias, Gustavo Montandon de Abreu, Gustavo Monteiro França, Gustavo Moreira Ribeiro, Gustavo Mota da Silva, Gustavo Muniz do Nascimento, Gustavo Niella, Gustavo Pereira, Gustavo Pereira Urzetta, Gustavo Puchalski,

Gustavo Pukar Augusto, Gustavo R Lourenço, Gustavo Reis, Gustavo Reis Dib, Gustavo Reis Manfrinato, Gustavo Renan Tavares, Gustavo Ribeiro Rocha Nascimento, Gustavo Rocha, Gustavo S Dias, Gustavo Sanches dos Santos, Gustavo Sartini, Gustavo Schmidt, Gustavo Silva Barbosa, Gustavo Silva Evangelista, Gustavo Silverio Domingues Vieira, Gustavo Siqueira Loureiro, Gustavo Siqueira Maia, Gustavo Teixeira de Souza, Gustavo Tulio Subtil de Oliveira, Gustavo Vago Piffer, Gustavol, Guthyerres Borges, Gyxnes, Habner Fabrício Boesing, Hadassa Narcizo, Hadson Neri Almeida, Hagácio Issrraylan, Hakon Heriksson, Halan Mariuci, Hallen, Hamilton Coelho, Hari Vazquez, Harrison Marciano, Hartman Ortiz, Hassã Viana, Hayala Pimenta, Heber Agnelo Fabbri, Hector Feliciano Lopes, Hector Fortuna Suarez, Hector Kenitchi Sato, Hectorhirata, Heitor Cabral Marinho Gonçalves, Heitor Carvalho dos Santos, Heitor Cavallaro, Heitor Corrêa Clares, Heitor Megale, Helber A. Teixeira, Helbert de Oliveira Coelho Júnior, Hélder E. de Sousa, Hélder Matos, Helder Pereira, Helio dos Santos Neto", Helio Henrique Vasconcelos, Heloísa, Helson Tetsuo, Hendrigo Bernardi Korndorfer, Henrique Barbosa, Henrique Bazanella Pizzi, Henrique Bilio, Henrique Boeira Koch, Henrique Brandim, Henrique Braz Freire, Henrique Camillo Munhoz, Henrique Cazarini, Henrique Constant, Henrique de Carvalho, Henrique de Freitas Ramos, Henrique de Menezes Guimarães, Henrique de Quevedo Franco, Henrique Grizzo Bernini, Henrique Guimarães Gryszczenko, Henrique Gustavo Fuchs Martins, Henrique Haag "Sonolento", Henrique Hashimoto, Henrique Hermida, Henrique Horvath Marques, Henrique Jose Pereira da Silva, Henrique L. O. Lemos, Henrique Lima e Souza, Henrique Liotto, Henrique M Castro, Henrique Machado Marques, Henrique Martins, Henrique Masao Rios Hokama, Henrique Meurer, Henrique Milanezi, Henrique Mitsuo Imanobu, Henrique Mozer Nunes, Henrique Neves, Henrique Pacheco Guilherme, Henrique Panisi Gottschall, Henrique Pereira Rodrigues, Henrique Ribeiro Sterckele Benatti, Henrique Rodrigues da Silva, Henrique Rodrigues Gonçalves dos Santos, Henrique S. Vitchmichen, Henrique Seiji, Henrique Sommer, Henrique Tomasello Corrêa, Henrique Ueno, Henrique Véssio, Henrique Zangrossi Muzulon dos Santos, Henryque Vargas Cabral, Herbert Almeida, Herbert Lincon Rodrigues Alves dos Santos, Hércules Pires, Hericka Oliveira Kenup Hernandes, Hermes e Rayane, Heros Carvalho Neto, Hess Grigorowitschs, Hevandro F Curtolo, Heverton Vaz, Hewerton João Barrichello, Hewerton Kavera, Hewerton Patrik Pinheiro Radavelli, Hfxavier, Hiago da S. Lacerda, Higor Eric, Higor L. Schlemper, Higor O. Santos, Hilton, Hisashi B. Kurisaka, Hmenon, Homero Barbosa, Huberto Kaiser Filho, Hudson Júnior dos Santos, Hueligton Pereira de Melo, Hugo Appolari, Hugo Ceni, Hugo de Oliveira Santos, Hugo de Sanches Souza, Hugo Estrada de Oliveira, Hugo Faria, Hugo Hanashiro Galdino, Hugo Henrique Bernardini Arcebispo, Hugo I Silva, Hugo Oliveira, Hugo Rezende Honorio, Hugo Rodrigues Alves, Hugo Rudnick, Hugo S Persechini, Hugo Soares Barroso, Hugo Soares Lacerda, Hugo Valentim de Melo Bezerra, Humberto A. de Paula, Humberto Adriano Dotto, Humberto Crispim, Huntermtx, Huthe, Hyan Nascimento Guimarães Gonçalves, Iago Câmara Riciopo, Iago Franco Bacurau, Iago Gomes Tavares, Iago M. Lopes, Ian "Icoaraciense" Santos, Ian "Nattsu" R. Fernandes, Ian A. J. Harbs, Ian Costa Tota, Ian Dias, Ian G. M. Silveira, Ian Haendel Mendonça Gabriel, Ian M. M. Duarte, Ícaro A. C. Oliveira, Ícaro Augusto Moreira, Icaro Luis Kossmann, Ícaro Salomão Almeida, Icaro Sannazzaro, Igão Jiga Mt, Ighor Lucena, Ignácio Coqueiro Schroeder, Igor "Npz" Piñeiro, Igor "Raidez" Oliveira, Igor A. Marques, Igor Adriane Souza de Paula, Igor Almeida, Igor Alpoim Oggioni Puppim, Igor Alvarenga Batista do Carmo, Igor Alves de Morais, Igor Ariyoshi, Igor B. O. Boeira Lima, Igor Castelo, Igor Cruz Figueiredo, Igor da Costa Quiterio, Igor de Lima Monteiro, Igor Dmirkutska, Igor do Amaral Moreira, Igor Feital, Igor Felippe Santos Gonçalves, Igor Felix de Moraes, Igor Fernandes Vicente, Igor Gomes da Costa, Igor Herrera Bruno Mundim, Igor José Lemos Marques, Igor Leibão, Igor M. Mariano, Igor Magalhães Becattini Miranda, Igor Morgado de Paula, Igor Mota Bazoli, Igor Murta, Igor Novis, Igor Philip, Igor Pignataro, Igor Rocha, Igor Tonini, Igor Trasel Sobrosa, Igor Zacarias, Ike Cardinali, Ilidio Tavares de Azevedo Junior, Ing Leal e Felipe Henri @ Indieleal, Ingrid Beatriz, Inoã de Macedo, Insolente, Invictor Prado Sampaio, Ipitácio Oliveira (Thunder), Iris Firmino Cardoso, Irlan Bigaton, Irmãosbastos, Isaac Naval, Isaac Sombra Rodrigues Neto, Isabel Sakuma, Isabela de L P Naumes, Isabella Cristina de Brito Queiroz, Isabelly Almeida, Isabely Ramalho, Isac "Lunastic" de Luna, Isadora B. Pereira, Isadora C. Aleixo, Isadora Peroni, Isadora Teresa Poma, Isaias Alax Barbosa Ferreira, Isaias da Silva Siqueira, Ismael Felipe Hepp, Israel Botelho, Israel Bovolini Junior, Israel dos Reis Novo, Israel Oliveira, Israel Santos Pinho, Israel Silva, Itallo Gabriel Leão Cunha de Oliveira, Italo A. Aguilar, Ítalo Albuquerque, Italo Cesar Oliveira de Carvalho, Italo Machado Piva, Iully Silva, Iuri Ramon Cervantes Santos, Iury, Iury Linhares Martins da Costa, Iury Ruan X, Ivaldy H Calado Jr, Ivan Campinho Pessoa, Ivan Castro de Carvalho, Ivan Fernandes, Ivan Gomes (Kamus), Ivan Silva Tostes, Ivan Zyrianoff, Ivar Ellery, Ivens Denner, Ives Bernardelli de Mattos, Ivonete de Paula, Ivys Francisco de Moura Domingues, Izabella Pavão, Izac Sidarta, J F Pereira Lima, J. James 'Cadimia' F. da Cruz, J. L. Alves Jr, J. P. Ciacci, J. Uéverton S. Santos, J.D. Havi, J.G. Valério, J.J. Ferreira., Jaciana Braz, Jaciel Albuquerque de Souza, Jack Luiz Dias da Rosa, Jackson Cividati, Jackson James da Silva, Jacob Milder, Jacqson Santos, Jacqueline de Freitas Pereira, Jacson Oliveira - Jatous, Jader Mendonça Filho, Jadson R. de França, Jael Jaime Rainert, Jaézer Lima, Jailton A. G, Jaime da Costa Pereira Neto, Jaime Porto, Jair Célio Moreira Neto, Jairo, Jairton Jesjobom Junior, Jaison Roque, Jamesson James, Jamile, Janaína Alves da Silva, Janaina de Oliveira Monteiro, Janaína Rosa e Paulo Vargas Junior, Jango, Janine, Janine Ali, Jaqueline de Lima Costa, Jarbas Trindade, Jardeson Medeiros, Jarod Cavalcante, Jean C Silva, Jean Carlo Jahn, Jean Carlos Conrado, Jean Carlos Rodrigues Amorim, Jean Coppieters, Jean Costa Machado, Jean Michel Macêdo dos Santos, Jean Vargas, Jean Waise Ribeiro, Jeanluiz Monteiro, Jedeerson Nicacio da Silva, Jef Barbosa, Jeferson Dantas Miranda, Jeferson Kolling, Jeferson Luiz Sousa, Jeferson Oliveira, Jeff Clivatti, Jefferson Araújo Cardoso, Jefferson Jamess, Jefferson N. Araujo, Jerônimo Cauduro, Jessdesc, Jesse Jardim Brum, Jéssica Alves, Jessica Cantieri, Jessica Casali, Jessica de Morais Seixas e Daniel Alan Aureluk, Jéssica Duarte, Jessica Duarte, Jessica Júlio Colani, Jéssica Maia, Jessica Pantoja Almeida, Jessica Ribeiro, Jetão Ribeiro, Jeter Cantuária Carneiro Filho, Jeyson Teixeira, Jhenyffer e Mateus, Jheyson F., Jhol, Jhonatan Felipe Mendes, Jhonathan Corrêa de Jesus, Jhonattan Maklister Passos Gomes, Jhonny Bezerra Gomes, Jhonyii, Jimmy Lopes, Jinvector, Jivago Viana, Jo Oje, Jô Oliveira, Joacaz de Andrade Barbosa, Joan Silva Guedes de Souza, Joana Irisvânia do Carmo Martins, João "Flamereaper" Breder, João "Jorge" Palaci, João Adorno, João Ali Trogo, João Alvaro, João Anisio Monteiro Magalhães de Andrade, João Antônio Jeunon, João Arthur Tavares, João Artioli, João Augusto de Souza Santos, João Carlos de Lima, João Carlos Lisboa, João Cláudio Seguezio, João Eduardo, João Eduardo Frigo Gonçalves, João Fábio Bruno, João Faccion, João Felipe Bronzato, João Felipe da Silva, João Felipe Krug, João Figueirinha, João Filipe R. P. de A. Silva, João França, João Gabriel de Oliveira (João Gabs), João Gabriel de Souza Leonardo, João Gabriel Figueiredo de Lima, João Gabriel Fontana, João Gava, João Georg, João Guilherme Nardo, João Guilherme Pedrílio, João Igor Dias Mota, João Laux, João Lobo, João Lucas Agostinho, João Lucas Arruda, João Lucas da Silva Ramos, João Lucas Schueller, João Lucas V.C., João Luiz Pucetti de Araujo, João Manoel Patricio Pires, João Marcos L. Barbosa, João Marcos Vasconcelos, João Martins Feitosa Neto, Joao Mateus Scarpa, João Menighin, João Miguel (Mais Brabo do Yt), João Moll Wesley, João Munduruca, João Otávio Bittencourt, João Otávio de Santanna, João Paulo Barbosa da Silva, João Paulo de Barros Carvalho, João Paulo de Sousa, João Paulo G. Brandt, João Paulo Jorge de Oliveira, João Paulo Santos Francisco, João Paulo Vaz Messias, João Pedro Amoêdo, João Pedro B.B., João Pedro Camargo, João Pedro da C. Pacheco, João Pedro da Silva Netto, João Pedro de Melo, João Pedro Gonçalves Santos, João Pedro Guimarães Fernandes, João Pedro L. Martire, João Pedro Lisbôa Lopes Pinheiro Dias, João Pedro Martins Morand, João Pedro Mendes do Carmo, João Pedro Minto Russo, João Pedro Moreira Veloso dos Santos, João Pedro Oberhauser Tavares Braga, João Pedro Oliveira, João Pedro Ribeiro Bessa, João Pedro S. Carvalho, João Pedro Silva Siriano, João Pedro Telles Fava, João Pedro Trevisan, João Picoli, João Pompeo, João Ricardo Ramos, João Rosa Amorim, João Rosseto, João Salgado, João Taboada, Joao Thiago de Oliveira Garcia, João Tortugas, João Victor Anastácio de Oliveira, João Victor Barbosa Evangelista, João Victor Barros dos Santos, João Victor Bautista Ramos, João Victor Dantas Mulato, João Victor de Medeiros Vitoretto, João Victor Domingues Baldini, João Victor Gonçalves da Silva, João Victor Lauriano Ribeiro, João Victor Lessa Nunes, João Victor Macedo de Oliveira, João Victor Marks, João Victor Marques, João Victor Ornelas P. dos Santos, João Victor R. Bitencourt, Joao Victor Rodrigues Silva, João Victor Sousa, Joao Vinicius da Rosa Machado, João Vinícius Serpa Souza, João Vitor Augusto, João Vitor Barbosa dos Santos, João Vitor Bosco, João

Vítor Costa Almeida, João Vitor Dias, Joao Vitor Domingues, João Vitor Farias Pinheiro, João Vitor Fraioli, João Vitor Passos, João Vitor Ramires Luz, João Vitor Rocha, João Vitor Sales, João Vitor Santin, João Vitor Sbm, João Vitor Silva dos Santos, João Vitor Silva Mondelli, João Wolf May, Joaquim Netto, Joás Pereira, Jober70, Joctã Gomes Barbosa, Joe Fênix, Johanna Lieskow, John Falcão da Silva, John Pablo, John W. S. Guimaraes, Johnathan Rip Amaro, Johnny Bijos, Johnny C. Vargas, Jonas Kasmanas e Camila Zanini, Jonas Marques de Freitas, Jonas Rachid, Jonatan Hauschild, Jônatas Alves Silveira, Jônatas Fernando Pires Souza, Jonatas Santos, Jonatha Chrys Ballet das Neves, Jonathan Campos Souza, Jonathan Celso Elias, Jonathan Coutinho, Jonathan de Souza Marinho, Jonathan Pinheiro dos Santos, Jonathan Porn, Jonathan R S Santos, Jonathan Rafael Pinheiro Felipe, Jonathan Segovia, Jonathan T. P. Silva, Jonathan Vitoriano Candido, Jonathann Gonçalves Ferreira Cunha, Jonathas Ramos Vaz, Jonathas Vicente Benites, Jonathas&Angelica, Jordy Araujo, Jorel Restano, Jorge 2X, Jorge Barreiro, Jorge H S Osiro, Jorge Henrique da Silva, Jorge Lucas Silva de Oliveira, Jorge Luiz Alves de Moura, Jorge Quintas, Jorge Sassaki, Jorge Souza Azevedo Moniz Barreto, Jorge Torres, Jorge Vieira, José Anahelton Sousa Fonteles, José Anderson, José Antonio Teodoro Borsato, José Augusto de P. Moraes, José Augusto Ribeiro, José Bentivi, José Bruno Ferreira Bertolino, José Cesar Vieira Marques, José Eduado Marquez, José Eduardo Dorneles, José Eduardo Hermida da Silva, José Francisco Bias Fortes de Abreu, José Gilmário da Costa Batista, José Henrique de Sousa Santos, José Henrique Rodrigues dos Santos, José Kleber Marinho Santos, José Leonardo Dantas do Nascimento, José Lucas Q. L., José Luiz Júnior & Henrique Matias, José Matheus Herrera Corrêa, José Neto, José Neves da Silva Neto, José Pedro Martin Santos, José Ribamar de Farias Lima, Jose Roberto Riceto Junior, José Santiago de Queiroz Neto, José Suzano Simione, José Tertuliano Oliveira, José Victor Lisboa Cardoso Gomes, José Victor Lourenço Crepaldi, José Victor Vargas, José Vinícius e Carolina, José Vitor Brasil, José Vitor Dantas, José Vitor de Souza Neto, Josemar e Aline Martins, Josemar Ivo, Josenildo Souza do Nascimento, Joseph Oliveira, Joshua Silva de Oliveira Von Morgenstern, Josué Danich Prestes, Josué de Oliveira, Josué Silveira dos Santos, Joubert Joe Vieira Lellis, Joyce Silva Almazan, Jp Pedrosa, Juan Apolinário, Juan Diego Olazabal, Juan Felipe Arnoni Prieto, Juan L. Montanaro, Juan Lopes, Juan Pablo Almeida de Oliveira, Juan Rodrigues, Juan, The Creator, Júilo César Polmann Cuencas, Jules Queiroz, Júlia Corrêa Luiz, Júlia Dutra, Júlia Gobbo, Julia Mathilda, Julia Virginia A de Brito, Juliana Almeida Trajano, Juliana Bardasson Estefan, Juliana Câmara, Juliana de Agostini, Juliana Escudero, Juliana G S Tavares, Juliana Neres, Juliana Siqueira B. Durso, Juliano Schmitt de Andrade, Juliano Silva Alves, Julio Araujo, Julio Arvellos e Tati Cappelletti, Júlio B. Guedes, Julio Campanha, Júlio César Bernardo do Nascimento, Júlio Cesar da Silva Costa, Julio Cesar de Souza Junior, Júlio César Ladeira, Julio Cesar Lima Azevedo, Julio Cesar Passos Basta, Júlio César Rosendo Duarte, Julio Cifer, Julio Francis P. dos S. Mendonça, Julio Melanda, Julio Naghayta, Julio Pestana, Júlio Soares, Julio.C.Vital, Jun Nakamura, Junior Monte, Junior Moraes, Junior Romanatto, Junior Wiech, Juracy Filho, Jusoan Lang Mór, Jvmartins, Jwbs86, K.O. Morita, Kadota, Kahuê Ramalho, Kainã Oliveira, Kainan Moreira, Kaio Ampomah, Kaique Matheus Santos, Kaique Silva Lima, Kalleu Vinicius Natividade Pereira, Kalyel Lopes Ferreira Ramos, Kamila Luiza Gomes Nishida, Karen Akyna Dias, Karen Leite Machado, Karina M Vecchi, Karina Moreira, Karina Regina de Carvalho, Karlão, Karoline Pinheiro Reis, Karoline Rozario, Kathleen Lanny, Katiano Moraes, Kauan Souza Bombilio, Kauê Dietz Monteiro, Kauê L. N. David, Kauê Pisetta Garcia, Kayc da Silva e Carvalho, Kayo Furtado Santos, Kayo Vinicius Rodrigues, Kelvin George, Kelvin Kauan Silvestre Prates, Kelvin 'Kekthus' Furtado, Kelvyleen Renan de Almeida, Kelvyn Souza Santana, Kennedy Lamartine, Kenzo Okamura, Kerolaine Vitória França de Jesus, Késia Aparecida da Silva, Ketellyn Brogian, Ketlen Leal, Kevin Costa Martins, Kevin de Mello Santamaria, Kevin Eiki Takara, Kevin Gargitter, Kevin Max, Kevin Sozo, Kevin Thiago Esteves Rocha, Keyla Mayumi Kudo, Kindartista, King Lmr, Kleber Rafael Francisco, Kleber Rodrigues & Antonia Angelim, Kleiton Alves C. Santos, Koji Yonamine, Lacordaire O. Sulzbach, Lady Lovedaly, Lahis Pasquali Kurtz, Laila Tolentino, Laíse Nascimento Britto, Lanachyna e Flaviochyna, Lara Antunes, Lara Rossini Oltmanova, Lariel Negreiros, Larissa Barbosa Rodrigues da Silva, Larissa Biassusi e Stefano Bouchet, Larissa C. Araujo, Larissa Dantas Silva, Larissa Fagundes Lacerda, Larissa Ghinato, Larissa Guimarães Valentim, Larissa Moreira Soares, Larissa Silva Sousa, Larissa Yumi Iwamura Nitta, Larissa Yuri Sonoda Hiratomi, Larissie Torquato, Lary César G. Fernandes, Lau Costa, Laura e Léo Dressani, Laura Lage de Faria, Lauro de Brito Vieira Filho, Lauro H. O. Demoro, Lauro Marron Filho, Laynie Mello Brito Santos, Leandro "Cybergorila" Versage, Leandro "Zombie" Aguiar, Leandro Alberto Vieira, Leandro Aparecido Caitano da Costa, Leandro Augusto Pinotti, Leandro Berres Pereira, Leandro Brandão Guimarães, Leandro Bravo, Leandro Castelli Silverio, Leandro Crispim da Silva, Leandro Cruz Padilha, Leandro Damião Barbosa, Leandro Debacco, Leandro Ecker, Leandro Henrique Moreira Cardoso, Leandro Inacio de Lacerda, Leandro Lopes Pontes Paraense, Leandro Lyra, Leandro M Rosado, Leandro M. G. Rocha, Leandro Massai, Leandro Molina, Leandro Novo, Leandro Peu, Leandro R Donda, Leandro Rocha, Leandro Saioneti Santos, Leandro Saraiva, Leandro Sendroski, Leandro Singer Afonso, Leandro Souza dos Santos, Leandro Vieira, Leandro Vieira da Rocha, Leandro Zanella, Leandro" H S Neves, Leandro+Niviane, Leandrow Silva, Leda Noele Burdzaki, Leera Starcz, Leleusf, Lemuel "O Loko" P. de Souza, Leo " Optimus" Treptow, Leo Ambo, Leo F.S & Ju L.M, Léo Felippe Bittencourt, Léo Gomes, Leo Mago Mago Magoado, Leo Müller, Léo Rocha, Leo Romera, Léo Santos Herb, Leo Tomba, Leo Xavier, Leo1553, Leofilomeno, Leolacana, Leon B. Kurowski, Leon Jones, Leonam Hemann, Leonardo A. Pinheiro, Leonardo Akio Kato, Leonardo Alberto Silva, Leonardo Alves, O Príncipe Etíope., Leonardo Basso, Leonardo Borges, Leonardo C. Serra, Leonardo Caldas Costa Andrade, Leonardo Carvalho de Sant'Anna, Leonardo Cassanha, Leonardo Castillioni, Leonardo da Silva, Leonardo da Silva Santos Campos, Leonardo de Araújo, Leonardo de Freitas Barbosa, Leonardo de Liori Teixeira, Leonardo Deschamps Fernandes, Leonardo Eufrásio de Magalhães, Leonardo Fávero, Leonardo Fernandes, Leonardo Florêncio Prado, Leonardo Furlan Bérgamo, Leonardo Giuliani, Leonardo Gomes Botton, Leonardo Gonçalves de Mendonça, Leonardo Goulart, Leonardo Hardman, Leonardo Ivanoff, Leonardo Jose Cardoso Pedreira Gama, Leonardo José Koch Jordão, Leonardo K. Murayama, Leonardo Koslowski, Leonardo Limberger, Leonardo Lisboa da Motta, Leonardo Lopes, Leonardo Meinerz Ramos, Leonardo Neves de Lima, Leonardo Odilon Pereira, Leonardo Paulo da Natividade, Leonardo Pedroza, Leonardo Pereira Cruz, Leonardo Peressim, Leonardo Petroni, Leonardo Pinto Silva Calazans, Leonardo Sampaio Barros, Leonardo Santos, Leonardo Sarquis Gomes, Leonardo Schultz & Adrian Schultz, Leonardo Seville (Leonardo de Moura Camelo), Leonardo Silva Brentano, Leonardo Silva de Oliveira, Leonardo Teixeira, Leonardo Valente, Leonardo Vendrusculo, Leonardo Vilela D. Abreu Silva Pereira, Leonerd Souza, Leonhard Fernandes, Leony Batista de Paula, Leticia Aio, Letícia Carolinne Norberto de Moraes Pinheiro, Letícia Donatoni, Leticia Tiveron, Levi Koch, Levi R. Jaculi Junior, Levi Vinicius Ferreira Neves, Levy Pinheiro Mulato, Levy S. L. Amorim, Lex Senhor das Trevas, Lg Picanço Bottaro, Lhamaxarope, Ligia Gambini, Lígia Jardim e Silva, Lima Possani, Lina Naomi Imai, Lincoln Alves, Linda Dotto de Moraes, Lindomar de Paula, Lindon Morais, Lisandro "Lisandrops" Pires, Lívia de Souza Leandro, Livia Fonseca, Liza Leite, Lobicaut, Lobobinho, Lohan Mello, Loki God Of Fire, Lomba e Silva, Lorenne Coêlho, Lorenzo Dombrovski dos Santos, Lorenzo Flores Malavolta, Lorenzo Giordano, Lorenzo Lemos, Lourival Dias Campos, Luã Oliveira Magalhães, Luan Alves Leonel, Luan Augusto Lorenzon Umpierre, Luan El Toro Negro, Luan Felipe Novak Noboa, Luan Filipy Freire Torres, Luan Mugui Ramos, Luan O Ciba, Luan Pestana dos Santos, Luan_Preto, Luana Buffon, Luanderson de Lima Aureliano, Luasbernardo, Luca Vianna, Lucas F Furlanetto, Lucas "Jokerknx" Martins, Lucas "Ronin" Almeida, Lucas "Seu Vila" Crecchi, Lucas (Vollarz), Lucas "Tagua" Moura, Lucas A. Chahin, Lucas A. Duarte de Lima, Lucas A. Vaquelli, Lucas A.G. Carvalho, Lucas Almeida de Ungaro, Lucas Alves de Lima, Lucas Alves Medeiros, Lucas Amorim, Lucas Antunes do Carmo, Lucas Araújo, Lucas Avila Pinheiro, Lucas Azeredo, Lucas Bayma, Lucas Bechelli, Lucas Bertoli Freitas, Lucas Bezerra, Lucas Bezerra Vieira de Almeida, Lucas Borowsky Cunha, Lucas Bosco Giglio Calheiros Alvarenga, Lucas Braun, Lucas Bucheb, Lucas Bueno, Lucas Buonanato Barros, Lucas Calmon, Lucas Candido, Lucas Carlquist, Lucas Caruso, Lucas Cavalcante da Ponte, Lucas Cerqueira Lazier, Lucas Cesar S Machado, Lucas Chamone, Lucas Ciantelli, Lucas Correa Georges, Lucas Costa Cunha Theking, Lucas Cunha do Prado, Lucas da Silva Tofolo, Lucas Dallariva, Lucas Davi dos Santos Lucena, Lucas David Freire Monteiro, Lucas de Lucca, Lucas de Melo Bonez, Lucas de Oliveira Pinto, Lucas de Souza Figueiredo, Lucas de Souza Siqueira, Lucas de Vicente Machado, Lucas Delgado Leite, Lucas Della Rocca do

Nascimento, Lucas Dias Pires Gonçalves, Lucas Dias Zenun, Lucas dos Anjos Varela, Lucas dos Santos Ferreira, Lucas Duarte, Lucas Duez, Lucas Eder, Lucas Eduardo Pires Ramos, Lucas Escudo de Carvalho, Lucas F Cardoso, Lucas Felipe Cabral de Aquino, Lucas Felipe da Silva (Pombo Puto), Lucas Fernandes, Lucas Fernandes Cardoso, Lucas Fernandes de Oliveira, Lucas Fernandes Lourenço, Lucas Fernando Scheeren, Lucas Ferreira, Lucas Firelord, Lucas Fonseca Martins, Lucas França Bispo, Lucas Franco, Lucas Freitas de Biasi, Lucas Gabriel Leon de Almeida, Lucas Gabriel Monteiro Pereira, Lucas Gomes Melo Lima Reis, Lucas Gossi, Lucas Guimarães Maciel, Lucas Guimarães Valle Bona, Lucas Hauhptnann, Lucas Henrique Armonas, Lucas Henriques de Freitas, Lucas Hormung Victor, Lucas Hortale, Lucas Iack, Lucas Jansen, Lucas Jaques, Lucas Jefferson Rodrigues Gomes Pinto, Lucas Jensenn, Lucas Kobi, Lucas Langame, Lucas Latorre, Lucas Leão, Lucas Lerro, Lucas Lima Batista, Lucas Lima Marcos, Lucas Lucas Matos Ribeiro Jr, Lucas Ludgero de Geus, Lucas Luis Maimoni, Lucas Luiz Dal Bosco, Lucas M. Lima, Lucas Machado Silva (Seuzero), Lucas Machado Valinhos, Lucas Mapeli, Lucas Marçal Santos, Lucas Mariano da Silva, Lucas Mariano Peres Kulaif, Lucas Marinho, Lucas Marques, Lucas Marques, Lucas Martinolli Monteiro, Lucas Martins Lima, Lucas Matheus Borges de Sousa, Lucas Matos, Lucas Meira da Silva, Lucas Mello dos Santos Calixto, Lucas Mendes Pinheiro, Lucas Milet, Lucas Monclar, Lucas Moraes Pinheiro, Lucas Mota Soares, Lucas Mühlenberg Souza, Lucas Nekel, Lucas Nemo de Oliveira, Lucas Netto Luzente de Almeida, Lucas Nunes da Silva, Lucas Omae, Lucas Ortiga, Lucas Osoulza, Lucas Parreira de Abreu Pereira, Lucas Passaroni, Lucas Penetra da Silva, Lucas Pereira e Silva, Lucas Pereira Lima, Lucas Pereira Mendes, Lucas Pessoa Lebre Silveira, Lucas Peterson Pontes Fonseca, Lucas Pimenta, Lucas Portes Ramos, Lucas Pozzi Fernandes, Lucas Prado Arantes, Lucas Queiroz Alves Silva, Lucas R. e Isa Terra, Lucas Rafael da Silva Fernandes, Lucas Ramos Nobre, Lucas Rauta, Lucas Reis Conceição, Lucas Ribeiro Ziede, Lucas Rodrigues, Lucas Rodrigues Leite, Lucas Rodrigues Macedo, Lucas Rosa, Lucas Rosmaninho, Lucas Rossa, Lucas Rossato Rocha, Lucas Ryoiti Maruo, Lucas S. Angelo, Lucas Santana Carneiro, Lucas Santos do Amaral, Lucas Sarti, Lucas Scárdua Andrade, Lucas Sens de Barros, Lucas Sims Matheus, Lucas Sousa, Lucas Tanio, Lucas Tostes, Lucas Valdivieso Junkes, Lucas Valentim Berganton Câmara, Lucasgol Brecht, Lucasmiasato, Lucca Henriques, Lucca Othon, Lucca Ribeiro Paulino, Lucca Santos Araujo, Lucca Scarano de Oliveira, Luccas Soares da Silva, Lucia Bernardino, Luciana e Pedro Henrique Vilela, Luciana Gomes de Oliveira Rossini, Luciana Sá, Luciano "Cobra" Paciornick, Luciano Botelho de Lucas, Luciano de Lacerda, Luciano Gracco, Luciano Machado da Silva, Luciano Monteiro, Luciano Moreira Menegassi, Luciano Souza, Lucio Antonio de Carvalho Junior, Lucio Flavio Mrslowfat, Lucio Muller de Siqueira, Luh Martin, Lui Gasparotto Jj, Luigi Martinez Somma, Luís "Minato" Erculiani, Luis Casagrande, Luís Eduardo Anunciado Silva, Luís Eduardo Leite Macêdo, Luis Eduardo, O Rambo da Folia, Luis Felipe Alencar Brandão, Luís Felipe Dias, Luis Felipe Dias Ribeiro, Luis Felipe Schmidt Fototaxia+, Luis Felipe Serpa da Silva, Luís Fernando Vicente, Luis Guilherme Fernandes, Luis Gustavo Brilhante, Luis Gustavo S S, Luís Gustavo Vorique Câmara, Luis Henrique de Barros e Sousa, Luis Henrique de Holanda Panzani Machado, Luis Henrique Ovelha de Albuquerque, Luis Muchaki, Luís Paulo de Sousa Netto, Luis Roberto Rudolf Zandroski Júnior, Luis Roberto Vasconcelos Pessoa, Luís Santos, Luís Schroeder Filho, Luis Sérgio Corrêa Santos, Luis Victor, Luísa P. Coelho, Luísa Ribeiro-Silva, Luiz "Zuero" Martins, Luiz Alberto Peixoto, Luiz Alexandre Brizola Penna, Luiz Alfredo O. Quintal, Luiz Antonio Vieira Neto, Luiz Arnaldo Menezes, Luiz Arthur Almeida de Freitas, Luiz Caetano, Luiz Carlos da Silva Amaral Filho, Luiz Carlos Dias Junior, Luiz Carlos Marcelino Junior, Luiz Carlos Ortega Neto, Luiz Carlos Tonhão, Luiz Claudio Ribeiro dos Reis, Luiz E S Xavier, Luiz Eduardo Alves Figueiredo, Luiz Eduardo Mendes da Silva, Luiz Eduardo Mota do Amaral Júnior, Luiz Eduardo Silva Martins, Luiz F F Barbosa, Luiz Felipe, Luiz Felipe Cavalcante Porangaba, Luiz Felipe Cotta de Castro, Luiz Felipe da Hora, Luiz Felipe da Silva Ribeiro, Luiz Felipe de Santana, Luiz Felipe Ferreira Tauyl, Luiz Felipe Garcia e Souza, Luiz Felipe Martins Silva, Luiz Felipe Monteiro Seixas, Luiz Felipe Moretti Iniesta, Luiz Felipe Oliveira dos Santos, Luiz Felipe Ribeiro Palmeira, Luiz Fernando Braga Romero, Luiz Fernando F. Bouzan, Luiz Fernando Franquini Vieira Lorenzon, Luiz Fernando Ioti, Luiz Fernando Neves Franco Junior, Luiz Fernando Pinedo, Luiz Fernando Schurt, Luiz Fernando Xavier e Souza, Luiz Fred Jr, Luiz Frezzatto, Luiz G. P. Duarte, Luiz Guilherme Kogut, Luiz Guilherme Silva, Luiz Gustavo Gomes, Luiz Gustavo Negri, Luiz Henrique Batistuta, Luiz Henrique Bernagozzi, Luiz Henrique de Oliveira Gomes, Luiz Henrique do Nascimento Santos, Luiz Henrique Rottava, Luiz Januário, Luiz Lunardi de Souza, Luiz Machado, Luiz Mauro Namur Junior, Luiz Pacheco, Luiz Paulo Enadio dos Reis, Luiz Pinto de Souza Júnior, Luiz Renato Valadão Madoreira, Luiz Ricardo Ribeiro, Luiz Sérgio Gervenka Petri, Luiz Teddy, Luiz Vid, Luizeroverse, Lurilolilolioloriliirolurolil, Lusca Couto, Luskaf, Luther Vasque Vieira, Luwe Oliveira, Luzinha, Madruguinha, Maf_Cozinheiro, Mago das Trevas Thiago Nunes Costa, Magoris, Maiara Malato, Maicon de Medeiros Ferreira, Maicon Ribeiro de Santana, Maicon Tibola, Maike Reis Casimiro, Maike W. Aro, Máikel Mello, Mailly Nomura, Mailsom Portalete, Maira Neves da Mata, Mairon Oliveira, Malcom Teodoro, Malucelli Benks, Manoel Barros, Manoel Martiniano "D'Mann", Manoel Mozzer, Manuwell, Maone Marques, Maple Leaf, Mara Robertha Cavalcante Melo, Marcel de Lima Correia, Marcel Forcatho Guimarães, Marcela Catussi e Otavio Guerra, Marcela de Camargo Trentini, Marcela Raisa Marchesi de Oliveira, Marcella Machado Martins, Marcello Melchioretto Figueiredo, Marcelo Alencar do Espirito Santo Araujo, Marcelo Almeida, Marcelo B G Rubio, Marcelo Barreto, Marcelo Carnaval, Marcelo Daros, Marcelo de Castro Fernandes, Marcelo de Oliveira Sandrin, Marcelo dos Santos Vaz, Marcelo e Fábio Valvassori Fernandes, Marcelo Ecli Scarpin, Marcelo Estevam, Marcelo Faber, Marcelo Henrique Celino Benedito, Marcelo Hiroshi Maisato, Marcelo Jk, Marcelo Keiti Ishii Ono, Marcelo Lage, Marcelo Macedo Silva Sobrinho, Marcelo Matheus Castro, Marcelo Matsunaga, Marcelo Minervino Pinto de Oliveira, Marcelo Monteiro de Aquino Bertazzo, Marcelo Moura, Marcelo Oliveira, Marcelo Oliveira, Marcelo Pederiva, Marcelo Pereira, Marcelo Pereira, Marcelo Przyvara Sierota, Marcelo Ribeiro, Marcelo Rodrigues de Melo, Marcelo Rolim Sobreira, Marcelo Santos de Souza, Marcelo Shigueki Kuwahara, Marcelo Takashi Hirata, Marcelo Tavares, Marcelo Valentim, Marcelo Vinicius Araujo, Márcia Anita de Jesus Almeida, Marcilene Damasceno, Marcio, Márcio da Silva Sousa, Marcio e Caio Bonat, Marcio Gasparin, Marcio Heber, Marcio Jose de Oliveira Junior (Danarcio), Márcio Lordelo, Márcio Marques de Moraes, Marcio Oliveira, Marcio Peixoto Rocha da Silva, Marcio Rocha Zacarias, Márcio Vieira, Marcknov, Marco A. M. Favoreto, Marco Antonio de Sousa, Marco Antonio Jr, Marco Antonio Prado da Conceição, Marco Aurélio de Moura Fernandes, Marco Aurélio Nascimento, Marco Aurélio Pinto, Marco Couto, Marco Galvão, Marco Papalardo, Marco Pastro, Marco Paulo Amorim, Marco Peixe, Marco Reis, Marco Túlio de Andrade Costa, Marco Túlio Scafutto, Marco V M Santos, Marcon Marcos, Marcone Ellis Brant Chamone, Marconi&Talita, Marcos Alberto da Silva, Marcos André A. Morais, Marcos Antonio F. de S. Júnior, Marcos Aurélio Antunes Machado de Moraes, Marcos Aurélio da Silva, Marcos Boi, Marcos Coelho Junior, Marcos de Campos & Isabele Held, Marcos Eduardo Fernandes Ferrari, Marcos F Junior, Marcos Faneli, Marcos Ferreira, Marcos Garcia, Marcos Giovanne Lucas Piruleta, Marcos Gronchi, Marcos Henrique, Marcos Junior, Marcos Leandro de Souza, Marcos Leandro Nascimento, Marcos Levi Parente Lima, Marcos Lima, Marcos Madeira, Marcos Matheus Santos Isotton, Marcos Matos, Marcos Montesi, Marcos Oliveira Henke, Marcos Paulo Godoy, Marcos Sanajotto, Marcos Santos Soares, Marcos Sorrilha, Marcos Tadeu, Marcos Tadeu (Quinhoss), Marcos V. C. Freitas, Marcos Vinicius Caetano Borges, Marcos Vinicius Marques da Silva, Marcos Zotti, Marcus Abreu, Marcus Augusto, Marcus Barros, Marcus Coelho, Marcus Handofsky, Marcus Holanda, Marcus Menezes, Marcus Pelo, Marcus Santiago, Marcus Santini, Marcus Vinícius C. Alevato, Marcus Vinícius Freitas, Marcus Vinícius Guareschi, Marcus Vinicius Maia de Oliveira, Marcus Vinicius Menezes da Nova Filho, Marcus Vinicius Pereira de Oliveira, Marcus Vinicius Vieira de Lima, Mardonio Pereira do Vale, Mari Doria, Mari Lorenzi, Mari Suzuki, Maria Beatriz Rodrigues, Maria Eduarda Cardoso Joanon, Mariah Weinschutz, Mariana Brandini Dal Bosco, Mariana dos Santos, Mariana Gomes de Oliveira, Mariana Kin Zingaro Yamada, Mariana Lima de Moura, Mariana Lira, Mariana Pereira Figueiredo, Mariana Piovezan, Mariana Romaniv, Mariana Sakae, Marina B Carvalho, Marina D.B, Marina Demori, Marina Gonçalves, Marina Hembecker, Marina Spricigo, Marinara Andreza, Mario Donário, Mário Lucas Marques Vasconcelos, Mário Sena, Mario Spada, Mario Sung Toledo, Mario Vanzuita, Mariopissas, Marllon Welter Schlischting, Marlon Tinoco, Marlon Vasconcelos, Marlos C. Machado, Marlos Gabriel Machado, Marquel, Martoni Paixão., Marvin Silva Rodrigues, Marwim Costa, Mary Santos, Mat3Us_Carvalho, Mateus, Mateus

"Parzival" Delgado, Mateus A Gaiotto, Mateus Abude Eustáquio Fonseca, Mateus Alvarenga, Mateus Anjos, Mateus Antonio Gionedis, Mateus Athaydes, Mateus Barboza dos Santos, Mateus Barreto, Mateus Borges da Silva, Mateus Cabral dos Santos, Mateus Carmona Maciel, Mateus F. Crevelin, Mateus Fabbris, Mateus Felipe Bullerjahn, Mateus Fer, Mateus Fôlego, Mateus Freitas, Mateus Hausen, Mateus Lessa, Mateus Lobo Gomes, Mateus Lugão, Mateus M Siqueira, Mateus Magalhães Saldanha Santos, Mateus Marchetto, Mateus Martins, Mateus Mota, Mateus N. de Morais, Mateus Negrão Balverde, Mateus Pasinatto Scopel, Mateus Patussi, Mateus Peixoto, Mateus Perussi, Mateus Podgorski, Mateus Ramos, Mateus Rodrigues Vieira da Silva, Mateus Romanielo, Mateus Sakihara, Mateus Steiner Scaini, Mateuspch, Mateusrb_Rubidium, Matheus "Mrcustodio96", Matheus A. Leoni, Matheus Aad, Matheus Alexandre Siebra, Matheus Alves Souza e Sousa, Matheus Amiel Costa Lima, Matheus André J O Arebalo, Matheus Ângelo Paiva Silva, Matheus Augusto Reis, Matheus B M Baganha, Matheus B. L. Bittencourt, Matheus B. Oliveira, Matheus Balde Ramos Alves, Matheus Barbaresco, Matheus Barbosa dos Santos, Matheus Bertho Tavares, Matheus Bono Canuto, Matheus Botelho, Matheus Bueno, Matheus Canetti, Matheus Carbol Medina, Matheus Carvalho Amador, Matheus Cavalini, Matheus Coelho, Matheus Conde Nobre, Matheus Condurú Bacca, Matheus Coqueiro, Matheus Cosme Britzke, Matheus Cunha Medeiros, Matheus da Silva Modesto Coutinho, Matheus Dalla, Matheus Daron, Matheus de Brito Mendes, Matheus de Oliveira Costa, Matheus de Oliveira dos Santos, Matheus de Oliveira Souza, Matheus de Souza Menezes, Matheus Demétrio Rocha, Matheus Dias de Oliveira, Matheus dos Anjos Guerra, Matheus dos Santos, Matheus dos Santos Garcia, Matheus Duarte de Almeida, Matheus E. & Isabela R., Matheus Enryk, Matheus F. Lenz, Matheus Felipe Garcia, Matheus Felizardo, Matheus Fernandes Clezar, Matheus Ferreira, Matheus Fortes, Matheus Fulginiti Schonarth, Matheus G. Oliveira, Matheus Garcia, Matheus Garcia Assed, Matheus Garcia e Silva, Matheus Gomes Coelho, Matheus Goulart Ribeiro Borges, Matheus Gustavo A. de A. Meneses, Matheus H. Pessini, Matheus Heber, Matheus Henrique Dias do Nascimento, Matheus Henrique Musa, Matheus Henrique Xavier Alves, Matheus Humenhuk Woyjicki, Matheus Igashi, Matheus José, Matheus Lemos, Matheus Leopoldino, Matheus Lôbo dos Santos, Matheus Lopes Batista, Matheus Loretti, Matheus Loyola, Matheus Lucas, Matheus M C Santos, Matheus Machado, Matheus Machado Vilhagra, Matheus Maciel "Euzebino" de Paiva Costa, Matheus Maciel Verissimo de Freitas, Matheus Maia e Israel Maia, Matheus Manoel dos Santos, Matheus Manzatto de Castro, Matheus Marques, Matheus Martim Capucim, Matheus Martins de Oliveira, Matheus Matuo Paçoca, Matheus May de Paula, Matheus Menuci, Matheus Mileski, Matheus Morais Belém, Matheus Moreira, Matheus Moretti, Matheus N. Benites, Matheus Narciso, Matheus Nascimento Andrade, Matheus Novaes, Matheus Nunes Machado, Matheus Oliveira, Matheus P. Calcanha, Matheus Paixão, Matheus Palhares, Matheus Pendragon, Matheus Pessôa, Matheus Price Gonçalves, Matheus Rapozo, Matheus Reis Cascardo, Matheus Ribeiro Fonseca, Matheus Ricardo de Avila Santos, Matheus Rocha dos Santos Rangel, Matheus Rocha Vasconcellos, Matheus S Ferreira, Matheus S. Gallinari, Matheus Santos Fernandes, Matheus Santos Oliveira (Nerdsparda), Matheus Silveira de Amorim, Matheus Stacco Felipe, Matheus Teixeira, Matheus Teles, Matheus Totoro Araujo, Matheus Uchoa Oliveira, Matheus V. Teodoro, Matheus Vaz, Matheus Ventura, Matheus Vermelho, Matheus Vrechi, Matheus W A Aquino, Matheus Xavier da Silva, Matheus Yudi Matsubara, Matheus Yuri Sasaki Franzoni, Matheus Zerbeti Faltz, Matheus Zimmermann Endres, Mathews Côrtes, Mathias Gerhard Harder Fast, Mathias Ingobert Inngauer, Mathias Ronaldo Kapp, Mathieu, Matteo Libardoni, Matteo Pires, Maurício Armelin L., Maurício de Paula Rodrigues, Maurício Holthauzen, Mauricio Krzesinski Junior, Mauricio Luis da Conceição, Mauricio M. Dornelas, Mauricio Nero, Mauricio Pinheiro Gomes, Mauricio Rocha Mendes, Maurício Silvério Silva, Mauricio Xavier Zaparoli, Maurilio, Maurilio Carvalho da Silva, Mauro de Freitas Silva, Mauro Henrique de Souza Nunes, Mauro Oliveira, Mauro Pedro A Barbosa, Mauro Wencelewski, Maurycio Gyovanni da Silva, Max O William Camilo Bezerra, Max Willian, Maximiano Kanda Ferraz, Maximiliano Rohrer Martins Junior, Mayara Beatriz Coelho, Mayara Cevallos, Mayara Concordia, Maycon Nascimento Silva, Maycon Prado, Maycon Serra, Maycon Tolentino, Maykon Vitor, Mayra de Castilhos Alves, Mayra Tonetto, Mayron Henrique Sousa Carvalho, Maysla, Mayumi Jodai, Mcdofinho, Melqui Brito de Jesus, Mércia Lomba, Mestre Bryan, Michael A L Sousa, Michael Douglas da S. P. Mendes, Michael Leonardo de Assis Gali, Michel Furtado, Michel Kopper, Michel Martins Lemes, Michel Rodrigues, Michelangelo P, Michele de Moura Rodrigues, Michelle R. Barriento, Michelle Rosa e Vinícius de Carvalho, Miguel de Oliveira Cunha, Miguel H.P. Santos, Miguel Henrique, Miguel Imbelloni, Miguel Júnior Skorei Wisniewski, Miguel Lima, Miguel Lucas da Costa, Miguel Mucciolo Reis, Miguel Peters, Miguel.Leugim, Miiiiii Ito, Mikael Ramos, Mike Pereira, Mikhail Ajukas, Milena Aory, Milena Villain, Milrem Zakalski, Milton Fernando Randoli de Sá, Miyagi de Jezus, Mizael Alves, Mmesquita, Moacir B. Filho, Moacir Carvalho, Mohamad Santos Xavier, Moisés Alkmim, Moisés Bernardino, Mômo, Monalisa Brasil, Mônica Gagliardi, Mônica Pedrini, Monocelho_Mann, Moreno Becker Santos, Moriah_Blath, Murillo Bergamo, Murillo Ferreira Ferraz, Murillo Terencio, Murilo, Murilo Alonso, Murilo Barros, Murilo Casé de Souza Oliveira, Murilo Cassiano, Murilo Cesar Pinheiro Tomy, Murilo da Luz, Murilo de Andrade Arend, Murilo dos Santos Marcelino, Murilo Dutra Alves, Murilo Lopes, Murilo Marchi Pereira, Murilo P. de Lima, Murilo Roberto Bacini, Murilo Sostena Leão da Silva, Murilo Zardo Nunes Pereira, Mustapha Zorkot, Mylenna Mota, Nadine Rosa dos Santos Costa, Naiara Correa, Naiara Nk, Nailson Silva, Nalu Prado Lemos, Nanda Pam Albuquerque, Nando Takenobu, Nara Luiza Teixeira Fonseca, Narcisa Castilho Melo, Nasser Boan, Natã Parise, Natã Rb, Natã Sousa, Natália Brunnet, Natália da Luz, Natália Fujita, Natália Miguel Silveira, Natalia Molero, Natalia Vieira de Medeiros, Natan Lopes de Carvalho, Natanael Almeida, Natanael Andrade, Natanael Henrique Carvalho Jales, Natanael Walter Camacho, Nathalia Junckes, Nathalia Reis, Nathalie Paschalis, Nathan Costa Saraiva, Nathan José G. Pereira, Nathan Lana, Nathan Marzulo Maia Martins, Nathan Oldair da Silva, Nathan Silveira, Nathan_Mw, Natty Gomes, Nayara Barbosa dos Santos, Nayara G R de Sa, Nefhesto, Nélio Neves Lima, Nelson do Nascimento Santos Neto, Nelson R Vilela, Nelson Rangel, Neohaisenbug, Neosoyo, Neto Mlqs, Neto Praxedes, Neto Sartorão, Netto Pimentel, Nicholas Bruggner Grassi, Nicholas Carvas Gomes, Nicholas E. Abobrinha, Nicholas Norimiti Haikawa, Nicholas S. Righetti, The Lord Dragonborn, Nicholas Santiago, Nícholas Uchôa Rosa de Lima Vieira, Nick Scabello, Nickolas Ennes, Nico Polonio, Nícolas Dutra, Nicolas Falconi, Nicolas Fukuyama, Nicolas Gonçalves da Silva Schmid, Nícolas Guimarães Vieira, Nícolas Pereira, Nícolas Pinheiro e Souza, Nicolas Sant'Iago, Nicolas Schmitz Leite, Nicolas Toledo, Nicolau Certain, Nicole Balster Romanzini, Nicole Rodrigo Polippo, Nicole Roth, Nicollas de Souza Oliveira, Nicoswet, Nihilboy e Undersin, Niko, Nikolas Cavalheiro Zetouni, Nilber N B Siqueira, Nilo Evaristo Fernandes, Nini Nó 6, Nívea Rodrigues Carvalho, Noah Collin, Octávio de Oliveira Ribeiro, Octávio P Mattos, Odair de Barros Junior, Odairbrazjr, Odécio Freitas, Ogdxg, Ojoca, Olivia Queiroga, Olivier Anne Gomes, Oni, Orifiel Hviezda Smrti, Orlando Fernandes Neto, Orlando Gorila Rocha Freitas, Os7Mar - Blueshort, Oscar Camargo, Oscar Fierro, Oscar Mendonça, Osias Nunes, Osleksdekonoha, Osmar "Osmaarmi" Miranda, Osvaldo Cassiano, Osvaldo de Oliveira Souza Junior, Otavio Augusto Berté, Otávio de Moraes, Otávio Delai, Otávio Giglio, Otavio Lanowyk, Otávio Ribeiro Frechiani, Otto Medeiros, Pablo Henrique da Silva, Pablo J. T. Souza, Pablo Lopes Macedo, Pablo Medeiros Weber., Pablo Regis, Pablo Sampaio, Pakos Ribeiro, Paola Accioly, Paola Mendes, Paphuncio, Papinha, Patrícia Ceolin, Patricia Rissi, Patrícia Rosa, Patrícia Tami Katagiri, Patrícia Xavier, Patrick Antônio Gomes Hordonho, Patrick Dutra Santana, Patrick Eduardo Marchor Karvat, Patrick L Canuto, Patrick Lopes, Patrick Mattos, Patrick Pessoa, Patrick Ribeiro de Miranda (Titi), Patrick Terezan, Patrick Valverde Medeiros, Patrick Viola Montagna, Patrick_Melo, Patrik David, Patrik Procidonio de Souza, Paula Danielle Tavares Surcin, Paulão, Paulo Abrantes, Paulo Alfredo Medeiros da Fonseca, Paulo André Tobias, Paulo Angelo Dias Barbosa, Paulo Aranha Jr, Paulo Augusto Pereira da Silva, Paulo Azevedo, Paulo Bittencourt Cruz, Paulo César Damascena de Oliveira, Paulo D'Andréa, Paulo E. S. Martins, Paulo Eduardo Fernandes da Silva, Paulo Felipe Gonzalez Lopez Rodrigues, Paulo Fernandes Pinheiro Oliveira, Paulo Fialho Dias, Paulo Filho, Paulo Fioroto, Paulo H. Silva, Paulo Henrique Dias Pereira, Paulo Henrique Duque Estrada Meyer, Paulo Henrique Ferreira Barreiros, Paulo Henrique Santos Batista, Paulo Henrique Sillig, Paulo Igor Rivero, Paulo José Torres, Paulo Junior, Paulo Junior, Paulo Leal, Paulo Lima, Paulo Marcelo Belizário Mano de Carvalho, Paulo Maria, Paulo Monteiro, Paulo Peiker, Paulo Ramon Nogueira de Freitas, Paulo Ricardo C Cardoso, Paulo Ricardo de Azevedo, Paulo Santa Maria, Paulo Sergio Pereira Junior, Paulo

Sigales, Paulo Silva Maia, Paulo Soldera, Paulo Vasques Jr, Paulo Victor "Raccoji" Rodrigues, Paulo Victor Bolt, Paulo Victor dos Santos Pereira, Paulo Victor Melo, Peace Keeper (Gui), Pedeo H. Abreu, Pedrão Machado, Pedro "Ruffus" Américo, Pedro A. Souza de Araújo, Pedro Akira Acauan Nodiri, Pedro Alkmim, Pedro Armindo Pinto, Pedro Augusto, Pedro Augusto Cardoso Pedreira Castor, Pedro Augusto Mendes de Godoy, Pedro Augusto Parreiras de Souza Carvalho, Pedro Bakker, Pedro Barrionuevo, Pedro Batelli de Oliveira, Pedro Boscatti, Pedro Braga, Pedro Bueno Carvalhaes, Pedro C. Alexandre, Pedro Cacau, Pedro Caetano Dias, Pedro Carbonell, Pedro Cardoso, Pedro Carvalho Franco de Abreu, Pedro Cézar Rodrigues Baltazar, Pedro Colzani, Pedro Cordeiro Neves, Pedro Corrêa Rivelles Ruffie, Pedro Costa, Pedro Costa Lima, Pedro Cunha, Pedro Daniel Lyrio, Pedro de Andrade Franco, Pedro de Lima Navarro, Pedro de Moraes Fernandez Canfora, Pedro Durayski Saccilotto, Pedro e Sarah Pospichil, Pedro Emerich Melo, Pedro Emerick, Pedro Fausto, Pedro Felipe Freitas de Oliveira, Pedro Felipe Silva Sousa, Pedro Fernandes, Pedro Frare Zem, Pedro Fritsch Machado, Pedro Gabriel Oschiro de Jesus, Pedro Garbin, Pedro Geloso, Pedro Goularte Lara, Pedro Guimarães Pereira Udi, Pedro H B Leal, Pedro H. F. Pitondo, Pedro H. H. Albernaz, Pedro H. R. Santos, Pedro H. Tonetto Lopes, Pedro H.C. Gallinucci, Pedro Henrique Alves, Pedro Henrique Alves Antonio, Pedro Henrique Crisóstomo da Costa, Pedro Henrique Demercian Junior, Pedro Henrique Esteves Vilar, Pedro Henrique Fogaça, Pedro Henrique Giovanella Marchi, Pedro Henrique Graeff Machado, Pedro Henrique Leite Almeida, Pedro Henrique Moreira de Castro, Pedro Henrique Portela, Pedro Henrique Ramos, Pedro Henrique Souza Araújo, Pedro Ide, Pedro Iezzi Forli, Pedro Ighor, Pedro Itaboray, Pedro Ivo Neves de Almeida, Pedro Lino, Pedro Lobato, Pedro Lobato, Pedro Lucas Hs, Pedro Luiz Fuzaro Filho, Pedro Luiz Souza Pinto, Pedro Lyra, Pedro Malhão Arruda, Pedro Malvezzi, Pedro Matheus Vadala Nascimento, Pedro Matiotti Bassan, Pedro Mattos Ev, Pedro Mazalli, Pedro Mendes, Pedro Miguel de Amorim Figueiredo, Pedro Miguel Moi Rodrigues dos Santos, Pedro Miranda, Pedro Monsev, Pedro Mota, Pedro Pereira da Silva Bikes, Pedro Pfarrius Barbassa, Pedro Pifre, Pedro Rabelo, Pedro Ribeiro Cavalcante, Pedro Sales, Pedro Silva Soares, Pedro Tanajura, Pedro Testa Contador, Pedro Urius, Pedro Vianna Durante, Pedro Vicentine L de S, Pedro Vitor Meira, Pedro Yuri Gonçalves Nogueira, Pedro Zaina, Pedrokys, Pedromaster, Peloko, Pêra Pierobon, Peterson Pastorelli, Petrus Fernandes, Petrus Radames, Phil Menezes, Philipe Dias, Philippe Cirilo, Philippe Moro, Phillipe Stachera, Phonedzeus, Piedro Zamorano Passos, Piero Silva Morais, Pierre Muniz, Pietro Nazar Neiva, Pimenta35, Possamai, Pretoman, Priscila Coloma & Douglas Coloma, Priscila e Guilherme Ansante Alayão, Priscyla de Oliveira Alves, Professor Bruno Gonçalves, Pronurb, Pui Van Chan, R. Pagnoncelli, R.Nicolau, Rabanete Frito - Pedro Augusto Mutton de Carvalho, Rafa "Gran" Mainardi, Rafa Avila, Rafa Lorente, Rafa Moraes, Rafa Morais da Cunha, Rafael "Argentino" Bruno, Rafael "Barba" Morais, Rafael "Slay Ridller" Spadoni, Rafael "Torka" Torquato Gomes, Rafael A. Noguchi, Rafael Alves de Melo, Rafael Amoroso Lemos, Rafael Augusto Mendes Correa Gondim, Rafael Augusto Reis, Rafael Baracho e Patrícia Burack, Rafael Barreto, Rafael Barreto de Meneses, Rafael Bartalotti Pinto, Rafael Biasotto, Rafael Bichuete Vianna, Rafael Bueno Peletti - Fifa, Rafael Campelo Vogt, Rafael Campos Pereira, Rafael Cardoso Clementino, Rafael Carvalho, Rafael Castro Araujo, Rafael Chaves Rodrigues (O Caótico), Rafael da Silva (Rafaid), Rafael Damasceno, Rafael de Andrade, Rafael Di Sarli, Rafael Diola Bento, Rafael dos Reis Ribeiro, Rafael Duarte, Rafael Duarte Beltran, Rafael Duvra Salomão, Rafael F Manochio, Rafael F. C. Brazil Barboza, Rafael Faria, Rafael Fernandes Pereira, Rafael Ferrarini Zapalá, Rafael Fiel, Rafael Franco, Rafael Frederico - Fred, Rafael Fritas, Rafael G. Noleto, Rafael Garcia, Rafael Garcia, Rafael Glauco Gasperini, Rafael Gonçalves Santana, Rafael H. Jovaneli, Rafael Hënk, Rafael Kerni, Rafael Kormann Valdez, Rafael Lagrange, Rafael Leandro, Rafael Lenzi, Rafael Lima Traspadini, Rafael Lobianco, Rafael Loureiro, Rafael Luis Felipe, Rafael Luiz Buzzi, Rafael Luna de Menezes, Rafael M G Santos, Rafael Madureira dos Santos, Rafael Martins, Rafael Maurício Cordeiro, Rafael Mendes Darini, Rafael Monteiro P Machado, Rafael Mudesto, Rafael Oliveira Bezerra, Rafael Oliveira de Melo, Rafael Orosco, Rafael Pereira | @Rp.Ilistrador, Rafael Pereira de Oliveira, Rafael Pereira dos Santos, Rafael Pierote da Cunha, Rafael Pischke Garske, Rafael Porto, Rafael Proença, Rafael Pufal, Rafael Putz, Rafael R. Carvalho, Rafael R. de Lima, Rafael Ramon dos Santos, Rafael Rinaldi, Rafael Rodrigo de Souza, Rafael Rodrigues da Silva, Rafael Rodrigues Daniel, Rafael Rolim Cubas, Rafael Rosas Garcia Almeida, Rafael S. N. Toledo, Rafael Salgues, Rafael Salvador, Rafael Sancho, Rafael Sikora, Rafael Silva Gonçalves, Rafael Simplicio Boucher, Rafael Sousa da Silva, Rafael Takeda Brunelli, Rafael Teixeira de Oliveira, Rafael Teotônio de Oliveira, Rafael Toscano de Brito Melo, Rafael Trevisan Dietrich, Rafael Trombetta Brigeiro, Rafael Tsubasa Bob Loghan, Rafael Tupiná, Rafael Van Der Laan, Rafael Vasconcelos, Rafael Veloso Lino de Souza, Rafael Verdant, Rafael Verdasca, Rafael Vieira, Rafael Vieira Alexandre, Rafael Vilas Boas, Rafael Vulcano, Rafael Xavier França, Rafael Zerbini, Rafaela Cristina Dantas Neves, Rafaela Garcia de Santana Rodrigues Jordão, Rafaela Oliva, Rafaela Sorato, Rafaela Toaldo Happke, Rafaell Gaspar Dutra, Raí Bayer, Raimundo Itamar Lopes Pinheiro Filho, Raimundo Marcos dos Santos Neto, Raisa Sacramento, Ralindron, Ramon Augusto, Ramon Couto, Ramon Martins Fagundes, Ramon Pansonato, Ramonloki, Randolfo Silveira Basílio, Raphael Adami, Raphael Borges Pinto, Raphael Bubinick, Raphael C Silva, Raphael Cardoso de Lima, Raphael Everton Gonçalves da Silva, Raphael Felipe Felix Augusto, Raphael Fonseca Lopes Sampaio, Raphael Ghedin Schambeck, Raphael Jebedaiah Cassitas, Raphael Lohan, Raphael Machuca, Raphael Moreira Alves, Raphael Paiva, Raphael Pereira Rego, Raphael Ribeiro Neves, Raphael Rocha, Raphael Saldanha do Nascimento, Raphael Santos Boaventura, Raphael Sergio, Raphael Silva do Rosário, Raphael Soma, Raphael Souza Franco Chio de Abreu, Raphaella Martins, Raphaellus, Raquel H. L. Carvalho, Raquel Olhovetchi, Raquel Simas, Rauffus, The German, Raul "Seuraul" Lucena e Silva, Raul Antonio Carniel Domingues, Raul Apolinário, Raul Araújo, Raul Blosfeld Wohnrath, Raul C A de Freitas, Raul de Azevedo Carvalho, Raul Favin, Raul Fernandes, Raul Galli Alves, Raul P Eskelsen, Raul Rodrigues, Raul Roman, Raul Silveira Silva, Raul Siqueira de Azevedo, Rayan "Diclonius" Lopes, Razzolini, Rbloopd, Rbritope, Rê Saito, Rebeca Caetano Ferreira Batista, Rebeca Campagnoli, Rebeca Rodrigues de Oliveira, Régis de Souza Garcete, Regis Freitas, Régis Warmeling, Reinaldo Gomes Ginez, Reinaldo Sales, Remerson R. Silva, Renan Albino da Cunha, Renan Augusto Brumatti Marques, Renan Augusto de Campos, Renan Barbalho, Renan Boizão, Renan Cherzman, Renan Costa Melo, Renan de Matos Casaca, Renan de Sousa Xavier, Renan Dutra Aun Ming, Renan e Naty, Renan Ferraz, Renan Gatiboni, Renan Geovani Mansano, Renan Giusti, Renan Guilherme Cristino da Silva, Renan Leandro Pereira Fernandes, Renan Lessa, Renan Lima de Carvalho, Renan Lobo, Renan M Peron, Renan Mezabarba, Renan Oliveira, Renan Pereira Gerber, Renan Peres Martins, Renan Piranga, Renan Rodrigues Araujo, Renan Santa Terra, Renan Santos Almeida, Renan Silva, Renan Sixel Valentim, Renan Souza Matias, Renan Vidal Rodrigues, Renan Vidal Viesser, Renan Zanela Puerta, Renancoyote, Renann Gralha, Renata Accurso de Oliveira, Renata de Melo Machado, Renata Fernandes, Renata Galvão Ferreira, Renata Rodrigues de Toledo, Renato Bertizini - Glaucia Neves, Renato Caio Iezzi, Renato Caliani Janeiro, Renato Calisto Cardoso Silva, Renato Dantas Feuro, Renato de Morais, Renato Druzian, Renato Fonseca, Renato Gontijo, Renato Lélis, Renato Lima Alves, Renato Lussezano Lemes, Renato Machado, Renato Martins Zacarias, Renato Mendes Ferreira, Renato Nery Domingues, Renato Neves, Renato P, Renato Perboni Pereira, Renato Pimentel de Lima, Renato Wadner Alencar Dias, Renato Watanabe de Morais, Rene Spoladore, Rennan Filipe do Nascimento Silva, Rênyer Freitas, Renzo Reis, Reynald Magri, Reyner Damaceno, Rhafael Baes, Rhafael Oliveira, Rhayane Andressa de Oliveira Moreira, Rhayssa Figueiredo de Lira Siqueira, Rhenan Ferreira Dinardi, Rhuan Linhares, Rhuann Maschio, Riane Dias, Ribamar Neto, Ricardo "Tauraherion" Pereira da Silva, Ricardo Agari, Ricardo Aguiar de Aguiar, Ricardo Aguilar Leme, Ricardo Alexandre Araujo Silva, Ricardo Azevedo, Ricardo Barroso Leite, Ricardo Bertolini, Ricardo Branco, Ricardo Cardoso!, Ricardo Castro, Ricardo da Silva de Jesus, Ricardo de Almeida Gomes, Ricardo de Castro Pereira, Ricardo de Goes Correia, Ricardo de Mello Machado, Ricardo Eiji Otake, Ricardo Elias, Ricardo Fernandes Dias, Ricardo Fernando Manfredini Lopes, Ricardo Fontes Ricardo, Ricardo G M Souza, Ricardo G. B. J. Peres, Ricardo G. Miaço, Ricardo Gomes Azevedo, Ricardo Gregório Matteuzzi, Ricardo Kaviski, Ricardo Lemos, Ricardo Lucas de Souza, Ricardo M Nakazone, Ricardo Murari da Silva, Ricardo Nascimento Braga, Ricardo Nasser Maschietto, Ricardo Ornaghi, Ricardo Ramada, Ricardo Rodrigues de Araujo, Ricardo Rodrigues Gitti, Ricardo Sanfelice, Ricardo Santana, Ricardo Sartori de Araújo, Ricardo Simões, Ricardo Venturacci Bianchi, Ricardo Victor Matos Pereira, Ricardo Zucco, Ricardo, Juliana e Davi, Richard, Richard Antonello, Richard Nikolas Chaves, Richard

Panzera, Richard Santos da Costa, Richardson Andrade / Erro Crit. 1, Rickyn Oliver, Risada Gabs Lothar, Rivca Hildebrandt, Riyad Zarif Azzam, Rlopessilva90, Robert Junio Monteiro de Faria, Robert Ramos, Robert Santos Barbosa, Roberta Smania Marques, Roberto Aparecido do Nascimento, Roberto Dax, Roberto de C Alves, Roberto Doratioto Junior, Roberto Gabriel de Oliveira, Roberto Gouvêa, Roberto Lopes de Oliveira, Roberto Passareti Filho, Roberto Pereira Filho, Roberto Rodrigo Mauro, Roberto Taveira Figueroa, Roberto Vasconcelos de Barros, Robertson Schitcoski, Robinson Samulak Alves, Robson Alexandre Scaglione, Robson da Silva Santos, Robson de Campos Ruiz, Robson F. Cirino, Robson Gonzaga, Robson Ribeiro, Robson Roberto Vieira Junior, Robson Samir Baioco, Robson Valente, Robson Vaz Feliciano, Rocha.Bjj, Rod "Butcher 12" Silva, Roderick R. B. de Albuquerque, Rodney Amador, Rodney Vieira Felicíssimo, Rodolfo André de Araújo Santos, Rodolfo Burgos, Rodolfo de Carvalho Botelho, Rodolfo de Vargas Linck, Rodolfo Gilberto Souza Ramos, Rodolfo Herman Diniz de Souza, Rodolfo José Bosger, Rodolfo Martins dos Reis, Rodolfo Rodrigues, Rodolpho Pereira, Rodolpho Pinheiro, Rodrigo "Digow" Reis, Rodrigo "Elfo" Moreira Clares de Souza, Rodrigo "Panda" Reis, Rodrigo A. de Oliveira, Rodrigo Almeida Soares Silva, Rodrigo Alves de Souza, Rodrigo Barreto, Rodrigo Bertoluci, Rodrigo Bigode, Rodrigo Bravin Narciso, Rodrigo Buckley, Rodrigo Canguçu de Almeida, Rodrigo Carrapeta de Souza, Rodrigo Cassuli, Rodrigo Cavalcanti, Rodrigo Chapoca, Rodrigo Copello, Rodrigo da Silva Santos, Rodrigo de Lima Gomes, Rodrigo de Melo Erbas, Rodrigo de Oliveira Martins, Rodrigo de Paula Branco, Rodrigo de Paula Pereira, Rodrigo Dias da Silva, Rodrigo Dorneles da Silveira, Rodrigo Emanuel Souza Ferreira, Rodrigo F. A., Rodrigo F. M. Castro, Rodrigo Fenizola, Rodrigo Garcia, Rodrigo Guerra, Rodrigo Hilario, Rodrigo J. S. Silva, Rodrigo Jabarra, Rodrigo Kenji Rossetti Inonhe, Rodrigo Lencina, Rodrigo Lino de Pádua Borges, Rodrigo Lisboa de Castro, Rodrigo Marabesi Machado, Rodrigo Marques, Rodrigo Matheus Rodrigues de Oliveira, Rodrigo Medeiros Martins, Rodrigo Montecchio, Rodrigo Nascimento, Rodrigo Oliva Figueiredo, Rodrigo Paixão, Rodrigo Paschoalon, Rodrigo Pontes, Rodrigo Rachid Mustafá, Rodrigo Rizzo, Rodrigo Rodrigues da Silva, Rodrigo Rodrigues dos Santos, Rodrigo Ruter, Rodrigo S. Cabral, Rodrigo Salazar da Silva, Rodrigo Sartori Bogo, Rodrigo Soares de Cerqueira, Rodrigo Souza Pinheiro da Costa, Rodrigo Strieder, Rodrigo Strozzi, Rodrigo Suasquita, Rodrigo Taira, Rodrigo Widmann, Rodrigo Xcoder666 de Almeida Cardoso, Rodrigotis, Roger Anderson Bulgaro da Costa, Roger Carvalho de Oliveira, Roger Elci, Rogério Augusto Fonseca, Rogerio Leal Amaral, Rogério Vieira Dias Neto, Rogério Watanabe, Rogers Ribeiro Gonçalves, Rogger Pelzl, Rolimtt, Rômulo B Pacheco, Rômulo Chapetta, Rômulo Cícero Dantas Bezerra Libardi, Rômulo Henrique Lopes Belem, Rômulo Oliveira, Rômulo Oliveira Torres, Ronald A. Souza, Ronaldo Cabral, Ronaldo dos Santos Filho, Ronaldo Félix Moreira Júnior, Ronaldo Figueira de Oliveira, Ronaldo Furtado Junior, Roney Lima da Silva, Roni Boni Doni, Roniery, Ronny Milléo, Rosane A. Gonçalves, Rosane Marcon Campara, Roseane Souza, Rosemberg Saraiva, Rovilson Barbosa, Roy Filho, Ruan Lima de Alencar, Ruanna Luz, Rubão Bovi, Rubens Lage Lopes, Rubens Matheus, Rubens Medeiros, Rubens Melo, Rubens Peixoto de Lima Júnior, Rubens Zabot, Rudá, Rudáh Delvecchio, Rudieri Turchiello Colbek, Ruidemberg Oliveira dos Santos, Ruy Markus F. Alves, Ryan Harmes Eskinazi, Ryan Kartter Zanelato, Ryco Daniel de Oliveira Lima, Sabrina Brum Simões, Sabrina Camargos, Sadon França, Sady Mateus Garrett Neves, Saga Novaes Maia Mattos, Salah Ahmad Alassar راصعلا دمحا حالص, Salatiel Filho, Sam Santori & Marcelo Nunes, Samanta e Francisco Maron, Samara Anne de Andrade, Samara Oliveira de Moura, Samir Montenegro Medeiros, Sammhael, Samuel Augusto Martins Sobrinho, Samuel de Abreu Moraes, Samuel de Araújo Carvalho, Samuel Gama Campos, Samuel Henrique Moreira de Freitas, Samuel Henrique Silva, Samuel Mayato, Samuel Monteiro Pinho, Samuel Nunes (Snunes), Samuel Oliveira, Samuel Pimenta, Samuel Rezende Souza, Samuel Viana da Silva, Samuel Vitor Queiroz de Jesus, Sander Antonelli Jr, Sândhya Marques, Sandro C Silva, Sandro Jr., Sandro Sabino, Santiago Mactavish, Satan, Saul Murilo Amorim Marcondes, Saul_Berck, Saulo Cardoso Wagner, Saulo Fernandes de Souza, Saulo Firmino, Saulo Mendes, Saulo Zaniboni, Schankoski, Sebastião, Sebastião Geraldo Guimarães Júnior, Sérgio Alexandre Prado Freire, Sérgio Barros, Sérgio Coutinho dos Santos, Sérgio Endrigo Cardoso, Sérgio Gorni de Almeida, Sergio Lauriano Jr., Sergio Luna, Sérgio Torres Guida, Sergio Yoshioka, Shayken, Sheilla Moraes, Shineefoxx, Shub-Niggurath, Sidnei dos Santos Salgado Junior, Sidney Alves Tadeu, Sidney Dias dos Santos Pires, Silas Passos Ferreira, Silmar Calixto, Silva-Neves, Eduardo, Silvano Jesus, Silver, Silvio Carvalho, Sílvio Fontenele, Silvionir Stühler, Sim, Sim, Simão Estêvão, Simonarde Lima e Silva Junior, Simone de Paula Neves, Sir Thiago Carvalho Blanco, Slash do Pagode, Smailey Alexandre Behm, Smaily Prado Carrilho, Sociedade Anti-Elfica!, Sodevark, Sofia Amorim Costa, Sofia Mareá, Solovier, Sombrio, Spike, Sr Nick, Srdiabeticosorocaba, Stéfano H Bellote, Stéfano Polisel Bonazzi, Stéfany (Teté) Lima, Stella Pardo Soares, Stênio Ribeiro Monteiro, Stephan August, Steve James, Sthella "Kitsunefox" Wolf, Stigor, O Casal de Asseclas, Stivals, Suellen Matias Ferreira, Susane Almeida, Suse Hanashiro, T. K. Pereira - Escriba Encapuzado, Tábatha Gagliera Dias Porto, Tabriz Vivekananda, Taciana Rodrigues, Tácito Fellipe Meneses Braga, Tadashi Katsuren, Tafari Lima, Taiane Souza Araujo, Taíla Lopes Quadros e Guilherme Granzotto, Tainá Fassbinder, Tainan F. Muniz, Taís Benevides, Taís J. Cruz, Tais Nakayama, Tal'El Nameless Acolyte Of Yibbtstll The Cyclopian Horror, Tales Carvalho Pereira, Tales Prando, Tales Roberto P. Gonçalves, Tales Zuliani, Taleslelis, Talita Santos, Talita Soares, Talles Murilo Alves Bispo, Tallez Magalhães, Talospcr, Tania Mara Andreeta Santana, Tarcisio de Oliveira Filho, Tarcisio Henrique Behm, Tarcisio Lima Amaral Veiga, Tássio Antonio Cavalieri, Tássio Vieira, Tathi Souza, Tatiana Branco, Tatiana Lopes, Tatiane Martins, Tcharlys dos Santos, Tchola, Telmo Pimentel Mota, Tenente-Coronel Coary, Teófilo Matheus dos Santos Araújo, Terra Nérdia, Téssio Fechine, Tety Chagas, Thadeu Alonso dos Santos, Thadeu Carvalho, Thadeu Falconi, Thainá Colli, Thairon Silva, Thais Alves dos Santos, Thaís Azevedo, Thaís Levate, Thais Pupato, Thaleco Souza, Thales "Alasso Lotoreo" Rodrigues, Thales da Silva Diniz, Thales de Abreu, Thales Girardi May, Thales Gonçalves Ferreira, Thales Jannotti Carellos, Thales Scarpato, Thales Sierpin dos Santos, Thalisson Gomes Santos, Thalles Etchebehere Gonçalves Martins, Thalles Guimarães, Thamires Borges Veiga, Thamiris A. Silveira, Tharyk Silva, Thassio Felicissimo, Thawan Giovanni Trigo, Thay Maciel, Thaylon Pedrosa, Thaynah Souza Loyola, Thayrynne Coutinho, Thayse Regina, The Kalil'S, The Luc, The Maia'S, Thell Bruno Miranda, Theo Goldenberg, Théo Lahorgue Roscoff, Théo Soares Gomes Bernardes, Theus, Theus Barros, Thiago "Boddão" Monteiro Praciano, Thiago "Lytter" e Matheus "Lexaeus", Thiago Alexandre Gesser, Thiago Almeida, Thiago Almeida Chaves, Thiago Andrade Soares, Thiago Andrade Th, Thiago Anselmo, Thiago Assaf, Thiago Baltazar Soares, Thiago Baranda, Thiago Belloube, Thiago Bérgamo Cardoso, Thiago Borelli, Thiago Brito Costa, Thiago Bussola da Silva, Thiago Cabral, Thiago Campbell, Thiago Carvalho Bayerlein, Thiago Castro Locatelli, Thiago Cavalcante, Thiago Cesar Andrade, Thiago Cesar Martins, Thiago Chequer Coelho, Thiago Coelho Ferreira, Thiago Cosceli, Thiago Costa, Thiago Craveiro, Thiago Cruz de Carvalho, Thiago de Almeida Andrade, Thiago de Carvalho e Carvalho, Thiago de Oliveira Magdalena, Thiago de Paula Souza, Thiago de Sousa Santos, Thiago de Vincenzo, Thiago Dorneles de Souza, Thiago Femto, Thiago Fernandes Borges, Thiago Ferreira, Thiago Ferreira Dantas Santos, Thiago Ferreira Ruiz, Thiago Filiphi Marthendal, Thiago Francisco Miranda, Thiago Furquim, Thiago Gomes, Thiago Goncales, Thiago H. A. Stocco, Thiago Heleotério Gonçalves Ferreira, Thiago Henrique e Camila Meirelles, Thiago Hs Carvalho Raquel Z Molinez, Thiago Lara da Rocha, Thiago Lindemann da Silva, Thiago Lopes, Thiago Machado, Thiago Machado Paixão, Thiago Magalhães da Silva, Thiago Marcos Montagner, Thiago Marinho, Thiago Martins Sanches, Thiago Masaharu Watanabe, Thiago Mazza Ramos, Thiago Monteiro, Thiago Monteiro Fronza, Thiago Moreno Franco, Thiago Nunes, Thiago Oliveira, Thiago Patrick Tossin, Thiago Pelizon, Thiago Peras, Thiago Prado, Thiago Quintella, Thiago Righetti, Thiago Rodrigues, Thiago Salomão Munhoz, Thiago Santos Neves, Thiago Secomandi Galdino, Thiago Sirius, Thiago Sousa Santana, Thiago Teixeira Beloni, Thiago Turquetti, Thiago Ucelli de Miranda, Thiago Vial, Thiago Waldowski Ralha, Thiago, Adejara e Lorena, Thiago, O Vulgo Jhames;, Thiagod Jackes, Thiagorz, Thibasz, Thiego Cugler de Pontes, Thomás Abud Nepomuceno, Thomas Bitter Campos, Thomas de Paula, Thomas Piva Figueiredo, Thomaz, Thomaz Eblen, Thyago Alexander de Paiva Magalhães, Thyago de Oliveira Pereira, Thyago Neves, Tiago "Oriebir", Tiago Andrade, Tiago Araujo, Tiago Assano, Tiago Augusto Fernandes Queiroz, Tiago Bachini, Tiago Bolusko, Tiago Bonafé, Tiago Cavalcante da Silva, Tiago Curvelo Brandão, Tiago Ferreira, Tiago G. F., Tiago Iansen Hoffmann, Tiago Luiz de Almeida, Tiago Martin, Tiago Pc, Tiago Pereira Rodrigues, Tiago Portella Zaror, Tiago Prechlhak Ferraz, Tiago R. Salvador, Tiago S L Pazinatto, Tiago Smith de Souza, Tiago

Thomaz Pinheiro, Tiago Valério, Tibor Raposo, Tiê Noronha, Tihales J Barros Oliveira, Tiny Beagle, Tito Savio, Tobias Henrique Calegari, Tobias Matheus Groehs de Sá, Tom Trujilo, Tomás Grandini Quintanilha, Tomás Lima, Tonhaunm, Toni Bernardes, Tonny Lima, Tooru Tanaka, Toshi O' Mitsu, Tuana Mesquita, Túlio C S Nascimento, Tulio Coquejo, Túlio de Pádua, Túlio Pires de Lima, Tunim Senpai, Ubiratan Sampaio Cunha, Uendel Marques, Uilimen Oliveira, Uilson Machado Jr., Uliame", Ulisses Parola, Uly Pita Vedovato, Uriel Augusto Fernandes de Lima, Uriel Souza Sant'Ana, Urion Braga, Urso, Uziel Parada Nunes, V. H. Batista, Vagner Jose Di Benedetto, Vagner L. A. Tavares, Vagner Matheus de Lima, Vagner Planello, Valdir Matthies Jr., Valdo Alves, Valdoel Jr., Valeria Vassiliades, Valério Assolari, Valeska Moura, Valnei Monteiro de Amorim, Valter Feriow, Valter Leandro, Valter Xilla, Vandemberg, Vandrey Amorim de Souza, Vanessa Outuki, Vanjoy, Verônica Luz, Verônica Madero, Verônica Pereira, Victor "Hellboy" Ataide, Victor Afonso R. Ferreira, Victor Albertin, Victor Alvarez, Victor Alves de Moraes, Victor Alves Moura, Victor Amerio, Victor Andeloci, Victor Antoniassi, Victor Augusto Belini, Victor Augusto Mago Ribeiro, Victor Ballassa, Victor Bimbato, Victor Bochetti, Victor Bosco, Victor Brasil de Castro Paixão, Victor Breda Credidio, Victor Carniato Franco, Victor Cesar, Victor Cutrale, Victor de Jesus Arthur Gabriel Batman, Victor Estácio, Victor F. Lima, Victor Faleiro, Victor Fernandes, Victor Figueirôa, Victor Filho, Victor Florêncio, Victor G. Waldelm, Victor Gois, Victor Henrique Netto dos Reis, Victor Henrique Pallu, Victor Honda Watanabe, Victor Hugo, Victor Hugo Alexandre, Victor Hugo Castro do Nascimento, Victor Hugo Martins, Victor Hugo Monteiro Oliveira de Araujo Silva, Victor Hugo Moura, Victor Hugo Pera, Victor Hugo Petry, Victor Hugo Serra Angelo, Victor I. Y. Hirata, Victor Igor B. Farias, Victor Jimenez, Victor Johen, Victor Jorge, Victor Kenzo, Victor Kuratomi Bonadio, Victor Laildher do Amaral, Victor Lara Santos, Victor Lopes, Victor Lucky, Victor Luiz Mohr, Victor M. Pedroso Lodis, Victor Magela, Victor Mantuani de Souza, Victor Martins João, Victor Matheus Almeida, Victor Matheus Canotto, Victor Matos Gois, Victor Moreira dos Santos, Victor Pinho Tabosa, Victor Prado de Carlo, Victor R.Costa, Victor Ramos Lima, Victor Rihan Mendes, Victor S Dourado, Victor Sato, Victor Serra, Victor Silva, Victor Simão da Silva, Victor Sousa, Victor Souza Marinho Costa, Victor Thadeus Nunes, Victor Tochetto, Victoria Bonin, Victória Elisa B, Victtor Silva Ribeiro de Andrade, Vilian Bollmann, Vilto Reis, Vini de Castro, O Intrigueiro, Vini Holanda, Viníccius H. Piffer, Vinicio Guerra, Vinícios Silva Silveira, Vinícius "Viniozb" Pereira, Vinicius "Furby" Cremasco, Vinicius Acacio, Vinícius Acácio Nogueira, Vinícius Alves, Vinícius Alves dos Reis, Vinícius Araldi Lunardi Farias, Vinícius Araújo Kluska, Vinícius Augusto do Carmo Carvalho, Vinícius Ayzawa Fernandes, Vinícius Batista, Vinicius Bernardi, Vinicius Bessa Terra, Vinícius Breve Trautwein, Vinícius Calheiros Victório, Vinicius Cardoso, Vinícius Castro Santos, Vinicius Costa, Vinicius da Silva Rodrigues, Vinícius de Almeida Campos, Vinícius de Almeida Chiconato, Vinicius de Andrade Silva, Vinícius de Oliveira Mussel, Vinícius de Oliveira Rodrigues, Vinicius de Queiroz Sena, Vinícius dos Reis Fragazi, Vinicius E. Giacomini, Vinicius Eller, Vinicius Escandola Cocolete, Vinicius Forcinito, Vinicius Freitas, Vinícius Galvão Garcia, Vinícius Garrido, Vinícius Gonçalves dos Santos, Vinícius Hélcio, Vinicius Hora, Vinícius Ikarimoto, Vinícius Kingslime, Vinícius Leite Dias, Vinicius Luz dos Passos, Vinícius Macêdo, Vinícius Magno Lopes, Vinícius Mamede Rosisca, Vinicius Marcolino Kesper, Vinícius Marques da Silva, Vinícius Martins Maia, Vinícius Martins Rodrigues, Vinicius Matheus Knihs, Vinicius Medeiros, Vinícius Mello, Vinícius Miranda, Vinicius Mosca Aguero, Vinicius Moura Castro, Vinícius Moura Costa, Vinicius N Freitas, Vinicíus Nadalin, Vinicius Nascimento Morato, Vinícius Nunes de Lima, Vinícius P. M., Vinicius Piazentin, Vinicius Pinheiro Moreira, Vinícius Puccinelli Bracagioli, Vinicius R. Lopes, Vinicius Reis, Vinicius Renan Lauermann Moreira, Vinicius Roberto Klayn, Vinicius Rodrigues, Vinícius Romano, Vinicius S. Torres, Vinícius Sendin, Vinicius Silva Lima, Vinícius Silva Pessôa, Vinicius Silveira Tolentino, Vinicius Simões Zamarrenho, Vinicius Siqueira, Vinicius Szabo, Vinicius Tasca, Vinicius Telles Moura, Vinícius Timm Toniazzo, Vinicius Torack Paes, Vinicius Vacella Rodrigues, Vinícius Valle Beraldo, Vinícius Vicente Gonçalves, Vinícius W. M. de Oliveira, Viníciustp, Vinicyus Bezerra, Vinny, Virgílio de Tarso, Vitaocs, Vitor Alves Kern, Vítor Augusto Farina Cavanhi, Vitor Ávila, Vitor Binelo, Vitor Cial, Vitor Coutinho Hernandes Lopes, Vitor Dahrouge, Vitor dos Santos Alves Menon, Vitor E. Nathan, Vitor Gonçalves Rufatto, Vitor Hugo Bucioli, Vitor Hugo Correia de Araújo, Vitor Hugo da Cruz Silva, Vitor Hugo de Morais Silva, Vitor Hugo de Pinho Fernandes, Vitor Kenji Mourad, Vitor Kretzschmar, Vitor Leandro Amorim, Vitor Leonardo Rodrigues Cardoso, Vitor Lima, Vitor Magnanelli de Souza, Vitor Manoel Araujo da Silva, Vitor Moraes, Vitor P Santos, Vitor Pereira Costa Hawk, Vitor Pessoa, Vitor Rios Valdez, Vitor Romero de Abreu Barros, Vitor S., Vitor Saldella da Silva, Vitor Sanchez Apolinário, Vitor Serra Rodrigues, Vitor Silva Leite, Vitor Uceli de Miranda, Vitor Vasconcelos, Vitor Yeo Andrioli Amado, Vitorookami, Vitorsantosnallion, Vittoria Braga, Vivian Aline Inoue, Viviane Aparecida Rodrigues de Aquino Rosas, Viviane Maria Rizelio, Viviane Viggiano, Vlademir Segan Faria, Vladmir Pinheiro, Vulgo João Witor, Wagner Burin, Wagner Dias, Wagner Guimarães Bastos, Wagner Pocay, Wagner Souza Lima, Walker Capuzzo, Wallace, Wand Barros, Wanderclei Silva Guedes, Wanderson Fróes, Wanderson Prado, Wasghinton Lucas, Washington Felipe Argolo Brito, Washington Luiz Ferreira Junior, Washington Messias Passos de Paula, Washington Paulo Costa Neto, Wattson e Sabrina!!, Wayne Carlos Maciel Antunes de Sá, Wel Araújo dos Santos, Welington Pinheiro, Welison "Doug" Alves, Wellerson, Wellington "Brizelda" Santos, Wellington Augusto Caraça, Wellington Peres, Wellington Reis, Wellington S Amaral, Wellington Santos, Wellington.C, Wells Karine, Wellyson Costa Santos, Welton Gouveia, Welyson Pereira de Almeida, Wendel Almeida, Wendell Ferraz, Wenderson Figerno, Wendsman, Werneck de Sá, Wescley França, Weslei Mosko, Wesley Bittner, Wesley Breno da Silveira, Wesley Fraga Fretta, Wesley Henrique Soares, Wesley J. Genova, Wesley S. J. Oliveira, Wesley Santos, Wesley Santos de França, Wesllem Santiago Campos, Weslley da Silva Pereira, Weter da Cunha Damasceno, Wheberton Fialho, Whermeson Bezerra, Wiliam Felber, Wilkerson Moeckel, Will Soares, William Borges Xavier, William de Castro, William do Nascimento Robortella, William Dore do Couto Ramos, William Henrique Peres, William Leite Walker, William Livramento, William Luiz da Silva, William Makoto Hakamada, William Pereira de Paula, William Picoli e Larissa Lemos, William Pizza, Willian Bezerra, Willian da Cruz, Willian do Nascimento Rodrigues, Willian Gerstberger, Willian Klassen de Oliveira, Willian Nenevê Gregório, Willian Oriani, Willian Rodrigues da Silva, Willian Santos Moura, Willian Walter de Sá Arruda, Willords, Wilson Antonio Silva de Faria, Wilson M. U. Hiramatsu, Woodruff Design, Wtfelps, Wylker Simões, Xbricio, Xyko Ferreira, Yagho Fernandes da Silva, Yago A. M. Faria, Yago Andrade Chahad, Yago Mello de Oliveira, Yago Pacífico Braga(Padoca), Yago Pontes Tavares, Yago Santos, Yago Santos Santiago, Yago Sgarbozza de Souza Aquino, Yan O Calango, Yan Santana Barreiro, Yan Valdez Santos Rodrigues, Yanik Martins, Yann Fiorda, Yasbeck, Yasmin Souza, Yerik, Ygor Albuquerque, Ygor dos Santos Silva, Ygor Henrique Santos Silva, Ygor Paulo Ribeiro, Ygor Pinheiro, Ygor Santos, Ygor Travagini Leandro, Ykira, Mente Labirintica, Ynhamekill, Yolanda Louzada Sara, Yu Moreira, Yukinuki, Yumi Monma, Yuri Abel, Yuri Caçadini, Yuri Camargo, Yuri Codreanski Collinett Guimarães, Yuri de Souza, Yuri dos Anjos Oliveira, Yuri França, Yuri Gaidarji, Yuri Gallante, Yuri Garcia, Yuri Gubert Souza, Yuri Kiritani., Yuri Moraes da Motta, Yuri Moura da Silva Amaro, Yuri Silva Beckert, Yuri Teixeira de Melo, Yuri Vasques da Conceição, Yuri Vidal, Yuvenciell, Yves Souza dos Santos, Zadora, Zander Pazini de Lemos Moreira, Zanoss (Daniel P Bellucci), Zarko O Singular, Zé Vitor, Zeca, Zejão Lameira, Zékito, Zerolucky, Zubu, Zuko Vyper, Laís Leite Bicudo, Kassio Lima Alencar da Silva, Andrei Daniel Reikdal Stachera, Daniel Fernandes, Rodrigo Rosa Fernandes de Carvalho, Gabriel Marcon, Wellington Ricardo Dias Diniz Junior, Luan Oliveira de Almeida, Leonardo Tadeu Martinho, Leandro Carvalho Fiúza de Almeida, Pedro Henrique Cotrim Soares, Sergio Esteves, Renato Moreira do Espírito Santo, Gisela Marcondes, Igor Thiago Faria, Gustavo Sousa Mijoler, Leonardo Rosa Pereira, Breno Fernandes Daniel de Carvalho, Gabriel de Oliveira, Kraken Art Studio, Daniel Iunskovski, Lucas Saraiva dos Santos, Matheus Faria Athayde, João Leonardo Casemiro, Marcelo Millen Gonçalves, Ástrid Kozasinski Garbrecht Dias, Guilherme Furlan, Caio Cesar Dobies Santana, Renan Sanches Prestes, David Tolezano Felicio Ferreira, Carlos Augusto Araújo Silva Atenodorio, Daniel Casagrande, Ariadne de Sousa Marques Honorato, Caio Guimarães Junqueira, Leonardo Beretta Alvetti, Fabricio Machado, Fernando Peixoto, Felipe Frutuoso, Luiz Henrique Zucco, Renata Higashi, Victor Amatucci, Rafael Thomas de Oliveira, Douglas Mendonça Von Sohsten Rezende, Samuel Raulino dos Santos, Douglas Barboza, Luiz Eduardo Fuchs, Raul Alfredo Araujo Neto, Célio Alves de Oliveira, Marco Aurélio Xavier, Gabriel Henrique Trevizam de Souza, Lucas Nunes

Chin dos Santos, Claudio Cau Faria, Gabriel Zenker Carneiro, Eduardo Strelow, Diogo Bastos Mathias Netto, Publio Rwany, Annielly Andrade, Raphael Matias Checchia, Bruno Vieira Sato, Vinicius Lopes da Silva, Eduardo Melo Cruz, Henrique Julião Alves Silva, Marilia do Carmo Dolci de Carvalho, Wanderson Peres Lago da Silva, Guilherme Leão Thimotheo, Léo Queiroz, José Carlos Medeiros, Willian Gabriel de Jesus, Guilherme Fidelis Silva, Ricardo Albernaz, Julio Cesar Campos, Raphael Carneiro dos Santos Lima, Fernando Fernandes Fraga, Caio Fabrício Coutinho, Cleiton Andrade Angelotto, Pedro Henrique Alvarenga Barbosa, Felipe Artur da Silva Alvarenga, Gabriel Lopes, Victor Giaretta Rubira, Eduardo Trentini Ambiedo, Davi Lôbo Todeschini, Carlos Pieri, Michel Rodrigues, Jefferson Frota, Renato dos Santos Souza, Lucas Campos Pereira, Pedro Cândido de Lima Júnior, Luciana Lopes Benvindo, Igor Souza, Rodrigo Dias Teixeira, Claudio Manoel Spinelli Junior, Eduardo Carvalho, Humberto Madeira, Bruno Dalpubel, Douglas Rafael Ferreira, Marcio Brigo, William André Kroth, Ayla de Holanda Monteiro, Janaina das Graças Martins, Bernardo Santos Vieira, Carlos Otavio Ribeiro, Ígor Mello, Lucas Martins, Sara Cegantin, Ruan Carlos dos Santos, Rafael Silva, Camila Palmier da Silva, Gabriel Capingote, Leonardo Malaspina, Eduardo Gioeilli, Gustavo Bueno, Andre de Oliveira Demetrio, Thaís Pinheiro, Eduardo Moreira Guimaraes, Brigida Carelli, Marco Junior, Thomas Jefferson Beraldo de Lima de Carvalho, Renato Martins, Christoph Fanton, Arthur Frazão Monteiro, Henrique Ghedin Kaminski, Christiano Sagica Pontes, Antonio Vinicius de Souza Alves, Yuji Eduardo, Renan Lopes da Silva, Cremilson Alves, Matheus Souza, Carlos Conrad, Witor Gabriel, Erick Tostes Rodrigues da Silva, Luiz Henrique da Costa Duarte, Pedro Cortat, Eduardo Heis Olivo, Luiz Henrique Jucá de Oliveira, Akauam Pitrez Westphal, Évelyn Cristine Silva Santos, Pedro Henrique, Victor Amaral, Jaqueline Kohatsu Lucena, Lucas Chagas Almeida, Mateus Capistrano Sousa, Jonas Henriques, Diego Torres, Bernardo de Lani, Douglas Mateus, Leonardo Augusto Taniguti Mantovani, Deivid Aparecido Henrique, Rafael Figuerêdo Puppi, Murilo dos Santos Kohatsu, Márcio La Torre Pina, Ane Caroline Rangel Prado, Pedro Henrique Berardo Monteiro, Adriano Dias Bispo, Márcia Fujiwara, Eduardo Vieira da Silva, Valeria Cassia dos Santos Fialho, João Guilherme Souza dos Santos, Rhuan Martyl de Santana, William Ferreira, Caio Bernardino, Juan Funez Gutierrez, Filipe Gouveia, Nicolas Farias, Bruno Coutinho, Thiago Morato, Otávio Pereira da Silva Santos, Victor Matheus Saraiva Silva, Eliakim Araujo do Carmo, Eduardo Santiago, Guilherme Arakaki do Nascimento, Arina de Jesus Rozário, Felipe Brito, Rodolfo Santos, Matheus Torrezan, Rafael Costa, Washington Júnior Araújo, Gabriel Garcia Costacurta, Raphael Spitzner, Paulo Matos, Luis Felipe, Alysson Ribeiro da Silveira, João Carlos Guedes Jr., Leonardo Ribeiro, Neto Holanda, Max Pattacini, Victor Alejandro Barbosa, Henrique Pignatari, Bruno Yokote, Henrique Hammes Depiné, Fernando Donini Ramos, Daniel Porciuncula dos Santos Pereira, Diego Machuca, Mariana Strunkis, Vitor Bueno, Sávio Venturim Almeida, Leiz Rosseto, Evandro Cari, Jonathan Willyan Gaiozo, Rafael Egete, Gabriel Campos, Dayane Aragão, Zaicron, Vinicius Gutheil Schmitt, André Campos, Leonardo Moraes Prianti, Matheus Lucas Cabral Silva, Carlos Padilha, Felipe Colette Boing, Pedro Gottardi Leal Bergamin, Vitor Mackert, Paulo Roberto de Melo Shiotsuki, Fabio Augusto Souza Cardoso, Leonardo Lelis Cappellano, Jéssica de Paula Santos, Sávio Henrique, William Martins da Silva, Márcio Lemos, Vinicius Haubert Santos, Alexandre Dias Cavalcanti, Dulcilene Mayrink de Oliveira, Gregório Ferrari Salani, Lucas Toledo Teixeira Câmara, Felipe Marques da Luz, Jorge Azevedo, Wellington Moreira da Silva, Rodolfo Francisco da Silva, Lucas J Leandro, Bruno Santos Carneiro, Fábio Araújo, Cleber Neves Andrade, Anderson Matheus, Danilo Correia, Lucas Schirm, Rodrigo Ribeiro, Jonatas Palumbo Guedes, Elder dos Santos Lima, Jaime de Lemos Figueira, João Luís, Rui Ferreira Póvoa, Juliano Becker, Jardel Silva, Jorge "Joestar" Henrique da Paixão Miranda, Elaine Cristina, Felipe Scassi Salvador, Kauê Tedesco, Marcus Lage, Rodrigo Banci de Lima, André Willian Carvalho, Everton Luiz Balbino Campos, Rafael Cabanas de Souza, Luiz Gabriel Cardoso Novaes, Vinicius Calandrelli, Ramon Cabral do Amaral, Luan Couto Barboza, Caio Henrique de Souza Trindade, Guilherme Lago, Aymê Okasaki, Gabriel Franco da Cunha, Fellipe Marques, Jennifer Amorim, Daniel Gileno, Filipe Vasconcelos, Izael Fernando dos Santos Araújo, Hugo Roberto Freitas Sukeyosi, Geovanni Fedalto, Lucas Machado, João Lima, Rodrigo Korpalski, Chico Ziero, Daniel Simoes, Julio Gustavo, Leandro Coutinho, Rafael Suedde, Caio Pessoa, Guilherme Ortunes, Guilherme Arduino Barlatti, Andrei Corrêa, Victor Ligori Figueiredo, Tati Tatsch, Maicon Wissmann Moureira, Kevin Antunes Laurindo, João Pedro Ferreira de Barros, Alex Sandro Souza Gomes, Vinicius dos Santos Mota, Kevin Saraiva, André Felipe, Anderson Suhett, Cristiano Henrique de Santana, Roger Fatori, Leonardo Anacleto Tavares Araujo, Rafael da Costa Peppe, Sergio Luis Borges Cruz, Gabriel Pablo, Luan Carlos Caeiro Trazzi, Victor Cintra Macedo, Tadeu Santana, Nathanael Lemos do Nascimento, Felipe Villaça Beleza, Yurick Schneider, Victor Fernandes Schiavon, Gustavo Santos Rangel, Luis Carlos da Silva, Daniel Brito, Alfredo Vinicius Andrade Guimarães, Jeferson Eduardo Kleinschmidt, Thiago Ghilardi, Fabricio Costa, Israel Carlos Pinheiro Lima, Mário Ferrari Nulle, Fernando Moraes, Alessandro Ferreira da Cunha, Gustavo Scatolin Queiroz, Gabriel Manha dos Santos, Vinícius Fernandes, Guilherme Duarte de Barros, Gabriel Nunes, João Paulo Antenor, Marcelo Alexandre de Oliveira, Ju Lamarca, Erik Faria, Daniel Martins, Marcus Vinicius Rosado Soares Lopes, Diorgenes Costa, João Vicente Vitali Cunico, Pedro de Siqueira Pires, Pedro Lucas Carolino Silva, Manuel Mendez, Bruno Boni Guidotti, Renato Barcelos, Gustavo Oliveira, Tiago Pianezzola Cichelero, Gustavo Borba, Rodrigo O Nunes, Cícero Colusso, Guilherme Moraes Pereira, Raphael Gama, Leonardo de Andrade Cândido, Leandro Bastos Barros, Jonathan Carniel, Augusto Bello Zorzi, Eduardo Adriana, Miguel Estivalet Pinto, Rodrigo Cordeiro, Danillo Ferreira Rossi, Priscila Cassimiro, Fábio Gomes, 新垣 ヒトシ, Vinicius de Souza Rodrigues, Leonardo Mancini Effgen, Felipe Carvalho, Heron Fialho, Matheus Azevedo, Wantuir Junior, Daniel Sleder, Guaraci Monteiro de Araujo Junior, Henrique Alves Sales, Lucca Defelippo Romanelli, Beatriz Leite Rodrigues dos Santos, Lucas Lopes, Henrique Nadolny Hertel, Vitor Sandrini de Assis, Tiago Krupok Matias, Diego Almeida, Flávio Roberto Linhares, Alice Andrade, Wellingtoln Kenneth da Silva, João Vitor Demarchi Chuffe, Mateus Jatobá Dias, Felipe Estevão Coquito de Mello, Henrique M. Michelini, Brayan Camargo de Freitas Oliveira, Thiago de Azevedo Salles, Matheus Rossi, Eduardo Queiroz, Chanadorge Mendonça, Alessandro Molon Perin, Mike Rodriguez, Thiago Zibetti, Luana Akemi, Paulo Henrique Pereira de Oliveira, Horácio Vich Toledo Ramos, Eduardo Paulon Silva, Higor Santos, Nathan Rodrigues Braga Pereira, Camila Tenfen, Osmundo R Claudino, David Fogaça Lopes da Silva, Victor Rodrigues, Aline Azevedo, Guilherme Olímpio, Richard Siqueira Candido, Fabricio Costa, Flavio Nakagawa, Josias do Carmo Nascimento, Fernanda Mondelo, Alejandro Carrasco, Victor Agusto Hilquias Silva Alves, Estéfanny Alves de Moura, Rhaissa Gabrielle Silva, Werner Nascimento, Emanuela Andrade, Cleber Gomes, Samir Saraiva Machado, Marcio Cassettari Mimessi, André Xavier, Yargo Santos, Rodrigo da Silva Magalhães Dias, Reginaldo Morais, Silas Sales, Ariane Cristina, Ivan Fonseca da Cruz, Rodrigo Alves Lemos, Vinicius Frederico, Pedro Arthur de Bittencourt Nunes, Isaque Oliveira Dutra, Fabio Mamoru Kawasaki, Joelson Nascimento Alves de Paula, Pedro Henrique de Araujo Magalhães, Stenio Amorim, Paulo Salgado, Ramon Monteiro, Shandryll Stéphano Cordeiro Bibiano, Robson da Silva Ribeiro, Guilherme Freitas Bezerra, Henrique Dumas Neto, Cezar Miranda, Vinicius S Castagnoli, Talitha Barcellos, Tiago Estevão de Rolt, Rahyssa Marques, Jerlione dos Anjos Milhomem, José Eduardo de Oliveira Zanon, Klay Rodrigo Alves, Rhuan Mota Rodrigues, José Mário Pereira Carvalho Andrade, Leonardo Francisconi, Amon dos Santos Lisboa, Tomas Ormeno, Moacir Luiz Cagnin, José Henrique, Bruno Gomide, Vinicius Abolis Fernandes, Emanuel Rogério da Silva Padia, Erick de Oliveira Silva, Murilo da Silva Dockhorn, Mauro Speca, Otavio Carneiro Leao, Lana Lima, Humberto Teski de Oliveira, Geyson "Flinn" Douglas Maciel Gonçalves Elias, Raphael Furlan Grivol, Leonardo Tiradentes Costa, Lucas Cespedes, Allan Silva, Francisco Jonhson Pereira Salles, Arthur Leonan Ribeiro Pereira, William Balbino Cunha, Kelven Henrique do Nascimento Colombo, Filipe Lino, Jonathas Nilson de Assunção Barros, Hugo Leonardo, Rafael Henrique de Rezende Scavazani, Matteo Lima dos Santos, Ellen Dalla Nora, Pedro Alexandre, Neeskens Fernandes de Amorim Fiilho, Ricardo Duarte Wollmann, Jorge Luis Bezerra Guedes, Guilherme Bufete Liberato, Ícaro Valli, Gustavo Jose Beserra Ribeiro, Kaue Henrique Oliveira de Almeida, Mateus dos Santos, Joao Otavio Estrela Segalla, Márcia Alves de Almeida, Paola Crystina Bergamini Cardoso, João Victor de Sousa Bezerra, Jaqueline Maicon, Vinícius Brito, Gabriel Almeida, Felipe Oliveira Santos Barreto, Igor Souza Miranda, Alan Azevedo, Gabriel Almeida de Oliveira, Eduardo Piaceny Ribas, Andre Coelho Isidoro, Jean Douglas, Kaio Augusto Nunes Backes, Bruna Maria, Cassiano Porto Lamaison, Marcos Gomes, André Luiz Sampaio, Lucas Ribeiro

Neis, Filipi Sanguino, Lucas Oruam da Silva, Flávio Hermano Bezerra Araújo, Diana Maria dos Reis Costa, Elias Ribeiro Lima, Gabriel de Oliveira Leme, Leandro Marques Palma, Bianca de Oliveira Almeida, Luan Oliveira Dias, Suzi Goncalves, Felipe de Sena Dias Urpia, Talles Augusto Silva Moreira, Felipe da Cruz Cunha, Tiago Macena, Daniel Rapozo Jannotti, Allyson Mori, Philip Feldrick, Guilherme Camargo Grilo, Alisson José Menosso, Guilherme Luigi, Gabriel de Sousa Medeiros, Ronildo Nicodemos, Henrique de Abreu Amitay, Henry Hoshino Yamamoto, Ronaldo Angelo, Rodrigo do Nascimento Lima, Gustavo Constantino, Caio Fernandes Vieira, Gabriel Juncken Costa, Willian Carlos, Francisco Felipe Ferreira Matias, João Marcus de Lemos Fernandes, Barbara Evanglista de Souza, Weverson Silveira, Abraão Rafael S. Santos, Adilson Fuzo, Ailton Giroldi, Alessandro Cesarin Lavorato, Alex Rodrigues, Alisson Cavalcante, Alline Brito, Amanda R. Constantino, Amanda Sabedot, Ana Gabriela de Lima Moura, Anderson Ferreira, Anderson Indiani, André Castro, André de Albuquerque, André Ribeiro, André Vinícius Diz Freitas, André X Lucio, Andrew Scheffler, Antonio Gomes de Castro Neto, Apenas Nome, Ariela Albiero, Arthur Marques, Arthur Ozilando Ramos Lima, Arthur Recchia, Artur Dallagnelo, Artur Guerra, Artur Magnus Beatriz Kretzer, Athos O. Castro, Bardock, Bernardo Cirne Severo, Bernardo Sodré, Beto Alves, Biscoito Fernandes, Breno Otsuka, Bruce P, Bruno da Silva Telles Lagana, Calixto Neto, Carla Pietrovski, Carlos Cardoso Dias, Carolini Warmling, Ccac, César Xsar Haggstron, Ciel Allen, Comandos Silva, Daniel Costa Braga, Daniel Doria, David Ribeiro, Deniel Alves Rizzoli, Denise Cortês, Djone Pereira, Douglas Benndorf Rodrigues, Douglas H. Novelli, Douglas Ricci, Driély Stocco Cerqueira, Edgard S. Araujo Junior, Edu Cazorla, Eduardo Tonini, Emerson Ribeiro, Emmanuel Amonike de Aguiar, Éoquito, Eric Angelo, Eric Windson, Erick Alexandrino, Everton F Nascimento, Evilásio Taumaturgo, Fabiana Oliveira, Felipe Cabral, Felipe Dantas Liborio Oliveira, Felipe Frolini Battaiola, Felipe Mendes, Fernanda Oliveira, Fernando Vasques, Francisco Losada, Gabriel Chaves Machado da Silva, Gabriel F. Costa, Gabriel Ferrari, Gabriel Gastin, Gabriel Munhoz, Gabriel Santos Alves, Gabriel Schwarzbach Costa, Gabrielzinho Mm, Gedson Marcelino, Germano de Larmelina, Géssica e Gabriel Auriemma, Gianluca Stremote Sanches, Gregorio Lucio, Guilherme Ferreira Kramm, Guilherme Siqueira, Guilherme Souza Assumpção, Gustavo Galdino Salasario Boing, Gustavo Gamo, Gustavo Takeo de Souza Tanno, Hans K., Henrique Mueller, Henrique Spencer, Hércules Otaviano de Sousa Júnior, Hugo Lintz, Igor Borges Tomás, Igor Coroneos Statonato, Igor Francisco do Nascimento, Italo dos Santos Bustamante, Italo Pinheiro Alves, Iuri Ballesteros Bao, Iury Guilhon, Ivan Carvalho, Jackeline Aguiar Iqueuti, Jaozinbaterista, Jeferson Martinelli, João Corquiola, João Leal, João Lins, João Paulo Naldi, João Vitor Prado Bilharinho, Joaquim Waddington, José Agenor Carvalho Júnior, Jose Rodolfo de Lima e Silva, Julia Guimarães, Juliana Jesus, Juliano Poveda, Júlio César Corrêa Terceiro, Kaique Rodrigues Shima, Leandro Luz, Leandro Tadeu, Leonardo Angelucci, Leonardo Diete Lopes Bonfim, Leonardo Rathsan Garcia, Letícia, Lorenzo Manfrinati, Lucas Araujo, Lucas Camargo Soares Carvalho da Silva, Lucas Corrêa Pegoreti, Lucas Lopes, Lucas Reis Soares, Luciano de Paula Muzzi de Lima, Luis, Luis Ferrarezi, Luisinho Camargo, Luiz Felipe dos Santos de Souza, Luiz Henrique Dreher Queiroz, Madson Silva, Marcelo Carvalho Rezende Faria, Marcio Henrique Teixeira de Sousa, Márcio Rodrigo Campestrini, Marcivaldo Rodrigues Lira, Marcos Felipe Borges, Marcos H F Ribeiro, Mariane Barsi Andreeta, Mario Freitas da Silva, Mário Lima Pontes, Mateus Luiz Freitas Barros, Matheus Armando Henrique da Silva, Matheus Macedo, Matheus Marquezini, Matheus Stremens, Mauricio Detzel Bernert, Maxine Evelin de Passos, Mercel Palomo, Michel Hildebrand Fausto Faucz, Michell Ribeiro Gonçalves, Miguel Filho, Miguel Nunes, Murilo Procópio, Murilo Romão, Murilo Sartori Martinelli, Não Quero Meu Nome Incluído, Natália O., Neko e Miolo, Neto Giovaneli, Nikholas França, O Fera, Pablo Ribeiro, Pablo Wendel Alves Quirino, Patrick Dias, Pedro Evan, Pedro H. M. C., Pedro Pessoa, Pedro Zuccolin, Pryscila Rodrigues Xavier, Rafael Bastos, Rafael Bernini, Rafael Castro, Rafael da Silva Silveira, Rafael Ito, Rafael Moura, Rafael Oliveira | @Profbiorafa, Rafael Souza dos Reis, Rainer Gazarini, Ramon Artner, Raphael "Panamano" Nunes, Raphael Heineck, Raphael L. Brandão, Renanzx, Rhafael Pinheiro, Roberson "Torque" Saraiva Polli, Robson P Oliveira, Rodrigo Bomfim Ribeiro Serafim, Rodrigo Rigoldi Faria, Rodrigo Suzart de Oliveira, Rogério Cunha Dias, Romário Carmo Barbosa, Rosa Estrela, Ruan G., Sandro L M Carvalho, Sebastian Malverdel, Graziani Pengue, Sirarnold, Thiago Fantoni, Thiago Gambini Oliveira, Thiago Gd, Thiago Martins Ferreira, Thiago Rolim de Oliveira, Thiago Vettorazzi, Tiago "Tusk" Bizzotto, Tsumura, Tulio Campolina, Tulio Jose Amaral, Vandinsun, Vedilson Prado, Victor José do Nascimento Custódio, Vinicius Aleixo Araújo Silva, Vinícius Barreto Araujo, Vinícius Lima, Vinicius Robles, Vitor Almeida Lopes, Vitor Saracini Duarte, Welington Akamine, William Cruz Faustino dos Santos, William Holzmann Pazinato, Wylcker e Alvin, Wyllds Carraro Viana, Yan Teixeira Mannarino.

Nível 4 – Exorcista

"Sor Pedro, O Irredutível" Henrique Zaia, (Leleo) Leonardo de Freitas Silveira, (Lucas & Henrique) Fonseca Mundim, (Matheus & Rafael) Faria de Sousa, @Alexandreoac, @Aliosanches, @Conradoov, @Digonesdf, @Eduovrp, @Httpsjeffinho, @Leitor_Noturno, @ Lucasrajs, @Pedroqueirozx, @Philipebenevides, @Phillipsuamberg, @Profvitorsoares, @Vinicius_Nanini, 05M4R, 1Berto Medeiros, À minha Pequena e meu querido Jorge Hope, A Yukio, Áabaram Roismann Bezerra, Aaron Figueiredo, Abbad, Abel Neto, Abelardo Dantas Alvares, Abilio Saraiva dos Santos Junior, Abliscoteca, Abner Augusto Pacheco Pires, Abner Fontoura Corrêa, Abner Gardenghi Gomes, Abner Glaus Pereira Bonifácio, Abner Koenigsdorf, Abraão Brito Elias, Abraão Salim Calinosk, Acacio Barrado, Achurch, Acreano Dingo Dingo, Ada J. Silva, Adalberto Rodrigues Silva, Adam Rodrigues, Adam William, Adão Neto, Adeilso B. S. Junior, Ademir Emerich Junior, Ademir Melo, Ademir Nunes Ribeiro Júnior, Adilson Erbes Pereira, Adilson Franke Neia Júnior, Adilson Galdino, Adilson Mangiavacchi Filho, Adolfo Toshiro Cotarelli Sasaki, Adônis de Souza C. Filho, Adrian Assink, Adrian Dellatorre, Adrian Satiro Sivilha, Adriana e Abraão, Adriana Souza Machado Santana, Adriano André Cirbro Bernardi, Adriano Aragão, Adriano Augusto de Carvalho Junior, Adriano Brito dos Santos, Adriano da Luz, Adriano de Oliveira Naimaier, Adriano Gaiotto de Oliveira, Adriano Guareschi Peña, Adriano J da Silva, Adriano Junior, Adriano Mariussi Baumruck, Adriano R. Marchi, Adriano Robert Lopes Marcião Júnior, Adriano Roberto Faccini, Adriano Rosendo, Adriano Velazco, Adrielle Campiotti & Alan Straioto, Ádso Girão, Aecio Jorge, Aegon Magno, Aenith, Aerym Nights, Afonso Lucas, Afonso Ribeiro, Agatha L S Dutra, Agente Sprite, Agnaldo Neto, Agnes, Agra-Sama, Aguiaemingles, Ailtonsk8, Airton Costa, Airton Sponda Ferreira Filho, Airton Y. C. Toyofuku, Aislan Torres, Akira Uehara, Akira Yamamoto, Alan & Amanda Franco, Álan D., Alan de Almeida Barreto, Alan Diogo Gomes de Melo, Alan Formagi, Alan Graccini da Silva, Alan H. Pellizzari, Alan Junior, Alan Kozlowski, Alan Loureiro Xavier Kisukuri, Alan Serafim, Alan Valentim, Alan Vaz Mainardes, Albérico Rodrigues, Albert Tsuyoshi Kodaira Araki, Alberto Barreira, Alberto Gandelman, Alberto Luis Dias Batista Junior, Alberto Pereira de Araujo, Alcemir Ribeiro Pires Júnior, Alcides Henrique Cherem Netto Fernandes, Alcione Cardoso, Aldene Rocha, Aldinei Pereira Jr, Aldo Caccavo de Araujo, Alê Florence, Alê M. Argentino_M64, Alecsander Alves de Souza, Alejandro Schmechel, Aleksander Carbalido Sanandres, Alessandro Angeruzzi, Alessandro Diego Belmont, Alessandro Kenji Katahira, Alessandro Pereira Garces, Alessio Pires (Beilor), Alex "Kuroda" Malheiros, Alex Alonso, Alex Berta, Alex Campos, Alex Carvalho, Alex Ceccon de Souza, Alex da Cunha Adriano Estácio, Alex Henrique dos Santos, Alex Himura, Alex Keiti Nosse, Alex Miller Ribeiro de Souza, Alex R. R. Oliveira, Alex Rottini Menegat, Alex Silva de Aguiar, Alex Victorino Formento, Alex William Ferreira Fernandes, Alexander Tuma (Anaximandrus), Alexandra Luísa Roedel, Alexandre " Blackwing " Myojin, Alexandre "Panda" Depireux Salles, Alexandre "Xilandre" Tomaz, Alexandre B. Bonine, Alexandre Carapia, Alexandre Cassemiro Mendes, Alexandre Dória, Alexandre dos Santos Matos, Alexandre Eleutério Santos Lourenço, Alexandre F. Kammer, Alexandre Fernandes Cavalheiro, Alexandre Gallas

Cabreira, Alexandre Gervasi Peixoto, Alexandre Habowski, Alexandre Hobol, Alexandre J. Barbosa, Alexandre Jardel Fernandes de Barros, Alexandre José Valentini Scussel, Alexandre Magalhães Cucio, Alexandre Marcus dos Santos, Alexandre Menezes, Alexandre Minoru Uehara Hiramatsu, Alexandre Negrão de Jesus, Alexandre Neri, Alexandre Neves Ferreira, Alexandre Oliveira Dezem Bertozzi, Alexandre Otranto Esquitini, Alexandre Phoenix, Alexandre Rafael Esperança, Alexandre Rezende Ribeiro, Alexandre Ricardo Kogler, Alexandre Roberto Alves, Alexandre Rosa de Souza, Alexandre Rostock, Alexandre Santos Gomes, Alexandre Sbragia Zaremba, Alexandre Serpa, Alexandre Val Dias, Alexandre Vitangelo de Moraes, Alexandre Zen Dias Rodrigues, Alexandre Ziviani Andrade, Alexis Cristiano Vilas Bôas, Alexsander de Souza, Alexsander Lima, Alexsander Trapp, Alexsandro de Aquino dos Santos, Alfredo Bechara Junior, Alfredo Faria, Alfredo Quadros, Algirdas Butkevicius, Alice Priestly, Alice Souza e Thales Rodrigues, Aline Fernanda da Conceição, Aline Nunes, Aline Tiemi Nagano, Alinne Cristine Cubas, Alishan Tesch, Alison "Wattson" Arruda, Alison Lemes, Alisson & Áliscy de Freitas, Alisson Alexandre Pereira dos Santos, Alisson Belluomini, Alisson Eduardo R. Silva, Alisson Eduardo Senca, Alisson Fontoura, Alisson Reis, Alisson Silva "Draupnir", Alisson Vianna Gauer, Álisson Winter Spatin, Allan Boury, Allan Cellim da Silva, Allan Collier, Allan D'Amato Rocker, Allan Douglas Rodrigues Moreira Vicente, Allan França, Allan Guerra, Allan Klinsmann Pinheiro Nantes, Allan Lutz Pangaio, Allan Motta Ferreira, Allan Salmasso, Allan Santos Sabino, Allef Garug, Allison Grim, Allison Rodrigues de Oliveira, Allysson Sanciani, Almir Antenor do Espírito Santo Junior, Altair Andriolo Filho, Altair Machado Freitas, Aluizio Lopes, Álvaro Augusto Andrade, Alvaro Bastida, Álvaro de Castro Salles, Álvaro Ferreira Goulart, Álvaro Marinho (Alvin Kalango), Álvaro Paolinelli, Alvaro Pereira de Vargas Jr., Alvaro Sidrim Ferreira, Alvaro Silva, Alvin Braz Angeli, Alvin Heiwa Yoshioka, Alyne Dallacqua, Alyson Maia, Alyson Santiago de Souza Lima, Alysson Ailton da Silva, Amabily e Paulo, Amadeu Pires, Amanda Luna, Amanda Matos de Moura, Amanda Muiños, Amanda Posnik, Amanda R. Velloso Santana, Amarildo Gonçalves Júnior, Amarildo Matias (Natsu Strife), Amaro Costa da Nóbrega, Amilto Antonio Brandão, Amur Curado da Rocha, Amy Ichikawa, Ana Bia Girotto Filgueiras, Ana Bragança, Ana Brito, Ana Carina Coninch Perin, Ana Carolina Ayoub Lucas Luchesi, Ana Carolina Guimarães, Ana Carolina Mochida, Ana Carolina Trama Ferreira e Guilherme Trama Ferreira, Ana Clara Pereira Carvalho, Ana Flávia Guimarães, Ana Gabriela Bezerra Benitez, Ana Iritsu, Ana Lopes e Gustavo Santos, Ana Lúcia Costa, Ana Luiza Albani, Ana Luiza Gerfi Bertozzi, Ana Maria de Moura, Ana Paula Fonseca, Ana Paula Ribeiro, Ana Paula Toffoli, Anamaria Canuto Sales de Oliveira, Anamaria Dantas Didi Paulino, Anarks, Ancient Volcov, Anderson "Andysummus" da Silva, Anderson "Dedê" Senne, Anderson Alves de Abreu, Anderson Alves Siqueira, Anderson Bastos de Souza, Anderson Brandão Farias Mineiro, Anderson Brandão Pinna, Anderson C. Cabral, Anderson Coimbra dos Santos, Anderson Costa, Anderson de Almeida, Anderson de Almeida Oliveira, Anderson Guerra, Anderson H Botechia, Anderson Henrique Alexandrino de Lima, Anderson J Borsatto, Anderson J. S. Fernandes, Anderson Lima, Anderson Lima da Silva86, Anderson Lima Ritter, Anderson Luis, Anderson Luis Barbosa, Anderson Luiz de Carvalho, Anderson Luiz Reis Monaco, Anderson M. Oliveira, Anderson Massaharu Kikuchi, Anderson Menezes, Anderson Nascimento, Anderson Niada, Anderson Oteresback Lopes, Anderson Pereira, Anderson R Lima Tico, Anderson Reis, Anderson Rocha, Anderson Salvati, Anderson Santos de Souza, Anderson Souza, Anderson Tiburcio, Anderson Zeni, Andr3Lux Rodrigues, Andrade Lima, André "Chubaca" Fontana Garcia, André "Maedhroson" Soares, André "Mick" Xavier, André "Mycelebi" Martins, André "Yodah" Higa, André [Deko] Figliuolo da Cruz, André Abreu, André Alves Sales, André Antunes de Campos, André Avelar Landre, André Azem, André Baiocchi Princivalli Campos, André Barganian, André Biesuz, André Bonfiglio Giordani, André Bonifácio Curvêlo, Andre Cadamuro Garcia, André Carvalho, André Castro, André Christóforo Moraes, André Cianciosa Reis, André Coser, André da Silva Campos, André da Silva Rodrigues, Andre Damasceno, André de Carvalho, André de Freitas David, André de Melo Sobral, Andre de Oliveira, André de Souza Veloso, Andre Dilay, André do Nascimento Barçante, André Duarte, Andre e Renata Tokutsune, André Felipe Freitas Santos, Andre Felipe Machado Silva, André Felipe Vovs, André Felipini, Andre Fernando Peres, André Ferreira de Lima, Andre Ferreira Taveira, André Fiorani Villa, André Frota, André Gabriel Vaz, Andre Ghirardelo Mora, André Gustavo de A.L Silva., André Gustavo Silva Castellon Vilar, Andre Hebert, Andre Henrique Nascimento, André Horta, André Ignácio Mazza Victorino, Andre J Magalhaes, André Jarenkow, André Jonas da Silva, André Keko Amaral, André L. N. Mota, André Larocca Ferrão, Andre Leite, André Lombardi Castilho, André Luís Moraes, André Luís Vieira, André Luiz Cardoso da Silva, André Luiz do Nascimento, Andre Luiz Ferreira do Nascimento, André Luiz Franco de Souza Filho, André Luiz Galli, André Luiz Sayão, André Luiz Silva Cavalheiro, André Luiz Silva de Castro, André Luiz Soares dos Santos, André Luiz Valtes Sancanari, André Luiz Weschenfelder, André Macedo Rodrigues, André Machado, Andre Marçal Rodrigues, Andre Marciniak, André Mattos, André Mello Takase 高世, André Mendes da Luz Magalhães, André Moreira Nogueira, André Neves Mascarenhas, Andre Pimpolho Almeida, André R Ferreira, André Ribeiro Silva, André Ricardo, André Ricca, André Rocha, André Rodamilans Rogério de Souza, André Rodrigo Kogitski Padilha, André S. Frank, Andre Sandes Farias, André Santos, André Simionato, André Soares Urquijo Lazcano, André Vargas, André Wolf, André Zagatti, Andreas Grings, Andreas S. Neto, Andrebanuz, Andrei Dominguez, Andrei Leite, Andreo Matheus Colaço, Andres Fanucci, Andres Ortiz de Godoy Junior, Andressa Scerni, Andressa Trotta, Andrew Marquezin Marinho, Andrews Cooper, Andrey Angelo Voltolini, Andrey Cinquini, Andrey M. Davino, Andrey Solano Becker, Andrez Lopes, Andriely Dantas, Andrios Costa, Andryos da Silva Lemes, Andsu, Andy Hiruno, Angela "Sucodelarangela" Caldas, Angelo Ampezzan Bortolan, Angelo de Souza Ramos Filho, Ângelo e Aurora Parra, Angelo Marcos, Angelo Rafa3, Anilton Jr., Aninha, Anito Kerber Junior, Anna Carolina Beja da Fonseca, Anna Paula Cardoso, Anne Carolina Aching da Rocha, Antenor Soares Dolores Neto, Antero Pedro, Anthony Melo, Antônio A. S. Neto, Antonio Alberto Pires, Antonio Alcides Carvalho Fernandes, Antônio Carlos de Andrade Filho, Antonio Carlos de Oliveira Martins, Antônio Carlos Queiroz, Antonio Carlos Resende, Antônio César Martins da Silva, Antonio Cunha, Antonio Dias, Antonio Eurico Barbosa da Silva, Antonio Fabio da Silva Junior, Antônio Fernando da Silva Junior, Antonio Helder Canuto Torres, Antonio Henrique Silva Borges, Antônio Jansem Targino de Sousa Filho, Antonio Junior, Antonio Luiz da Fonseca Duarte, Antonio Marcos Fernandes de Souza, Antônio Mello, Antonio Moisés de Pinho Neto, Antonio Montanha, Antonio Napy Charara Neto, Antonio Nogueira de Azevedo Goulart, Antônio Pedro Marques Nóbrega, Antônio Pereira Júnior, Antonio Pires, Antonio Rafael de Liz, Antônio Salvador Neto, Antônio Serafim, Antonio Tebas, Antonio Teles, Antônio Victor, Antônio Waldo Divino Júnior, Antonio Wallace P. de Sousa, Antoniocj, Antony Gomes Truppel Duarte, Apparicio Machado, Appoks, Áquila Nogueira, Aquiles Kauê George Zin, Arã Mahatma Pasta, Aran, Arantcha Fregnani Trombini, Ariádine Barbosa de Barros Torres, Arian Pasquali, Ariana Marilis da Silva, Ariane, Ariane / Piveta, Ariel Barreiros Silva, Ariel Bonatto, Ariel Correia Silva, Ariel Leonardo Alencar Leitão, Ariel Marquetti, Ariel Nunes Braz Gomes, Ariel Silva da Silva, Arilson S. Jacome, Ariyoshi, Arlindo A S Junior, Arlindo Weber Junior, Arnaldo Antonio da Silva Junior, Arnaldo Galdino, Arnon Otavio, Arnôr Licurci, Aron Albuquerque, Arpad S Szuecs, Arthur "Gfxzera" Lopes, Arthur Angelo Kirsten, Arthur Antonio Souza Vieira, Arthur Antunes de Lima, Arthur Bernardes Ramos Pires, Arthur Bleil, Arthur Breciani, Arthur Câmara Pereira, Arthur Cardoso, Arthur Carvalho Vieira, Arthur Casagrande do Canto, Arthur Dal Pino, Arthur Daniel Januzzi, Arthur Devide, Arthur dos Santos Martins, Arthur Dreger de Carvalho, Arthur Elias Emmer Amaral, Arthur Eloy Garcia, Arthur Emílio do Nascimento Gonçalves, Arthur Endlein Correia, Arthur F. Moreth, Arthur Fernandes Nascimento da Silva, Arthur Fernandes Schibelbain, Arthur Flausino dos Santos, Arthur Frederico Neves, Arthur Gavazzoni, Arthur Givigir, Arthur Gontijo Cota, Arthur Horácio Cunha, Arthur Iago Sechini, Arthur Jeronymo Piredda, Arthur Kenji Masuda, Arthur Kopke, Arthur Kraemer, Arthur Lara Ximenes, Arthur Majima, Arthur Marques Rocha, Arthur Martins de Andrade, Arthur Menezes, Arthur Monteiro, Arthur Mutini, Arthur Nagae, Arthur Neves, Arthur Nevins Castro Bravo, Arthur Pocai Zottis, Arthur Quaino, Arthur 'Rayzen' Henrique Celzlein, Arthur Roquete Garcia, Arthur S. Gabriel, Arthur Soares de Oliveira, Arthur Steimbruch, Arthur Tavares Oliveira, Arthur Tellechea Inda de Almeida, Arthur Uriel S. Silveira, Arthur V. V. Lucas, Arthur W. M., Arthur Wallerón, Artur Albuquerque, Artur Brito Rivera, Artur Ferreira Portes, Artur Jorge Azevedo Santos, Artur Leonel de Castro Neto, Artur Moreira, Artur Rabelo Martins, Artur Serpa, Artur Vecchi, Arturo Duran, Ary Lourenço da Costa Neto, Aso1701, Assecla, O Gabrias, Asuradanryoku / Sepatorrino, Athos Vallim

Toledo, Átila Santos, Audoeme Veras, Audrey Pujol, Augusto Alves de Lima, Augusto Bassi, Augusto Borelli, Augusto Buzzoni Calcanhoto, Augusto César Zago Alves, Augusto dos Santos Kochenborger, Augusto Eduardo Barreto, Augusto H. Hentz, Augusto Henrique Ferreira, Augusto Mazzo, Augusto Netto Felix, Augusto Ramon Simão Maia, Augusto Seixas Silva, Augusto Sergio Dantas Monsores, Augusto Sevo, Augusto Valentini, Augusto Vilela, Augusto, O Hubert, Áulus B. Lustosa, Ayala Leite, Ayrton Quintela, Ayumi Rodrigues Kimura, Ayüriell, Azatoth, Azhagalyudi, B. Pfeilsticker, B-A3X, Babyo0, Baraldo, Bárbara C F Gomes, Bárbara da Silva Pinto, Bárbara Glover, Barbara Stephen Campana Moreira, Beatriz F Gallo, Beatriz Migoto, Beatriz Rohem Alfradique, Beatriz Salustiano, Beatriz Teixeira Fonseca, Bebeto Foureaux, Belmont, Benjamim Issac Ribeiro Lima, Benjamin Grando Moreira, Beny Berger, Beor Uriel, Berkana Gregorio da Silveira, Bernard Bibas, Bernardo Abella, Bernardo Bastian, Bernardo Brito, Bernardo Castro da Silva, Bernardo Cella Borba Pinheiro Oliveira, Bernardo Cruz de Souza, Bernardo e Vanessa, Bernardo Machado Orioli, Bernardo Madeira Diniz Alves, Bernardo Martins Ferreira, Bernardo Massolini Walter, Bernardo Mendonça Caixeta, Bernardo Mirabal, Bernardo Oliveira Silva Correia, Bernardo Pavin, Bernardo Ramalho Rabello, Bernardo Sarto de Lucena, Bernardo Severo, Bernardo Stamato, Bernardo Ticom, Betina Costa, Betina Soares Ávila, Beto Carbonieri, Beto Smir, Bia Caldas, Bia e Yves, Bia Martins, Bia Mori, Bianca Andréia, Bianca Balonecker Arakaki, Bianca de Lima e Silva, Bianco Menezes, Billie Jean Blaney, Bizel Hiraga, Blendo, Blogueiro Fatness, Bob Ferreira, Boi, Boinatto, Boldness, Bolívar Eberhardt Fernandes, Bowie, O Carmesim do Caos, Bozo - Éderson Müller, Bradley F Menezes, Brando Mota, Brayan Bonfante Faccio, Brenda Lively Lhama, Brenda Mello Dornelles de Oliveira, Brendha Iarosz, Brendow Cardoso de Oliveira, Brener Chaves Assis, Brenno Augusto Bonfim, Brenno Elias, Brenno Malveira, Breno Chacon, Breno Costa Fernandes, Breno Dal Bello Rippel, Breno Ferreira, Breno Gueiros de Moura Eça, Breno Guimarães Lopes Xavier, Breno Maia Bispo, Breno Miranda Oliveira, Breno Palhares, Breno Paulo Almeida de Oliveira, Breno Pedra, Breno Portella de Andrade Bohry, Breno Sartori, Breno Taveira Mesquita, Breno Vinicius Ferreira, Breyner N Kramatschek, Brian Lear, Brown Taylor, Brumadu, Bruna A. Colombo, Bruna Beiriz A Lendária, Bruna da Rosa, Bruna da Silva Henrique, Bruna Fagundes Rócio, Bruna Hoy da Silveira e Cleiton Alexandre Pinto da Silva, Bruna Lorenne C. Ribeiro, Bruna Menezes, Bruna Monteiro de Brito, Bruna Passoni da Silva, Bruna Romaioli Gonzales, Bruna Timbó, Bruna V. Marianni Dulci & Danilo S. Dulci, Brunno Dvorak, Bruno "Borondir" Melo, Bruno "Demonai" Andrade, Bruno "Gaduketv" Martins, Bruno "Kohi" Oliveira, Bruno Adriano Menegotto, Bruno Affonso, Bruno Alberti, Bruno Alves Rocha, Bruno Alves Schelb, Bruno Arthur Joker, Bruno Avila Barbosa, Bruno Bassanin Antonelli, Bruno Beirão, Bruno Beranger de Souza Cruz, Bruno Bianchini, Bruno Bis Schutz, Bruno Bolacha, Bruno Bonfim do Nascimento, Bruno Branco de Araujo, Bruno Brigido Goulart, Bruno Brizolino, Bruno Buenos Aires Braga, Bruno C. Carbonell Torronteguy, Bruno C. Ulbriecht, Bruno Canal Santana, Bruno Canholato, Bruno Cantarino, Bruno Cardoso Matias, Bruno Casagrande e Samuel Mallmann, Bruno Cavalcanti de Andrade, Bruno Cesar "Roen" A.F.F. Mendes, Bruno Cesare Lanzoni, Bruno Chiarello, Bruno Costa Gonçalves, Bruno Covre, Bruno Cunha de Biazzi, Bruno Curvello, Bruno da Silva Borges, Bruno Dalcio Casas, Bruno Damini Basso, Bruno de Carvalho Alvim, Bruno de Mendonça Braga, Bruno Dias, Bruno Dias Sousa, Bruno Donato, Bruno dos Santos, Bruno e Isabela Fernandes, Bruno Espindola, Bruno Eurico da Silva de Souza, Bruno Fávaro Piovan, Bruno Feldmann, Bruno Felix de Carvalho, Bruno Fernandes Moreira, Bruno Ferraz, Bruno Fonseca Figueiredo Barros, Bruno Fornazari, Bruno G. da S. H. Seára, Bruno Gama, Bruno Garcia de Figueiredo Camacho, Bruno Gerhard, Bruno Giboli Andreoni, Bruno Giordano, Bruno Giroleti, Bruno Gomes Martins, Bruno Gomes Tavares dos Santos, Bruno Grec, Bruno Guerson Peixoto, Bruno Guida, Bruno H Pansani, Bruno Henrique de Bortoli Rampanelli, Bruno Henrique Magalhães, Bruno Henrique Siben dos Santos, Bruno Heringer Carmo, Bruno Hugi, Bruno Ilipronti Lima, Bruno Incutto Bastos, Bruno J. Spolavori, Bruno José de Assis, Bruno Jose Ribeiro da Silva, Bruno Kenzo de Souza Utida, Bruno Koga, Bruno Leonardo da Silva Ribeiro, Bruno Liedtke, Bruno Lima da Silva, Bruno Lima Medeiros, Bruno Lôbo, Bruno Loureiro de Oliveira, Bruno M. de Matos, Bruno Machado Brandão, Bruno Mancini, Bruno Marcolino dos Santos, Bruno Marques, Bruno Mathias, Bruno Mazoni, Bruno Meira Melhado, Bruno Mendes Vasconcelos, Bruno Mentor Torres, Bruno Meshey, Bruno Mitsuo Maeda, Bruno Monteiro de Andrade Silva, Bruno Mouta, Bruno Nakandakari Soares, Bruno Neto, Bruno Neves Pereira, Bruno Novaes, Bruno Oliveira Souza, Bruno Paim, Bruno Patrick Matoso Sotero, Bruno Pinto Araujo, Bruno Puerari, Bruno Pugliese, Bruno Queiroz, Bruno Quintino Martins, Bruno R. Alves, Bruno Ramos de Vasconcelos, Bruno Rauber, Bruno Ricardo da Silva, Bruno Rocha, Bruno Rocha Barros Coelho, Bruno Rodrigues, Bruno Rosenberg Valio, Bruno Roza Grigório, Bruno Sá Bob, Bruno Sant'Ana, Bruno Santos da Silva, Bruno Schettini Pereira, Bruno Sequeira, Bruno Silva, Bruno Silva Brito dos Santos, Bruno Silva Souza, Bruno Simoes Borges de Oliveira, Bruno Simões da Silva Ferreira, Bruno Sini, Bruno Souza, Bruno Steve Carriello, Bruno T. das Virgens, Bruno Takashi Tengan, Bruno Tavares, Bruno Thomazetti, Bruno Tomain, Bruno Trócolis, Bruno Vaps Santos, Bruno Vendruscolo, Bruno Vieira Silva, Bruno Vinicius D. Marques, Bruno Vinícius dos Reis, Bruno Vinicius Struzik, Bruno, O Urso, Brunotheraizen, Bryan "Trinedy" Silva, Bryan Haniel, Caazio, Cabellone - Giuseppe Alfredo Cataldo, Cabralzinho, Cadmiel Garcia Lima, Cadu Areia, Cadu Ariza, Cadu Torre, Caetano Neto, Caetano, Pedro, Cafelipe, Caian Dias Espindola Alves, Caian Sant'Ana, Cainã C. Corrêa, Caio A B Almeida, Caio A. C. Paixão, Caio André Rodrigues, Caio Augusto Bitencourt, Caio Calo, Caio Capatto, Caio Cardoso, Caio Carneiro, Caio Casella, Caio Cassemiliano, Caio Castanho Xavier, Caio Cavalcanti, Caio Cerano Silva, Caio Cesar Faedo de Almeida, Caio Cesar Gonçalves da Silva, Caio Cesar La Motta Dias, Caio César Nunes, Caio Dall'Alba, Caio de Cillo, Caio de Vasconcelos Sardinha, Caio Delgado, Caio Dias, Caio Emanuel Rhoden, Caio Exposito, Caio Favero, Caio Ferreira, Caio Figueiredo, Caio Figueiredo, Caio Filipe de Moraes Rodrigues, Caio Fonseca de Oliveira, Caio Gandolfi, Caio Garcia, Caio Gomes, Caio Graco Rodrigues, Caio Gutierrez Giove, Caio Hathner, Caio Henrique Souza Santos, Caio Henrique Velloso Paranhos, Caio Hoffmann, Caio Jodas, Caio Kame Cruz, Caio Mancini, Caio Miike Contador, Caio Moreno Rodrigues Vieira, Caio Muniz da Silva, Caio Oliveira, Caio Paes, Caio Palhares, Caio Prado, Caio Rabello, Caio Ribeiro Braga Reis, Caio Ricardo, Caio Rocha, Caio Rodrigues de Almeida, Caio S. Sardella, Caio Sandin, Caio Silva Santana, Caio Soeiro Caccaos, Caio Souza de Oliveira, Caio Vigiani, Caio Vinícius Constante da Silva, Caio Vitor Torres Bridi, Caiozovysck, Caique C. Bianchi, Caique Cunha Pereira, Caique de Almeida Silva, Caíque Destro, Caíque José Gomes dos Santos, Caique Nery, Caique Purset, Cairo Corrêa, Caladmurphy, Camila Andrade Santiago, Camila Aparecida Dias, Camila Brandão Guedes, Camila Lelis Silva, Camila Marçal, Camila R Tabet, Camila R. Fernandes, Camila Rezende, Camila Tiome Baba Oliveira, Camilla Camatta, Camilla Lourenco, Camilla Pessoa, Campossimone2, Cardoso Isaque, Carla Evans, Carla M. S. Meneses, Carleusa, Carlo Alexandre Lima de Faria, Carlo Cardoso Cimidamore, Carlos "Cadu" Ramos, Carlos Alberto Muller, Carlos Alexandre Micaloski, Carlos Antônio Neri Pinheiro, Carlos Augusto Schlyter Rodrigues, Carlos Block, Carlos Castilho, Carlos Caue Della Brida, Carlos Derbona, Carlos Eduardo, Carlos Eduardo Alves da Silva, Carlos Eduardo Ardigo, Carlos Eduardo Barros, Carlos Eduardo Cichon, Carlos Eduardo da Silva Leal, Carlos Eduardo Ferreira Borges (Bob Borges), Carlos Eduardo Piveta de Oliveira, Carlos Falcucci de Azevedo, Carlos Felipe Schneider, Carlos Forti, Carlos França, Carlos Haefliger, Carlos Henrique, Carlos Henrique (Toxhorn), Carlos Henrique Almeida de Oliveira, Carlos Henrique Andrade Braz, Carlos Henrique de Proença Siqueira "Morgan", Carlos Henrique Ferreira, Carlos Henrique Gusmão, Carlos Henrique Morais da C. Santos, Carlos Henrique Moreira, Carlos Henrique Silva Leite, Carlos Moreira, Carlos Mucury, Carlos Raphael, Carlos Tadeu Medeiros, Carlos Vinicius Alves Oliveira, Carlos Zgierski, Carol Ataíde, Carol Correia, Carolina Andrade, Carolina Bueno da Silva, Carolina Crestani, Carolina Flauzino de Souza, Carolina Gonzalez, Carolina Lima, Carolina Lóu, Carolina Martins da Costa Assaf, Carolina Moreira, Carolina Pacheco de Castro, Carolina Silva Mildemberger, Caroline Conceição dos Santos, Caroline Tmz, Cássia de Albuquerque Cavalcante da Silva, Cassiano "Catito" Maia, Cassiano Dal Pizzol, Cassiano Vitorio Kretzmann dos Santos, Cassiel Viricimo, Cássio Batista, Cassio Curzel, Cassio Duarte, Cássio Lisboa de Souza, Cássio Lucas Marinho Nunes, Cássio Luiz de Souza @Cassio_Souza, Cassio Pereira, Cassio Villa Paes, Cassius Pacheco, Catarina S. Wilhelms, Catarina Tonelli, Catioroloko, Cauê Aruã Zani de Souza, Cauê Batista, Cauê Gimeno, Cautiongamesbr, Cavalo Amigável, Cecília Lima Lopes, Celio Rafael Cavalcante Dantas, Celso Bortolini Junior, Celso Lima, Celso Luís Dornellas, Celso P Costa, Celso Souza, Cervejeiro - Guasca

Rugby Clube, Cesar Augusto Vieira Giovani, Cesar e Lucas Garrido, Cesar Gaglioni, Cesar Kamogawa, Cesar Lopes Aguiar, Cesar M de C Junior., César Machado, Cesar Machado, Cezar Letiere Martins, Cezar Toru, Charles Carrari, Charles e Ana Raquel Miranda, Charles Luiz Nicácio Junior, Charles Theisen, Chello Harada, Chirdec, Christian A. R. Marchetti, Christian Bobsin, Christian Campos, Christian Meinecke Gross, Christian Mello Roque, Christian Melo, Christopher Melo Mendes, Chrysthowam A. Santos, Chrystian Lami de Jesus, Cibele Simões, Cícero Gabriel R. dos Santos Gouveia, Cícero Herculano, Cícero Jackson da Silva, Cícero Tenório da Silva Junior, Cido Rossi, Cigano Victor, Cintia Rafaela Borini Gomes, Cirilo Brancaleone, Cirks, Clara Gomes, Clarissa Luz, Claubert Amador, Claudemir Bezerra, Claudia Lemos Arantes, Claudio "Cronos" Ferreira, Claudio "Mr.Pickersgill" Filho, Claudio B P Souza, Cláudio de Castro Käfer, Claudio Giraldi Junior, Cláudio Lobato Alencar, Claudio Ramos, Cláudio Ribeiro de Sousa, Claudio Salas, Claudio Souza de Lucena, Cláudio Trajano Marques, Cláudio Vinícius dos Santos Nascimento, Claus L Albuquerque, Claylson Mario, Clayton da Cruz, Clayton Jone de Sousa, Clayton Klein, Claytor Vieira da Silva, Cleber Barbosa, Cleber Lacerda, Cleber Rodrigues Junior, Cleber Santos, Cledy Cavalcante Neto, Cleisson Luchini Cerdan, Cleiton Marques da Silva, Cleiton Moreira, Cleiton Tosta Pereira, Cleuster Eustáquio Rodrigues Silva, Clovis Farinelli, Clovis Ferreira, Clovis Julião Arroyo Neto, Cmte José Souza, Cobo, Colemar F Cunha, Conoceno - "Luis Vinícius C. F. Lima", Conrado Oliveira Macedo, Conrado Quintero Neto, Cora Munt, Cortez, Costenarojp, Coxinha Jones, Cris Sousa (Kneeshe), Cristhian Anthony F. Gomes, Cristhian Ferreira, Cristhian Heck, Cristian Boniolo, Crístian Douglas A. Santana, Cristian R Andreis, Cristian Tacca, Cristian Valadares, Cristiana Oliveira Santos Tavares, Cristiano Migdalski, Cristiano Moura dos Santos, Cristiano Silva, Cristiano Vilatoro Ferreira da Silva, Cristopher Roos, Cybelle Assis Letícia Pirangy, Cynthia Barcelos & Thiago Kreutz, Cynthia Fodor, D. C. Lobato, D. Ferreira, Dados Decisivos, Dairton Batista, Dalbert Lira, Dalmar Durães Assunção, Damasceno Ts, Dami Supertramp, Dan Arnaud Silva, Dan Folter, Dan Martins, Dani Dias, Dani Guerrato, Daniboy, Daniel " O Apolôôôônio" Silva de Oliveira, Daniel "Dfox" Garcia Machado, Daniel "Dnl" Barboza, Daniel "Wedjat" Viegas, Daniel & Gabriel Simoni, Daniel Albino, Daniel Alves Martins, Daniel Amaral Calisto Silva, Daniel Andre Zilli, Daniel Antonio Fernandes Bojczuk, Daniel Araújo do Carmo, Daniel Ayrton Mizokami Martines, Daniel Basile Junqueira, Daniel Bastos Lima, Daniel Benitah, Daniel Bezerra de Castro, Daniel Bischoff, Daniel Bonatto, Daniel Bonesso, Daniel Bruch, Daniel C Oliveira, Daniel Caixeta Queiroz Garcia, Daniel Caldas Gaspar, Daniel Cardoso Gonçalves, Daniel Carlos de Souza e Silva, Daniel Cassol, Daniel Cianci, Daniel Coelho Lopes, Daniel Coppi Rauh, Daniel Costa Damásio, Daniel Dalmas, Daniel de Souza Farina, Daniel Dias Fragoso, Daniel Duarte, Daniel Duran Galembeck da Silva, Daniel e Matheus Pina, Daniel Felipe de Souza, Daniel Freitas, Daniel Galves, Daniel Genovez, Daniel Gobatti Sikorski, Daniel Hamud, Daniel Horácio dos Santos Lopes, Daniel Isola Vilar, Daniel Juliato, Daniel Jungstedt, Daniel Lameira, Daniel Lara Sangiorge, Daniel Laube, Daniel Ligmanovski Ferreira, Daniel Marçoni Santos Silva, Daniel Maximo Santiago, Daniel Medeiros Costa, Daniel Mendonça Acorroni, Daniel Meneguin, Daniel Monte (Paigamer), Daniel Nunes de Farias, Daniel Oliveira, Daniel Orzechowski, Daniel Paschoalette Visnardi, Daniel Pedrosa, Daniel Phillipe Rosa de Carvalho, Daniel Pinheiro Peixoto, Daniel Porto Reno Sas Piloto, Daniel Preciado Espitia, Daniel R Esposti, Daniel Real, Daniel Reis, Daniel Rinaldi, Daniel Risi, Daniel Robert Soares Milanez, Daniel Romero da Escóssia Pinheiro, Daniel S. Patrocinio, Daniel Scarabeli, Daniel Serieiro de Miranda, Daniel Sevidanes, Daniel Simizo, Daniel Sousa, Daniel Souza, Daniel Trindade, Daniel V. Prado, Daniel Valim, Daniel Vargas, Daniel Víctor Carvalho Vasconcelos, Daniel Victor Lima de Araújo, Daniel Volkture Donato, Daniela Carlucci Palazzo, Danielle Caçador, Danielle Sales, Danillo Cristino da Silva, Danillo Laviola, Danillo Martins de Oliveira, Danillo Roger Ribeiro, Danilo, Danilo "Rangrim" Moreira da Silva, Danilo "Vorpa" de Souza, Danilo Albuquerque Mendes, Danilo Alencar Santos, Danilo Aureliano Machado, Danilo Azzolini, Danilo B. Gonçalves, Danilo Borges, Danilo Borges Gonçalves, Danilo Buiatti, Danilo Caldeira, Danilo Curiel, Danilo da Rós Rosa, Danilo de Pinho Aires, Danilo Decesaro Marmentini, Danilo F. Vettorazzi, Danilo Fontes, Danilo G Muniz, Danilo Gimenes Mihok, Danilo Henrique, Danilo Hsieh, Danilo Iancoski, Danilo Lg, Danilo Maia Rodrigues, Danilo Matias, Danilo Padua, Danilo Rafael, Danilo Romano Camargo, Danilo Rosa Lisbôa, Danilo Ryu Abe, Danilo Sanchez Tuzita, Danilo Santos Pereira, Danilo Santos Sampaio, Danilo Shindi, Danilo Teixeira Luvizão, Danilo Torturella Moreno Lopes, Daninducrack, Daniolo, Danko, Dannilo Carvalho Borges - Dcb, Danny Yukio, Dante Dark, Daphne Araujo Berto, Daphne Barros Melo, Darius e Laiza, Dark Vitin, Darlene Carvalho, Darwinex, Canal Joga O Dado, Davi Amaral, Davi Bijotti, Davi da Silveira Barroso Alves, Davi de Albuquerque Mendonça, Davi Ferreira Santo, Davi Gatti Prudêncio, Davi Miranda Gonçalves, Davi Paim Rios, Davi_Meireles_Souza, David A. Koltun, David André Meri, David Entringer Modesto, David Fernando Gomes, David Lane Bruno, David Mackelvy Silva, David Monteiro da C. Filho, David Pereira, David S.Sá, David Silva, David W. Berri, Davidson Catein, Davizau, Dayana Gomes Boeira, Dayane Baraldi, Dayanne Garcia e Fernando Abravanel, Daylton Rodrigues, Dayvison Chaves, de Castro Wesley, de Luca, Debora de Oliveira, Debora e Luan Gonzales, Débora Real, Deborah Coelho de Andrade, Degani, Deives Cavalcante Costa, Deivide Argolo Brito, Deivson Mendes Alves, Deivyson Vargas Lopes, Deletking, Delfim Fernandes dos Santos Júnior, Delucasmartin, Demetrio Dias Soares, Demetrio Ferreira Silva Junior, Demétrio Mutzenberg, Demetrius Maximus, Demonfilip, Dener Andrade Martins, Denilson Luis da Silva, Denis "Goblin Sucateiro" Steffen, Denis Alvares Rodrigues, Denis Apolonio de Lima Silva, Denis Bernardes Araujo, Denis C Carvalho, Denis Dainese, Denis Ferreira, Denis Roberto Macedo da Silva, Denis Yukio Fucuda, Denise Monteiro e Ricardo Bueno, Denise R. Kanda, Denner Ryus Lima de Vasconcelos, Dennis Eduardo, Dennis Silva, Dennys Azevedo, Derick Stu, Desireé de Sousa Boaventura Pereira, Désirée Marie de Clemente e Falsetta, Deyvison, Deyvson Pereira Silva dos Santos, Dhara Luna, Dheyrdre Machado, Diegho Cabral, Diego "Wolf Fivousix" Francisco Bueno Sartório Whitten-Brown, Diego Aguiar Carvalho Garcia, Diego Alexandrao, Diego Alexandre Pereira (Dig), Diego Bernard, Diego Calado - Kaladino, Diego Callili, Diego Caravana Mangini, Diego Daflon V B Salles, Diego Dal Zot, Diego Darlan Possa, Diego de Abreu, Diego de Lima Braga, Diego de Souza Abreu, Diego Di Giacomo Toledo, Diego dos Santos, Diego e Daniel Ferreira Henrique, Diego e Flávia Zanini, Diego e Jéssica Proença, Diego Ehmke, Diego Espindula Mendes, Diego Farias de Assis, Diego Fernandes Ximenes, Diego Fidelis Kornillo, Diego Figueiredo Silva, Diego Fill, Diego Frozza Compagnoni, Diego G R Almeida, Diego Gadi Fernandes Queiroz, Diego Garcia Dorta Peraçoli, Diego Gomes Soares de Souza, Diego Gonçalves de Carvalho, Diego Henrique Paris Pinto, Diego Henrique Teixeira, Diego Humberto Cunha Correia, Diego Kober, Diego Magaiver Jahn, Diego 'Malkavianz' Santos, Diego Marques de Oliveira Santos, Diego Mello, Diego Nóbrega, Diego Nobuyoshi Tsuji, Diego Nogossek da Rocha, Diego Osmar C. de Oliveira, Diego Pereira Batista, Diego Polachini, Diego Prass, Diego Rocha Senra Mendes, Diego Rodrigues, Diego Rodrigues Ferreira, Diego Rodrigues Meyer, Diego Santana, Diego Santos, Diego Saochine Alves, Diego Schmitt Figliero, Diego Silva (O Ximira), Diego Silva Marques, Diego Tavares Borges, Diego Torralbo, Diego Torres, Diego Velanga, Diego Villas, Diego Zapalá, Dieter Heiss, Digojordan, Diidiovani, Dikrankk, Dilan Arthur Silveira do Amaral, Dilan Makey, Dilan Nery Lopes, Diógenes Cavalcante, Diógenes Leal Ferraz Silva, Diogo Alves Solon, Diogo Anastacio Barro, Diogo Arruda Gaigher, Diogo Augusto Barreira Morais, Diogo Augusto Ferreira Guimarães, Diogo Azevedo Rodrigues, Diogo B., Diogo Becker, Diogo Beda, Diogo Bicalho, Diogo Braga Dutra, Diogo Ceribelli Mello, Diogo Dall'Agnol Zatta, Diogo Damiani Ferreira, Diogo Fanhani Silveira, Diogo Fontes, Diogo Franchi Vieira, Diogo Gabriel Ferreira, Diogo Gehrke Barbosa, Diogo Gosch, Diogo H Herculano, Diogo José Ramos Ferraz, Diogo Kawer de Lima Carneiro, Diogo Lerison, Diogo Louzada Paixão, Diogo Massato Murakami "-D0M-", Diogo Mattos, Diogo Medeiros, Diogo Mello Brazioli, Diogo Ohse, Diogo Oliveira (Dok), Diogo Paludo de Oliveira, Diogo Rosanelli, Diogo V D Peçanha, Diogokrioca, Diosthenes Filho, Diovanni 'Xalasca' de Souza, Dirceu Nusa, Dirjan F. Rigon Tabille, Djair Alessandro Lima dos Santos, Djalma Dourado, Djonathan Cezar de Souza, Djonathan Krause, Djunko, Dmbeto, Dmitri Gadelha, Dodo Avatar Almeida, Domingos Alberto Gentil Nuvolari, Dongo Dudongo, Dôra Aureliano, Dorival Carlos dos Santos Filho, Douglas (Ministru) - Colecionáveis Nerd, Douglas "Dmouzer", Douglas Augusto de Lima Almeida, Douglas Caina, Douglas Constantino Ces, Douglas Edson Fernandes, Douglas Fernandez, Douglas Fernando Soares, Douglas Guedes Ferreira Ferracini, Douglas Ismael da Conceição, Douglas Leal Silveira, Douglas Leite,

Douglas Magalhães Sonnemann, Douglas Mareli Lopes, Douglas Martins Luz, Douglas Neves, Douglas Nobre, Douglas Nunes de Lima, Douglas Púppio Pereira, Douglas Rafael Rezende, Douglas Rosario, Douglas S. Klafke, Douglas Santamarina Done, Douglas Stalkeyt, Douglas Viana, Douglas Warforge Lima, O Orgulhoso, Douglas, Gustavo Vasconcelos, Dr. Balduino, Dr. Mauricio " Herói X" Barreto, Dra Valkirah, Draconick, Drak Tutoriais, Dreike Sangment, Du Haberler, Dubeiço, Dudu Campi, Dudu Faleiro, Dudu Sousa, Duílio G. Souza, Dylamcs, Dylan Von Gehlen, Ed Caetano, Eddu Fuganholi, Eddy Yuki Nagamatsu Nakao, Eden Kiefer Junior, Eder Fabrilo "Kchaço" Rosa, Ederlei Silva, Ederson Souza, Edgar Souza, Edilson do Nascimento Meireles, Edilson R B Junior, Edimar Junior, Edimara Salete de Carvalho, Edinaldo Souza Ferreira Junior, Edinan Patrik Marinho Celestino, Edison Durval, Editora Runas, Edmar Gonçalves da Silva, Edmar Paniago Filho & Ana Júlia Paniago, Edmilson Matias Ferreira de Oliveira (Parzival), Edmundo Neto, Édrian Oliveira, Edson Augusto Caffe Araujo, Edson B S Monteiro, Edson Diego Silva Barbosa, Edson Garcia, Edson Giannini Ferreira, Edson Henrique Miranda Junior, Edson Luiz Mangili, Edson Nascimento de Sousa, Edson Neto, Edson Ribeiro, Édson Ribeiro da Silva, Edson Rosa, Edu do Entretenimento, Edu Martin, Eduarda Peres Cabreira, Eduardo "Dudu" Cardoso, Eduardo "Jedi" Lewandowski, Eduardo "Mrtheduts" Souza, Eduardo A. M. Cançado, Eduardo Albuquerque, Eduardo Ananiades, Eduardo Antônio de Lucena Lisboa, Eduardo Antonio Jaworski Florão, Eduardo Araujo Pereira Junior, Eduardo Augusto Felipe de Vasconcelos, Eduardo Avelino da Silva, Eduardo Belotti Paes de Figueiredo, Eduardo Berbet de Alcantara, Eduardo Bonatto, Eduardo Camargo dos Santos, Eduardo Campos Vera, Eduardo Cayres H1N200, Eduardo Chagas, Eduardo Chamma, Eduardo Cristiano Kondras Miranda, Eduardo Cruz, Eduardo D Wiederkehr, Eduardo da Laje, Eduardo da Silva Falcão, Eduardo de Paula Becker, Eduardo de Souza Martinelli, Eduardo do Amaral Salgueiro Lima, Eduardo Duarte, Eduardo Endel Reolon, Eduardo F L Ribeiro de Lima, Eduardo Fabiano Alves, Eduardo Faria da Silva Junior, Eduardo Ferreira Suzart (Com Amor, Leoa <3), Eduardo Firmino, Eduardo Frontini, Eduardo G. Xavier, Eduardo Gaona, Eduardo Gomes dos Reis, Eduardo Gonçalves Pereira, Eduardo Hayashi, Eduardo Hennemann de Oliveira, Eduardo Henrique Alves, Eduardo Henrique Carvalho Rangel, Eduardo Henrique Noering, Eduardo Henrique Pisoni, Eduardo Hermes, Eduardo Honorio de Oliveira, Eduardo J. S. Sant'Ana, Eduardo Job Gomes Silva, Eduardo Jone, Eduardo Limberger de Oliveira, Eduardo Lucke, Eduardo Lutz Cercal, Eduardo Machado Hilário, Eduardo Maciel Ribeiro, Eduardo Maia Franco, Eduardo Maior, Eduardo Malfati Rodrigues, Eduardo Mendes Marcucci, Eduardo Menoncello, Eduardo Moreira de Oliveira - @Eduardo_Morol, Eduardo Mostaro Pimentel, Eduardo Moura dos Santos, Eduardo Nuber, Eduardo Nunes Sanchos de Araujo, Eduardo Oliveira Gomes, Eduardo P V Rangel, Eduardo Pinheiro do Nascimento, Eduardo Polli Jorgensen, Eduardo Prates da Silva, Eduardo Rodrigues, Eduardo Sant' Ana Vaz, Eduardo Santos, Eduardo Santos Coradi, Eduardo Scariot, Eduardo Schmerega, Eduardo Sete, Eduardo Silva Neto, Eduardo Sola, Eduardo Sperry Bedin, Eduardo Terra e Maria Irumé, Eduardo Ticianelli, Eduardo Valentim, Eduardo Vivi, Eduhc, Edvaldo Saturnino, Edvando Tertuliano Njerges, Edvar Santamarina Fernandes, Edy Daigen Nakamura, E-Gor, Eike Yanagisawa, Ejoyce Nogueira Braga, Elbert Régis da Silva, Elço Rodrigues, Elder, Eldes Gaspar, Eldius, Eliabe Carvalho dos Reis, Eliana Maria Soares, Elias Carpeggiani, Elias Silva - Mr. Chakkal, Elias Silva Nascimento, Eliel de Oliveira Miranda, Eliel Oliveira, Eliezer Grawe, Eliezer Longo Zavoli, Elikhello, Elios Monteiro, Elis Padilha, Elisabete de Jesus, Elisandro Cesar Bruscato, Elisio Merlin, Elisnei Menezes de Oliveira, Elivaldo Sapucaia da Silva Junior, Elizabeth Eguti, Elizandra de Alexandria Moreira, Eliziane Nisgoski, Ellen Diana Guissoni, Ellen Kency, Ellton Willington de Araújo Ferreira, Eloah M. S. Hermínio, Elori Daney, Eloy Heredia O Bárbaro, Elson Almeida Dreveck, Elton Hiroyuki Okada, Elton Servilha dos Santos, Elvys da Silva Benayon, Elvys Lima de Araújo, Elzo Tovani Benzaquen, Emanuel Adler Medeiros Pereira, Emanuel Ribeiro Souza, Emanuel Schlotefeldt, Emersera, Emerson Barão Rodrigues Soldado, Emerson Jacinto da Silva, Emerson Lopes, Emerson Rafael Marchi, Emílio Flávio Oliveira, Emílio Perez de Morais, Eng. Eric Douglas, Eno-Brad, Enrico Neves, Enzo Abate, Enzo Cardoso Tavares da Silva, Enzo Ferraz Santos, Enzo Franco Polizel, Enzo Kapps, Enzo Maués Venturieri, Enzo Melo, Enzo Pompeu de Carvalho Garcia Duarte, Enzo Silva Marcondes, Enzo Trevisan Topanotti, Enzo Vaz Tessaro, Enzo Wada Nogueira, Enzoriou, Eraldo Cunha, Eri Johnson Freitas de Souza, Eric Cerqueira de Oliveira, Eric Daniel Ferreira Bueno, Eric Frank Li, Eric Gomes Martins, Eric Malosti de O. Silva, Eric Reimol, Eric Soledade, Eric Vechi, Eric Veras, Eric Vinicius, Eric Zaonite Herthel, Erich e Icaro Franco Picerni, Erich Ruy Erzinger Alves, Erick Calistrato, Erick Costa de Alencar, Erick Damião dos Santos, Erick de Paula, Érick F. Silva, Érick Felipe Brittes, Erick Ferreira de Oliveira, Erick Gabriel Bomfim da Silva Santos, Erick Guimarães, Erick Kurota, Erick M. Mendonça, Erick Marques Santos, Erick Marteleto, Erick O. S. Silva, Erick Santana Rodrigues, Erick Santos de Oliveira, Erick Santos do Nascimento (Birunda), Erickz, Érico Gaiger Marshall, Érico Ribeiro de Barros, Ericson Filho, Erik Carr, Erik Douglas Pereira, Erik Guedes Matos, Erik Roberto Soares de Souza, Erik S. Fernandes, Erika Figueiredo Aguiar, Erika Simões Alencar, Erika Valença, Ernani Marcondes, Ernesto Paidinora, Eros N Nunes, Esdras Nass Dürks, Esron Silva, Estaney L. R. Cruz, Estéfani Rodrigues, Estéfano Menger, Estevão Alves Ferreira Pinto, Estevão Bayerl, Ettore Ferreira Bera Fagundes de Lima, Ettore R. Migliorança, Eufrásio Neto, Euler Victoria, Eusamar Magalhães Jr., Euton Freitas de Castro Jr, Evaldo Júnior, Evander Leal Pereira, Evandro Cascaes, Evandro Filho, Evandro Matheus Schmitz, Evandro Reis Matias, Evandro Xoxim, Evelin Gabriele, Evellyn Danzer, Evellyn Ferraz, Evelyn Paula de Oliveira, Everson Fernandes Junior, Everson Ferreira, Everson Silveira, Everton Allan Marques Santos, Everton Alves dos Santos, Everton Batista, Everton Braatz Dalla Corte, Everton Coan Berger, Everton de Oliveira Sousa, Everton Freitas da Silva, Everton Ribeiro, Everton Vilela, Evilyn Luana Cerati, Ewerthon Junkes, Ewerton Gabriel Ferreira Vicente de Paula, Ewerton Lima, Expedito Júnior, Eymael Silva de Souza, Ezno, F. S. de A. Filho, Fabiana R. Nascimento, Fabiano Blonski, Fabiano de Luna Fonseca "O Vovôverine", Fabiano Machado Dias, Fabiano Novaes Ferreira, Fábio Allevato, Fabio Arot, Fabio Asato de Camargo, Fabio Augusto, Fábio Balaguer, Fabio Cardoso Pasquini, Fabio da Silva Nascimento, Fábio de Melo Franzoni, Fábio de Paula Carvalho, Fábio Dias Bergamo, Fabio e L Amorim, Fabio Eduardo Di Pietro, Fábio Elyseu Júnior, Fabio Esper Atta, Fábio Esteves, Fabio Gomes, Fábio Henrique da Silva (Fabiooldman), Fábio Henrique Gabriele, Fabio Ignacio, Fabio J. M. Corrêa Seixas, Fabio King, Fábio Kovach, Fabio Kymera, Fábio Luís P. V., Fábio Monteiro Belarmino, Fábio Monteiro da Silva, Fabio Muraki, Fábio Negri, Fabio Nunes Assunção, Fábio Obs, Fábio Otero, Fábio Paixão, Fabio Pavão Henrique, Fábio Pereira Defacio, Fábio Pinto Machado, Fábio Ricardo Dias Saldanha, Fabio S. Aguiar, Fabio Sanches, Fabio Talpo de Castro, Fabio Tust, Fabio Zarpellon, Fabricio Assis, Fabricio Bacarine, Fabrício Barros Marques, Fabrício Busto Moreno, Fabricio da Silva Hoepers, Fabricio de Miranda Dantas da Silva, Fabrício de Oliveira, Fabricio Garcia, Fabricio Grisolia Cezarini, Fabrício Marcondes Santos, Fabricio Rodrigues, Fabricio Rossi Fernandes Lima, Fabrício Sperafico Sonego, Fabrício Stahelin, Fabrizio Serra, Fabrizzio Laroca, Faelf0, Fagner Alves da Costa, Fegusta, Felipe "Dino" Andrade, Felipe "Fejunto" Corrêa Arantes, Felipe "Fel.Az" Freitas, Felipe "Hawt" Melo Bahia, Felipe "Fel154" Fernandes, Felipe A Rodrigues, Felipe A. Kuentzer, Felipe Almeida (Preto), Felipe Alves Castro, Felipe Amalfi, Felipe Amaral, Felipe Andreazzi Finelli, Felipe Ariel Alves, Felipe Augusto dos Santos Poletto, Felipe Augusto Pereira Carvalho A.K.A. Peixe, Felipe Augusto Torres, Felipe Barros Dantas, Felipe Batista, Felipe Belgine, Felipe Bernardo Zorzo, Felipe Bortoluzzi, Felipe Brusaca, Felipe C D Soares, Felipe Cabelo, Felipe Caitano de Souza, Felipe Cândido, Felipe Cardoso de Menezes, Felipe Carius, Felipe Carvalho da Silva, Felipe Casarin, Felipe Castilho, Felipe Cavalcante de Souza, Felipe Cavalcanti Brasil, Felipe Cdl, Felipe Cecchetti, Felipe Celso Diniz de Carvalho, Felipe Coelho Alves, Felipe Cordeiro Moreira, Felipe Costa (Fil), Felipe Cristofalo de Araujo, Felipe D. Souza, Felipe da Costa Thadeu, Felipe da Silva Cesário Vieira, Felipe Daher, Felipe Dantas, Felipe de Andrade Pinto, Felipe de Assis Vidal, Felipe de Bellis, Felipe de Freitas Santos, Felipe de Oliveira Amaral, Felipe de Oliveira Silva, Felipe de Souza Barros, Felipe Diesel Azevedo, Felipe Duarte, Felipe Duarte, Felipe Duarte da Fraga Santos, Felipe Dutra Flores, Felipe Eduardo, O Fedu, Felipe Eric Quaresma Martins, Felipe Faglioni, Felipe Feitosa de Oliveira, Felipe Fiamozzini, Felipe Fontana, Felipe Freitas, Felipe Gaudie, Felipe Gomes Nascimento(@Fefe_Gomess), Felipe Gonçalves, Felipe Gonçalves de Meneses, Felipe Guedes, Felipe Haddad, Felipe Horn Vargas, Felipe José Esteves dos Reis, Felipe Kwiecinski da Silva, Felipe Lemos do Prado, Felipe Lopes, Felipe Lopes, Felipe Lopes, Felipe Louzas, Felipe M, Felipe Macias, Felipe Maluli Taiar, Felipe Manhoni, Felipe Maraschin, Felipe Marin, Felipe Marinho da Rocha, Felipe Marques Putsch, Felipe Mathias Carvalho de Souza,

Felipe Medeiros, Felipe Meschieri, Felipe Michelon Martins, Felipe Miguel, Felipe Miguez "The Abysswalker", Felipe Montagner, Felipe Monteiro Fernandes de Lima, Felipe Monteiro Vidoti, Felipe Moura, Felipe Moure Cicero, Felipe Neves, Felipe O Biscate, Felipe Oliveira, Felipe Oliveira dos Santos, Felipe Orru, Felipe Otero Rocha, Felipe Paloschi Schmitz, Felipe Papa Gimenes, Felipe Pegoretti, Felipe Pellegrino, Felipe Piovezan, Felipe Pires Daniel, Felipe Porto Andrade, Felipe Quécole, Felipe Queiroz, Felipe R Dorneles, Felipe Rabello de Souza, Felipe Raitani Beiçola Silveira, Felipe Ramos de Oliveira, Felipe Reginato, Felipe Regino, Felipe Regis, Felipe Reis de Oliveira, Felipe Resende Freitas, Felipe Rodrigues Lacerda, Felipe Rodrigues Leon, Felipe Romera Villar, Felipe Sales Canedo, Felipe Sampaio, Felipe Scucel Prats, Felipe Shaman de Abreu Paes, Felipe Silva Barbosa, Felipe Silva Carvalho, Felipe Silva Castro, Felipe Socoloski, Felipe Souza Ferreira, Felipe Souza Vargas, Felipe V. S. dos Reis, Felipe Valentim Martins, Felipe Valentim Pereira, Felipe Zimpel Wayhs, Felipe_Jrb, Felipersq, Felippe Gonzaga Miorim, Félix Manoel Brito Félix, Fellipe Bayeh, Fellipe de Brito, Fellipe de Paula Campos, Fellipe Fernandes da Silva, Fellipe Marcondes, Fellipe Pedroso de Oliveira, Fellipe Petruz, Felps, Ferdinando Pelagi, Fernanda & Régis, Fernanda Alves de Souza, Fernanda Aranda da Rosa, Fernanda Camargo Vieira Pinto, Fernanda Cascardo, Fernanda da Cruz, Fernanda Deajute, Fernanda Falcão Pereira dos Reis, Fernanda Fuchs, Fernanda Fuchs, Fernanda Marcelle Nogarotto, Fernanda Marinho, Fernanda Matheus Vieira da Silva, Fernanda Miki Motonaga Tsukase, Fernanda Muxfeldt, Fernanda Neri e Douglas Alves, Fernanda Sayuri Akiyama, Fernanda Tamy Ishii, Fernanda Trotti, Fernanda Vieira de Souza Pereira, Fernando "Aracnes" Silva de Souza, Fernando Althof, Fernando Araujo de S. Cristovam, Fernando Araujo dos Santos, Fernando Augusto Rosa de Souza, Fernando B. Fisch, Fernando Baptistella, Fernando Boone da Fonseca, Fernando Cabuto, Fernando Carmona, Fernando Carregosa Matos, Fernando Cerveira, Fernando César Grossi Paggi, Fernando Coppini, Fernando Cruz, Fernando Cury, Fernando de A. Torres, Fernando Del Lama, Fernando Dias Motta, Fernando dos Santos Melhor Mestre de Magalhães, Fernando Durbán, Fernando Eidji Izumida de Almeida, Fernando Eiji, Fernando Fontoura de Araujo, Fernando Freitas Higino, Fernando Gomes, Fernando Gonçalves Leite Neto, Fernando Gustavo K. Assis, Fernando H. Medeiros, Fernando Henrique, Fernando Henrique Garcia dos Ferreira Soares, Fernando Henrique Macedo, Fernando Henrique Santos Dygas, Fernando Higashi Silva, Fernando Itano, Fernando Laureano da Silva, Fernando Luís Merízio, Fernando Luiz Oliveira de Holanda, Fernando Mauro de Araújo, Fernando O. Nunes, Fernando Oliveira Carlos, Fernando Okuma, Fernando Pablo Silva Oliveira, Fernando Paixão, Fernando Peixoto Frutuoso, Fernando Said, Fernando Serpa Carnaval, Fernando Simões Seri, Fernando Soldera, Fernando Soutelino, Fernando Steckler, Fernando Toshio Garulo Takayama, Fernando Vieira Saldanha Um Simples Dm, Fernandohao, Ferreira, Feufo, Filipe Andrade, Filipe Baccon Soares Breda, Filipe Barbosa, Filipe Cavalcanti Fernandes, Filipe de Paula Lemos e Adriana Vilaça Rodrigues Lemos, Filipe de Sá Mascarenhas, Filipe Falcirolli Manhani, Filipe Ferracini, Filipe Ferreira Rodrigues, Filipe Firo, Filipe Gaspar Martins, Filipe Ica, Filipe Johansson, Filipe Lima, Filipe M. Ribeiro, Filipe O. Raupp, Filipe Pinheiro, Filipe Rocha, Filipe Santiago, Filipe T. K. S. Almeida, Filipe Trindade, Filipi Junio, Filipi Muniz de Araujo Miranda, Filipi Viana, Flauber Nunes Vieira de Melo, Flávia Khouri, Flávia Pereira, Flavio Andrade, Flávio Augusto Bustamante Maglioni, Flávio Barbosa, Flávio Bastos, Flávio Campos, Flávio Ciampone da Silva, Flávio dos Santos Campos, Flávio Kiba Ferreira, Flávio Latorre e Ana Hernandes, Flavio Maggiotto Dias, Flávio Marteleto, Flávio Mazzini, Flavio Omena Docek, Flávio P Marques, Flavio Romeo Sellam, Flávio Santos da Silva, Flaviorstark, Fleipe Dirceu, Flokitodu, Flsantana, Folk-, Force5, França, Francesco Aiello, Francielly de Moraes Santos, Francisco, Francisco "Barba Ruiva" Cabral, Francisco & Joaquim Linhares, Francisco Adrião, Francisco Anderson Rodrigues Moreira, Francisco Bezerra, Francisco Caltabiano, Francisco D'Auria Marques, Francisco de Assis Nascimento Junior, Francisco Edvando de Aquino Moreira, Francisco Fernando R. Lima, Francisco Freitas Bonão, Francisco Gabriel de França, Francisco Grazziotin, Francisco Kleysson, Francisco Luckgohan Andrade, Francisco Marcos Mendes do Vale, Francisco Neves, Francisco Nin, Francisco Orofino Berardi, Francisco Rafael de Sousa - "Tchesco", Francisco Roque M. Jr, Francisco Soares, Francisco Souza, Francisco Zorzi, Franck Alves, Franco "X" Ragassi, Frangalio, Franklin Guarany, Franklin Jean Machado, Franko Danny Lima Silveira, Fred "Neison" Prado, Fred Aguiar, Fred Linhares, Fred Mathias, Frederico Bartolo, Frederico Lago Silva, Frederico Muniz, Frederico Vasconcellos, Frederyck Baleeiro Espinheiro Sales, Fredy Muniz, Fronza, G L Tamarozi, G. C. Portella, G.Rios, Gabe&Rapha, Gabhriel Pires, Gabi Stoski, Gabriel "Arkael Dermanour" Contessotto, Gabriel "O Pitoresco" Pereira, Gabriel "Yohan" Almeida, Gabriel Almeida de Filippo, Gabriel Alves Leão, Gabriel Alves Lira, Gabriel Andrade Vianna, Gabriel Antonio Moreira de Lima, Gabriel Augusto Cardoso dos Santos, Gabriel Augusto Oliveira Souza, Gabriel Azenha Fachim, Gabriel Azevedo, Gabriel Azevedo Antunes, Gabriel B Dias, Gabriel Bachega, Gabriel Baeta Pereira, Gabriel Balestrin Frizzo, Gabriel Bardales, Gabriel Berk, Gabriel Bernardi Cereja, Gabriel Boccato da Luz, Gabriel Bohn Silva, Gabriel Boner da Silva, Gabriel Braga dos Santos, Gabriel Brendler Kaefer, Gabriel Bulcão Rachman, Gabriel Camarte de Pinho, Gabriel Cano, Gabriel Cantieri, Gabriel Caramelo, Gabriel Carrusca, Gabriel Cassimiro, Gabriel Castagnara, Gabriel Coelho Ferreira, Gabriel 'Cogumm' Vilar, Gabriel Costa Santos, Gabriel Costa Wahbe, Gabriel da Silva Effting, Gabriel da Silva Passos, Gabriel Dargas, Gabriel de Aguiar Sebba Soares, Gabriel de Gennaro Oliveira, Gabriel de O. Ribeiro, Gabriel de Oliveira Camargo, Gabriel de Oliveira Coratti Silva, Gabriel Domene, Gabriel Domingues, Gabriel Felde Silva, Gabriel Felipe Araujo Soares, Gabriel Felipe Pereira, Gabriel Felipe Zeni, Gabriel Ferraz, Gabriel Ferraz Lopes, Gabriel Ferreira, Gabriel Ferreira Amaral, Gabriel Ferreira Nietto, Gabriel Fogliarine Bueno da Silva | Filipe Fogliarine Bueno da Silva, Gabriel Fonseca Cunha, Gabriel Fontana de Lima, Gabriel Franco da Rocha, Gabriel Freddi de Matos Santos, Gabriel Frota Leitão Lima, Gabriel Fujarra M. Capello, Gabriel Galindo e Vanessa Passarini, Gabriel Garcia, Gabriel Gebh, Gabriel Giani Reis, Gabriel Godoy Leski, Gabriel Gomes da Silva, Gabriel Gonçalves, Gabriel Gonçalves Mattos Santini, Gabriel Goulart Dalpiaz, Gabriel Goulart Spreng, Gabriel Granado, Gabriel Greghi, Gabriel Guerreiro, Gabriel H. Michel de Oliveira Pinto, Gabriel H. Prohmann, Gabriel Henrique, Gabriel Henrique Martins, Gabriel Jacintho de Araújo, Gabriel Jezs Bueno, Gabriel Jordano Antonelli Deitos, Gabriel Joselito, Gabriel Jurado de Oliveira, Gabriel Kansaon, Gabriel Kazuo, Gabriel Kond e Suelen Dutra, Gabriel Krambeck, Gabriel L. Ataide, Gabriel L. Gonçalves, Gabriel Lanne Monteiro da Silva, Gabriel Lavareda Campos, Gabriel Leandro Ciqueira, Gabriel Lima, Gabriel Lima, Gabriel Lins Leitão, Gabriel Lucas, Gabriel Luiz Ferreira, Gabriel Luiz Neuenhaus Hostins Paiva, Gabriel M. Garcia, Gabriel Machado, Gabriel Magalhães, Gabriel Manfredini Bueno, Gabriel Marçal, Gabriel Marques Rosario, Gabriel Marquez, Gabriel Marrafão, Gabriel Meira C. Alves, Gabriel Mendes de Almeida Antonini, Gabriel Mendonça de Souza, Gabriel Meurer Romanini, Gabriel Mikael Rodrigues Alves, Gabriel Mimaki "Lectorx" Bittencourt, Gabriel Miranda Carvalho, Gabriel Moni de Souza, Gabriel Moraes, Gabriel Moreira de Oliveira, Gabriel Moreira Rodrigues, Gabriel Ng Kow, Gabriel Nunes Domingos, Gabriel O. Saturnino, Gabriel Otavio Khada Jhin, Gabriel Pasquetti, Gabriel Paula Lameiras, Gabriel Pavão, Gabriel Pellanda, Gabriel Pessine, Gabriel Pilla Cambraia, Gabriel Pinho e Souza, Gabriel Pio da Silva, Gabriel Portugal G. Santos, Gabriel Premoli Monteiro, Gabriel Prisiaznij, Gabriel Q. Cordeiro, Gabriel R. Santa Rita, Gabriel Rezende, Gabriel Ribeiro da Silva, Gabriel Ribeiro de Souza, Gabriel Rolim de Moraes, Gabriel Romano, Gabriel Romeli Ramos dos Santos, Gabriel S. Barbosa, Gabriel S. da Cunha, Gabriel Saito, Gabriel Sandrin Teixeira, Gabriel Sanfins, Gabriel Santoro, Gabriel Santos, Gabriel Sato, Gabriel Schmidt Duarte Vaz, Gabriel Schramm (Topo), Gabriel Sevla, Gabriel Sguarizi Panceri, Gabriel Shimmyo, Gabriel Silva Noronha Dias, Gabriel Simões Alves, Gabriel Singolani, Gabriel Souza Erig, Gabriel Stanisci, Gabriel Stephens, Gabriel Stolf, Gabriel Tadeu Alves, Gabriel Taniolo, Gabriel Teixeira Firmino, Gabriel Tessinari C. Miranda, Gabriel Thiago Lopes da Silva, Gabriel Tobias Ruano, Gabriel Tognon Rossi, Gabriel Uchôa Rosa de Lima Vieira, Gabriel V F Fonseca, Gabriel Vargas, Gabriel Varolo dos Anjos, Gabriel Vasques, Gabriel Vaz Amancio, Gabriel Ventura Novelli, Gabriel Venturini, Gabriel Vianna Ribeiro, Gabriel Viganó, Gabriel Vilella Matos, Gabriel Vitorino, Gabriel Wagner Pereira de Souza, Gabriel Xis Franco, Gabriel Yuli de Andrade, Gabriel Zanluca, Gabriel, O Bardo do Beer Holder Cego, Gabriela Barros Costa, Gabriela Damaceno, Gabriela Ferreira Santos, Gabriela Fontainhas de Sordi, Gabriela Gimenes, Gabriela Jorge, Gabriela Prates da Silva, Gabriela Valença, Gabrieljpvs, Gabriella_Casado, Gabrielle Colturato, Vulgo Gaboobs :), Gabrielle Roveratti Ceccato, Gabrielly Gomes, Gabryel Emed, Gallaxy07, Gauthak, Geancarlo Ferreira Dahle, Gebelzai, Geizyanne Quirino dos Santos, Generindo Freire, Genival Neves Brasil Junior, George da Conceição Alves de Jesus, George de Assis, George Henrique Melo Lima, George Lucas de Abreu Coelho, George Matsumoto, Geovany Gomes, Geraldo Antonio Bunick Neto Sala, Geraldo Munguba, Germanno Tortieri Marinho Garcia, Germano Caldeira, Gerônimo Kanaan Blaas, Gerry Duarte, Gerson Alves, Gerson Barizon Martins, Gerson Dalcin, Getulio Thiesen, Gferrari, Ggiogi, Gian "Avadohn" Francisquini, Giancarlo Carvalho, Giancarlo Faria Lima, Gianinni Pelizer, Gianluca Cardoso Santos, Gianluca Rossi Toscani, Gianluca Tamanini, Gibson Veloso Goes, Gil Cesar Lima Carence, Gilberto Augusto Almada de Souza, Gilberto da Cruz Nogueira, Gilberto Martinez Junior, Gilles, Gilmar da Rocha Alves, Gilnara Araujo, Gilson Alves Lançoni, Gilson Salomão Pessoa, Gilton Pereira Pedroso, Gio Katsuo D Vazzoler, Giordano F Cittolin Santos, Giordano Lima, Gioseppe Presotto, Giovani Grisotti Martins, Giovani Januário Martins da Silva, Giovani Juchem, Giovani Kelvin da Rocha, Giovani Oliveira, Giovanna Freschi de Oliveira Correia Menezes, Giovanna Gimenes, Giovanna Nogueira :), Giovanni Amêndola Fonseca, Giovanni de Castro, Giovanni de Oliveira, Giovanni dos Anjos Mendes, Giovanni F. Komel Spezzaferro, Giovanni Frazilli, Giovanni Mazzarolo, Giovanni Narevicius Nogueira, Giovanni Penazzi, Giovanni Pereira Giacchetto, Giovanni Piccardi, Giovanni Prudencio, Giovanni S. B. Atashi, Giovanni Sanfilippo, Giovanni Victor Spagnolo, Giovanny Brandalise, Gisele Cordeiro Augusto, Gisele Tamie Atadaime, Gisley Fernandes de Brito, Giuliana Del Gaudio, Giulianno Lucas Moro, Giuliano Guilardi Biagio, Givaldo Cesar da Paixão Junior, Givaldo Rehem, Gklucks, Glauber Apolinário de Freitas, Glauber Caires, Glauber Monteiro de Sousa, Glaucia Cristina da Silva Amaral, Glaucio Roberto Ramos, Glauco, Glauco Marinho, Glaudson, Glayff Júnior, Glebe Duarte, Gledson Adriano da Cruz Junior, Gledson Vinicius Manzzolla, Gleydson Fonseca, Gmoiareales, Gmtactician, Gmvinny Barbosa, Gnogro, Go Uehara, Godzilla Giroflex, Gojira, Goka, Gracionei Henrique Peixoto, Gregório de Almeida Fonseca, Gregório Teixeira, Gregory Lacerda, Grillo, Griss Sanches, Gsimonato, Gstoianov, Gui Della Giustina, Gui M. Barbosa, Gui Ribeiro, Guichigres, Guiherme F. Rosa, Guilherme "Rizukykun" Barros, Guilherme (Djeagger) Alves de Oliveira, Guilherme A Dias, Guilherme A Fonseca, Guilherme A. Carvalho, Guilherme Alcantara da Costa, Guilherme Alexandre Rodrigues Cabrera, Guilherme André de Souza, Guilherme Andreazza de Freitas, Guilherme Anhaya, Guilherme Arthur Fasolo Marxreiter, Guilherme Augusto da Silva, Guilherme Augusto Daenecke, Guilherme Augusto de Lima Faria, Guilherme Azevedo (King Guinar), Guilherme B. Antonio, Guilherme Baptista, Guilherme Baradel Muñoz, Guilherme Bauer, Guilherme Bermêo, Guilherme Bezerra, Guilherme Boareto, Guilherme Borges, Guilherme Borges da Silva, Guilherme Brunhetti de Araújo, Guilherme Bueno Mariani, Guilherme Bueno Silveira, Guilherme C. Nunes, Guilherme Camargo, Guilherme Castro, Guilherme Cazonato, Guilherme Christian Freire Leite, Guilherme Cohen, Guilherme Consoni Floriano, Guilherme Costa Netto, Guilherme Csorgo Henriques, Guilherme da Rosa, Guilherme Davi Lorente, Guilherme de Carvalho "Jump", Guilherme de Danieli Mendeleck, Guilherme de Gouveia Borges, Guilherme de Melo Pinheiro, Guilherme de Nardi Viana, Guilherme de Paula, Guilherme de Pizzol Farias, Guilherme de Resende Gonzalez, Guilherme de Souza Cypriano, Guilherme do Prado, Guilherme dos Anjos Lemos, Guilherme dos Passos, Guilherme dos Reis Nascimento, Guilherme Dutra, Guilherme e Gustavo Godoy, Guilherme e Jhessyka Nascimento, Guilherme Estima Guimarães, Guilherme Faraco, Guilherme Felice Cunha, Guilherme Ferrari Bravin, Guilherme Ferreira da Silva, Guilherme Ferreira de Moraes, Guilherme Fidalgo, Guilherme Foresti, Guilherme Frech Holzinger, Guilherme Galvão de Pádua, Guilherme Gomides, Guilherme Gonçalves da Silva, Guilherme Gonzalez, Guilherme Gouveia de Oliveira, Guilherme Gruchouskei, Guilherme Guigomesa Almeida, Guilherme Guzela, Guilherme Haenisch, Guilherme Henrick da Silva (Guil), Guilherme Henrique Defavari, Guilherme Henrique dos Santos Costa, Guilherme Iamarino, Guilherme Inojosa Cavalcanti, Guilherme José Almeida do Vale, Guilherme José Barbosa, Guilherme Jr., Guilherme Kuhn, Guilherme Latioz, Guilherme Lemos, Guilherme Lima, Guilherme Lima Alves, Guilherme Linardi, Guilherme Luckmann, Guilherme M. Hermsdorff, Guilherme Maciel, Guilherme Magalhaes Guerra, Guilherme Maldonado, Guilherme Manganelli, Guilherme Marafon, Guilherme Marcos Nogueira, Guilherme Marinho, Guilherme Marrocos, Guilherme Martinez, Guilherme Martins Nunes, Guilherme Meireles, Guilherme Miras Praça, Guilherme Molinari, Guilherme Monich, Guilherme Moraes, Guilherme Moraes Gomes, Guilherme Moraes Gonçalves, Guilherme Moreira, Guilherme Moura Brasil, Guilherme Navakoski Storti, Guilherme Neves de Oliveira, Guilherme Niza, Guilherme Nocetti, Guilherme Nunes, Guilherme Okubo, Guilherme Oliveira do Carmo Carvalho, Guilherme Orsi, Guilherme Ozaki, Guilherme P. Marichal, Guilherme Paiva Barros, Guilherme Paredes Rodrigues Galembeck, Guilherme Paterlini, Guilherme Pereira, Guilherme Pereira de Souza, Guilherme Pereira Machry, Guilherme Pioli Resende, Guilherme Pisi Garcia, Guilherme Politano de Sant' Anna, Guilherme Pontes, Guilherme Pontin, Guilherme Porto, Guilherme Prado, Guilherme Prandi Baraldi, Guilherme Queiroz, Guilherme Ramos, Guilherme Rampazzo, Guilherme Reis, Guilherme Rezende Pugliesi, Guilherme Rezk, Guilherme Ribeiro Culturama, Guilherme Ribeiro P., Guilherme Rocha Fonseca, Guilherme Rodrigues C. de Souza, Guilherme Rojas, Guilherme Romão Molina, Guilherme Ruaro da Rosa, Guilherme Salvaterra, Guilherme Samgamgi R., Guilherme Sanchez Correa, Guilherme Santiago Oliveira de Brito, Guilherme Schmoeller, Guilherme Schultz Netto, Guilherme Scopel Rodrigues, Guilherme Secchin, Guilherme Silva Peixoto Gomes, Guilherme Simões, Guilherme Sines, Guilherme Siqueira Poli, Guilherme Soares!!!, Guilherme T. de A. Tomaz, Guilherme Tamião Máximo, Guilherme Tassone da Silva, Guilherme Tonini Garcia Rodrigues, Guilherme Torres Marques Vidal, Guilherme Trajano Queiroz Ferreira, Guilherme Tsuguio Tanaka, Guilherme Tuany, Guilherme Vieira Honorato, Guilherme Villa, Guilherme, Luzia & Alanna, Guimari Pedroso Potenciano, Gunter Ramos, Gurion Pinho Pessoa Roland, Gus, Gus Prado Gama, Gus Zagato, Gusta, Gustavo "Gugazan" Rodrigues, Gustavo "Gusan" Pereira, Gustavo & Maitê Aguiar, Gustavo Albuquerque, Gustavo Alves Pires, Gustavo Antunes, Gustavo Antunes, Gustavo Asevedo Vieira, Gustavo Augusto Silveira, Gustavo Aurélio Rezende, Gustavo Baier, Gustavo Barboza, Gustavo Bavaresco, Gustavo Beckenbach, Gustavo Becker, Gustavo Bergamim, Gustavo Bergsten, Gustavo Bernardo, Gustavo Bianquini e Gabriela Leite, Gustavo Borba, Gustavo Brito Soares, Gustavo Bueno, Gustavo Cassiano Pinto, Gustavo Catalan Ruza, Gustavo Cavalcante do Nascimento, Gustavo Costa, Gustavo Cristiano Dahmer, Gustavo D. Nascimento, Gustavo da Frota Simões, Gustavo de Oliveira Carvalho, Gustavo de Oliveira Cassador, Gustavo de Oliveira Cavalheiro, Gustavo de Oliveira Miranda, Gustavo de Paiva Veloso, Gustavo de Souza Coelho, Gustavo Dib, Gustavo dos Santos França, Gustavo Esteves, Gustavo Fagundes Comin, Gustavo Farias de Souza, Gustavo Faustino, Gustavo Ferreira Sandrini, Gustavo Gabriel Lujan, Gustavo Garcia Toniato, Gustavo Gentil L Araújo, Gustavo Gfc, Gustavo Gil Novaes, Gustavo Goerg, Gustavo Guanabara do Cursoemvideo, Gustavo H G Tarchiani, Gustavo H Manarin, Gustavo H. Barto Borges, Gustavo Henrique de Lima Souza, Gustavo Henrique de M. Borges, Gustavo Henrique de Oliveira Soares, Gustavo Henrique do Prado, Gustavo Henrique Micalski Emilio, Gustavo Henrique Pereira França, Gustavo Henrique Rodrigues, Gustavo L. Gruba, Gustavo Lattari, Gustavo Laureanti, Gustavo Leão Campos Rodrigues, Gustavo Leme, Gustavo Lencim, Gustavo Lion, Gustavo Lopes, Gustavo Lucena de Aguiar, Gustavo Luís da Silva, Gustavo Luis Kichler, Gustavo Luis Minks, Gustavo Luiz Reimann Araújo Gonçalves, Gustavo Maas, Gustavo Martines Miranda, Gustavo Medeiros, Gustavo Mesquiati, Gustavo Montenegro, Gustavo Nabak Batista Seixas, Gustavo Nacao, Gustavo Neres, Gustavo Noce Casagrande, Gustavo Nunes Martins, Gustavo Oliveira, Gustavo Pereira Gomide, Gustavo Pinheiro, Gustavo Pita, Gustavo Quilici Franco do Amaral, Gustavo Reis de Brito Perandré, Gustavo Rizzo Fernandes, Gustavo Rocha Sanchez, Gustavo S. Nunes e Giwainy A. C. Nunes, Gustavo Samuel Estrela da Silva, Gustavo Santos, Gustavo Sartorelli, Gustavo Sbraga, Gustavo Silva Araújo, Gustavo Simas, Gustavo Soares Quaresma, Gustavo Sonnewend Proença, Gustavo Sousa (Yaroglek), Gustavo Tavares Moreira, Gustavo Teixeira Gonçalves, Gustavo Teixeira Sodré, Gustavo Teles Resio, Gustavo V. A. de Andrade, Gustavo Villeth, Gustavo Vitor da Silva, Gustavo Volkk7, Gustavo Zalochi, Gustavohs Gomes - @ Gomesjorg, Gustavvool, Gutenberg Neto, Guthy Felski, Guto Hatwig, Guuhdias, Guustavo Gomes, H&M Gallo Quiroga, Haas Augsburger, Haendel Praciano, Haísa Rabelo Gonzales (Haikatsu), Hakawã Alves, Hallan Cordulino de Lima, Halysson Abreu - Fragrancexpress, Hamilton Dias Batista Neto, Hariel Giacomuzzi Dias, Harison Bissoni Peres, Haroldo Lage, Haroldo Shigueaki Teruya, Haru056, Hawk Pierott, Hebert Maforte Braga Teixeira Ferreira, Heinz Teixeira, Heithor Augusto, Heitor Camacho Lima, Heitor Custódio Gatto, Heitor Dias, Heitor Siodoni Palâncio do Prado, Heitor Tosetto, Heitor Zanardi, Helder Donizete S Carvalho,

Helder Falcão, Helder Lima, Helder Martins Gomes, Helder Ranieri de Paula Carvalho, Helder Ribeiro, Helder Sousa, Helenaldo da Silva, Heleno Paiva, Hélio dos Santos Filho "Hezão", Hélio José Souza Júnior, Helio Longoni Plautz Jr, Hell, Helly Ismael Freitas, Helmut Madeiro, Heloisa Maria Martins Rodrigues, Helton "Adamastor" Teodoro, Henggo, Henrique "Poochini" Amaral, Henrique "Rike" Pereira, Henrique "Skity" Skitnevsky, Henrique Alves dos Passos, Henrique Andrade, Henrique Annes, Henrique Bavaresco, Henrique Biazibetti, Henrique Bibiano, Henrique Carvalho Paschoalotto, Henrique Cazanti Sona, Henrique Conrado Diniz, Henrique Costa Martins, Henrique D'Abreu, Henrique da Silva Grauso, Henrique Dairiki da Silva, Henrique Dalssaso, Henrique de Araujo Martins, Henrique de Castro, Henrique e Beatriz Rocha, Henrique Felippe de Abreu, Henrique Franco, Henrique Fulero, Henrique Gabriel Nogueira, Henrique Gallan Vila, Henrique Gavioli Flores, Henrique Hammerer, Henrique Incze Costa, Henrique Kamantschek Watanabe, Henrique Ken, Henrique Kruszynski Rodrigues, Henrique M. Ullrich, Henrique Machado, Henrique Massao, Henrique Muniz, Henrique N. Oliveira, Henrique Pasa, Henrique Pavanatti, Henrique Peixoto dos Santos, Henrique Pretti, Henrique Proença, Henrique Ribas de Oliveira, Henrique Ricarto Santos de Sá, Henrique Rocharca, Henrique S "Goriash" Condi, Henrique S. de Azevedo, Henrique Santos Duarte Lemos, Heraldo Mauch, Heriberto, Heric Lancanova Vieira, Herick Fraga, Herik Colares, Heriko Rocha, Herleck, Hermano Juncá Balbi, Hermes Barreto Neto - Artífice de Sonhos., Hermes Higashino, Hermes Vasconcellos, Hermes Vilar, Hernan Bou, Hernandes Cesar, Heron Napoleão, Heron Rafael Oliveira Medeiros Miranda, Heron Roberto Santos Lamarca, Heryc Willian Adames da Silva, H-Esteves, Heusx, Heverson Souza, Hiago Diniz, Hiago Neves Bezerra, Hiago Padilha, Hidantony, Hider Oliveira, Higor "Nario" Barbosa da Silva, Higor Candido, Higor Proença, Higor Resende, Higor Ribeiro, Hilmar Soares, Hilton Kenji Takahashi, Hilton Scandian Kill, Hipólyto S Cordeiro, Hiran H. Martinho, Hodrick, Hoffitos, Hoodkakau, Hortência de Fátima Azevedo Morais, Htoniolli, Huds, Hudson Pedroso, Hugo Bayarri, Hugo Caluête, Hugo Campana, Hugo Carvalho, Hugo Fagundes, Hugo Fumero, Hugo Gabriel M, Hugo Hideo Harada, Hugo Orlando Silva Souza, Hugo Pedro, Hugo Posca & Ludmila Barros, Hugo Romano, Hugo Sanches Siqueira, Hugo Vinícius de Lima Mendonça, Hugo Xavier Alessi, Hugolm, Hugor Soares de Melo, Hugospmc, Huilson, Humberto C. de França, Humberto Fermiano Souza, Hyago Deccache, Hyago Freire, Hygor Ferreira, Iago Bernardes, Iago Braga Miranda, Iago de Souza Lima, Iago Duarte de Aguiar, Iago Morbi, Iago Soares, Ian Ary, Ian Cassiano Batista Cunha, Ian Nicollas, Ian Pisano, Ian Rodrigues, Ianca Oliveira, Ibraim & Swianny, Ícaro & Catatau, Ícaro Armond, Ícaro Bernardo Coelho da Silva, Ícaro Braga, Ícaro de Macedo, Ícaro Scuracchio, Icaro Seragiotto, Ieda Yoshimi Kanzaki Oliveira, Igão Amério, Iggor Almeida, Igor "Yngvarr" D. Menezes, Igor Abreu, Igor Bacelar, Igor Barata, Igor Bezerra dos Santos, Igor Biagioni Rodrigues, Igor Cardoso, Igor Carence, Igor Castro, Igor Chagas (Oguin), Igor Coura de Mendonça, Igor Cruz Avelino, Igor Dallazen Follador, Igor de Oliveira, Igor Drugowich, Igor Fernandes Rabelo, Igor Ferreira, Igor Fink, Igor França, Igor Gomes Sarmento, Igor Gonçalves Silva, Igor H. P. Aguiar, Igor Imperiali, Igor Kötz Nunes, Igor Leonardo de Oliveira, Igor Lourenço Trusz, Igor Luiz, Igor Luiz Brandão, Igor Machado, Igor Noronha Silvestre, Igor Oliveira, Igor Oliveira Maciel, Igor Peixoto, Igor Pereira, Igor Pignaton, Igor R. Manus, Igor Rossi, Igor Servulo, Igor Storrer dos Anjos, Igor Terra Pimentel, Igor Tetsuo Higashi, Igor Viana de Andrade, Igor Vinicius Pires Pamplona, Igor W. Lemes, Igor William, Ihan Bender, Ihoran, Ikaro Matheus de Arruda Krauz, Ilustre André, Inácio Corrêa, Inaldo do Nascimento Magalhães, Inaldo Teotônio, Indjojoe, Inessa Rech, Ioannes Paulus Bohn Tessaro, Irmãos Zorzin, Isaac dos Santos Araújo Nogueira, Isaac dos Santos Vianna, Isaac Rafael Freitas Borges, Isaac Stefanello, Isabel Bastos, Isabela Campos Mamede Maia, Isabelli Machado, Isabelly Contente de Oliveira, Isadora Barbosa, Isadora Tedesco, Isaias A. J., Ishtar R. Soares, Ismael Flores, Ismael Santos Schonardie, Ismael Skywalker, Ismael Xavier de Lima Segundo, Isobe Ryu, Israel Reus, Ítalo Costa Barbosa, Italo Mendes Seghetto, Italo Pinheiro, Italo R R Martins, Italo R. M. Lima, Itawacy Virissimo, Iuri Gomes Gonçalves Machado, Iuri Montenegro de A. Coutinho, Iuri Olpes, Iuri Perna, Iury Christmas, Iury Gomes Costa, Iury Gonçalves, Iury Kroff Taveira, Iury Maia da Silveira, Iury Piller, Iury Vasconcelos, Ivan "Fenodar" Pagotto, Ivan Barion, Ivan Henrique de Bakker Freire, Ivan Ivanoff de Oliveira, Ivan Landim, Ivan Nobrega, Iver Fiorin Uliana, Ivi Piotto e Diego Bassinello, Ivo Cesar Ancines Garcia, Ivo Dias, Iyuithi, Izabela Chiamulera, Izabelle Moraes de Albuquerque, Jabu, Jack Donovan da Rosa, Jackson Luiz Amaral de Azevedo, Jácomo Gustavo Pilati, Jacqueline Alessandra Dias de Oliveira, Jacqueline Alves da Silva, Jacqueline de Maia, Jadder Bismarck de Sousa Cruz, Jaemes Marcussi Junior, Jailson Simões, Jainna, Jair Arruda, Jair Neto, Jairo Bento, Jairo de Azevedo, Jairo de Holanda Lirio Junior, Jairo Moreira Junior, Jameskenway91 (Jão), Jana & Vini & Dedé, Janaina Schequenne, Jandir R Manica Neto, Jandiroba, Janduí Jorge de Santana Silva, Jansen da Silva Almeida Costa, Jansley Manrich Barbosa, Januário Mr Neto, Jaqueline Rufino, Jarbas Vasconcelos da Cruz, Jardel A. da Silva, Jayce de Magalhaes Ayres, Jc Bombardelli, Jean Aline, Jean Brem, Jean C. Bispo Silva, Jean Carlos Berkenbrock, Jean Carlos Miguel, Jean Carlos Nogueira Rodrigues, Jean Gonçalves Corrêa, Jean Leuchs, Jean Michel de S. Silva, Jean Michel Leite, Jean Michel Souza Sant'Ana, Jean Moreira Borges de Morais, Jean P. Rabaioli, Jean Peterson Rezende, Jean Ribeiro, Jean Ribeiro, Jean Souza, Jeferson Filho, Jeferson Luiz Weber, Jeferson Pisoni, Jeferson Silva, Jeferson Silveira Yojimboo, Jeferson Yamamoto, Jeff Bastida, Jeff Gadeas, Jefferson Brandão, Jefferson Camargo, Jefferson Chubba dos Santos, Jefferson F. S. Feitosa, Jefferson José Gomes Junior, Jefferson Luan de Almeida Sobral, Jefferson Melo, Jefferson Ramos, Jefferson Rangel A. de Oliveira, Jefferson Samuel Abranges Garcia, Jefferson Souza dos Santos, Jeffeson Ferreira, Jeh Turtle, Jerônimo Albergaria, Jess Farabotti & Taioko Mendes, Jéssica Betônico, Jessica Correia, Jessica D Marques, Jessica e Marco Manzato, Jessica Laila da Cruz Matos, Jéssica Mendes, Jéssica Miranda Teodósio, Jessica Moraes da Silva, Jessica Nunes, Jéssica Ozú, Jéssica Rodrigues, Jessiel Hacke, Jfl Neto, Jfsatijr, Jhonantan Ernane, Jhonata da Rocha, Jhonatan de Brito B. Filho, Jhonatan J K, Jhonatan Marcílio Pereira Rodrigues, Jhonathan de Lucena, Jhonattan Dias, Jhonny Pires, Jhow da Zl, Jhoy Garbo, Jhuan Cláudio Matos de Oliveira, Jhyeferson Dias, Jiyozaru, Jm (João Manoel), Jô Cardinot, João (Dear) Bruni, João Afonso Rios e Silva, João Alfredo Misturini, Joao Almeida, João Antonio Mourão da Silva Toralles Santos, João Ariosto Kerber Posselt, João Arthur dos Santos Silveira, João Augusto Piedade, João Bigoni, João Borges, João Cacique, João Caetano de Freitas D'Avila, João Caetano Mariuzzo, João Carlos de Almeida, João Carlos Evaristo, João Carlos Freitas Lucena, João Carlos Lopes da Rocha, João Carlos Souza Marques, João Cícero Lima Bisneto, João Cruz, João Eduardo Ramos, João Faria de Andrade, João Fernando Dé Carli Zisman, João Filipe Braga Andrade, João Filipe Harger Felix, João Filipe Ribas Barros, João Fiuza, João Frasson, João Gabriel Benvindo, João Gabriel de Souza, João Gabriel dos Santos, João Gabriel Ferrazza Dias, João Gabriel Lourenço Temochko, Joao Gabriel Ravelli Rodrigues, João Gomes, João Grigório Neto Veras de Lima, João Guilherme Braga, João Guilherme de Oliveira, João Guilherme Guerra, João Guilherme Voss, João Gustavo Silva Costa, João H. Ferreira, João Henrique Anizelli, João Henrique Arruda Barroso, João Henrique de Magalhães, João Henrique Ferreira Silva Albino, João Henrique Queiroz, João Herculano Lins, João Higino, João Jedi, João Krabbe, João Liberato, João Lopes Guimarães, João Lucas Fernandes de Melo (Luska), João Lucas Horácio, João Lucas Iorio S Vieira, João Lucas Mendes, João Lucas Ruben Bezerra, João Lucas Zuvela Kosce, João Manoel, João Marcelo Peron Costa, João Marcos Ferreira, João Marcos Garcia, João Marcos Leitão Araujo, João Marcos Luz Sobreira da Costa Rabasco, João Marques Magalhães, João Miguel Banha Caramelo, João Moisés Bertolini Rosa "Pelotows", João Naitzel, João Nascimento Alves de Paula, João Negrizolli Neto, João Neto, João Nilson Kaliniewicz Rêgo, João Paulo "Moreau do Bode" Ou João Paulo Pereira, João Paulo Bortholin, João Paulo Cachaneski Lopes, João Paulo Carneiro, João Paulo Colisse de Aguiar Santos, João Paulo de Oliveira L. S. Carreiro, João Paulo Diniz Marconato, João Paulo dos Santos, João Paulo Dutra Garcia, João Paulo Ferreira, João Paulo Ferreira Rodrigues, João Paulo Marinho Silva de Almeida, João Paulo Melatto Fogo, João Paulo Pereira, João Paulo Salles, João Paulo Volpate, João Pedro, João Pedro, João Pedro Adada da Silva, João Pedro Aguiar de Almeida, João Pedro B. Zacarkin, João Pedro Cardozo, João Pedro Carvalho Marques, João Pedro Cassel, João Pedro Cavini Capucho, João Pedro Copelli, João Pedro Cordeiro Tomkelski, João Pedro da Costa Bitencourt, João Pedro de Oliveira, João Pedro de Oliveira Portella, João Pedro de Souza Domingues, João Pedro do Lago Carneiro, João Pedro Doelo, João Pedro dos Santos, João Pedro dos Santos Thomé, João Pedro Ferreira Alves, João Pedro Gomes, João Pedro Gomes do Nascimento, João Pedro Guimarães, João Pedro Kovalick de Souza Chaves, João Pedro Lino do Nascimento, João Pedro Magalhães, João Pedro Magalhães, João Pedro Marcondes Ferreira, João Pedro Marques,

Joao Pedro Mecenas, João Pedro Paiva Merçon, João Pedro Rahal, João Pedro Rufino Alves, João Pedro S. Melo, João Pedro Silva, João Pedro T. Santos, João Pedro Valerio, João Pedro Woitchy Barbosa, João Pedro Xavier da Silva Valente, João Pinto, João R. Sigismondi C. Ribeiro, João Rafael Albuquerque Gonzaga, João Ramos Filho, João Ricardo Cunha Pippi, João Ricardo Oldani Gonzaga Lima, João Roberto Borges de Azevedo, João Roberto Montoro Cabreira, João Samonek, Joao Santaroza, João Santos Barosa, João Stolfo, João Straub, João Victor Amaral, João Victor Andrade, João Victor Campos, João Victor Campos Moura, João Victor Carneiro, João Victor Colli R. Betoni, João Victor Correia, João Victor de Andrade Teixeira, João Victor Dias Costa, João Victor dos Anjos Menezes, João Victor Falcão, João Victor Fontinelle Consonni, João Victor Girard, Joao Victor Luna Silva, João Victor Moura, João Victor Nizer, João Victor Nunes Comicholi, João Victor Nunes da Silva, João Víctor Pereira Abdalla, João Victor Rangon Paulino e Leonardo Henrique Rangon Paulino, João Victor Reis, João Victor Rodrigues Ramalho, João Victorayres de Almeida, João Vinícius Cabral de Vilhena, João Vinícius de Andrade Freire, João Viola, João Vítor A. Marafico, João Vitor Bello, João Vitor Cavalcante dos Santos, João Vitor da Silva Oliveira, João Vitor França de Souza, João Vitor Franchi de Lima, João Vitor Furlan da Costa, João Vitor Magalhães Barros, João Vitor Motz de Carvalho, João Vitor O. Duarte, João Vitor Ortolan Diel, João Vítor Reginatto Akim, João Vitor Sato Cumagai, Joaos2Kath, Joaquim Silva, Joedson Pereira & Carolina Araújo, Joel Jurema, Joel Luis de Oliveira Coelho, Johann Fernandes Reguse, Johann Ken Yamazaki, Johann Morais, Johann Pires, Johannes Georg, John Alan Palacio Silva, John Coli de São Lourenço, John Elton, John Gama, John Marlon da Silva Dias, Johnatan Modesto, Johnatan Nakamura Yoshusaki, Johnathan Pereira de Castro, Johnnatan "Johnny Esc" Felix, Johnny Gonçalves, Johnny Silva de Souza, Johnny Zeal, Johny Alves, Johny Berti, Joice Evandra Muller e Rodrigo Fonseca Domingos, Joilson Lemos de Brito, Jojó e Lucas Nerdinos, Joliel Willian Inácio Teles Reis, Jon Silvestrini, Jonão, Jonas Blauth Corrêa, Jonas da Silva Garcia, Jonas Moralli Potapovas, Jonas P. de Lima, Jonas Passos da Silva, Jonas Soares, Jonas Vilasboas Moreira, Jonas Yamanaka, Jonas_Pohlmann, Jonatan Gall, Jonatan Rocha, Jonatan Willian Daniel, Jonatas Leão Vieira de Albuquerque, Jônatas Sousa de Faria André, Jônatas Thielke, Jonathan Alaiko Ferreira, Jonathan B. L. Oliveira, Jonathan de Souza Braga, Jonathan Ferreira, Jonathan Jordan, Jonathan Lima Ferreira, Jonathan Meurer Bq Sc, Jonathan Pereira, Jonathan Rafael Zanella, Jonathan Rodella Delgado, Jonathan S Moreira Nascimento, Jonathan Santa Clara, Jonathan Souza, Jonathan Sthefani Domingues, Jonathas de Oliveira Ferreira, Jonathas William Freire Borges, Jonatta Lucas Wanka, Jones Alves Faria, Jones Giovanella, Jonylson Pontes Silva, Jordan Marcel, Jordan R. M. Ronchesel, Jordana Einsfeld Fiume, Jordão Leandro Lustosa, Jorge "Jjsquady" Junior, Jorge (Etromorte) Rodrigues, Jorge Augusto Górski, Jorge Augusto Silva Bastos, Jorge David Muffareg Junior, Jorge F. Sikora, Jorge Luiz Ramos, Jorge Mauro, Jorge Monteiro Pedrosa, Jorge Roberto de Carvalho Júnior, Jorge S. Alves (Cazuza), Jorge Sampaio Silveira Júnior, Jorge Sanches "Jay", Jorge Theodoro Eduardo Brock, Jorgegamerbr, Jorgevis Ishioka, José Adronico Junior, José Alexandre Chebel Labaki Filho, José Alexandre Rattis, José Antônio Brandão, José Antônio P. Santos, José Arthur Loubet, Jose Augusto Cologuesi Panzarin, José Augusto R. de Lima, José Carlos Caitano, José Carvalho, José Daniel Schuenck Freiman, José Diego Cavalcante, José Eduardo Fernandes Siqueira, José Erick Reis dos Santos de Souza, José Felipe Ayres Pereira Filho, José Felipe Sousa da Silva, José Fernando Oliveira Baptista, José Flávio Cavalcante Barros Júnior, José Guilherme de A. Castro, José Guilherme V.M., José Hamilton Chaves Gorgulho Júnior, José Henrique de Oliveira, José Irilylson de Sousa Cordeiro, José Leonardo de Souza Almeida, José Lopes Tabatinga Neto, José Lucas Cardoso da Silveira Reis, José Lucas de Lima, José Luiz Bassôa Lopes Filho, José Luiz de Godoy Moreira Neto, José Luiz R. de Souza Filho, José Maria Santiago, José Mateus, José Natal, José Nelson Cultri, José Osdinei, José Otávio Chighine dos Santos, José Paulo Teixeira, José Ribeiro da Silva Neto, José Roberto Cunha Junior, José Roberto de Meira Lauriano, José Roberto Oliveira Lins, José Rodrigues de Oliveira Neto, José Silva, Jose Sugahara, Jose Weliton Braz da Silva, José Wilson Freitas de Miranda Filho, José Zipperer, Joseph Boechat Moldes Galderisi de Castro, Joshua Kerry, Josias da Silva, Josiel Ecco, Josimar P Silva Jr, Josué Barbosa, Josué Boelter, Josué Borges, Josué Pinto, Jouderian Nobre, Joyce Lemos, Juan Alejandro, Juan Carlos Zelaya Almeida, Juan Gomes, Juan P. S. Garcia, Juan Perdigão, Juan Veronez, Juan Vilas Bôas, Juana G. Stollmaier, Juarez Aurélio de Araújo Júnior, Juciê Silva, Jucimar Albuquerque, Judah Benhur Campos, Jujubazonac, Julia Alcalde, Julia Azevedo, Julia Carla Pinheiro Case, Julia de Melo Jurema Guimarães, Julia Dupke, Julia Kim, Júlia Moura, Júlia Ribeiro Vieira Sobral, Julia Rodrigues Machado, Julian Ferreira, Juliana do Nascimento Rodrigues, Juliana Honorato, Juliana Lima Garça, Juliana Mendes, Juliana Negreiros, Juliana Rosario, Juliana Silva do Nascimento, Juliana Tuchsznajder Campos, Juliane Lima, Juliano Carlos de Oliveira - Jcmsx, Juliano César Fabri de Vito, Juliano César Marques, Juliano Ferreira, Juliano Gabriel Froder, Juliano Maule Borille, Juliano Nugent da Silva, Juliano Ody Hanauer, Julice Carvalho, Julio "Eucastor" Honorato Marinho, Julio Augusto das Neves, Julio Barcellos, Julio Cesar Araujo Sanches, Julio Cesar Bertoleti Marques, Júlio César Ceolin, Julio Cesar Duarte dos Prazeres, Julio César Raitz Junior, Julio Cesar Rodrigues de Oliveira, Julio Cesar Souza Nunes, Julio Lorenzi, Julio Maistrovicz, Julio Matheus Figueiredo, Julio Melo, Júlio Okabayashi, Júlio Rogério Pereira, Júlio S. R. Gianesella, Julio Teixeira Bojan, Julyane Ciurlini, Julyane Lima, Jun Uehara, Junio Ferreira Osorio, Junio Martins de Araujo, Júnior Novaes, Junior Sella, Junior_Tsj, Juno Lipp, Jurandir Marinho da Costa Silva, Jusie Lemonie, Jussara Oliveira da Costa, Jveliseu, Jvpo, K. C. Iluminuns, Kadu Araujo, Kadu Belber, Kadyuél Mariano, Kahlil Schwanka Salome, Kaike Rodrigues, Kaio Barreto, Kaio Domenique Alves, Kaio Felipe Oliveira Silva, Kaio Nagelo, Kaio T. Pistore, Kaio Takase, Kaio Vinicius Pereira Zorzan de Rezende, Kaique Anjos Santos, Kaique de Jesus Teixeira Silva, Kaique Marques, Kaique Paz, Kaliandra Ramos Cruz, Kalki Avatara de Luna, Kamahl, Gabriel Leite, Kami Teixeira, Kapruska, Karen Simão, Karen Soarele, Karina Cavalcante, Karina Filipe, Karine Evangelista, Karl Alexander, Karl Marx Oliveira Souza, Karlmer Abel Bueno Corrêa, Karlos Antonio Chagas, Karlos Miguel Casullo Aranda Y Aranda, Karolina Henrique Cipriano, Karoline Boaventura Santos, Kass, Kassio Prado, Katiucha Barcelos, Kauã Diamantino, Kauan A. Silva, Kauan Aquino de Assis, Kauan Cerqueira de Sousa, Kauan Raitz dos Anjos, Kaue Badam, Kauê Gropelo, Kauê H. Silva, Kauê Henrique Oliveira Barbosa, Kauê Martins, Kauê Omena Mesquita, Kauê Portella, Kaue Santoja, Kaue Varela, Kawã, Kayam Marques, Kayan Okamoto, Kayann de Souza Silvério, Kcaio, Keith Yuji, Keivan Karimmanish, Keize Nagamati Junior, Kelly Alves de Barros, Kelly de Souza Lima, Kelvin Brandão de Oliveira, Kelvin Gonçalves de Souza, Kelvin Moraes, Kelvin Vicentini Tonhan, Kêmio Carvalho, Kenji / Guilherme, Kenji Miura, Kenjo Lanches, Kennedy Alves Martins, Kennedy Anderson de Morais Paixão, Kenpachi, Kets, Keven Miranda, Kevin Conti Godri, Kevin Godoi, Kevin Honda, Kevin Lopes, Kevin Medeiros, Keysi Y. T. Santos, Ki Sung, Kiaracross, Kiko Machado, Killerall, Kïlluah, Kim Pedro Gonçalves, Kim Trieweiler, King Lução, Kinishi2K, Kipo, Klaivert Santos da Silva, Klaus de Melo, Kleber Leandro, Kleber Mota de Oliveira, Kleber V. Santana, Kleber Yamasato, Kleiton Amarante, Kleyson Wilhan, Kleyton Magno Silvano, Kleyton Oliveira, Koller, Kpaulo Rodrigues, Kurama Ogoya, Kurojoão Gomes, L. K. Cescon Padilha, Lady Infinity, Laelson Pontes, Laércio Claro Junior, Laércio Jr., Laercio M. da Silva Jr., Lafinha, Lagoa Rodrigo de Freitas, Lais Pieniadz, Laís Ramos, Lamartine do Nascimento Ataíde, Lara Bicalho, Lari Leica, Larissa Lima, Larissa Matsu Feliciano Fracalossi, Larissa Rafaela Souza, Larissa Scantamburlo, Larissa Simões, Larissa, Liandra e Warlen, Laryssa Novaes, Laura Fernandes Dell Orto, Laura Giordani, Laura J. Yamaki, Lauro da Silva, Lavinia Dias Tavares, Layane Baliani, Laybson, Leandro "Leleko" Santiago Lima, Leandro "Lezin" Gonçalves, Leandro Alonso do Espírito Santo, Leandro Andrade, Leandro Barros, Leandro Branquinho, Leandro Brunelli, Leandro Candido do Nascimento, Leandro Cardoso Guedes, Leandro Colen, Leandro Dalle Molle, Leandro de Avolio Galhano, Leandro de Oliveira Reolon, Leandro Fita, Leandro Garcia Neves Afonso, Leandro Gerbasi, Leandro Gustavo Didek, Leandro Henrique de Castro Oliveira, Leandro Henrique Pereira Figueiredo, Leandro Hiroki Nagaishi, Leandro Lima dos Santos, Leandro Lima Evangelista, Leandro Louback, Leandro M C de Almeida, Leandro Maia, Leandro Martins de Freitas, Leandro Meira, Leandro Paula Ribeiro, Leandro Rodrigues Cunha da Silva, Leandro Rossi, Leandro Sales Corbo, Leandro Sartori, Leandro Sousa, Leandro Tateishi Chagas, Leandro Tavares, Leandro Tavares Bruscato, Leandro Torres da Silva, Leandro Vagner Arcebispo Ferreira, Leandro Yoshio Itiroko Nakamura, Leboldy, Lecatra, Lednewcrk, Leear Martiniano, Leif Breno, Leilane Freitas, Leiz Nunes Pereira da Silva, Leiz Rosseto, Lelélhos, Lelo Valle, Leniker Oliveira, Léo Avena, Léo Brito, Leo Contini, Leo Felix Nunes, Léo Gonçalves, Léo Guedes de Melo, Leo Gustavo Bottino Mohr, Leo M4Rtin', Leo Martini, Leo Melila,

Leo Meyer, Leo Titan Bernardo, Leo_Msmaster, Leoases, Leoducas, Leomar de Sousa Lima, Leonardo Paz, Leonardo "Gelado", Leonardo "Yuramec" Sertori, Leonardo A. Alcantara, Leonardo Adamo, Leonardo Alves - Menudo, Leonardo Alves de Lima, Leonardo Amaro, Leonardo Antunes Ferreira, Leonardo Azeredo, Leonardo Bacchi Fernandes, Leonardo Barbosa Cipriani, Leonardo Barbosa Gonçalves, Leonardo Barcellos, Leonardo Barreto Sauthier dos Santos, Leonardo Barrionuevo, Leonardo Batista Capaverde Silva, Leonardo Bezerra do Carmo, Leonardo Bonvini, Leonardo Brandão, Leonardo Briotto, Leonardo Brito, Leonardo C. de Campos, Leonardo Calheiros, Leonardo Caramori, Leonardo Cardoso Martins da Costa, Leonardo Carneiro, Leonardo Carneiro, Leonardo Carneiro, Leonardo Carvalho "Leozim" Sima, Leonardo Casagrande Alegre, Leonardo Ceschin, Leonardo Cibulski, Leonardo Claro Zamin, Leonardo Costa, Leonardo Cunha de Paula e Silva, Leonardo D.Ss, Leonardo Davi de Moraes, Leonardo Davidiuk, Leonardo de Almeida Santos, Leonardo de Carvalho Garcia, Leonardo de França, Leonardo de Mello Galindo, Leonardo de Oliveira Gomes, Leonardo de S. Maida, Leonardo Dorini, Leonardo dos Santos, Leonardo Echeverria, Leonardo Elias Prado Bezerra, Leonardo Felippe, Leonardo Ferreira, Leonardo Ferreira, Leonardo Festa, Leonardo Ficker Pioltine Bortoloni, Leonardo Figueiredo, Leonardo Flauzino de Souza, Leonardo Francis Parreiras Carneiro, Leonardo Freitas da Veiga, Leonardo Freitas Pedroso, Leonardo Garcia Marques, Leonardo Gonçalves de Andrade, Leonardo Gregio Tarrone, Leonardo Gustavo Alves (Kohryu), Leonardo Hebling, Leonardo Henrique da Silva, Leonardo Iakmiu, Leonardo Ikeda Figueiredo, Leonardo José da Silva Ferreira de Amorim, Leonardo José Ferreira e Ferreira, Leonardo José Firmino, Leonardo Kava, Leonardo Kuhn Käms, Leonardo Lima, Leonardo Lopes Gloor, Leonardo Lopes Silva, Leonardo Machado de Andrade, Leonardo Malessa, Leonardo Marqueti de Lima, Leonardo Martins Melati, Leonardo Matarazzo, Leonardo Mendes, Leonardo Mendes de Souza Gabriel, Leonardo Minatti, Leonardo Monti Corrêa, Leonardo Moraes, Leonardo Nobre Ghiggino, Leonardo Oliveira, Leonardo P. D. Montanher, Leonardo Pena, Leonardo Pereira Teixeira, Leonardo Piva Nascimento, Leonardo Quaresma, Leonardo Rafael de Bairos Rezende, Leonardo Ramos, Leonardo Rangel da Cruz, Leonardo Rigo, Leonardo Rocha, Leonardo Rodrigues da Silva, Leonardo Rosner, Leonardo Rotta Jasko, Leonardo Sanders, Leonardo Schiavinato Bambino, Leonardo Seixas, Leonardo Setubal Maggio, Leonardo Soares Miniussi, Leonardo Sutter, Leonardo Tamanhão, Leonardo Targino, Leonardo Turella, Leonardo Verona da Silva, Leonardo Viana de Vasconcelos Martins, Leonardo Vicino, Leonardo Wiggers, Leonardo Xavier Baldassio de Paula, Leonardo Yuji Suzuki, Leonardolnb, Leonel Veiga, Leovidio Bezerra Lima Neto, Leozado, Lersen de Souza Silva, Leticia Becker, Leticia Cavalcanti (Beemor), Letícia Guedes da Tulha, Letícia Pedrão Rito, Leticia Yukimi Nakama, Levi Bayde Ribeiro, Levi Costa, Levi de Araujo Campos, Levi Negreiros, Levi. Emanuel, Levy Costa Azevedo, Lex Scarpa (@This.Is.Scarpa), Lexafar, Leyce Oliveira Santos, Lfersp, Lgasilva, Lila Hime, Lilian Nakayama, Lilly Malk, Linaldo Ramos Ferreira, Lincoln N Araujo, Lincon Trindade, Lindomar Guedes da Silva Junior, Lindon Johnson Santos Mendes, Linkuro, Lino Lmiotto88 Junior, Lino Melhado, Liowns, Lipilef - Felipe Alves, Lisbino do Carmo, Little Douglinha, The Servant Of Cthulhu, Lívia "Saenani" Tavares, Livia Cruz, Loipre Laura, Lokos Com Pedigree, Lopinho, Lord H, Lord Wagnera, Lord Yome, Lorena de Medeiros, Lorena Lunelli, Lorenna M., Lorenzo Santos, Lorenzo Tizian Tonetto, Lorran Avelino, Lorrana Lorchaider Sodré, Lourival Henrique, -Ls, Lua Hora, Luan Bezerra, Luan Carolino, Luan Cenci, Luan Dalvi Pedruzzi, Luan de Brito Scarsoni, Luan Felipe O. dos Santos, Luan Ferreira, Luan Gabriel Arndt, Luan Gustavo de Brito, Luan Kucko, Luan Ligabui, Luan Marinho Moraes, Luan Moraes Ferreira, Luan Morais, Luan Neves da Silva, Luan Ramalho, Luan S. Alves, Luan Santineli, Luan Sena, Luan Sperb Caliari, Luan Torres, Luan Werneck, Luana C Fontes, Luana F. Lourenço Andrich, Luana Muzy, Luana Ramos Rocha, Lucas Gimenes Silva, Lucas "Casola" Casanova, Lucas "Themoisez" Vieira, Lucas "Wolf" Bombardi, Lucas (Baka), Lucas Adler Martinon, Lucas Alexandre de Sousa Lima, Lucas Almeida Moreira (Buzão), Lucas Alves, Lucas Alves Pullig, Lucas Alves Rodrigues, Lucas Alves Rosa, Lucas Alves Souza, Lucas Amoêdo, Lucas Antônio Nogueira de Oliveira, Lucas Aquino, Lucas Araujo, Lucas Assis, Lucas Astrana, Lucas Augusto Rodrigues Pinheiro, Lucas Barbosa da Silva, Lucas Barbosa Ramos, Lucas Barilli, Lucas Barroso de Moraes :), Lucas Bellio, Lucas Benedito Rodrigues, Lucas Beraldo, Lucas Bittencourt Inácio, Lucas Bonin, Lucas Bordoni, Lucas Borges de Souza, Lucas Borges Pessoa, Lucas Botelho, Lucas Botoni de Souza, Lucas Brasil Cardoso, Lucas C.F., Lucas Caldeira dos Santos, Lucas Campos, Lucas Canabarro, Lucas Candido Domingos, Lucas Cangussu, Lucas Caputo, Lucas Carneiro de F. Batista, Lucas Carollo de Almeida, Lucas de Carvalho Moreira, Lucas Castelo Duca - O Juv, Lucas Cavalcante da Costa, Lucas Corrêa, Lucas Correa Tonon, Lucas Couto, Lucas Cuccio de Freitas, Lucas Cujo, Lucas Cunha, Lucas Curi Santos, Lucas Custódio Simões Rainho, Lucas da Silva Vasco, Lucas Dagaz Castelar, Lucas Dalsoquio, Lucas Dantas, Lucas de Almeida, Lucas de Fre1T4S Oliveira, Lucas de Lima Monteiro, Lucas de Oliveira, Lucas de Oliveira Nunes, Lucas de Paula Moreno Silva, Lucas de Sousa Lima, Lucas Della Mea Soares, Lucas Dias, Lucas Dore, Lucas dos Santos Lima, Lucas Dupke, Lucas e Tiago Henz Garcia, Lucas Eduardo "Lucario" Szczypior Costin, Lucas Eduardo Bico, Lucas Eduardo e Nanda Sales, Lucas Eduardo Gonçalves Rocha, Lucas Euzebio, Lucas Farias da Cruz, Lucas Felinto Nobre Pereira, Lucas Fernandes, Lucas Fernandes Laranjeira, Lucas Fernando de Lima Carvalho, Lucas Fernando Ribeiro dos Santos, Lucas Ferreira do Nascimento, Lucas Figueiredo Pacheco de Almeida, Lucas Finezi Verenguer, Lucas Fischer Valença, Lucas Fonseca de Oliveira, Lucas Fontão Abdalla Coracini, Lucas França, Lucas Freitas, Lucas Freitas - Aerdor, Lucas G. R. Florisbelo, Lucas Gabriel Barbosa dos Santos, Lucas Gabriel Moreira Strefling, Lucas Gappo, Lucas Garritano, Lucas Gomide, Lucas Gonçalves Vicente, Lucas Gouvêa, Lucas Guilherme de Moura, Lucas H. Vicente, Lucas Henrique Araújo, Lucas Henrique Barbosa, Lucas Henrique Biuk, Lucas Henrique de Ferreira Santos, Lucas Henrique de Sousa Alves, Lucas Henrique Mantovani Jacintho, Lucas Henriques Viscardi, Lucas Herbster Dias Siqueira, Lucas Hideki Matuno, Lucas Honda Bianco, Lucas Horácio de Freitas, Lucas Izumi de Oliveira, Lucas Jardim, Lucas Jorge Vasconcelos, Lucas José da Costa, Lucas Kalado, Lucas Kawan Souto da Costa, Lucas Kodaira, Lucas L. M. Escócio, Lucas Lara Martins, Lucas Lauton, Lucas Leite da Silva, Lucas Leny, Lucas Lima, Lucas Lima Franco, Lucas Linhares, Lucas Linke Nunes, Lucas Lone Cunha, Lucas Lós de Alcântara, Lucas M. Katayama, Lucas Magalhães Fernandes, Lucas Magno Pinheiro, Lucas Maia, Lucas Maia Pires Barbosa, Lucas Malagone, Lucas Mancini Rodrigues, Lucas Manoel Assis Santos, Lucas Manuel Pires Mendes Ferreira, Lucas Mariano Testa, Lucas Marini, Lucas Marques Franco, Lucas Marques Gonzalez, Lucas Marques Medeiros, Lucas Martim, Lucas Marx Rodrigues, Lucas Massoline, Lucas Matheus Dutra, Lucas Mendonça Vieira, Lucas Menezes White Wolf, Lucas Monteiro Duete, Lucas Moreira Arantes, Lucas Moretti, Lucas Mossini, Lucas Muniz Tauil, Lucas Nakamassu, Lucas Nascimento Monteiro, Lucas Navas, Lucas Norberto Oliveira, Lucas Nunes Lelli, Lucas Oligosfrenio, Lucas Oliveira Minocceli, Lucas Oliveira Nóbrega, Lucas Oliveira Xavier Vieira, Lucas Oller, Lucas Padilha Gonçalves, Lucas Palma, Lucas Patrício Fernandes Vianna - Bitelo, Lucas Paulino Serafim, Lucas Pereira, Lucas Pereira de Aguiar Afonso, Lucas Perez, Lucas Phillipe Menegusso Ferreira "Pekeno", Lucas Pinho, Lucas Pires Sagio, Lucas Prata, Lucas Presto Panichi, Lucas Prieto, Lucas Queiroz, Lucas Queiroz, Lucas Rafael Brognoli, Lucas Restum Hissa Manzatto, Lucas Ribeiro Bonfim, Lucas Ribeiro Tardoqui, Lucas Riboli, Lucas Rosa, Lucas Rosteyko Vilas Bôas, Lucas Ruhe, Lucas Sá Teles dos Anjos, Lucas Sales Bedê, Lucas Santos, Lucas Santos da Silveira, Lucas Saori, Lucas Scherholz Favoretto, Lucas Schütz Valgas, Lucas Servidoni, Lucas Silva Marques, Lucas Silveira Ambos, Lucas Simão Gil, Lucas Soares Coelho Marrocos, Lucas Sodré de Sousa, Lucas Soratto, Lucas Sperandio Alves, Lucas T. Mansano, Lucas Tadeu Almirão de Jesus, Lucas Taffarel B. Torres, Lucas Teixeira Medina Coeli, Lucas Teles, Lucas Telles Amaral, Lucas Terceiro, Lucas Tezotto, Lucas Timo Rodrigues, Lucas Tornai, Lucas V Fernandes, Lucas V P C Lima, Lucas V. F. Ventura, Lucas V. S. Siqueira, Lucas Valero Pontes, Lucas Venega, Lucas Veronez, Lucas Versolato, Lucas Viana dos Santos, Lucas Vicente da Silva, Lucas Victor Correa, Lucas Vieira, Lucas Vieira Barrios, Lucas Vinícius Ares Rodolfo, Lucas Vinícius Roseno Martins, Lucas Vital, Lucas Xavier Ludwig", Lucasm.Py, Lucasmora, Lucaspc (Mumu), Lucatoni Souza, Lucca Ceccon, Lucca Daroit Franco, Lucca Miceli, Lucca Montello, Lucca Sturmer, Lucca Valença, Luccas Oliveira, Lúcia Aquino, Lucian (Ks) Ulian, Luciana de Castro Furtado, Luciana Fadel, Luciana Ferreira de Souza, Luciana Viudes Salgado, Luciano Carmo, Luciano Costa, Luciano Goulart, Luciano H Ferretto, Luciano Nunes do Magnus, Luciano Ormanes, Luciano Peixoto(Myneyro), Luciano Portella Rodovalho, Luciano Teixeira Soares, Lucile da Rosa Pereira e Leonardo da Rosa Pereira, Lúcio Abreu da Silva, Lúcio Henrique de Oliveira, Lucius Bandeira Buzinaro, Lucke Graves, Ludmila Arruda de Assis, Ludmila Cunha e Victor Magalhães, Lugui Azevedo, Luheec, Luigi Minorelli

Panazzolo, Luis "Faéddin" Faé, Luís Alberto Schitezky, Luis Arthur Motta Rezende, Luis Bottaro, Luis Caparroz dos Santos, Luis Carlos de Carvalho Dores, Luís Carlos Ferreira Lima, Luís Cláudio, Luis Eduardo do Prado Martins, Luis Eduardo Girão, Luis Eduardo Gomes Furtado de Mendonça, Luís Eduardo Krüger Feijó, Luis Eduardo Marins Soares, Luís Eduardo Pacheco Garcia, Luis Fabiano Canteri, Luis Feliciano, Luís Felipe Arantes Moya, Luis Felipe da Silva, Luis Felipe Fin, Luis Felipe Jacinto dos Santos, Luis Felipe Moita do Santos, Luis Felipe Morcillo, Luís Felipe Rohenkohl, Luis Felipe Salvador Boato, Luis Felipe Silva Alves Soares Rocha, Luis Felipe Soares da Silva, Luis Fernando Amaral Pardal, Luís Fernando Anizello, Luís Fernando Barth, Luis Fernando de O. Gato, Luis Filipe Rosa, Luís Germano, Luis Gustavo Andreeta, Luis Gustavo Batista Oliveira Silva, Luis Gustavo F. F. Ribeiro, Luís H.C. Pacheco, Luis Henrique de Oliveira, Luis Henrique dos Santos, Luís Henrique dos Santos Silva, Luis Henrique Franco de Camargo, Luis Henrique Lopes dos Santos, Luis Manoel Medeiros, Luis Miguel Araujo de Assis, Luis Paulo Sousa Garcia, Luís Pirata, Luis Raimundo, Luis Ramon Sierra Filho, Luis Roberto de Oliveira Mendes, Luis Tadeu Correia Furtado Filho, Luisa Araujo, Luisa Bongiovani, Luísa Iayoi, Luisa Passos e Weldon, Luiz "Battosai" Gonçalves, Luiz Alexandre Campos, Luiz Ariel de Oliveira Tibola, Luiz Augusto Arantes Vieira, Luiz Augusto Maués, Luiz Augusto Monteiro Santiago, Luiz Bender, Luiz Braz S. Junior, Luiz Carlos Coelho David, Luiz Carlos de Souza Barros, Luiz Carlos Martelo, Luiz Carlos Moreira, Luiz Costa, Luiz Cristóvão Pinto de Azevedo, Luiz Daniel da Silva Neto, Luiz E. P. Teixeira, Luiz E. S. Vieiralves, Luiz Eduardo Certain Simas de Paula, Luiz Eduardo Ferreira, Luiz Eduardo Martins, Luiz Ernesto de Aguiar Chiodelli, Luiz F Mota R, Luiz Felipe, Luiz Felipe A. Oliveira, Luiz Felipe Bueno de Moraes, Luiz Felipe de Assis Costa, Luiz Felipe de Paiva, Luiz Felipe Feitosa Melo, Luiz Felipe Fernandes, Luiz Felipe Loureiro Foresti, Luiz Felipe Martins Silva, Luiz Felipe Sena Vianna, Luiz Fernando de Padua Paixão, Luiz Fernando de Souza, Luiz Fernando Eng de Lima, Luiz Fernando Freitas Ramos, Luiz Fernando Furtado, Luiz Fernando Marins do Monte, Luiz Fernando S. M. Maia, Luiz Fernando Saccani, Luiz Ferraz, Luiz Francisco, Luiz Francisco Moretti, Luiz Gabriel, Luiz Gabriel de Souza Ribeiro, Luiz Gabriel Mioni Coltro Filipini, Luiz Gabriel Pereira, Luiz Gabriel Xavier de Almeida, Luiz Guilherme Chuinca, Luiz Guilherme da Fonseca Dias, Luiz Guilherme de Oliveira, Luiz Gustavo Costa Bezerra, Luiz Gustavo de Andrade Baldissera, Luiz Gustavo Nascimento, Luiz Gustavo Novelli, Luiz Gustavo Palhares da Silva, Luiz Henrique A. Rodrigues, Luiz Henrique Alves Doc, Luiz Henrique C. Siquera - Nerd Luiz, Luiz Henrique Chagas da Silva, Luiz Henrique de Castro Assis, Luiz Henrique de Paula Santos, Luiz Henrique dos Reis Souza, Luiz Henrique Pereira, Luiz Henrique Rokubuiti, Luiz Henrique Weber Lemos, Luiz Humberto Mattos Brighenti, Luiz Juraski Neto (Imaginedice), Luiz Marcelo Fain, Luiz Otávio Alves de Gouvêa, Luiz Otávio Santana Souza, Luiz Otávio Terciotti, Luiz Paloschi, Luiz Paulo, Luiz Paulo Brunharoto, Luiz Paulo de Souza, Luiz Paulo Dsm, Luiz Paulo Pampu, Luiz Paulo Pereira Borges, Luiz Ricardo Freitas, Luiz Rodrigues, Luiz Sérgio Leite Júnior, Luiz Souza, Luiz Toshimitsu Nakahara Junior, Luiz Tosta, Luiz Trezena, Luiz Vergilio Ugolini, Luiz Zomignani, Luiza Diniz e Filipe Fila, Luiza Gomes M Lemos, Luiza Kobayashi, Luiza Rodrigues Alves, Lukas Felipe O Santo., Luke Garcia, Lukesic, Luket Vendrick, Luquinhaz, Luxonauta, M. L. Juchum, M.Cortez, Machadin Silva, Maer-Salal-Has-Baz Kaka, Maga, Magnus Mancio, Magnus Valmorbida de Barros, Mags Ringwe, Máhh Gomes, Maiara Targino Pereira Dunham, Maico Alexandre Kley, Maicon Felipe da Silva Ribeiro, Maicon Ferreira do Vale, Maicon Kaefer, Maicon Rangel Coelho Freitas, Maicon Rossi, Maik Ramos dos Santos, Maike Carvalho, Maikon Lucas A. Teté, Mailson Pereira de Jesus, Maiquel Luis Pruinelli, Maíra Bortoleto, Maira Virtuoso da Silva, Mairon Hasegawa, Maison Chaves, Maisqetreze, Maiti Puertas Crucelli, Malane de Quadros, Malone Luna, Mamailos, Mambo Jango, Manoel Gomes Neto, Manoel Rodrigues de Brito, Manzoni, Maphios Zero, Marccelo Delano Rizzo Faggion, Marcel Lessa Oliveira, Marcel Nishihara, Marcel Santos de Camargo, Marcel Takaaci Gomes, Marcela G. C., Marcella Schmidt Alves, Marcello Arthur Duarte, Marcello Chijo, Marcelo "Paniko" Iglikoski, Marcelo Antonio da Silva Junior Zer4, Marcelo Aparecido Chianpesan, Marcelo Augusto Marin, Marcelo Campos Silva, Marcelo Castelhano de Lima Junior, Marcelo Chazan, Marcelo Contato Palaveri, Marcelo Cruz, Marcelo D. Gonçalves, Marcelo D. Sacchi, Marcelo Dallarosa Silva, Marcelo Ddym, Marcelo de Freitas Homrich, Marcelo de Oliveira Sampaio Gomes, Marcelo de Souza Leao, Marcelo de Souza Romeiro, Marcelo Diovan Machado, Marcelo Domenici Fagundes, Marcelo Eiji Kuwamoto, Marcelo Fontenele, Marcelo Franco, Marcelo Ganryu, Marcelo Guilherme Saldanha Machado, Marcelo H Carvalho, Marcelo Hatto, Marcelo Imperatrice, Marcelo L. S. Rainha, Marcelo Magord, Marcelo Martins Oliveira Sjn, Marcelo Mathias Lima, Marcelo Matiola Goularti, Marcelo Melo Baeta, Marcelo Mendes dos Santos, Marcelo Meyer L. Medrado, Marcelo Moretti Fioroni, Marcelo Nunes, Marcelo Pereira Neves, Marcelo Pimenta, Marcelo Pimentel Fitta, Marcelo Pires Bentes, Marcelo Ritter, Marcelo Roberto de Brito Nardozzi, Marcelo S. B., Marcelo Sabino Machado, Marcelo Salgado, Marcelo Shigueaki Aoyagui, Marcelo Shimabukuro Kai, Marcelo Sr, Marcelo Yuji Tamura, Márcia de Oliveira Sampaio Gomes, Marcio Alberto Almeida de Araújo, Marcio Cardoso, Marcio Furtado, Márcio Grossmann, Márcio Lins, Marcio Lorek, Marcio Machado Matos, Marcio Maier - Jilo, Marcio Marques Pereira, Márcio Rodrigo Machado Peres "Roicram", Marcio Silveira, Marcio Vinicio, Marcio Vinícius Oliveira Goes, Marco A. Lima, Marco Andre e Nicole Mezzasalma, Marco Antonio Bertoldi, Marco Antonio Iori Machion, Marco Antonio Linares, Marco Antonio Rezende Júnior, Marco Antonio Ribeiro Brandão, Marco Antônio Turcio de Carvalho, Marco Antonio Velloni Figueiredo Junior, Marco Aurélio Agner Penteado, Marco Aurelio dos Santos, Marco Brunno, Marco Carvalho, Marco Maassen, Marco Rodrigues, Marco Tulio Daher, Marco Túlio Pacheco Coelho, Marco_Brawl, Marcolix Masters, Marcone Boff, Marcos "Marcão" Aurelio, Marcos A. C. de Paula, Marcos André, Marcos Anselmo dos Reis Rocha, Marcos Antunes, Marcos Araujo, Marcos Aurellio, Marcos Bonavita, Marcos Cortez, Marcos Cruz, Marcos Daniel Chiéa de Angelis, Marcos Diego Mendes, Marcos E. M. Ribeiro - Socram, Marcos Felipe Ferreira Amazonas de Souza, Marcos G. S. Dantas, Marcos Gabriel Pedroso Batista, Marcos Goulart de Oliveira, Marcos Kazuo Fujikawa Olívia Felippe Fogaça, Marcos Kiyoshi Nagaishi, Marcos Lima, Marcos Lima Marinho, Marcos Lucas Costa Ribeiro, Marcos M. Nakamura, Marcos Marques Mm, Marcos Matheus Roncaglia, Marcos Moreira dos Santos, Marcos Napoleão de Amorim Júnior - Hajime, Marcos Neves, Marcos Paulo Cavalcante Silva, Marcos Paulo Ribeiro, Marcos Pincelli, Marcos Prado, Marcos Roberto Santa Maria Cardoso, Marcos Rodrigo dos Santos, Marcos Seiti Suzuki, Marcos Souza Dixini, Marcos V. Ferronatto, Marcos V. Foppa, Marcos V. Lima de Oliveira, Marcos Valença, Marcos Vinícius Félix, Marcosvtnc., Marcus Brandão, Marcus de Souza, Marcus Fernando Caetano Bezerra, Marcus Francisco, Marcus Hellsing, Marcus Lewis, Marcus Liceras, Marcus M Antoniazzi, Marcus Nathan Silvestre, Marcus Rosa, Marcus Vinicius Araujo Lavarda, Marcus Vinicius Bianchi dos Santos, Marcus Vinicius de Lima, Marcus Vinicius Genico Prendes, Marcus Vinicius Girão de Morais, Marcus Vinícius Gobbato, Marcus Vinicius Maia de Freitas, Marcus Vinicius Pilleggi, Marcus Vinicius Ramalho de Oliveira, Margarida F Fagundes, Mari Verginelli, Maria Aristemária de Deus Carvalho Sousa, Maria Eduarda Rotilli Eibs, Maria Luiza Assumpção, Maria Milena A Félix, Mariana Alencar Silva, Mariana Cristina de Oliveira, Mariana Esteriano Isquierdo, Mariana F. Monteiro, Mariana Jarrin Onishi, Mariana Lima, Mariana Stefanini, Marianna de Azevedo Alves Tracera, Marianne Melo, Marie Eonezava, Marilia Schwarzbach e João Martinez, Marina Aguera, Marina Feltran, Marina Juliana Saravalli, Marina L., Marina Sanchez Ribeiro, Mario Afonso Lima, Mário Alves Silva Neto, Mário Arcoverde, Mario Augusto da Silva, Mário de Verçosa Neto, Mário Goulart Bacha Bustamante, Mario Jr. e Dulcelino Neto, Mário Leão, Mario Lucas, Mário Miyano, Mário Oliveira, Mário Rodrigues Salgado de Souza Dias, Mario Sergio Barbato, Mario Souto, Mario Thauan de Freitas, Mário Valney, Mario Y. Shinzato, Mark Michael Ederer, Markinhos, Markkus P Nascimento, Marko "Tubarão" Yan, Markus Lopes Corgosinho, Marky The King, Marley Oliveira, Marllon de Freitas Romualdo, Marlon Cruz Braga, Marlon de Péder, Marlon Mollica, Marlon Moura dos Santos, Marlon Rosa, Marlos Martins da Rocha, Marquês Eduardovic, Marquinhosceco, Martin A. Kretzschmar, Martinho Linhares, Maru, Maskrainday, Massaki Gustavo, Mateus "Aether" Guerra Negreiros, Mateus (Tocho) Mariano, Mateus Almeida, Mateus B M Pereira, Mateus Barbieri, Mateus Barbosa, Mateus Carneiro, Mateus Carvalho Dias, Mateus Cechinel Rosa, Mateus Cichelero, Mateus Coêlho, Mateus Couto, Mateus Cunha Mello, Mateus de Albuquerque Jardim Rocha, Mateus de Souza Mello, Mateus Dukevicz, Mateus Ferreira Maciel, Mateus Freitas Dantas, Mateus Gabriel de Jesus, Mateus Lackome, Mateus Lima Batista, Mateus Lourenção, Mateus Marhold, Mateus Maziero de Siqueira, Mateus Mendes Geófilo, Mateus Moser Kitabayashi, Mateus Oestereich, Mateus

Palhano, Mateus Peripoli, Mateus Pitta de Carvalho, Mateus Plez Ricciardi, Mateus Putti, Mateus Siqueira Pacheco, Mateus Sperandio, Mateus Teixeira Amorim Costa, Mateus Vinicius Conceição, Matheus "Baaru" Barbosa de Souza, Matheus "Boomer Shin" Alvarenga, Matheus "Qui" Soares, Matheus "Matheus Prime" Rosa, Matheus A. S. Grandi, Matheus Abdon Meirelles, Matheus Agh, Matheus Akihiro Goya Saito, Matheus Alexandre Reis, Matheus Alves, Matheus Alves Pereira do Nascimento (Matu), Matheus Arcanjo e Isadora Conceição, Matheus Assis Rios, Matheus Augusto, Matheus Augusto Maldonado Melgarejo Ferreira, Matheus Augusto Millou Rios Luz, Matheus Augusto Simão Cezar, Matheus Bastos Costa Chaves, Matheus Bento, Matheus Bodo, Matheus Bonvechio, Matheus Bortolucci, Matheus Braz, Matheus Cabral Barbosa, Matheus Cabral(Cacau), Matheus Camilo Fidelis da Silva, Matheus 'Chicão' Alves, Matheus Coutinho, Matheus da Costa, Matheus de Andrade Carvalho, Matheus de Carvalho Almeida, Matheus Decnop, Matheus Desmarest Casado Mailho, Matheus Dias, Matheus Dias da Silva, Matheus Diniz, Matheus do Nascimento Costa da Silva, Matheus dos Santos, Matheus Duque, Matheus E. & Lia L., Matheus Eduardo Muniz, Matheus F. Pessotti, Matheus Farencena Righi, Matheus Faria e Bruna Moreira, Matheus Felipe, Matheus Fellone, Matheus Ferrari dos Santos, Matheus Ferreira de Melo (Coxinha), Matheus Ferreira Silva, Matheus Ferretti Dias, Matheus Flores, Matheus Frazão de Souza, Matheus Furtado Zenero, Matheus Garcia Figueiredo, Matheus Giuliano, Matheus Gm, Matheus Gobatto, Matheus Gomes Silva, Matheus Gonçalves (Toad), Matheus Gonçalves Marques Coutinho, Matheus Gonçalves Severo, Matheus Gonzaga, Matheus Graciano, Matheus Guadagnino, Matheus Guimarães Weis Cintra, Matheus Guizolfi Pereira, Matheus Guzzo Nascimento, Matheus Henrique de Borba, Matheus Henrique dos Santos, Matheus Henrique Haas Pires, Matheus Henrique Levino Assunção, Matheus Henrique Martins Costa, Matheus Henrique Menegon, Matheus Heverton "El Mago", Matheus Karasiaki dos Santos, Matheus Kiszka Scheffer, Matheus L C Freitas, Matheus L. Mortem, Matheus Lazzarotto Evaldt, Matheus Leonardo Pastor de Oliveira Galvão, Matheus Lima, Matheus Lionnistar, Matheus Lippert, Matheus Lobo dos Santos, Matheus Lopes Brum, Matheus Lucca de Rocco, Matheus Lujan Pereira, Matheus M Mattos, Matheus M. Iazykoff, Matheus M. Silva, Matheus Maciel, Matheus Marques Stremel, Matheus Meletto Fontes, Matheus Moreira da Silva, Matheus Moreira de Lima, Matheus Müller, Matheus Natal, Matheus Neves Oliveira, Matheus Nunes, Matheus Oliveira de Araujo, Matheus Oro, Matheus P de Sá Silva, Matheus Padilha, Matheus Pereira da Silva, Matheus Pires Vasques, Matheus Pocai, Matheus Polly, Matheus Pontes, Matheus R Niemeyer, Matheus R. A. Caselatto, Matheus R. Toscano, Matheus Reis, Matheus Ribeiro (@_Sixxsixxsixx), Matheus Ribeiro da Silva (Sem H), Matheus Ribeiro da Silva Santos, Matheus Rodrigues Caraça, Matheus Rodrigues de Oliveira, Matheus Rodrigues Maciel, Matheus Rohde Coutinho, Matheus Roos, Matheus S. Lopes, Matheus Sakamoto, Matheus Seabra de Castilhos, Matheus Serapião, Matheus Shinji Arashiro, Matheus Silva Santos, Matheus Silvério Gonçalves, Matheus Soares, Matheus Sousa, Matheus Sousa Guimarães, Matheus Souza, Matheus Stoffel, Matheus Storti, Matheus Toseto, Matheus Vitorasso Zanetti, Matheus Vitta, Matheus William Santos do Patrocínio, Matheus Zaqueu de Lima, Matheus, O Flagelado, Mathias Goulart, Mathias Vinícius Santos Rocha, Matii_Tm, Matt Mcriver, Matusalém Carmo Oliveira, Maurício A. P. Mattos, Mauricio Andrade Gisely Prado, Maurício Antunes Domingos, Maurício Bolze, Mauricio Cesar Azevedo, Mauricio Coproscki, Maurício Crisp, Mauricio de Carvalho Domingues, Maurício de Freitas, Maurício Faria Junior, Maurício Ferreira, Maurício Ferreira, Mauricio L Ferreira, Maurício Lacerda Borges, Maurício Marcelo Costa, Mauricio Michel Klagenberg, Maurício Miron Dahmer, Mauricio Moura, Mauricio Pacheco Jr, Maurício Pedro de Oliveira Júnior, Maurício Pereira de Souza, Maurício Sanferari, Maurício Uchikawa, Maurício Yukio Kasai Murakami, Maurílio Bonora Junior, Maurilius O'Nene, Mauro Humberto, Mauro Vinícius Santos, Max Azevedo, Max Braciak, Max Moraes Lopes, Max Tadeu Almeida Silva, Maxiinne Sylver, Maxwell Oliveira, Maxwell Schner, May Pompeo & Glau Vitorino, Mayara Rezende & Thamires Rosa, Maycon (Noob_Br), Maycon Franco de Oliveira, Maycon Hudson Costa Riani Lima, Maycon Jordan S. Constantino, Maycon Quintanilha Domingos, Maycon Zofhia, Maycow Thomaz Meira, Mayk Coelho, Maykon Garcia, Maykon Reis, Mayra Rey, Mechasawa, Jp, Mel e Dani Graczielski, Melchior F., Melero, Melgar, Melissa Dotta, Melissa Vitória "Melivick", Melksedeque de Souza, Memes e Minzis, Menon A. Paldini, Merllin Uhmann, Messyo Sousa Brito, Mestre dos Jogos Gcm, Mica [Baile de Taverna Podcast], Micael Brito, Micael Junior - O Looz, Michael Kenji, Michael Martins, Michel de Oliveira Cota, Michel Francis Borges (Danteborges), Michel R Hernandes Samael Junior, Michel Wesle Leitão, Michele Amorim, Michelle Bonorino, Michelle Renata, Mickaelly Luiza de Borba, Miguel Angelo Carigo, Miguel Barboza, Miguel Beholder, Miguel Carlos Ribeiro, Miguel Diaféria, Miguel G. Martins, Miguel Goulart Perotoni, Miguel Molaro, Miguel Moura dos Santos, Miguel Oliveira Stk Mih, Miguel Paolini, Miguel Rafael de Oliveira Centurion, Miguel Ratis Laude, Miguel Rohrbacher, Miguel Sant'Anna Machado, Miguel Sousa Neto, Miguel Spagnolo Martins, Miguel Vieira, Miguel W. Ferreira e Nathalia de Moura, Miguel Wojtysiak Benevenga, Mikael Augusto Lopes, Mikael Brenner, Mikael Diego Silva, Mikael Espitalier Rebelo Lemos, Mikael Gimenes, Mikael H. N. Santana, Mikael Macial, Mikkie Deux, Milena Cardozo Palhares de Oliveira, Milene Gimenes Grasselli, Milhorati, Lucas., Millena M. Scherer, Millena Pasin, Millôr Silveira, Milrren Mattar, Milton Cesar de Brito Junior, Ming'Hall, Miquéias Zuza, Miranda, Mateus Diesel, Mirhel, Mirko Alexandre Corrêa Jr, Miroel, Mjr, Moacir Bonassa Neto, Moisés Alves Carneiro Filho, Mônica Rodrigues Martins Braz da Silva, Mônicaeli, Monique Montezuma, Moreno de Souza Wanderley, Morgana e Denilson, Mosheh de Souto Leal, Movimento Rpg, Msc. Erivan "Herivas" Soares, Müller, Munir Marcello, Murillo França, Murillo Henrique & Yasmin Ormanesi, Murillo Henrique Silva Campos, Murilo "Ximira" Cortez, Murilo Antonio Nichele, Murilo Araujo Cruz, Murilo Augusto Albiero, Murilo Augusto dos Santos Bonfietti, Murilo Augusto F. Silva, Murilo Barros de Moura Pereira, Murilo Batista, Murilo Belarmino, Murilo Boccardo, Murilo Carvalho, Murilo Dauro, Murilo de Carvalho, Murilo Eduardo Reinicke, Murilo Favero Martin, Murilo Fonseca, Murilo Gregoratto Polvani, Murilo Heeren, Murilo Henrique Bataia, Murilo Machado, Murilo Martins, Murilo Milani, Murilo Reimann Ardenghi, Murilo Sanches e Isabella Karam, Murilo Scivias Leite, Murilo Spalenza, Murilo Ziliotto Passoni, Muryllo Mateus dos Santos, Mylena de Oliveira, Mysaki & Ren, Nacid Aruse Sales, Nádia L.A., Naiacy de Souza Lima Costa, Nana Venuti, Nani Kötz & Douglas Rohmann, Não, Nara de Farias Costa, Nargyla Olivier, Nascimento'S, Nat & Nog, Natã Passberg, Natalia Aparecida Killer, Natália Batista dos Santos, Natalia de Andrade Santiago, Natalia Kelim Thiel, Natália S. R. S. Andrade, Natan Bini, Natan Figueiredo, Natan José Conte, Natan Tomé, Natanael da Mota Figueira, Natanael G Afonso, Natanael Silva Conceicao, Natanael Sirqueira, Natanael Viana Rodrigues, Natasha Ellen Amâncio dos Santos Lima, Nathália "Xubiraba" Spera, Nathália de Vasconcelos, Nathalia Gjorup, Nathalia Melati, Nathália Pissuti, Nathan Bisoto Varago, Nathan Campos, Nathan Dias Dadam, Nathan Guido, Nathan Lemke, Nathassia Mancebo, Nato Costa, Nazaks, Neimar Monteiro Cardoso, Neko e Shayera, Nelio Diniz Vieira, Nelson Anthony Los, Nelson Augusto de Almeida Filho, Nelson de Alcantara Cruz Junior, Nelson Massami Itikawa Junior, Nelson Neto, Nelson Williame Viana Neto, Nelsonph, Nestir Antonio Rohde, Netinho Buttowski, Neto Cazeiro, Neudson Barroso, Neudson Fernandes Vasconcelos, Ney Kassiano Ramos, Ney Pendragon, Ni Pereira, Nicholas "Janus" Figueiredo, Nicholas Arrais, Nicholas Filipovich, Nicholas Kenji Suzuki, Nick Bukvar, Nickolas Keiji Osako, Nickolas Xavier Rodrigues, Nico, Nicolai Ito, Nícolas August França, Nícolas Bargiela, Nicolas Canduço, Nicolas Carvalho, Nicolas de Leonardo, Nicolas Doneux, Nícolas Eppinger, Nicolas Escouto Sonnenfeld, Nícolas Gabriel Gil Rodrigues, Nicolas Garcia, Nícolas Marzullo Maia Giudice Mega, Nicolas Moraes Ferreira, Nicolas Rafael, Nicolas Silva Gomes, Nícolas Y. Tezuka, Nicole Catarine Carvalho de Souza Montenegro Ramos, Nicole Sene, Nicollas Pereira, Nicollas Vieira dos Santos, Niedson Eu Disse, Niênio Diegoli Gontijo, Niffye Von, Nikolas Dias, Nikolas Guimarães, Nikollas Amancio, Nikollas Policarpo, Nilo Giannecchini, Nilson Araújo de Oliveira Junior, Nilton Mesquita Júnior, Nimp, Nimue, Noob Carnilmo (Diego), Norberto Berti, Norton Adam Starke, Norton Bino, Noyd, Nuno Bernardo, Nyarcth, Obicka, Octavio Alves Cesani, Octavio Povoa, Odair Monteiro, Odraude Seven, Olga Neiva, Olímpio Neto, Óliver A. Souza, Onirva, Onlykoi, Opedro Ruiz, Oqpuda, Orlando Maltaro, Orlando Nolêto, Landero, Orlando Rafael Soares Filho, Orley Lima, Oscar Eli, Oscar Ribeiro Neto, Osmar D'Avila Vilar Filho, Osmar Filbido de Andrade Filho, Osmundo Gonzaga da Silva Neto, Osvaldo Frati Junior, Ota, Otávio Augusto Lima de Oliveira, Otavio Augusto Roth, Otávio Crispim, Otavio Fernandes Torrão Filho, Otávio Fonseca, Otavio Lourenço da Silva, Otávio Paes de Lima, Otavio Rocha, Otávio Senna, Otavio Yuji Abe Diniz,

Othon Gilson C de Oliveira, Oto da Xarlas, Otto Bastos de Sousa, Outrobicalho, Oπo Menegasso Pires, Pábio Victor, Pabllo Stanlley de Oliveira Mendes Magalhães, Pablo (Gabuga) Marques, Pablo Antonio Rodrigues, Pablo Garcia, Pablo Henemann, Pablo Lopes, Pablo Martinez, Pablo Morato, Pablo Vitor Vale Nascimento, Pad, Padilha, Padre Mathews, Pako, Palanthor, Pamela Gomes, Pâmella de Bem Payão, Panda Ryokan, Pantuszademythriuls, Paola Beltrão, Paola Pesquero Agnelli, Parangaricoxirimicoaru, Parru Caldas, Patife, Patric Luis Devito, Patric T. Triches, Patricia Kael, Patricia Oliveira, Patricio J. Abe Lagos, Patrick "Undpat" de Bastiani, Patrick Botton, Patrick Carvalho Pedro, Patrick Cosme de Oliveira., Patrick Ferreira Araujo, Patrick Guedes, Patrick Leal, Patrick Martins, Patrick Menezes, Patrick Menoti, Patrick Pereira, Patrick Pires, Patrick Rhuan N. Herculano, Patrick, O Exorcista de Batatas, Paula Fidelis, Paula Moura Dantas Silva, Paula Regina Guilherme Del Rei de Carvalho, Paula Vieira da Silva, Paulinho Gameplay, Paulino Simão Netto, Paulo Alves, Paulo Alves Teixeira Junior, Paulo Antonio de Araujo Afonso, Paulo Antônio Felipe Júnior, Paulo Antonio Fortunato de Campos Junior, Paulo Araújo, Paulo Arthur Furtado da Silva, Paulo Barcellos dos Anjos, Paulo Bartos, Paulo Bayer, Paulo Belfi Dias da Silva, Paulo Berto, Paulo Beto Patux, Paulo Botelho, Paulo Calanca, Paulo Campana, Paulo Cecere, Paulo César Madeira Velho, Paulo Cezar de Andrade Bittencourt, Paulo Chavaglia Filho, Paulo Cidrini, Paulo Coelho Filho, Paulo Couto, Paulo Daniel Carneiro, Paulo Daniel S G dos Santos, Paulo de Tarso Junior, Paulo Donatilio, Paulo Emilio Mendes Rodrigues Neto, Paulo Felipe Silva Berto, Paulo Felisbino, Paulo Fishburn Pedro, Paulo Flora, Paulo G. Castelani, Paulo Gomes, Paulo H. Lopes, Paulo Hauck, Paulo Henrique "Athreyu" C. R., Paulo Henrique Augusto Damasio de Lima, Paulo Henrique Bannach, Paulo Henrique de Nunzio, Paulo Henrique Folda Kulkamp, Paulo Henrique Gonçalves Rosa, Paulo Henrique Lopes, Paulo Henrique Mesquita de Oliveira, Paulo Henrique Naccarato Fiuza de Bragança, Paulo Henrique Silva Alves, Paulo Jésus Casa Nova Casa Nova, Paulo José Lima Gomes, Paulo Krawulski, Paulo Magaldi, Paulo Maluco, Paulo Marques O R Paiva, Paulo Mendes, Paulo Mendes, Paulo Monteiro, Paulo Pacheco, Paulo Perazzoli, Paulo Prestes Freitas Rocha, Paulo R. Costa Porto, Paulo Rafael "Rafão Bixeiro" da Silveira, Paulo Reis, Paulo Ricardo Alves da Silva, Paulo Ricardo Arneiro Leite, Paulo Ricardo Costa Miranda, Paulo Ricardo de Souza Dourado, Paulo Ricardo Mercadante Krzyzanowski, Paulo Roberto de Oliveira, Paulo Roberto Gomes Leal, Paulo Roberto S. S., Paulo Roberto Silva Collopy, Paulo S. Abujamra F., Paulo Scaraboto, Paulo Scussel de Andrade, Paulo Sergio Sant Anna, Paulo Soares, Paulo Victor da Silva Freitas, Paulo Victor de Almeida Vasconcelos, Paulo Víctor Medeiros da Fonsêca, Paulo Victor Oliveira, Paulo Victor Rodrigues Ribeiro de Castro, Paulo Vinícius Ribeiro dos Santos, Paulo Vinícius Rodrigues da Silva, Paulo Vitor Carrijo Moreira, Paulo Vitor Dias Pelicano, Paulo Wemakeagame, Paulo Yamazato, Paulo100%, Paulobyly Para Brazil, Pchristo, Pdr - Kbsa, Peconick, Pedalv, Pedini, Pedro, Pedro "Arquibhald" Coimbra, Pedro "Duín" Martins, Pedro "Pedrão" Silva, Pedro "Yokai" Costa, Pedro A. Magalhães, Pedro Alonso, Pedro Alvim, Pedro Amorim, Pedro Andrade Evangelista, Pedro Angelo, Pedro Angelo Marques, Pedro Antunes Tunico, Pedro Araujo, Pedro Augusto de Araújo Vieira, Pedro Augusto Gomide Vargas Pinheiro, Pedro Augusto Pavani Benevenuto, Pedro Augusto Rocha Reis, Pedro Augusto Rodrigues, Pedro Augusto Rodrigues, Pedro Augustus, Iv. O Terrível, Pedro Bachega, Pedro Basilio, Pedro Belin Castellucci, Pedro Bell Santos, Pedro Belleze, Pedro Bortoli Araújo, Pedro Brisola Constantino, Pedro Buzz Cyrino, Pedro C. Costa, Pedro Caballero, Pedro Cabianca T Marques, Pedro Cagnoni, Pedro Caneda Silva, Pedro Castro, Pedro Catta-Preta, Pedro Cerezer, Pedro Costi, Pedro Cunha, Pedro de Abrantes Fernandes, Pedro de Moraes Ligabue, Pedro de Santana Beck, Pedro Dias Penteado Gomes, Pedro do Nascimento Toledo, Pedro do Valle, Pedro Emílio Paradelo, Pedro Feledi, Pedro Fernandes de Oliveira, Pedro Ferraz, Pedro Freitas e Thais Harder, Pedro Gabriel da Silva Paixão, Pedro Gambera, Pedro Garcez Breder, Pedro Garcia Bento, Pedro Gomes de Souza, Pedro Gonzatto Müller, Pedro Gouvea, Pedro Grandchamp Neto, Pedro Guedes Puntel, Pedro Guilherme Schmitz, Pedro H. Baptistella, Pedro H. C. Palhares, Pedro H. M. Pontes, Pedro H. O. Arroyo, Pedro Henrique Azevedo, Pedro Henrique Borchis da Silva, Pedro Henrique Cabral, Pedro Henrique Cardoso, Pedro Henrique Cataldo Pereira, Pedro Henrique Coimbra Santos, Pedro Henrique Colucci, Pedro Henrique Costa Ribeiro, Pedro Henrique de Araújo Rangel, Pedro Henrique Del Bianco Hokama, Pedro Henrique do Amaral Costa e Silva, Pedro Henrique Domingos dos Santos, Pedro Henrique Duarte Oliveira, Pedro Henrique Eifler, Pedro Henrique França de Deus, Pedro Henrique Gobi de Oliveira, Pedro Henrique Gonçalves Pereira, Pedro Henrique Leal de Araújo, Pedro Henrique Medeiros Cruz, Pedro Henrique Palma Ramos, Pedro Henrique Prandini Grant, Pedro Henrique Raiser Antunes, Pedro Henrique Rocha de Souza, Pedro Henrique Santamaria Silva, Pedro Henrique Santos Barbosa, Pedro Henrique Souza Curi, Pedro Henrique T. M. da Fonseca, Pedro Henrique Vieira de Oliveira, Pedro Igor Borlçatti da Silva, Pedro Ivo de Paula Souza, Pedro Ivo Echeverria, Pedro Ivo Guimarães, Pedro Jafar, Pedro Jervis D'Athouguia Bouça, Pedro Jorge Pimenta Salomão, Pedro José Amorim Pinto, Pedro Lima (Geraldinho), Pedro Lisboa Freitas, Pedro Lopes Limberger, Pedro Lourenço de Almeida Mello Salles, Pedro Lucas "Pelu" Pinto Andrade, Pedro Lucas de Almeida, Pedro Lucas Martins Sena, Pedro Luís de Alvarenga Gontijo Maia, Pedro Luís Ferronato Barreto, Pedro Luis Filippo, Pedro Luiz Santos Tomaz, Pedro Mantovani Antunes, Pedro Marcelino Pereira, Pedro Marcolino, Pedro Martins Prates dos Santos, Pedro Matheus, Pedro Matheus Tavares, Pedro Medeiros, Pedro Melo, Pedro Mesquita, Pedro Miguel Monteiro, Pedro Miranda Santa Bárbara, Pedro Moi, Pedro Mosele, Pedro Mussolini, Pedro Navero Quintana, Pedro Neto Coutinho, Pedro Oliveira, Pedro Oliveira Torres de Andrade, Pedro Orlando, Pedro Ostroschi, Pedro Otávio T. Mello, Pedro P. Pacheco, Pedro Padilha, Pedro Paulo, Pedro Paulo de Barros Ferreira, Pedro Paulo Rodrigues Frade, Pedro Pereira Lima, Pedro Pessano, Pedro Pessoa Mendes, Pedro Pinheiro Romão, Pedro Pires Ferreira, Pedro Pontes Neto, Pedro Quaresma, Pedro Quesada, Pedro Quintanilha, Pedro Rafael Gomes Nelson, Pedro Ramalho, Pedro Raposo Soares, Pedro Reis V. S. Alves, Pedro Rocha Dias, Pedro Romero, Pedro Sanches de Amaral, Pedro Silva Amorim, Pedro Soares Areal da Costa, Pedro Splinter Lopes, Pedro Tenório Lemos, Pedro Trevisan, Pedro Varela, Pedro Victor Silva Santos, Pedro Vinagre, Pedro Visgueira Fialho, Pedro Vitor Schumacher, Pedro Vitor Valença Mizuno, Pedro Wieck, Pedro Wolski, Pedro Xavier de M. B. Azevedo, Pedro Zavagli Suarez, Pedro, O Bispo, Pedrohav, Perceu Gonçalves Bertoletti, Percio Antonio Simonatto Filho, Peretta, Pericles Augusto Farias do Nascimento, Perpetuoso, Pescuma, Peterson Paes Leme, Pétrick S. da Silva, Petrus de Oliveira Tiveron, Petter Kraus, Pgustavin00, Ph 777, Ph Veneroni, Phd, Phelipe Müller, Phellipe Oliveira Yarochewsky, Phellipe Spinardi Muller, Philip Peach, Philippe Dunder Pittigliani Magnus, Phillip Donnavan, Phillipe Augusto Mingatos, Phillipe Cedro, Phrognata, Pierre Carvalho Fenner, Pierre Delmotte, Pierry Louys Pimentel Pereira Batista, Pietro Amaral, Pietro C.G, Pietro Colloca, Pietro Lentz Martins Cantú, Pílade Filho, Pinazin, Pipa, Pizarro Melo, Plínio Vieira e Haline Welman, Pm Bigodudo, Pmilk, Poça, Pqb - Leonardo Garcia Couto, Presley dos Santos Vidotto, Prince Matos da Cruz, Príncipe Vidane, Priscila C. Cassim, Priscila Lima, Priscilla R R Tinoco, Prof. Diogo Tomaz, Prof.Hudson Monteiro, Prof_Arbieto, Prysca, Quero Sim!, R. Vitória Pereira, Ra1943, Rafa Lopes Sequeira, Rafacarna, Rafachitos, Rafacorradi, Rafael "Auyer" Passos, Rafael "Bell" Augusto Evangelista, Rafael "Bulim" Pasinato, Rafael "Eugnas" Lee, Rafael "Mrgomides" Gomides, Rafael "Pisquila" Rodrigues Cunha, Rafael "ßeta" Lima, Rafael A Cavalcante, Rafael A. Raimundo, Rafael Adnet Pinho, Rafael Aleixo, Rafael Alexandre Silva Bomfim, Rafael Almeida de Avila, Rafael Alvares Bianchi, Rafael Alves de Souza Oliveira, Rafael Antonio dos Santos, Rafael Arantes Pereira, Rafael Avancini, Rafael Bandoni, Rafael Barbosa Cordeiro, Rafael Bardelli, Rafael Benine Warlet, Rafael Berloffa - O Macado Primata, Rafael Bisc8, Rafael Bitencourt, Rafael Botelho Godoy, Rafael Bourscheid da Silveira, Rafael Brasil Figueras, Rafael Bublitz, Rafael C. da S. Barbosa, Rafael Cadamuro Funchal de Melo, Rafael Calvette, Rafael Carlos (Gemada), Rafael Carlos Narcizo, Rafael Carrasqueira, Rafael Carvalho dos Anjos, Rafael Castro, Rafael Castro, Rafael Coelho, Rafael Coelho, Rafael Coelho Almiro Simões, Rafael Colombo Martineli, Rafael Costa, Rafael Covizzi, Rafael Cruz de Barros, Rafael da Silva Rodrigues, Rafael Dantas e Nathana Cezário, Rafael de Andrade Soares, Rafael de Andrade Teixeira, Rafael de Farias Marinoto, Rafael Dias, Rafael do Amparo Dias de Souza (Gárgulla), Rafael Eduardo S. Domingues - Doroz, Rafael Esperança Rother, Rafael Faleiros Lacerda, Rafael Falsarella, Rafael Famular, Rafael Farah, Rafael Fashnek Leal da Silva, Rafael Ferreira, Rafael Ferreira Teles, Rafael Flocco, Rafael Fonseca de Freitas, Rafael Fonseca Soares Rezende, Rafael Frees Gatto, Rafael Garcia Morais, Rafael Giannini Nicoletti, Rafael Gomes Garrafiel, Rafael Gomes Ribeiro, Rafael Gomes Silva, Rafael Gregório, Rafael Guarnieri, Rafael Guedes, Rafael Guidine da Silva, Rafael Guilherme Emílio Lima Alves, Rafael H. Costa, Rafael Henrique, Rafael Henrique Kader, Rafael Ishikawa, Rafael Krüger, Rafael L L Grillo,

Rafael Lacerda de Vasconcelos - "Sifion", Rafael Lazzarin Souto, Rafael Ledermann Pomeroy, Rafael Leite Pacheco, Rafael Lessa Angelo, Rafael Luiz Dias Pilon, Rafael Magagnato Cardoso, Rafael Magalhães Duarte Marques, Rafael Maia Chieregatto, Rafael Malkavi, Rafael Marques de Almeida, Rafael Marques Guimarães, Rafael Marques Santos, Rafael Massarollo, Rafael Matsumi e Amanda Bihaiko, Rafael Maximiano Ferreira, Rafael Mello, Rafael Melo Mesquita, Rafael Milagres, Rafael Mingoranci, Rafael Miron, Rafael Monteiro do Carmo, Rafael Mora Camolez, Rafael Moreto, Rafael Neto Leite, Rafael Nunes Vazquez, Rafael Oliveira, Rafael Osorio de Carvalho, Rafael Padrão, Rafael Paes da Costa, Rafael Pagnoncelli, Rafael Paifer, Rafael Paini, Rafael Paini, Rafael Pazolini Pereira, Rafael Pegoretti, Rafael Peixoto Eberhardt, Rafael Peixoto Felipe, Rafael Penna Leite, Rafael Pereira, Rafael Pereira de Godoi Romero, Rafael Perez, Rafael Pesce, Rafael Pessoa Pereira, Rafael Petzet Barreiros, Rafael Praciano Tomé, Rafael Procópio Venancio, Rafael Queiroz Reis, Rafael R Coelho, Rafael R. Luzzin, Rafael Rai Gaspar Bittencourt, Rafael Ribeiro de Souza, Rafael Ribeiro Mariano, Rafael Ribeiro Pereira, Rafael Ritter, Rafael Roberto Prando, Rafael Rocha, Rafael Rocha Cespedes, Rafael Rocha de Oliveira Garcia, Rafael Rocha Levy, Rafael Rodrigues da Conceição, Rafael Rodrigues da Silva, Rafael Rodrigues Manenti, Rafael Rossi, Rafael Sabino, Rafael Schultz da Silva Rodrigues, Rafael Seiffer Melazzo, Rafael Serpa, Rafael Silva Braganholli, Rafael Silva dos Passos, Rafael Silva Garutti, Rafael Soares Silveira, Rafael Solé, Rafael Switek, Rafael Telerman, Rafael Uchida, Rafael Ujimori, Rafael Valese, Rafael Vasconcelos, Rafael Vendrame, Rafael Vicente de Lima, Rafael Vinicius Tayette da Nobrega, Rafael W. Oliveira, Rafael Weiss, Rafael Yassuda, Rafael Yepez do Lago, Rafael Yera Barchi, Rafaela Fortes Tanja, Rafaela Lima Decarli, Rafaela Maia, Rafaela Schaan, Rafaelgarrafa, Rafaeli Di Angeli, Rafaella Rizzolli Bressan, Rafaeltks, Rafaeu749, Rafazell Pereira, Rafel Saitar de Oliveira, Rafiro do Papiro, Rafita, Rai Conceicao, Raí Luz, Rainan, Raíssa & Reno C. Alencar, Raissa Aastronauta, Raissa Bergamini, Raíssa Vanessa, Raldney Sampaio Alves, Ramires Meneses, Ramires Rael Chaves, Ramiro Alba Alba Filho, Ramon Brito Vicente, Ramon Cruz, Ramón Dias de Oliveira de Almeida, Ramon dos Santos, Ramon Fernandes, Ramon Gil Barbosa Cardoso Viana, Ramon O. Costa, Ramon Zimmermann Schultz, Ramonn Borges Reis, Ramsés Siqueira Cabral, Ramund_Rot, Raoul Albert Alcuson Gascon, Rapha Pavanelli, Raphael Almeida, Raphael Alves Marini, Raphael Amaral, Raphael Antonio de Carvalho e Silva, Raphael Assumpção, Raphael Bazarello, Raphael Bueno e Larissa Navas, Raphael Cipolla de Matos, Raphael Corcione, Raphael Dalloca, Raphael Diniz V Ferreira, Raphael Estevão, Raphael Faria Krüger, Raphael Fazio, Raphael Fernandes, Raphael Fidelis, Raphael José Medeiros de Oliveira, Raphael Laperche, Raphael Levy Lima, Raphael Lima de Amorim, Raphael Maia Dietrichkeit, Raphael Martins Machado, Raphael Morales Souza, Raphael Nunes, Raphael Patricio Martins, Raphael Pinheiro Pubill, Raphael Ramos Alves, Raphael Resende, Raphael Sigim, Raphael Sigolo, Raphael Storti, Raphael Victor Freitas de Araújo, Raphael Vinhas, Raquel Faria, Raquel Guimarães, Raul & Melany Natale, Raul Bertolini da Cunha, Raul Cambraia, Raul Cassaro, Raul César Leite Azevedo do Carmo, Raul de Paula Leal Luiz, Raul Flávio D'Elia Barbosa, Raul Leal Alexandre, Raul Manoel Batista Filho, Raul Miagusko, Raul Pablo Ventura Barbosa, Raul Péricles de Almeida, Raulver, Raylaine e Josimar, Rayllandr Félix de Matos: @L0Rdmurphy, Rayssa da Silva Pereira, Rebeca Natalie, Rebeca Yasmin, Rebecca Monteiro de Barros, Regina Graber, Régis Alexandre Araujo de Almeida, Régis Batista Perez, Reinaldo Damacena, Reinaldo Pereira da Silva Junior, Rekas, Renah Corrêa Rosa, Renan Amaral Faria, Renan Antunes, Renan Barreto Braidotte, Renan Bastos, Renan Braga dos Santos, Renan Bueno, Renan C. C. Araujo, Renan Carapiá, Renan Cidro, Renan Costa Sonaglio, Renan Cunha, Renan Damazio, Renan de A. Leone, Renan Di Paula Benini, Renan Duarte, Renan Ferreira Gomes, Renan Giampietro, Renan Girotto, Renan Gustavo Natálio, Renan Hata, Renan Lobato, Renan Luna, Renan Machado Souza e Mello, Renan Martins Garcia, Renan Mateus dos Reis Rolim, Renan Moreira Seynaeve, Renan Moritz, Renan Muniz Franco, Renan Paes de Camargo, Renan Peixoto da Costa, Renan Peliçari Rodrigues, Renan R Rodrigues, Renan Seni, Renan Tarenta Meirelles Brasil, Renan Victorini Vaz, Renan Vieira da Silva, Renan Wetzstein S. Braatz, Renan Winter Spatin, Renanpnmp, Renata Beira, Renata Falleiro, Renata Ribeiro, Renata Ribeiro Quagliato, Renato Albuquerque, Renato Barcellos, Renato Barreto, Renato Beralzir, Renato Correia, Renato de Lima Silva, Renato Dias Chiavatta, Renato Dias de Sousa, Renato e Estevan, da Casa Paula, Renato Eidi Baba, Renato Estefanutti, Renato Filho, Renato Garcia Junior, Renato Godinho Rodrigues, Renato Gomes N. Medeiros, Renato Gomes Neto, Renato Handy Bevilacqua, Renato Henrique Silva, Renato Ibrahim Cabrera, Renato Lyra Soriano, Renato Martins e Amanda, Renato Massa, Renato Men D. Esoliver, Renato Michalischen, Renato Padovan, Renato Pessoa e Melo Neto, Renato Ramalho da Silva, Renato Santana, Renato Serrano, Renato Teixeira, Renato Vasconcellos do Monte, Renato Vaz, Renêe Augusto, Rener Tenorio, Renilson dos Santos, Renir Reis Damasceno Neto, Renzo Honorato Mimoso, Reuel Barboza Siqueira, Rhayane Daibert, Rhenan Bruzzo de Oliveira, Rhuan E. Carvalho, Rhuan Pablo da Silva, Rhuan Reichert, Ricardo A. Mello, Ricardo A. S. Leite, Ricardo Agostinho, Ricardo Antonio Ritter, Ricardo Augusto Ferreira Neneve, Ricardo Augusto Souza, Ricardo Barradas Silveira, Ricardo C. Bordenousky, Ricardo C. C. Silva, Ricardo da Costa Bueno, Ricardo Darth, Ricardo de Paula Souza Bedin, Ricardo Digiovanni Frumento, Ricardo Ducci Popi, Ricardo Engel, Ricardo Faccioli Ribeiro, Ricardo Faria, Ricardo Feijó, Ricardo Felipe Garcia, Ricardo Godinho, Ricardo Gomes (Rick), Ricardo Henrique Braga Silva, Ricardo Ishiy, Ricardo Luiz Scheffer, Ricardo Macêdo Camara, Ricardo Matioli Messias, Ricardo Mauricio Dutra Ribeiro, Ricardo Mazzetti, Ricardo Mendes Gomes Pereira, Ricardo Muhl, Ricardo Neves, Ricardo Palmero, Ricardo Pereira Ramalho, Ricardo Pinto, Ricardo Sacamoto, Ricardo Sander Lopes, Ricardo Sandro, Ricardo Santos, Ricardo Santos, Ricardo Severo de Freitas, Ricardo Siguemi Suzuki, Ricardo Smania, Ricardo Souza Arrais, Ricardo Tobias, Ricardo Tuma, Ricardo Turatto, Ricardo Yassuhiro Bastos Ishimoto, Richard Aguiar Bueno, Richard Barros, Richard Vambasters Camargo Cruz, Richard Wilhian Schug, Richardson Silva, Ricieri Greco, Rick Patropi, Ridalte, Ridson Xavier de Moura, Rita Caló, Rll, Rô e Elo Sugahara, Roani Pires da Silva, Roberta Arcoverde, Roberta Clarim Reiner, Roberth Silveira Jorge, Roberto Codognotto Junior, Roberto Dantas Cardoso, Roberto de Andrade Soares, Roberto de Medeiros Junior, Roberto Faria, Roberto Furutani, Roberto Herbella Maia, Roberto Lucas Alves Rosa, Roberto Marino, Roberto Mineo K. R., Roberto Teles, Robotik27, Robs Araújo Cipriano, Robson da Silva Bernardes, Robson Duarte, Robson Fukuda, Robson Pedroso, Robson Shibano, Robson Will, Rodaula, Rodnei Rosa, Rodolfo Almeida, Rodolfo Alves de Abreu, Rodolfo Augusto Bacelar de Athayde, Rodolfo C Silva, Rodolfo Novais, Rodolfo Oliveira de Souza, Rodolfo Ramos Inocêncio, Rodolfo Rodrigues dos Santos, Rodolfo Thomas Dorazzio Pereira, Rodolpho Freire, Rodrigaum Vieira, Rodrigo (Guilda Nuts), Rodrigo Addor, Rodrigo Aguera, Rodrigo Alamino C. de Souza, Rodrigo Alencar Moreira, Rodrigo Alexandre Fortunato, Rodrigo Aliano, Rodrigo Almeida Lins, Rodrigo Amaral Franceschinelli, Rodrigo Amil, Rodrigo Aparecido Silva, Rodrigo Araujo Ribeiro Vieira, Rodrigo Arena Câmara, Rodrigo Avella, Rodrigo Barbosa de Lima Bezerra, Rodrigo Bazela, Rodrigo Bertoli, Rodrigo Biasuz, Rodrigo Boniatti, Rodrigo C. Machado, Rodrigo Canassa Botelho, Rodrigo Carneiro, Rodrigo Castro Guerra, Rodrigo Cavalcanti João, Rodrigo Cézar Primon Savazzi, Rodrigo Coelho Cidrao, Rodrigo Corrêa Marques, Rodrigo Costa Pereira, Rodrigo D. Gimenez, Rodrigo da Silva Rodrigues, Rodrigo de Almeida Barbosa - Rab, Rodrigo de Araújo Miranda, Rodrigo de Carvalho Costa, Rodrigo de Freitas Santana, Rodrigo de Lima Avila, Rodrigo Dias Biscassi, Rodrigo e Lari Landskron, Rodrigo Elutarck, Rodrigo Favaron, Rodrigo Felipe de Souza, Rodrigo Fernandes de Freitas, Rodrigo Ferreira Grassino, Rodrigo Ferreira Sandrini, Rodrigo Figueiredo Costa, Rodrigo Fogaça, Rodrigo França, Rodrigo G. Marques, Rodrigo Galha, Rodrigo Gatti, Rodrigo Gervazoni, Rodrigo Gomes Pascoal, Rodrigo Gonçales, Rodrigo Gonçalves de Branco, Rodrigo Gonçalves Dias, Rodrigo Gondim, Rodrigo Guerreiro, Rodrigo Guilherme Finkler, Rodrigo Guimarães Cézar dos Santos, Rodrigo Heinzen de Moraes, Rodrigo Heleno e Isabel Graciano, Rodrigo Henrique de Oliveira, Rodrigo Inglada Verga, Rodrigo Keiji, Rodrigo Konder, Rodrigo Leite Balero, Rodrigo Leite Cruz, Rodrigo Lemes de Souza, Rodrigo Lemmo, Rodrigo Lessa, Rodrigo Luft, Rodrigo Malaquias, Rodrigo Manabu T. Inoue, Rodrigo Martin Branco, Rodrigo Martins Schmitz, Rodrigo Masaru Ohashi, Rodrigo Matrangolo, Rodrigo Medeiros, Rodrigo Mendes Cruz, Rodrigo Monteiro, Rodrigo Moura, Rodrigo N Santos, Rodrigo Norkivicius, Rodrigo O. dos Santos Ii, Rodrigo Paz, Rodrigo Pegoraro Dunzinger, Rodrigo Pimentel Ferreira de Souza, Rodrigo Pollefrone, Rodrigo Ribeiro, Rodrigo Rocha de Carvalho, Rodrigo Rocha Gomes de Loiola, Rodrigo Rodolfo Baltazar de Souza, Rodrigo Rossanelli Simon, Rodrigo Santiago (Snowflex), Rodrigo Santos de Oliveira, Rodrigo Sartori, Rodrigo Schneider, Rodrigo Stingnel Soares, Rodrigo Tachlitsky,

Rodrigo Taira, Rodrigo Thomazi, Rodrigo Tomasi, Rodrigo Ueda e Camila Poglitsch, Rodrigo Vinicius do Nascimento Rocha, Rodrigo Xavier de Oliveira Pinheiro, Rodrigo Zarth, Rodrigosinistro, Rodriguelaio, Roger Araujo, Roger Castilhos Ribeiro, Roger Junges Prunes, Roger Kaneno Inafuko, Roger Musical, Roger Rene, Roger Rodrigues da Silva, Roger Viana, Rogerio Aschermann Martins, Rogério Barbato Filho, Rogério Chirieleison & Matheus Francisco, Rogério Correia, Rogerio Cunha de Paula, Rogério Fabiano dos Passos, Rogerio Jorge Amorim, Rogério Libarino e Luma Garcia, Rogério Luís Hervatin, Rogerio Ribeiro Campos, Rogério Sato, Rogério Tm, Romeno, Romeu Vignatti, Romildo Neto, Rômulo, Rômulo Alberto dos Santos Neto, Romulo Bartalini, Rômulo Carlos Ribeiro, Rômulo Freire Férrer Filho, Rômulo Guedes Ferreira, Romulo O. Sarra, Rômulo Prado Carvalho, Rômulo Rodrigues da Silva, Rômulo Suárez Itaborahy, Ronald, Ronald Antunes, Ronald Blaudt Almeida, Ronald Rios "Parzival Salvatore", Ronald Tunner, Ronaldo Barrão, Ronaldo dos Reis de Borba, Ronaldo Filho, Ronaldo Gomes, Ronaldo J S Santos, Ronaldo Langer, Ronaldo Mendes Salles, Ronaldo Schinaider, Ronaldo Soares Junior, Ronaldo Stiene, Ronan Sales Ribeiro, Ronan Sandro de Avila, Ronan Thales Resende Couto Oliveira, Roney Oliveira de Carvalho, Roni Fraga Lima, Ronildo de Sá, Roodger Sousa, Rosilene Labres, Rosivaldo Junior, Rozen Scarlet, Rroland, Ruan Costa da Silva, Ruan Juliano Cunha do Amaral, Ruan Pablo, Ruan Silva, Ruan Washington Souto Paulino, Ruanitto Roberto Docini, Rubens Andrioli Cavalheiro, Rubens Brasil, Rubens Chagas Júnior, Rubens da Cunha Castro, Rubens Fordelone Linhares, Rubens Goncalves, Rubens Hypolito Jr, Rubens Jose Nascimento, Rubens Marreira, Rubens Montibeller, Rudiery Mendes & Débora de Lana, Rudney Santos Alexandre, Rudolf Gomes Lira, Rui Valim, Ryan "Betão" Oliveira, Ryan "Kaidro" Madruga Rodrigues, Ryan Gois, Ryuuji Yamryuu Yamashina, Sabrina Dourado Dias, Sabrina Moreira de Albuquerque, Sadraque Azevedo, Said Junior, Saints, Sajunior Lima Maranhão, Salomão Carvalho, Samanta Tenca Rabelo, Samir Abdalla B. Tauil, Samir Salles, Samuel "Enflan" Meneguette, Samuel Biazotto, Samuel Borges, Samuel da Luz Fabro, Samuel de Souza Silva, Samuel Denis Cardoso, Samuel Eurico Heinemann Pereira, Samuel Ferreira, Samuel Filipe Cordeiro dos Santos Pimenta, Samuel Hiroyuki Ferlandes Yamagata, Samuel Kineippe Goncalves, Samuel L Carvalho, Samuel Luiz Nery, Samuel Maranhão dos Santos, Samuel Menezes, Samuel Pires, Samuel R Paiva, Samuel Victor Mariano Flores, Samyr Costa, Sander Roosevelt Sales Ferreira Silva, Sander Yan, Sandro Cabral de Aquino, Sandro Nadal, Sandro Sales Rodrigues, Santiiago42, Sanut Lynaf, Sara B. Jales, Sara Duarte Barahona, Sara Rossi, Sara S. M. Moura, Sarah Nideck, Sarah Yasmin Carneiro Eggert, Satyrzinho, Saul Tamborena de Quadros, Saullo Hoyeck, Saulo Cruz, Saulo Dada, Saulo Paullinne, Saulo Toribio, Saulo Vinícius F, Savio Coelho Santiago, Sávio Lúcio Amaral, Sayadins, Sayonara Moreira, Sayuri de Carvalho Sakumoto, Scarpinzando, Schaffer Jr, Schelbauer, Schwarzenegger Alves, Sebastian Webber, Sebastião Fernandes da Silva Junior, Sedridor, Senhor das Terras Londrinenses Arthur Alberti e Rainha do Gado de Navegantes Roberta Ribeiro, Septimus Meneses Júnior, Serafusmagnus, Sergian Douglas de Souza, Sérgio A. Stähelin, Sergio B. B. Duarte Junior, Sérgio Brunet, Sergio Fernando O T dos Santos Kamache, Sérgio Henrique Coelho Rocha Filho, Sérgio Mangano de Almeida Santos, Sergio Migueis, Sergio Prando, Sergio Salles Ferreira Junior, Serial Eater, Setepele, Sezar T Caldeira, Shamir Sousa Santos, Sheenlwt, Sherlock Serra, Shesmman, Shirley Souza, Shukin, Sibele Schuantes e Maurício Kubaski, Sidgley Santana de Oliveira, Sidney Alencar, Sidney Batista, Silas Monteiro de Mello, Silas Santana, Silas Tinoco Lopes, Silvio "Snorlax" Nogueira Jr, Silvio Caetano, Silvio Luiz Vargas Junior, Silvio Rodrigues de Azevedo Júnior, Silvonei da Rosa Novello, Sim, Sim, Sim, Sim, Sim, Sim, Sim, Sim, Simone Rolim de Moura, Siqthi, Sir Lucas Taborda, Skrick, Sleepy, Solange Burgardt, Solebun, Sólon Mendes, Sophia Añez, Sophia Cruz Sodré, Sotrati Jr, Sr. Alex Monserrat, Sr. Oliveira e Sra.Reis, Sra. Bigodinho, Stéfan Adam, Stéfane Benetti, Stefano Aliprandi Sacht, Stefano Fronza, Stefano Tibaldi Neto, Stephanie Mello, Stephany S., Stonegallium, Storm Kris, Strugnast Veinkov, Suelder Oliveira da Silva, Suely Marchesi, Syd Orion Dahl, Tábata Barreto, Tacatius, Tadasi Matsubara Junior, Tadeu Lara Oliveira Passos, Tadeu Luiz Sousa Santos, Taeseulgi, Taiana Romero, Tainá Corazza, Tainá Santos, Tainara R. Macêdo, Tairi Loreto Ikeda, Taís Perez, Takeo Predolim, Tales Lelo, Talita Almeida, Talysson de Oliveira Cassiano, Tammer Gomes de Morais, Tania Claudine Menezes do Vale, Tarciane da Silva Pinto, Tarcísio Bertim, Tarcísio Nunes, Tarcizio Schiripa, Tariana Cruz, Tarsis Azevedo, Tassiane Bernardi de Jesus, Tataah, Tatiana Freitas, Tatiane Ayabe, Tatiane Medeiros, Tatiane Oliveira Ferreira, Tatiane Rondoni Pereira, Tatiani Roselei Ferrari, Tatiani Yumi, Tatty Cassilha, Tavinho, Taylor Harmatiuk, Taylor Oliveira, Telma de Mendonça Emidio, Temóteo Mata, Teroak Trolkson, Tevokashi, Thacio Magalhães França, Thadeu Torres, Thainá de Lima, Thainá França de Oliveira Duarte, Thaís, Thais A. Hein, Thaís Mota Guerra, Thaís Motosuwa, Thais Ramos Mendes, Thais Seibert, Thais Sousa, Thaís Souza, Thaís Wounnsoscky de Campos, Thaislan "Lord Of Cute Cats" Costa, Thales Augusto Rebello, Thales Campelo, Thales Craveiro, Thales Figueiredo, Thales H. G. Pinheiro, Thales Leonardo Machado Mendes, Thales Lima de Afonseca, Thales Y. Cruz, Thalita Basso Scandolara, Thalita Ladewig Schwarz Sidooski, Thalles Arzola Brandino, Thalles P Fontes, Thalles Tavares, Thalys Mendes, Thamiris Lopes Dotta, Thamirys Fonseca, Thamyres Danna, Thanriel, O Mortal, Thatamoon Santos, Thayllan Nunes, Thayná Caneloi, Thaynah Silva, Thaynar de Jesus Silva, Thayroni Soldatelli Paz Rodrigues, Thayse Machado, The Karynne, Théo Clóvis Miglioranza Cassaro, Theodoro Nagoya, Theonas de Albuquerque, Thercyo Barbosa, Theus Veloso, Thiago "Dunhha" Fernandes, Thiago "Revolts" Nóbrega, Thiago "Valanar" Nascimento, Thiago "Winchester" Cunha R da Silva, Thiago Adolfo Leite Giordano, Thiago Afonso C C Teixeira, Thiago Akira, Thiago Albini Braga, Thiago Alexander de Assis, Thiago Almeida, Thiago Almôndega Silva, Thiago Alves, Thiago Alves, Thiago Amorim, Thiago Andrade Mavignier, Thiago Antonio, Thiago Aranha Reis, Thiago Augusto dos Reis Morbi, Thiago B. S. Tavares, Thiago Barbosa Ferreira, Thiago Bergami Guedes, Thiago Bernardino Santos Silva, Thiago Bertini, Thiago Borba de Sousa, Thiago Borges Coronado, Thiago Borges de Oliveira, Thiago Caires, Thiago Calabraro Menegazzi, Thiago Camargo Kronig, Thiago Campagnol, Thiago Campos, Thiago Costa Cid, Thiago Daniel de Castro, Thiago de Sousa Moraes, Thiago de Souza Emanuel, Thiago Dias Penha dos Santos, Thiago Diniz, Thiago Draeger, Thiago Emilio, Thiago F.S Candido, Thiago Fernando "Barbagigantedomal", Thiago Ferrari, Thiago Ferreira, Thiago Forstman Castanha, Thiago Gaudêncio Ribeiro Salles Sampaio, Thiago Glissoi Lopes, Thiago Godoi, Thiago Gonçalves Prudencio, Thiago Gounford, Thiago Haas Rausch, Thiago Henrique Bhanthumchinda de Oliveira, Thiago Henrique Gomes Idalgo, Thiago Henrique Soares Santos, Thiago Kai, Thiago Khormodan Nazarko, Thiago Leandro de Souza, Thiago Leite, Thiago Leite, Thiago Lopes Costa, Thiago Lopes da Silva, Thiago Luis Romam Matheus, Thiago Lunardi, Thiago M. F. Santos, Thiago Macêdo Oliveira, Thiago Malta Fernandes, Thiago Manata Michaelsen, Thiago Massucatti Harckbart Ahnert, Thiago Meira, Thiago Mello de Jesus, Thiago Morais, Thiago Moura Witt, Thiago Nogueira, Thiago Nogueira Marçal, Thiago Nylander Bitencourt Dias, Thiago O. Nascimento, Thiago Ogushi, Thiago Oliveira, Thiago Padoan, Thiago Palhas Amorim, Thiago Paulino de Avelar, Thiago Pereira, Thiago Pereira Campos, Thiago Pozzatti Flores, Thiago R Santana, Thiago R. Correia Lopes, Thiago Ramon de Brito, Thiago Ribeiro, Thiago Ribeiro de Freitas (Snowtk), Thiago Rocha de Oliveira, Thiago Ruy, Thiago S de Oliveira, Thiago Salines, Thiago Sanches e Ludmila Mello, Thiago Seiji Haraguchi, Thiago Silvany de Azevedo, Thiago Skrebys Martinelli, Thiago Soares - Thgos'S, Thiago Sous@, Thiago Teixeira, Thiago Teles (@Distopianerd), Thiago Tobal, Thiago Tonoli Boldo, Thiago Trigueiro, Thiago Vicznevski, Thiago Vinicius Barreto Silveira, Thiago Voltolini, Thiago Witoslawski Breda de Andrade, Thiago_Ars, Thiagogpa, Thierre Zulzke Penteado, Thigo Lara, Thisar Abrianos Campos, Thobias Filipi, Thomas A Barbosa, Thomas Bayeux Delvecchio, Thomas Blaauw, Thomas K. B. Ramos, Thomás Nastaro, Thomás P. de Carvalho, Thomas Phellipe Szapak Ferreira, Thomas Robson Vieira Fernandes, Thomaz Erlach, Thomaz Gaio, Thomaz Monclaro, Thomaz Willians Nunes Rodrigues, Thor Berriel Stinghen, Thor Callado Nolla, Thulio Baka, Thulio Pamplona Barroso Meireles, Thulio Ricomini, Thyago Cerqueira Nogueira, Tiago "Bronson" Incao, Tiago "The Portal" Soares, Tiago A. Carlos, Tiago Batista Bach, Tiago Cajahyba, Tiago Caziraghi, Tiago Coelho, Tiago Cornélio, Tiago Correa de Oliveira, Tiago de Oliveira Machado, Tiago e Diogo Rocha, Tiago e Victor, Tiago Eugenio Ruas Ribeiro, Tiago Feltz Cardoso Moreira, Tiago Fernandes Lopes, Tiago Francisco Strey, Tiago Giordani, Tiago Gomes Santana, Tiago Gutierrez, Tiago Henrique Araujo Silva, Tiago Jaques, Tiago Lacerda Queiroz Carvalho, Tiago Laguna Paim, Tiago Lemes Pantuzzi, Tiago Lima, Tiago Luiz Fernandes (Cybermalk), Tiago Martins, Tiago Martins Pereira, Tiago Mattos, Tiago Monnerat, Tiago Netto, Tiago Neves Batista, Tiago Oaks, Tiago Oliveira da Silva, Tiago Panaro, Tiago Ravache, Tiago Ribeiro Gontijo, Tiago Roberto de Moraes, Tiago

Suguiura, Tiago Tachard, Tiago Veras de Oliveira, Ticiana Gurgel, Tiko Mameli, Tílio Júnior Machado Marigo, Tiquinhoqa, Titafly @ Leticiabaptist.A, Titi Mombelli, Tito Carlos Bonesso Sobrinho, Tksburdo, Tobias Angelim, Tobias Junge Baum, Tobias Valentim de Macedo Junior, Tom Benevides, Tom e Fran - Canal Pause Ou Play, Tomas Bomfim, Tomás Mello, Tomáz Felipe R. Martins, Tonny Matos Siqueira, Tony "Shadaloo" Moraes, Tony Cesar Ferreira de Lima, Tony Lemos, Tony Messias, Traukai, Tristan Piamolini A., Tseijih, Tuco Souza, Tugs, Túlio Augusto Bento de Oliveira, Túlio Costa, Tulio e Josiani Bazan, Túlio Leitão, Túlio Oliveira Andrade, Uirá Santos, Ulisses Alves, Ulisses Dias, Ulisses Manoel da Silva, Ulisses Procópio, Ulrich Pendragon, Umbra, Uri Noah Lange, Uriel Lobato, Vagner Oliveira de Campos Alvim Junior, Valbert Junior, Valcir de Melo Paciullo, Valdemir de Andrade Borges Junior, Valdigleis S. Costa, Valentim Zomer Rampineli, Vallão, Valmir "Valmirt" T J Junior, Valquiria Freitas de Vasconcelos Araujo, Valteci Junior, Vanessa "Nerine" Mesquita, Vanessa Fernandes dos Santos, Vanildo Souto Mangueira, Vasco da Gama, Vellazoides, Veneziani Vivian, Veridiane Barbosa, Veridiano Cardoso, Vi Becker, Vicente Batista Fonte de Moura, Vicente Gomes Pinto, Vicgu, Vick Andrade, Victor "Gregar" Chaves, Victor "Paladingold" Andrade, Victor (The Bald) Souza, Victor Aiden, Victor Alexandre Félix Bastos, Victor Almeida, Victor Amado O. C. Rezende, Victor Amaral, Victor Amorim, Victor Angelo Marcorin, Victor Augusto Farias Dinis, Victor Augusto Tateoki, Victor B. Cavalcante, Victor Batista Camilo, Victor Beltrão Valente Duarte, Victor Bethonico, Victor Black River, Victor Blas Sapateiro Peña, Victor Borges Jussiani, Victor Bragatto Luchi, Victor Bruna, Victor Carneiro Gondim e Farias, Victor Carvalho, Victor Cavalcanti Campos Gouveia, Victor Chagas Seibert, Victor Ciafreis, Victor Coelho Lemes, Victor Corrêa de Campos, Victor Costa, Victor Costa Mazala, Victor Dalla, Victor de Lima Gaspar, Victor de Moura Martins, Victor Degrande Garcia, Victor do Vale Gonçalves Pereira, Victor e A Fonseca, Victor Emanuel Bedin Goldschmidt, Victor Emanuel Mello, Victor Enrique Porto de Oliveira, Victor Fabricio, Victor Fernandes, Victor Ferreira, Victor G Scacchetti, Victor Gabriel Schroeder, Victor Galvão Alencar, Victor Golegã, Victor Gomes Baby, Victor Gonçalves da Silva, Victor Guilherme, Victor Guilherme Silva Souza, Victor Hernandes de Lima Sabino, Victor Hugo Antunes, Victor Hugo da Silva Gabriel Vieira, Victor Hugo Evangelista, Victor Hugo Jacques Vieira, Victor Hugo Jorge Lima, Victor Hugo Lima Ferreira, Victor Hugo Meurer Ribeiro, Victor Hugo Sérgio, Victor Hugo Silva Nascimento, Victor K, Victor Kichler, Victor Lopes, Victor Luiz Barros, Victor Luiz Marchi de Aguiar, Victor Magalhães Lucas, Victor Mariano Botelho, Victor Marques Gomides, Victor Marques Laureano, Victor Matheus Peretti, Victor Medina, Victor Munhoz Theodoro, Victor Neris, Victor Oliveira, Victor Ortega Contini Zanelo, Victor Paiva, Victor Palacio Andrade, Victor Passos de Pinho, Victor Pepe, Victor Pieniak Piekarski, Victor Pyles, Victor Rissato Duarte, Victor Rocha Carvalho, Victor S. Beltrão, Victor Sant'Ana, Victor Scandolara, Victor Silva, Victor Silva Tona de Abranches, Victor Spulveda, Victor Strozi Solci, Victor T Melo, Victor Torres, Victor Torres, Victor Vasconcelos, Victor Vinicius Moreira, Victor_Aco, Victorhox, Victória Escóssia Germano, Victugo13, Viktor Danko, Vilela Santos, Vilson Antonio Costa Neto, Vilson Rodrigues de Sousa Junior, Vini, Vini Barba, Vini Boeira, Vini G., Vini Primiani Rodrigues da Silva, Vinício Silva, Vinicios Chagas Pereira, Vinicios O Miranda, Vinicius "Sap" Manzano, Vinícius A. Silva, Vinicius Afonso Ximenes Costa Gueiros, Vinicius Azevedo, Vinicius Barbosa, Vinícius Bastos de Lima, Vinicius Batista Andriolli, Vinicius Batista de Carvalho, Vinícius Belo Dutra, Vinicius Bernardes Silva, Vinícius Blanco dos Santos, Vinícius Bolaina da Silva, Vinícius Braga de Andrade, Vinícius Buzzá Oliveira, Vinicius C. Silva, Vinicius Campanha, Vinícius Carvalhaes, Vinícius Cesar dos Santos, Vinicius Corrêa Dagnone, Vinicius Costa, Vinicius Costa Souto (Thraundir), Vinícius Crescencio Queiroz, Vinicius Cruzero, Vinícius da S. Picanço, Vinicius da Silva Pellegrini, Vinicius Dacal Lopes, Vinícius Dalla Méa Marques (Dex), Vinicius Dalmolin, Vinicius Daniel Cambur, Vinicius de França Cardoso (Uauwinny), Vinicius de Holanda Pasolini, Vinicius de Lima Caldas, Vinícius de Moraes Jacintho, Vinicius de Oliveira Alves, Vinícius de Oliveira Risso, Vinicius de Oliveira Tarrega, Vinicius de Souza dos Santos, Vinicius de Souza Fornazier, Vinícius Felipe Diniz Vieira, Vinícius Felipe Gomes, Vinicius Ferro, Vinicius Fontoura Correa, Vinícius Freitas Pedroso, Vinícius Freitas Roviello, Vinícius Furlanetto, Vinicius G. Duarte, Vinícius Galiaço, Vinícius Garcia Arcalá, Vinicius Gomes Stefanini, Vinicius Gonçalves Carneiro, Vinicius Gregorio Medeiros, Vinicius Guerra Lima, Vinicius Guimarães de Miranda, Vinícius Guimarães Rosário, Vinícius Gustavo Silva Miguel, Vinicius H Cantarelli de Oliveira, Vinicius Imbimbo, Vinicius José, Vinicius Kenzo, Vinicius Kremer Santos, Vinicius Lima Alves, Vinícius Lima da Silva (Fini), Vinícius Lopes Tassi, Vinícius Lozio e Ingrid Brittes, Vinicius Machado Rezende, Vinícius Macuco L. Carvalhaes, Vinícius Meireles Souza Lobo Lima, Vinicius Miranda, Vinicius Mocelin, Vinicius Montezano (O Maldito), Vinicius Moretto, Vinícius Negrini Cândido, Vinicius Nicoceli, Vinicius Nogueira, Vinicius Paolini Ferreira Barreto, Vinicius Patrinhani, Vinicius Pavolin, Vinícius Pereira Lemos Dias, Vinícius Peres Francalassi, Vinicius Rabelo, Vinícius Ramalho Ramos, Vinícius Ribeiro Soares, Vinicius Rocha Penido, Vinicius Rocha Pinheiro, Vinícius Rodrigues de Camargos, Vinicius S Bastos, Vinícius S Roque, Vinícius S. Combar Vianna, Vinícius S. Ribeiro, Vinicius Sá, Vinicius Saes de Souza, Vinícius Sakamoto Mendes, Vinícius Sareta, Vinícius Sbampato Clementino Pereira, Vinicius Soares Damaceno, Vinicius Struginski Pereira, Vinícius T. S. Ribeiro, Vinicius Tadioto e Bianca A. Diamante, Vinicius Telles, Vinicius Teodoro dos Santos, Vinícius Tiengo Marono, Vinicius Toni Deifelt, Vinicius Truosolo, Vinícius Tümmler, Vinícius Vargas, Vinicius Velloso, Vinicius Vivan, Vinicius Yamamoto, Vinicius Yatsuda Brescansin, Vinnicius Bianchi, Vinnie Corleone, Viriato K. Dubieux Netto, Vitamco, Vithor Bertalan, Vito Fiscale, Vito Magarão, Vítor "Coidiloko" Azevedo, Vitor Aiolfi, Vitor Alves de Oliveira, Vitor Amorim de Souza, Vítor Augusto do Carmo Sousa, Vitor Augusto Emer Moschetta, Vitor Augusto Gonçalves Reis, Vitor Augusto Pedrotti, Vitor Brito, Vitor Capretz, Vitor Carvalho, Vitor Castro Santos, Vitor Caye, Vitor Cheung, Vitor Cioletti Morais, Vitor da Silva Pinheiro(Venigma), Vitor Dantas, Vítor Daynno, Vitor de Freitas Paiva, Vitor e Henrique Xaxá, Vitor Eliú, Vitor Fabre Duarte Bastos, Vitor Fernandes de Almeida, Vitor Fernandes Neiva, Vitor Francisco da Silveira Ribeiro, Vitor Gabriel Mendonça Barbosa, Vitor Guarçoni de Paula, Vitor Hugo Frigo, Vitor Hugo Griggio Rodrigues, Vítor Hugo Novais Veloso, Vitor Klaic, Vitor Kusiaki, Vitor Lamberti, Vítor Lucena, Vitor Luiz Rubio, Vítor M. Miguel, Vitor Makiyama, Vitor Mello, Vitor Mello Artigas, Vítor Montenegro, Vitor Moreira Campos, Vitor Murilo Ferreira Sampaio, Vítor Nascimento, Vitor Nigro, Vitor Nishimura, Vitor Nishimura Vian, Vitor Ohi, Vitor Oliveira Moraes, Vítor Paciulli, Vitor Paz de Melo, Vitor Pombo, Vitor Querino Palhano de Souza, Vitor R. Jorge, Vitor Rafael Espindola Biermann, Vitor Rodrigues de Morais Oliveira, Vitor Schneider Assi Pereira, Vitor Soares Fernandes, Vitor Sommer, Vitor Souza, Vitor Souza, Vitor Tatsuo Itocazu, Vitor Tumoli, Vitor Vergaças de Oliveira, Vítor Verri, Vitor Vieira Neres, Vitor Villarino, Vitor Xavier Campos, Vitória Antunes Lima, Vitória Bertolini, Vitória Karolaine Alonso Mota, Vitória Machado Nani, Vitoria Salandin, Vitória Schultz, Vitorlino Faccio, Vittor de Souza Matiazo, Vittor Melo, Vivian Cristiane Silverio, Vivian Rosa, Viviane Boscaro, Vivianne Maynard, Vladimir Augusto de Carvalho Lobo e Avelino Koenig, Vladmir Nikolas Souza Marques Andrade, Vladson Sebastião Marques de Souza, Volnandy, Von Dornan, Voney Fernando Mendes Malta, Vpagani, W. Yutaka Kuroiwa, Wadson Freitas dos Santos, Wagner Ary Mota, Wagner Fiurst Gom, Wagner Nunes de Lacerda, Wagner Olivierr, Wagner Rezende, Wagner Sousa, Wagner Texeira, Wal e Rafa, Walace S. Alves, Waldemar Marquart Neto, Waldir Rodrigues Junior, Walker Nóbrega de Souza Filho, Wallace Rangel, Wallace Santos, Wallysson Gregolly, Wallysson Pereira de Assunção, Walter "Zuuus" Mesquita, Walter Dalla Torre Neto, Walter Gandarella, Walter Kimura, Walter Luiz Sandenberg, Walter Soprani Júnior, Walter Yassuda, Walther, Wan, Wanderlei Alves Pinheiro, Wanderley Silva, Wanderly Dornelles, Wanderson Willian da Silva, Wanick Miskievicz, Washington Benevenuto, Washington Guilherme Barbosa Junior, Washington Oliveira, Wedson Junqueira Silva, Weigler Godoy, Wellerson "Greg" de Melo Lopes, Wellington "Darg" & Letícia "Liloo" Marques, Wellington "Venonwm" Machado, Wellington da Silva, Wellington F. Carvalho, Wellington Favaron Chagas Mathias, Wellington Liandro, Wellington Mendes, Wellinton Franco, Welyab Paula, Wendel Jacu, Wendel Silva Spinelli, Wendell, Wendell Sacramoni, Werlon_Cavedo, Werner Gehrke Junior, Wernola, Wesley Alves Cordeiro Duarte, Wesley Balan, Wesley Bertoldo da Silva, Wesley Bezerra Guedes, Wesley Camargo de Souza, Wesley Costa, Wesley Duarte Yamaguchi, Wesley Ferreira @Wespns3, Wesley Gonçalves, Wesley Lopes Dias, Wesley Mundstock, Wesley R. Diehl, Wesley Storm, Weslley dos Passos Bispo, Weslley Marins de Mariz, Weslley Sousa Dantas, Weverton Moraes, Whanderson Felipe, Whellepher, Wictor Rodrigues Berto, Wilhu Dias, Wilian O. Guimarães, Wilian X. Fazolin, Will Junior,

Will Pereira, Will Robson Bueno Luque, Will&Kim, Willem Spekman Andrade, William "Kuto Urufu", William Aguido, William Bartz, William Braga, William Carlos Alves, William Carvalho da Costa, William Costa de Oliveira, William de Paula Ferreira, William E. Carvalho, William H C Becher, William Joao Zatti do Amaral, William Lomba Soares, William Lourencini, William M. Teixeira, William Manica Valtrick, William Marques Driemeyer, William Martins Rodrigues, William Nascimento, William Oliveira, William Ramos, William Redwing, William Rezende Mendes, William Ribeiro, William Rogério da Silva, William Silva, William Vinicius da Silva, Williams Oseias Nonato Rocha, Willian Alves de Souza / Tio Phill, Willian Atsuki Kanashiro & Marcella Mercês, Willian Beraldi Esperandio, Willian Bini Fidelis, Willian Brandão Ramos, Willian Carletto Jr, Willian da Rosa, Willian Dias Morais, Willian dos Santos Ribas, Willian Erdmann (Gnu), Willian G. Menezes, Willian Gomes de Oliveira, Willian Hiroki Akamine, Willian Malaquias, Willian Marques de Matos, Willian Pondian, Willian Robson Moraes, Willian Sagas, Willian Scaquett, Willian Ukasinski, Willian Vale da Rocha, Willian Vinicius Ribas, Willian Zanutto, Willian Zete, Willians Pavelski, Williskape, Wilo Victor dos Santos, Wilson Batista da Silva, Wilson Luis Silva, Wilson Somazz @Wilsonsmz, Wilton Pahim, Wilverson Correia, Wilza J. Alves Cavalcanti, Wlademir Penna Jr, Wladimir B. G. de Araújo Neto, Wolmer Alves de Araujo Júnior, Xaleh, Xerxes Gouveia, Xicogallucci, Xiliperdf, Xiwim, Yago Barbieri Fernandes, Yago Botelho, Yago Cortes Araujo, Yago Felipe, Yago Grassini Prevot, Yago Martins, Yago Pereira Vaz, Yago Viana, Yago Werner, Yago Ytaitan Gomes de Almeida, Yahgo Amaral, Yaisa Soares de Matos, Yan & Hobbit, Yan Bautista, Yan de Jesus Tavares, Yan de Oliveira Cavalcanti, Yan Dias, Yan P C S, Yan Younes, Yasser R. C. Chequer, Ygor Damasceno, Ygor M Viana, Ygor Rosa Sant'Anna, Ygor Verissimo, Yoriximori, Yorran Torres, Yugo Fujigaki Kinoshita, Yuirê Campos, Yuki, Yuri Akashura, Yuri Alessandro Martins, Yuri Alfonso Machado, Yuri Andrade, Yuri Blasio Martins, Yuri Castro, Yuri Concentino, Yuri dos Reis, Yuri dos Santos Alves, Yuri França Ribeiro, Yuri Gadelha, Yuri Gazzoni Rezende, Yuri Kuhn, Yuri Leite, Yuri Luiz, Yuri Maia Cardoso, Yuri Marcel Souto Sampaio, Yuri Marcondes Parente, Yuri Medeiros Rossini, Yuri Peres Ponti, Yuri Pessa, Yuri R. P. Garcia, Yuri Roberto Amaral Gaspar, Yuri Silva Araujo, Yuri Tejada Lima, Yuri Tertuliano, Yuri Torres Nogueira, Yves Meneses Gurgel, Zago_Brasil, Zandreip, Zé Carlos, Zé Renato Bulhões, Zefirozeus, Zegnet, Zoifelipe, Zyhrou, ∏, 月 Razec Siqueira.

Nível 5 – Caçador do Mythos

A.C. J. Junqueira e Silva, Abilio Rua, Adauto Ribeiro, Adrianno J S Nettus, Adriano Galdino, Adriano Ribeiro da Cruz Neto, Advancedd1, Afonso Benedito, Agmar de Avila Bispo, Airam Quiuqui de Abreu, Akira-Kokada Natsumeda, Al Nyrogu, Alan Camargo, Alan Kuneck Perlin, Alana Yuri Suzuki, Albani Machado Pazzim Júnior, Alex "Mackão" Matsumoto Juninho, Alex Farias de Lima, Álex Lucas de Souza Dias, Alexandre Antunes Monteiro Junior, Alexandre dos Santos, Alexandre Gil de Lima, Alexandre Henrique, Alexandre Kubrusly, Alexandre Z. Souza, Alexandre Zárate de Oliveira, Alexsandra da Cruz Oliveira, Aline Aparecida Matias, Allan Felipe Facca, Allan Schechter, Allen da Costa Araujo, Allyson Cruz, Alvaro Ivan Marques, Amanda Leonel Nascimento, Amanda Schneider, Ana Carla Medeiros Morato de Aquino, Anderson Lira, Anderson Pettirossi Xavier, Anderson Santos de Oliveira, André Amaral, André Loss, André M. Ionamine, André Obermüller Filho, Andrews Galeano, Aniel Rocha, Anilton Araújo de Lima, Anna Luiza Jung, Antonio Augusto Rocha de Oliveira, Antonio Coelho Junior, Apenas Meu Nome, Ariack, Ariane Thiele, Arley dos Anjos, Arthur Gorgônio, Arthur Perussato, Arthur Santos Wandel-Rei, Artur Tonet, Aufa2588, Augusto Fiorito e Isis Andreatta, Augusto Massini Pinto, Axel Maximilian Kozsar, Ayrton Mamede, Beatriz Trovato e Walter Neto, Bernardo Barge Teixeira, Bernardo Duarte Pessoa de Carvalho Silva, Bernardo Malamut, Bernardo Ortolani, Bianca Daitx, Black Philip, Brendhon Franco, Breno Resende, Brubsaqui, Bruna Dayane Amorim Ferreira, Bruno Bertacini, Bruno Cardoso (Cuca), Bruno Dantas de Oliveira, Bruno Dulcetti, Bruno Eduardo Oliveira e Silva, Bruno Galdino, Bruno Lins de Queiroz, Bruno Losquiavo, Bruno Lucoveic, Bruno Machado, Bruno Menezes, Bruno Rafael Nogueira, Bruno Serpejante Santos de Sousa, Bruno Siqueira, Bruno Tomé, Bruno Viegas Flôres, Bryan Campos, Cabeça, Caio Heigle, Caio Henrique, Caio Kenji Cavalcanti Takaoka, Caio Silverwolf, Caio Teodoro Alvares, Caíque Maia, Camila Harumi Anami Ferreira, Campsss, Carlos Alberto de Almeida Júnior, Carlos Braga, Carlos Eduardo Rodrigues, Carlos Fernira, Carlos Mateus da Silva Souza, Carlos Pinto Vila Nova Filho, Carlos Vinicius Golineli, Caroline Mayer, Cassio "Poundmax" Yamanaka, Caty Silva, Célio "Logan" Jr, César Augusto Menocci Cappabianco, Cesar Osvaldo Müller, Claiton N. Bernhardt, Cláudio Favilla, Claudio Hatum, Claudio Sampaio, Clausman Cacula do Carmo, Clayton Santos Moreira, Cleder Sampaio Coelho, Cleiton Augusto, Cristian Douglas de Lima Pião, Cristiane Rasoppi, Cristiano Goes, Daniel Alexandre Machado, Daniel da Costa Toffanelo, Daniel de Tajaribe Ribeiro Henrique da Silva, Daniel Ignacio, Daniel Ihy Hasegawa, Daniel Jr. O Silva, Daniel Milagres, Daniel Morais, Daniel Victor, Daniel Vilha, Daniel, Gabi, Bumblebee e Zé, Danilo Barberini, Danilo Domingues dos Santos, Danilo Morato, Danilo Wimmer, Dante Uvo, Davi "Mascote" Domingues, Davi Barreto Pombeiro, Davi Dourado, Davi Drumond Prado Jardini, Davi Gabriel Jardim Gomes, Davi Helisson, Davi Kniest da Silva, Davi Samuel, David "Gangplague" Gama, David Antunes Lessa, Deadwill, Débora Mazetto, Deivisson Fiuza Pereira, Denis Corrêa, Denis Henrique Morbidelli Alves de Lima, Denis Lima Oliveira, Diego Garcia Cordeiro Souza, Diego Henrique Marinho, Diego Hideyuki Ivamoto, Diego Poffo Sousa, Diego Santos de Souza, Diego Silva Nunes, Dilermando da Cunha Lima Neto, Diogo H M Oliveira, Diogo Nascimento Conde Resende, Diogo Pace Valverde, Diogo Pereira da Silva, Diogo Weffort de Oliveira Rossato, Dom Boletone, Domingos de Paola Neto, Doug Die Easy, Douglas Souza, Douglas Teixeira, Ednei P Viana Jr, Edney "Interney" Souza, Edson José Toledo, Eduardo Augusto Gomes, Eduardo Campos, Eduardo Colnago Gonçalves, Eduardo Figueiredo, Eduardo Furlan e Wada, Eduardo Lucas S.A, Eduardo Murta, Eduardo Palumbo, Eduardo Ricardo Florencio Silva, Eduardo Serratti, Eduardo Tavares Machado, Edward Martins, Elígio Walter de Santis Júnior, Elton Nobre Wotikoski, Elzio Cittadin da Rosa, Emerson Albino, Emerson Silva, Emilio Costa, Emily Teixeira / Kaio Dolgoff, Enoque Anderson Cardoso Constancio, Enrique Carvalho Bohm, Eric Massaharu Takeda, Erica Suemi Kumazawa, Erick Masashi Suzuki, Erik Zambom, Erique, Ernesto Croti Lopez Diez, Evandro Wiethorn Junior, Ewerton Benfica, Fábio Homem Albuquerque, Fábio Nikaido, Fabio Santos(Bio), Fábio Tamura, Fábio Tristão, Fabs & Ladis, Felipe Cardoso Brasil de Souza, Felipe Cordeiro, Felipe de Andrade Batista, Felipe Eger Souza, Felipe M. Chervinski, Felipe Marquezelli, Felipe Rodrigues do Amaral, Felipe Santos Siqueira @Felipesiqueira7, Felipe Steve, Felipe Vanderlei Brasil Pinheiro, Felipe Zanetti, Felippe Lima, Fellipe Martins, Fernando Augusto Iwata Yamamoto, Fernando Cezar de Aguiar Filho, Fernando dos Santos Vieira (Hirazuky), Fernando Itacolomy de Faria Junior, Fernando Santos Cruz Meira, Fiago Tagundes, Flavia e Felipe Borges, Flávio F Souza, Francisco e Letícia Nogueira, Frank Higor, Fred Corazza, Frederico "Beholder" H S Santos, Gabriel "Dinoceronte" Silva, Gabriel Canivel, Gabriel da Silva Geisler, Gabriel Dantas, Gabriel Dhein, Gabriel F P Araujo, Gabriel Frigotto, Gabriel M P Franco, Gabriel Marques Berto, Gabriel Montelli, Gabriel Patrocinio, Gabriel Pereira, Gabriel Pereira de Souza, Gabriel R. Picanço, Gabriel Reis Scarabel Barbosa, Gabriel Rocha Squarcio, Gabriel Santoro, Gabriel Verleun Boechat, Gabriel Zafred Ricci Pavarini, Gabrio Lima, Gak Galak, Gebrael Schneider El-Kouba, Gervasio Meneses de Oliveira Filho, Gianlucca Frainer, Gilmar Perpétuo de Oliveira, Grazielle Carvalho, Guilherme "Billy" Strozberg, Guilherme "Nerdsman" Minghini, Guilherme Afonso, Guilherme Albino da Costa, Guilherme Augusto Rosa, Guilherme Bortolloti Postbiegel, Guilherme Crestani da Silva, Guilherme Donato, Guilherme Drumond Martins Felicio, Guilherme Gayão, Guilherme Genofre, Guilherme Nunes Silva, Guilherme Oliveira Goulart, Guilherme Paz Silva, Guilherme R. Hernando, Guilherme Wilhelms Tavares, Gustavo Almeida Agibert, Gustavo B Teles, Gustavo Cruz Lopes, Gustavo Gewehr Soares, Gustavo Goulart

Ribeiro, Gustavo Henrique Camilote, Gustavo Honorato Godoi Martins, Gustavo Menezes Bera, Gustavo Pereira Miranda Silva, Gustavo Pestana, Gutemberg B. de Souza, Harkent, Hatus Feitosa, Hector Szyon, Heitor Manzan, Henrique Arantes Rodrigues, Henrique Carvalho Gomes, Henrique Cruz Freitas, Henrique Dias, Henrique Fernandes Santana, Henrique Fonseca Sousa do Nascimento, Henrique Lize, Henrique Monteiro, Hery Mitsutake, Higo Raphael Lopes, Higor Rodrigues dos Santos, Hugo Fernando Cardoso Campos, Iago Magalhães Eringer, Ian Campelo da Silva, Ian Dallari Novaes, Ícaro Alexandre de Freitas, Ícaro Gonçalves Barbosa, Igor Gomes Falcão, Igor Gonçalves Eduardo, Igor Orlandi Matos, Ingrid Halasz Aberle, Investigador: Filipe Santana., Ismael Miranda, Itallo Rossi Lucas, Iuri Gonçalves Ienaco Linhares Coelho, Ivan Ribas, Ivens Bruno Sampaio dos Santos, Jaime Tsai, Jaqueline Rezende de Santana, Jean Frota Almada, Jean Marconi de Oliveira Carvalho, Jean 'Orb' Baldaia, Jean Paula da Silva, Jeff Moura @Dimour4, Jefferson B. Freitas, Jefferson Marques da Silva, Jessé Calebe, Jéssica Michele da Silva dos Santos, Jessyca Cordeiro, Jhonathan Felipe Romão, João "Pêta" Gomes, João e Danie Farias, João Eduardo Saad, João Gabriel Salgado Abreu, João Lucas Bittencourt Rodrigues dos Santos, João Luiz de Macêdo Ii, João Mauricio Pinho Filho, João P C Ferreira, João Pedro Alves, João Pedro B. de A. G. Pacheco, João Pedro Borges Carneiro, João Pedro de Brito Silva, João Pedro Nosylocket, João Pedro Oliveira Jalles, João Ricardo Bellesia, João Victor Dalla Costa Radomski, João Victor Nunes Gomes, João Victor Siqueira Perovano, João Victor Suriz dos Santos, João Vitor Cabral Manzan, João Vitor Coutinho Calixto, João Vitor Paim Firmino, Joãozinho Sautchuk, Johni da Silva Guedes, Johnny Uadtks, Jonatas Joas Bergamini, Jonathan Fillipe dos Santos Lemes, Jonathas Maxwell Moreira, Jonny Rafael de Souza, Jordan Pontili Ribeiro Michalzuk, Jorge Arnaldo de Sousa Lima Marques, Jorge Augusto, Jorge Campos, Jorge Lima e Yuri Dimitri, Jorge Malta, José Adeilson Santiago, José Antonio Santos de Lima, José Fonseca Neto (Kronos), José Macedo Neto, José Marcos dos Santos Machado de Almeida, José Rafael C. Sampaio, José Vitor Neves Alexandre, Juarez Rodrigo Boccardi Portela, Juliana Nakazawa Cunha Brehme, Juliana Shimizu, Julio Cesar G Oliveira, Juloisa, Junior Dias, Jyoji, Kairo Alencar, Kalid, Kalilmvp, Kamus Hadenes, Karina Genecco, Kauan Rodrigues Torci, Kauaurm, Kcpro, Kelvyn Rodrigues, Kenny Kenji, Keritoh, Kevin Teixeira Marques, Kim, Kristian Oliveira Kaveira, L.O.S.T.4.8.15.16.23.42.Lf.Af., Láila Teodoro Batista, Lais Faber, Layla Solak, Lázaro Lorencini Rodrigues Preto, Leandro de Macedo Nascimento, Leandro Ferraro, Leandro Gontijo, Leandro Mateus Campagnolo, Leandro Munhoz / Super Vendedores, Leandro Tech, Leilane Papa, Leo Lopes, Leocadio Fernando Rodrigues, Leonardo Alves Miguel, Leonardo Augusto Graczkowski Paczkoski, Leonardo Benini Cruz, Leonardo Campbell F. Coutinho, Leonardo Lopes Garcia, Leonardo Lucas da Silva, Leonardo Rosendo Silva, Leonardo Saraiva Santos Neo, Leonardo Schiavotelo, Leonardo Vargas, Leonardo Venancio de Souza Castro, Levi Ribeiro de Abreu, Lindemberg Costa dos Santos, Lívia Takahashi, Lorenzzo H. P. Gusso, Luan Ferreira Siqueira, Luan França, Luan Gustavo Maia Dias, Luana Lima, Luana Maria Zanardini, Luana Sena, Luca Cortellini, Lucas Aoto Sclaski, Lucas Arce Ruiz, Lucas Conhevalik, Lucas Costa, Lucas de Sá, Lucas Eduardo Machado, Lucas H. I. Santos, Lucas Jerônimo, Lucas Jorge, Lucas K T Nacao, Lucas Lacerda Lourenço, Lucas Marciano, Lucas Marques de Oliveira, Lucas Matias, Lucas Mendes Soares, Lucas Miranda Silva, Lucas Moreira, Lucas Prata Brasil, Lucas Rigotti, Lucas Rioja Cardoso, Lucas Rodine Côrtes, Lucas S R Almeida, Lucas Santiago Silveira Amorim, Lucas Shintetsu Yonamine, Lucas Siman, Lucas Terzi Catena, Lucas Tomás Möller, Lucas Valente de Lima, Lucas Vieira Maranhão, Luis Felipe Alves, Luis Fernando Sousa, Luis Filipe Ramos Nunes Bomfá, Luiz Aristeu dos Santos Filho, Luiz Fernando Gunther Vieira, Luiz Ferraz, Luiz Francisco, Luiz Guilherme Menezes Santos, Luiz Gustavo Celestino Cintra, Luiz Gustavo Miranda Pinto, Luiz Henrique de Oliveira, Luiz Henrique Tomé, Luiz Machado, Luiz Manteiga, Luiz Segatto de Carvalho Almeida, Luiza F Cruz Silva, Magdiel Campelo, Magnum Selenko Lacerda, Malygoszzz, Manoel Thomaz, Manóia, Marcela Alzyra Rodrigues dos Santos, Marcelo de Sá Barboza, Marcelo França, Marcelo Henrique do Nascimento, Marcia Abbud, Marcia Ignacio Borges, Marcos Felipe do Nascimento Lopes, Marcos Maruo, Marcus Veloso, Marcus Vinícius Salgado Caruso, Marcuspider Vinicius S. Santos, Maria Eduarda Santa Marina de Morais Martins, Mariana Guimarães Antunes Maciel Proença Rosa, Marró Portento, Mateus Bissani, Mateus Santiago, Mateus Vieira Peloso, Matheus Alem, Matheus Alvarenga, Matheus Augusto Cibele Nini, Matheus Brandão Marques, Matheus Cacique de Oliveira, Matheus de Moraes Portella, Matheus Felipe Vieira Francisco, Matheus Fukakusa, Matheus Henrique Dias, Matheus Nascimento de Aguiar, Matheus Ndj, Matheus Teixeira F, Matheus Wilhelms Tavares, Matheus Yoshio Fujimoto, Mauricio Araujo Santos, Mayke Cremonez, Maykon André, Michel Basei, Michell Lucino, Miguel Bernardi, Miquéias, Misha Rios, Mizraim Santana, Mizuel, Monique Mendes, Morel de Assis Neto, Morganamogly, Morim, Mrbvcs, Murillo Sr dos Santos, Murilo Sid, Mychel Ângelo de Carvalho Albuquerque, Myrna Gomes, Natã Mansur, Nathan Condé, Nathan Lauar, Neimar Alves, Nelson Haraguchi, Ney Takeshita, Nicholas E. Monteiro, Nicolas Henrique de Oliveira Maia, Nicolas Melo de Oliveira, Nicolle Pasian Huss, Nilton Cesar Cirino Junior, O Mensageiro do Último Dia, Octávio C. C. da Silva, Odin O Profano Gs, Onassis Borges, Otavio de Oliveira Ribeiro (Tavinho), P.L.G. Cristiano, Pabllo Raphael, Pablo Fernandes, Pablo Viégas, Patrick Aparecido Sutto, Patrick Pereira Lermen, Patrick Roberto, Paulo de Tarso Araujo Martins, Paulo Giacomazzi, Paulo Henrique Moreira, Paulo Henrique Soares de Lima, Paulo Rufino, Paulo Vitor Magalhães Cameli, Pedro "Champzluke" Henrique, Pedro "Saburo" Okumura, Pedro Angelo Comamala Arbusa, Pedro Araujo, Pedro Capistrano, Pedro Celito Rocha, Pedro Claro, Pedro de Toledo Cruz, Pedro Henrique P. Hences, Pedro Henrique Ravagnani Pintar, Pedro Kelmer de Jesus, Pedro L. Zonta Jr., Pedro Lucas C. Tomasi, Pedro Magenis, Pedro Martim de Souza, Pedro Mergener, Pedro Mizael Camello, Pedro Nave, Pedro Paulo Lourenco, Pedro Px do Pipoca de Pedra, Pedro Silva, Phil Dias, Pietro Bujaldon, Professor Mark Mendelssohn, Rafael Alvarenga Shintate, Rafael Buozzi, Rafael da Anunciação, Rafael Fernandes Pinheiro, Rafael Fernandes Stopa, Rafael Kenji Nishimura, Rafael Napoleani Feliciano, Rafael Nascimento "Wyatt" Silva, Rafael Quintella Couto, Rafael Romero Vasquez, Rafael Saud, Rafael Trindade Burtet, Rafael Wüthrich, Ralf Ricardo da Silva, Raphael H Ribeiro, Raphael Inácio Domingues, Raul Morais Teixeira, Rebeca Nunes, Renan Germano Faria, Renan Leal, Renan Marques, Renan Porto Sanches (Mr.Blue), Renato Bello, Renato Monteiro Garcia, Renato Moraes de Souza, Ricardo Alexandre Jacinto Sobral, Ricardo Camargo, Ricardo Henrique M. S. Brandão, Ricardo Hiroshi Ishida, Ricardo Lincoln de Oliveira, Ricardo Oliveira, Ricardo Vita Meyer, Rnbatista Myka, Roberta R Cruvinel, Roberto Taufenbach, Robson Paproski, Rodan Peixoto, Rodolfo Oliveira, Rodrigo Amadeu, Rodrigo Cavalli e Sachirrane Marcelano, Rodrigo Costa da Silva Marques., Rodrigo Curado, Rodrigo e Raphael, Rodrigo M. Rêgo, Rodrigo Mingori, Rodrigo Sanguanini, Rodrigo Savio dos Reis e Melo, Rodrigo Seiti Mitani, Roger Gilberto Gomes Dewes, Twitch.Tv/Golimarlive, Ronald255, Ronison Jesus, Rubens Junior, Rudney Oliveira, Samuel Pereira dos Santos, Samyr Monteiro Alves, Sarda'S_Lps, Serena Ramos, Sergio Castro, Simon Elessar, Souza, V.C., Sr. Eduardo L., Summonkaren, Symon Sanfelice Dosso, Tainá Monteiro de Andrade e Silva, Tales Carvalho, Tanara Soares de Souza, Tárik Salgado Raydan, Tereza Letícia, Thais e Thevans Vilella, Thales Maurício R de Lima, Thamirys Siqueira Subrim, The Real Torugod, Thiago 'Diza' Fernandes, Thiago Casa Nova, Thiago Henrique, Thiago Henrique Angst, Thiago Marques, Thiago Sobreira, Thiago Tadeu Carvalho Mourão, Thomás de Souza Santos, Thyago Ribeiro dos Santos, Tiago Sommer Damasceno, Tife, Tito Camargo, Tudisco, Tulio Koneçny, Uallas (@Uallas.E), Ulisses Knoth, Ulisses Melo de Souza, Valdir Esteves de Oliveira Junior, Valzeraa, Vandhuy Martins, Vicente Tavares, Victor H. Martins "Dnc", Victor Hugo Marques Stoppa, Victor Lagoas Catelan, Víctor Luís Nogueira da Silva, Victor Pereira Nunes Gama, Victor Rogério, Victor Shinhe, Victor Tomio, Victorajax, Victoria Rodriguero Yamauti Suzuki, Viní Leandro, Vinicius Alfama, Vinicius Alves, Vinícius Antonio Sanches, Vinícius Archilha, Vinicius Asevedo Vieira, Vinicius Avelar de Oliveira, Vinicius Gabriel Tomasi, Vinicius Kluge, Vinicius Marchini Feliciano, Vinícius Mota Alves, Vinicius Pignotti Maielo, Vinícius Salles Oliveira, Vinicius Santos Watanabe Martins, Vinicius Washington Nichals Filho, Vitor "Milliardo" Nascimento, Vítor Cruz e Silva, Vitor de Bastos Navarausckas, Vítor Giassi, Vitor Hugo Coutinho de Araújo, A.K.A. "Vitão", Vitória de Lucena Santos, Vitória Tenorio, Vyrs, O Deus Sentinela da Esperança, Wagner, Wagner Gonçalves, Walace Felix Silvério, Wallace Antônio Silva Chalega, Wanderley de Souza Neto, Wendel Henrique Santos dos Santos, Wesley Oliveira Sousa, Wesley Santana de França, Wilgner, William Amaro, William Duarte Ferreira, William Ohnuma, Willian Melo, Wtrajano e Jussara Prado, Xeky 13, Yakkoshiva, Yourrei Okita, Yukio Andako, Yuri Emanuel de Moraes Oliveira, Yuri Guimarães Lacerda, Ziguehart.

Nível 6 – Grande Antigo

Silvio Renan Sebben, 3Db.Cloud, A B Soares, A Kawakami, À Rodolfo "Rods" dos Santos. Obrigado Por Tudo, Pai., Abidjan Areaba Corrêa, Ad0Lf0, Adan Gomes Ribeiro, Adan Santos, Adilson A. Feliz, Adir Abreu, Adriano Aleixo, Adriano Contreras Alberto, Adriano Marcelo Oushiro, Adriano Ruiz Zancanela, Adriano Velasco, Ady Fuad Campos, Afranio de Sá Filho, Ageu Bomfim, Alan Willians, Albaficapisces, Alber Neto, Alberto de Sá Cavalcanti de Albuquerque, Aldemar Rodrigues de Oliveira Junior, Aleandro Santos, Alejandro Ribeiro Ivo de Andrade, Alessandro David Ramalho, Alessandro Montalli Filho "Dom", Alessandro Trimarco, Alex e Ana, Alex Fernandes Mendonça, Alexandre & Enzo Carraro Montini, Alexandre Antoniolli, Alexandre Arrata Pohl de Souza, Alexandre Azambuja Eredia, Alexandre Cardarelli Weigand, Alexandre de Freitas Lopes, Alexandre e Raquel Oliveira, Alexandre Frika, Alexandre Galhardi, Alexandre Heliodoro dos Santos, Alexandre Japa, Alexandre Marcon, Alexandre Prado, Alexandre Straube, Alexandre Uhren, Aline Fernanda de Queiroz, Aline S. Kupper, Alison "Wattson" Arruda, Allan Adann C. M. Silva, Allan Bontempo, Allan Calixto, Allan Hortiman, Allan Lima, Allef Cavalcanti, Alvaro Caxone, Alysson Rogerio da Silva, Amante do Azaghal, Amarildo J Rossa Jr, Amauri Antunes Pereira Junior, Amir, Amir Leonardo Kessler Annahas, Ana Carolina Rehme Siqueira, Ana Cristina Freitas, Ana Montez e Guilherme Vairo, Ana Uru Lima, Anastácio Lucas "Redkey", Anderson B. Pinheiro, Anderson Oliveira, André Afonso Paes Gomes Roldão, André Bazoli, Andre Cavalcante, Andre Felipe Martins, André Fernandes Lopes, André Gorgonio, André Henrique Moyses, André Henrique Pedrassani, André L. F. Zanca, André Leonardi, André Luis Gonçalves, André Luis Rodrigues de Andrade, André Luis Xavier de Lima, André Malfi, André Marra, André Pacheco dos Santos, André Piccirilli, André Piccolo Pereira, André R. Ferrer, André Ricardo Moralles, André Seregni Sanchez Stábile, Andre Silva Faria, Andre Silva Rangel Silveira, Andre Ueda, André Van Dal, Andrey Albuquerque, Andreza Beatriz da Silva, Andreza Silveira Pereira, Andrivia Bakkralik, Anízio Carvalho, Anthony Toaldo, Antonio Braugini, Antônio Diniz César Neto, Antonio Pedro Costa Oliveira Pretti Espindula, Aramis C. Pereira, Aran Henrique, Aristófanes Neto, Arthur Bicudo Furlani, Arthur da Silva Scheibel, Arthur Fonseca Machado, Arthur Friensegger, Arthur Ghiorzi, Arthur Guimarães, Arthur H B Rossi, Arthur Hossam Franceschini, Arthur Ianelli, Arthur Paredes Gatti, Arthur Peron Saraiva Pinto, Arthur Policicio Rey, Arthur Santos do Nascimento, Arthur Saraiva, Artur W. Müller, Áthila Naniny Ninow, Athos Lima, Audry Angel Ramirez, Augusto Antico, Augusto Bello Zorzi, Augusto Marciano, Augusto Nobre, Augusto Totoli Rovina Salgado, Babbitty, Barão Bassoli, Barb & Cle, Barboza, Barros de Cristo, Beatriz Hubinger, Beethoven Hoppe, Bernardo Costa, Bernardo Gazal, Bernardo Lanna, Bernardo Seccadio Simões, Beto Batatas, Bhgolon, Bianca da Silva Fagundes, Bigod O Sapo, Bira, Bitahayashi, Blazitástic, Blixtol Software, Bodychicken, Braulio Lessa, Brendon da Costa Inacio, Brendon Santos dos Santos, Breno de Souza Silva, Breno Luís Sant'Ana Freitas Pereira, Breno Soares, Bruna Morsolin e Márcio Jacques, Bruna/O do Carmo, Bruno Alberto Jorge Figueiredo, Bruno Augusto Gomes Pereira, Bruno Barbosa de Oliveira, Bruno Bayerl, Bruno Caminaga Maranho, Bruno Cassapula, Bruno Cézar Garcia Nunes, Bruno de Lima Santos, Bruno Diego Lima, Bruno Dustan Andrade de Souza, Bruno Emanuel Alcântara de Souza, Bruno Espíndola Nunes, Bruno Estevam, Bruno Fernandes Sardinha, Bruno Freitas, Bruno Freitas do Nascimento Rodrigues, Bruno Gutierrez Carnaes, Bruno Ibraim, Bruno Lodi, Bruno Martins e Souza, Bruno Martins Franco, Bruno Miranda Brandão (Zk), Bruno Napole, Bruno Otávio Guidi, Bruno Padula Morilla, Bruno Ramos Alves Costa, Bruno Roberto Nascimento de Sousa, Bruno Sarrion Pinto, Bruno Simões, Bruno Viu, Bruno Vrublieski, Bruno Webert, Bruno Wolf, Bryan Voltolini, Buozi, Cadu Santos, Caetano Thomazini, Caio "Panda" Trigo, Caio Alexandre Germinari, Caio Augusto Oliveira, Caio Barbedo, Caio Camelo, Caio César Santos Almeida, Caio Clausi, Caio Diniz, Caio Gomes, Caio Gonçalves, Caio Luigi Bussati Freire (Aniki Luigi), Caio Mendes da Silveira Cunha, Caio Raposo, Caio Retuci, Caio V. Lima, Caio Vicente, Caio/Camila, Caioginecodf, Camilo Vitorino, Camões Ribeiro do Couto Neto, Carla Christini Guimarães, Carlinhos Ribeiro, Carlos Alberto Silva Neto (Moth), Carlos Alexandre Almeida da Silva, Carlos Augusto O. L. da Silva, Carlos Butalo, Carlos Dewitz, Carlos Eduardo Carvalho, Carlos Eduardo dos Santos Oliveira, Carlos Eduardo M. Ferreira, Carlos Eduardo Montenegro, Carlos Issao Fukushima Junior, Carlos Martins, Carlos Ornelas, Carol Casagrande, Carol Reinato, Carolina O. das Neves Vieira, Cassiano Calegari, Cassiano Montanari, Cassio Cardoso, Cassio Henrique Seiji Guiyotoku, Cassius Libitina, Cauê Machado, Caue Morelis, Cayo Albuquerque Prohaska Moscatelli, Ceciliano Silva, Célio Emanuel Rodrigues, Cesar Augusto Costa Nascimento, Cesar Augusto Rodrigues, César Henrique da Cruz "Rikdacruz", César Nunes, Charles C. M. de Freitas & Bianca de S. Carvalho, Christian Lugarini, Cícero César Vicente Martinez Braga, Cláudia Britto, Cláudia Fusco e Luís Fernando Ribeiro Vieira, Cláudio Aleixo, Claudio Ferreira, Claudio Nastasi Junior, Cleberson Alves Diniz, Clécio Matheus Weirich, Cleiton de Souza, Cleverson Rene Machado, Couve, Cristian de Oliveira, Cristiane Satie Assano, Cristiano Cristo, Cristiano Orlando, Dafna e Lucas Santana, Dan Estevão Garcez Rocha, Danayan Brayela, Daniboy, Daniel Ávila Ferro, Daniel Conde Barros, Daniel Damiani Ferreira, Daniel de Rosso e Luana de Rosso, Daniel Duarte de Oliveira, Daniel França Santos, Daniel Garcia, Daniel Gomes Vieira Junior, Daniel Gonzalez Barbosa, Daniel I. Rodrigues, Daniel Lanna, Daniel Luz, Daniel Matte Freitas, Daniel Monteiro Ciampi, Daniel Moreira, Daniel Munhoz, Daniel Neves, Daniel Nocelli Martins, Daniel Oliveira, Daniel Schettini, Daniel Sugui, Daniela Hoelzle, Danielle Alves, Danilo & Melina Nunes, Danilo Alves Baldin, Danilo Alves Silva Spinola Barbosa, Danilo França da Silva, Danilo Gimenes Zanoni, Danilo Giovanni Narciso Pastura, Danilo Henrique Cardoso, Danilo Henrique de Freitas Souza, Danilo Rafael Franco de Camargo Zigrossi, Danilo Ravasio de Freitas Branco, Danilo Toesca, Danilo Ziza, Dark Matter, Davi Costa, Davi de Oliveira Milhorato, David Marinho, Davidson Taverna, Davison Costa Correia, Débora Bueno Queiroz, Débora de Paula Lopes "Deborapl", Débora Maria de Oliveira Borges, Débora Mischiatti, Deivid Manfre, Deivis Pereira, Delano O Zudo, Demian Leonel de Oliveira, Denilson Cosme, Denis Atti Bandeira, Denis Selymes Jr., Dennis "Dennossauro" Alejandro Teneos Martini, Denys Espinoza, Derick Irineu, Dessa "Maga do Reino de Astrea", Deyvid Cabral, Dhiego Martins Rangel, Diego, Diego Arpini, Diego Baretta, Diego Barros de Lima, Diego Correa Fonseca, Diego dos Santos, Diego Galvao, Diego Gutierres, Diego Henrique e A, Diego Mello, Diego Moura Ribeiro, Diego Pacheco, Diego Pessoa de Oliveira, Digambeh!, Diogo Araujo, Diogo Broda, Diogo Ferreira, Diogo Ribas, Diogo Rocco Crivaro Nunes, Diogo Sckhar, Diogo Tde Stafocher, Domingos Neto, Don Pratesi, Dorival Gomes França Junior, Dotta Correa, Doug Vonzodas, Douglas Arantes, Douglas Borges de Figueiredo, Douglas Franco de Souza, Douglas Frenham Tinelli, Douglas I. Oliveira, Douglas Lombardi, Douglas Oliveira de .Vasconcelos., Douglas Perez, Douglas Santos, Douglas Silva, Doval Oliveira, Dr Gabriel Figueiredo, Dudu Walker, Eddy Reis, Edgar Cutar Junior, Edgar Silva (Edgoron), Edgard Ferreira, Edinho, Edson Chaves, Edson Costa Júnior, Edson Daniel dos Santos Mano Júnior, Edson Elmar Schlei, Eduardo Avila, Eduardo Ávila, Eduardo Barcellos, Eduardo da Silva Dias, Eduardo de Souza Teodoro, Eduardo Eismann S., Eduardo Gusmão, Eduardo Luiz Marchi, Eduardo Marques da Silva, Eduardo Martins Silva, Eduardo Peretti, Eduardo Pires Camargo, Eduardo Sampaio, Eduardo Santy Angulo, Eduardo Seguro, Eduardo Silfer, Eduardo Silva, Eduardo Umehara Taniguti, Eduardo Zenardi, Edward Townsend Carvalho de Oliveira, Elias Foscarini Andreazza, Elisa Moraes, Elton da Costa Vale Silva, Elton Escaleira, Elton Janz, Élton Luís Morato, Emannuel Renan, Emanoel Felipe Porto, Emanoel Godoy, Emanuel Gomes Bertizzolo, Emerson A Campos, Emily Tochetto, Emmanuel Antunes, Endrio de Oliveira Lima, Enrico Costa de Camargo, Enzo Garcia, Erasmo Ferreira Junior, Eric Andersen, Eric Camargo Pimpao, Eric da Silva Gutiérrez, Eric Veselic Matarucco, Erick "Gostoso" Santos, Erick Bilck dos Santos, Erick Campus, Erick Clepton, Erick Ferreira, Erik Gomes, Ernando Augusto, Estevão Rosacruz, Euclides Colaço, Euvaldo Junior, Evandro Bertol, Evanway Sellberg Soares Vivian Kamikata, Evertom Blak, Everton Martinelli, Éverton Teixeira de Souza, Everton Vogado, F.Perini, Fabiano Alves de Souza, Fabiano Silveira, Fábio "Brutus" Souza Tadei, Fábio Alacoque, Fabio Bernardinelli, Fábio Camelo Mourão, Fábio da Cunha Martins, Fabio de Andrade Martins, Fábio de Holanda Cavalcanti Ribeiro dos Santos, Fábio Demo

Moraes, Fabio Domingues Gameiro, Fábio Fernandes, Fabio Francisco Moron, Fábio Lúcio Brito Costa, Fábio Mosquito, Fabio Neri Campos, Fabio Soares Costa, Fábio Soares Rodrigues, Fábio Tartaruga, Fabio Vite Franchini, Fabrício Assis, Fabrício Domenech Nunes, Fabrício Duarte Andrade, Fabricio Fidugato Vasconcelos, Fabricio Righetto Leite, Fabricio Santolin da Silva, Fagner Oliveira, Fagner Rosa, Fatpassarin, Fausto Delgado, Fco Gonçalves Jr, Felipe "Fefo" "Pango" Carvalho, Felipe Affonso, Felipe Alves de Paiva, Felipe Andrei, Felipe Augusto Paschoal, Felipe Azevedo, Felipe Begot, Felipe Bencini, Felipe Couto Mittelman, Felipe Daguano, Felipe de Santis Gonçalves, Felipe dos Santos Carvalho, Felipe Durante, Felipe Generoso, Felipe Góis, Felipe Gustavo de Bastiani, Felipe Henn, Felipe Iglesias, Felipe Koetz, Felipe L. Richartz, Felipe Locatelli, Felipe Lopes Oliveira, Felipe Machado, Felipe Malandrin, Felipe Marques Santos de Araujo, Felipe Molina Garcia, Felipe Nascimento Motta, Felipe Picture, Felipe Ribas, Felipe Ribeiro, Felipe Ribeiro Alves, Felipe Rodrigues Fernandes Coelho, Felipe S Kai, Felipe Sant'Anna, Felipe Schorles, Felipe Souza Pereira, Felipe Steapa, Felipe Teixeira, Felipe Utino, Felipe Vitor Araujo Alves, Felippe Feitosa, Felippe Quintiere, Felix Dagliaco, Fellipe Nogueira Marne, Fellipe Teixeira da Cunha Carvalho, Fenomenalmax, Ferbass, Ferdinando Lucio, Fernando A. S. Rego, Fernando Augusto Gonçalves de Oliveira, Fernando Bertolino Santos, Fernando Birk Auler, Fernando Cesar Mazuchelli, Fernando Conejo Casemiro, Fernando de Morais91, Fernando Dias, Fernando Finatti Segantim, Fernando Henrique Camargo Galvão, Fernando Henrique Scremin, Fernando Lemler Cani, Fernando Ohara, Fernando Otávio Torrone, Fernando Reis, Fernando Xavier Ferreira Lopes, Filipe Belatti, Filipe de Lima Dantas, Filipe Falcone, Filipe Heilborn Gouveia, Filipe Isaac Alvarenga e Meireles, Filipe Lobo, Filipe Orlando Bataglia Abi Rached, Filipe Sutana de Mendonça, Filipe Zanelato, Filipo Martins, Fillipi Dérikys, Flávia Alves Marcondes Holanda, Flávio Braz de Lucena, Flávio Moura Veronese, Francisco da Silva Cavalcanti Junior, Francisco Gilberto Duarte Farias (Ishido), Francisco Giovani Heiderscheidt Filho, Francisco Guaraná, Francisco Luiz da Silva Thomé, Francisco Stamm, Fred Vanelli, Frederico José Ribeiro França, Frederico Silva Tufi Amim, Gabriel Acri, Gabriel Ahlert Lopes, Gabriel Alessandro F. Gomes, Gabriel Alves do Rêgo, Gabriel Antonio Leite, Gabriel Aparecido Tinelli Ferrarini, Gabriel Beltrame, Gabriel Botareli, Gabriel da Hora, Gabriel Dias (Kronquer), Gabriel Donato, Gabriel Engelmann Maltez, Gabriel Fulber Evangelista de Souza, Gabriel Gonçalves Evangelista, Gabriel Iudy Yamaguchi Rocha, Gabriel Keller, Gabriel Kinchescki Hey, Gabriel Leite, Gabriel Leonardo Cescon, Gabriel Lopes, Gabriel Manfredi, Gabriel Mazutti, Gabriel Mertz Bosse, Gabriel Morales de Souza, Gabriel Nunes de Almeida, Gabriel Oliveira Rodrigues dos Santos, Gabriel Olivieri, Gabriel Peixoto de Carvalho, Gabriel Pellizzari, Gabriel Sanchez, Gabriel Sarmento Silva, Gabriel Silva, Gabriel Stankevix Soares, Gabriel Tank e Gabriella Bastos, Gabriel Zoneti Figueira Peres, Gabrija Pacheco, Gaheris Marletti de Andrade, Galetato Lins e Rocha, Galinho, Gamona Freitas da Costa, Genilson da Silva Santos, George C Lima, George Carlos Gonçalves da Silva, Geovane Pla, Geovanna Capistrano Borges, German Pasquale Quiroga Vilardo, Germano Gustavo Gesser, Gerson (Erebros), Gerson Nascimento, Gian Carlo Dragone Albanes, Gian Nucci, Gilberto B G Lecci, Gilberto Francisco Henkes, Gilberto Luiz Cardoso Junior, Gilberto Rodrigues dos Santos Junior, Gildo Reis, Gilson F Soares, Gino Almeida, Giovana Soler Vila, Giovane Souza, Giovani Izidório Cesconetto, Giovani Zamprogno Gozzi Filho, Giovanna Cobbos Pissolito, Giovanne Bressam Gaspareto, Giovanni Schardong Pereira, Giovanni Vicentin Ferreira, Gisele Leite / Ivan Alves, Giuliano Bernardinelli Teodoro Bicudo, Giulio Mendes Marcucci, Giuseppe Victor, Glauco, Glaucus Rossini, Gledson Hernandes Diniz, Goo Pouzas, Gordelo e Luziinha, Govis, Grupo Remanescente, Guga Mafra, Guilherme A. Rinaldi, Guilherme Alves, Guilherme Augusto Codignolle Souza, Guilherme Barcellos Bedin, Guilherme Begotti, Guilherme Caccáos, Guilherme Chaguri Bernardo, Guilherme de Lima Simões, Guilherme Delfino Brito, Guilherme Espinoza Konrad, Guilherme Gaebler, Guilherme Guadagnini Granada, Guilherme Gumiero, Guilherme Hanoff, Guilherme Heitzmann Nogueira, Guilherme Hirano Ghorbanpour, Guilherme Junqueira Franco Moreno, Guilherme Mafra Oliveira, Guilherme Marchiolli de Brito, Guilherme Matos Ladeira, Guilherme Moresco Bisotto, Guilherme Pinheiro Silva, Guilherme Politta, Guilherme Ranimir, Guilherme Refosco de Freitas, Guilherme Rey, Guilherme Scarabelo, Guilherme Tambeiro, Guilherme Valarini, Guilherme Vogel, Guilherme Zimmer, Guill Domingues, Guimalves, Gurei, Gureta Alcarde, Gustavo Azevedo, Gustavo Baladão, Gustavo Barbosa, Gustavo Bemfica, Gustavo Blanco, Gustavo Branco, Gustavo Campos de Souza Barbosa, Gustavo de Almeida Alexandre, Gustavo e Sara Pagiossi, Gustavo Ferreira Cavalcanti, Gustavo Kessaris, Gustavo Molina, Gustavo Monteiro de Jesus, Gustavo Nascimento Meireles, Gustavo Nobre Wotikoski, Gustavo Paiva, Gustavo Palau de Almeida Braga, Gustavo Rocha Flores, Gustavo Rocha Ichikava, Gustavo Roger Munoz Espinoza, Gustavo Romano Kleist, Gustavo Vinicius Tonkio, Gustavo Y. Hayashida, Guto Barbosa, Hamonrá Silva, Hanalu Rodrigues Mariano, Hani Gandour Dantas Filho, Harry Fh, Hector do Carmo Rodrigues, Heitor de Sá Alencar e Moraes, Heitor Souza Ferreira, Heitor Tavares dos Santos, Helder Lucio Fernandes de Azevedo, Helder Renan Gonçalves Neiva, Helen Murilo, Hélio Caetano de Lima Neto, Hendrike "Okoreia" Morimoto de Oliveira, Hendy Sheijy, Henrique A. Hoffmann de Oliveira, Henrique Bessani "Pulman", Henrique de Mello Barletta, Henrique Fantato, Henrique Kopschitz Praxedes, Henrique Lisboa Alves do Nascimento, Henrique Luiz Lima Travassos, Henrique Oliveira Costa, Henrique Oliveri Leite Praça, Henrique Paschoal, Henrique Pinheiro, Henrique Santos de Freitas, Henrique Sosa, Henrique Susin Scopel, Henrique Vicentin Lisboa, Henrique Zhenhe Lougue, Henry Schneider Ruy, Henzo Schumann Barbosa, Heron Filho, Hian Battiston, Higor Ramos, Higor Ventura Simões, Hina'Ril The Ancient One, Hiran Tassinari Costa de Azevedo, Hitogo Ideriha, Hokage Allison Folha, Hudson Borges Guimarães, Hugo Araujo Calli, Hugo Duarte, Hugo Hiroshi Enya, Hugo Ichiro Pereira, Hugo Ricardo P. Silva, Hulsmeyer, Humberto Jr, Ian Ricardo Brito Barbosa, Iann Beneteli, Icarus The Borba, Igor Antonio, Igor Battaglion, Igor da Rosa, Igor de Jesus Trotta, Igor e Lucas Duffeck, Igor Eloi, Igor Ferreira, Igor Lemos de Mendonça, Igor Petra Flaeschen, Igor Pieruccini, Igor Vegner, Inacio Pinheiro Cavalcante, Iori Julião, Iram Filho, Irmãos Lindcy (Raphael e Teko), Isan de Sousa Castro Campos, Ítalo P. Barbosa, Italo P. Sousa, Ivan Zeferino, Iving Leite, Jaison Ricardo Coelho, Jamil Rosemberg, Jarcy de Azevedo Junior, Jean C. P. Damke, Jean Levi Ribeiro de Paiva, Jean Renan Carvalho, Jeansalar, Jeferson Luis Molinari, Jefferson, Jefferson Barnabé, Jefferson Luiz Gonçalves Silva, Jhonata Lima Macedo, Jhonatan Berrar, Jhonattan Coelho, João "Messias" Luis Rocha Messina, João Antonio C. Tomasi, João Bruno Costa, Joao Bueno Nunes, João Eduardo Sampaio Florentino, João Elesbão Higa da Silva, João Etchichury Soares, João Fernando Colla, João Gabriel Bicaco(Joohbiel), João Gabriel de Almeida Pereira da Cunha, Joao Gabriel Veronezi Crespim, João Leite Passos T. Rego, João Marcílio Coelho Netto Lins Aroucha, João Matheus Pinto, João Moicano Soares Silva, João Paulino, João Paulo Barros, João Paulo Capel da Silva, João Paulo Pessoa, João Paulo Viana de Lima, João Pedro Antunes Ferreira, Joao Pedro Fontes, João Pedro Garrote, João Pedro Monteiro, João Tonial, João Victor de Andrade Águas, João Victor Galhardo, João Victor Gomes Cabral, João Victor Goveia Rodrigues, João Vinícius Bezerra da Fonseca, Joao Vito Soares, Joel Backschat, Johnathan Fercher da Rosa, Jonathan Gilbran Dalfovo, Jonathan Rasch Almeida, Jonathan Rosa Barbosa, Jonathas Frederico, Jonnas Pires Espindula, Jordan Antunes, Jorge Fernando da Rocha, Jorge Gonçalves, Jose Antonio Amaral, José Braga Junior, José Carlos, José Diego Pinheiro Gonzaga, José Eduardo Kimura Palmeira, José Gledestone, José Guilherme Salvador Silva, José Pedro Lopes, José Ricardo Gonçalves Barretto, Jose Roberto de Oliveira Sobrinho, José Souza, José Wesley, Josemar "Doidao66" Viana, Josi Giordano Silva, Jp Acciari, Jp Thomaszeck e Luiz Lucas, Jrmagno, Juan & Dani, Juan Matheus Melo Marcelino, Juan Sebastian Loitey Ferreira, Juca Caetano, Juliana Oliveira Lima, Juliano Cataldo, Juliano Dellamea, Julio Cavaleiro, Julio Cesar Franco Costa, Julio Cesar Sarzi, Julio Galvão, Julliano Volpato Osorio, Junior Mesquita, Jvnq, Jyurno, Kaio Paes, Kalebe Cardoso, Kamo Hobby, Karlay Medeiros, Karol Hiromoto, Kauai Guarilha, Kauan Pirolla, Keyler Queiroz Cardoso, Kim Sarti Salles Arcuri de Souza e Castro Valsecchi, Klounix, L.S., Lahiri Argollo, Laís Assis, Lattanzi, Lauro Oliveira, Layon Lopes da Silva, Leandro Barbosa e Marina de Paula Silva, Leandro Basdão, Leandro de Jesus Vaz Pereira, Leandro de Oliveira Micaela, Leandro Otani, Leandro T. Albuquerque, Leandro Tocantins, Leandro Vieira, Leao Carvalho, Leinad Semog, Lence Skymon, Lennon Hiroshi Arimoto, Leo Andako, Léo Brazão, Léo Crepaldi, Leo Damásio, Leon Nunes Rissato, Leonam Castro, Leonardo "Punkdown" Cintra, Leonardo A Santos, Leonardo Atílio Russo, Leonardo Camara, Leonardo Camargo, Leonardo Crispim Fernandez, Leonardo de Goes Brocco, Leonardo dos Anjos Fonsêca, Leonardo 'Leonhardt' Mattos, Leonardo Lopes Malgueiro, Leonardo Luiz Raupp, Leonardo Monti Gomes, Leonardo Moraes Oliveira, Leonardo Novas,

Leonardo Renner Koppe, Leonardo S. Trevisan, Leonardo Santos, Leonardo Tadayesky Pietropaolo, Leonardo Tajra, Leonardo Timm, Leonardo Vasconcelos, Leonardo Viana Dias, Leony Rodrigues de Assis, Leozanha, Leslie Orsioli, Leticia Barroso, Liane Casaril, Lierson Mattenhauer, Lilly Krug, Limãoblf, Logan Marlon Micael M. B., Lorenzo Perez Codonho, Luan Vitola e Silva, Luca Menegotto, Lucas Akira, Lucas Almeida, Lucas Alves Xavier, Lucas Augusto Ritter, Lucas Bernal Maia, Lucas Bohnen, Lucas Brea, Lucas Caetano Meireles Pereira, Lucas Cantadori, Lucas Cardoso P. Fontoura, Lucas Cassalho da Silva, Lucas Costa Ramos, Lucas Cota, Lucas da Palma Fonseca, Lucas de Barros Gomes/Anne Karoline Coutinho Gomes, Lucas de Siqueira Mendes Barbalho, Lucas Gimenes, Lucas Gioppo, Lucas Guedes Homobono Naiff, Lucas H F de Souza, Lucas Harushi, Lucas Henrique Zacardi, Lucas Iani Dionisio, Lucas Lube Lima, Lucas Lujan de Bem, Lucas Magario de Sousa, Lucas Malta, Lucas Manente Xavier, Lucas Martins Borges de Alencar, Lucas Monteiro, Lucas Odil - Darkodiel, Lucas Palma de Oliveira Conceição, Lucas Peçanha, Lucas Pereira Santos, Lucas Rafael de Oliveira Ramos, Lucas Rocha Osis, Lucas S Dillenburg, Lucas Santos de Almeida (Owlsheep), Lucas Soares, Lucas Teixeira de Castro, Lucas Toledo Hilário, Lucas Vaz, Lucas Veloso, Lucas Vieira de Souza, Lucas Vilela, Lucca Kauffmann Morandini, Lucca Novaes Alpes, Luciano Budel, Luciano Coni Costa, Luciano de Almeida Xavier, Luciano Jose da Silva, Luciano Oliveira Dias, Luciano Roffer, Luciano Wandergraaf, Lucio Maeda, Ludson, Luiggi Anguiano, Luis Claudio Gentfina, Luis Dalposso, Luis Eduardo Catenacci, Luis Felipe Belgini, Luís Felipe Pinheiro Vecchio, Luis Felipe Sobrinho, Luis Felippe Morgado, Luis Gustavo Bugallo, Luis Maia, Luiz Afonso Coimbra Barbosa Silva, Luiz Alberto Kirchner Junior, Luiz Alberto Machado Aleixo, Luiz Ariji, Luiz Bastian, Luiz Claudio Rios Pecoraro Junior (@Blognaudosloucos), Luiz Eduardo Fanchini Faccioli, Luiz Eduardo Goinski, Luiz Eduardo Passos Cunha, Luiz Felipe Pereira da Silva, Luiz Felipe Ribeiro Simões, Luiz Felype Tabosa Porto, Luiz Fernando "Pretto" Lopes, Luiz Fernando Argentin & Natália Durigon Machado, Luiz Gabriel Lima Duarte Marinho, Luiz Graciano Gomes do Prado, Luiz Gustavo de Sant Anna, Luiz Gustavo Hauschildt, Luiz Gustavo Pereira da Costa Ribeiro, Luiz Henrique Marinho Pontes, Luiz Macedo, Luiz Rafael Masera Bittencourt, Luiz Rezende, Luiz Salgueiro, Luiz Vieira, Lupus_Stolf, Lyon Brody, Magno Ferreira da Costa, Maico Mizuhara, Maicol Lange, Maicol Schirmer, Mands Edu, Manoel Afonso, Manoel Luís Aguilar Rocha, Manoel M Rodrigues, Manoel Marques, Manoela Machado Ferreira, Marcel "Xaphan" Cristo, Marcel Duro, Marcela Maria Albuquerque Eloy, Marcello Extus Peres, Marcelo A. Carvalhal, Marcelo B P Costa, Marcelo Cassaro, Marcelo Chicon Silva, Marcelo Cristiane Alves da Silva Junior, Marcelo D. Gimenes, Marcelo Fadul, Marcelo Haiter, Marcelo Henrique Feitosa de Sousa, Marcelo Honda, Marcelo L. Abrantes, Marcelo Petego, Marcelo Pignatari, Marcelo Pinazza, Marcelo Q. S. Marchetti, Marcelo Queiroz, Márcio Eidi Ayabe, Marcio Kenji Ogino, Márcio Motta, Marcio Oliveira, Marcio Pellegrini, Marcio Suzuki e Mari Mitsutake, Marcio Vinicius Martins, Marco Andre e Nicole Mezzasalma, Marco Antonio Mundim Lima, Marco Aurélio dos Santos Cruz, Marco Túlio Zaghi Pacheco, Marcos de Oliveira Campos Machado, Marcos Farias, Marcos Henrique Oliveira Maciel, Marcos Leme, Marcos Mineiro, Marcos Ramone, Marcos Vinicius Vicente Nascimento Santos, Marcus Andrade, Marcus Antônio G. de Araújo Jr., Marcus de Faria, Marcus e Ricardo de Souza e Souza, Marcus Nunes, Marcus Paulo de Oliveira Rodrigues, Marcus Santana (O Chacal), Mari S. Fortes, Mariana Diello, Mariana Mendes Hatakeiama, Mário Cioffi e Eugênia Papa, Markomafs, Marllon Haz, Márlon Neres de Moura, Marlon Uryel, Martin Drolshagen, Marujo Lucasmnz, Mateus Bomfim de Andrade, Mateus Costa, Mateus de Lima Magalhães, Mateus de Souza Prieto, Mateus Kyl'Raz Guerreiro, Mateus Mezacasa de Freitas, Mateus Rocha Lima Duarte, Mateus Tavares, Mateus Vitor da Costa Ferreira, Mateus Wachowski, Matheus Santis, Matheus "Makako" Queiroz, Matheus Adriano Ribeiro, Matheus Alves Dias de Carvalho, Matheus Antunes Lima da Silva, Matheus Baarini Martim, Matheus Barbosa, Matheus Bárcia Miranda, Matheus Bontorin Zimann, Matheus Brisolla, Matheus Calazans, Matheus Carvalho Alves Nogueira, Matheus de O. Fernandes, Matheus Estéfano F. Ribeiro, Matheus Felipe Marques, Matheus Filgueira de Oliveira Franco Martins, Matheus Gondariz, Matheus Henrique Sales, Matheus Johann Guedes, Matheus Kiefer O. Romano, Matheus Lopes (Sr.Shinoda), Matheus Marinello, Matheus Marques Barros, Matheus Mathuchenko, Matheus Nunes da Silva Castilho, Matheus Pivatto, Matheus Ricardo Uihara Zingarelli, Matheus Romano, Matheus Sumberg, Matheus Teotônio, Matheus Vicente, Matheus Villeth Dantas, Matheus Zamora, Matoso, Mau Faccio (Number 2), Mauricio Alvares Ageia, Mauricio Batista, Mauricio Foster Rodrigues, Mauricio Linhares, Mauricio Melges Pavan, Mauricio Soares, Mauro Juliani Junior, Max Barreto, Maxpalaro, Mayara Polli e Giuliano Machado, Maycon Mizuhira Endo, Mc Pinto, Messias Bittencourt, Mglvini, Michel Batista de Araujo, Michel Braga Guimarães, Michelle e Luis Saquetim Vendrame, Michelle Fan Tian, Mikeias N. Silva, Milton & Evelyn, Miquéias Barros Rosa da Silva, Mirella Bacco, Mizraim Raabe Naumann (Miz), Mosiah Costa do Nascimento, Mr.Flyuois, Murillo Cruz Alves, Murilo G R, Murilo Lamarca, Murilo Pinto, MussaBagre, Mustada, Mychael Weynn, N4Longa, Naiara Fernandes Soares, Naldo Rocha, Nando Coelho, Nando Loureiro, Nascimento do Rogi, Natália de Pinho, Natália Freitas, Naum Santos, Ncostajunior, Nei Girão, Nelson Alves do Valle Neto, Neviton Freire Filho, Newton Monteiro, Nicholas Biscardi, Nicholas Reginaldo Tjalling Ament, Nicolas Rosas Gracia de Oliveira, Nikolas Brandão, Nikolas Carneiro, Nilson Nicolau Lysy Filho, Nilton Costa Junior, Noronha201, Oscar Nogueira Neto, Otavio Amo, Otavio Diniz, Otávio Lopes Ferraz, Otávio Migliavacca Madalosso, Ovelha Negra, Pablo, Pablo Basilio, Pablo Teixeira, Pablo Urpia, Pablo Vecchia Luzia, Pâmela Karine & Júnior Jr, Pamella L K Ioshida, Panchomilla, Patricia de Souza Prado, Patrick Bähr, Patrick Keller, Patrik Junior, Patryck Galliani Bernardini, Paulo "Soneka" Mendes, Paulo Barquinha, Paulo Eduardo Azevedo Silveira, Paulo Eduardo Pereira da Costa, Paulo Garcia da Silva, Paulo Henrique dos Santos Garcia, Paulo Henrique Pedro, Paulo Júnior, Paulo Renato Alievi Arias, Paulo Roberto, Paulo Sasssmannshausen Moretto Kodaira, Paulo Silas J. G. de Souza, Paulo Silles, Paulo Victor de Lima Sfair Alvares, Pedro "Pedrociano", Pedro A. C. Bertolin, Pedro Alves, Pedro Arthur Simão, Pedro Delara Stockler, Pedro Felix, Pedro Gallietta, Pedro Henrique Alves Melo, Pedro Henrique B. D. Lima, Pedro Henrique Barreto, Pedro Henrique Belo Lisboa Trento, Pedro Henrique de Souza, Pedro Henrique de Souza Vargas, Pedro Henrique Estumano Gomes, Pedro Henrique Freitas, Pedro Henrique Mendes, Pedro Henrique Soares de Souza da Silva, Pedro Lelis, Pedro Lobato, Pedro Lopes Garcia, Pedro Lucas L. M. Ferreira (Juca), Pedro Luiz Roveran Pereira, Pedro Machado, Pedro Marco de Campos Vieira, Pedro Martini Bonaldo, Pedro Pereira, Pedro Salles, Pedro Tonus Pinheiro Costa, Pedro Triani Rodriguez, Pedro Víctor de Lima Nascimento Santos, Pedro, O Tal do Lanhoso, Pelota, Péricles Isaías dos Santos, Peter Hsu, Philip Leander, Philipe Salvador Loredo, Philipy de Oliveira Pena Lopes, Pierre Vinicíus, Pitagoras Nardi, Possa, Priscilla Vasconcelos, R. Caetano, R. Cavedon Müller, Rafael "O Paladino" Sant'Ana, Rafael Angelo Tomasine da Rocha Oliveira, Rafael Beserra Landim, Rafael Borsari, Rafael Brandão Brasil, Rafael Bruno Lima, Rafael Cabral, Rafael Calmon, Rafael Carpinelli Caldeira, Rafael Castelo Luz, Rafael Cordeiro, Rafael Costa, Rafael de Souza, Rafael e Enzo Pimenta, Rafael Fonzar Albuquerque, Rafael Françoi, Rafael Garcia Pinheiro, Rafael Gardini, Rafael Koiavinski Machado, Rafael Lucas dos Santos, Rafael Lucena e Cristiane Schiavenin, Rafael Marques dos Santos, Rafael Mattos, Rafael Meneguzzi Groterhorst, Rafael Molina da Costa, Rafael Moreti Santana, Rafael Oliveira de Faria, Rafael Oliveira Rocha, Rafael Panariello, Rafael Pereira Figueiredo, Rafael Romero Vasquez, Rafael Schieber, Rafael Seghetto, Rafael Silveira Rabelo, Rafael Teles, Rafael Vasquez, Rafael Vendramello, Rafael Vicente de Moura, Raimund Ruiz Schmidt, Raissa Nobre, Ramiro Herrera, Ramon Cardoso de Oliveira, Ramón Rosas Correia, Randres Lopes, Raoni Oliveira, Raoni Romão, Raphael Agostin Leite Cristofaro, Raphael Dhiego Alves da Silva, Raphael Escobar, Raphael Guimarães Torres, Raphael Juliano de Medeiros, Raphael Medeiros, Raphael Nastrini, Raphael Nogueira Protásio, Raphael Ramos, Raphael Saldanha do Nascimento, Raul Brianese Filho, Ray Suzano, Reginaldo Filho, Reinaldo Inacio, Renan Bandeira, Renan Beneteli, Renan Claro Pereira, Renan de Paiva Pedrosa da Silva, Renan Falcheti Santana Ávila, Renan Pinheiro, Renan Ribeiro Cruz, Renan Sydrião, Renato Alves, Renato Budini dos Santos, Renato Kenichi Sakata Yamashita, Renato Lopes, Renato Mendes, Renato Oliveira, Renato Sacramento, Rene Verinaud Anguita Junior, Rennan dos Santos, Rhand Leal, Rhuan de Oliveira, Ricardo "Dehris" Fernandes, Ricardo Almeida, Ricardo Barbosa, Ricardo Basílio Donoso, Ricardo Batista do Nascimento Filho, Ricardo Bortoti, Ricardo Caldeira, Ricardo Carneiro Lima, Ricardo Cau, Ricardo Choli, Ricardo Costa da Silva Holanda, Ricardo dos Santos Paixão, Ricardo Gerlin, Ricardo Gonçalves Santos, Ricardo Heleno Campos, Ricardo Lima Dutra, Ricardo Madeira Camps, Ricardo Neves, Ricardo Oliveira, Ricardo

Porsani Gomes, Richard Lima dos Santos, Richard Lindner, Robert Culpi, Robert Miles Ii, Roberto A. Bernardo, Roberto B Rodrigues, Roberto Cappelli, Roberto Chernicharo, Roberto de Avila Bilha, Roberto Luís Rezende, Roberto R. Gavazza Filho, Roberto Sampaio, Roberto Tengan de Santana, Rodolfo Laport Silva, Rodolfo Sekijima, Rodolfo Xavier, Rodolfo Zago, Rodolpho Lopes Lima, Rodrigo "Maxymyllyon" Takeuti, Rodrigo "Pardal" Cunha, Rodrigo Alano Sffair, Rodrigo Baglioni, Rodrigo Calegario, Rodrigo Cunha da Silva, Rodrigo Dangelo, Rodrigo dos Santos Peres Fernandes, Rodrigo Filório, Rodrigo Foggiato, Rodrigo Frischknecht, Rodrigo Froes Marra, Rodrigo Gattermann, Rodrigo Goncalves Silveira, Rodrigo José de Almeida Torres Filho, Rodrigo Kendy Uno Souza, Rodrigo Leipnitz Santarosa, Rodrigo Lemos Machiavelli, Rodrigo Luz, Rodrigo Maciel, Rodrigo Maraschin Fermiani, Rodrigo Martins Cultista de Azathot, Rodrigo Mirage Ogawa, Rodrigo Nonato, Rodrigo Semente, Rodrigo Tenório, Rodrigo Trindade Camelo, Rodrigo Varandas, Rods, Rodtuga, Rogerio Chinen, Rogério Ribeiro dos Santos, Roma, Romullo Assis dos Santos, Ronaldo Akio Larrubia Yamashita, Ronaldo Lien Tiou, Rondor Fletcher, Ronieri Sales, Rosa C Kuhlmann, Roxs, Ruan Luiz Molgero Lopes, Rubem da Silva Santos, Samuel Aparcana, Samuel Brígido de Oliveira, Samuel Dembinski, Samuel Panassiol Francelino da Silva, Samuel Zanette, Sandro Costa, Sátiro, O Insondável, Saulo Brito da Silva, Senhor Supremo do Universo, Sergio Hidalgo Junior, Sergio L L Duarte, Sérgio R. A. Matuda, Sergio Seneda Ramassotti, Sergio Traumakit Trautmann, Sergio Ziliotti, Shadu, Shiguemi Sumihara, Shin Yien Huang, Shockstk & Sharkall, Sidney A. S. Vargem - Dindo, Sidney Tavares, Silvério Goulart Dalle, Sir Leandro Silva, Soren Francis, Srpjr, Stanley Nycholas - O Zé, Stavo Alves, Stephan Pereira, Sthefanny Gonzaga e Hudson Ribeiro, Sucram Otsugua, Tales Silva, Talita Daemon James, Talitha Barreyra Barcellos, Talles Garcia, Tamas, Tamires P Henrique, Taylor Boeno Pinheiro, Taynnã A O Brinati, Tertuliano de Santana Leal, Teruan Queiroz Braga, Thais Cordeiro, Thales Araújo Barbosa Silva, Thales Morales, Thales Ribeiro, Thaynã Moreira, Thebertful, Thiago Alves de Oliveira, Thiago Augusto Zanellato dos Santos, Thiago Avena da Silva, Thiago Biagio Rodrigues, Thiago Cunha, Thiago de Souza Silva (Thirciano), Thiago dos Santos Carvalho Ribeiro, Thiago Esteves da Costa, Thiago Feitosa Campos, Thiago Freitas, Thiago Gonçalves e Nathalia Sales, Thiago Guedes Chiaradia de Oliveira, Thiago H Schinemann, Thiago Hamberland, Thiago Hyey, Thiago Jasninja, Thiago Kanda, Thiago Laubstein, Thiago Matheus Carli do Espirito Santo, Thiago Mendonça de Almeida, Thiago Morani, Thiago Nakashima, Thiago Obleszczuk, Thiago Pinto Mendes e Alexandra Borck, Thiago Rafael Schuatz Avila, Thiago Sampaio Castilho, Thiago Santos Nascimento, Thiago Santos Teixeira Dshadow, Thiago Scalone, Thiago Silva, Thiago Takata, Thiago Vilela, Thiago Zumach, Thiagozenidarchetz, Thomás Henrique Ribeiro de Miranda, Thomás Henrique Ribeiro de Miranda, Thomas Moro Gasparini, Thomas Ygan Alvarenga Bitencourt, Thomaz Lima, Thomaz Moreira Aquino, Thomaz Oliveira, Thuck, Tiago Alves de Souza, Tiago Alves Machado, Tiago Barão, Tiago César Oliveira, Tiago Lourencao Compiani, Tiago S. T. de Lyra, Tiago Valença Leite, Tiago Veras Falangola, Tiago Wolf, Toddigo, Tom Hanks Fluminense, Torndark, Toru, Túlio Gustavo, Umtebradolkz, Vagner R. Oliveira, Valdeir Pedro Oliveira da Silva, Valter Marani, Vando Rocha, Veríssimo Romano, Vfujisaki, Vicenzo Naves, Victor Alves Perdigão de Assis, Victor Archela, Victor Arias, Victor Avner, Victor Colameo, Victor G. Tostes, Victor Henrique Santos Rocha, Victor Honda, Victor Hugo Silva Pinto, Victor Monsalvo Festa, Victor Pires Mendonça, Victor Ritter, Victor Salgado, Victor Santos, Victor Serra de Aquino, Vincenzo Ilario, Vinicio Almeida Pastre, Vinicios Neves, Vinicius & Viviane, Vinicius Aguera, Vinicius Amon S. A. de Oliveira, Vinicius Augusto Vieira de Araujo, Vinicius Correa, Vinicius Cueco, Vinicius da Silva, Vinicius Dallacqua, Vinicius de Goes Schmidt, Vinícius Gloeden, Vinicius H. Martins, Vinícius Hatori, Vinicius Henrique Ferreira Vieira, Vinicius José Lacerda, Vinícius Klier, Vinicius Kmez, Vinicius Krukowski, Vinicius Lorencet Schneider, Vinicius Pistori, Vinícius R. Cúrcio, Vinícius Rocha Barbosa, Vinícius S Costa, Vinicius Tadeu Pio Soares, Vinicius Valerio Candiani, Vinícius Vega, Vinicius Yagui, Virgilio Astori, Virgilio Peixoto, Vitão Dionísio, Vitor Bindo, Vitor dos Santos Ribeiro, Vítor França, Vitor G. Machado, Vitor Gouveia, Vitor Henrique Silva e Silva, Vitor Hugo da Silva, Vitor Peliçari Rodrigues, Vitor Santos de Quadros, Vitor Stroka, Vitor Torezani, Vitor Valério de Oliveira, Vivian Domiks Antunes, Wagner Martins, Wagner Paiva Pinto, Wallace Lima, Wander Lúcio de Assis Ferreira Filho, Weder Alves Pereira, Welinton Capelletti, Well Rmf, Wellington Vieira @ Wvieira1, Wesley D. Gonçalves, Wesley Dilan, Weverton Bruno Duarte Souza, Whydah.Tech, Wiliam Carvalho, Will Scalioni, Will Silveira, William & Brian, William Akio Fugimoto, William Almeida Pestana, William de Brito Padilha, William Johnson dos Santos Okano, William Mendes, William Moura Mesquita, William Paula Lima, William Terra Neves, Willian Alencar Humphreys, Willian Fugimoto, Willian Rezende Cumpian, Willian Saez, Willian Zilli, Wilson & Harume, Xandeus Neto, Yago Cabeça Lima, Yago Purcino, Ygor Cupulille, Yoshio112358, Yule Travalon, Yuri Libanio Pelissari, Yuri Rafael Micheloni Rodrigues Viana, Yves Ferreira de Oliveira, Yves-Medhard Tibe Bi & Fernanda Thomazinho, Zaolat, Zé Lucas Dias, Zés.

Nível 7 – Entidade Cósmica

Bruno Procopio, Bruno Santos, Caio Prates, Cássio Eduardo Matuck dos Santos, Celso Pontes, Fábio Henrique Scanacapra, Kadu Maximo, Leandro Amaral e Silva, Márcio Luiz Palma Resende, Rafael de Santis Padovani, Rafael Mendes Carvalho, Rafael Mendonça França, Walter Oliveira Lossio Junior.

AUTORES

Fábio Yabu

Quatro vezes vencedor do Troféu HQ Mix, Yabu começou sua carreira em 1997, com a criação de *Combo Rangers*. Um dos primeiros quadrinhos on-line do mundo, o título marcou uma geração e é publicado até hoje. Em 2020, escreveu o quadrinho *O Fantástico Jaspion*, continuação do sucesso da TV dos anos 80, que se tornou best-seller nacional.

Na literatura, escreveu sucessos como *A Última Princesa*, *O Livro dos Vilões*, *Independência ou Mortos* e *Branca dos Mortos e os Sete Zumbis*. Seus livros de poesia, *Apolinário, o Homem Dicionário* e *Raimundo, Cidadão do Mundo*, são adotados em escolas de todo o país.

Seu trabalho favorito é ser pai da Luna, a menina mais corajosa do mundo.

Fred Rubim

Quadrinista, ilustrador e designer gráfico formado pela Universidade Federal de Santa Maria, Rubim foi vencedor do Troféu HQ Mix em 2021 pela obra *A Todo Vapor!*. Entre seus trabalhos estão os álbuns em quadrinhos *O Coração do Cão Negro*, *O Matrimônio do Céu & Inferno*, *Le Chevalier* e *O Horror de Dunwich*.

É também pai e parceiro de aventuras do pequeno Pedro.